Taschenbuch – Literatur - Klassiker

AF215173

Johann Gottfried Schnabel
Der im Irr-Garten der Liebe herum taumelnde Cavalier

Johann Gottfried Schnabel

Der im Irr-Garten der Liebe herum-
taumelnde Cavalier

1.Aufl.
TLK Taschenb.-Literatur-Klassiker
Herausgeber Frank Weber, Marburg
Bibliografische Information der Deutschen Nationalbibliothek:
Die Deutsche Nationalbibliothek verzeichnet diese Publikation in der Deutschen
Nationalbibliografie; detaillierte bibliografische Daten sind im Internet abrufbar über
http://dnb.dnb.de
© 2020 Johann Gottfried Schnabel
ISBN: 9783751902342
Herstellung und Verlag: BoD – Books on Demand, Norderstedt

Vorrede   7

Teil I   11

Teil II   234

Johann Gottfried Schnabel

Der im Irr-Garten der Liebe herum taumelnde Cavalier

Oder

Reise und Liebes-Geschichte

eines vornehmen Deutschen von Adel,

Herrn von St.***

Welcher nach vielen, sowohl auf Reisen, als auch bey anderen Gelegenheiten verübten Liebes-Excessen, endlich erfahren müssen, wie der Himmel

die Sünden der Jugend im Alter

zu bestraffen pflegt.

Ehedem zusammen getragen durch

den Herrn E.v.H.

Vorrede

Geneigter Leser!

Diese Vorrede habe ich nicht der Gewohnheit oder der bloßen Mode wegen hierher gesetzt, indem man selten ein Buch bei heutigen Zeiten zum Vorscheine kommen siehet, dem es an einer Vorrede fehlet, nein! sondern dem geehrten Leser etwas zu offenbaren, damit derselbe diese Geschichtsbeschreibung nicht etwa mit argwöhnischen Augen ansehen möge, denn, versichert, man legt ihm mit diesen Blättern nicht, so wie es nunmehro leider grand mode zu werden beginnet, curieuse Gedichte, sondern wahrhafte und dennoch curieuse Geschichte vor.

Ich vor meine Person habe zwar nicht die Ehre gehabt, den Herrn von St.*** oder den in der Geschichtsbeschreibung so genannten Herrn von Elbenstein von Person zu kennen, allein er ist mir auch sogar von hohen Personen dergestalt vorgerühmt worden, daß ich ihn in seiner Jugend vor einen der galantesten und qualifiziertesten Kavaliere, in seinem Alter aber vor einen erfahrnen, frommen, jedoch unglücklichen Staatsmann zu halten mich vollkommen persuadiert sehe. Mit dem Herrn E.v.H. hat er in seiner Jugend in der vertraulichsten Freundschaft gelebt, auch dieselbe nachhero beständig beibehalten, ob sie schon bei erwachsenen Jahren einander sehr selten zu sehen bekommen. Als der Herr von St.*** bereits bei Jahren war, die größte Würde an einem gewissen deutschen reichsfürstl. Hofe erlanget und sich solchergestalt in einem ziemlich glückseligen Zustande befand, gab ihm der Herr E.v.H. einsmals eine Visite und wurde von diesem alten Freunde mit der zärtlichsten Liebe empfangen, auch ganzer 14 Tage aufs beste traktieret; wann sie aber beide, auch wohl öfters bis in die Nacht, an den fürstlichen Lustbarkeiten teilgenommen, blieben sie hernach dennoch in einem Zimmer noch eine Zeitlang beisammen und rauchten bei Tee oder Koffee eine Pfeife Tobak, aus keiner andern Ursache, als einander ihre Aventuren zu erzählen. Endlich brachte der Herr von St.*** sein in italiänischer Sprache geschriebenes Diarium nebst vielen untereinander geworfenen Skripturen herbei und sagte: »Ich wollte 100 Taler drum geben, wenn ich soviel Zeit abmüßigen könnte, dieses alles in Forme zu bringen, nicht mir ein Gloire aus meinen Sünden der Jugend zu machen, sondern andern jungen Leuten, sie mögen Adeliche oder Unadeliche sein, zum Spiegel und zur Warnung, sich vor den Lüsten des Fleisches zu hüten; denn der Himmel läßt dieselben doch nicht ungestraft, und welches am schlimmsten, wo nicht hier zeitlich, doch dort ewig. Mich hat dessen Rute zu verschiedenen Malen sehr heftig gestäupet, allein es ist noch nicht genung, gebt nur Achtung, mein werter Freund, ob ich mein Leben in diesem vermeinten Glücks- und Ehrenstande beschließen oder vorhero nicht noch in vielen Jammer und Not geraten werde. Jedoch wie Gott will. Ich habe ja schon seit etlichen Jahren her täglich selbst recht eifrig dieses gebeten: *So fahr hie fort und schone dort* etc.«

Der Herr E.v.H. tröstete ihn dieserhalb und bat ihn, daß er sich doch dergleichen Gedanken aus dem Sinne schlagen, hergegen bedenken möchte, daß die göttliche Barmherzigkeit ebensogroß als die Gerechtigkeit, mithin die bußfertigen Sünder gern zu Gnaden annähme und die Strafe zu lindern pflegte. »Allein, mein Herzensfreund«, redete der Herr E.v.H. weiter, »woferne Ihr kein Mißtrauen in meine Redlichkeit setzet, so vertrauet mir Euer Diarium benebst Euren andern italiänischen Skripturen an, ich will, weil ich, nachdem meine Güter verpachtet sind, ohnedem wenig zu tun habe, als mich an Büchern zu ergötzen, zusehen, ob ich noch soviel Geschicke habe, alles dieses aus dem Italiänischen ins Deutsche zu übersetzen und nur vorerst soviel als möglich aneinander zu heften, damit eine ordentliche Geschichtsbeschreibung daraus wird, welche hernach noch einmal revidiert, auspoliert, sodann ins reine geschrieben und endlich zum Druck befördert werden kann.« Der Herr von St.*** war so gleich willig und bereit darzu, versprach auch, wo sich der Herr von H. diese Mühe geben wollte, nicht allein alles noch Darzugehörige aufzusuchen, sondern ihm von Zeit zu Zeit nebst diesen allen seine fernerweitigen Aventuren offenherzig aufzuschreiben und zu übersenden. Bat anbei, daß der Herr von H. die Hauptstücke von seinen eigenen Aventuren zugleich mit einfließen lassen möchte, welches dieser zu tun versprach und, da er sich von dem Herrn von St.*** beurlaubte, nicht nur dessen Diarium, sondern auch ein ganz Paquet darzugehöriger geschriebener Sachen mit sich nach Hause nahm. Der Herr von St.*** hat demselben nachhero, auch da sich schon, wie er sich selbsten prophezeiet, sein Glücksrad abermals umgedrehet und ihn in einen beklagenswürdigen Zustand geworfen, sein Wort redlich gehalten und ihm bis wenige Monate vor seinem Ende alles, was ihm nachhero begegnet, zu wissen getan. Der Herr von H. ist auch bei müßigen Stunden recht eifrig bemühet gewesen, diese Geschichte in behörige Ordnung zu bringen, allein da er nachhero mit einer beschwerlichen und schmerzhaften Wassersucht befallen worden, welche ihm auch ins Grab befördert, hat er seinen Zweck nicht erreichen können.

Endlich sind alle diese Manuskripta mir, dem Ungenannten, in die Hände geraten, und weil ich mir flattierte, obgleich nicht bei allen Leuten, doch bei etlichen einigen Dank zu verdienen, wenn ich mich darübermachte, dieselbe nach meinem wenigen Vermögen ins feine brächte und zum Drucke beförderte, so habe es getan und lege es einem jeden zur Schaue und Beurteilung dar.

Es ist zwar heutiges Tages eine schwere Sache, recht nach dem Geschmacke dieser oder jener zu schreiben; allein dieser oder jener sollen auch wissen, daß ich mich nicht gar zuviel um ihren Geschmack bei diesem oder jenem bekümmere, denn es heißet im gemeinen Sprüchworte: *Einem jeden vor sein Geld, was ihm schmeckt.* Ob auch gleich dieses Gerichte manchem wegen Zurücklassung allzu vielerlei Gewürze und anderer Tändeleien nicht allzu schmackhaft vorkommen möchte, so bin ich doch versichert, daß es sich genießen lassen und nach rechter Kauung keinem im Leibe kneipen wird, weswegen man mich denn auch, ob ich schon kein perfekter à-la-mode-Mund- und Kohlkoch bin, nicht sogleich unbarmherzigerweise aus der Garküche der deutschen Mundart und Reimkunst verstoßen wolle: als wormit ich hierdurch dienstfreundlich gebeten haben will.

Wenn ich mich nicht irre oder mir selbsten nicht zuviel zutraue, so habe ich ein und anderes in des Herrn E.v.H. Manuskripte, sowohl in Prosa als Ligata, in etwas reiner Deutsch gebracht, indem dieser Kavalier anfänglich vom Degen, hernach von der Ökonomie mehr Fait gemacht als von der Feder, Oratorie und Poesie, aber! dieserwegen fällt seinem Ruhme nichts ab, weil seine Gedanken dennoch gut gewesen sind, ob er sie gleich nicht allezeit nach seinem Willen exprimieren können. Ein und anderes, welches mir etwas gar zu frei und natürlich, dahero anstößig oder, wie es die Singularisten nennen, *ärgerlich* geschienen, habe in etwas verändert oder gar weggelassen, verschiedenes aber, was noch zu verantworten, ist stehengeblieben.

Man könnte viele Bücher, die seit wenig Jahren herausgekommen sind, anführen, in welchen weit natürlicher geschrieben worden als in diesem, allein es wäre unbesonnen, wenn man gleich selbst vom Leder zöge, besser ist's, man wartet die Attaque ab und wehret sich hernach desto besser.

Übrigens, weil der Ungenannte so glücklich gewesen, daß seine schon öfters in Druck herausgegebene Schriften von sehr vielen wohl auf- und angenommen worden, als versichert er sich bei diesen zwei Teilen der Elbensteinischen Reise- und Liebes-Geschicht eines gleichen, wünschet allen Wollüstigen vor dem vergifteten Lasterkonfekt einen so starken Abscheu als den Vernünftigen und Tugendhaften eine christliche Compassion mit den Schwachen und Ausschweifenden zu haben, beharret im übrigen unter dem Versprechen, mit nächsten noch andere parat liegende curieuse Geschichte vollends auszuarbeiten und zu publizieren

St. Gotthard,

den 1. Jul. 1738.

Des geneigten Lesers

Dienstergebener

Der Ungenannte

Erster Teil

Es hat ein geborner von Adel zwei Hauptwege vor sich, durch welche er zu besondern hohen Ehren gelangen und sich von andern seines Standes ungemein distinguieren kann, nehmlich den *Weg in den Krieg* oder den *Weg zur Gelehrsamkeit* zu gelangen. Ob man nun schon nicht in Abrede ist, daß sich viele von Adel auf andere Arten, nehmlich durch Erlernung der Jägerei, Bereuterkunst und dergleichen in hohe Posten geschwungen, so ist doch sonnenklar, daß die Zahl derjenigen, welche einen von den erstgemeldten Wegen erwählet und dadurch sehr hohe Chargen erreicht, der anderen Zahl bei weiten übertrifft.

Ein gewisser deutscher Kavalier, den wir Gratianum *von Elbenstein* nennen wollen, war zwar keine feige Memme, hatte aber mehr Lust zu den Büchern und zur Feder als zum Degen und andern Gewehr, erwählete derowegen den Weg, sich durch Gelehrsamkeit emporzuschwingen. Weiln er nun von seiner zarten Jugend an beständig fleißig studieret, hatte er es so weit gebracht, daß er sehr frühzeitig auf Universitäten ziehen konnte. Als er nach einigen Jahren von dannen zurückkam, bezeugten sich seine vornehmen Eltern ungemein vergnügt, zumalen da sie von vielen Staats- und gelehrten Leuten die Versicherung erhielten, daß sie ihr Geld nicht übel angeleget, indem der junge Herr Gratianus von Elbenstein sich nicht allein in der Jurisprudenz, Philosophie, Mathesi und dergleichen, sondern auch in den Nebendingen, als Tanzen, Reiten, Fechten, Voultoisieren etc., vor andern, die gleich soviel Zeit und wohl mehr Geld als er verschwendet, ungemein hervorgetan hätte.

Demnach war sein Herr Vater gesonnen, ihn vors erste an einem gewissen fürstl. Hofe als Kammerjunker zu engagieren. Da aber der junge Herr von Elbenstein seinen Herrn Vater vorstellete, was es vor eine vortreffliche und höchstnötige Sache sei, daß ein junger Kavalier, ehe er Bedienungen bei Hofe annähme, sich vorhero auf Reisen begäbe, um die Welt sowohl als die Gemüts- und Lebensarten derer Menschen von verschiedenen Nations kennenzulernen, er auch außerdem noch vielmehr andere Bewegungsgründe hinzusetzte, resolvierte sich der Herr Vater bald, seinen beiden Söhnen eine standesmäßige Equipage verfertigen zu lassen und jedweden einen wohlgespickten Beutel mitzugeben. Da nun dieses alles parat, willigte er in beider Brüder einstimmiges Begehren, daß sie nehmlich nach Italien als dem Lustgarten von Europa reisen möchten. Also nahmen beide junge Kavaliers ihre Tour über Nürnberg, Regensburg,

Augspurg, München, Innspruck, Trient, Castelfranco, Treviso und Mestre nach Venedig, allwo sie den 11. Febr. 1686 anlangeten und das Karneval daselbst abwarteten. Da nun solches zum Ende, fuhr Gratianus von Elbenstein mit der ordinären Barque nach Padua, sein Bruder aber, der von Kindheit an Belieben getragen, vom Degen Profession zu machen, blieb zurück, um mit dem ersten Transport nach Morea als Fähndrich unter des Obristen Schönfelds Regiment zu gehen. Von Padua begab sich Elbenstein nach N., allwo es ihm ungemein wohlgefiel, zumalen da er wegen seiner guten Aufführung von jedermann wertgehalten wurde, ja er ließ sich auch belieben, die ihm von dem dasigen Fürsten angebotenen Dienste zu akzeptieren. Wie nun seine Charge also beschaffen war, daß er mit Leuten von verschiedenen Stande umgehen und zu tun haben mußte, also geschahe es, daß er eines Tages mit der Äbtissin des Klosters St. Stephano zu sprechen berufen ward. Da aber dieselbe mit einer jählingen Unpäßlichkeit befallen worden, so schickte sie zwei von ihren vornehmsten Nonnen in das Parlatorium, um Elbensteinen von demjenigen ausführliche Nachricht zu erteilen, was er des Klosters wegen seinem gnädigsten Fürsten vorzutragen belieben möchte. Die eine von diesen geistlichen Damen nennete sich Marinalba und die andere Laura. Diese war blasses Angesichts und hatte nebst blauen Augen einen wohlgestalten Mund und Nase, war aber dabei etwas korpulent, auch war ihr Humeur nicht halb so lebhaft als der erstern ihres, welche zwar eine Brünette, dabei aber mit einer angenehmen und liebenswürdigen Gesichtsbildung und gleichsam blitzenden Augen von der Natur versehen war.

Inmaßen nun die Erfahrung bezeuget, daß zuweilen Fehler und Mängel mehr avantageux als schädlich sein, also trug sich's auch dieses Mal zu, denn je weniger der von Elbenstein noch bis dato der italiänischen Sprache mächtig war, je mehr Gunstbezeugungen genoß er von der angenehmen Marinalba, welche, von der reizenden Gestalt dieses Kavaliers gleichsam bezaubert und ganz eingenommen zu sein, durch Gebärden dasjenige zu verstehen zu geben wußte, was sie ihm durch Worte nicht erklären konnte. Seine gebrochene, halb französische, halb italiänische und öfters gar deutsche Wörter benahmen ihm bei dieser geistlichen Venus nichts von der Vollkommenheit, welche er nach ihrer Meinung im Überfluß besäße, und weil eine anständige Blödigkeit seine verliebten Stellungen begleitete, ward dieser Dame verliebte Regung immer mehr und mehr vergrößert. Solchergestalt brachte sie eine ziemliche Zeit alla Grada oder vor dem Gegatter zu, weilen Laura unter dem Vorwande einiger nötigen Geschäfte sich zeitlich retiret hatte, bis man endlich Ave Maria läutete und das

Kloster geschlossen werden sollte, da beide nach wiederholten Liebesbezeugungen voneinander Abschied nahmen, jene sich nach ihrer Zelle, dieser aber sich zu seinem Fürsten verfügte, um demselben von der aufgetragenen Kommission nebst Überreichung des von der ganzen Sache im Kloster gemachten schriftlichen Aufsatzes Relation zu erstatten.

Des andern Morgens, als Elbenstein noch im Bette lag, hörete er jemanden ganz sanfte an seine Stubentür anklopfen, da denn bei Eröffnung derselben ihm, nebst einem Kompliment von der Donna Marinalba, der Castaldo oder Torwärter ihres Klosters ein Billett und eine Cestella oder Körbgen, welches mit den delikatesten Confituren angefüllet war, überreichte.

Es möchte vielleicht den allerwenigsten Lesern daran gelegen sein, wenn man den Brief in italiänischer Sprache, worinnen er geschrieben, eindrucken ließe, weswegen man nur die deutsche Übersetzung desselben anhero setzet:

Mein Engel!

Du bist so liebenswürdig, daß ich mit Fug und Rechte dem Verhängnisse, welches unserer Liebe im Wege stehet, zum Trotze Dich anbete. Jedoch, mein Leben, die Liebe ist schon mächtig genug, uns aneinanderzuheften. Ja! Du Trost meiner Seele! Mein Geist ist einzig und allein mit Deiner vollkommenen Gestalt beschäftiget, und meine Gedanken gehen beständig nur dahin, ihren geliebten Gegenstand wiederum zu sehen, und wenn ich glauben dörfte, daß Deine Gunst aufrichtig gegen mich wäre, so wüßte ich nicht, was ich von dem Glücke mehr fordern sollte, ich würde mich bei diesem Vergnügen vollkommen glücklich nennen können. Jedoch es mögen Deine Liebkosungen auch nur erdichtet sein, so will ich Dich doch auf alle Art mit der reinsten Inbrünstigkeit einer unvergleichlichen Gewogenheit, die so gar auch keine Gegengunst verlanget, wiederzulieben wissen. Mein Leben! es ist wohl unmöglich, daß, da Du, wie ich nicht zweifele, von vielen Damen geliebet wirst, unter ihnen nicht eine Venus sich finden sollte, die mir meinen geliebten Adonis raubte. Lebe wohl, mein Vergnügen, und erinnere Dich bisweilen

Deiner Marinalba.

Elbenstein, der, wie bereits gemeldet, noch allzu unerfahren in der italiänischen Sprache war, wollte sich nicht unterstehen, schriftlich zu antworten, ließ sich aber durch den Castaldo, welcher gut Französisch verstehen und reden konnte, nachdem er demselben ein gutes Mancia oder Trinkgeld gegeben, der verliebten schönen Nonne gehorsamst empfehlen und vermelden, daß er gegen Mittags, wenn die letzte Messe würde gehalten werden, in der Kirche ihres Klosters erscheinen und so lange darinnen verbleiben wollte, bis er Erlaubnis und Befehl erhalten würde, seine mündliche Danksagung vor das überschickte Présent abzustatten. Sobald Marinalba dieses vernahm, fiel ihr sogleich eine List bei, auch in dem heiligen und verschlossenen Orte dennoch eine freie Liebesunterhaltung zu genießen. Denn weil sie dieses Jahr Sacristana oder Küsterin war, so konnte sie in der Sakristei unter dem scheinbaren Vorwande, das Meßgeräte in Ordnung zu bringen und zu verwahren, eine Zeitlang daselbst verbleiben, dahero sie dem Castaldo, welcher in der Ruffianania oder in der Kupplerkunst ein Meister war, befahl, unter der Messe dem von Elbenstein zu sagen, daß unter dem Scheine, seine Andacht in der Kirche noch allein zu haben, er bei einem gewissen Altar, der der Sakristei gegenüber war, verweilen sollte, da sich denn Gelegenheit finden würde, mit ihm ein Stündgen alleine zu sprechen.

Der verschlagene Castaldo kam diesem Befehle ganz fleißig nach; denn als er unsern deutschen Kavalier bei einem Altare, wo eben dasmal keine Messe gelesen wurde, antraf (weil dieser der römischen Lehre nicht zugetan war), kniete er sogleich bei dem Stuhle, worinnen Elbenstein saß, nieder, tat, als ob er in seinem Breviario läs, und richtete unter der Zeit, da er seine Augen immer auf das Buch gerichtet hielt, seine Kommission aus, wornach er aufstund und fortging. Da nun der Gottesdienst zum Ende und alles Volk aus der Kirche gegangen war, kam der Castaldo zu dem von Elbenstein und hinterbrachte ihm, daß er an die Grada der Sakristei zu kommen belieben möchte, woselbst die Riverendissima Donna Marinalba ihn sprechen wolle. Der lüsterne Kavalier versäumete nicht, sich dahin zu begeben, und traf, nachdem der Vorhang hinweggezogen, seine geistliche Mätresse daselbst ganz alleine an. Mittlerweile schloß [der] Castaldo alle Kirchentüren zu und ließ die beiden Verliebten alleine beisammen. Wie nun venerische Personen in ihrer Glut mit bloßen verpflichteten Reden und verliebten Mienen allein sich nicht befriedigen können, sondern den Gliedern des Leibes von der Wollust der Seelen durch entzückendes Fühlen auch gerne etwas mitgenießen lassen wollen, welches Verlangen die Liebe vermittelst sinnreicher und lüsternder Erfindung einer bequemen Gelegenheit zu erfüllen geschickt ist, also geschahe es auch dieses Mal; denn da zuvor nur der Augen feurige Blicke und die verliebten Seufzer sich miteinander begatten, so mußte nunmehro auch denen Lippen ein angenehmer Weg, darauf sie die Liebe unter unzähligen schmachtenden Bemühungen vermittelst wiederholter inbrünstiger Küsse einander mitteilen möchten, durch dasjenige Fenster geöffnet werden, wodurch man den geistlichen Damen sonsten nur heilige Sachen mitzuteilen pflegte. Und weil die Öffnung so groß, daß man gar füglich mit dem Kopfe hineinkommen konnte, so blieb es nicht allein bei dergleichen verliebter Handlung, sondern der Marinalba aufgequollene Brust, welche als ein kleiner Ätna die Flammen einer unumschränkten Liebe kaum annoch verbergen konnte, mußten allerhand kitzelnder Liebkosungen teilhaftig werden. Marinalbens Gegenvergeltung bestund in solchen ausschweifenden und vorwitzigen Untersuchungen, welche deutlicher zu beschreiben die Ehrbarkeit nicht gestatten will.

Unter solchen verliebten Mißhandlungen verstrich die Zeit, während welcher sich diese beiden solcher Freiheit bedienet, die allerorten, geschweige denn an einem so heiligen Orte, verboten sind. Die Türen wurden wieder geöffnet, welches das Zeichen war, daß beide hohe Zeit hatten, sich voneinander zu begeben. Als Elbenstein wieder in seinem Zimmer angelanget, berichtete ihm sein Staffiere oder Bedienter, daß der Fürst nach ihm fragen lassen, weswegen er sich alsofort zu demselben begab und sein Ausbleiben von der Tafel damit entschuldigte, daß er bei einigen sächsischen Offiziers, so aus der Levante gekommen und ihm Nachricht von seinem Bruder mitgebracht, sich verweilt hätte. Der Fürst war mit dieser Entschuldigung zufrieden und erteilte ihm hierauf Befehl, morgen mit dem frühesten nach Battaglia zu dem Marchese Obizzo zu reisen, ihn, den Fürsten, bei demselben anzumelden, weil er seine Visite auf etliche Tage bei ihm abstatten wollte. Elbenstein versprach dieser Ordre gehorsamste Folge zu leisten, und nach genommener Retirade machte er sich zur Reise parat; selbigen Abend aber kam [der] Castaldo noch einmal und brachte ihm von seiner geliebten Marinalba folgende Zeilen:

Meine andere Seele!

Ihr seid doch anbetungswürdig! Wollt Ihr mir aber gar nicht schreiben? Ei was? schreibet mir doch! es mag ja so konfus sein, als es will. Wisset Ihr nicht, daß ich Euer ganz eigen bin? So glaubt doch zum wenigsten, daß Ihr der angenehme Gegenstand meiner Gedanken seid. Nichts von

Euch kann mir mißfallen. Ja, ja! schreibt mir nur, denn Eure Zeilen werden mir ein schöner Regenbogen sein, welcher alle Wolken meiner Betrübnis vertreiben wird. Nur dieses erinnert Euch stets, daß unsere Liebeshändel heimlich traktieret werden müssen. Ich rekommandiere Euch die Verschwiegenheit, nicht daß ich wegen Eurer Klugheit in Verhehlung unserer Liebe etwa besorgt wäre oder ein Mißtrauen hätte, sondern, was weiß ich's? ich sage nur so, um Euch zu warnen, daß Ihr behutsam sein möget. Ich halte viel auf meine Reputation, und ein bloßer Schatten deucht mir ein großer Riese; denn ich gern wollte, daß man von mir jederzeit so spräche als wie von einer übermenschlichen Person, welche denen Schwachheiten der Liebe nicht unterworfen wäre. Und gleichwohl, leider! bin ich diesmal entzündet. Ich bin im Liebesgarne gefangen! Was ist zu tun! Ich hatte mir zwar vorgesetzt, nicht mehr zu lieben, aber mein Schicksal zwinget mich, Dich, o mein Engel! zu lieben.

Hierbei lagen noch diese Zeilen:

> *Wie groß ist meine Lust? Noch größer als die Welt,*
> *Die Lust, so sich durch Dich bei mir jetzt eingestellt;*
> *Da meine Seele sich beglücket sieht und findet,*
> *Indem sie bloß von Dir in Liebesglut entzündet.*

Die ungemeine Liebe, so Elbenstein zu seiner schönen Nonne trug, ließ es nicht zu, ihren Brief unbeantwortet zu lassen, sondern er schrieb ihr in den verliebtesten Expressionen, soviel als er mit italiänischen Worten zusammenbringen konnte. Anbei legte er einige lateinische Verse, welche er nach einer bekannten Melodei aufgesetzt hatte. Sie sind wert, daß man sie mit hersetzt:

> *Cor saxeum probavi hactenus*
> *Ac glacie frigidiorem mentem;*
> *Nunc autem nunc, eheu! non amplius*
> *Persentio amoris vim ardentem*
> *Impugnat me jam formosissima*
> *Angelica.*

Nach der deutschen Reim-Art möchte dieses soviel bedeuten:

> *Mein Herz war sonst den härtsten Felsen gleich,*
> *Auf welchen nichts als Eis und Schnee zu finden.*
> *Jedoch nunmehr wird es nur allzuweich,*

Es fühlet nun ein brennendes Entzünden,
Ein Engelsbild, aus dem die Schönheit blitzt,
bekämpft es itzt.

Angelica! ad quas angustias
Me redigit nunc tua lux augusta?
Ah! retrahe has stellas lucidas,
Iam radiis mens tuis est combusta,
Agnoscite Victricem, anima
Angelica!

Mein Engelkind! In was vor trübe Nacht
Zieht mich dein wunderschönes Licht und Leben.
Halt ein! Die Glut hat mich fast umgebracht.
Ich will dir williglich gewonnen geben,
Du hast gesiegt! Ich will es gern gestehn,
laß mich nur gehn.

Sed fugem cur ardenter appeto?
Ignotum hoc est adhuc pugnae genus,
Non fugio, si succumbuero,
Me vinciet, me vincet Alma Venus,
Et vulnera, quae dat Angelica,
sunt oscula.

Jedoch, mein Herz! was willst du rückwärts gehen?
Du kennst noch nicht die Art von diesem Kriege,
Drum weiche nicht, du wirst entzücket sehn,
Wie du besiegt, vergnügt wirst bei dem Siege.
Hier wird, wenn man sich gleich zum Kriege rüst',
sehr oft geküßt.

Darauffolgenden Morgens trat Elbenstein seine Reise nach Battaglia an, um seinen durchl. gnädigsten Herrn bei dem Marchese anzumelden. Es war aber um die Zeit der Weinlese oder, wie es die Italiäner nennen, al tempo dell üve, da es sich denn fügte, daß, als er ohngefähr acht italiänische Meilen geritten war, er an ein überaus schönes Schloß kam, bei welchen ein vortrefflicher Weinberg lag, allwo die reifen Trauben abgelesen wurden. Er bekam Appetit, etwas von solchen delikaten Früchten zu kosten, weswegen er seinen Diener befahl, abzusteigen und sich gegen Bezahlung einige derselben von dem Winzer geben zu lassen. Der Diener berichtete bei seiner Zurückkunft, daß eine junge, schöne und ansehnliche Dame sich in dem Lusthause befunden, welche Elbensteinen durch ein Perspektiv betrachtet, und sobald sie von ihm, dem Diener, vernommen, daß derjenige, so die Trauben verlangete, ein Kavalier des Fürsten von N. wäre, hätte sie sich selbsten die Mühe gegeben, die besten abzuschneiden und dieselben nebst den auserlesensten Aprikosen in eine Schüssel zu legen. Unter der Zeit aber, da sie den Winzer auf die Seite geschafft, hätte sie eine Bleifeder aus der Ficke gezogen und einige Zeilen auf ein Blättgen Papier geschrieben und ihn, den Diener, gebeten, solches nebst den Früchten und einem ergebensten Kompliment von ihrer Person seinem Herrn zu überbringen. Elbenstein war nicht halb so lüstern, die schönen Früchte zu kosten, als den Inhalt des Billetts zu wissen, fand also selbiges folgendermaßen gesetzt:

›Die Früchte sind glücklicher als ich, weil sie von den süßen Lippen eines schon längsten in geheim von mir angebeteten Kavaliers sollen berührt werden. Die andere Woche werde ich nach Ariqua kommen, allwo ich hoffe, das Glück zu genießen, mich mit seiner höchst verlangten Gegenwart beseligt zu sehen. Reise glücklich, Du angenehmer Trost meiner Seelen! Im Gasthofe zum Lämmgen, daselbst wirst Du eine Person antreffen, welche Dir Gelegenheit zeigen kann, mein verliebtes Verlangen zu stillen.‹

Diese verliebte Dame stammete von einem fürstlichen Hause derer von Carrara her, welcher Vorfahren Fürsten zu Padua gewesen. Nach dem fatalen Ende aber des Fürsten Andreae Caranensis war diese durchl. Familie dermaßen in Verfall dessen Hoheit, Macht und Güter geraten, daß die zu damaligen, Elbensteins, Zeiten annoch lebende Nachkommen sich kaum als mittelmäßige von Adel aufführen konnten. Obgedachte Verfasserin des Billetts war an einen tyrolischen Baron von K. vermählt, welcher seine vorherige hochschwangere Gemahlin bei einer an dem Inn-Strom vorgenommenen Promenade wegen eines auf sie gelegten Verdachts in den Strom gestürzt, wo es am tiefsten gewesen, so daß sie, ehe ihr jemand zu Hülfe kommen können, jämmerlich ertrinken müssen. Um aber nun der Rache seiner Schwäger und übrigen Anverwandten zu entgehen, hatte sich der Baron von K. nach Italien unter die Protektion der durchl. Republik Venedig salviert, die schon zum voraus auf seine tyrolischen Güter erborgten 50000 Reichstaler zu Erkaufung dieses Schlosses nebst andern darzu gehörigen austräglichen Pertinenzstücken angelegt und sich nachhero mit dieser Dame von Carrara vermählet. Ohngeacht nun daß dieses Paar Eheleute einander an Jahren sehr ungleich waren, indem der Baron schon 50, sie aber kaum 20 zählete, so wußte doch diese schlaue Dame, in Betrachtung des wenigen zu ihm gebrachten Vermögens, ihn dergestalt zu karessieren, daß er nicht den geringsten üblen Verdacht auf sie legte, sondern ihr alles Gutes zutrauete, überhaupt an ihrer Treue gar keinen Zweifel trug. Und eben dieserwegen vergönnete er ihr weit mehr Freiheit, als sonsten ordentlicherweise andere italiänische Dames zu genießen haben. Ja, sein Vertrauen war dergestalt groß, daß er ihr vergönnete, ohne seine Gesellschaft zu ihren Anverwandten und guten Freunden über Land zu reisen. Bei so gestalten Sachen hatte sie die Gelegenheit, als sie ihre Frau Schwester, die von St. Piedro Campo zu Venedig, besuchte, den von Elbenstein zu sehen, welcher mit seinem Fürsten um die Jahrszeit, da sich der venetianische Doge mit dem Adriatischen Meere zu vermählen pflegt, dahin gekommen war. Sie warf augenblicklich eine ungemeine Liebe auf diesen Kavalier, jedoch ohngeacht sie oft in Opern und Assembléen einander begegnet, er ihre Leidenschaft nicht merkte, sie aber ihm selbige zu entdecken keine bequeme Gelegenheit hatte, über dieses keine Person wußte, der sie ihr Anliegen sicher vertrauen konnte, so mußte die verliebte Dame ohne Erfüllung ihres Verlangens vor diesesmal mit trockenen Munde nach Hause reisen.

Jedennoch vermehrete sich bei ihr die Liebe und Sehnsucht nach diesem Kavalier dergestalt, daß sie endlich auf die List geriet, eine Krankheit vorzugeben und bei einem berühmten Medico in derselben Stadt, wo Elbensteins Fürst residierte, sich in die Kur zu begeben, sich auch dieserwegen daselbst ein besonderes Haus zu mieten. Ehe aber diese Anschläge zu Werke gerichtet wurden, fügte es sich, wie schon oben gemeldet, daß sie ihren geliebten Kavalier unverhofft zu sehen bekam und demselben einen Ort anweisen konnte, allwo sie sich beide vollkommen miteinander zu ergötzen die bequemste Gelegenheit hätten.

Der über eine neue Amour höchst erfreute Elbenstein säumete sich nicht, sein Devoir zu observieren, sondern stieg vom Pferde, ging hinter ein kleines Gepüsche und schrieb ebenfalls mit Bleistift der Dame ein kleines Billettgen zurück, worinnen er versicherte, daß er mit dem allergrößten Vergnügen ihrer Ordre parieren und sich um bestimmte Zeit in Ariqua zu ihren Füßen werfen wollte. Der geschickte Diener war bei Zurückbringung der Schüssel und Abstattung des gehorsamsten Danks von seinem Herrn so glücklich, der Dame das Billettgen unvermerkt in die Hand zu stecken. Diese befahl, daß man dem Diener alle seine Ficken voll Früchte stecken sollte. Weil nun dieser Kerl, etwas lustiges Gemüts war, liefen alle ihre Bedienten hinter ihm her, mittlerweile bekam die Dame Zeit, Elbensteins Antwort zu lesen, worüber sie in höchstes Vergnügen gesetzt wurde. Endlich, da die lustigen Geister wieder zurückkamen, befahl die Dame, daß sie im Hause bleiben sollten, sie aber ging mit dem Diener etliche Schritt in einer Galerie fort, riß eine schöne Aprikose ab, tat einen einzigen Biß darein, wickelte hernach dieselbe in ein reines Papier und sagte: »Da! bringet diese Eurem Herrn, nebst meinem Herzen, und wo Ihr getreu seid, soll es Euer Schade nicht sein.« Hiermit drehete sie sich ganz unpassioniert um, der Diener machte seinen Reverenz und kehrte zu seinem Herrn, beide setzten sich zu Pferde und ritten ihres Weges.

Wenn aber Elbensteins Magen gleich bis unter das Kinn angefüllet gewesen wäre, so hätte er sich doch nicht entbrechen können, diese angebissene Aprikose annoch zu essen, ja sie schmeckte ihm dermaßen delikat, daß er sich nicht entsinnen konnte, zeitlebens dergleichen Leckerbissen gegessen zu haben. Bei Vorbeipassierung des Schlosses hatte er das Glück und Vergnügen, seine neue Amasiam im Fenster gucken zu sehen, der er nebst einer charmanten Miene ein obligantes Kompliment machte, nachhero aber seinem Pferde die Sporen gab und zu rechter Zeit in Battaglia angelangete, allwo er sich sogleich durch den Oberhofmeister bei dem Marchese melden ließ, auch bald hernach in einem von vier Bedienten des Marchese begleiteten Wagen nach Hofe abgeholet und nach abgelegter Kommission mit zur fürstlichen Tafel gezogen ward.

Indem nun der Marchese über die Visite des Fürsten in ein besonderes Vergnügen gesetzt war, so ließ er Anstalten machen, demselben auf zwei italiänische Meilen entgegenzufahren und ihn aufs prächtigste zu bewillkommen.

Man hält es nicht vor ratsam, die Magnifizenz, Kostbarkeiten, herrliche Traktamenten und andere Divertissements, als Opern, Bälle und dergleichen, so bei dieser durchlauchten Versammlung passieren, ausführlich zu beschreiben, weilen dieses viel zu weitläuftig fallen würde, sondern nur zu melden, daß, nachdem sich beiderseits Fürsten eine ganze Woche hindurch zu Battaglia ergötzt hatten, sie von dem Prälaten eines fünf italiänische Meilen davon gelegenen reichen Benediktiner-Klosters (allwo ein Brunnen war, dessen Wasser wie Milch schmecken soll) auf etliche Tage eingeladen wurden, um sich mit Jagen und Fischen zu belustigen. Beide fürstliche Personen begaben sich also, jedoch nur mit einer kleinen Suite, dahin, um dem geistlichen Herrn nicht allzu viele Ungelegenheit zu verursachen, wannenhero Elbenstein desto leichter Erlaubnis erhielt, auf fünf Tage nach Padua zu reisen, indem er vorgab, daß er daselbst etliche aus Morea gekommene Offiziere besuchen und ihnen, weil sie von daraus nach Deutschland zu reisen gesonnen, einige Galanteriewaren und italiänische Raritäten an seine Eltern und gute Freunde zu über bringen, mitgeben wollte.

Als er aber nur eine halbe Stunde weit von Battaglia hinweg war, wandte er sich gänzlich von der Straße, so nach Padua gehet, ab und gelangete, da es schon dämmrich war, zu Ariqua in dem bedeuteten Gasthofe zum Lämmgen an. Hieselbst ließ er sich ein eigenes Zimmer geben und bat, die Abendmahlzeit bald fertig zu machen, da denn mittlerweile, als der Wirt darzu Anstalt machte, eine betagte Frau in sein Zimmer kam, unter dem Vorwande, das in der Alkove stehende Bette weiß zu überziehen. Diese Alte fragte ihn alsobald, ob er nicht der Kavalier wäre, welcher in vergangener Woche bei dem Schlosse N.N. vorbeigeritten und sich am Weinberge mit Trauben und andern Früchten delektiert hätte. »Ja!« sagte Elbenstein, »der bin ich. Die Früchte delektierten mich ungemein, jedoch lange nicht so sehr als der Anblick einer wunderschönen Dame, die ich im Vorbeireiten aus einem Fenster des Schlosses gucken sahe.« Hierauf meldete die alte Ruffiana, daß eben diese wunderschöne Dame schon gestern in Ariqua eingetroffen wäre und sich in das allernächste Haus bei diesem Gasthofe einlogiert hätte. Ihr, der Alten, als welche ehedem in ihrer Eltern Diensten gewesen, hätte sie seine Person sehr genau beschrieben und dabei befohlen, ihn bei Nachtzeit zu ihr zu führen, weil sie verschiedenes mit ihm zu sprechen hätte. Elbenstein machte allerhand Einwürfe, wie nehmlich dieser Besuch bei nächtlicher Weile eine gefährliche Sache sei. Was würde nicht der Wirt denken, wenn er als ein Fremder so späte aus dem Hause ginge? Über dieses wisse er nicht, was ihm als einem Ausländer, der hier ganz und gar nicht bekannt wäre, etwa vor Gefährlichkeiten aufstoßen könnten. Allein, alle diese Schwürigkeiten und Vorstellungen wurden gleich gehoben, da ihm die Alte einen Schlüssel zeigte, vermittelst dessen in den Garten, welcher an sein Zimmer stieß, zu gelangen wäre; nebst diesen zeigte sie einen andern Schlüssel, mit welchen sie die Hintertür des Hauses eröffnen könnte, worinnen die Dame wohnete. Hiernächst riet ihm die Alte, daß er sich bei dem Essen müde stellen sollte, damit sich der Wirt desto eher bei ihm beurlaube, da sie sich denn zu gehöriger Zeit einfinden und ihn an denjenigen Ort führen wollte, wo er den Überfluß alles Vergnügens antreffen würde.

Wer gern tanzt, dem ist leichte gepfiffen, pflegt man in gemeinem Sprichworte zu reden. Es war ohnedem Elbensteins Sache nicht, diese schöne Gelegenheit auszuschlagen, und wenn er sich auch gleich darbei einiger Gefahr exponieren müssen. Derowegen versprach er der Alten, nebst Darreichung eines Goldstücks, sich auf ihre Klugheit und weise Führung zu verlassen, worauf sich denn diese sogleich in die Küche begab und vorstellete, daß der Kavalier, als ein deutscher hungriger Wolf, bald zu essen und bald hernach zu schlafen verlangte. Der Wirt verabsäumete nicht, ihn bald zu befriedigen, brachte demnach erstlich die Speisen, welche Elbenstein, als ein junger 22 jähriger Mensch, nebst einer guten Bouteille Massiniziererweine sich wohl schmecken ließ. Der Wirt war zwar curieus zu wissen, wes Standes er und was seine Verrichtung etwa dieses Orts wäre, allein er gab sich bloß vor einen Passagier aus, der, um Welschland zu sehen, von einem Orte zum andern reisete und sich, wo es ihm gefiele, zwei, drei oder auch wohl mehr Tage aufhielte; wie er denn seinem Diener auch schon so gestimmt, um auf einerlei Rede zu bleiben. Hierauf gab der Wirt zu vernehmen, daß, obgleich dieser Ort nicht allzugroß und volkreich, dennoch selbiger von langen Jahren her berühmt und in der Historie deswegen bekannt wäre, weil vor alters der berühmte Poet damaliger Zeit, Franciscus Petrarcha, daselbst gewohnt und unter andern sinnreichen Gedichten und Schriften auch viele Verse auf seine geliebte Laura gemacht. Das Haus, worinnen er gewohnet, stünde noch, und die Katze, welche seine Schriften vor den alles zernagenden Ratten und Mäusen verwahret, wäre noch über der Tür seiner Studierstube einbalsamiert zu sehen.

Elbenstein bezeugte demnach dieser und anderer Kuriositäten wegen, welche ihm von dem Wirte in aller Kürze hererzählet wurden, ein Verlangen, einige Tage dazubleiben und sich in diesem Städtgen und dessen angenehmen Revier recht umzusehen; weil er sich aber vor dieses Mal nach eingenommener Mahlzeit ganz schläfrig anstellete, als ließ der Wirt die Speisen abtragen und wünschte ihm eine geruhige Nacht. Unter währenden Speisen hatte die alte Ruffiana der Dame die Ankunft ihres geliebten Kavaliers gemeldet, kam also etwa eine Stunde nach des Wirts Retirade zu ihm hinauf und brachte zur Nachricht, daß die Dame sich über sein Dasein ungemein erfreute und das Vergnügen zu haben verhoffte, ihn diese Nacht um zwei Uhr (welches nach unserer gewöhnlichen deutschen Uhr um zehn ist) bei sich zu sehen. Da nun Elbenstein versicherte, daß es an ihm nicht ermangeln sollte, ihr seine Aufwartung zu machen, versprach die Alte, ihn zu bestimmter Zeit abzurufen, mittlerweile sie nur die übrigen Gäste bei Abwesenheit des Wirts und der Wirtin, als welche beide sich sehr zeitig zu Bette zu legen pflegten, behörig zu akkommodieren und ebenfalls zu Bette zu schaffen bemühet sein wollte.

Ob nun schon Elbenstein von der Reise in etwas ermüdet war, so beschloß er dennoch, die zwei Stunden, so er ohngefähr noch auf sein Vergnügen zu hoffen hatte, mit wachenden Augen zuzubringen, um der Dame nicht als ein verschlossener Düstelkopf entgegenzukommen. Allein da er kaum eine Viertelstunde im Schlafstuhle gesessen und sich den bevorstehenden Zeitvertreib gar zu angenehm vorgestellet hatte, fielen ihm die von der scharfen Luft ermüdeten Augen ganz ohngefähr zu, weswegen ihn denn die alte Ruffiana kurz zuvor, ehe die Glocke zwei Uhr anzeigte, im sanften Schlafe antraf. »Oh!« sagte sie, »was will daraus werden, mein Herr, wenn Ihr ein so großer Liebhaber des Schlafs seid?« »Kehret Euch an nichts«, sagte Elbenstein, »nun habe ich schon vollkommen ausgeschlafen und will mit einem jeden, wer es auch sei, drei Tage und drei Nacht um die Wette wachen.« Die Alte lachte über ihren besten Zahn, ermahnete ihn aber, sich nicht lange zu säumen, weswegen er seinen Hut und Seitengewehr nahm und sich von ihr, weil sie eine kleine Blendlaterne in Händen hatte, durch den Garten in das nächstgelegene Haus führen ließ. Die Alte hielt sich, nachdem sie die Tür eines Zimmers eröffnet, welches durch nicht mehr als zwei auf dem Boden stehende Wachslichter erleuchtet wurde, nicht lange auf, sondern nahm ihren Rückweg und schloß die Türe ab. Elbenstein ging etlichemal im Zimmer auf und nieder, da aber keine lebendige Kreatur zum Vorscheine kommen wollte, wurde er stutzig und blieb mitten im Zimmer stehen. Endlich öffneten sich die Tapeten, und es kam etwas Lebendiges herausgetreten, welches er auf den ersten Anblick vor nichts anders als vor einen Geist hielt, denn außer der Gestalt eines verhüllten Menschenkopfs hatte es von oben bis untennaus einerlei Taille, und zwar ganz weiß bekleidet. Es fehlete nicht viel, daß er nicht ausrief: Alle guten Geister!, denn sein Erschrecken war ungemein groß, zumalen da dieser Geist auf ihn zugegangen kam. Er tat etliche Schritte zurücke und griff in der Angst nach seinem Degen; indem rief dieser eingebildete Geist: »Halt, mein Herr! ich bin Euch nicht gefährlich, sondern wollte nur Eure Courage probieren.« Unter diesen Worten fiel der Schleier vom Haupte, und da erkannte Elbenstein erstlich seine Geliebte Baronne von K., welche sich alsobald näherte und ihn, der fast am ganzen Leibe zitterte, aufs zärtlichste umarmete. Ohngeacht er nun fühlen konnte, daß dieser Geist, welcher sich mit den allerzärtesten einfachen Leinwandskleide überdeckt, Fleisch und Beine hatte, so konnte er seine Alteration dennoch nicht sogleich verwinden, bis endlich die Baronne einen langen seidenen Schlafrock überhing und ihn bei der Hand in ein Nebenzimmer führete, allwo auf zweien Tischen die herrlichsten Weine und Confituren parat stunden. Es waren keine Bedienten zugegen, derowegen gab sich die Baronne selbsten die Mühe, den bestürzten Elbenstein aufs eifrigste zu bedienen, welcher sich denn auch von seinem gehabten Schrecken gar bald wieder erholete.

Sobald er einen ziemlichen Pokal auf dero Gesundheit ausgeleeret und sie ebensoviel Bescheid getan, waren ihre ersten Worte: »Nun habe ich Euch, mein Engel! noch 1000mal lieber als vorhero, da ich sehe, daß Ihr das Herze habt, Euren Degen gegen ein Gespenst oder einen Geist zu ziehen, denn ich kann Euch versichern, daß ich keinen Kavalier ästimiere, der nicht resolut ist, und wenn er auch ein englisches Gesicht hätte und im Leibe noch so wohl gewachsen wäre. Zwar weiß ich mich wohl zu bescheiden, daß auch wohl der resoluteste Kavalier vor einem Gespenste mehr Furcht zu bezeugen pflegt als vor etliche 1000 anrückenden Feinden, allein ich bin, wie gesagt, mit Eurer Aufführung vollkommen zufrieden.« Bei Endigung dieser Worte setzte sie sich von selbst auf Elbensteins Schoß und zählete ihm unzählige Küsse zu, welche er nicht unvergolten ließ. Ja, der Schrecken verschwand hierdurch dergestalt bei ihm, daß er sie bat, den ihr vielleicht selbst unbequemen dicken seidenen Schlafrock abzulegen und sich ihm viel vieler in der vorigen Gestalt eines anbetungswürdigen Geistes zu zeigen. Die Baronesse ließ sich hierzu sogleich willig finden, und ohngeacht die Leinwand ohnedem zart und durchsichtig genung war, so war doch dieses Kleid auch also beschaffen, daß es von allen Seiten mit leichter Mühe voneinander getan werden konnte. Sie vertrieben demnach einander die Zeit bei dem delikaten Weine und Konfekt mit den allerfreundlichsten Diskursen über eine gute Stunde lang, um aber die Hauptsache, warum sie ihn hatte zu sich kommen lassen, auszumachen, führete sie ihn noch in ein anderes Zimmer, allwo beide bessere Bequemlichkeit haben konnten, da denn nach vielen Streitigkeiten, pro & contra, endlich ein süßer Schlaf beiden die Augen zudrückte, worinnen sie jedoch gar bald gestöret wurden, indem die alte Ruffiana kam und vermeldete, daß der Tag bereits anbrechen wolle, weswegen Elbenstein nicht verabsäumen möchte, sich in sein Quartier zu begeben.

Die Baronesse eröffnete ihm demnach nur noch einmal in aller Kürze ihre Gedanken, welche er nach seiner bereits erschöpften Überlegungskraft dennoch zu ihrem Vergnügen beurteilte und, auf ihr inständiges Bitten, folgenden Abend um eben die Zeit wiederzukommen versprach, um die Hauptsache weiter zu traktieren.

Elbensteinen waren diese Prozeßgrillen dergestalt in den Kopf gestiegen, daß er, nachdem er in sein Logis gekommen, keinen bessern

Rat zu erfinden wußte, als sich in sein Bette zu legen und noch einige Stunden zu schlafen, welches er denn so lange tat, bis sein Bedienter drei Stunden nach Aufgang der Sonnen ihn aufweckte und unter währenden Ankleiden vermeldete, daß in verwichener Nacht drei Kutschen mit Dames und Kavaliers angekommen wären, welche ihre in der Nähe daherum liegenden Weinberge wollten lesen lassen. Dieselben hätten gleich mit anbrechenden Tage einige ihrer Bedienten fortgeschickt, um in denen dabei befindlichen Lusthäusern zum bequemen Aufenthalt alles zu veranstalten, mittlerweile sich die Herrschaften vielleicht noch ein paar Tage und Nächte in diesem Gasthofe aufhalten dürften.

Es machte sich Elbenstein hierüber keine besondere Gedanken, nachdem er aber seinen Diener ausgeschickt, ihm ein und anderes, dessen er benötigt war, einzukaufen, kam die alte Ruffiana und brachte von der Baronne von K. einen mit verschiedenen gebakkenen Sachen und Confituren angefülleten verdeckten Korb nebst einer vortrefflichen, annoch sehr warmen Mandelsuppe. Er nahm sich ein Bedenken, von dieser letztern etwas zu genießen, weil er sich eines gefährlichen Betrugs dabei befürchtete. Die alte Ruffiana merkte seine Furcht, schöpfte sich derowegen einen Teller voll und speisete davon mit größten Appetite, weswegen ihm aller Argwohn verging und er also die Supp auf die Gesundheit seiner geliebten Baronne ganz ausaß. Nachdem er nun der Alten im Danksagungskompliment an dieselbe aufgetragen und befohlen, ihm seine Speisen nicht eher als etwa eine Stunde über Mittag von dem Wirte bringen zu lassen, spazierete er in den Garten, um seinen verliebten Gedanken und Erinnerung alles desjenigen, was ihm bishero passieret war, desto ohngestörter nachzuhängen. Er setzte sich demnach in eine, wiewohl nicht eben allzugut angelegte Grotte, denn die Natur zeigte zwar allhier einem Künstler die allerschönste Gelegenheit, ein Meisterstück zu machen, allein entweder war der Wirt kein besonderer Liebhaber von dergleichen, oder es mochte ihm vielleicht an Mitteln fehlen, ein kostbares Grottenwerk anlegen zu lassen. Unterdessen betrachtete Elbenstein erstlich die Wunder der Natur und wie das allerklärste Wasser bald hier, bald dort aus den Felsenlöchern heraussprützete, hernach setzte er sich in einen von Moos zugerichteten Schlafstuhl, worinnen zwei Personen gar kommode nebeneinander sitzen konnten. Er wünschte schon wieder, seine geliebte Baronne an diesem angenehmen Orte bei sich zu haben, weil aber dieser Wunsch vergebens, so verfiel er in tiefe Gedanken, aus welchen er sich erstlich nach Verlauf einer guten Stunde ermunterte und ihm nicht anders zumute war, als ob er geschlafen und geträumet hätte. Da es ihm aber etwas gar zu kühle zu werden begonnte, machte er sich wieder aus der Grotte heraus an die Sonne und ging im Garten auf und ab spazieren, da er denn gewahr wurde, daß die fremden Kavaliers und Dames über seinen Zimmer logierten, derowegen begab er sich aus dem Garten heraus, ging nach dem Stalle, wo seine Pferde stunden, im Rückkehren aber bemerkte er in einem andern Zimmer durch die Fensterscheiben noch mehrere Dames, konnte jedoch nicht sehen, ob sie schön oder häßlich wären, weil sie ihre Gesichter mit Florkappen bedeckt hatten; wiewohl er sich auch hierum wenig bekümmerte, indem ihm das Bildnis der charmanten Baronne von K. beständig vor Augen schwebte.

Er begab sich wieder nach seinem Zimmer und brachte die Zeit mit allerhand Gedanken zu, bis endlich der Wirt nebst der Alten ihm die Mahlzeit auftrugen. Der erstere erzählete, wie einige Kavaliers und Dames begierig zu wissen gewesen wären, wer doch der Herr sein möchte, welcher im Garten spazierengegangen, ja die eine Dame hätte ihn, den Wirt, auf die Seite gezogen und ihm einen Zechin geboten, wenn er ihr den Namen dieses Kavaliers und den Ort, wo er sich ordentlich aufzuhalten pflegte, sagen wollte; allein er habe hoch beteuret, daß er ihre Kuriosität nicht vergnügen könnte, weil sich dieser Kavalier weiter vor nichts als einen Reisenden ausgäbe, der sich an diesem oder jenem Orte, wo es ihm gefiele, zuweilen ein oder etliche Tage aufzuhalten pflegte. »Mein Herr!« sagte hierauf Elbenstein, »Er hat recht geantwortet; damit Er aber nicht Schaden leide, so verehre ich Ihm hiermit zwei Zechins mit Bitte, daß Er jetzo gleich nach der Mahlzeit auf ein paar Stündgen mit [mir] spazierengehen möchte, um [mir] die selbiges Orts befindlichen Merkwürdigkeiten zu zeigen.« Der Wirt stellete sich nunmehro nach abgelegter schuldigen Danksagung vor das empfangene Geschenk noch einmal so dienstfertig und versprach, Elbensteins Befehlen in allen Stücken zu gehorsamen. Dieser ließ sich die Mahlzeit wohl schmecken, ingleichen den trefflichen Wein, den man in selbiger Gegend um billigen Preis haben konnte, und begab sich nachhero mit dem Wirte auf den Spazierweg. Dieser führete ihn vor allererst zu des in seinem Leben sehr berühmt gewesenen Francisci Petrarchae Hause, welches er sehr schlecht und nicht viel besser als ein gemeines Baurenhaus befand, doch dem berühmten Manne zu Ehren besahe er alle Winkel desselben und setzte sich endlich, um ein wenig auszuruhen, auf die Stelle nieder, wo der Sage nach Petrarcha vor diesen seine Schlafstätte gehabt hätte. Er bemerkte über der Tür nicht nur obgemeldte Katze, sondern auch folgende Buchstaben: Francisc. Petrarcha, Aret. Florent. nat MCCCIV. d. XX. Jul. denat. Florent. MCCCLXXIV.

Elbenstein versicherte seinen Wirt, daß er auf Universitäten in Deutschland zwar viel von diesem Manne gehöret und gelesen, müsse aber gestehen, daß ihm als einem jungen Menschen das allermeiste wieder aus der Acht gefallen, weswegen der Wirt, welcher die Geschicht vielleicht von andern Passagiers erzählen hören, also redete: »Mein Herr! Dieser Petrarcha ist ein sehr gelehrter Jurist, Philosophus und Poet gewesen, welcher zu Carpentras, Montpellier und Köln studiert hat. In Rom hat man ihn ohne sein Verlangen zum Poeten gekrönet, wie er denn auch nachhero das Archidiakonat in Parma erhalten, ja er wäre ohnfehlbar Kardinal worden, wenn er dem damaligen Papste Clementi VI. seine schöne Schwester zur Mätresse überlassen wollen. Sonsten sagt man, daß er sich allezeit mit einem ledernen Schlafrocke zu Bette gelegt habe, und wenn ihm etwas von besondern gelehrten Dingen beigefallen, er solches sogleich auf diesen ledernen Rock geschrieben, wannenhero man nachgehends die Vorderteile dieses Rocks und so weit er sonsten reichen können, ganz mit Versen und andern gelehrten Einfällen beschrieben gefunden. Man hat diesen Rock lange Zeit als eine besondere Rarität aufgehoben, endlich aber ist derselbe zur Pestzeit unter andern Sachen mit verbrannt worden.«

»So werden vielleicht«, sagte hier Elbenstein, »auf diesem ledernen Rocke auch viele verliebte Seufzer und vortreffliche Stoßgebetgen an seine geliebte Laura anzutreffen gewesen sein, deren der Herr Wirt gestern gedacht hat?« Wie nun der Wirt zur Antwort gab, daß er solches nicht eigentlich sagen könne, fuhr Elbenstein im Reden fort und fragte: »Ei, mein Herr, gibt es denn dem Volke kein Ärgernis, wenn sich die geistlichen Herrn und sonderlich die Päpste Mätressen halten, wie er mir denn nur jetzo gesagt hat, daß der Papst Clemens VI. des Petrarchae schöne Schwester zur Mätresse verlanget habe?«

»Ei, behüte Gott und alle Heiligen«, versetzte der Wirt, »daß wir von solchen Sachen nichts mehr reden! Kommen Sie, mein Herr! wir wollen weitergehen.« Elbenstein wollte dem ehrlichen Manne nicht mißfällig werden, derowegen folgte er demselben und wurde von ihm zu der Statue des Petrarchae, die von Metall gegossen war, geführet, bei welcher der Wirt erzählte, daß ein gewisser Edelmann, der durch einen vorsätzlichen und frevelhaften Pistolenschuß an der Statue ein Auge verderbet, von der durchl. Republik Venedig auf Lebenszeit bannisiert worden. Nach diesen zeigete ihm der Wirt noch verschiedene vermeintliche Heiligtümer und Raritäten, welche Elbenstein ihm zu Gefallen zwar bewunderte, in der Tat aber nichts besonders Wunderbares daran befand, weswegen er unter dem

Vorwande einer großen Müdigkeit wieder mit ihm zurück in das Gasthaus kehrete.

Kaum war er in sein Zimmer getreten, als ihm der Bediente einen versiegelten Brief überreichte, dessen Titul nach der deutschen Übersetzung also lautete:

An den allervollkommensten
und allervortrefflichsten
deutschen Kavalier
N.N.

Wie nun schon der Titul einige Bestürzung bei ihm verursachte, zumalen da der Diener meldete, daß ein unbekannter Bote denselben überbracht und sich eiligst wieder fortgemacht hätte, so wurde er nach Lesung des Briefes noch um desto mehr bestürzt. Der Inhalt des Briefs aber war folgender:

Allervollkommenster Kavalier!

Eine der vornehmsten, reichsten und schönsten Damen verlanget Euch zu sprechen, in dem Hause einer gewissen Gärtnersfrau, die sich Margaretha nennet, allwo Ihr vernehmen werdet, warum man Euch dahin hat rufen lassen. Hütet Euch aber ja, jemanden, auch nicht einmal Eurem Diener etwas von dieser Sache zu entdecken. Morgen abends gegen zwölf Uhr könnet Ihr, jedoch ohne Begleitung, vor das Niedertor und zwischen den Gärten herunter spazieren, da Ihr denn in der Haustür obgemeldter Margretha eine Weibsperson werdet sitzen sehen, welche Blumenkränze windet. Gehet etwas zeitiger aus und bemerkt das Haus wohl, kommt aber punktuell um zwölf Uhr wieder zurück, da man Euch denn im Vorbeigehen schon anrufen wird. Lebt vergnügt und laßt Euch das Schweigen rekommendiert sein, sonst seid Ihr verloren.

Elbenstein wußte nicht, worzu er sich entschließen sollte, indem er sich bald dieses, bald jenes vorstellete. Er legte sich eine Zeitlang aufs Bette, um dieser Begebenheit ferner nachzusinnen, und endlich, nach langer Überlegung, fassete er den Schluß, sich vors allererste des Lebenswandels und anderer Umstände der Gärtnersfrau so genau, als es nur immer möglich, zu erkundigen. Zu dem Ende befahl er erstlich seinen Diener, nicht aus dem Logis zu gehen, sondern seiner Wiederkunft zu erwarten, weil er wegen eines empfindenden

Schwindels im Haupte sich der frischen Abendluft bedienen und auf ein oder ein paar Stunden vor das Tor spazierengehen wollte. Er spazierte also ganz sachte durch die Straße; gleich vor dem Niedertore aber kam ihm ein Knabe von ohngefähr 14 Jahren entgegen, welcher seiner lahmen Hand wegen ein Almosen von ihm erheischte. Elbenstein gab ihm eine Lira, welche vier Kaisergroschen beträgt, und weil in selbiger Gegend auf der Nähe kein Mensch zu hören und zu sehen war, fragte er erstlich den Knaben, wovon er die lahme Hand bekommen hätte, worauf der Pursche zur Antwort gab, daß ihm sein nunmehro vor zehn Jahren verstorbener eigener Vater nicht nur die Armröhren, sondern auch alle Gelenke der Finger zerbrochen hätte, weiln er als ein Kind seiner Mutter um den Hals gefallen, da sie der Vater aus einem bösen Verdacht erwürgen wollen. »Gehe mit mir«, sagte Elbenstein, »und antworte mir auf alles, was ich dich frage, redlich, so sollst du noch zwei Liren haben.« Der Pursche war willig darzu, und Elbenstein fragte weiter nichts, als wer in diesem oder jenem Hause wohnete. Weilen nun die Häuser ziemlich weit voneinander lagen und Elbenstein sehr langsame Schritte tat, so hatte der Pursche Zeit genug, ihm nicht nur der Bewohner Namen, sondern auch verschiedenes von ihren Umständen zu melden. Endlich fiel Elbensteinen ein Häusgen in die Augen, welches sich seiner Nettigkeit wegen vor andern distinguierte, derowegen sagte er: »Dieses Häusgen wird gewiß vornehmern Leuten gehören?« »Ach nein!« gab der Knabe zur Antwort, »es gehöret ebenfalls nur einer Weingärtnerin, welche aber unter allen andern ohnstreitig die vornehmste zu nennen ist. Aus einer armen Frau ist sie, wie mir meine Mutter gesagt, eine wohlhabende Frau worden, denn ihr Mann ist zwar erstlich nur ein armer Fagino oder Taglöhner gewesen, weil aber sie, die vor der Zeit in einem vornehmen Hause zu Venedig als Köchin gedienet, sich dennoch in ihn verliebt, so wäre ihre Herrschaft so gnädig gewesen, diesen Leuten, nachdem sie sich miteinander verheiratet, von Zeit zu Zeit so viel zu schenken, daß sie sich nachgerade dieses schöne Häusgen, Gärten, Weinberge, Ländereien und dergl. ankaufen und erbauen können. Diese Frau«, fuhr der Pursche im Reden fort, »heißt man nur die glückselige Margaretha, sie ist aber seit etwa einem Jahre her zur Wittbe worden, weil ihr Mann, als er von einem gewissen Herrn von Padua aus mit Briefen weggeschickt, unterweges von einem Banditen dergestalt tödlich verwundet worden, daß er etliche Tage hernach an den empfangenen Blessuren sterben müssen. Den Täter hätte man bekommen und ihm sein Recht getan; unterdessen spürete die Margaretha keinen Mangel in ihrer Nahrung, denn es pflegten zur Zeit der Weinlese sehr viele Dames und Kavaliers bei ihr einzusprechen, weil sie vier sauber meublierte Zimmer jederzeit bereit hielte, und da sie mit den Kochen wohl übereinkommen, auch sonsten alles schaffen könnte, was ein jedes verlangete, so verdiente sie sich sonderlich um diese Zeit ein ungemeines Stücke Geld.«

Aus diesem Berichte und da er, Elbenstein, nunmehro nur das Haus wußte, hatte er schon ziemlichermaßen genung, derowegen wendete er sich mit seinem Begleiter in eine Quergasse, so zwischen den Gärten durchging, gab dem Purschen noch drei Liren und bat, daß er ihn durch einen andern Weg wieder zurück in die Stadt führen möchte, weilen er wegen zugestoßener Müdigkeit seinen vorgesetzten Spaziergang nicht vollführen könnte. Der Pursche, welcher vielleicht in langer Zeit nicht so viel Geld beisammen gehabt, wußte vor Freuden nicht, was er sagen sollte, er küssete dem von Elbenstein wohl 100mal den Rockzipfel und sagte: »Oh! was sind doch die deutschen Kavaliers vor généreuse Leute gegen unsere italiänischen? Wenn ich mit einem von den unserigen zehn Meilen (oder zwei deutsche Meilen) gelaufen bin, bekomme ich kaum nur einen einzigen Lira.« Elbenstein gab dem armen Knaben zu verstehen, wie er bedaurete, daß er eine lahme Hand hätte, sonsten er ihm wegen seiner Redlichkeit gern in Dienste nehmen wolle; als von ohngefähr aber fragte er, ob er nicht wüßte, wie die Kavaliers und Dames mit Namen hießen, welche bei der Margaretha einzukehren pflegten. »Nein!« sagte dieser, »das kann ich nicht sagen, aber ein einzigmal habe ich gesehen, daß Damen dabei sind, die noch schöner sind als die Engel, und die andern sind auch nicht häßlich, denn sie mögen wohl keine häßliche unter sich leiden können; aber, im Vertrauen zu reden, mit der Margaretha hat es wohl Mucken, denn viele Leute sagen, sie habe es selbsten angestiftet, daß ihr einfältiger Mann, dessen sie überdrüssig gewesen, von einem Banditen ermordet worden, weil er nicht nur einsmals bei ihr einen Buhler im Bette angetroffen, von demselben jedoch übel bezahlt worden, sondern auch in der Trunkenheit einsmals von einer Dame, die doch der Margaretha vornehmste Wohltäterin sein mag, ein und andere Begebenheit erzählet. Über dieses habe ich neulichst, da man meinete, ich schliefe, gehöret, daß eine andere Gärtnerin zu meiner Mutter sagte: ›Die Margaretha hat durch ihre Kupplerei gemacht, daß schon mancher braver, frembder Kavalier ums Leben gekommen ist.‹«

Die Haare begunnten Elbensteinen zu Berge zu stehen, als er die letztern Worte dieses Purschen anhörete, jedoch er stellete sich, als ob er wenig davon verstanden hätte, und als er die Pforte sahe, wodurch er wieder in das Städtgen gelangen konnte, dankte er demselben nochmals vor seine Mühe und befahl ihm nunmehro nur, in Gottes Namen nach Hause zu gehen. Sobald dieser etliche Schritt von ihm, sprach er bei sich selbst: ›Verflucht sei Margaretha und ihre Mordgrube! Nein! wo solche Sirenen wohnen, da will ich nicht hinkommen, sondern mich, solange es sein kann, mit meiner schönen Baronne vergnügen, hernach auf und darvon reisen.‹ Unter dergleichen Gedanken gelangete er wieder in seinem Logis an, da denn die alte Ruffiana sogleich kam und fragte, wo er gewesen und ob er etwa andere Courtoisie gesucht hätte. »Meine liebe Mutter!« gab er zur Antwort, »Ihr scheinet mir, wie alle alten Leute, etwas wunderlich zu sein. Wo wollte ich denn ein größeres Vergnügen finden können als bei der Baronne von K., die ihresgleichen an Annehmlichkeiten auf der ganzen Welt nicht haben kann.« »Nun, so habt Ihr«, versetzte die Alte, »den rechten Glauben, und ich habe Euch nebst dem allerfreundlichsten Gruße von derselben zu vermelden, daß Ihr, sobald es dunkel worden, zu ihr kommen möchtet, damit sie Abschied von Euch nehmen könne, weilen sie heute einen Expressen von ihrem Gemahl bekommen, mit dem Befehl, daß sie morgen mit dem allerfrühesten aufbrechen und nach Hause kommen möchte, indem eine starke Gesellschaft ihrer Befreundten, von Dames und Kavaliers, als morgen auf ihren Schlosse eintreffen und sich mit Jagden, Fischereien, Bällen und dergleichen ergötzen wollten.«

Durch diese Nachricht wurde Elbenstein einesteils bestürzt, weil er seine anmutige Baronne so bald entbehren sollte, anderteils aber auch beruhiget, weilen er solchergestalt den Fallstricken der Margaretha desto geschwinder entgehen könnte, als vor welchen er sich einigermaßen zu fürchten Ursach hatte. Demnach ließ er dem Wirt durch die Alte sagen, daß, weil er diesen Mittag späte gespeiset, er abends mit kalter Küche vorliebnehmen und sich desto zeitiger zu Bette legen, die Mahlzeit aber doch vor voll bezahlen wollte. Solchergestalt blieb er des Wirts Besuchung überhoben, als welcher es vielleicht auch nicht ungern sehen mochte, weiln er seinen andern Gästen desto besser aufwarten konnte. Diese hochmütigen Italiäner fragten ihn, warum der Deutsche nicht Gelegenheit gesucht, mit ihnen in Compagnie zu kommen, allein der Wirt war dennoch so raisonnable, Elbensteinen zu exkusieren, indem er vorstellete, daß dieser ein Mensch von sehr stillen Humeur sei und, da er über dieses sehr wenig italiänische Worte zu Markte bringen könnte, sich allerdings noch scheuete, in dergleichen vornehme Compagnie zu kommen, weiln er vielleicht befürchtete ausgelacht zu werden, da er nur erstlich sehr wenige Wochen in Italien gewesen.

Das Frauenzimmer hielt Elbensteins Partie gegen die Kavaliers, so daß diese sich gezwungen sahen, ihnen recht zu geben. Sobald aber die starke Compagnie die Lichter ausgelöscht, kam die Alte zu Elbensteinen und vermeldete, wie es nunmehr Zeit wäre, sich zur Baronne zu verfügen, weswegen er sich alsobald zurechte machte und mit ihr, jedoch ohne Laterne, durch den Garten fortschlich, damit sie nicht etwa von annoch wachsamen Augen belauert werden möchten.

Beide kamen glücklich an Ort und Stelle, ohne von jemanden bemerkt zu werden, die Alte retirierte sich sogleich, Elbenstein aber wurde von der charmanten Baronne dergestalt liebreich empfangen, daß er vor Vergnügen fast ganz aus sich selbst gesetzt war. Die Traktamenten von den delikatesten Sachen stunden zwar parat, allein sie hielten sich nicht lange darbei auf, weiln beide begierig waren, den Prozeß ins reine zu bringen, welchen sie in voriger Nacht ventiliert hatten. Elbenstein, der das Jus auf Universitäten ex fundamento gelernet, brachte ein; es passierte Satz und Gegensatz; es wurde protestiert, appelliert, leuteriert, summarum der ganze Schlendrian durchpraktiziert, endlich aber baten sich beide Teile gegeneinander Spatium deliberandi aus, um vielleicht einen gütlichen Vergleich zu treffen; allein es kam ganz plötzlich eine Karosse dergestalt schnell die Gasse heruntergefahren, daß die Fenster in allen Häusern schütterten. Die Karosse hielt eben vor diesem Hause stille, und es wurde an der Tür derselben entsetzlich stark angepocht, weswegen die Wirtin vom Hause, welche eine Befreundte der Baronne von K. war, zum untersten Fenster herausrief: »Wer da?« »Ich bin es, meine Werteste!« rief eine Stimme aus dem Wagen und fragte zugleich: »Ist meine Gemahlin noch hier?« »Ja!« sagte die Hauswirtin, »sie ist hier und liegt schon in guter Ruhe. Warten Sie, mein Herr, ich will gleich Licht machen lassen.« Unter diesen Wortwechsel sprunge die Baronne von K. aus dem Bette und schrie mit heiserer Stimme: »Ach, sanct Antonie! das ist mein Mann.« Elbenstein war ebenso geschwind, raffte seine Kleider zusammen und war so glücklich, ehe das Haus geöffnet wurde und man den Baron mit dem Lichte zu seiner Gemahlin bringen konnte, sich durch die Hintertreppe und durch den Hof an den Garten seines Quartiers zu schleichen. Als er aber die Gartentür probierte, fand er dieselbe verschlossen. Mittlerweile fand er vors ratsamste, sich anzukleiden, und da solches völlig geschehen, vermüssete er nichts als seinen Hut, Degen und Stock, welche drei Stück ihm entsetzliche Sorgen verursachten. Allein hier half nichts als die liebe Geduld, denn weil er über die hohen Mauren nicht springen konnte, mußte er sich mit der größten Gelassenheit so lange zu verbergen suchen, bis er sahe, wie es ihm weiter erginge.

Das alte Murmeltier war allerdings schuld an dieser seiner Verdrüßlichkeit, denn sobald sie ihn zur Dame begleitet hatte, schloß sie die Gartentüre wieder zu und wartete im Gasthofe ihre Geschäfte ab, legte sich hernach unbesorgt zur Ruhe. Kaum aber hatte der Himmel zu grauen angefangen, als sie schon wieder munter ward, sich sachte durch den Garten schlich unddie Tür ganz leise eröffnete. Ihre Bestürzung war ungemein groß, als sie Elbensteinen in solchen Zustande daselbst antraf, und über den zurückgelassenen Hut, Stock und Degen wollte sie fast verzweifeln, wenn sie sich vorstellete, was darüber vor ein Unglück würde entstanden sein. Es lief aber die Sache besser ab, als sie sich eingebildet hatte, indem weil die Baronne ein Nachtlicht gehabt, sie nicht nur Elbensteins Sachen auf die Seite bringen, sondern auch das Bette in gehörige Form bringen können, so daß nicht zu bemerken, daß zwei Personen in demselben geruhet hätten. Die Baronne eilete hierauf ihrem die Treppe heraufkommenden Gemahl entgegen, empfing denselben mit vielen Küssen und Liebkosungen, und er erwiderte dieses mit den zärtlichsten Karessen, worbei er meldete, daß, als er nach seiner Abreise von Treviso Nachricht erhalten, wie etliche ihrer Befreundten sie auf ihrem Schlosse besuchen wollten, er ihr solches erstlich durch einen Expressen zu wissen getan, nachdem aber der Bote schon fort gewesen, hätte ihn die herzliche Liebe zu seiner wertesten Gemahlin angespornet, dieselbe in eigener Person abzuholen, welches denn die Ursache, daß er so spät gekommen wäre und sie in ihrer Ruhe gestöret hätte. Nun aber diesen Fehler zu verbessern, bäte er, daß sie sich nur alsobald wieder niederlegen möchte, indem er nur noch eine einzige Bouteille Muskatenwein austrinken wollte, weil er empfände, daß er seinen Magen sehr erkältet hätte, hernach sogleich folgen wollte. Dieses wurde von beiden Seiten ins Werk gestellet, und der Baron führete sich vor dieses Mal gegen seine schmeichelhafte Gemahlin dergestalt verliebt und geschäftig auf als der jüngste Kavalier, allein ohne besondern Nachdruck, und weil er des Tages über auch schon eine ziemliche Portion Wein zu sich genommen haben mochte, verfiel er in einen solchen tiefen Schlaf, daß die Baronne, sobald sie hörete, daß die Alte vor der Tür wäre, ganz gemählich aufstehen und ihr den Hut, Stock und Degen zur Tür herausreichen konnte. Diese drückte den Hut in ihren Handkorb und verbarg denselben sowohl als die andern Sachen unter ihrer Baotta oder Regentuche, dergleichen das gemeine Volk zu tragen pfleget, wanderte also über Hals und Kopf zu dem von Elbenstein, welchem dadurch, daß er nicht allein seine Sachen wieder sahe, sondern auch weiln diese gefährliche Aventure noch so glücklich abgelaufen, ungemein erfreuet wurde.

Er erwog die Gefahr, so ihm sowohl als der Baronne daraus entstehen können, da leicht geschehen können, daß, wenn sie beiderseits nach gebüßeter strafbarer Lust von der göttlichen Strengigkeit in einen tiefen Schlaf versenkt worden, der Baron sowohl seine untreue Gemahlin [als auch ihn] der unseligen Ewigkeit würde aufgeopfert haben; welches dieser, als der seine erste Gemahlin aus einem bloßen und ungegründeten Verdachte ins Wasser gestürzt, so daß sie benebst der Leibesfrucht ihr Leben einbüßen müssen, ohnfehlbar nicht würde unterwegs gelassen haben, zumalen da er voritzo viel rechtmäßigere Ursache gehabt, seine Rache auszuüben. Bei solchen Gedanken verging ihm nicht allein aller Schlaf, sondern er wurde dergestalt in seinem Gewüssen gerühret, daß er aufstund, sein Gebetbuch hervorsuchte und Gott um Vergebung seiner Sünden mit herzlicher Reue und Leid über dieselben inbrünstig anflehete und zugleich demütigst dankte, daß er ihn nicht in Sünden dahingerissen. Hierbei nahm er sich den Vorsatz, sobald er mit seinem Fürsten wieder in N. angelanget, Urlaub, nach Venedig zu reisen, von demselben zu nehmen und daselbst bei den deutschen Kaufleuten Mons. Hopffern und Bachmeyern anzusuchen, daß sie ihm Vorschub tun und beförderlich sein möchten, bei ihren Priester zu beichten und zu kommunizieren. Denn es hatten zu damaligen Zeiten diese Kaufleute zu Venedig einen in Augspurg ordinierten protestantischen Priester bei sich, welcher, um nicht erkannt zu werden, in coleurten Kleidern einherging.

Jedoch wieder auf Elbensteinen zu kommen, so hatte er sein bellendes Gewissen durch diesen Vorsatz einigermaßen beruhigt, so daß er auch ein paar Stunden schlafen konnte. Allein was ist doch das Herz eines wollüstigen Menschen vor ein veränderliches Ding! Denn als er kaum wieder erwacht war, kam die alte Ruffiana und brachte ihm von der Baronne eine versiegelte Schachtel nebst einem beweglichen Abschiedskompliment; ja sie konnte nicht genugsam beschreiben, wie kläglich und jämmerlich sich diese schöne Dame gebärdet, daß sie sich so plötzlich von ihrem liebsten Kavalier getrennet sehen sollte. Endlich aber habe sie sich damit getröstet, daß ihr Anschlag, auf eine Zeitlang nach N. zu reisen, die schönste und beste Gelegenheit zuwege bringen würde, ihren geliebtesten Kavalier wiederzusehen und seiner Liebe zu genießen. In dieser Hoffnung wäre sie mit ihrem Gemahl diesen Morgen abgereiset, nachdem sie ihr mit einer wehmütigen Miene nochmals zu verstehen gegeben, alles wohl auszurichten.

Elbenstein gab seiner gewöhnlichen Générosité nach der Alten noch ein wichtiges Trinkgeld, so daß sie hiermit allein vor ihre gehabte Mühe vollkommen wohl zufrieden sein konnte, ohngeacht er nicht zweifeln durfte, daß die Dame dieselbe gleichfalls reichlich genug beschenkt haben würde. Da ihm aber das alte Rastrum ganz ungewöhnliche und recht lächerliche Danksagungskomplimente machte, wurde er endlich ganz froh, daß dieselbe ihrer Wege ging. Sobald sie fort, schloß er die Tür seines Zimmers ab, brach die versiegelte Schachtel auf und fand zuoberst darinnen einen mit Blut beschriebenen kleinen Zettel, der ihm folgende Worte zu vernehmen gab:

Mein Auserwählter!

In Ermangelung der Dinte steche ich mit einer Nadel so oft in die Finger, bis ich Euch, wiewohl mit einer elenden Feder, zuschreiben kann, daß Ihr der einzige seid, den ich auf dieser Welt im allerhöchsten Grade liebe; dieses ist vor diesmal genung gemeldet. Nehmet dieses wenige als ein Zeichen meiner Treue und zum geneigten Andenken an, weil ich voritzo auf der Reise mich nicht im Stande befinde, ein mehreres zu tun, liebet mich auch wenigstens nur halb so sehr, als Euch liebet

Eure

Getreue.

Bei so zärtlichen Ausdrückungen fing sein Herz schon wieder zu schmerzen an, und da er vollends ihr ganz ungemein akkurat getroffenes, in Wachs poussiertes Bildnis, welches in einer goldenen mit kostbaren Steinen besetzten Kapsel lag, fand, hatte er ein so heftiges Vergnügen darüber, daß er die dabeiliegende, mit lauter Zechinen angefüllte Tabatière sozusagen fast gar nicht in Betrachtung zog. Er stunde ganz entzückt und würde vielleicht noch in etliche Stunden seine Augen nicht von diesem Brustbilde gewendet haben, wenn nicht jemand gekommen wäre und an seine Tür geklopft hätte. Solchergestalt deckte er ein Schnupftuch über die schönen Raritäten und sahe nach, wer vor der Tür wäre. Es war der Wirt, welcher fragte, ob ihm heute nicht beliebte zu speisen. Man hätte immer auf seinen Befehl gewartet, nunmehro aber, da es bereits zwei Stunden über Mittag wäre, bäte er nicht ungnädig zu vermerken, daß er anfragte. Elbenstein dankte vor die gute Vorsorge und entschuldigte sich damit, daß er über ein bei sich habendes Buch geraten wäre und sich dergestalt darinnen vertieft hätte, daß er weder nach der Uhr gehöret noch an das Essen gedacht hätte; nunmehro aber bäte er, die Speisen aufzutragen.

Dieses geschahe, der Wirt aber, so ihm aufwarten wollte, mußte sich auf sein inständiges Verlangen an den Tisch setzen und mit ihm speisen, weilen Elbensteins Diener adrett genung war, beiden aufzuwarten. Unter währenden Speisen kamen sie auch auf gut Gewehr zu reden, da denn der Wirt erzählete, wie vor etlichen Jahren ein Paar ungemein saubere Pistolen bei ihm versetzt worden, welche er gern wieder verkaufen wollte, wenn er nur seine Währgeld wieder bekäme, die Zinsen möchten immerhin zurückbleiben. Elbenstein bat, daß ihm der Wirt diese Pistolen nach Tische in den Garten bringen möchte, allwo er sie besehen, probieren und nach Befinden einen Kaufmann darzu abgeben wolle. Nach abgetragener Mahlzeit war der Wirt nicht faul darzu. Elbenstein befand die Pistolen ungemein sauber und judizierte, daß sie kein Geringer geführet haben müsse, er bemerkte auch aus ein und andern, daß sie nicht uneben schießen müßten, machte demnach die Probe, ließ sich von dem Wirte einen Zirkel mit Kreite auf ein Brett machen und schoß nach dem Mittelpunkte, welcher etwa so groß als ein Kaisergulden war. Nun meinete zwar der Wirt, Elbenstein ziele nach dem gemalten Mittelpunkte, dieser schlaue Fuchs aber hatte sich zu seinem Zweck einen Ast er wählt, welcher mehr als einer Spanne lang von dem Mittelpunkte entfernet war, traf auch denselben zu seiner innerlichen Freude akkurat. Jedennoch rief er: »Das war gefehlt, aber einmal ist keinmal, ich muß es mit jeder noch dreimal probieren.« Er tat solches, traf aber niemals in den Zirkel, weil er sich allemal außer demselben ein besonderes Fleckgen merkte, welches er denn keines Messerrückens breit verfehlte. »Ewig schade!« sagte Elbenstein demnach, »daß diese saubern Pistolen nicht akkurat schießen.« Der Wirt, welcher sich auch ein guter Schütze zu sein bedünken ließ, schoß mit jeder Pistole auch dreimal, kam zwar zweimal in den Zirkel, doch lange nicht nahe genung an den Punkt, weswegen er sich zwar geschickter zu sein bedünkte als Elbenstein, jedoch gestehen mußte, daß die schönen Pistolen eben nicht gar zu gut schössen. »Nun!« sagte Elbenstein, »wollen wir einmal sehen, was meine tun, welche nicht des vierten Teils soviel Ansehen haben.« Dennoch befahl er dem Diener, ihm seine Pistolen zu langen. Elbenstein ladete sich allezeit selbst und schoß auf sechsmal das Zentrum dergestalt heraus, daß man ein Ei hindurchstecken konnte. Der Wirt sperrete Maul und Nase auf, und da Elbenstein ihm erlaubte, auch sechsmal daraus zu schießen, traf er das Zentrum zweimal, der weiteste Schuß unter sechs aber kaum zwei Querfinger breit darvon.

»Es ist wahr«, sprach der Wirt, »diese sind besser, ohngeacht sie nicht soviel Ansehen haben.« Nach diesen belustigten sie sich noch weiter mit Schießen, denn der Wirt mußte Elbenstein ein und andere Äpfel und Aprikosen zeigen, welche er von den Bäumen heruntergeschossen haben wollte, und jener traf mit seinen eigenen Pistolen alle dergestalt akkurat, daß mancher Apfel und Aprikose in viele Stücken zersprunge. Endlich fragte Elbenstein: »Mein Herr, wie hoch hält Er Seine Pistolen?« »Ach«, antwortete dieser, »wenn ich alles rechnen wollte, so stünden sie mir wohl vor mehr als zwölf Zechinen, wenn man mir aber acht Zechinen bar Geld hinzählete, würde ich mich nicht lange besinnen, dieselben anzunehmen, denn mit Gelde kann ich ehe was erwerben als mit Pistolen.« Elbenstein tat, als ob er sich eine Weile besönne, endlich zohe er seine Goldbeurse hervor und sagte: »Ich will einmal einen Hazard wagen, hier sind die acht Zechinen. Ich weiß einen Meister, der dergleichen Gewehr sonst ganz gut zurichten kann. Trifft's ein, daß er ihnen helfen kann, so ist's gut, wo nicht, so muß ich mich damit begnügen lassen, daß sie doch eine gute Parade im Zimmer an der Wand machen.« Der Wirt mochte wohl höchst erfreut sein, daß er die Pistolen nur los wurde und bar Geld davor bekam, Elbenstein aber hätte sie nach der Zeit, da er immer mehr und mehr probiert, auch beständig akkurat befunden hatte, keinem vor 24 Zechinen hingegeben.

Vor dieses Mal ging er auf sein Zimmer, allwo ihm die Gedanken einkamen, daß er diesen Abend in der Margaretha Behausung eine Visite abzulegen hätte; allein es schauderte ihm die Haut darvor, zumalen er nicht wußte, was er vor Personen darinnen antreffen würde und ob er sich statt eines eingebildeten Vergnügens nicht in die größte Gefährlichkeit stürzen könnte. Demnach nahm er das Bildnis seiner geliebten Baronne abermals vor sich, küssete dasselbe wohl mehr als 100mal aufs allersubtileste und redete als ein verliebter ... nicht anders mit demselben, als ob die Baronne in Lebensgröße persönlich zugegen wäre. Endlich aber besann er sich selbsten, daß er Torheiten beginge, packte derowegen das Porträt wieder ein und resolvierte sich, um die verliebten Grillen in etwas zu vertreiben, vor das Obertor spazierenzugehen. Demnach ließ er bei dem Wirt anfragen, ob er ihm Gesellschaft leisten wollte. Dieser, welcher vermerkte, daß der Spaziergang vor das Obertor nicht so leer ablaufen würde, zumalen da er den besten Wein selbst lieber trunk als den schlechtesten, war gleich parat und führete Elbensteinen, welcher vorgab, daß er die Gegend vor dem Obertore noch nicht betrachtet, da hinaus.

Als sie kaum 500 Schritt außerhalb passieret, zeigte ihm der Wirt in der Nähe ein Gartenhaus und sagte: »Mein Herr! Sie mögen es glauben oder nicht, in diesen Hause trifft man den besten Wein an, der in Welschland weit und breit nicht besser und delikater zu finden ist.

Ich weiß aber nicht, wie es zugehet, daß der Wein nur allein in diesem Hause so vortrefflich schmeckt, denn ich habe zu verschiedenen Malen den allerbesten ausgekostet, mir etliche Bouteillen davon abziehen und in mein Haus tragen lassen, allein nachhero hat ein jeder sogleich schmecken können, daß meine Weine weit besser gewesen als diese. Es ist ein rechtes Wunder«, fuhr der Wirt fort, »daß auch die schlechtesten Weine in diesem Hause so ungemein delikat schmecken, sobald sie aber, es sei in Gläsern, Bouteillen, Fässern oder was es vor Geschirr ist, nur zehn oder 20 Schritt über die Straße getragen werden, ist die Delikatesse weg und schmecken dieselben nicht anders als andere gemeine Weine.« »Vielleicht«, versetzte Elbenstein, »wird der Wirt dieses Hauses etwa hübsches Frauenzimmer im Hause haben?« »Ach, nichts weniger als dieses, denn der Wirt und die Wirtin sind ein Paar sehr alte, aber sehr fromme und religieuse Leute, deren beide Töchter und die Magd, die sie haben, ungemein häßliche Personen. Allein die beiden frommen Alten haben sich nicht allein den heil. Antonium von Padua in Lebensgröße aus Holz geschnitzt in ihr Haus geschafft, sondern sollen auch würklich eine Reliquie von ihm in ihrer Gewalt haben, welcher letztern eben das Wunder zugeschrieben wird, daß der Wein, sobald er aus dem Revier ihres Hauses getragen wird, seine Delikatesse verlieret.« Elbenstein mußte in seinem Herzen über die Reden seines Wirts lachen, doch ließ er sich nichts merken, sondern sagte: »Ei, so bin ich doch curieux, nicht nur den delikaten Wein zu kosten, sondern auch das Wunder zu probieren. Kommet, mein Herr! wir wollen auf dieses Haus losgehen und dem heil. Antonio unserer Ehrerbietung bezeigen.« Der Wirt schiene damit wohl zufrieden zu sein, sie traten durch das Haus in die Stube hinein und fanden, weil es eben Sonnabend war, keine Gäste, sondern die drei Frauenzimmer, deren Gestalt er sich nicht häßlicher einbilden können. Elbensteins Wirt forderte eine Bouteille vom allerbesten Weine, indem er vorgab, daß er einen recht vornehmen deutschen Kavalier zu ihnen geführet hätte, mithin gern Ehre einlegen wollte. Die Bouteille wurde nebst reinen Trinkgläsern gebracht und die eine Tochter gefragt, wo Vater und Mutter wären, worauf die Antwort fiel, daß sie in einem andern Zimmer ihre Andacht vor dem heil. Antonio verrichteten. Der Wirt trunk Elbensteinen zu, dieser tat Bescheid und gab auf jenes Befragen, ob er wohl delikatern Wein in Italien getrunken hätte, zur Antwort: »Nein! dieses ist der allerdelikateste, den ich zeit meines Lebens bis auf diese Stunde gekostet.« »Nun, mein Herr!« versetzte der Wirt, »um Ihnen des Wunders zu überzeugen, so kommen Sie nur gleich, nehmen Sie selbst die Bouteille in die Hand, damit Sie versichert bleiben, daß kein Betrug vorgeht. Ich will die Gläser nehmen, wir wollen nur etliche 20 Schritt über die Grenzen dieses Hauses gehen, hernach sagen Sie mir Ihres Herzens Meinung.« Elbenstein gehorsamte dem Wirte, nahm die Bouteille in Arm und ging mit ihm. Sobald sie etliche 20 bis 30 Schritt vom Hause hinweg waren, nötigte ihn der Wirt, sich auf einen grünen Hügel niederzulassen, selbsten ein Glas einzuschenken und dasselbe auszutrinken. Dieser folgte, kaum aber hatte er das Glas ausgeleeret, als der Wirt recht begierig fragte: »Nun, wie schmeckt der Wein allhier?« Elbenstein stellete sich sich ganz bestürzt und tat, als ob er gar nicht zu Worten kommen könnte, endlich aber sagte er mit einem tiefgeholten Seufzer und gen Himmel gerichteten Augen: »Oh! Wunder über Wunder! dieses hätte ich nimmermehr geglaubt, wenn ich es nicht selbst empfunden hätte; denn die Delikatesse des Weins ist bereits über die Hälfte weg. Was würde nicht werden, wenn man ihn noch weiter trüge?« Der Wirt trunk auch und sagte: »Ja! es ist wahr, über die Hälfte ist die Delikatesse schon weg; allein wir wollen jeder nur noch ein Glas zu mehrerer Überzeugung trinken, sodann wieder ins Haus gehen, denn was sollen wir uns mutwilligerweise um den guten Geschmack bringen.« Elbenstein ließ sich's gefallen, bejahete nochmals, daß der Wein hier sehr schlecht schmeckte, und sobald der Wirt sein Glas auch ausgetrunken und eben dasselbe bekräftiget hatte, begaben sie sich wieder zurück ins Haus.

Kaum hatten beide in der Stube am Tische Platz genommen, als der Wirt Elbensteinen aufs neue von eben dieser Bouteille zu trinken nötigte. Dieser tat es und wurde hernach befragt, wie der Wein nun wieder schmeckte. Elbenstein stemmete die Ellbogen auf den Tisch und hielt die Hände vor beide Augen, schüttelte auch öfters den Kopf, um eine sonderbare Verwunderung anzuzeigen, endlich aber sprach er: »Zeit meines Lebens will ich an dieses Wunder gedenken, denn nunmehr schmeckt der Wein aus eben dieser Bouteille eben wieder so delikat als zuallererst, so daß ich gestehen muß, solange ich in Italien bin, noch nicht dergleichen getrunken zu haben.« Allein vor dieses Mal war Elbenstein wohl ein rechter Spottvogel, denn er mußte zwar bei sich selbst gestehen, daß dieses kein schlechter, sondern ein solcher Wein war, der die mittelmäßigen übertraf, jedoch hatte er schon binnen der Zeit, als er in Italien sich aufgehalten, Weine von weit besserer Nummer getrunken. Sein ganzes Werk aber war nur, sich dem Wirte gefällig zu erzeigen, je doch denselben heimlich bei der Nase herumzuführen.

Sie führeten demnach alle beide noch verschiedene Diskurse über dieses wunderliche Wunder, bis endlich der eisgraue alte Hauswirt nebst seiner ebenfalls eisgrauen alten Hausehre hereingetreten kam und seine Gäste mit den allerandächtigsten Worten und Gebärden bewillkommete. Da ging nun der Diskurs von dem Miracul aufs neue an, welcher, wenn man denselben allhier repetieren wollte, viel zu langweilig und verdrüßlich fallen würde. Weiln aber demnach der Wein Elbensteinen ganz wohl schmeckte, als trunk er seiner geliebten Baronne Gesundheit so öfters in Gedanken, daß er endlich einen ziemlichen Schwür[b]el im Kopfe fühlete. Jedennoch bezeigte er gegen seinen Wirt ein Verlangen, den heil. Antonium von Padua zu sehen; dieser sein Wirt persuadierte also den alten Hauswirt bald dahin, sie alle beide in das Appartement zu führen, wo die hölzerne, doch aber sauber gemalte und verguldete Statue stunde. Es war dieses Appartement einer kleinen Kapelle nicht unähnlich, indem ein Bet-Altar, verschiedene Lichter und andere geistliche Zieraten darinnen anzutreffen waren. Da nun, wie bereits gemeldet, Elbenstein vom Weine etwas begeistert war, tat er diesem Heiligen mehr Ehre an, als er sonst jemals einem hölzernen Bilde erzeiget hat, ja er stellete sich gar, als ob er etwas Besonders auf den Herzen hätte und den heil. Antonium heimlich um Hülfe anrufte. Dieses gefiel dem alten eisgrauen Manne dergestalt wohl, daß er nach der Zurückkunft in die Trinkstube ein paar Bouteillen von noch weit bessern Weine herauflangete. Elbensteins subtile Zunge schmeckte bald, daß dieses aus einem weit bessern Fasse wäre, sagte es derowegen ganz deutlich heraus, allein der alte Mann beteurete, daß es eben vom vorigen Weine wäre, und wenn er ihm ja besser schmeckte, so wäre es ein Merkzeichen, daß der heil. Antonius sein Gebet erhöret hätte. Elbensteins Wirt bekräftigte solches, weswegen Elbenstein vor Freuden in die Hände klatschte, sich aber in dem guten Weine vollends dergestalt begeisterte, daß sein Diener und der Wirt ihn fast nach Hause und ins Bett tragen mußten. Soviel Verstand hatte er noch, seinem Diener zu sagen, daß er die Mittagsmahlzeit eine gute Stunde zeitiger als gewöhnlich bestellen, hernach die Pferde parat halten sollte, weil er gleich nach Einnehmung der Mahlzeit fortreisen wollte.

Ein Rausch, den man sich mit Vergnügen trinkt, schadet vieler Leute Meinung nach nicht halb soviel, als wenn man bei Zank, Streit, Ärgernis und Grillen der guten Sache zuviel tut. So ging es diesmal Elbensteinen, denn die Sonne präsentierte sich kaum am Rande des Horizonts, als er sich ermunterte und nichts weniger als einen Rausch im Kopfe oder sonsten einige Incommodité bei sich spürete, hergegen befand er sich ganz aufgeräumt und munter. Derowegen stund er aus dem Bette auf, rief seinem Kerl, damit er ihn ankleiden möchte. Dieser kam und meldete erstlich, daß sein Pferd aufstützig worden wäre, weswegen er einen Schmidt gelanget, der ihm die Adern geschlagen[55] und Arzenei eingegeben, anbei befohlen hätte, es bis gegen Mittag anzusehen, da er denn, wenn es sich binnen der Zeit nicht gebessert, dem Pferde noch etwas anders brauchen wollte. »Außerdem«, sagte der Kerl weiter, »gab mir ein Junge, eben als ich vom Schmiede kam, diesen Brief und sagte darbei, ich sollte diesen Brief meinem Herrn, sobald er aufgewacht wäre, selbst in die Hände geben, so lieb mir mein Leben wäre. Hiermit lief die Teufelskröte darvon.« Elbenstein lachte und sagte zum Diener: »Gehe also nur hin und besorge das Pferd, damit ich weiß, ob ich heute fortkommen kann oder nicht, denn mit meinem Ankleiden hat es solchergestalt noch ein paar Stunden Zeit.« Der Diener hatte kaum die Türe zugemacht, als er den Brief recht begierig aufbrach und denselben also gesetzt befand:

Unbesonnener Kavalier!

Was wegert Ihr Euch, einer der vornehmsten und schönsten Damen aufzuwarten, gegen welche 100000 und noch mehr Seufzer von 1000 andern Kavaliers ausgestoßen werden, die sie aber im geringsten nicht, sondern nur Eure Person ästimiert? Saget, was bewegt Euch darzu, ein Glück mit Füßen von Euch zu stoßen, welches so viele fußfällig gesucht und dennoch niemals finden können! Euer Glück ist's daß Ihr eine gute Vorsprecherin gehabt habt, sonsten wäret Ihr vielleicht schon nicht mehr in dem Register der Lebendigen befindlich. Allein erkläret Euch, ob Ihr diesen Abend um die bestimmte Zeit erscheinen wollet oder nicht! Im Verweigerungsfall wird man nicht eher ruhen, bis Ihr zu Grabe getragen seid, erscheinet Ihr aber am bestimmten Orte, so stehet Euch der Himmel Eures Vergnügens offen, auch wird Eure Gefälligkeit aufs reichlichste belohnet werden. Bedenket Euer Bestes und schicket durch Euren Diener einige Antwortszeilen an die Statue der Francisci Petrarchae, allwo in der Mittagsstunde ein Knabe, der einen gelben Rock trägt, dieselben von ihm abfordern wird. Fasset einen frischen Mut und trauet

Eurer

unbekannten Freundin.

P.S. Eine gute Stunde hernach schicket Euren Diener wieder an denselben Ort, da werdet Ihr auf Euer Schreiben nochmalige Antwort bekommen.

Elbensteinen brach unter währenden Lesen dieses Briefes der Angstschweiß aus, er wünschte sich, 100 Meilen von diesem Orte entfernt zu sein. Wollust, Liebe, Furcht und Todesangst stritten miteinander. Was war aber zu tun? Er hielt vors ratsamste, in folgenden Terminis zu antworten:

Allerwerteste unbekannte Freundin!

Ich bekenne selbst, daß ich gestern einen gewaltigen Fehler begangen habe, indem ich der mir zugeschickten Ordre nicht nachgelebet. Den ganzen Tag habe ich mit Schmerzen auf die bestimmte glückselige Stunde gehofft, und endlich ließ ich mich von meinem Wirte persuadieren, zu Vertreibung der melancholischen Gedanken nur auf ein paar Stündgen mit ihm spazierenzugehen. Ich hielt es selbst vor ratsam, um etwas aufgeräumter zu werden; derowegen führete er mich vor das Obertor in den Garten St. Antonii. Nun weiß ich nicht, wie es zugegangen ist, daß ich mich in ein paar Bouteillen Wein dergestalt vollgetrunken habe, daß ich von meinen Sinnen nichts gewußt, dieserwegen auch noch bis diesen Augenblick noch so krank bin als ein Hund. Jedennoch aber erfordert die Pflicht und Schuldigkeit gegen meinen gnädigsten Fürsten und Herrn, daß ich noch heute von hier abreisen und Tag und Nacht reiten muß, um demselben von meinen Verrichtungen eiligsten Rapport abzustatten. Die englische Dame darf ja nur befehlen, wenn und an welchem Orte ich in Zukunft meine untertänigste Aufwartung bei ihr machen soll, so werde mich bei gesunden Zustande aufs eifrigste bestreben, mit großen Vergnügen Dero untertänigster Knecht zu sein.

Mit diesen Antwortszeilen schickte Elbenstein seinen Diener binnen der Zeit, als er mit dem Wirte eben in der Mittagsstunde zu Tische saß, nach der Statue des Petrarchae. Kaum ließ sich der Diener daselbst blicken, als der gelbröckigte Junge auf ihn zukam und mit einer barbarischen Miene einen Brief von ihm abforderte, auch als ein Kommandeur dem Diener befahl, daß er ja gleich nach Verlauf einer Stunde wiederkommen und von ihm fernere Nachricht ablangen sollte, damit er, der Junge, nicht lange auf ihn warten dürfte. Der Diener schüttelte den Kopf und wußte nicht, was er bei dieser Historie gedenken sollte, klagte es aber seinem Herrn, welcher, indem er schon vom Tische aufgestanden war und im Stalle selbst nach den Pferden sahe, hierüber (jedoch mit beängstigten Herzen) lachte und weiter nichts sagte: »Kehre dich doch nichts an die hiesige liederliche Canaille, gehe in einer Stunde wieder hin und siehe zu, ob er etwa einen

Brief hat oder ob er dir etwas mündlich sagen will, hernach sattle die Pferde augenblicklich, denn ich will heute noch fort.«

Hierauf ging Elbenstein wieder nach seinem Zimmer und trunk mit seinem guten Wirte noch eine starke Anzahl Gläser Wein zum Valete, so daß beide bald anfingen zu taumeln; ehe er sich's aber versahe, kam sein Diener, rufte ihn in die Schlafkammer und überlieferte ihm ein Billett, welches der gelbröckigte Junge zurückgebracht hätte, der Inhalt desselben aber war folgender:

Halsstarriger!

Glaubet nur nicht, daß man einige Exquisen von Euch anzunehmen gesonnen ist, sondern Ihr müsset absolut in Person erscheinen, um Euren begangenen Fehler zu entschuldigen und denselben zu verbessern suchen, woferne Ihr nicht ein blutiges Rachopfer einer bereits ziemlich in Harnisch gebrachten Dame werden wollet, welche Mittel genung weiß, Euch bis an das Ende der Welt verfolgen zu lassen. Man weiß ohne Euer Bekenntnis alle Eure Tritte und Schritte, die Ihr gestern nach der Mittagsmahlzeit getan habt, und es ist ein großes Glück vor Euch, daß Ihr gestern nirgends anders als im Garten St. Antonii Eure Zeit passieret, wäret Ihr aber in ein Haus geraten, worinnen schöners Frauenzimmer anzutreffen gewesen, so hätte man Euch vielleicht das Lebenslicht schon ausgeblasen, denn dieser Dame, welche in ihrer Liebe sehr beständig, ist nichts empfindlicher als die Untreue und Verachtung ihrer Person. Man hoffet ferner auf keine schriftliche Antwort von Euch, sondern versichert sich, daß Ihr diesen Abend um die bestimmte Stunde selbst kommen werdet.

Nunmehr wollte bei Elbensteinen guter Rat teuer werden, und es war einesteils gut, daß er schon wieder ein kleines Räuschgen hatte, denn solchergestalt schlug er die sorgsamen und ängstlichen Gedanken ziemlichermaßen aus dem Sinne, beschloß, auf den Abend der Dame seine Aufwartung zu machen, bei dem Wirt aber, damit dieser von seinen Aventuren nichts merken möchte, Abschied zu nehmen und sich zu stellen, als ob er heute noch etliche Meilen zurücklegen wollte. Demnach ging er aus der Kammer heraus und traf den Wirt noch in seiner Stube an, weil er aber dessen Forderung bereits vergnügt hatte, rief er seinem Diener, daß derselbe die Pferde vorziehen sollte, mittlerweile er mit dem Wirte heraus ins Haus ging und noch etliche Gläser Wein ausleerete und sich hierauf weit betrunkener anstellete, als er in der Tat war.

Der Diener und der Wirt hatten Mühe genung, bis sie ihn aufs Pferd brachten, sobald er aber nur im Sattel saß, sagte er: »Nun! da ich nur sitze, hat es keine Not, denn binnen einer halben Stunde ist alles vorbei.« Derowegen nahm er nochmals Abschied von dem Wirt und ritt ganz sachte und gemächlich nach dem Untertore zu. Vor diesem Tore hatte er ehegestern bei seinem Spazierengehen noch eine Hostaria oder Gastherberge bemerkt, die nicht weit von der Margaretha Behausung war. Indem er nun ganz nahe an diese Hostaria gekommen war, hielt er stille und fragte seinen Diener mit schwerer Zunge: »Wo bin ich?« »Herr!« sagte dieser, »wir sind kaum zum Tore heraus.« »Ich kann ohnmöglich weiterreiten«, sprach Elbenstein, »hilf mir vom Pferde und bringe mich in ein Haus, daß ich nur ein paar Stunden schlafen kann.« Diese Worte hörete der Wirt, welcher in der Tür der Hostaria stund, kam derohalben herzugesprungen und half den Betrunkenen ganz gemächlich vom Pferde heben, führete ihn auch in ein fein meubliertes Zimmer, in welchen ein Bette stund, auf dieses fiel Elbenstein ganz taumelnd hin und stellete sich, als ob er augenblicklich einschliefe. Der Wirt und der Diener ließen ihn ohngestört liegen, wie er lag, und gingen auf die Seite, sattelten die Pferde ab und gaben ihnen Futter, weil doch allem Ansehen nach heute an kein weiteres Reiten zu gedenken war. Elbenstein war würklich in einen süßen Schlaf verfallen, doch schlief er dergestalt mit Sorgen, daß er sich gleich bei Untergang der Sonnen wieder ermunterte, seinen Diener rief, daß er ihm Schuhe und Strümpfe bringen und die Stiefeln abziehen sollte, weiln er zwischen den Weinbergen und Gärten hinaus spazierengehen und seinen Rausch vollends austummeln wollte.

Er begab sich also aus der Hostaria heraus, ging vor der Margarethen Wohnung vorbei und setzte sich zwischen zweien Gärten hinter ein belaubtes Gepüsche, allwo er nicht leicht von jemanden gesehen werden, jedoch alles beobachten konnte, was zu der Margarethen Haustüre aus und ein passierte. Er hatte allhier den allerangenehmsten Prospekt vor sich, sowohl wegen der da herumgelegenen schönen Weinberge und Gärten als auch der in selbigen erbaueten kostbaren Paläste. Die Zeit wurde ihm also gar nicht lang, zumalen da eben der Mond aufging, der mit seinem Glanze die an sich selbst schöne Gegend noch weit angenehmer machte. Über dieses wurden seine Ohren gleichfalls durch die angenehmste Instrumental- und Vokalmusik vergnügt, welche in den meisten Palästen und Lusthäusern dasiger Gegend gemacht wurde, weswegen er sich in dieser seiner Einsamkeit recht vergnügt und von dem kleinen Rausche vollkommen verlassen befand, mithin unter vorwitzigen Betrachtungen abwartete, was ihm begegnen würde. Endlich ward er gewahr, daß aus einem gewissen

Palais zwei Personen herausgegangen kamen, an welchen er aber anfänglich nicht erkennen konnte, ob es Mannspersonen oder Frauensleute wären. Es nahmen dieselben erstlich einen langen Umschweif und kamen hernach an den Gärten herunter spaziert, zwischen welchen Elbenstein verdeckt saß. Da erkannte er nun, daß es zwei propre gekleidete Bäuerinnen waren, die sich hoch aufgeschürzt hatten und deren jede eine Cistella oder Handkörbgen am Arme trug. Indem sie nun vor dem versteckten Elbenstein ganz gemächlich vorbeigingen, sagte die eine mit einer angenehmen und zarten Mundart: »Ich bilde mir bis auf diese Stunde noch nichts weniger ein, als daß er kommen werde.« »Und ich«, versetzte die andere mit einer weit gröbern Sprache, »bilde mir bis auf diese Stunde nichts weniger ein, als daß er außen bleiben werde.« »Geschicht's«, sagte die erste wieder, »so ist's sein Glück, denn ich liebe ihn sehr heftig, wollte mich also lieber mit demselben ergötzen als ihn töten lassen.« Was die andere hierauf antwortete, konnte Elbenstein nicht mehr vernehmen, weil sie schon zu weit von ihm waren, als er aber sahe, daß die beiden Bäuerinnen gerades Wegs auf der Margaretha Haus los und endlich in dasselbe hineingingen, zweifelte er keinesweges mehr, daß wenigstens die eine verkleidete Bäuerin eine Standesperson und ohnfehlbar eben diejenige sei, welche seine Aufwartung verlanget hätte. Die Worte, welche die erste gesprochen: ›Ich liebe ihn sehr heftig‹ etc., verschafften ihn einen großen Trost, denn es lagen ihm nicht allein die Worte noch in Gedanken, welche der Junge, so ihn ehegestern abends geführt, in seiner Einfalt ausgesprochen, sondern er hatte auch sonsten schon gehöret, daß unter den vornehmsten und schönsten italiänischen Damen solche barbarische, ja teuflische Gemüter anzutreffen wären, welche ihren Amanten, nachdem sie deren Karessen überdrüssig worden und ihre Geilheit auf diesmal genug gestillet befunden, endlich mit einer Giftsuppe oder Stilettade den Lohn zu geben pflegten. Bei solchen Gedanken zitterte ihm allerdings das Herz im Leibe, wenn er sich aber im Gegenteil vorstellete, von einer der vornehmsten und schönsten Damen embrassiert zu werden und was er sonsten vor Vergnügen bei derselben würde zu empfinden haben, begunnte die Furcht vor der Gefahr allgemach zu verschwinden, und er wartete nunmehro mit Schmerzen auf den bestimmten Glockenschlag. Dieser ließ sich endlich hören, es war aber nicht anders, als wenn ihm zu gleicher Zeit jemand ein Messer ins Herz gestochen hätte, er sprang auf, blieb eine Weile stehen und besann sich, ob er in die Hostaria zurückgehen, seine Pferde satteln lassen und bei dem hellen Mondenschein fortreuten oder in der Margaretha Behausung gehen wollte.

Zuletzt prädominierte doch bei ihm die tollkühne und wollüstige Jugend, weswegen er mit bedachtsamen Schritten auf der Margaretha Wohnung zuging, unter dem Vorsatze, alles zu wagen, weiln man doch dem gemeinen Sprichworte nach aus zweien Übeln dasjenige erwählen müßte, welches einem am erträglichsten vorkömmt.

Sobald er gegen die Tür kam, gab ihm eine darinnen sitzende Weibsperson durch Winken und Husten zu verstehen, daß er näher kommen möchte. Er gehorsamete und wurde gefragt, ob er derjenige Kavalier wäre, welcher heute durch einen gelbröckigten Jungen Briefe zugeschickt bekommen hätte. »Ja!« sagte Elbenstein, »der bin ich, auch willig und bereit, den darinnen enthaltenen Befehlen, soviel mir mensch- und möglich ist, aufs allergenauste nachzukommen, es mag mir auch darbei begegnen, was nur immer will.« Hierauf gab die Weibsperson zur Antwort: »Seid gutes Muts und sorget vor nichts, mein Herr! denn es stehet Euch ein besonderes Glück und nicht das geringste Unglück vor, wendet aber nur alle Euren Fleiß und Kräfte an, Euch bei einer der qualifiziertesten und vollkommen schönen Damen recht beliebt und angenehm zu machen und dieselbe nach ihrem Wunsche zu vergnügen.« Hiermit führete sie Elbensteinen die Treppe hinauf, eröffnete ein wohlausgeputztes Zimmer, welches nur von einem einzigen Lichte erleuchtet wurde. Der mit allerhand Confituren und Weingläsern besetzte Tisch stund der Türe gleich gegenüber, und an demselben saß eine von den verkleideten Bäuerinnen, welche er bei sich hatte vorbeigehen sehen. Sobald er ins Zimmer eingetreten und die Tür hinter ihm zugeschlossen war, stund sie auf und ging ihm etliche Schritte entgegen. Elbenstein hingegen fiel vor ihr auf das eine Knie nieder und deprezierte seinen gestern begangenen Fehler mit herzbrechenden Worten. Sie hörete ihn eine kleine Weile zu, sagte aber kein Wort, weil sie eine grüne Sammetmasque vor dem Gesichte hatte. Endlich legte sie ihre zarte Hand auf seinen Mund zum Zeichen, daß er nunmehro hiervon nur schweigen sollte, ihm aber auch ein Zeichen zu geben, daß sie nicht mehr zornig sei, klopfte sie ihm mit beiden Händen sanfte auf die Backen, führete seine Hand zu ihren Munde, welche sie wegen der Masque zwar nicht küssen konnte, doch gab sie mit ihrem Munde einen klatschenden Laut zum Zeichen, daß dieses so gut als geküsset wäre, nach diesen griff sie ihm unter die Arme und hub ihn also von dem Fußboden auf, präsentierte ihm einen Stuhl, sich neben sie zu setzen, schenkte zwei Gläser Wein ein und gab mit finkelnden Augen und einem charmanten Kompliment, jedoch ohne [ein] einziges Wort zu reden, zu verstehen, daß sie seine Gesundheit trinken wollte. Elbenstein war schon froh, denn nunmehro, glaubte er, würde sie ihr schönes Gesicht entblößen, allein weit gefehlet!

Denn ehe er sich's versahe, hatte sie vermittelst eines goldenen Röhrchens in größter Geschwindigkeit das ganze Glas ausgeleeret. Das war ihm nun zwar eben nicht gelegen, jedoch ließ er sich nichts merken, sondern trunk den Pokal, welchen sie ihm eingeschenkt hatte, auf ihre Gesundheit rein aus, hierauf wurde er etwas drüster, küssete ihre mit kostbaren Perlen und Ringen gezierte Arme und Hände, die an Zärtlichkeit den Sammet und an Weiße den Alabaster übertrafen, ingleichen die unvergleichliche halb entblößete Brust vielmalen und bewunderte nicht allein diese, sondern auch ihre schöne Kehle, den wohlproportionierten Leib und Schenkel, ingleichen die mit Perlen und edlen Steinen gestickten Schuhen gezierte, artige kleine Füße. Alles dieses war mehr als zuviel, Elbensteins geile Triebe vollkommen zu erregen und die sündlichen Wollustfunken in lichterlohe Flammen zu verwandeln, weswegen er zu seufzen anfing und sich mit feuervollen Augen nach dem auf der Seite stehenden Bette umsah, die Dame seufzete gleichfalls, druckte aber ihre Augen feste zu, weswegen er es wagte, aufzustehen und sie vom Tische hinwegzuführen. Sie ließ mit sich umgehen, als er nur selbst wollte ...

Um aber den äußersten Zirkel der Ehrbarkeit nicht zu überschreiten, schlägt man bei dieser Passage etliche Blätter im Manuskript des Autoris zurück und meldet nur so viel, daß beide Verliebte einen scharfen und öfters wiederholten Streit miteinander hatten, bis endlich die Dame mit gebrochenen Worten und ächzender Stimme sagte: »Son stanca mio Bene! un pocho di riposo. Ich bin müde, mein Leben! laß mich ein wenig ruhen.« Nunmehro wurde Elbenstein erstlich überzeugt, daß er mit keiner stummen Amour zu tun hätte, weswegen er ihr sonsten noch allerhand Schmeicheleien erwiese und sich endlich an den Tisch setzte, woselbst er erstlich etliche Zimmetmandeln speisete, hernach aber zu Stillung seines heftigen Dursts etliche Gläser Malvasier auf seiner unbekannten Schönen Gesundheit austrank. Er war in seinem Herzen und Gedanken vor Vergnügen dergestalt verwirrt, daß er nicht einmal daran gedachte, ob dieselbe vielleicht nicht Appetit zum Trinken haben möchte, bis sie selbsten sagte: »Mein Engel, reichet mir ein einzig Glas Wein und mein Röhrchen darzu, welches dort in der Schale liegt.« Er säumete sich nicht, ihr aufzuwarten, mittlerweile richtete sie sich im Bette auf und zohe den dargereichten Wein durch das Röhrchen in sich, da er aber sowohl eines als das andere wieder an Ort und Stelle gebracht, reckte sie ihren aufgestreiften Arm ihm entgegen, weswegen er sich neben sie an das Bette setzte und Arme, Hände und Brust aufs neue inbrünstig zu küssen anfing.

Sie machte ihm mit Drückung der Hände und dergleichen verschiedene Gegenkaressen, weswegen er sich die Freiheit nahm, sie auf das allerzärtlichste zu bitten, daß sie doch die Masque von ihrem englischen Angesichte ablegen möchte. Sie schwieg erstlich eine gute Weile stille; als aber Elbenstein nochmals darum anhielt, sagte sie mit einer ernsthaften Stimme, worbei sie sich zugleich in die Höhe richtete: »Mein Kavalier! ich liebe Euch von Herzen, und zwar dergestalt, als ich noch keinen Menschen auf der Welt geliebt habe, allein ich bitte Euch, verlanget nicht noch mehrmalen von mir, daß ich mich vor Euch demasquieren soll, so lieb Euch Euer Leben ist. Unterdessen will ich Euch, ohne mich selbst zu loben, auf das teuerste versichern, daß unter dieser Masque kein häßliches, sondern eins von den feinesten Gesichtern in ganz Italien verborgen ist. Ich mache mir aber aus meinem Gesichte eben keinen Staat, weil ich weiß, daß mich die gütige Natur mit andern Annehmlichkeiten zur Gnüge besorgt hat, das aber muß ich gestehen, daß ich sehr eigensinnig bin und niemanden liebe als denjenigen, an welchen ich etwas Vollkommenes nach meinem Goût finde. Derowegen verscherzet dieser unnötigen Curiosité wegen, welche bei der Hauptsache wenig oder nichts zusetzen oder abnehmen kann, meine vollkommene Gunst und Liebe nicht, forciert mich auch nicht weiter, mich zu demasquieren, bei Verlust Eures Lebens.«

Elbenstein vermerkte gleich bei der Dame ernsthaften Sprache und Stellung, daß sie sich über sein Begehren etwas alteriert hatte, weswegen er vor ihren Bette niederkniete und unter beständigen Küssen ihrer Hände und Füße dieselbe wegen seines abermals begangenen Fehlers um Verzeihung bat. Er fügte hinzu, daß ihm sein Schutzengel dero überirdisches Bildnis dergestalt im Geiste vorgezeiget, daß nichts fehlte, als daß er in der Malerkunst erfahren wäre, sonsten wollte er es ohnfehlbar dergestalt abschildern, daß sie, die Dame, selbst bezeugen sollte, wie er es nach dem Originale, welches er doch nie zu sehen das Glück gehabt, akkurat getroffen habe. Derowegen müsse er bekennen, daß er eben hiernach nicht so begierig gewesen, als nur dero unvergleichliche Lippen zu küssen, deren Purpurfarbe er durch die Öffnung der Masque zwar nur in etwas erblicken können, allein sie hätten gleichsam als ein Magnet seinen Mund und Herz dergestalt an sich gezogen, daß er gemeinet, er müsse verzweifeln, wenn er sich nicht ausbäte, diese himmlische Lippen zu küssen.

»Oh! du kleiner Schmeichler!« sagte die Dame, indem sie sich wieder aufs Bette streckte, »komm her und lege dich neben mich.« Elbenstein ließ sich nicht zweimal nötigen, sondern gehorsamte gleich, erschrak aber nicht wenig, da in selbigem Augenblicke eine Maschine von der Decke herunter gefahren kam, welche das Licht dergestalt bedeckte, daß man im Zimmer keine Hand vor Augen sehen konnte. Er wußte nicht, was dieses bedeuten sollte, unter der Zeit aber hatte die Dame die Masque auf die Seite getan und legte ihren bloßen Mund auf seinen Mund, gab ihm auch in einem Atem mehr als 100 Küsse. Endlich im Abziehen sagte sie:»Nun! da hast du meinen bloßen Mund, küsse dich satt, allein, mein Leben! der Schwur, den ich getan, vor dir mein Angesicht verborgen zu halten, solange ich an diesem Orte bin, wird von mir nicht gebrochen.« Elbenstein küssete demnach im Finstern nicht allein den zarten Mund, sondern auch die Augen und Wangen viele 100mal, bis ihn endlich die Dame erinnerte, vor dasmal von diesem Spiele abzustehen und das Hauptspiel wieder vorzunehmen. Er machte sich sogleich fertig darzu, und unter dieser kurzen Zeit sagte die Dame noch:»Du hast doch recht, meine andere Seele! daß kein Liebesgenuß recht vollkommen zu nennen ist, wenn das Küssen des Mundes darbei verweigert wird.« Elbenstein küssete sie demnach noch etlichemal auf den Mund, worauf das sogenannte Hauptspiel wieder angefangen wurde; nachdem sie aber selbiges ohngefähr fünf- oder sechsmal wiederholet, zeigte die Glocke die Mitternachtsstunde an, weswegen die Dame Elbensteinen zu vernehmen gab, daß dieses die Zeit wäre, da sie voneinander scheiden müßten, doch bäte sie sich aus, daß er folgenden Abends eben um dieselbe Zeit abermals in diesem Hause erscheinen möchte. Elbenstein versprach, ihren Befehlen aufs allergenauste nachzuleben, küssete die geliebten Lippen noch etlichemal und tappte hernach im Finstern nach dem Tische hin, um nicht etwa die Gläser umzustoßen oder sonsten Unglück anzurichten. Sobald aber die Dame nur ihre Masque wieder vorgetan, fuhr die Maschine, welche das Licht bedeckt hatte, plötzlich in die Höhe, und es war wiederum helle in der Stube, so daß Elbenstein alle seine Sachen geschwind finden konnte. Die Dame stieg auf und brachte eine silberne Schale voll Makronen, die sie aus einem Schranke nahm, hergetragen, steckte Elbensteinen alle Taschen voll und schütte[te] die übrigen in seinen Hut mit dem Begehren, daß, ehe er eine davon verschenkte, sie erstlich voneinander brechen und kosten sollte, weil dieses Konfekt sehr stärkte. Er versprach, keine davon zu verschenken, sondern auf ihre Gesundheit alle mit größten Appetite zu verzehren. Hierauf zog sie einen kostbaren Ring von ihren Finger, steckte ihm denselben an seinen kleinen Finger, weil er an keinen andern passen wollte, und sagte:»Diesen behaltet zum Angedenken der heutigen Nacht, künftig ein mehreres.« Wie sie nun unter diesen letztern Worten an einem Glöcklein zohe, küssete Elbenstein nochmals ihre schönen Hände, dankte aufs allerverbindlichste vor das kostbare Geschenk und nahm fast mit weinenden Augen Abschied, bat aber zum Beschlusse nochmals, ihm seine begangenen Fehler völlig zu vergeben und alles das, was ihr an ihm nicht gefiele, gnädigst und liebreich zu korrigieren; worauf sie ihn zärtlich umarmete, an ihre Brust drückte und darbei sagte: »Oh, bella anima in un angelico corpo! Oh! was vor eine schöne Seele in einem englischen Leibe!«

Indem kam Margaretha zur Tür hinein, welcher sie befahl, dem Kavalier die Treppe hinunter zu leuchten, damit er nicht Schaden nähme. Diese gehorsamete, er machte nochmals ein stummes Kompliment, worgegen die Dame die Strahlen ihrer pechschwarzen Augen nochmals auf ihn schießen ließ und sich nach gemachten Gegenkompliment zurückbegab. Als Margaretha die Treppe hinunter geleuchtet, begegnete ihnen im Hause unten die andere verkleidete Bäuerin, an deren Gliedmaßen aber Elbenstein sogleich wahrnahm, daß sie von der gütigen Natur mehr zur Arbeit als zur Galanterie geschaffen worden, indem ihre Hände, Füße, ja der ganze Körper dergestalt vierschrötig beschaffen, daß ein ekeler Buhler sich wenige Mühe darum zu geben Ursach hatte. Jedoch wegen ihrer Treue mochte sie bei der unbekannten Dame in besondern Gnaden stehen, und dieserwegen allein machte ihr Elbenstein ein freundliches Kompliment. Sie ging die Treppe hinauf, Margaretha aber begleitete ihren Gast bis an die Haustüre, allwo er ihr drei Zechins in die Hand druckte und bat, daß sie ihm erlauben möchte, morgen nachmittags in ihren Garten zu kommen, weil er nicht allein ein großer Liebhaber von frischen Obst wäre, sondern auch sonsten ein und anderes mit ihr zu sprechen hätte. Margaretha dankte zuerst vor das empfangene Geschenk und sagte her nach: »Mein Herr! in meinen Garten können Sie wohl kommen, und zwar durch die Tür, so von der Straße hineingehet, denn im Garten können wir von allen Leuten gesehen werden, aber! um aller Heiligen willen, nicht in mein Haus, denn die Dame ist ganz entsetzlich jaloux, und wenn sie erführe, daß Sie, mein Herr! bei mir allein im Hause gewesen, würde sie gleich auf den Verdacht fallen, daß wir einander karessierten; denn ich bin auch noch in meinen besten Jahren, und also könnte es uns allen beiden das Leben kosten, darum ist's am besten, daß wir im freien Garten, wo uns alle Leute sehen können, miteinander reden.« Elbenstein versprach, sich darnach zu richten, nahm gute Nacht von Margarethen und begab sich, nach einer seinem Fleische und Blute sehr wohlgefälligen, dem Himmel aber sehr mißfälligen Bemühung, nach seinem Logis und zur Ruhe.

Was vor verliebte Träume er von dieser unbekannten Schöne gehabt und wie Morpheus ihm dieselbe im Schlafe ohne Masque als ein recht überirdisches Wunderbild vorgestellet, auch was die eigene Phantasie ihm bei zugemachten Augen vor geile Blendwerke vorgegaukelt, ist nicht ratsam anzuführen; als er aber des andern Vormittags aufgewacht und sich ankleiden lassen, brach er eine von den Makronen auf und fand einen Zechin darinnen. (Diese Münze läßt der Doge zu Venedig schlagen, und es galt zu damaligen Zeiten ein Zechin ohngefähr vier Kaisergroschen mehr als ein ungarischer Dukaten.) Elbenstein brach noch mehrere voneinander und fand in einer jeden dergleichen Goldstück, nahm sich auch kein Bedenken, etliche davon zum Frühstücke zu speisen, weil er gedachte, wenn diese Dinger vergiftet wären, ihn damit ums Leben zu bringen, so würde man doch zum wenigsten das Gold gesparet haben, denn er zählete akkurat 100 Stück Makronen und also auch 100 Zechinen. Je mehr er nun hierdurch in der Meinung gestärkt wurde, daß seine unbekannte Amasia eine sehr vornehme und reiche Dame sein müsse, desto stärker vermehrte sich seine ambitieuse Liebe, und er brachte die müßigen Stunden bloß mit eifrigen Nachsinnen zu, wie er künftigen Abend seine Venus recht à la mode bedienen wollte. Bald nach Tische ging er ungescheut in der Margarethen Garten und divertierte sich in selbigen an allerhand Blumen und Früchten, bis endlich die Margaretha ihn gewahr wurde und zu ihm herauskam, da er ihr denn aufrichtig erzählte, wie er in dem Konfekt 100 Stück Zechins gefunden, ihr auch den zehnten Teil davon gab und dieselbe bat, hinfüro noch weiter seine gute Freundin zu bleiben, vor allen Dingen aber ihm zu melden, was seine hohe Gebieterin etwa an seiner Aufführung und ganzem Wesen auszusetzen hätte, damit er sich in Zeiten darnach richten könne, um derselben nicht mißfällig zu wer den.

Margaretha versicherte ihn mit den teuresten Eidschwüren, daß die Dame mit seiner Conduite vollkommen wohl zufrieden gewesen und alles dahin eingerichtet hätte, daß er noch drei Nachtvisiten bei ihr abstatten sollte, binnen der Zeit sie schon Abrede mit ihm nehmen würde, wo sie einander weiter sprechen könnten. Unterdessen könne er vergewissert sein, daß seine Mühe sehr wohl belohnet werden würde, nur aber sollte er sich das Stillschweigen rekommendiert sein lassen, damit kein Mensch von diesen Liebeshändeln einige Nachricht empfinge, weil die Dame ungemein capricieux wäre und in diesem Falle seines Lebens nicht schonen würde, ohngeacht sie ihn auf das allerzärtlichste liebte.

Elbenstein replizierte, daß, wenn er alle Qualitäten und Tugenden sowohl als das Stillschweigen besäße, so verhoffe er vor den allervollkommensten Kavalier zu passieren, worbei er mit Bleistift auf ein im Gartenhause auf dem Tische liegendes Papier folgende Worte schrieb: ›Sil tacere potesse rendermi immortale, non morirei giamais.‹ Wenn Verschwiegenheit mich unsterblich machen könnte, so glaube ich, daß ich wohl nimmermehr sterben würde. Hierauf begab er sich wieder in sein Quartier, stellete sich ganz malade und schlief etliche Stunden, um die bestimmte Zeit aber gabe er dem Wirte zu vernehmen, wie er gestern abends mit einigen Kavaliers ins Spiel geraten, einige Zechins gewonnen und versprochen hätte, ihnen diesen Abend Revanche zu geben. Der Wirt, als ein complaisanter Mann, wünschte ihm Glück zu fernern Gewinste, verwarnete ihn aber dabei, daß er sich ja behutsam aufführen und vor starken Trinken hüten möchte, denn er müsse es selbst seiner Nation zur Schande nachsagen, daß die meisten italiänischen Kavaliers nicht halb so généreux und herzhaft als die Deutschen, im Gegenteil desto heimtückischer und hinterlistiger wären, und wenn sie im Spiele etwas Merkliches verloren, sich gemeiniglich aufs Zanken legten und eine malhonette Rache auszuüben suchten. Elbenstein hergegen versicherte den Wirt, daß diejenigen Kavaliers, welche ihn gestern zufälligerweise in ihre Compagnie genötiget, rechte raisonnable Leute und keine Sklaven vom Gelde wären, über alles dieses ihm die größte Complaisance erzeigt hätten, weswegen er denn, da er ohnedem gesonnen, noch etliche Tage hierzubleiben, sich vorgenommen hätte, dieselben ehesten Tages zu sich in sein Logis zu bitten und sie nach Vermögen zu divertieren. Der Wirt, welcher seinen Profit hierbei zu ziehen gedachte, ließ sich solches gefallen, sorgte weiter vor Elbensteinen nicht, dieser aber ging, sobald es dämmrig zu werden begunnte, durch die Gärten spazieren und um die bestimmte Zeit in der Margarethen Haus. Diese kam ihm sogleich entgegen und berichtete, daß die Dame bereits vor einer guten halben Stunde angekommen wäre und seiner in eben dem Zimmer, wo sie gestern beisammen gewesen wären, mit verliebter Ungeduld erwartete. Bei so gestalten Sachen hielt Elbenstein nicht vor ratsam, eine Minute zu versäumen, sondern begab sich eiligst die Treppe hinauf, ging ohnangemeldet in das Zimmer und traf seine Geliebte in einem langen, goldenen brokatenen Schlafrocke auf dem Faulbettgen liegend an. Sie lag auf den Rücken, und er bemerkte dennoch durch die Masque, daß sie die Augen zugetan hatte, indem das Zimmer nicht wie gestern nur mit einem, sondern mit zwölf Wachslichtern erleuchtet war, so daß es darinnen so helle als am Tage. Er wollte sich nicht erkühnen, sie in ihrer Ruhe zu stören, küssete demnach ihre Hände vielmalen ganz subtil und blieb vor dem Bette auf den Knien sitzen. Endlich wurde sie durch das viele Händeküssen ermuntert, fuhr in die Höhe und sagte: »Ach, mein Vergnügen, seid Ihr schon da? Habt doch die Güte und verriegelt die Tür.« Er war mehr als geschwind, ihrem Befehle zu gehorsamen; als er aber zurücke kam, traf er seine Venus in einer solchen Positur an, daß er vor Vergnügen fast ganz entzückt zu sein schiene, denn sie hatte den kostbaren Schlafrock voneinander getan und präsentierte ihren zarten Körper, wie er geschaffen war, auch sogar ohne Hembde, je doch das Gesicht en Masque. Hier verbietet die Ehrbarkeit abermals, die Entrevue dieser beiden Verliebten und die Lectiones, so sie einander aufgegeben, zu beschreiben. Demnach schlägt man im Manuskript viellieber etliche Blätter zurücke und meldet nur so viel, daß Elbenstein nicht nur diese, sondern auch folgende Nächte niemals morgens vor vier Uhren deutschen Zeigers von ihr kam, jedoch vor seine Mühe ungemein reichlich belohnet wurde, wie sie ihm demnach in der letzten Nacht ein von ihren eigenen Haaren und untersponnenen Goldfaden durchwürktes Armband schenkte, dessen Schloß mit Diamanten und andern kostbaren Edelsteinen reichlich besetzt war. Hierbei meldete sie ihm, daß sie zwar folgenden Morgen von hier abzureisen sich genötiget sahe, allein, er sollte nicht verabsäumen, die Woche vor Martini nach Padua zu kommen und sein Quartier bei der Oreda Todesca zu nehmen, daselbst würde sich ein ihr getreuer Mensch einfinden, der ihn in geheim und sicher zu ihr bringen würde. Er versprach unter tausend Küssen und andern Liebkosungen, den Befehlen seiner schönen Gebieterin aufs genauste nachzukommen, dankte aufs verbindlichste vor die kostbaren Présente, nahm endlich mit einer wahrhaften verliebten Betrübnis Abschied von derselben und begab sich nach seinem Logis, allwo er, weil er sich diese Nacht im Liebeskriege ziemlich abgemattet, bis zehn Uhr vormittages schlief, nach dem Ankleiden aber Anstalten zu seiner fernern Reise machte. Jedennoch trieb ihn eine verliebte Sehnsucht an, diesen Ort nicht eher zu verlassen, bis er noch einmal mit Margarethen gesprochen, um von derselben zu vernehmen, was seine unbekannte Mätresse nach seinem Abschiede etwa von ihm noch erwähnet, dannenhero begab er sich in ihren Garten, allwo sie seiner Person bald gewahr wurde, zu ihm herunterkam und vermeldete, daß ihre Gebieterin vor wenig Stunden abgereiset wäre.

Margaretha nötigte ihn hinauf in das Zimmer, worinnen er sich mit der Dame divertiert hatte, und meldete ferner, wie dieselbe ihr beim Abschiede nochmals anbefohlen, ihm entweder schriftlich oder mündlich die Verschwiegenheit nochmals einzubinden und darbei anzumahnen, daß er, der mit ihr genommenen Abrede nach, auf die bestimmte Zeit sich zu Padua einfinden und versichert sein sollte, daß, woferne er diesen beiden Punkten nachkommen würde, er keinen Schaden, sondern vielmehr einen starken Vorteil davon haben sollte. Dieser versprach beides unverbrüchlich zu beobachten, als er aber seine Blicke auf das Bette oder, besser zu sagen, auf die Walstatt seiner ausgeübten sündlichen Lüste warf und sich erinnerte, was vor verliebte Rencontres darauf vorgegangen, konnte er sich nicht enthalten, dasselbe mit vielen Küssen und sehnsuchtsvollen Seufzern zu beehren und gleichsam hiermit der Göttin der Liebe zur Dankbarkeit noch ein Opfer zu bringen. Margaretha, welches eine ganz wohlgebildete Frau, nicht viel über 30 Jahr und den Liebesübungen sonsten eben nicht abgeneigt war, wurde durch Elbensteins Beginnen inniglich gerühret, sagte derowegen, sie wollte im Namen des Bettes die schuldige Gegen-Dankbarkeit vor die verliebte Beehrung und Abschiednehmung erstatten, unter welchen Worten sie dem von Elbenstein mit entbrannten Augen dergestalt begierig um den Hals fiel und ihm so viele heiße Küsse versetzte, daß, als sie vollends mit gebrochenen Augen auf das Bette zurücksank und ihn nach sich zohe, er sich von derselben solchermaßen bezaubert fand, ihr eben denjenigen Liebeszoll abzustatten, den er vorhero der masquierten Schöne, welche er in seinem Herzen um Verzeihung bat, abgezahlet hatte. Unterdessen aber mußte er hierbei dennoch bekennen, daß die gütige Natur auch zuweilen Personen von geringen Stande etwas besonderes Reizendes vor vielen vornehmen Damen angedeihen lassen, ja es wurde durch diese unvermutete Begebenheit und durch ein und andere besondere Aufführung dieser seiner der Geburt nach zwar bäuerischen, in der Tat aber sehr zivilisierten Mätresse in seinem Herzen eine würkliche Liebe gegen dieselbe erweckt. Denn ob sie gleich nicht so weiß, zart und an der Struktur der Glieder nicht so vollkommen angenehm gebildet war als die masquierte Dame, so konnte er doch aus ihren schwarzen feurigen Augen und bräunlichen Angesichte fast mehr Vergnügen lesen als aus einem Gesichte, welches mit einer Masque bedeckt war und er nicht wissen konnte, ob es etwa durch die Pocken oder andere Flecken und Male verdorben wäre; demnach zwischen Hoffnung und Zweifel bleiben müßte, ob es so vollkommen schön, als er sich selbiges eingebildet, oder ob es häßlich wäre. Zudem so verstunden sich dieser wohlgebildeten Brunette dennoch weißen und fleischigten Arme und Schenkel ebensowohl auf die verliebte Ringekunst als jener ihre fast allzuzarten Gliedmaßen. In summa, gleichwie der menschliche Appetit und lüsterne Mund oftermals ein Gerüchte Kraut oder anderes Zugemüse den delikatesten Braten und dergleichen niedlichen Speisen vorziehet, also verachtete Elbenstein vor dieses Mal die bräunliche, gesunde und muntere Gärtnerin auch nicht und befand diese

Veränderung seinem venerischen Gemüte ganz angenehm, wie denn auch die verliebte Gärtnerin, nachdem ihre Sehnsucht gestillet, ihn mit den allerfreundlichsten Karessen ersuchte, auf eine schlechte Mittagsmahlzeit bei ihr zu verbleiben. Sie wußte ihr Kompliment dergestalt artig vorzubringen, daß Elbenstein sich recht gezwungen sahe, in ihr Begehren zu willigen. Demnach holete sie erstlich einen lebendigen Kapaunen, einen vortrefflichen Fisch, ingleichen ein paar frisch geschossene Rebhühner, befahl einer alten Frauen und ihrer Magd, daß sie alles aufs eiligste und beste zurechte machen sollten, sie aber begab sich, nachdem sie sowohl den Kapaunen als den Fisch selbst abgestochen hatte, mit dem von Elbenstein wieder hinauf in das Zimmer, allwo der verliebte Zeitvertreib auf der plaisanten Ruhestätte der masquierten Dame wiederholet wurde; denn obschon die angenehme Gärtnerin sowohl an Armen als an den Kleidern von den abgeschlachteten Stücken ziemlichermaßen mit Blute besudelt war, so ekelte Elbensteinen dennoch um soviel weniger vor ihr, weil sich die Röte in ihrem Gesichte, teils durch die verliebte Erhitzung, teils durch das angezündete Feuer, sehr stark hervorgetan, mithin wegen der Vermischung auf der bräunlichen Farbe ein nicht unangenehmes Ansehen verursachte und die lüsternen Regungen und Liebesbegierden um soviel desto mehr anreizte. Nachdem sie nun in vollen Vergnügen noch von diesem und jenen einen freundlichen Diskurs geführt, ging Margaretha wieder hinunter und brachte die Speisen herauf, worüber sich Elbenstein nicht wenig verwunderte, indem er sich fast nicht einbilden konnte, wie es möglich wäre, in solcher Geschwindigkeit eine vollkommene Mahlzeit zuzubereiten. Allein er fand alles ungemein appetitlich und wohl zugerichtet, wie denn noch verschiedene Nebengerichte nach italiänischer Art, welche zur Wollust reizen, ingleichen verschiedene Sorten von Confituren aufgesetzt wurden; auch fehlete es der Margaretha nicht an etlichen Bouteillen Malvasier und Vino di Monte Alcino, welches alles vielleicht ein Überbleibsel von der Générosité der unbekannten Dame herrühren mochte.

Dieses alles schmeckte Elbensteinen recht vortrefflich wohl und noch besser als im Gasthofe, weswegen er fast zwei Stunden mit seiner angenehmen Gärtnerin bei Tische zubrachte, nachhero aber derselben nebst einem Gratial von etlichen Zechinen zu vernehmen gab, wie es nunmehro Zeit sei, daß er sich zu Pferde setzen und fortreisen müßte, weil er ohndem nicht wüßte, womit er sich bei seinen Fürsten entschuldigen wollte, daß er so viele Tage über die gesetzte Zeit außengeblieben wäre.

Margaretha hätte die Zechinen gern entbehret, wenn dieser feine Herr nur noch ein paar Tage bei ihr geblieben wäre, denn sie gab solches fast mit weinenden Augen zu verstehen, allein da derselbe die allerhöchste Notwendigkeit und daß seine ganze Renommée darauf beruhete, vorschützete, anbei sie beredete, wie ihm ihre Karessen dergestalt wohlgefallen, daß er in wenig Wochen allhier wieder durchpassieren und in aller Still etliche Tage und Nächte bei ihr verbleiben wollte, gab sie sich endlich zufrieden, jedoch mit der Kondition, daß er ihr nur noch einen einzigen vollkommenen Liebesdienst erweisen mochte. Er, der sich durch die kräftigen Speisen und köstlichen Wein ganz besonders gestärkt befand, hätte es vor eine grausame Unbarmherzigkeit gehalten, ihr solches abzuschlagen, und da sie sich über seine besondere Complaisance ungemein vergnügt bezeigt, nahm er endlich auf eine recht zärtliche Art, nicht anders, als ob er eine der vornehmsten Damen vor sich hätte, Abschied von der Margaretha, jedoch ehe er noch aus dem Zimmer schritte, vermahnete ihn dieselbe, von dieser neuen Historie ja gegen niemanden ein einziges Wort zu melden, widrigenfalls sie beiderseits ein jämmerliches Rachopfer der masquierten Dame werden würden. Elbenstein schwur der Margaretha hoch und teuer zu, solange als er in Welschland lebte, nicht von allen dem zu reden, was ihm binnen diesen wenigen Tagen begegnet wäre, hierbei aber fiel ihm jählings noch ein, ob er, nachdem er die Margaretha ihm so verbindlich gemacht, von derselben in dieser letzten Stunde nicht erfahren könne, wer denn eigentlich die masquierte Dame wäre. Er umarmete sie demnach nochmals aufs liebreichste und gab ihr seine Curiosité zu erkennen. Allein Margaretha erblassete recht, als sie dieses hörete, und sagte: »Mein allerangenehmstes Wesen auf der Welt! ich bitte Euch um alles dessen willen, was über und unter uns ist, verschonet mich mit diesem einzigen Punkte, denn ich habe einen gar zu grausamen Eidschwur tun müssen, Euch ihren Namen nicht zu entdecken. Soviel will ich Euch aber doch aus Liebe sagen, daß Ihr mit einer Dame zu tun gehabt habt, die am Stande in ganz Welschland sehr wenig über sich hat. Nun reiset glücklich, mein Leben! Was hülfe es Euch, wenn Ihr mir ein allzuschwer Gewissen machtet und vielleicht Euch und mich dadurch ums Leben brächtet.«

Solchergestalt sahe und merkte Elbenstein wohl, daß seine Kuriosität in diesem Stücke nicht könnte gestillet werden, derowegen nahm er völligen Abschied von der Margaretha, ging zurück ins Logis, bezahlete den Wirt recht raisonnable, und da seine Pferde schon parat und gesattelt stunden, setzte er sich auf, erreichte auch, weil er den ausgeruheten Pferden die Sporen ziemlich fühlen ließ, auch selbigen

Abend die Stadt Padua. Nachdem er allda in einem bequemen Logis wenig von Speisen und Getränke, jedoch desto mehr Schlaf und Ruhe genossen, begab er sich frühmorgens bei guter Zeit auf den fernern Weg nach Battaglia; indem er aber solchergestalt dem Schlosse vorbei passieren mußte, wo seine geliebte Baronne von K. sich aufhielt, als fing er an, sobald er solches erblickte, ganz sachte zu reuten, war auch so glücklich, dieselbe ganz allein in einem Fenster, aus welchem sie die Heerstraße und ganze Gegend übersehen konnte, zu erblicken. Sie erkannte ihn gleichfalls, und als er seinen Hut abzohe, war sie so gefällig, ihm nicht allein ein charmantes Kompliment zu machen, sondern auch die Spitzen ihrer Finger zu küssen und ihm damit anzuzeigen, daß sie ihm einen Kuß entgegenschickte und herunterwürfe. Elbenstein durfte sich mit nichts anders als mit einem tiefen Hauptneigen revanchieren, weil er befürchten mußte, daß etwa jemand anders im Schlosse durch die Scheiben gucken und seine Mienen observieren möchte. Weiln nun eben dem Schlosse gegenüber das Wirtshaus war, hielt er vor demselben stille, ließ sich ein Stück weiß Brot und ein Glas Wein aufs Pferd reichen und verzehrete also das Frühstück, mittlerweile er seine Augen zum öftern nach dem Schlosse richtete, in Hoffnung, die Baronne noch einmal zu Gesichte zu bekommen. Allein es wollte nichts daraus werden, denn diese war sogleich in ihres Herrn Gemahls Zimmer gegangen und hatte zu demselben gesagt: »Sehet doch, mein Schatz, dort hält ein Kavalier vor dem Wirtshause, wenn ich schweren sollte, so hätte ich ihn bei dem Fürsten von N. gesehen, allein der arme Mensch wird ein schlecht Frühstück bekommen, weiln ich gestern gehöret habe, daß unser Gastwirt in vielen Jahren nicht so schlechten Wein gehabt hat als jetzo.«

Dieses letztere brachte sie mit einer solchen negligenten und lächerlichen Miene vor, daß der Herr Baron sich fast darüber ärgerte und sagte: »Es ist eine schlechte Ehre vor unsern Flecken, allwo wir selbst wohnen.« Augenblicklich aber rief er einen von seinen Laquais und befahl ihm, aufs allereiligste eine Bouteille von dem allerbesten Marzeminerweine nebst einer Schale voll Konfekt dem Kavalier, der dorten vor dem Gasthofe hielte, hinüberzutragen, darbei zu melden, wie er, der Baron, demselben seine gehorsamste Empfehlung machen ließe, anbei besorgte, daß ihm des Wirts Wein vielleicht nicht schmecken würde, weswegen er ihm hier eine Bouteille von dem seinigen, so gut man dieselbe in der Geschwindigkeit ergreifen können, überschickte, anbei gehorsamst bäte, wenn seine Reise nicht allzu pressant, seiner, des Barons, Behausung und ihm die Ehre zu geben, auf ein schlecht Mittagsmahl vorliebzunehmen, damit er das Glück haben möchte, ihn, den er vor einen deutschen Landsmann ansähe, von Person und Namen kennenzulernen. Der Diener war wie der Wind, sowohl den Wein und Konfekt als das Kompliment anzubringen, hätte es auch nicht besser treffen können, indem er vor seinen Weg einen Scudo d'argento (ist ohngefähr 30 ggr. deutsches Geldes) zum Trinkgelde bekam. Elbenstein schickte aber sogleich seinen eigenen Diener zum Herrn Baron, ließ bei Vermeldung seines gehorsamsten Respekts und schuldigster Danksagung vor das Überschickte wissen, daß er des Fürsten von N. Kammerjunker und eben jetzo auf der Rückreise begriffen wäre, wegen einer aufgehabten Kommission Sr. Durchl., die sich noch in Battaglia bei des Marchese Obizzo Hochgeborner Exzellenz befänden, untertänigsten Rapport abzustatten; gratulierte sich anbei höchlich, in dieser Gegend an dem Herrn Baron einen hochgeschätzten deutschen Landsmann angetroffen zu haben, und wollte sich bei anderer bequemerer Gelegenheit das Glück ausbitten, in dessen nähere Bekanntschaft zu geraten, voritzo aber wolle er das Überschickte auf des Herrn Barons Gesundheit zu sich nehmen und sich zu dessen geneigten Andenken bestens rekommendieren.

Sobald der Baron nur die Wahrheit erfuhr, daß Elbenstein ein deutscher Kavalier wäre und bei dem Fürsten von N. in Diensten stünde, bat er dessen Diener, nur noch einen Augenblick zu verziehen, binnen der Zeit er seinen Stock, Degen und Hut langen ließ, sich in Person zu Elbensteinen begab und denselben aufs allerfreundlichste bat, seine fernere Reise wenigstens nur auf einige Stunden aufzuschieben und in seinem Hause mit einer Mittagsmahlzeit vorliebzunehmen. Dieser wegerte sich, ob er gleich vom Pferde gestiegen war, erstlich lange Zeit, als [aber] der Baron, welcher in vielen Monaten mit niemanden deutsch sprechen können, allzu inständig anhielt, ihn nur dieses Mal nicht zu verachten, ließ er sich endlich dem Scheine nach forcieren, über Mittag dazubleiben, da denn die beiden Herren vorausgingen, die Diener aber die Pferde hinterherführen mußten.

Kaum hatte der Baron Elbensteinen in ein propres Zimmer geführet und behörig bewillkommet, als er sogleich seine Gemahlin aus dem Nebenzimmer rief, ihm dieselbe entgegenführete und zu ihr sagte: »Hier, mein Schatz! sehet Ihr einen wertgeschätzten Landsmann von mir, dem die deutsche Treue und Redlichkeit aus den Augen leuchtet, ich bitte Euch, daß Ihr ihm die Zeit passieret, bis ich wiederkomme.«

Es war fast ein Glück sowohl vor die Baronne als vor Elbensteinen zu nennen, daß der gute Herr Baron sich so geschäftig erwies und gleich aus dem Zimmer ging; den beiden verliebten Seelen stieg das Blut dergestalt ins Gesichte, daß auch der allereinfältigste Mensch an ihnen besondere Regungen bemerken müssen, und wenn er auch gleich gewußt hätte, daß sie einander zeitlebens nicht gesehen oder gesprochen hätten. Sobald aber nur die Baronne gehöret, daß ihr Herr die Treppe hinuntergetrappelt war, embrassierte sie den von Elbenstein, gab ihm in der Geschwindigkeit mehr als 100 Küsse und sagte hernach: »O du Glück! wenn werde ich in den Stand kommen, dir es sattsam zu verdanken, daß du mir das Vergnügen gönnest, mein Allerliebstes auf der Welt in meinem eigenen Hause zu küssen?«

Hierauf machte sie erstlich die Tür des Zimmers auf, da aber nichts Lebendiges zugegen, ging das Küssen von neuen an, jedoch ganz gemächlich, so daß allen beiden auch die Röte aus dem Gesichte verschwand, und endlich, da der alte Herr Baron wieder heraufgestapelt kam, stunden sie an den eröffneten Fenstern und schwatzten dergestalt ernsthaft miteinander, als ob keines von beiden jemals ein Wasser trübe gemacht hätte. Weiln aber der Baron anfing, sich mit Elbensteinen in ein Staatsgespräch einzulassen, als machte die Baronne ihr Kompliment und begab sich wieder zurück in ihr Zimmer. Er, der Baron, gab Elbensteinen zu vernehmen, daß, weil er von ihm gehöret, daß sich Sr. Durchl. der Fürst von N. dermalen zu Battaglia bei dem Marchese Obizzo aufhielten, welcher letztere Herr ein naher Anverwandter von der Baronesse, seiner Gemahlin, wäre, so wollte er sich die Ehre nehmen, einen Reisegefährten bis dahin abzugeben, worüber denn Elbenstein sein besonderes Vergnügen, da er nehmlich den Herrn Baron zum angenehmen Reisegefährten haben sollte, in den höflichsten Ausdrükkungen zu erkennen gab. Da nun ein Laquais kam und vermeldete, wie die fremden Dames und Kavaliers sich schon ingesamt bei der gnädigen Frau im Tafelgemach befänden, nahm der Baron Elbensteinen bei der Hand und führete ihn auch dahin. Nach allerseits gewechselten Komplimenten setzte man sich zur Tafel, da sich denn Elbenstein, dem die italiänische Mode schon sehr bekannt worden, ungemein behutsam aufzuführen wußte und seine Blicke dergestalt indifferent sein ließ, daß niemand einigen Argwohn oder widrige Gedanken von ihm schöpfen konnte, sondern ihn ein jedes vor einen der qualifiziertesten Kavalier, der eine besonders lobenswürdige Modestie besäße, deklarierte. Es wollte zwar der Herr Baron nach dem nicht allzu löblichen Gebrauche der Deutschen zum Trunke forcieren, allein da Elbenstein solches seinerseits mit einer höflichen Manier ablehnete und vorwendete, wie er seinem gnädigsten Fürsten den untertänigsten Rapport nicht gern mit schwerer und stammlender Zunge, auch wankenden Füßen abstatten wollte, da über dieses selbigen Abend in Battaglia ohnedem noch scharf genung würde getrunken werden, indem sein gnädiger Herr sowohl als der Herr Marchese, da sie sich einige Jahre in Wien aufgehalten, die deutsche Lebensart sich ganz unvergleichlich angewöhnet, auch solche bis dato noch nicht abandonniert hätten, sondern öfters das Maß der Mäßigkeit überschritten; als fing der Baron an zu lachen, ließ aber Elbensteins Remonstration gelten und einem jeden die Freiheit, nach Belieben zu trinken. Nach aufgehobner Tafel beurlaubte sich Elbenstein von der sämtlichen Compagnie und ging mit dem Barone fort, welcher ihn bat, nur noch eine einzige halbe Stunde zu verziehen, weil er nur noch einen abgeschickten Expressen mit wenig Zeilen zurück zu spedieren hätte, hernach wollte er sich augenblicklich reisefertig machen, mittlerweile möchte er sich doch belieben lassen, noch eine Bouteille Wein einzunehmen, allein Elbenstein deprezierte solches, bat hergegen sich aus, ein wenig hinunter in die freie Luft zu spazieren, weiln er seit wenig Minuten einige Kopfschmerzen empfunden. Der Baron ließ solches geschehen, bat aber dabei, daß er ihn wegen der Nichtbegleitung vor diesmal exkusiert halten möchte.

Als Elbenstein auf den Hof hinunter kam, sahe er eine Gartentür offenstehen, und weil ihm ohnedem der Kopf voller Grillen war, daß er seine geliebte Baronne so plötzlich wieder verlassen sollte, als ging er auf den Garten los, machte die Tür hinter sich zu und ging ganz alleine darinnen spazieren herum, verfiel aber dergestalt in tiefe Gedanken, daß er die Seltenheiten, so in diesem schönen Garten anzutreffen, nicht einmal observierte. Endlich, da eine gute Viertelstunde verlaufen, kam der Weingärtner, welcher ihn vor einigen Tagen mit Trauben und Aprikosen versehen hatte, und bat sich bei Elbensteinen die Gnade aus, daß er ihn doch auf einige Worte anhören möchte. Wie nun dieser sagte, daß er nur reden solle, fing der Mann also an: »Gnädiger Herr, ich habe einen Vetter, welcher in der Residenzstadt unsers gnädigen Fürsten wohnet, dieser arme Mann hat ein kleines Häusgen und Garten, welches an dem Palaste eines reichen Kaufmanns anliegt und den Palast, wie der Kaufmann spricht, beschimpfet. Nun hat mein Vetter nach einem langweiligen Prozesse und auf Zureden anderer guten Leute endlich resolviert, dem Kaufmanne das ganze Wesen käuflich zu überlassen, nur aber um einen solchen Preis, wie dergleichen Häuser heutiges Tages wert sind und wie es von unparteiischen geschwornen Personen taxiert wird. Allein der reiche Kaufmann, welches einer der größten Geizhälse in ganz Welschland ist, will ihm durchaus nicht mehr geben, als so viel meines Vetters Vorfahren, die es in vorigen schweren Kriegen nun freilich wohl um ein Spottgeld gekauft, darvor bezahlt haben. Allein das will mein Vetter nicht tun, unterdessen kostet ihm der Prozeß viel Geld, die Richter aber sind doch immer mehr auf des Kaufmanns als auf meines Vetters Seite, und vor Ihro fürstl. Durchl. kann der arme Mann so leicht nicht kommen, derowegen wollte Ew. Gnaden untertänigst gebeten haben, sich meines Vetters, der sich ehesten Tages bei Ihnen melden wird, anzunehmen und ein Gotteslohn zu verdienen. Die gnädige Baronesse haben mir hier ein kleines Rekommendations Schreiben an Ew. Gnaden gegeben, läßt aber dabei sehr bitten, es dem Herrn Barone ja nicht zu zeigen, auch demselben nicht einmal merken zu lassen, daß sie sich in diese Sache gemischet hätte. In wenig Wochen würde die Frau Baronne selbst nach N. kommen und daselbst eine Kur brauchen, welche ihr von den Medicis angeraten worden, auch etliche Monate daselbst verbleiben, da sie denn Gelegenheit suchen würde, vor solche erwiesene Gefälligkeit und Bemühung gebührenden Dank abzustatten.«

Elbenstein gab zur Antwort, daß er, der Weingärtner, seinen Vetter nur zu wissen tun möchte, daß er sich nächstens bei ihm melden sollte, so wollte er sich sonderlich wegen des Vorspruchs einer so vornehmen Dame keine Mühe verdrüßen lassen, seinem Vetter bei Ihro Durchl. Hülfe zu verschaffen. Indem aber Elbenstein eben im Begriff war, der Dame Brief zu erbrechen, kam sein Bedienter gelaufen und meldete, wie der Herr Baron in völliger Bereitschaft wäre, sich zu Pferde zu setzen, weswegen Elbenstein den Brief hurtig in die Tasche steckte und hervor eilete, da er denn das Vergnügen hatte, die charmante Baronne, wiewohl nur auf zwei oder drei Augenblicke, zu sehen und nochmaligen Abschied von ihr zu nehmen. Aus aller beider verliebten Augen stießen zwei feuervolle Blicke in einer ganz unbeschreiblichen Geschwindigkeit dergestalt aufeinander, daß niemand etwas davon merkte als ihrer beider Herzen, welchen aber nicht anders zumute war, als ob ein glühender Dolch hindurchführe. Hierauf setzten sich sowohl der Baron als Elbenstein zu Pferde und ritten fort, jedennoch war er curieux zu bemerken, ob ihnen die Baronne auch wohl aus den Fenster nachsehen möchte, weswegen er, als ob es von ohngefähr geschähe, einen Handschuh fallenließ, damit er nur Gelegenheit hatte, sich mit dem Pferde umzudrehen, mittlerzeit aber, da sein Diener abstieg und den Handschuh aufhob, hatte er noch die Freude, dieselbe, welche sich fast mit halben Leibe aus dem Fenster gelegt hatte, zu erblicken, da er denn nochmals ein Kompliment hinauf machte, sodann seinem Pferde etliche Kurbetten machen ließ und den Baron nacheilete.

Beide Reisende diskurierten miteinander von lauter besondern Staatssachen, als sie aber ohngefähr eine halbe Meile geritten waren und durch ein dickes Gepüsche passierten, hielt Elbenstein stille, stieg ab, gab seinem Diener das Pferd zu halten und verbarg sich unter dem Scheine, ein opus necessarium zu verrichten, hinter ein dickes Gesträuche; allein nicht dieses, sondern die ungemeine Kuriosität trieb ihn an, der Baronne Schreiben, welches ihm der Weingärtner eingehändiget hatte, zu lesen, welches er denn also gesetzt befand:

Ach, Seele meiner Seele!

Mein Herze hat zwar schon seit der Zeit, ich Dich zum ersten Male erblickt, in Deinen Liebesbanden gelegen, allein heute hast Du durch Deine Klugheit in vorsichtiger Überlegung unserer innigsten Liebe meine Seele vollends, ja vollkommen angefesselt. Ich bin von Deinen anbetungswürdigen Qualitäten dergestalt bezaubert und in Deine anmutige Person verliebt, daß kein Schmerz zu erdenken ist, den ich nicht empfinde, wenn ich des Glücks beraubt bin, Dich, o mein Leben! zu sehen. Die Sehnsucht, Dich wiederum im Vertrauen zu umarmen, martert mich fast zu Tode. Jedoch

> *Ich fühle, was dem Herzen*
> *Die süße Hoffnung lehrt:*
> *Sie saget meiner Seelen,*
> *Die Treu nicht zu verscherzen*
> *Und daß bald alles Quälen*
> *Soll sein in Lust verkehrt.*

Er las und überlas diesen Brief mehr als zehnmal, ja er wäre vielleicht vor Vergnügen in ein tiefes Nachsinnen verfallen, wenn sein Hengst nicht von ohngefähr zu wiehern angefangen hätte; dieses machte, daß er sich besann und den Barone eiligst nachfolgte, welcher viel zu stark in den Weinbecher geguckt haben mochte, ganz sachte ritte und ziemlich schläfrig tat; da aber Elbenstein wieder an seine Seite kam, machte er sich munter; unterdessen schien Elbensteinen ziemlich fatal vorzukommen, da des Barons erste Frage an ihn diese war: »Aber, mein wertester Herr Landsmann, haben Sie sich denn in diesem Revier oder in N. noch keine schöne Mätresse zugelegt?«

Dieser beantwortete solche Frage ganz kaltsinnig, wie er sich nehmlich ganz anderer Ursachen wegen auf Reisen begeben, als bei Frauenzimmer Zeitvertreib zu suchen, drehte diesen Diskurs auch mit guter Manier gar bald ab und verfiel auf allerhand Geschichte und Antiquitäten, fragte, wer von diesem oder jenem Schlosse, dergleichen viele um sie herum lagen, Eigentumsherr wäre, zu welcher Zeit es erbauet worden, was sich etwa Merkwürdiges darbei zugetragen und dergleichen mehr, weswegen ihn der Baron in diesem Stücke vor einen frostigen und eigensinnigen Menschen zu halten anfing, in welcher Meinung er auch durch folgende Begebenheit gestärkt wurde: Es hatte des Barons Pferd am Vorderfuße ein Eisen abgeschlagen, dahero es etwas zu zucken begunnte und der Baron sich genötiget sahe, in dem nächsten Städtgen, da sie durchpassierten, wieder beschlagen zu lassen. Da nun Elbenstein dem Baron zum Gefallen auch mit abstieg und beide binnen der Zeit, als der Schmidt gerufen wurde, vor dem Gasthofe unter einem schattigten Baume eine Bouteille Wein kosteten, wurde Elbenstein von einer dem Gasthofe gegenüber wohnenden sogenannten Signora erblickt, welches, auf deutsch zu sagen, eine solche Person ist, die mit Permission der Obern ihren Leib zu Büßung der geilen Lüste gewidmet und sich viele Freiheiten, ohn gestraft zu werden, herausnehmen darf. Diese Signora kam auf Elbensteinen zugegangen, fiel ihm, ehe er sich's versahe, um den Hals und wollte ihn mit aller Gewalt küssen, er aber entledigte sich ihrer bald und stieß sie mit solcher Heftigkeit von sich, daß sie rücklings zur Erden fiel und die Beine in die Höhe kehrete. Hierüber wurde von dem da herum wohnenden gemeinen Pöbel ein solches Lärm angefangen, daß Elbenstein die Treppe hinauf zu retirieren sich genötiget sahe. Endlich kamen einige Sbirri herzugelaufen, welche, als ihnen der Baron sowohl als der Wirt die ganze Begebenheit erzählet, vermittelst ihrer Autorität den zusammengelaufenen Pöbel auseinanderjagten, wovor ihnen Elbenstein einen Ducati verehrete; sobald aber das Pferd beschlagen war, setzten sie ihre Reise weiter fort.

Kaum hatten sie wiederum das freie Feld erreicht, als der Baron also zu reden anfing: »Mein Herr Landsmann! ich habe mich über Ihre jetzige Aufführung sehr verwundert. Diese Signora ist doch, mit Wahrheit zu sagen, eine recht schöne Person, sowohl vom Leibe als Gesichte, und von einem sehr vornehmen Herrn, der nur vor weniger Zeit gestorben, bis an sein Ende unterhalten oder, wie es die Italiäner zu nennen pflegen, manteniert worden. Wenn mir«, verfolgte der Baron seine Rede, »dieser Zufall begegnet wäre, hätte ich, ohngeacht ich mich mit einer liebenswürdigen Gemahlin beglückseliget sehe, dennoch die angetanen Karessen nicht auf eine so spröde Art ausschlagen können.« Nunmehro stellete sich Elbenstein recht vertraut gegen den Baron und sagte: »Mein Herr! wenn ich Ihrer Verschwiegenheit versichert wäre, so wollte Ihnen wohl ein

Geheimnis eröffnen.« Wie nun der Baron einen teuren Eid schwur, hiervon gegen niemanden etwas zu gedenken, sagte Elbenstein: »Es ist etwas Seltsames, daß ich gar nicht wie andere Mannspersonen beschaffen bin, und also empfinde ich auch weder Liebe noch Begierde zu einem Frauenzimmer bei mir, sie mag auch noch so schöne sein; absonderlich ist mir auch sogar das Küssen eine ekelhafte Sache, sonsten aber mag ich ganz gern mit honetten Frauenzimmer umgehen, denn ich habe befunden, daß viele einen rechten englischen Verstand besitzen; insoferne sie nun mit mir umgehen wie mit ihresgleichen oder ich mit ihnen umgehen kann, wie Mannspersonen miteinander umzugehen pflegen, bin ich gern in ihrer Compagnie, sobald aber Liebesgrillen aufs Tapet kommen, suche ich mich ihrer Gesellschaft soviel als möglich zu entziehen.«

Der Baron hielt dieses vor pur lautere Wahrheiten, kontestierte aber dieses Malheurs wegen ein herzliches Mitleiden gegen diesen seinen Herrn Landsmann, riet ihm auch, er möchte dieserwegen mit dem berühmten paduanischen Medico Comte della Torre sprechen, als welcher rechte Wunderkuren getan, mithin vielleicht auch ihm zu seiner Vollkommenheit verhelfen könnte, denn dieser Medicus wäre bei seiner großen Kunst dennoch nicht interessiert, sondern kurierte jährlich viel 100 Menschen umsonst. »Mein Herr!« versetzte Elbenstein hierauf, »ich halte davor, daß ich viel glückseliger leben kann, wenn ich so bleibe, wie ich jetzo beschaffen, denn wenn ich bedenke, was die Menschen aus Liebe zum Frauenzimmer zuweilen vor lachenswürdige Torheiten begehen und wie sie sich öfters eines eingebildeten Vergnügens wegen in die allergrößten Gefährlichkeiten stürzen, auch nicht selten ihre Ehre, Glück und Leben dadurch einbüßen, so bin ich recht herzlich froh, daß mir dergleichen Appetit niemals ankömmt; was aber die Fortpflanzung unsers Geschlechts anbelanget, darum sorge ich gar nicht, weil ich Brüder habe, die meinen Fehler schon verbessern werden.«

Der Baron wunderte sich bald zu Tode über solche Gelassenheit, dergleichen, wie er sagte, vielleicht auch nicht einmal bei einem würklichen Kastraten zu finden sein möchte. Unter diesen und dergleichen Diskursen aber erreichten sie endlich Battaglia und erfuhren von der Wache unter dem Tore, daß die gnädige Herrschaft noch nicht, sondern erstlich in zweien Tagen wieder zurückkommen würde. Demohngeacht ließen sie dem Maggiordomo oder dem Oberhofmeister ihre Ankunft melden, worauf sich der Baron in einen bekannten Gasthof, Elbenstein aber in sein ihm schon vorher assigniertes Quartier begab, welches bei einem reichen Schneider war.

Die Wirtin, welche eine wohlgebildete Frau von ohngefähr 22 bis 24 Jahren war, empfing ihn aufs allerfreundlichste, bat nicht ungütig zu vermerken, daß ihr Mann seinen Reverenz nicht machte, indem er als ein großer Liebhaber von der Jagd diesen Morgen auf die Jagd gegangen und wohl vor morgenden Abends nicht wieder zu Hause kommen würde. Immittelst begleitete sie ihn selbst bis auf sein Zimmer, und weil sein Bedienter die Pferde erstlich in den Stall zog, half sie ihm den Reiserock abtun und sagte binnen der Zeit, wie sie höchst erfreut wäre, ihn wiederzusehen, weil sie unter der Zeit seines Abwesens keine geruhige Stunde gehabt hätte.

Elbenstein bewunderte bei sich selbst eine solche freie Declaration d'amour, indem er aber an dieser artigen Frau nichts auszusetzen fand, umarmete er dieselbe erstlich und sagte dabei, wie er nimmermehr glauben könnte, daß diese ihre Reden aus einem auf richtigen Munde flössen, woferne sie ihm nicht vergönnete, eine Probe davon zu nehmen, nach welchen Worten er sie nicht nur etlichemal auf den Mund, Augen und Wangen, sondern auch auf diejenige Haut küssete, welche ihm wegen des abfallenden Halstuchs entblößet in die Augen fiel.

Agatha, dies war ihr Taufname, ließ dieses alles als eine kraftlose Person geschehen, war aber hiermit nicht vergnügt, sondern unter dem Vorwande, in der Kammer zuzusehen, ob auch das Bette gemacht wäre, lockte sie Elbensteinen mit einer verliebten Miene hinter sich her, und weil das Bette noch ungemacht befunden ward, machten sie es alle beide ohne besondere Komplimenten mit zusammengesetzten Kräften. Kaum war diese Arbeit vorbei, da schon der Hoffurier mit einer Karosse kam, Elbensteinen aufs Schloß zu holen, weswegen sich dieser gemüßiget sahe, augenblicklich andere Kleider überzuwerfen, worbei ihm denn Agatha weit dienstfertiger und geschickter zu Hülfe kam als sein ordentlicher Bedienter, welcher ohnedem besser mit den Pferden umzugehen wußte. Unter diesen Ankleiden aber wurde verabredet, daß Elbenstein gleich nach aufgehobener Tafel eine kleine Unpäßlichkeit vorschützen und sich so bald als möglich nach Hause begeben wollte, da denn Frau Agatha gebeten wurde, weil ihr Mann nicht selbst gegenwärtig wäre, ihm die lange Weile in der Nacht passieren zu helfen. Agatha erzeigte sich nicht widerspenstig, sondern versprach, seinen Befehlen in allen Stücken zu gehorsamen, und demnach setzte sich Elbenstein in den Wagen und fuhr auf das Schloß, stellete sich aber, als ob er sehr heftige Kopfschmerzen empfände, weswegen er auch wenige Speisen zu sich nahm und gleich nach aufgehobener Tafel in sein Logis zurückeilete, unter dem Vorgeben, daß seine Kopfschmerzen wohl durch nichts besser als durch den Schlaf kuriert werden könnten, jedoch da ihm der Baron ein gewisses Pulver von der Apotheke sich holen zu lassen riet, versprach er hierinnen zu folgen und gab vor diesmal gute Nacht.

Seine Wirtin, welche bloß aus der Ursache, sich ohne Verdacht sauber und nette ankleiden zu können, bei einer vornehmen Dame eine Visite abgelegt, trat fast zu gleicher Zeit mit ihm zur Haustür hinein und zeigte sich weit charmanter als vorhero; damit aber das Gesinde im Hause ihr heimliches Verständnis nicht merken möchte, klagte Elbenstein über ganz grausame Kopfschmerzen, auch wie ihm nicht anders, als ob alle seine Glieder am Leibe zerschlagen wären, bat derowegen die Frau Wirtin, ihm einen Koffee machen zu lassen, binnen der Zeit er seinen Dienst nach der Apotheke schicken wollte, um etwas Arzenei, die ihm rekommendiert worden, zu langen.

Agatha beklagte sein Malheur und sagte, wie sie ihren Heiligen anrufen wollte, damit er nur in ihrem Hause nicht krank würde, unterdessen bat sie, daß er doch bis zur Zurückkunft seines Dieners in ihrer, obschon übel aufgeräumten Stube bleiben möchte, indem der Koffee augenblicklich fertig sein sollte. Elbenstein setzte sich also in einen Schlafstuhl, und da der Diener wiederkam, sagte er: »Bringe mich nur augenblicklich zu Bette, denn ich kann vor Schmerzen nicht bleiben.« Dieses geschahe, und die Wirtin trug selbst nebst dem Diener den Koffee hinauf in sein Zimmer, allwo sie, nachdem der Diener nur noch etwas zu holen hinausgegangen, die völlige Abrede nahmen, einander, sobald alles Gesinde zu Bette, bis zu Anbruch des Tages die Zeit zu passieren. Agatha war schon so klug, die Anstalten darnach zu machen, und stellete sich noch eher bei Elbensteinen ein, als derselbe gehofft hatte. Von dem übrigen ist nichts zu gedenken, als daß sie bei Anbruch des Tages zwar vergnügter, jedoch auch weit ermatteter voneinander schieden, als sie zusammengekommen waren.

Vormittags um zehn Uhr, da er noch im süßesten Schlafe lag, nahm sich sein Diener die Freiheit ihn aufzuwecken, weil er wußte, daß längstens gegen elf Uhr die Karosse vom Schlosse kommen und ihn abholen würde, welches denn auch, da er kaum angekleidet war, eintraf, weiln es aber noch nicht Zeit zur Tafel, divertierten sich die sämtlichen Kavaliers in dem prächtigen Schloßgarten mit Spazierengehen, bis um ein Uhr zur Tafel geblasen wurde, bei welcher sie sich denn bald einfanden. Kaum hatten sie eine halbe Stunde darbei gesessen, als dem Oberhofmeister ein Paquet Briefe eingehändiget wurde, welches ein Expresser-Bote von Venedig überbracht hatte. Er eröffnete etliche derselben und fand endlich einen besondern Zettel, nach dessen Durchlesung er sich ungemein bestürzt anstellte, nicht anders als ein Mensch, dem eine unverhoffte Unglückspost zu Ohren kömmt. Der Baron von K. sahe ihn an und sprach: »Ich bedaure, mein Herr, wenn Dieselben etwa betrübte Nachrichten erhalten haben!« »Es gehet mich«, versetzte der Oberhofmeister, »die Sache insoweit nichts an, allein die Begebenheit ist erstaunlich; der Herr Baron belieben es selbst zu lesen und hernach den andern Herrn zu kommunizieren.« Also nahm der Baron das Blatt, lase es durch und schüttelte den Kopf ebensosehr dabei, als der Oberhofmeister getan hatte, gab es hernach dem von Elbenstein, welcher folgende Relation darauf fand:

Der englische Lord D., welcher Ew. Gnaden wohlbekannt ist, hat vor einigen Tagen ein jämmerliches Ende genommen. Ew. Gnaden wissen, daß er ein überaus wohlgebildeter und ansehnlicher Herr war, darum hat sich schon vor vielen Wochen eine vornehme und reiche, doch aber vereheligte Dame in den selben verliebt, auch sich so lange bemühet, bis sie ihn endlich in ihr Liebesgarn bekommen. Indem sie nun eine von den allerschönsten Damen in dieser ungeheuren Stadt ist, so ist leicht zu erachten, daß sich der Lord nicht lange werde geweigert haben, einen geheimen Liebeskontrakt mit derselben zu schließen, zumalen, da sie ihm diejenige Mühe, so er sich mit dem allergrößten Vergnügen gemacht, noch darzu ungemein reichlich belohnet hat. Allein der gute Lord wird bei seinem vermeintlichen großen Glücke dergestalt stolz, daß er selbiges nicht bei sich behalten kann, sondern sich in verschiedenen Compagnien berühmt, was ihm vor Karessen und starke Präsente von einer gewissen Dame gemacht würden, die er zwar eben nicht mit Namen nennet, aber dergestalt eigentlich beschreibt, daß ein jeder leicht erraten kann, wer dieselbe sei. Die Dame erfuhr durch ihre Spions, welche dem Lord alle Tage auf dem Fuße in alle Compagnien nachfolgeten, alles sehr frühzeitig wieder, und als er das erstemal wieder zu ihr kam, ermahnete und bat sie ihn aufs beweglichste, wenn er getrunken hätte, sein Herze doch nicht auf der Zunge zu haben, mithin sie und zugleich sich selbst unglücklich zu machen, welches ihr der Lord zwar mit vielen Eidschwüren zusagte, dieselben aber bald vergaß, denn nur wenige Tage hernach erzählete er gegen verschiedene vermeinte gute Freunde solche Specialia, daß niemand lange raten durfte, wer seine Geliebte wäre, ja er trieb dieses so lange, und einer erzählete es dem andern, bis endlich fast in allen vornehmen Compagnien öffentlich darvon gesprochen wurde. Die Dame wurde also dergestalt zum Zorne gereizt, daß sie einen grausamen Eidschwur tat, nicht ehe vergnügt zu ruhen, bis dieser ihr

Schimpf an dem Lord durch ihre eigenen Hände gerochen wäre; weiln aber ihr Mann etliche Wochen beständig zu Hause blieb und sie wenig aus den Augen ließ, mußte sie ihre Galle und Rache, die von Tage zu Tage heftiger wurde, so lange unterdrücken, bis dieser, ihr Mann, auf einige Tage über Land zu reisen sich gemüßiget sahe. Demnach ließ sie den Lord durch ihre Vertraute mit den allersüßesten Worten zu sich locken, karessierte und traktierte denselben aufs liebreichste, ließ sich auch nichts im geringsten merken, daß sie über ihn zu klagen Ursach hätte, büßete hergegen ihre sündliche Lust zu guter Letzt recht vollkommen mit ihm; und da dieses geschehen, gab sie ihm, unter dem Vorwand einer Herzstärkung, einen Schlaftrunk ein. Kaum hatte der Unglückselige durch einiges Schnarchen zu verstehen gegeben, daß er fest schliefe, als sie ein unter dem Bette zurechtgelegtes spitziges und scharfes Messer hervorzohe und ihm in großer Geschwindigkeit die Kehle damit abschnitt, so daß er nicht den geringsten Laut von sich geben konnte. Nach diesem stach sie ihm die Augen, wormit er ihr, seiner Mörderin, so manchen geilen verliebten Blick gegeben, aus dem Kopfe, die Lippen, womit er ihr so viel 1000 feurige Küsse aufgedrückt, ingleichen die Nase und Ohren wurden auch abgeschnitten, die Wangen aber durch viele Kreuzschnitte zerfetzt. Mit allen diesem aber war die Barbarin dennoch nicht zufrieden, sondern schnitt ihm noch als eine rasende Furie dasjenige ab, womit er ihre geile Liebe so oft besänftiget; hierauf rief sie ihre Getreuen, nehmlich eine alte Frau und ihr Kammermägdgen, und zeigete ihnen mit fröhlichen Munde und Herzen das jämmerlich zerfleischte Opfer ihrer verteufelten Rachbegierde. Das Kammermägdgen sank vor Schrecken in eine Ohnmacht, weswegen die Frau nach ihrer Hausapotheke eilete und ihr einen starken Spiritum vor die Nase hielt, wodurch ihre Lebensgeister wieder in etwas zurückkehreten; die Alte hingegen machte sich keinen Kummer daraus, sondern ging auf der Frauen Befehl hinunter und brachte einen im voraus bestellten starken Banditen herauf, welcher den verstümmelten Körper des unglückseligen Lords in einen ausgepüchten Sack steckte und denselben in den Canal Grande warf. Des darauffolgenden Morgens wurde der Körper gefunden und in einem offenen Gewölbe einem jeden zur Beschauung dargelegt. Am dritten Tage wurde derselbe von dem Hofmeister des unglücklichen Lords an einem Muttermale sowohl auch an einer Blessur, die er beide am rechten Arme hatte, erkannt und standesmäßig begraben. Der Hofmeister schickte sogleich eine Stafette nach Engelland und tat den Eltern den kläglichen Verlust ihres einigen Sohnes im voraus zu wissen; wollte aber mit dessen Bagage nicht so bald abreisen, weil er vielleicht noch Kundschaft von dessen Ermordung einzuziehen verhoffte. Sein Hoffen traf auch ein, und zwar folgendergestalt: Das Kammermägdgen konnte sich den jämmerlichen Tod des Lords, welchen sie zum öftern Briefe von ihrer Frauen bringen müssen, ganz und gar nicht aus dem Sinne schlagen, sondern wo sie ging und stund, liefen ihr die Tränen mit untermischten Seufzern beständig aus den Augen. Die Dame merkte endlich abends beim Auskleiden ihre allzugroße Wehmütigkeit und sagte: »Ich glaube, du verfluchte Bestia beweinest den Lord! Was gilt's, er hat dir auch zuweilen einen Liebesdienst erwiesen? Den Augenblick lache mich an! oder ich stoße dir eben das Messer in die Brust, wormit ich meinen unbedachtsamen Galan geschlachtet habe.« Da kostete es nun Kunst zu lachen; allein die Todesangst formierte dennoch, zu allem Glücke, eine solche lächerliche Miene in dem Angesichte des armen Mägdgens, daß diese andere Atropos ihrer annoch schonete, zumalen da das arme Kind zu ihren Füßen fiel und bekannte, daß sie noch eine reine Jungfer wäre und weder mit dem Lord, noch mit irgendeiner andern Mannesperson jemals auf der Welt der Liebe gepflegt hätte, nur aber wäre ihr das Spectacul so grausam vorgekommen, weil sie eben aus dem ersten Schlafe ermuntert worden; anbei versicherte sie, zeitlebens keinem Menschen etwas davon zu sagen. Hiermit war die Furie zufrieden und hieß das arme Ding zu Bette gehen, welches aber die ganze Nacht kein Auge zutun konnte, hergegen desto mehr Tränen vergoß. Wie sie aber in dieser schlaflosen Nacht alles genauer überlegte und betrachtete: daß sie bei so gestalten Sachen, da sie ihre Tränen und Seufzer wegen ihres weichherzigen Gemüts nicht sattsam verbergen könnte, des Lebens keine Stunde sicher wäre, ergriff sie die Resolution, nahm ihre besten Sachen in die Schürze, wanderte, sobald die Tür geöffnet wurde, zum Hause hinaus und begab sich in den Schutz des Polizeirichters, dem sie, als sie gegen Mittag vor ihn kommen konnte, den ganzen Handel in geheim offenbarete. Dieser schickte zwar sogleich einige Gerichtsdiener nach der Dame Wohnung, um dieselbe nebst der alten Frau und andern Bedienten zu arretieren, allein die Dame ist, sobald sie vernommen, daß sich das Mägdgen unsichtbar gemacht, wie man sagt, in ein Kloster gesprungen, die Alte aber hat ohne Folter bereits alles bekennet, was mit der Aussage des Mägdgens übereintrifft. Der Hofmeister des unglückseligen Lords hält sich noch hier auf, und man muß abwarten, was in dieser Sache ferner passieren wird etc.

Nachdem Elbenstein diese Relation gelesen und sie seinem Beisitzer gegeben, starb ihm, der gemeinen Redensart nach, der Bissen im Munde, ja er saß als ein Träumender und war herzlich froh, daß dem Oberhofmeister zu Gefallen, welcher den Expressen, der einige wichtige Briefe zu beantworten mitgebracht, die Tafel etwas zeitiger als gewöhnlich abgehoben ward. Indem er nun sahe, daß sich sowohl der Baron von K. als die andern Kavaliers zu einem Lustspiele präparierten, schlich er sich heimlich hinunter in den Schloßgarten, setzte sich in eine abgelegene Grotte und lase die venetianische Relation, welche er von dem Oberhofmeister nochmals ausgebeten hatte, zum andern Male mit guten Bedachte durch. Die Haare stunden ihm zu Berge, da er bei dieser Geschicht an seinen eigenen Lebenswandel gedachte. »O Gott!« sagte er, »wie groß ist deine Langmut, daß du mich frechen Sünder nicht schon auch wie diesen Lord mit Leib und Seele hast verderben lassen! Ach! mein Gott, vergib mir doch alle meine begangenen Sünden, ich gelobe dir, diese in den zeitlichen und ewigen Tod stürzende Missetaten nicht mehr zu begehen, sondern hinfüro der Fleischeslust gänzlich abzusagen, verleihe mir nur deine Kraft zu Widerstehung derselben. Ja, ich will, ich will dieselbe fliehen als die giftigsten Ottern und Schlangen.« Er verfiel hierauf in recht ernstliche tiefe Bußgedanken und verharrete ohngestört über zwei gute Stunden in denselben, nachdem er sich aber wieder ermuntert, fassete er den ernstlichen Vorsatz, seine begangenen Torheiten beständig zu bereuen, seinen Lebenswandel aber hinfüro Gott gefälliger einzurichten. Da er nun noch keine Lust hatte, bei der Gesellschaft so zeitig wieder zu erscheinen, zohe er seine Schreibetafel aus der Tasche und schrieb folgende Ode hinein:

Bedenke doch die Ewigkeit
Und die ganz unumschränkte Zeit,
Da vor der Wollust kurze Freuden
Wir ewig Qual und Schmerzen leiden,
Bedenke dies, mein Herz! und trage Reu und Leid,
Bezwinge dich, die Lust zu meiden.

Ach! stelle dir dein Ende für,
Der Tod steht wohl schon vor der Tür.
Dein Wollen zwingt ein hoher Wille,
Drum lebe christlich, keusch und stille,
Betrachte dies, mein Herz! und denke stets bei dir,
Wie bald dein Leib den Sarg erfülle.

Denn muß die arme Seele fort
An jenen großen Urteilsort
Und die Belohnung zu empfangen
Vor das, was sie allhier begangen,
Betrachte dies, mein Herz! du kannst den Himmels-Port
Durch Gottes Gnade noch erlangen.

Er verfiel nach Verfertigung dieser Reime wegen seiner ernstlich vorgesetzten Buße und Bekehrung abermals in ein tiefes Nachsinnen, aus welchen ihn endlich der zur Tafel blasende Trompeter verstörete, und Elbenstein verwunderte sich nicht wenig, daß es schon dunkel zu werden begonnte, demnach quittierte er die Einsamkeit und begab sich hinauf in das Tafelgemach, allwo die andern Kavaliers schon versammlet waren, die sich ungemein verwunderten, wo er seit der Zeit gesteckt hätte, auch dieserwegen verschiedene scherzhafte Fragen an ihn taten; allein Elbenstein antwortete ihnen allen auf einmal mit folgenden:»Messieurs! so wunderlich ist mir's fast mein Lebtage nicht gegangen als heute; ich ging, sobald wir von der Tafel aufgestanden, weil mir der Kopf von den allerlei Weinen, die ich bishero auf der Reise getrunken, etwas wüste war, hinunter in den Schloßgarten spazieren, in Meinung, daß, wenn ich etwa eine halbe Stunde in der freien Luft herumginge, sich der Dummel wohl verlieren würde. Im Hin- und Hergehen aber traf ich eine schöne, große, blaue Blume an, die von der Natur fast als eine Sturmhaube gebildet war. Da [ich] mich nun nicht erinnern konnte, in Deutschland dergleichen artiges Gewächse gesehen zu haben, brach ich dieselbe ab und versuchte ihren Geruch, welcher zwar scharf, aber eben nicht besonders angenehm war, jedoch roch ich verschiedenemal daran, endlich aber, da ich fast bis an das Ende des Gartens gelangete, bekam ich auf einmal ganz plötzlich einen starken Schwindel und heftige Kopfschmerzen, so daß ich vermeinete, ich würde zu Boden sinken müssen, jedoch erreichte ich mit Kummer und Not eine Grotte, in welcher ich mich auf eine Rasenbank der Länge nach ausstreckte und ohne mein Vermuten in einen tiefen Schlaf verfallen bin. Ich glaube auch, daß ich noch schliefe, wenn mich der Trompeter mit dem Schalle seines Instruments nicht aufgeweckt hätte. Inmittelst glaube [ich] nicht anders, als daß der Geruch der Blume daran schuld sein müsse, denn ich bin bis itzo noch ganz dämisch, ohngeacht ich weder heute noch gestern eine Débauche in Weine gemacht habe.«»Mein Herr!« versetzte der Oberhofmeister, »ich bedaure Dero Malheur, inzwischen wird es hoffentlich keine schlimmeren Folgerungen nach sich ziehen, wenn Sie nur belieben, einen guten Trunk frisches Wasser zu tun. Sie haben allerdings recht, daß der Geruch der Blume daran schuld ist, welche Blume allhier bei uns Napello gennenet wird, so schön sie aber anzusehen, so giftig ist sie auch, und wenn man nur ein- oder zweimal daran riecht, bekömmt man gleich Kopfschmerzen oder Schwindel. Es sind schon verschiedene Fremde dadurch betrogen worden, und wenn es bei mir stünde, müßte sie wenigstens im Lustgarten ausgerottet werden, allein mein gnädiger Herr sind ein ungemeiner Liebhaber von der Botanik und würden keine Kosten sparen, wenn sie nur alle Kräuter und

Blumenarten, so in der ganzen Welt zu finden, in einem Garten beisammen haben könnten.«

Hierauf setzten sie sich sämtlich zur Tafel, und weilen dieses Mal eben kein Frauenzimmer zugegen war, verfielen sie nochmals auf die Mordgeschicht des englischen Lords und auf die Grausamkeit der Damen; endlich fing des Marchese Stallmeister, welches ein wohlstudierter und qualifizierter Kavalier war, folgende Geschicht zu erzählen an:

»Als ich vor etlichen Jahren noch in Padua studierte, trug sich's zu, daß einer meiner besten Freunde, ein Edelmann, von Lucca gebürtig, in einen Kaufmannsladen ging, um sich Scharlach zu einem Mantel zu kaufen. Bei dieser Gelegenheit mochte des Kaufmanns Tochter, die sich eben allein im Laden befand, den jungen Kavalier etwas allzu genau in die Augen fassen, dannenhero sie dergestalt in Liebe gegen denselben entzündet ward, daß sie seinen Laquais mit Darreichung etlicher Zechinen dahin beredete, einen Ruffiano oder Kuppler abzugeben. Dieser nun rühmete gegen seinen Herrn allezeit die Schönheit der Kaufmannstochter, und sobald er vermerkte, daß sein Herr gern von dergleichen Sachen reden hörete, brach [er] endlich los und versicherte denselben, daß diese Schöne sich sterblich in ihn verliebt hätte und nichts mehr wünschte, als eine vertraute Zusammenkunft mit ihm zu haben. Signor Balestrieri empfand alsobald eine brennende Begierde bei sich, mit dieser schönen Kaufmannstochter in nähere Bekanntschaft zu geraten, befahl derowegen seinem Diener, allen Fleiß anzuwenden, daß er dazu gelangen könnte, versprach ihm auch, wenn er die Sache klug spielete und bewerkstelligte, zum Rekompens drei Zechinen. Dieser schlaue Vogel, als er bemerkte, wie er von beiden Parteien Geld schneiden könne, säumte sich nicht, Fiorinen, so hieß des Kaufmanns Tochter, seines Herrn verliebte Sehnsucht mit lebendigen Farben abzumalen, diese aber, ohngeacht sie von ihren Eltern sehr genau in acht genommen ward, erfand endlich dennoch ein Mittel, dieselben zu hintergehen, denn sie praktizierte heimlich so viel Seide aus dem Gewölbe, als zu Verfertigung einer Strickleiter nötig war, gab selbige des Balestrieri Diener nebst einer Handvoll Geld, um das übrige zu besorgen, denn die dritte Nacht darnach wollte sie an einem Bindfaden ein weißes Papier herunterlassen, an welchen Faden denn Balestrieri die Strickleiter anbinden könnte, die sie alsdenn hinaufziehen und oben befestigen wollte.

Der Anschlag schien nicht uneben zu sein. Die Strickleiter wurde binnen 24 Stunden fertig, Balestrieri wartete mit Schmerzen auf die bestimmte Stunde der dritten Nacht, und als dieselbe endlich erschienen, fand er sich unter der Fiorine Fenster ein, fand auch bereits das Papier an dem Faden heruntergelassen, weswegen er in aller Eil die Strickleiter daran band und nach einem gegebenen Zeichen mit Husten bemerkte, wie dieselbe hinaufgezogen, ihm auch bald hernach ein Gegenzeichen zur frischen Auffahrt gegeben wurde. Ohngeacht es nun ungemein stark regnete und dabei stockfinster war, so ließ sich dieser verliebte Steiger doch nichts hindern hinaufzuklettern, war auch bereits bis an die andere Etage gelangt, als ihm leise zugerufen wurde, sich ein wenig aufzuhalten. Er gehorsamete eine ziemliche Weile, als ihn aber der grausame Regen gar zu heftig inkommodierte, konnte er es fast nicht mehr ausstehen, weswegen er sich resolvierte, wieder herunterzusteigen, um vorhero noch eine Weile unter denen Portichi oder Schwibbögen im Trocknen zu stehen. Allein da er kaum bis an das erste Stockwerk zurück gelangt, ereignete sich plötzlich ein Zufall, der seinen Staffiero oder Bedienten nötigte, in geschwinder Eil fortzulaufen. Signor Balestrieri hielt vors ratsamste zu bleiben, wo er war, und sich nicht zu regen, ohngeacht es immer heftiger zu regnen anfing. Denn es ist zu wissen, daß zu damaligen Zeiten in Padua alle Nächte das sogenannte Chivà la geschahe und mancher dadurch ums Leben gebracht wurde, derowegen waren eben zu der Zeit, als Balestrieri seine verliebte Visite angetreten, ohngefähr 60 Schritt von Fiorinens Behausung zwei Partien zusammengeraten, welche hinter den dicken Pilaren aufeinander Feuer gaben. Solchergestalt war es nun allerdings besser, daß er sein Verhängnis an der Strickleiter mit Gedult ertrug und zwischen Himmel und Erden schwebete, als daß er sich in eine noch größere Lebensgefahr stürzte. Als er nun über eine Stunde diese Angst ausgestanden, kam endlich die Scharwache, welche die streitenden Parteien auseinanderjagte und verfolgte, mittlerweile bekam Balestrieri ein abermaliges Zeichen, sich hinaufzugeben, welches er denn tat und glücklich bei Fiorinen anlangete. Diese empfing ihn mit offenen Armen und vielen Küssen, bat ihn auf eine recht demütige Art um Verzeihung, daß sie ihn so lange hätte müssen zappeln lassen; allein der arme Balestrieri, welcher wie eine gebadete Maus aussahe, war nicht anders als ein Mensch, der den stärksten Paroxismum vom kalten Fieber hatte, konnte also ihre heißen Küsse nicht anders als sehr kaltsinnig vergelten, zumalen da weder das Kaminfeuer noch der köstliche Wein seinem erfrornen Körper einige Wärme einflößen wollten. Endlich da Fiorine sahe, daß nichts helfen wollte, fing sie an, ihm hier und dar an den Puls zu greifen, um mit ihren warmen Händen die zurückgewichenen Geister wieder herbeizubringen, allein es half alles nichts, Signor Balestrieri blieb bei allen diesen Karessen wider seinen Willen kraftlos, und die arme Fiorine mußte endlich, mit größten Unwillen und ohne den vollkommenen Liebesgenuß erhalten zu haben, geschehen lassen, daß ihr kalter und schwacher Amant die Strickleiter wieder hinunterstieg, welche sie, sobald er auf der Erden war, recht grimmig und in größter Geschwindigkeit hinaufzohe.

Der gute Balestrieri dankte zwar dem Himmel, als er ohne weitere Gefahr glücklich in seinem Quartiere und warmen Bette angelangt war. Nachdem er aber vermerkte, daß sich nach einer kurz genossenen Ruhe seine entwichenen Kräfte wieder eingestellet hatten, chagrinierte er sich ungemein über die ihm zugestoßene Fatalität, zumalen wenn er sich die besondere Schönheit der Fiorine nebst den ihm angetanen Karessen nunmehro erst recht, jedoch nur in unruhigen Geiste vorstellete. Gleich morgens früh setzte er sich hin und verfertigte ein Schreiben an Fiorinen, worinnen er sein gestern gehabtes unglückliches Schicksal beklagte, sich ihrer fernerweitigen Gewogenheit bestens rekommendierte und dieselbe zu persuadieren suchte, ihm eine anderweitige Nachtvisite zu vergönnen, da er denn seinen begangenen Fehler verbessern wollte; allein diese schrieb ihm einen verzweifelten höhnischen Brief zurück, dessen Hauptinhalt dieser war, daß sie mit keinem ohnmächtigen Menschen, der noch weit miserabler beschaffen als ein Kastrat, nichts weiter zu schaffen haben wollte, wie sie sich denn alle Einbildung von seiner schönen Person und galanten Wesen bereits gänzlich aus dem Sinne geschlagen. Er aber möchte sich ja nicht unterstehen, von dieser Begebenheit etwas gegen jemanden zu gedenken, widrigenfalls sie auf die allergrausamste Rache bedacht sein würde.

Balestrieri versuchte noch verschiedenemal, sie mit den beweglichsten Briefen und Versen zur Raison zu bringen, allein diese Schöne blieb nicht allein unempfindlich, sondern ließ ihm noch darzu jederzeit bloß mündlich eine spöttische Antwort zurücksagen und zuletzt befehlen, er sollte sie nur nicht mehr mit seinen Briefen inkommodieren, weil sie seine Person ganz und gar nicht mehr ästimierte. Diesem verdroß zwar der Schimpf nicht wenig, und es stiegen zum öftern die Gedanken bei ihm auf, sich an Fiorinen zu rächen, wenn er aber bedachte, an was vor einem gefährlichen Orte er sich befände und daß die Wut einer erzürneten italiänischen Dame ihren Beleidiger zum öftern in weit abgelegene Städte, ja Länder verfolgte, schlug er sich endlich alle diese Gedanken, ja Fiorinen selbst aus dem Sinne und choisierte sich eine sehr wohlgebildete Dame de Fortun, bei welcher er, wenn er Appetit bekam, vor zwei venetianische Ducati jede Nacht so viel Wein und Konfekt, als er genießen mochte, auch sonsten allen übrigen angenehmen Zeitvertreib ohne die geringste Leib- und Lebensgefahr haben konnte. Dieses trieb er, und zwar ganz moderat, so lange, bis er seine Studia absolviert hatte und von seinen Eltern nach Hause berufen wurde. Nunmehro lebt er in seiner Geburtsstadt mit einer qualifizierten, mit Schönheit und Gütern reichlich begabten Dame in der vergnügtesten Ehe, hat mir auch neulichst, da ich bei ihm war, als seinem vertrautesten Freunde, aufrichtig bekennet, daß, ohngeacht er jetzo in seinen besten Jahren wäre und viele Gelegenheit zu wollüstigen Veränderungen hätte, so sei doch sein Herz gänzlich davon abgewendet. Seine vorherigen Ausschweifungen hätte er herzlich bereut und dem Allerhöchsten vor dessen Langmut demütigsten Dank abgestattet, daß er ihn nicht in seinen Sünden dahingerissen, sondern ihn dargegen nunmehro so wohl beraten, weswegen er denn auch alle Jahr, auf eben den Tag oder Nacht, da er auf der Strickleiter geschwebt, denen Armen eine Spende an Brot und Wein von 50 Dukaten austeilen ließe, jedoch nicht eitlen Ruhms wegen, sondern in einem Kloster unter verdeckten Namen.«

»Das ist etwas Vortreffliches«, versetzte Elbenstein hierauf, »wenn ein Mensch noch beizeiten zur Erkenntnis kömmet und sein Leben bessert, denn bei vielen heißet es: Cras, cras, semper cras & sic dilabitur aetas, bis sie endlich mit Leib und Seele zum T ... fahren.«

Unter solchen und dergleichen Gesprächen ward endlich die Mahlzeit verbracht, und weiln der Oberhofmeister den Vorschlag tat, ob nicht die sämtlichen Kavaliers den fürstlichen Personen bis auf ein zwei Meilen von Battaglia gelegenes und dem Marchese Obizzo gehöriges Lusthaus entgegenreiten und bis zu derselben Ankunft sich die Zeit mit Spielen oder andern Divertissements passieren wollten, als ward solcher von den sämtlichen Anwesenden willig angenommen; um desto früher aber aufstehen zu können, begab sich ein jeder desto zeitiger nach seinem Quartiere.

Elbenstein, dem die grausame Mordgeschicht des engl. Lords ganz und gar nicht aus den Gedanken kam und in seinem Gewissen noch immer eine große Unruhe und Bangigkeit empfand, ward höchlich erfreuet, als er bei Anlangung in seinem Quartiere vernahm, daß der Wirt wieder nach Hause gekommen sei; indem er solchergestalt von einer abermaligen sündlichen Visite der Agatha befreit zu sein verhoffte. Wie es aber einem geilen Frauenzimmer, wenn sie ihre Brunst gekühlet wissen will, niemals an listigen Erfindungen mangelt, so war auch dieses in unersättlicher Liebe gegen Elbensteinen entbrannte Weib hierinnen nicht die Einfältigste, denn sie hatte ihrem Manne, dem Schneider, um denselben noch mehr Hörner aufzusetzen, eine gute Quantität vom Opio unter den Wein gemischt, den er mit seinem guten Freunde, als von der Jagd ermüdete, hellig und durstige begierig einschluckte. Das Opium würkte gar bald nach der geilen Frauen Wunsche, denn der arme Cornelius schlief nebst seinem Jagdkameraden plötzlich ein und wurden mit großer Mühe zu Bette gebracht. Die listige Agatha aber gab den überbliebenen Wein ihrer Magd, die sich eine Kalteschale darvon machte, jedoch bald nach deren Genuß durch das öftere Hojähnen und die schläfrigen Augen die Operation dieses eingelöffelten Tranks offenbarete, weswegen Agatha aus verstelleten Mitleiden zu ihr sagte: »Geh nur zu Bette, du arme Rosine! Du bist, wie ich sehe, von deiner heutigen Arbeit ganz müde, ich will den fremden Kavalier die Haustüre schon aufmachen.« Das gute Mensch konnte mit genauer Not ihre Kammer erreichen, allwo sie ohnausgekleidet aufs Bette hin und in einen tiefen Schlaf verfiel; Agatha aber bewillkommete den von Elbenstein bei seiner Heimkunft mit freundlichen und vergnügten Gebärden, entschuldigte dabei ihren Mann, daß er seine schuldige Aufwartung bei ihm diesen Abend nicht machen könnte, indem er von der Jagd sehr ermüdet nach Hause gekommen und sich bereits zu Bette begeben hätte.

Elbenstein, dem die geschwinden und listigen Erfindungen des italiänischen Frauenzimmers in Büßung ihrer Liebeslüste aus eigener Erfahrung schon bekannt waren, erriet alsobald das ganze Geheimnis, weil er aber, um sein geängstetes Gewissen zu beruhigen und einen Anfang in der ihm mit göttlicher Hülfe vorgenommenen Buße und Bekehrung zu machen, sich ernstlich entschlossen hatte, als klagte er, wie ihm auf dem Schlosse eine jählinge Üblichkeit zugestoßen wäre, welches Ursach gewesen, daß er sich zeitig retirieren müssen, womit er ihr eine gute Nacht wünschte. Agatha tat dergleichen, in ihren Gedanken aber machte sie sich allerhand anmutige Abbildungen von der künftigen Liebesergötzung, die sie diese Nacht mit ihren angenehmen Kavalier pflegen und genüßen würde, doch mußte sie die hitzigen und inbrünstigen Umarmungen so lange anstehen lassen, bis Elbensteins Diener vom Zimmer herunter und zur Ruhe ging. Alsdann eilete sie zu ihren geliebten Kavalier und legte sich, ohne viel Wesens zu machen, zu ihm ins Bette, suchte auch unter kurzer Erzählung, was sie vor List gebraucht, ihres Vergnügens vollkommen teilhaftig zu werden, den schläfrigen Elbenstein durch allerhand unverschämte Griffe zur Wollust zu bewegen. Allein sie wurde nicht wenig bestürzt, als sich Elbenstein in allen widersetzte und unter folgenden Worten von ihren geilen Umarmungen losmachte: »Meine Frau!« war seine Rede, »wird sich verwundern, warum ich Ihr nicht eben mit dergleichen Liebkosungen, als Sie mir erzeigt, wieder begegne; ich kann aber Derselben nicht bergen, daß ich durch eine von Venedig eingelaufene traurige und erschreckliche Zeitung in eine dergestalte Gemütsunruhe und Herzensangst gesetzt worden, daß durch derselben beständiges und unablässiges Anhalten alles, was eine hitzige Liebe sonsten erfordert, bei mir nunmehro als gänzlich erstorben liegt. Ob ich Sie nun gleich gestern nach Antrieb üppiger Begierden auf das heftigste geliebt habe, so werde ich Sie dennoch hinfüro nicht weiter als nach den Regeln und Gesetzen, die mir der Himmel und mein eigenes Gewissen vorschreiben, nicht anders als eine Christin und gute Freundin lieben. Anstatt aber uns in sündliche, wollüstige Ergötzlichkeit einzulassen, wodurch der allsehende Gott erzürnet, die keuschen und reinen Engel betrübt, unser Leib, Seele und Gewissen aber abscheulich befleckt werden, wollen wir viel lieber mit vereinigten Bußseufzern Gott inbrünstig anflehen, daß er uns nach seinen gerechten und gestrengen Gerichte wohlverdientermaßen nicht strafen wolle. Will Sie dieses nicht mit mir zugleich tun, meine Freundin! so begebe Sie sich in Ihre Kammer zurück und wende die schlaflosen Stunden allein zu dergleichen Betrachtungen und Bußübungen an, nebst dem festen Vorsatze, den barmherzigen und langmütigen Gott nimmermehr auf solche Art wieder zu beleidigen.«

Agatha wurde über diese Reden ungemein bestürzt und blieb als eine vom Donner gerührte Person ohne einzige Regung liegen. Elbenstein bemerkte, daß ihr eine Ohnmacht zustoßen wolle, denn soviel er bei dem brennenden Nachtlichte sehen konnte, waren nicht allein ihre schönen schwarzen Augen halb gebrochen, sondern auch alle Röte von ihren zarten Wangen und Lippen gewichen. Er stieg demnach in dem umhabenden Schlafrocke aus dem Bette und langete ein mit flüchtigen Spiritu angefülltes Glas aus seinem Chatoull, hielt ihr dasselbe vor die Nase, wodurch die auf der Abreise begriffenen Lebensgeister wieder zum Rückmarsch beweget wurden. Wie er nun sahe, daß sich ihre Augen wieder eröffneten, auch die Röte auf ihren Lippen wieder zum Vorschein kam, drückte er einen Kuß, der aber nicht aus geilen, sondern keuschen und freundschaftlichen Regungen abstammete, auf ihren Mund und sagte: »Werteste Freundin, ich versichere Ihr bei allem dem, was heilig heißt, daß diese meine Änderung der Natur nicht etwa aus einem Ekel oder Überdruß gegen Ihre holdselige Person, sondern von einem höhern Triebe und Aufwachung meines Gewissens herrühret, in Betrachtung der erschrecklichen Strafgerichte Gottes, so auf dergleichen Mißhandlungen zu folgen pflegen.« Der Agatha liefen die Tränen stromweise aus den Augen heraus, endlich richtete sie sich auf, umarmete Elbensteinen aufs zärtlichste, benetzte auch seine Hände mit tausend Tränen. Dieser half ihr vollend in die Höhe, gab ihr noch einige keusche Küsse und ließ sie unter von allen beiden ausgestoßenen ängstlichen Seufzern stillschweigend von sich gehen.

Ob nun Agatha durch seine Reden und Aufführung würklich in ihrem Gewissen gerühret worden oder ob sie sich wegen fehlgeschlagener Hoffnung ihres Vergnügens dergestalt alteriert, solches kann man nicht sagen. Elbensteinen hergegen wurde das Herze, nachdem er diesen gefährlichen Kampf so glücklich und ritterlich überwunden, ganz leichte, wofür er Gott herzlich dankte und denselben bußfertig anflehete, ihn ferner vor allem Übel und schweren Sünden, absonderlich aber vor der reizenden Fleischesl[u]st gnädiglich zu bewahren. Weil er nun keinen Schlaf in seine Augen bekommen konnte, setzte er sich an den Tisch und brachte folgendes Bußlied zu Papiere:

1
Mein Gott! ein Sündenkind
Liegt hier vor deinem Throne.
Ach, richte nicht geschwind!
Nein! Liebster Vater, schone!
Herr, geh nicht ins Gericht,
Vor dir besteh ich nicht.

2
Ach, meine Missetat
Macht dich mir ungewogen;
Der Irrweg, den ich trat,
Hat mich von dir gezogen,
Herr, geh nicht ins Gericht,
Vor dir besteh ich nicht.

3
Die Wunden meiner Schuld
Sind voller Eiterflüsse;
Gott! gib, daß deine Huld
Das Gnaden-Öl drein gieße,
Herr, geh nicht ins Gericht,
Vor dir besteh ich nicht.

4
Ach Gott! erhör mein Flehn,
Ach! laß mich nicht verzagen
Und gänzlich untergehn,
Erhöre doch mein Klagen.
Herr, geh nicht ins Gericht,
Vor dir besteh ich nicht.

Als er dieses Lied nach einer selbst darzu gemachten Melodie etlichemal heimlich gesungen, legte er sich, nach nochmals verrichteten Abendgebete, mit sehr beruhigten Herzen wieder zu Bette, da ihm denn im ersten Schlummer der Spruch in die Gedanken fiel: ›Ich habe keinen Gefallen am Tode des Gottlosen‹ etc., welchen er mit erfreuten Herzen zum öftern wiederholte und endlich in einen süßen Schlaf verfiel, da ihm denn der Heiland der Welt im Traume erschien und die tröstlichen Worte zusprach: ›Sei getrost, mein Sohn! deine Sünden sind dir vergeben, sündige nur hinfort nicht mehr!‹ Über diese tröstlichen Worte liefen die Freudentränen häufig aus seinen Augen, so daß, als er aufwachte, dieselben noch auf seinen Wangen und Hauptküssen zu finden waren. Demnach stund er höchst erfreut von seinem Lager auf, verrichtete sein Morgengebet, sunge etliche Buß- und Danklieder, rief hernach seinen Diener, welcher ihn ankleiden mußte.

Unten im Hause, als er eben die Treppe herunter trat, bote ihn Agatha mit betrübten Gesichte, schamroten Wangen und niedergeschlagenen Augen einen guten Morgen. Er tat mit einem freund- und fröhlichen Gesichte dergleichen, wünschte ihr alles Vergnügen und fragte, ob der Hausherr noch nicht aufgestanden wäre. Indem sie nun zur Antwort gab, daß selbiger vor Mittags schwerlich erwachen würde, sahe sie Elbenstein recht beweglich und seufzend an, worbei ihr die Tränen in den Augen stunden. Dieser küssete nunmehro aus reiner Freundschaftsliebe die holdseligen benetzten Augen, und zu Bezeugung seiner gegen sie hegenden aufrichtigen und tugendhaften Freundschaft schenkte er ihr einen saubern Ring, sich seiner darbei zu erinnern. Agatha aber, von so vielen Gemütsregungen bestürmt, geriet endlich darüber in einen solchen Zustand, daß, als sie sich mit einem schmachtenden Kusse gegen Elbensteinen bedanken wollte, ihr, deren Herz von so vielen Leidenschaften ganz beklemmet war, eine starke Ohnmacht zustieß, so daß sie darnieder sank. Wie Elbensteinen hierbei zumute geworden, ist leicht zu erachten, doch in dieser Angst besann er sich, daß in dergleichen Zufällen frisches Wasser oftmals gute Hülfe getan, weswegen er den im Hause stehenden Wassereimer ergriff und das erbleichte Angesicht seiner halbtoten Freundin etlichemal mit frischen Wasser benetzte, auch ihr zum Überfluß eine starke Dosis Schnupftobak in die Nase blies, welche beiden Mittel endlich soviel würkten, daß sie etlichemal niesete und bald darauf wieder zu sich selber kam. Er führete sie nach diesen in die nächste Kammer, allwo er sie auf ein Feldbettgen niederlegte, sich aber, weil er vermerkte, daß es keine Gefahr mehr hatte, alsobald zurückbegab, weil das über die Agatha erregte Mitleiden eine neue Liebe gebären und die allmählig aufsteigenden hitzigen Regungen, unter dem Scheine einer erbarmenden Freundschaft, ihn auf die vorigen Wollüste und sündlichen Ausschweifungen verführen wollten. Demnach spazierte er nach dem Pferdestalle zu, woselbst er mit Verdruß wahrnahm, daß der Diener mit Putzen und Abfütterung der Pferde etwas zu nachlässig gewesen, weswegen er ihm eine Reprimende gab und wieder zurück auf seine Stube zu gehen gesonnen war. Da ihm aber die schwache Agatha wieder in den Sinn kam und er besorgte, es möchte dieselbe etwa mit einer nochmaligen Ohnmacht sein befallen worden, so schlich er sich ganz sachte vor ihre Kammertür, guckte durch das Schlüsselloch und bemerkte, daß sie auf dem Bette saß und den von ihm geschenkt bekommenen Ring vielfältig küßte, derowegen fand er sich vollkommen beruhiget, begab sich in aller Stille auf seine Stube, verweilete daselbst noch eine Zeitlang, bis endlich der Diener meldete, daß die Pferde parat stünden. Er befahl, dieselben hervorzuführen, indem er aber hinunterging, kam Agatha nochmals, wiewohl sehr blaß, aus ihrer Kammer und fragte ihn mit ängstlichen Gebärden, wo er denn so früh hin und ob er etwa gar nicht wiederkommen wollte. Da er ihr aber zu vernehmen gab, wie er nebst andern Kavaliers ihrer gnädigsten Herrschaft auf den halben Weg entgegenreiten und ihrer Ankunft daselbst erwarten wollte, gab sie sich zufrieden und sagte, daß sie nunmehro zu ihrem Manne gehen und denselben durch ein gewisses Mittel aus dem Schlafe ermuntern wollte. Unter diesen Reden brachte der Diener die Pferde, demnach machte Elbenstein der traurigen Agatha noch ein Kompliment, setzte sich alsofort auf und begab sich auf das Schloß, von dar die sämtlichen Kavaliers nach eingenommenen Frühstücke ihre Kavalkade verrichteten.

Es ging der Weg eben durch die Gasse, in welcher Elbensteins Wirt wohnete. Dieser war mittlerweile durch die vielleicht schon öfters an ihm probierte Kunst aufgewacht und stund völlig angekleidet vor seiner Haustüre. Elbenstein machte ihm ein Kompliment, beugte, als der Wirt heraus auf die Straße trat, aus der Reihe heraus und hielt etwas stille, um anzuhören, was des Herrn Wirts Verlangen wäre. Dieser nun bat ihn ganz gehorsamst um Verzeihung, daß er ihm gestern der

Gebühr nach nicht aufgewartet, und exkusierte sich mit einem kleinen Rausche, den er über alles Vermuten durch etliche jählinge Trünke, welche er auf die Hitze getan, sich benebst seinem Kameraden zugezogen hätte. Elbenstein versetzte darauf in aller Kürze, daß er keiner Entschuldigung bedürfe, wünschte anbei, daß die Jagdlust glücklich abgelaufen sein und der gestrige Trunk ihm wohl bekommen möchte, worauf er seinen Compagnons im kurzen Galopp nachfolgete.

Als sie nun unter allerhand guten Gesprächen auf dem beniemten Lustschlößgen anlangeten, trafen sie daselbst des Marchese Obizzo Leibpagen an, welcher vorausgeschickt war, vor die gnädigste Herrschaft eine Kollation zu bestellen, dannenhero sie sich bis zu derselben Ankunft in ein Gemach begaben und mit Kugelpalestern nach denen, dem Lusthause gegenüber, auf einem Berge in großer Menge herumlaufenden wilden Kaninchen schossen, wofür dem Schloßverwalter, der die Palesters und Kugeln herbeigeschafft, eine Diskretion von etlichen Ducati di Venetia nebst den erschossenen Kaninchen zugestellet ward, als welcher sie überdem mit delikaten Weine und andern Erfrischungen traktierte. Indem sie nun noch in vollkommener Lust begriffen waren, kamen die fürstlichen Personen an und bezeigten ein besonderes Vergnügen, daß ihnen die Kavaliers entgegen gekommen waren, und weiln, wie schon gedacht, die beiden Fürsten der deutschen Lebensart wohl gewohnt waren, so wurde bei der Tafel ziemlich stark getrunken, so daß die Herrschaften benebst den Kavalieren ziemlich berauscht waren, bis auf Elbensteinen, welcher nicht allein von Natur viel vertragen konnte, sondern sich auch sonsten sehr in acht genommen hatte. Endlich, da sich der Tag zu neigen begunnte, geschahe der Aufbruch, da denn, als man in Battaglia anlangete, nachts um neun Uhr hiesigen Zeigers nochmals Tafel gehalten und die Zeit bis nach Mitternacht unter allerhand Musik und andern Lustbarkeiten zugebracht wurde. Wie nun der Aufbruch geschahe, ersuchte Elbenstein den Baron von K. um Erlaubnis, mit ihm in seinen Gasthof zu fahren und daselbst den Rest der Nacht zuzubringen, unter dem Vorwande, daß er seinen Wirt vor diesmal so späte nicht inkommodieren wollte. Der Baron machte sich, seiner gewöhnlichen Complaisance nach, ein besonderes Vergnügen daraus, mit der Versicherung, daß in seinem ordentlichen Logis ohnedem jederzeit zwei gemachte Betten in seinem Zimmer parat stünden.

Auf solche Art vermiede Elbenstein, dem seine Bekehrung damals ein rechter Ernst war, die Gelegenheit, abermals mit der Agatha fleischliche Sünden zu begehen, und obgleich der Baron von K. als ein alter Kavalier, der den Trunk nicht so wohl als Elbenstein vertragen konnte, sich alsobald zur Ruhe legte und in einen tiefen Schlaf verfiel, so blieb doch Elbenstein noch eine gute Weile offen und verrichtete sein andächtiges Gebet. Beiderseits Bedienten hatten sich auch bereits retiriert, derowegen zündete Elbenstein nur das Nachtlicht an und begab sich darauf gleichfalls zur Ruhe. Kaum aber war er ein wenig eingeschlummert, da sich vor dem Zimmer ein starkes Gepolter erregte, welches immer näher und zuletzt gar in die Stube kam, auch mit einem gräßlichen Brausen zum öftern an der Schlafkammertür geklinket wurde und es das Ansehen hatte, als ob selbige mit Gewalt eröffnet werden sollte. Elbenstein sprang demnach in seiner Schlafkleidung aus dem Bette, griff nach seinem Degen und Pistolen, bemühete sich auch den Baron aufzuwecken, dieser aber hörete und fühlete nichts, schnarchte hergegen immer schärfer und war, alles Rüttelns und Schüttelns ohngeacht, durchaus nicht zu erwecken. Mittlerzeit wurde dergestalt stark an der Tür gearbeitet, daß dieselbe zum öftern einen Platz und Knall von sich gab, weswegen Elbenstein rufte: »Wer da? Antwort! oder ich gebe Feuer.« Hierauf ließ sich eine gräßliche Stimme hören, die soviel zu vernehmen gab: »Auf, auf! mit, mit!«, und nach diesen fing es an zu möckern als ein Bock. Elbensteinen stunden bei so gestalten Sachen die Haare zu Berge, er begunnte fast zu merken, daß dieses nichts Natürliches, sondern vielmehr ein Gaukelspiel des Teufels sei, hielt derowegen nicht vor ratsam, ein paar Kugeln durch die Tür zu jagen, sondern hielt sich ganz stille. Da aber das gräßliche Lärmen und Toben an der Tür von neuen anging, rief er: »Herr Jesu! stehe uns bei und nimm uns in deinen Schutz.« Kaum waren diese Worte ausgesprochen, als es vor der Tür einen erschröcklichen Fall tat, so daß das ganze Haus darvon erschütterte, und endlich war es vor Elbensteins Ohren, als wenn unter einem erschröcklichen Brausen eine große Last von der Tür hinweg und die Treppe hinunter geschleppt würde. Da nun alles stille war, legte er sich wieder aufs Bette, es wollte aber kein Schlaf in seine Augen kommen, hergegen schlief der Baron desto stärker; da er nun endlich morgens erwacht war, erzählete ihm Elbenstein, welcher nach Tagesanbruch kaum ein paar Stündgen die Augen zugehabt hatte, die ganze Begebenheit und verwunderte sich höchlich dabei, daß der Herr Baron einen so grausam festen Schlaf hätte. Dieser beteurete hoch, daß er gar nicht wisse, wie es mit seinem Schlafe zugegangen, indem er sonsten wohl noch einmal soviel getrunken hätte und sich dennoch durch ein geringes Anrühren sogleich ermuntern lassen. »Allein, mein wertester Herr Landsmann!« sagte der Baron weiter, »die Sache muß eine ganz andere Bewandtnis haben. Ich kann versichern, daß ich seit vielen Jahren her, sooft ich allhier Verrichtungen gehabt, nirgend anders als in diesem Hause logieret habe, es ist mir aber nicht das allergeringste weder vor Augen noch Ohren gekommen. Meine Gedanken sind diese: Es muß etwa eine Person sein, die auf Sie eine unbändige Liebe geworfen und, um ihre verliebte Sehnsucht zu stillen, Sie auf dem Bocke hat wollen abholen lassen. Sie müssen aber einen starken Schutzengel haben, der Sie von dieser verteufelten und höchst gefährlichen Postreiterei befreit hat. Ich erinnere mich«, redete der Baron weiter, »daß, da ich in meinen Jünglingsjahren in Trient studierte, sich mit einem schwedischen Edelmann fast eben dergleichen begeben. Dieser hatte durch seine artige Aufführung sich bei einer schönen Nonne dergestalt in Kredit, ja was sag ich, in ihr Herze gesetzt, daß sie sich eingebildet, sie müsse des Todes sein, wenn sie seiner Gegenliebe nicht vollkommen teilhaftig würde, denn mit den verliebten Briefen, Worten und verstohlenen Küssen, die sie sehr öfters im Parlatorio von ihm empfing, konnte sie ohnmöglich zufrieden sein, derowegen sonne sie auf Mittel und Wege, wie sie ihren Galan in ihrer Zelle vertraulicher embrassieren könnte. Dieses ihr verliebtes Anliegen vertraute sie des Klosterpförtners Eheweibe, welche eine vortreffliche alte Hexe und Erzruffiana oder Kupplerin war, wie denn dieselbe das geheime Liebesverständnis zwischen der schönen Nonne und dem schwedischen Edelmanne bereits vollkommen innehatte. Was geschahe? Die Pförtnerin war von der Gewinnsucht und Begierde angereizt, ihre[r] Wohltäterin, von welcher, als einer sehr reichen Dame, sie nebst ihrem Manne und Kindern ungemeine Guttaten genoß, nach äußersten Vermögen zu dienen, verfügte sich demnach zu einem gewissen weltlichen Priester, mit dem sie in ihrer Jugend in starker Vertraulichkeit gelebt haben mochte, darbei aber wußte, daß er in der schwarzen Kunst ungemein erfahren war, indem sie viele Exempel davon gesehen. Diesen Priester ersuchte die Alte, ihr mit gutem Rate beizustehen, und derselbe, weil er ziemlichermaßen ins Armut geraten, gedachte einen guten Profit zu erwerben, versprach ihr seine Hülfe, die Sache so einzurichten, daß der ehrliche Schwede auf einem gehörnten Postpferde zu der verliebten Nonne sollte geführet werden. Es gelunge aber dennoch vor dieses Mal dem hochgelahrten Herrn seine erlernete Kunst nicht, sondern lief fruchtlos ab, denn dieser brave und nach seiner Religion sehr christliche Edelmann, als er sich abends bis zehn Uhr nach allerhand mit mir und dem Hauswirte gehabten geistlichen und erbaulichen Diskursen kaum zu Bette gelegt, bekömmt plötzlich eine außerordentliche Bangigkeit und Herzensangst, so daß er wieder aufstehen muß, jedoch sein Gebet- und Gesangbuch zur Hand nimmt und seine Andacht nochmals mit Singen und Beten verrichtet. Weil er aber jedennoch vor Angst nicht zu bleiben weiß, will er im Schlafrocke zu mir, der ich am nächsten an seiner Stube wohnete, gehen und mir seinen plötzlichen und wunderbaren Zufall klagen.

Er hat aber in diesen Gedanken kaum das Licht in die Hand genommen, als es wider den vor seinem Zimmer nach dem Garten zu angebaueten Balkon als ein Sturmwind dergestalt heftig stößet, daß die inwendig wohlverriegelte Tür mitten voneinander springet, da er denn auf dem Altane erstlich einen schwarzen Bock mit feurigen Augen erblickt; sobald er aber etlichemal den Namen Jesus! ausruft, verwandelt sich dieses Ungeheuer in einen Feuerklumpen, als eine Tonne groß. Er springt derowegen unter stetigen Rufen: Jesu Christe! hilf mir! zurück heraus auf die Galerie und kam in meine Kammer, allwo er mir alles, was ihm begegnet war, mit Zittern und Beben erzählte und, nachdem wegen des gewaltigen Getöses der Wirt und die Wirtin herzugelaufen kamen, die ganze Historie nochmals wiederholte. Die Wirtin, welches eine geborne Italiänerin war, fing darauf sogleich also zu reden an: ›Cossi Padron Illustrissimo! Eh! VSMma ha qualche ragiri amorose, con una religiosa, cospetto! quest è la seconda volta ch'un tale è accaduto en questa casa.‹ Deutsch: So! Wohlgeborner Herr! Ei! Ew. Wohlgeb. haben gewiß einen verliebten Umgang mit einer Nonne. Wahrlich, das ist nun das zweite Mal, daß sich dergleichen in unsern Hause zugetragen hat. Hierüber entsetzte sich der schwedische Edelmann dergestalt, daß er über acht Tage lang das Bett hüten und alle Nächte bei sich wachen lassen mußte. Als er nun meistens wieder vollkommen ge[n]esen, machte er sich auf Einraten des Medici, Hauswirts, Hauswirtin und anderer guter Freunde unvermutet auf die Reise, ohne von der verliebten Nonne einigen Abschied zu nehmen.« Demnach (setzte der Baron noch hinzu) glaube der Herr von Elbenstein nur sicherlich, daß er von einer Person heftig geliebt wird, die ihn auf keine andere Art als diese bei sich zu sehen hoffen darf.

Der gute Elbenstein wurde über diese und seine eigene Aventure dergestalt konsterniert, daß ihm fast in die Gedanken kam, das gefährliche Italien gänzlich zu quittieren, weiln es ihm aber an sattsamen Barschaften fehlete, resolvierte er sich, nachdem sich sein Fürst bereits einige Tage in seiner Residenz befunden, allwo damals alles ganz stille zuging, Urlaub zu bitten, um wegen eines vermuteten Wechsels und anderer, seinen Bruder betreffenden Angelegenheiten eine Reise nach Venedig zu tun. Der Fürst gab ihm nicht allein sogleich Urlaub, sondern sagt noch darzu, wie er auf seine, des Fürsten, Kosten die Reise tun und ihm daselbst ein außenstehendes Kapital von 20000 Dukaten einkassieren und mitbringen sollte. Elbenstein erstaunete über diese Kommission, und weil ihm sein Herz ein bevorstehendes Unglück prophezeite, sprach er zu dem Fürsten: »Ew. Durchl. machen mich ganz verwirrt, da Sie einem ausländischen armen deutschen Edelmanne ein so starkes Kapital alleine anvertrauen wollen.«

»Wenn ich nicht wüßte«, gabe der Fürst hierauf zur Antwort, »daß die Deutschen redliche Herzen hätten, würde ich Ihn nicht in meine Dienste genommen haben, und wenn ich auch um 20000 Dukaten käme, würden mich diese in geringen Schaden, Ihn aber um seine Ehre bringen.« Dieserwegen küssete Elbenstein dem Fürsten die Hand, dieser aber ging nach seinem Chatoull, gab ihm die schriftliche Versicherung nebst einer Charte Biance zur Vollmacht und 50 Dukaten Reisegeld. Elbenstein ließ seine Equipage aufs sauberste zurechte machen und begab sich des dritten Tages auf die Reise, war aber dennoch nicht recht vergnügt, weil ihm sein Konzept einigermaßen verrickt worden. Indem er nun durch Padua passieren mußte, führete ihn sein Glücks- oder Unglücksstern eben in das Logis, wohin ihn seine masquierte Amour in Ariqua bestellet und die Woche vor Martini allda einzutreffen befohlen hatte. Es war ihm noch nicht in die Gedanken kommen, sich um das Zeichen des Gasthofs zu bekümmern, allwo er logierte; als er aber des Abends abgespeiset hatte und eine Bouteille Limonade nebst einer Pfeife Tobak gefordert, sagte ein alter häßlicher Hausknecht zu ihm: »Mein Herr! ich weiß ganz gewiß, Sie sind der Kavalier, welcher von einer Dame anhero bestellet worden; ist's nicht wahr, daß es in Ariqua geschehen?« Elbenstein schüttelte den Kopf und sagte, er wisse von nichts. »Leugnen Sie es nicht, mein Herr!« verfolgete der Kerl seine Rede, »denn ich kenne Sie unter Tausenden, ob Sie schon nicht wissen, woher. Vertrauen Sie sich mir nur vollkommen, denn ich kann Ihnen versichern, daß die Dame bereits hier wäre, allein sie ist durch eine gewisse Begebenheit zurückgehalten worden, unterdessen wird sie ohnfehlbar binnen zehn oder zwölf Tagen kommen, Sie aber, mein Herr, können auf sie allhier warten und versichert sein, daß Ihnen niemand einige Zehrungskosten abfordern wird, weil ich Ordre habe, vor Sie zu bezahlen.« »Mein Freund!« sagte Elbenstein, »ich bin von einem gewissen Fürsten in besonders wichtigen Affären voritzo auf der Reise begriffen, hoffe aber auch binnen acht oder zehn Tagen wieder zurückzukommen, alsdenn wollen wir von dieser Sache weiter sprechen.« »Wohl gut!« sagte der alte verzweifelte Kuppler, »allein, haben Sie etwa Lust, mit einem Ihrer Landsleute, welches ein deutscher Kavalier ist, zu sprechen, so können Sie sich noch ein paar Stunden oder solange es Ihnen beliebt die Zeit passieren, denn er möchte auch gern mit jemand reden, weil ihm die italiänische Sprache noch nicht recht geläufig ist.« Elbenstein befahl dem Kerl, daß er dem deutschen Kavalier sein Kompliment machen und bei demselben vernehmen sollte, ob es ihm gelegen wäre, eine Pfeife Tobak mit ihm zu rauchen.

Wenige Minuten hernach erschien der Deutsche, und weil es ein Edelmann war, mit dem Elbenstein vor diesem auf einem Gymnasio zugleich studieret, umarmeten sie sich recht herzlich und waren beiderseits hoch erfreut, daß sie einander so unverhofft in einem frembden Lande antrafen. Sie blieben also beisammen sitzen und erzähleten einander ihre Begebenheiten bis um die Mitternachtszeit, da sie denn voneinander Abschied nahmen, jedoch weil der Herr von Thalberg, so nennete sich dieser deutsche Kavalier, Elbensteinen gar zu sehr bat, ihm zu Gefallen, weil er gestern erstlich angekommen, nur einen einzigen Tag in Padua zu verweilen, als versprach ihm dieser aus redlicher Freundschaft seinen Willen zu erfüllen, und hieraus begaben [sie] sich beiderseits zur Ruhe.

Folgenden Morgens, nachdem sie den Tee miteinander getrunken, spazierten sie aus und besahen sowohl die innere Stadt als die Burg und deren Fortifikation, da sich denn der Herr von Thalberg nicht wenig über die Größe dieser Stadt verwunderte, zumalen, als er vernahm, daß dieselbe noch eher soll erbauet worden sein als Rom. Hierauf besahen sie den großen Saal des Palasts, welcher der schönste, der in Italien zu finden, ingleichen den Dom, welches zwar ein uraltes Gebäude und eben nicht von besonderer Struktur, jedoch sehenswürdig ist. Nach Tische gingen sie wieder aus und besahen die Kirchen, sonderlich des heil. Antonii von Lissabon, welche ungemein und voller herrlicher Sachen, vornehmlich die heil. Kapelle, worinnen ungemein schöne Bildhauer- und Malerarbeit anzutreffen. Weil sich aber unter der Zeit der Tag zu neigen begonnte, als rekommendierte der von Elbenstein dem von Thalberg, sich zur andern Zeit in der schönen Justinenkirche, worinnen viel prächtige Monumenta, ingleichen auch in den vielen Kunstkammern herumführen zu lassen. Da sie nun abends nach Tische noch eine Pfeife Tobak miteinander rauchten, beredete Elbenstein den Herrn von Thalberg, daß er mit ihm nach Venedig zu reisen sich gefallen ließ, wie sie denn auch in früher Tageszeit sich auf den Weg begaben und nach kommoden Tagereisen in dieser weltberühmten Stadt anlangten, allwo sie ihr Logis im Gasthofe, Zum weißen Pferde genannt, nahmen.

Elbensteins erster Gang war nach den beiden berühmten Kaufleuten, Herr Hopffer und Bachmeyern, welche ihm nicht allein die Gefälligkeit erwiesen, daß sie ihm seinen erstlich auf Weihnachten gefälligen Wechsel gegen einen billigen Rekompens bar bezahleten, sondern auch über dieses ihren Priester, der, wie schon gemeldet, in weltlichen Kleidern einher ging, kommen ließen, bei welchem Elbenstein gleich des dritten Tages nach seiner Ankunft kommunizierte und sein Herz ungemein erleichtert befand, auch bei dem ernstlichen Vorsatze beharrete, sich zeitlebens nicht wieder in verbotene Liebeshändel einzulassen, sondern hinfüro keusch und züchtig zu leben und abzuwarten, bis ihm der Himmel dereinst eine liebenswürdige Gemahlin zuführete.

Da aber die Gelder, welche er vor seinen Fürsten einzukassieren hatte, nicht sogleich parat waren, sondern ihm angedeutet wurde, wie er sich wenigstens noch sechs bis acht Tage patientieren müßte, ließ er sich auch dieses gefallen, erstattete aber immittelst seinen Bericht an den Fürsten durch eine Stafette. Jedoch mittlerweile die Zeit nicht müßig zuzubringen oder im Gasthofe allein bei guten Essen, Trinken und Spielen zu leben, besahe er nebst dem Hrn von Thalberg diese weltberühmte und wunderbare Stadt, welche sozusagen nicht recht auf der Erden, sondern wenigstens anderthalb Meile vom festen Lande in Flut und Wellen liegt, indem die Häuser auf 72 Insuln, woraus sie bestehet, auf lauter Pfähle von Holze erbauet sind. Sie hätten sich wohl gern einer Karosse bedient, allein die Straßen sind daselbst sehr enge, weswegen die Karossen nicht zu gebrauchen, derowegen muß man zu Fuße gehen, welches denn auch wohl möglich, da ohngefähr 460 Brücken über die Kanäle in der Stadt gezählet werden, unter welchen die vornehmste und schönste der Republik auf 300000 Dukaten zu stehen kommt. Unsere Kavaliers aber, wenn sie sich durchs Spaziergengehen ermüdet, setzten sich in eine Gondel oder wohl aptiertes Schiffgen, deren man in Venedig allein über 24000 zählen will, und fuhren darauf von einem Orte zum andern, wo sie nehmlich etwas Betrachtenswürdiges anzutreffen wußten, wiewohl in dieser Stadt fast alles betrachtenswürdig zu nennen ist. Als nun beide auf der obgedachten kostbaren Brükke, welche il Ponto Rialto genennet wird, stunden, sagte Thalberg zu dem von Elbenstein: »Es ist schade, daß wir nicht einen guten Freund und Bekannten allhier haben, der uns die merkwürdigsten Dinge in dieser weltberühmten Stadt zeigte, denn weil ich sehr curieux bin, dergleichen zu sehen und aufzuschreiben, ließe ich mir kein Geld dauern.« Kaum hatte er das Wort ausgesprochen, als sich ein feiner reputierlicher Mann vor ihren Augen präsentierte, welcher einenOffiziershabit am Leibe, jedoch nur einen Arm hatte. Dieser redete sie also an: »Messieurs, ich halte Sie beide vor deutsche Kavaliers und habe mich, da ich auch ein geborner Deutscher bin, sehr erfreuet, meine Muttersprache so rein von Ihnen reden zu hören. Ich habe der Republik Venedig verschiedene Jahre zur See als Offizier gedienet, bin aber endlich so unglücklich gewesen, daß mir ein Arm abgeschossen worden.

Mein Vaterland hätte ich gern wieder besucht, allein weil ich keine Mittel daselbst zu suchen habe, so bin ich auch daselbst nichts nutze, sondern danke dem Himmel, daß mir die Republik monatlich so viel Gnadengeld auszahlen lässet, als zu einem reputierlichen Auskommen vonnöten ist. Mir ist in dieser, obschon weitläuftigen Stadt alles bekannt, was Frembden zum Plaisir gereicht, kann ich Ihnen dienen, so belieben Sie zu befehlen, ich tue es ohne alles Interesse, sondern nur zum Plaisir meiner Herrn Landsleute.« Elbenstein fragte nach seiner Vaterstadt und erfuhr, daß er von Merseburg gebürtig wäre, weswegen sie diesen nahen Landsmann, weiln es eben Zeit zur Mittagsmahlzeit war, mit sich in ihr Quartier nahmen und an seiner Konversation ein besonderes Vergnügen fanden. Es führete sie derselbe etliche Tage nacheinander in der Stadt herum, und weiln er bemerkte, daß der von Thalberg sich ein und anderes Merkwürdige in seine Schreibtafel notierte, sagte er eines Abends, da sie in einem Weinhause beisammen saßen: »Mon Seigneur, wenn Sie so schreibbegierig sind, so belieben Sie zu schreiben, was ich Ihnen diktieren will.« Als sich nun der von Thalberg bereit darzu fand, diktierte er ihm folgendes in die Feder:

»Daß diese Stadt Venedig eine der berühmtesten in der Welt, ist eine ohnstreitige Sache. 72 Insuln sind es, worauf sie erbauet ist, und ihr Umfang ist ohngefähr acht italiänische Meilen. Il Ponto Rialto ist die größte Brücke, welche über den größten Kanal gehet, sie hat, wie Sie gesehen haben, nur einen einzigen Schwibbogen von Marmor oder, wie es die Italiäner nennen, Pietra bianca, stehet auf 6328 Pfählen und hat zu beiden Seiten zwei Reihen allerhand Kaufladen, welche drei Gassen ausmachen; unter derselben aber kann eine Galeere mit aufgespanneten Segeln durch den Schwibbogen hindurchfahren. Die Stadt überhaupt wird eingeteilet in sechs Teile oder Sestieri, als nehmlich: Castello, S. Marco, Carnareio, S. Paolo, S. Croce und Dorsoduro. Die ersten drei Teile liegen diesseit und die andern drei jenseit der großen Brükke. Es finden sich in dieser Stadt 53 große und kleine Plätze oder, wie man es anderer Orten nennet, Märkte, darunter ist der größte und berühmteste der St.-Marcus-Platz, selbiger ist 280 Schritte lang und 110 Schritte breit. Auf diesen Platze pflegen bei guten Wetter die jungen Nobili di Venetia, zuweilen etlich Hundert stark, ihren Spaziergang zu halten. Ferner zählet man darinnen über 150 prächtige Paläste, 70 Kirchen, 39 Mönnichsklöster, 28 Frauenklöster, 18 Oratoria, 17 Hospitäler, 115 Türme, 58 öffentliche Brunnen, die aber nicht viel taugen, denn das süße Wasser muß vom Lande in Tonnen herbeigeholet werden. 164 Statuen von Marmor und 23 Statuen von Erz, an welchen allen man sich über die Kunst nicht genug verwundern kann.

Der herzogliche Palast auf dem St.-Marcus-Platze ist wohl das schönste Gebäude in der Stadt, er ist viereckigt. Das obere Stockwerk bewohnet der Doge oder Herzog, bei demselben werden die Staatskollegia gehalten, im untersten aber wird die Justiz administriert. An der einen Ecke dieses Platzes liegt die Kirche St. Marco und an der anderen die Kirche St. Geminiano, zu beiden Seiten aber stehen die Prokurateur-Häuser, die von Marmor aufgeführet sind und unten große Schwibbögen haben. Auf den St.-Marcus-Kirchturm steigt man auf einer Treppe ohne Stufen, und von dieser Kirche wird man zu dem Schatze geführet, welcher ungemein kostbar ist. Die Bibliothek, welche sehr stark, ist in dem einen Prokurateur-Hause, gerade gegen den Palast St. Marco über. Das Kloster St. Johannis und Pauli ist das schönste, das Kloster St. Georgii aber das reichste. In eben diesem Kloster, und zwar in dem Tafelgemach, finden sich unter den Schildereien oder Gemälden die zwei vornehmsten und bewundernswürdigsten Stücke, welche der Künstler Marco Titiano verfertiget hat, das eine stellet vor die Hochzeit zu Kana in Galiläa und das andere das Bildnis Petri des Märtyrers. Unter den Kirchen sind wohl die schönsten die St. Redemptore und Madonna di Salute. Diese haben ihren Ursprung von einem Gelübde, welches der venetianische Rat zu Pestzeiten getan. Jedoch die St.-Marcus-Kirche gibt diesen beiden wenig oder nichts nach. Am Ende der Stadt nahe am Meere liegt das Arsenal, welches seinesgleichen in Europa nicht haben soll, man findet so viel Gewehr drinnen, daß auf den Fall in größter Geschwindigkeit 20000 Mann zu Fuße und 25000 Mann zu Pferde damit bewaffnet werden können. So liegen auch beständig 2000 Kanonen parat, die zu Wasser und zu Lande können gebraucht werden, anderer zum Kriege und Seewesen benötigten Dinge zu geschweigen. Es arbeiten alle Tage 1500 bis 2000 Menschen darinnen, die Unterhaltung dieses Arsenals aber soll der Republik alljährlich über fünf Tonnen Goldes kosten. Die Schiffe werden allhier im voraus gebauet und hernach in das salzige Seewasser stückweise versenkt, worinnen sie desto dauerhafter werden. Man erzählt, daß der große Rat einsmals in diesem Arsenal einen König traktieret habe, da denn in seiner Gegenwart ein ganz neues Schiff gebauet worden, und zwar so haben die Bauleute den Anfang gemacht, als der König zur Tafel gesessen, da er aber abgespeiset und aufgestanden, habe das Schiff schon vor seinen Augen auf dem Meere herumgesegelt. Zu einer andern Zeit hat man eben dergleichen Kunststück mit einer Kanone praktiziert, indem dieselbe in größter Geschwindigkeit gegossen, auch noch abgefeuert worden, ehe der vor nehme Gast von der Tafel aufgestanden. Kurz! dieses Arsenal ist mit Recht ein Wunderwerk der Welt zu nennen, ringsherum ist es mit hohen Mauern umgeben.

Am Portale dieses Arsenals zeigt sich mit großen goldenen Buchstaben die Überschrift:

Felix est Civitas, quae Tempore Pacis de Bello cogitat. Glückselig ist die Stadt, welche zu Friedenszeiten an den Krieg gedenkt.

Eins von den Hauptstücken, welche in diesem Arsenal aufbehalten und verwahrt werden, ist der Bucentaurus oder dasjenige Schiff, auf welchem der Doge alle Himmelfahrtstage in das Adriatische Meer segelt und sich mit demselben vermählet. Es ist von der Größe einer Galeazza, auswendig vergüldet und inwendig mit carmoisinroten Sammet beschlagen, auf beiden Seiten sind verguldete Sessel und auf dem Oberdeck ein Thron, auf welchem der Herzog zwischen den Gesandten und Senatoren sitzet. Auf dem Unterdeck sind 28 Ruder, jedes mit sechs Mann besetzt, man siehet aber von diesen Leuten nichts, als daß sich die Ruder bewegen. Auf dem Vorderteile stehet das Bildnis der Gerechtigkeit, stark verguldet mit dem Schwert und Waage in den Händen. Wenn der Doge den kostbaren Ring ins Meer wirft, spricht er: ›Desponsamus te nobis mare, in signum veri perpetuique Domini.‹ Meer! wir vermählen uns mit dir, zum Zeichen einer wahrhaften und immerwährenden Herrschaft über dich.

Dieser Gebrauch«, sagte hier der einhändige Offizier, »ist mir jederzeit sehr lächerlich vorgekommen, ich kann aber nicht eigentlich sagen, woher er seinen Ursprung hat.« »Das will ich Ihnen sagen, mein Herr!« versetzte Elbenstein. »Die Herren Venetianer geben vor, es habe sie der Papst Alexander III. im Jahre 1174 mit der Herrschaft über das Adriatische Meer belehnet, und dieses ist eben das fatale Jahr, da der Papst den Kaiser Fridericum Barbarossam, als er ihm die Füße küssen wollen, auf den Hals getreten und die Davidischen Worte dabei gesprochen: ›Auf Löwen und Ottern wirst du gehen‹ etc. Allein ich glaube, es wird nun wohl nimmermehr wieder geschehen, daß ein Römischer Kaiser Sr. Päpstl. Heiligkeit die Füße küsset, geschweige denn sich von deroselben auf den Hals treten läßt.«

Indem Elbenstein weiter fortreden wollte, stunde ein alter, jedoch wohlansehnlicher und ehrwürdiger Mann von seinem Tischgen, worbei er bishero ganz alleine gesessen und ein Gläsgen Wein getrunken hatte, auf, trat vor den Tisch, woran die Kavaliers mit dem Offizier saßen und sagte: »Meine Herren nehmen mir nicht ungütig, daß ich mich in ihren Diskurs meliere, ich bin zwar ein geborner Savoyard, habe aber nunmehro schon seit etliche 40 Jahren, da ich mich acht Jahr lang auf deutschen Universitäten aufgehalten, auch fast ganz Deutschland durchreiset bin, die deutsche Sprache nach meiner Mundart ziemlich sprechen lernen, bin auch noch itzo imstande, einen deutschen Brief so gut als einen italiänischen zu schreiben, denn weil die deutsche Nation mir ungemein angenehm und liebreich vorkommen, habe ich auch ihre Sprache beibehalten und mir das größte Vergnügen gemacht, wenn ich hierzulande habe mit deutschen Herren in Gesellschaft kommen können. Was aber Ihren letztern Diskurs anbelanget, so will ich Ihnen, so es beliebig, eine gründliche Nachricht erteilen, weil ich Sie in einigen Stücken irrig befinde, denn ohngeacht ich Sie vor Protestanten halte, ich aber ein Katholik bin, so bin ich doch hauptsächlich in denen Sachen, welche in die Historie einschlagen, ganz unparteiisch.«

Elbenstein und Thalberg hatten einen besondern Gefallen an der Visage, Höflichkeit und Anrede dieses alten Mannes, nötigten ihn demnach zwischen sich zu setzen, trunken ihn erstlich ein paar Glaser Wein zu, hernach baten sie ihn, daß er ihnen doch diese Historie aus dem Grunde erzählen möchte. Demnach fing der Alte also zu reden an:

»Es ist an dem, die Herren Venetianer geben vor, daß der Papst Alexander III., weil sie ihm in dem damaligen scharfen Kriege wider den Kaiser Fridericum Barbarossam beigestanden und des Kaisers Sohn Ottonem auf dem Meere gefangen bekommen hätten, ihnen zur Vergeltung die Oberherrschaft über das Adriatische Meer zugestanden und zum Zeichen derselben verordnet habe, daß sich der Herzog durch Einwerfung eines goldenen Ringes mit diesem Meere vermählen sollen, welches auch noch bis jetzo am Himmelfahrtstage geschicht. Allein diese Donation wird freilich von den meisten in Zweifel gezogen, weil es eine pure Fabel ist, daß des Kaisers Sohn Otto auf dem Meere gefangen worden.

Papst Julius II. fragte einsmals den venetianischen Gesandten Donati, wo denn die Republik die Bulle hätte, die Alexander III. gegeben, gab damit zu verstehen, daß die Sache sehr zweifelhaft sei, allein der listige und verschlagene Gesandte gab zur Antwort, Ihro Päpstl. Heiligkeit möchten nur das Diploma Constantini Magni nachschlagen lassen, so würde sich die Bulle Alexandri III. auf der andern Seite finden. Unterdessen bleibt doch alles, wie es ist, und es wird sich so leicht wohl niemand finden, der dem Doge die Spazierfahrt verwehrt; denn auswärtigen Potenzen hilft und schadet sie nichts.

Was aber nun die Fabel anbelanget, daß der Papst Alexander dem Kaiser Friederich, da er selbigen die Füße küssen wollen, auf den Hals solle getreten und Davids Worte, die meine Herrn vorhin erwähnet, gebraucht haben, und als der Kaiser geantwortet: ›Nicht dir, sondern Petro‹, der Papst noch besser getreten und gesagt haben soll: ›Auch mir, auch Petro‹, ist ein ungegründeter ausgestäupter alter Schlendrian, von welchen vor diesen verschiedene protestantische Geschichtschreiber und Geistliche vieles Wesens gemacht, um dadurch denen Päpsten ihren Hochmut vorzuwerfen und selbige bei ihren einfältigen Glaubensgenossen verhaßt zu machen. Diese Fabel aber ist dieserwegen eine Fabel und ungegründete Sache: 1. weil kein einziger Geschichtschreiber von allen, die zur selbigen Zeit gelebt, hiervon Meldung tut, Hergegen 2. melden alle die glaubhaftesten Geschichtschreiber selbiger Zeiten, daß der Kaiser und der Papst einander reziproke alle ersinnliche Ehre erwiesen und jener von diesen das Osculum Pacis oder den Friedenskuß empfangen, ihme die rechte Hand gelassen, andere Ehren- und Höflichkeitsbezeugungen zu geschweigen. 3. wird diese Legende zweifelhaftig gemacht durch die von den damaligen Geschichtschreibern so sehr belobte Demut des Papstes Alexandri sowohl als die gerühmte Großmütigkeit des Kaisers Friedrici, welcher nicht einmal das Wort Beneficium dulten können. 4. Wer sollte wohl glauben, daß da so viele deutsche Reichsfürsten, und zwar von den allervornehmsten Häusern, bei, um und neben dem Kaiser gewesen, daß sie des Papsts Hochmut und ihres Kaisers Niederträchtigkeit hätten mit gelassenen Augen ansehen können. 5. widerstreitet dieser Legende der solenne Einzug zu Venedig und der vorher gemachte Friede. 6. Was das Gemälde anbelanget, welches noch gezeiget wird, so kann solches wohl von einem losen Vogel und Feinde des Kaisers verfertiget worden sein, es gibt aber keinen mehrern und bessern Beweisgrund als ein anderer satirischer Kupferstich oder Gemälde. 7. ist diese Fabel ausgepeitscht, weiln selbige bei gescheuten Protestanten selbst keinen Glauben mehr findet. Hiervon schreibt gar schön Christ. Adam Rupertus, ehemaliger Professor Historiarum zu Alt[d]orf, in seinem herausgegebenen Commentario ad synopsin Besoldi, auch andere deutsche Gelehrte mehr.« Hiermit endigte der unbekannte alte Mann seine Erzählung, stund auf, nahm das Licht von seinem Tische und bat, die Herrn möchten nicht ungütig nehmen, daß er nach seiner Schlafkammer eilete, weil er eine ordentliche Lebensart zu führen gewohnt wäre. Ob er nun gleich sehr gebeten wurde, noch ein Stündgen zu bleiben, so wollte er sich doch nicht länger aufhalten, tat aber dennoch ein Glas Wein auf geruhige Nacht Bescheid. Mittlerweile zohe Thalberg zwei venetianische Dukaten aus seiner Ficke, druckte sie dem Alten in die Hand, weil er ihn vor einen Mann ansahe, der vielleicht nicht viel übrig haben möchte; bat anbei, vor diesmal mit diesem kleinen Geschenk vorliebzunehmen, morgen früh aber so gütig zu sein und in ihrem Logis, welches er ihm bezeichnete, bei ihnen einzusprechen, damit sie noch ein mehreres von seinen gelehrten Diskursen profitieren und weiter bekannt miteinander werden könnten. Der Alte versprach, solches zu tun, wenn es seine Geschäfte zuließen, bedankte sich mit einer lächelnden Miene sehr höflich und freundlich vor das Präsent, wünschte ihnen eine geruhsame Nacht und marschierte ab. Bald hernach verfügten sich Elbenstein und Thalberg auch in ihr ordentliches Logis und nahmen den einhändigen Offizier mit sich dahin.

Weil es schon ziemlich spät, legte sich ein jeder in ein besonderes Bette zur Ruhe, stunden jedoch morgens ganz früh auf und trunken den Tee miteinander, da denn der curieuse Herr von Thalberg den Offizier bat, ihnen noch ein und anderes von venetianischen Merkwürdigkeiten zu erzählen. Da nun dieser sehr gesprächig war, so fing er also zu reden an:

»Die Regierungsform bei dieser Republik ist aristokratisch, denn es hat niemand Anteil an der Regierung als die sogenannten Nobili di Venetia. Diese Herrn von Adel werden füglich in sechs Klassen abgeteilet; in der ersten Klasse sind die sogenannten zwölf Apostel, das sind die alten zwölf Familien, die im Jahr 709 den ersten Herzog erwählet haben; in der andern Klasse stehen, die im Jahre 800 die Fundation der Abtei S. Georgii unterschrieben haben; in der dritten Klasse stehen die Familien, so im Jahre 1296 ihre Namen in das sogenannte güldene Buch eingeschrieben haben; in der vierten Klasse stehen die neuen Geschlechter, die der Republik in dem blutigen Kriege mit Genua große Geldsummen vorgeschossen hatten und deswegen im Jahre 1385 in den Adelstand erhoben worden; in der fünften Klasse stehen die letzten Geschlechter, welche im Candischen Kriege im Jahre 1646 den Adel vor 100000 venetianische Dukaten gekauft haben. Es waren 80 Familien, die vorhero Kaufmannschaft, auch wohl gar nur Handwerke getrieben hatten; in der sechsten Klasse sind endlich alle auswärtige Standespersonen, welche von der Republik ehrenhalber unter ihren Adel sind aufgenommen worden. Wer nun aus einer solchen Familie geboren ist und das 25. Jahr seines Alters zurückgelegt hat, der ist allhier ein Ratsherr, er mag nun was gelernet haben oder nicht. Demnach ist leicht zu erachten, daß die Zahl der Ratsherren nicht immer einerlei, sondern steigend und fallend ist, wie sie denn auch niemals alle beisammen sind, sondern es halten sich viele in den Provinzen als Provisores auf. Wenigstens aber sind ihrer 2000 und etliche Hundert.«

»Nun, das passiert vor ein Ratskollegium«, sagte hier Thalberg, »denn man spricht im gemeinem Sprichworte: Aus viel Köpfen ist gut raten. Aus diesen aber wird ohnfehlbar auch der Herzog oder Doge erwählet werden?«

»Allerdings!« fuhr der Offizier zu reden fort. »Es gehet aber die Wahl eines Doge allhier also zu: Sobald der letztverstorbene beerdiget ist, so kommen alle Nobili, die über 30 Jahr alt sind, in dem Palazzo di St. Marco zusammen. Allda werden erstlich fünf sogenannte Correctores erwählet, welche die Articul aufsetzen, worüber der künftige Doge schweren muß. Darauf greifen alle anwesende Nobili in ein silbern Gefäß, welches fast wie eine Urna oder Totenkrug aussiehet und mit silbernen, auch 30 goldenen Kugeln angefüllet ist. Diejenigen, welche die güldenen ergreifen, werfen neun davon unter 24 silberne und losen hernach von neuen. Die nun die neun güldenen Kugeln bekommen, erwählen wieder 40 andere, die doch insgesamt von unterschiedenen Familien sein müssen, und die zuvor gedachten neun können sich selbst wieder mit in diese 40 wählen. Dieselben losen wieder auf die zuvor gedachte Art, daß nur zwölf übrigbleiben. Von diesen zwölf erwählet der erste ihrer drei und von den übrigen elf ein jeder zwei, daß also zusammen 25 herauskommen. Diese werden wieder durchs Los bis auf neun heruntergebracht, welche abermals 45 andere und also ein jedweder fünf ernennet. Das Los vermindert hernach die Zahl dieser letztern bis auf elf, und diese wählen endlich 41, welche, nachdem sie vorhero durch den Staatsrat konfirmieret worden, die eigentliche Electores oder Erwähler des Doge sind und wenigstens mit 25 Stimmen den Doge erwählen. Als Kandidaten werden vornehmlich zwei oder drei Personen von Distinktion aus der Noblesse und der Zahl der Prokuratoren von St. Marco, die sich um die Republik sonderlich verdient gemacht, im Vorschlag gebracht. Wer zum Doge erwählet wird, darf diese Würde bei Konfiskation seiner Güter und Bannisierung seiner Person nicht ausschlagen. Er bleibt es aber nicht, wie zu Genua, nur auf zwei Jahr, sondern alle sein Lebtage, hat auch nicht Macht, diese Würde niederzulegen, jedoch hat die Republik Macht, daferne er sich nicht wohl aufführet, ihn abzusetzen. Des Doge Einkommen ist schlecht und beläuft sich jährlich nicht höher als 12000 Ducati d'Argento, welche derselbe aus der Grundzinse des deutschen Hauses und der den deutschen Kaufleuten erteilten Privilegien ziehet, weswegen man mehrenteils lauter reiche Herrn zu dieser Würde erwählet, denen mehr an der Ehre als an den Revenüen gelegen. Des

Doge Kleidung ist à l'ordinair so beschaffen: auf dem Haupte trägt er eine Maschine, ich weiß nicht, ob ich selbige eine Krone oder eine Mütze nennen soll; oben ist dieselbe wie ein Horn gebogen und wird dieserwegen il Corno genennet. Über den Achseln aber trägt er einen Habit oder Ornat von Pelz mit Hermelinen, fast auf die Art wie der Kurfürstliche in Deutschland. Stirbt ein Doge, so wird er auf Kosten der Republik prächtig zur Erde bestattet, jedoch nicht eher, als bis vorhero alle seine Actiones wohl untersucht, vor allen Dingen aber alle seine Schulden von dessen Erben bezahlet worden. Die Senatores erscheinen bei dessen Beerdigung in roten Kleidern, um anzuzeigen, daß die Republik unsterblich sei. Es geschicht gar selten, daß das Interregnum über acht Tage währet, und binnen selbiger Zeit dependiert das meiste von den Staatsräten, der Senat aber wie auch die andern Collegia bleiben indessen ausgesetzt. Sonsten ist zu remarquieren, daß die allgemeinen Gesetze und Verordnungen im Namen des Doge publiziert, auch die Schreiben auswärtiger Puissancen an ihn adressiert, ingleichen die Kreditivschreiben in seinem Namen ausgefertiget werden, doch unterschreibt er sie nicht, sondern ein Staatssekretarius. Er antwortet den frembden Gesandten im Namen der Republik in terminis generalibus. Es werden unter seinem Namen alle Münzen geprägt, und führet er den Titel Serenissimo oder Durchlauchtigster. Alle Beneficia von der St.-Marcus-Kirche hat er zu vergeben, worunter sich ordentlicherweise 26 Kanonikate befinden und das sogenannte Primoceriat oder Dekanat. Es erkennet auch diese Kirche keine andere als des Doge Jurisdiction, daher derselbe gleich nach seiner Wahl von dieser Kirche Possession nimmet, und zwar mit besondern Solennitäten. Wahrhaftig, des venetianischen Doge Staat ist königlich und ungemein prächtig, aber bei aller solcher Pracht ist er nichts anders als ein würklicher Untertan der Republik, und in vielen Stücken ist er noch übler dran als der geringste Senator. Denn in Staatssachen darf er aus eigener Macht und Gewalt ohne Vorbewußt des Rats nichts unternehmen und in den Collegiis, worinnen er präsidiert, hat er nicht mehr als zwei Vota. Die von auswärtigen Puissancen an ihn geschriebene Briefe darf er weder erbrechen noch vor sich beantworten, und alle seine Dinge muß er mit der größten Behutsamkeit traktieren, woferne er nicht große Verantwortung haben will. Den Augenblick, da er erwählt worden, müssen seine Kinder, Brüder und Anverwandten alle öffentliche Ämter niederlegen, und solange seine Regierung währet, dürfen sie sich keine Hoffnung zu einer Charge machen. Er darf ohne spezielle Erlaubnis des Rats nicht einen Augenblick aus der Stadt reisen, dahero man im gemeinen Sprichworte zu sagen pflegt:

Der venetianische *Doge* ist bei *Solennitäten* ein König, bei Beratschlagungen ein bloßer Ratsherr, in seinem Hause und in der Stadt aber ein Gefangener.«

»Ei!« sagte hier der Herr von Thalberg, »so will ich lieber ein deutscher Landjunker bleiben, als ein Doge zu Venedig werden.« »Ich selbst halte davor«, versetzte Elbenstein, »daß man dabei vergnügter lebt. Allein, mein Herr!« sprach er zum Offizier, »wie ist es denn mit den Ratscollegiis beschaffen?« »Deren sind«, gab dieser zur Antwort, »vornehmlich fünf. Das erste und vornehmste ist *la Signoria;* benebst dem Herzoge oder Doge befinden sich darinnen sechs Staatsräte, welche alle Jahr abgewechselt werden und jederzeit in roten Röcken erscheinen müssen. Das zweite ist der große Rat oder *Il Consiglio grande,* worinnen alle Nobili Sitz und Stimme haben, dahero es zum öftern aus mehr als 1000 Personen bestehet, und eben in diesem Collegio geschicht die Wahl eines neuen Doge. Das dritte ist Consiglio del pregadi oder der etwas engere Rat, welcher aus ohngefähr 300 Nobili oder venetianischen Edelleuten bestehet. Diesen hält man vor die Seele der Republik. Das vierte Kollegium heißet *Il Consiglio proprio,* darinnen sitzen die sogenannten Savii Grandi, welche, wenn man die Signoria ausrechnet, 26 Personen ausmachen, und allhier wird den Gesandten auswärtiger Puissancen Audienz erteilet. Das fünfte wird genennet *Il Collegio delli Dieci.* Dieses bestehet aus zehn Männern, welche das höchste peinliche Gericht hegen, vor welchen auch der Herzog in Person erscheinen müßte, wenn er von jemanden verklagt würde. Hier ist vor einen Verbrecher oder schuldig Befundenen kein Pardon zu gewarten, denn man kann von diesem Collegio an niemand anders als an unsern Herrn Gott appellieren, weswegen sich der Himmel allein dessen erbarmen kann, wer dahin zitieret wird. Dieses Zehn-Männer-Gerichte hält gewaltig viele Spione, erfahren derowegen nicht nur alles, was in der Stadt passiert, sondern auch was hie und da etwa in Compagnie geredet wird. Sonsten ist allhier zwar auch ein Inquisitionstribunal, worinnen der päpstl. Nuntius, der Patriarche von Venedig und der Pater Inquisitor sitzen, allein es ist hier mit der Inquisition bei weitem nicht so scharf als in Spanien und andern Orten. Den jetzt gemeldten drei geistlichen Herrn sind noch drei Ratsherrn an die Seite gesetzt, ohne deren Konsens nichts darf geschlossen werden, wie man sich denn allhier, den äußerlichen Schein ausgenommen, überhaupt nicht viel aus der Religion macht. Unterdessen finden sich unter den venetianischen Geistlichen viel vortreffliche Oratores, und nach geendigten Karneval werden die geistreichsten und beweglichsten Bußpredigten gehalten; nur über das sechste Gebot wird eben nicht sonderlich geeifert und viel

Wunderns wegen dessen Übertretung gemacht, sondern wenn jemand gegen seinen Beichtvater seine Übertretung desfalls bekennet, gibt derselbe mehrenteils zur Antwort: Bagatelle! Bagatelle! Kleinigkeiten! Kleinigkeiten! Was das Karneval anbelanget, so gehet es um selbige Zeit wohl in der ganzen Welt nirgends lustiger zu als hier, und hat man wohl eher 30000 und mehr Fremde gezählt, welche sich der Karnevalslustbarkeiten teilhaftig gemacht; denn weil einem jeden erlaubt ist, sich zu masquieren, so ist er in solchen Habit sozusagen semper frei und darf von niemanden angetastet werden, hingegen darf eine Masque auch kein tödlich Gewehr bei sich führen. Wenn ich nun rechne, daß jeder Frembder durch die Bank vom Vornehmsten bis zum Geringsten zum wenigsten 100 Dukaten verzehret, so macht solches eine Summa von drei Millionen aus. In dem Palast Ridotto stehen zur selben Zeit tages und nachts zehn Zimmer offen vor diejenige, welche Lust haben, à la Bassette oder andere Spiele zu spielen. Die Opern und Komödien sind unvergleichlich und lokken viel Personen an sich. Auf dem St.-Marcus-Platze trifft man zum öftern mehr als 50000 Menschen an, welche den Marktschreiern, Seiltänzern, Gaukelspielern und Wahrsagern zusehen. Man hat mir einsmals folgende zwei lächerliche Historien erzählet, an deren Wahrheit ich aber selbsten zu zweifeln nicht geringe Ursach habe. Es wäre nehmlich ein solcher Seiltänzer von dem höchsten Turme auf einem Seile heruntergefahren und zu Fuß wieder hinaufspaziert. Er wäre bald zurückgekommen und mit einem Schubkarrn voller Steine auf dem Seile auf und nieder gefahren. Endlich habe er sich zu Pferde gesetzt, sei auf dem Seile hinaufgeritten und im vollem Galopp wieder herunter gekommen.«

»Das lasse ich«, sagte hier Elbenstein, nachdem er sich über diese Geschicht satt gelacht, »vor ein perfektes Kunststück oder vor ein perfektes Märlein passieren.« »Das ist noch nichts«, sagte der Offizier, »meine Herrn lassen sich noch eins erzählen: Einsmals hat ein Gaukler auf diesem Platze einen Knauel Bindfaden oder Segelgarn in die Luft geworfen und ist an dem Faden bis über die Wolken hinaufgeklettert. Darauf ist eins von seinen Beinen heruntergefallen, hernach das andere Bein, bald darauf ein Arm und wieder ein Arm, dann der Kopf und endlich der Rumpf. Diese Stücke haben alle auf dem Platze eine ziemliche Weite voneinander gelegen; im Augenblicke aber sind sie wieder zusammen gefahren, der Gaukler ist aufgesprungen und hat sich frisch, fröhlich und gesund vor aller Zuschauer Augen dargestellet.«

»Ei, ei!« sagte Thalberg mit heftigen Lachen, »das ist zu künstlich, jedoch kann ich mir die Sache in meinen Gedanken ebensogut vorstellen, als ob ich darbeigewesen wäre und es alles mit meinen Augen angesehen hätte.« »Gut!« sagte Elbenstein, der nicht weniger lachte, »diese zweite Geschichte will ich mir selbst notieren, denn wenn ich wieder zurück in mein Vaterland komme, so kann ich nur damit allein manchen Deutschen in erstaunende Verwunderung setzen. Nun aber, mein Herr, wieder auf ernsthafte Sachen zu kommen, ich habe bemerkt, daß einige Nobili di Venetia eine güldene Kette mit einer großen Medaille auf der Brust tragen, was soll das anzeigen?« »Mein Herr!« gab der Offizier darauf, »das sind die Ritter von St. Marco. Ich will Ihnen sagen, wo derselbe Orden herkömmt. Gewiß kann ich zwar nicht melden, womit es der heilige Theodorus, welches sonsten der Herrn Venetianer Patron war, bei ihnen versehen hat, daß sie ihn Anno 828 absetzten und sich in den Schutz des heil. Evangelisten Marci begaben, dessen Körper eben damals in Egypten war gefunden und nach Venedig gebracht worden. Unterdessen mußte der heil. Theodorus zurücktreten, dem heil. Marco aber wurde zu Ehren eine neue vortreffliche Kirche gebauet, welche nachgerade immer kostbarer ausgebauet und ausgezieret worden, bis sie in den Stand geraten, worinnen man sie jetzo siehet, denn ihre neun Prokuratores, deren jeder jährlich 100000 Dukaten Revenüen vor seine Person hat, geben wohl Achtung darauf, daß keine Kankergespinste darinnen gefunden werden. Über dieses stifteten die Herrn Venetianer dem heil. Marco zu Ehren einen neuen Ritterorden. Die Ritter tragen auf der Brust eine goldene Kette, woran eine große Medaille hänget, auf deren einer Seite stehet ein geflügelter Löwe, der in der rechten Klaue ein bloßes Schwert, in der linken aber ein offenes Buch hält, darinnen die Worte zu lesen: PAX TIBI MARCE! EVANGELISTA MEVS. Auf der andern Seite ist der Name des regierenden Doge oder auch manchesmal sein Bildnis, da er kniend eine Fahne aus der Hand des heil. Marci empfängt. Ich kann nicht unterlassen, bei Gelegenheit des geflügelten Löwens noch ein Schirlenzgen zu erzählen. Es wurde einsmals ein Venetianer von einem Deutschen gefragt, wo doch der Löwe die zwei Flügel müsse herbekommen haben. Der Venetianer gab zur Antwort, der Löwe wäre aus dem Lande gebürtig, wo die Adler zwei Köpfe hätten. Ein Franzose fragte, warum doch wohl der Löwe das Buch andern vorhielte und nicht selbst darinnen lase. Dem gab ein Deutscher zur Antwort, der Löwe begehrte nicht gelehrter zu sein als seine Prinzipalen. Heutiges Tages beehren die Herren Venetianer nicht allein ihre Landsleute, sondern auch Fremde und vornehmlich gelehrte Leute mit diesem Ordenszeichen, und werden die Ritter, welche von dem gesamten Rate geschlagen werden, höher geachtet als die der

Doge vor sich allein kreieret. Sie genießen auch eine jährliche Pension. Hierbei aber muß ich bekennen, daß mir ihre Ordensregeln nicht so gar genau bekannt sind.«

»So halten doch«, fragte Elbenstein, »die Herrn Venetianer auch was auf die Gelehrten? Ich habe immer gemeinet, daß sie sich mehr um die Handelschaft als um die Gelehrten bekümmerten.« »Nein! ich versichere Ihnen«, gab der Offizier darauf, »daß sie sehr viel Fait von den Gelehrten machen, wovon das Exempel des Poeten Actii Sanazarii eine Bekräftigung gibt, welcher, da er vor bereits 200 Jahren sechs lateinische Zeilenverse auf die Republik Venedig gemacht, vor jede Zeile 100, andere wollen gar sagen 1000 spec. Dukaten zum Gratial bekommen.«

»Ich habe davon gehöret«, sagte Thalberg, »allein die Verse sind mir unbekannt.« »Ich will«, versetzte der Offizier, »sie Ihnen vorbeten: Viderat Adriacis VENETAM *Neptunus* in undis,

> Stare urbem & toti ponere jura salo.
> Nunc mihi Tarpejas quamtum vis, *Jupiter,* arces,
> Objice & illa tui Moenia Martis, ait:
> Si Pelago Tiberim praefers, urbem aspice utramvis,
> ILLAM Homine dicas, HANC possuisse Deos.

Ein berühmter Poet hat diese in folgende zierliche deutsche Verse gebracht:

> *NEPTUNUS stund und sah die Stadt VENEDIG an,*
> *Die sich Beherrscherin des Meeres nennen kann;*
> *Da sprach er: JUPITER! warum erhebst du doch*
> *Dein Capitolium am Tiberstrom so hoch?*
> *Man sieht nur Menschenwerk, wenn man dein ROM*
> *beschaut,*
> *VENEDIG aber ist von Göttern aufgebaut.*

Jedoch was ist's mehr, reiche Leute können ja auch wohl reichliche Geschenke austeilen, denn ohngeacht die Republik an Landschaften ein merkliches verloren, ihr auch von andern Nationen in der Handelschaft nach Ostindien sehr viele Vorteile abgezwackt worden, so rechnet man doch, da sie sonsten mehr als königl. Einkünfte gehabt, daß sie noch jetzo jährlich mehr als zehn bis 15 Millionen Dukaten einzunehmen habe.

Die Kriegsmacht ist nicht geringe, denn allein zu Friedenszeiten werden etliche 20000 Mann und ohngefähr 40 Schiffe vom Range gehalten, ohne die Fregatten und Galeeren. Haben sie aber Krieg, so können sie in kurzer Zeit so viel Mannschaft auf die Beine und so viel Schiffe in die See schaffen, als sie nötig erachten, denn solange ihr Arsenal und die Banco in Venedig im guten Stande bleibt, ist kein Mangel an etwas zu besorgen. Die Seemacht wird allemal von einem Nobil[e] di Vinetia kommandieret, welcher den Charakter Capitaneo Grande führet. Das Kriegsvolk zu Lande aber kommandieret mehrenteils ein Ausländer, der Mareschallo di Campo tituliert wird. Unter allen andern Nationen nehmen sie gerne Deutsche in ihre Kriegsdienste, bezahlen dieselben zwar raisonnable gehen aber mit ihrem Blute nicht gar sparsam um, sondern wenn dieselben auf die Schlachtbank sind geliefert worden, sprechen die Herrn Venetianer: Sono pagati. Sind sie doch bezahlt.«

Unter diesen Reden kam der Wirt in ihr Zimmer, brachte einen Brief, welchem ihm, seinem Sagen nach, ein Knabe eingehändiget, und fragte zugleich, ob die Herrn beliebten, mit der Compagnie unten oder hier oben in ihrem Zimmer zu speisen. Elbenstein besahe erstlich den Brief und fand den Titul also gesetzt:

> An die beiden wohlgebornen
> deutschen Kavaliers,
> welche
> im Gasthofe Zum weißen Pferde
> logieren.

Er bekam sorgsame Gedanken wegen einer neuen Liebesintrigue, verwandelte derowegen die Farbe nicht wenig, jedoch weil der Titul an sie alle beide lautete, fassete er sich ein Herze, bat den Wirt, einen Augenblick zu verziehen, Thalbergen aber, in die Schlafkammer zu kommen. Hier erbrach er den Brief, ließ Thalbergen mit lesen, und fanden denselben also gesetzt:

Wohlgeborne Herren!

Dero Générosité, da Sie mich gestern abend mit Golde beschenkt und meinem Herzen damit ein Merkmal Ihrer deutschen Redlichkeit eingedrückt, hat mich ungemein vergnügt. Allein ich bin nicht so Geld bedürftig, als Sie davor gehalten haben, indem mir der Himmel einen heimlichen unerschöpflichen Schatz zugewendet hat. Um Sie dessen zu überzeugen und zugleich vor Ihre gute Meinung mich erkenntlich und dankbar zu erweisen, übersende [ich] Ihnen hierbei eine einzige Pille. Diese können Sie in vier Pfund zerschmolzenes Blei werfen und sodann probieren, ob Sie nicht das feinste Gold haben, welches an Güte dem ungarischen nichts nachgibt. Behalten Sie davon zu meinem Angedenken etwas auf, und teilen Sie sich darein als redliche Landsleute. Ich bedaure, daß mich eine gewisse Begebenheit forciert hat, diesen Morgen von hier abzureisen, sonsten würde mir das größte Vergnügen daraus gemacht haben, wenn ich noch etliche Tage die Ehre genießen können, mit Ihnen zu konversieren, nunmehro aber werden Sie mich so leicht nicht wiedersehen. Jedoch verharre

Dero

aufrichtiger Freund.

Beide Kavaliers gerieten vor Verwirrung fast außer sich selbst. Elbenstein aber erholte sich am ersten und fragte den Wirt, ob der Überbringer des Briefes noch zugegen wäre, weil er ihm ein Trinkgeld geben wollte. Der Wirt sahe zu, aber der Pursche war über alle Berge, weswegen Elbenstein sagte: »Es hat nichts auf sich, er wird schon wiederkommen und die Antwort abfordern; der Herr Wirt aber tue so wohl und lasse vor drei Personen Speisen und Wein herauf in unser Zimmer bringen, weil wir uns so kurz als möglich expedieren wollen, denn ich und mein Compagnon sind zu einem gewissen Landsmanne invitieret, mit dem wir ein und anderes zu traktieren haben.«

Der Wirt säumete nicht, eine köstliche Mahlzeit zuzubereiten, sie aber machten nicht viel Federlesens, und da der Offizier, welcher mit ihnen gespeiset hatte, vermerkte, daß beide Kavaliers ganz tiefsinnig waren und vielleicht wichtige Geschäfte zu besorgen hätten, beurlaubete er sich von ihnen. Beide Kavaliers bedankten sich vor seine ihnen erzeigte Gefälligkeit und verehrte ihm jeder drei spec. Dukaten, womit er höchst vergnügt von ihnen Abschied nahm, ihre Générosité ungemein herausstrich und die Dukaten auf ihre Gesundheit zu verzehren versprach.

Sobald sich diese beiden Freunde alleine auf ihrem Zimmer befanden, sahen sie erstlich einander lange an. Endlich brach Elbenstein das Stillschweigen und sagte: »Sollten wir wohl so glücklich sein, überzeugt zu werden, daß es würklich möglich sei, Blei in Gold zu verwandeln, da bei uns in Deutschland viel tausend Menschen daran zweifeln, und sollten wir wohl dem alten, armselig scheinenden Manne eine so gute Reuterzehrung zu danken haben?« »Ich weiß nicht, was ich bei dieser Geschicht denken soll«, sagte Thalberg, »jedoch, mein werter Freund, wir wollen alle beide selbst ausgehen und vier Pfund Blei kaufen, unsere Diener aber sollen einen oder zwei tüchtige Schmelztiegel einkaufen, denn ich kann doch ein klein wenig mit dem Laborieren umgehen, aber an das Goldmachen habe ich noch zeit meines Lebens keinen Pfennig verwendet.« Hiermit zohen sie sich vollends an, gaben dem einen Diener Befehl, daß er Kohlen in Kamin heraufschaffen sollte, indem sie auf den Abend Kugeln gießen wollten, der andere aber wurde nach Schmelztiegeln geschickt mit Befehl, dieselben wohlverdeckt in ihr Zimmer zu schaffen, damit niemand etwas im Hause davon gewahr würde. Sie beide aber gingen miteinander fort, kauften im ersten Materialistenladen sechs Pfund Blei, wovon jeder drei Pfund zu sich steckte, hernach spazierten sie in ein Weinhaus, allwo sie sich bis gegen Abend die Zeit mit Billardspielen passierten, nachhero in ihr Logis zurückkehreten.

Gleich nach der Abendmahlzeit mußten die beiden Diener aus zwei Pfund Blei Kugeln gießen, nachhero wurden dieselben zu Bette geschickt, beide Kavaliers aber machten das Kohlfeuer von neuen an, setzten den einen Schmelztiegel mit dem Bleie drein, warfen, da das Blei zerschmolzen, die Pille hinein, und da es etwa sechs Minuten hernach drei helle Blitze aus dem Schmelztiegel heraus tat, hielten sie dieses vor das Zeichen, daß die Transmutation bereits erfolgt sei. Sie gossen demnach erstlich etliche kleine Klümpchen auf einen reinen Stein, hernach die wohlumgerührte Massa in eine starke eiserne Pfanne und blieben so lange offen, bis alles kalt war, endlich zwei Stunden nach Mitternacht legten sie sich zur Ruhe, konnten aber vor Verlangen, was aus dem Bleie geworden sein möchte, nicht länger schlafen, als bis der Tag kaum angebrochen war, da sie denn beim hellen Tagslichte mit erstaunlichen Vergnügen vermerkten, daß das Blei seine gewöhnliche Farbe verloren und an deren Statt die gelbe angenommen hatte. Um aber der Sache gewiß zu werden, kleideten sie sich an und gingen, nachdem sie den Tee getrunken hatten, zu einem Goldschmiede, bei welchem Elbenstein eine goldene Tabatière, die ihm einsmals bei Stürzung mit dem Pferde schadhaft worden war, vertauschte, sich dargegen eine neue einhandelte und noch etwas Geld herausgab. Wie nun Elbenstein sahe, daß der Goldschmidt ein feiner Mann war, als sagte er zu ihm: »A propos, mein Herr! ich habe hier ein Stückgen Metall bei mir, wollen Sie mir nicht sagen, was es ist, damit ich weiß, ob ich damit betrogen bin oder nicht.« Der Goldschmidt nahm und probierte es auf mancherlei Art, sagte endlich: »Mein Herr! wenn Sie es gekauft haben, sind Sie gar nicht damit betrogen, denn es ist ein feines Gold, und so Sie es nicht darzu bestimmt haben, etwas daraus machen zu lassen, will ich Ihnen so schwer gemünztes Gold davor geben, als das Gewicht austrägt, und wenn Sie noch mehr dergleichen hätten, wollte ich Ihnen alles abhandeln, weiln es in der Arbeit besser zu gebrauchen als zusammengeschmolzene Zechinen.« Elbenstein sagte, er hätte nicht mehr als etwa zehn bis zwölf Lot davon, die stünden ihm zu Diensten, denn weil er eine Reise vor sich hätte, wäre ihm mit gemünzten Golde besser gedienet als mit ungemünzten, versprach auch, selbiges nach Tische entweder selbst zu überbringen oder durch seinen Diener zu überschicken. Der Goldschmidt bat, ihm diese Gefälligkeit zu erweisen, weiln es zwar eben nicht das allerfeinste, jedoch ein schönes geschmeidiges Gold zum Verarbeiten wäre, über dieses wolle er ihm ein feines Affektions-Ringelgen in den Kauf geben. Elbenstein versicherte nochmals, daß er es ihm vor andern gönnen wollte, und hiermit nahmen beide Kavaliers von dem Goldschmiede Abschied. Wer war froher als diese beiden, da sie mit ihrem wenigen Golde, das sie dem vermeinten bedürftigen Manne gegeben, eine so schöne Ritterzehrung erworben hatten. »Oh!« sagte Thalberg, »hätte ich das gewußt, so sollte der Alte eine weit ansehnlichere Summa von mir empfangen haben, vielleicht hätte er uns sodann auch noch mehr Pillen geschickt.« »Wir wollen mit diesen zufrieden sein, mein Freund«, antwortete Elbenstein, »ist uns doch damit unsere Reise nach Venedig und alle Zehrungskosten frei gemacht.« Unter diesen Gesprächen kamen sie auf den St.-Marcus-Platz, machten daselbst eine Promenade bis gegen Tischzeit, da sie denn nach ihren Logis gingen und die Mahlzeit einnahmen. Nach Tische kolligierten sie die zuerst ausgegossenen kleinen Klümpchen und befanden, daß dieselben $14^1/_2$ Lot wogen, wurden eins, diese kleinen Stückchen dem Goldschmiede zu verkaufen, das große Stück aber in gleiche Teile zu teilen. Dieses letztere geschahe sogleich, indem sie von dem Wirt ein Hackemesser borgen ließen, das große Stück vermittelst eines Hammers voneinander schlugen und in gleiche Teile teileten. Weiln aber in der Teilung es noch einige kleine Stückgen gesetzt, schlugen sie dieselben mit dem Hammer breit, legten sie zu erstgemeldten kleinen Stücken und befanden, daß sie $18^1/_4$ Lot zum jetzigen Verkauf hatten, ein jeder aber war schlüssig, sein großes Stück bis auf fernern Bescheid zu verwahren. Hierauf gingen sie nach dem Goldschmiede, welcher sie mit Freuden empfing, alle Stücken probierte, ihnen das bare gemünzte Gold sogleich erlegte und Elbensteinen einen Ring in den Kauf gab, der ohngefähr drei bis vier

Zechinen wert war, welchen dieser aber hernach Thalbergen zum geneigten Andenken schenkte.

Ein paar Tage hernach, da Elbenstein seiner Verrichtungen wegen an seinen Fürsten Briefe zu schreiben und dieselben durch einen Expressen fortzuschicken sich gemüßiget sahe, ging Thalberg, um ihn nicht zu verstören, im Schlafrocke heraus auf eine kleine hölzerne Galerie, von welcher er verschiedene schöne Hintergebäude und Gärten übersehen konnte. Er war ein ziemlich korpulenter Kavalier; als er sich nun mit einiger Force auf das Geländer legte, die Zapfen der Balken aber sehr vermodert sein mochten, brechen diese aus, und Thalberg stürzte samt einem Teile des hölzernen Geländers über zwölf bis 15 Ellen herab in den Garten. Kein Wunder wäre es gewesen, wenn er gleich auf der Stelle den Hals gestürzt hätte, allein der Himmel erhielt ihm noch das Leben, doch hatten ihm die Säulen ein Bein entzweigeschlagen, und über dieses war er mit der Stirn dergestalt auf einen Stein gefallen, daß er eine fingerslange Wunde bekommen hatte. Er kann sich vor Schmerzen nicht selbst unter dem Holzwerke hervorhelfen, sein Schreien, Winseln und Wehklagen hilft nichts, bis endlich die Köchin in den Garten kömmt, um grüne Kräuter zu holen, wel che den Lärm machte und den Wirt wie auch Elbensteinen rufte, welche diesen elenden Patienten hinauf ins Bette tragen, auch sogleich einen Medicum und Chirurgum holen ließen.

Elbensteinen ging das unvermutliche Unglück seines werten Freundes ungemein zu Herzen, man ließ denselben eine Ader springen, gab ihm Medicamenta ein, verband erstlich die sehr blutende Wunde an der Stirn und hernach das zerbrochene Bein. Er stellete sich sehr heroisch dabei an, derowegen versprachen die Ärzte, ihn, soferne er ihrer Vorschrift Folge leisten würde, längstens binnen sechs bis sieben Wochen vollkommen zu restituieren; welches er denn vor seine Person zu tun versprach.

Wie gern nun Elbenstein seines Freundes Genesung abgewartet hätte, indem er selten von dessen Bette wegkam, als wenn ihm seine aufgetragenen Kommissions nötigten, dann und wann auszugehen, so fügte es sich doch, daß fünf Tage hernach er die seinem Fürsten zuständigen Geldsummen in Empfang nehmen, mithin seine Abreise damit beschleunigen mußte. Er nahm also beweglichen Abschied von dem Herrn von Thalberg, wünschte demselben baldige Restitution und bat, daß er ihm mit nächsten das Vergnügen gönnen möchte, an seines Fürsten Hofe ihm eine Visite zu geben. Dieser versprach solches zu tun, sobald es seine Gesundheit zuließe, dankte 1000mal vor alle erwiesene Freundschaft und empfohl sich zu Elbensteins beständig geneigten Andenken. Also mußten sich beide guten Freunde sehr mißvergnügt voneinander trennen, da sie vermeint, wenigstens die Retour bis Padua zugleich anzutreten, allein, Elbenstein mußte vor dieses Mal ohne dessen Gesellschaft zurückreisen und hatte nicht wenig Kummer und Sorge wegen seiner eingekauften Sachen, vornehmlich aber wegen seines Herrn Gelder, damit ihm nicht etwa ein Unglück widerführe, jedoch sobald er Padua erreicht, wurde ihm das Herze ziemlich leichte. Er ging zum Kommandeur und bat sich eine Eskorte von sechs Reutern bis auf seines Herrn Schloß aus, zahlete auch dem Kommendanten das Honorarium von allem überhaupt gleich bar auf den Tisch, wormit dieser zufrieden war und Elbensteinen bat, daß er nur noch einen Tag stille liegen möchte, weiln er ihm binnen der Zeit die redlichsten und tapfersten Leute wollte aussuchen lassen.

Indem sich nun Elbenstein ohnedem etwas merode befand, ließ er sich solches gefallen, und da er sein Logis im Gasthofe al Sole genommen, kam er nicht viel auf der Straße zum Vorscheine, weiln er meinete, daß ihn sonsten die Spürhunde der unbekannten masquierten Schöne möchten zu sehen bekommen, als welche sich seinen Gedanken und allen Umstanden nach ohnfehlbar noch in Padua aufhalten würde; er aber, als einer, der seine Sündenbürde von sich geworfen, nicht weiter Lust hatte, sich mit ihr im anderweitigen Sündenschlamme herumzuwälzen. Frühmorgens mit Aufgang der Sonne war seine Eskorte, die in einem Unteroffizier und fünf Mann zu Pferde bestund, vor seinem Quartiere, weswegen er sogleich Ordre gab, die Wagen anzuspannen und in Gesellschaft der Reuter fortzufahren, er selbst ließ sein Pferd vorziehen, trank nur noch etliche Schälchen Tee und Gläsgen Persico, setzte sich hernach auf und ritt ganz alleine nach, weiln er seinen Diener beim Wagen zu bleiben befohlen.

Etwa eine Meile Wegs war Elbenstein geritten, als er sein Fuhrwerk benebst der Eskorte ohngefähr ein paar 100 Schritt vor sich her passieren sahe, weswegen er ganz sachte, und zwar in tiefen Gedanken wegen des seinen Freund Thalbergen betroffenen Unglücks, hinterdrein ritt. Als er aber einen starken Galopp hinter sich vernahm, kehrete er sich um und ward gewahr, daß ein einzelner Kerl auf eben dem Wege hinter ihm hergejagt kam. Wie nun Elbenstein nicht eben wußte, ob es ihm anginge, er auch schon soviel Courage besaß, sich nicht sonderlich von zwei oder drei, geschweige denn vor einem zu fürchten, als beugete er in etwas aus dem Wege auf den grünen Rasen und ritt Schritt vor Schritt fort.

Bald darauf kam der Kurier ihm zur Seite, machte ein höfliches und freundliches Kompliment und fragte, ob er der Herr von Elbenstein hieße und Kammerjunker bei dem Fürsten von N. wäre. »Ja! das bin ich«, sagte Elbenstein. »So erfreue ich mich«, versetzte der Kurier, »Sie so glücklich angetroffen zu haben, hier ist ein kleines Briefgen an Sie, welches mir Ihnen en Courrier nachzureuten übergeben worden.« Elbenstein eröffnete den Brief, las denselben und fand ihn also gesetzt:

Mein Auserwählter!

Ich wäre zornig auf Euch worden, daß Ihr mein Bitten bei Eurer Passage durch Padua nicht besser gelten lassen; allein Ihr seid schon entschuldiget, weil ich selbsten begreife, daß ein Kavalier zwar lieben, aber doch dieserwegen seine Ehre, seines Herrn Interesse und die ihm aufgetragenen Commissiones nicht zurücksetzen kann. Ich liebe Euch dieserhalb noch weit mehr, erweiset mir nur den einzigen Gefallen, daß ich heute auf einen oder etliche Augenblicke das Glück haben möge, Euer Angesicht zu sehen. Ich setze mich jetzo den Augenblick in den Wagen, nehme aber den Weg nach einem Lustschlosse zu durch den Wald, damit mich auf der Heerstraße niemand erkennen soll. Lasset Euch durch Überbringern dieses an die Straße führen, so durch den Wald gehet, da will ich Euch auf wenig Worte sprechen und Abrede nehmen, wo binnen etlichen Tagen unsere erste Zusammenkunft sein soll, weiter verlange ich diesmal nichts von Euch, weil ich mir auch nicht einmal einen Kuß versprechen kann, da mein Mägdgen bei mir sitzt. Ich bitte sehr, lasset Euch diesmal nicht verdrüßen, eine kleine halbe Stunde auf mich zu warten, ich werde die Pferde scharf laufen lassen, um nur Euch auf ein oder zwei Minuten zu sehen. Erfüllet mein sehnliches Verlangen, da Ihr zumalen wisset, daß ich Euch vollkommen liebe und Eure mir erwiesene Gefälligkeit nicht werde unvergolten bleiben lassen. Die ich mit äußerst verliebten Herzen bin

Eure

vollkommene Getreue.

Elbensteins guter Engel raunete ihm zwar in die Ohren, daß er dieser Lockspeise nicht trauen sollte; allein, was ist doch der Mensch? Seine Affekten stritten darwider und sagten: Was? weißt du nicht, wie généreux sie sich gegen dich erzeiget? Solltest du nicht eine halbe Stunde ihrentwegen zurückbleiben? Es ist ja heller Tag und keine

Gefahr verhanden. Vielleicht wird deine Curiosité gestillet, daß du ihr Angesicht zu sehn bekömmst. Du kannst zwar Abrede mit ihr nehmen und den bestimmten Tag zu kommen versprechen und dennoch zurückbleiben.

Solche Gedanken stiegen ihm in der Geschwindigkeit auf, derowegen fragte er den Kurier: »Wo sollet Ihr mich hinführen, mein Freund?« Dieser gab zur Antwort: »An den Fahrweg im Walde, daselbst werden Sie keine halbe Stunde zu warten haben, hernach will ich Ihnen einen nahen Weg zeigen, vermittelst dessen Sie Ihre Leute binnen zwei Stunden, ja noch eher einholen sollen.« »So will ich nur«, sagte Elbenstein, »weil wir doch noch nicht am Walde sind, meinem Diener nachreuten, ihn zurückrufen und befehlen, daß sie ganz sachte fahren sollen, bis ich nachkomme.« »Es ist«, widerredete der Kurier, »in Wahrheit nicht nötig, denn wegen des bevorstehenden übeln Weges müssen sie ohnedem langsam genug fahren, also können Eure Herrl. sie heute noch zweimal einholen.«

Elbenstein ließ sich bereden, zumalen, da er bemerkt, wie sein Diener ihm schon in den Augen gehabt und sich mit dem Pferde etlichemal umgedrehet hatte. Sobald sie demnach den Wald rechter Hand vor sich sahen, folgte er seinem Wegweiser und ritte getrost hinter ihm her in den Wald hinein. Der Wald wurde immer dicker und dicker, doch endlich kamen sie auf einen kleinen grünen Platz, da denn der Kurier schrie: »He! nun werden wir auch bald den Fahrweg zu sehen bekommen.« Indem sprengten sechs Kerls zu Pferde, die ihre Gesichter geschwärzt hatten, aus dem Gepüsche heraus! Ihrer zwei hielten Elbensteinen die Pistolen nach der Brust und fragten, ob er sich gutwillig gefangengeben oder sterben wollte. Er erwählte bei so gestalten Sachen das erstere, da ihm denn der Degen und Pistolen hinweggenommen, weiter aber nichts zuleide getan wurde, als daß man ihn in eine alte verfallene Köhler- oder Holzhauerhütte führete, allwo er von zwei Kerls mit bloßen Degen und Pistolen in der Hand bewacht wurde. Es redete keiner ein Wort zu ihm, und er saß ebenfalls vor Schrecken und Verwunderung eine lange Zeit ganz still. Endlich kam er ein klein wenig zu sich selbst und sprach zu seinen Wächtern: »Meine Herrn! Was habt ihr vor Vergnügen daran, mich von den höchstwichtigen und eiligen Verrichtungen abzuhalten, die ich meinem Herrn, dem Fürsten von N., zu leisten verpflichtet bin? Erlaubt mir, meine Straße zu reisen, ich will euch gern eine gute Reuterzehrung geben.« »Signor!« gab der eine zur Antwort, »wir sind keine Straßenräuber, werden auch keinen Soldi von Euch begehren, sondern wir tun nur, was uns von unserer Herrschaft befohlen ist.« »Was ist es denn vor eine Herrschaft«, fragte Elbenstein, »die mich anzuhalten befohlen?« »Wir haben keine Ordre«, bekam er zur Antwort, »uns mit Euch in ein Gespräch einzulassen.« Jedennoch tat Elbenstein noch verschiedene Fragen, bald an diesen, bald an jenen, allein es schien nicht anders, als wenn alle sechs auf einmal verstummet wären, und der siebente, als sein Führer, war ganz und gar verschwunden. Er blieb demnach in tiefen Gedanken ganz unbeweglich sitzen und machte allerhand Kalender, bald fing er an zu zweifeln, daß ihm dieser Possen von der masquierten Dame, sondern vielleicht von jemand anders gespielet würde, weswegen er hin und her dachte, jedoch, wenn es um und um kam, sagte ihm sein Herze, daß es niemand anders sein könne als die Masquierte, um sich wegen seines Ungehorsams und bezeigter Négligence an ihm zu rächen. Unterdessen war es Mittag worden, weswegen einer von den Räubern ein weiß Serviet auf eine Bank breitete, weiln kein Tisch in der Hütte, und weiß Brot, kalten Braten, eine Salvelatwurst, einen gebackenen Fisch und etliche Stück Gebackenes darauf legte. Er brachte auch zwei Bouteillen Marziminerwein getragen und nötigte Elbenstein ganz höflich, daß er belieben möchte zu speisen, weil es bereits über Mittag wäre. Elbensteinen verging nun zwar Essen und Trinken vor Herzensbangigkeit, jedoch stellete er sich drüster an, als er war, griff zu, kostete nachgerade von einem jeglichen etwas, fragte auch, ob denn die Herren nicht gleichfalls mit speisen wollten. »Nein! Signor!« gab der eine ganz höflich zur Antwort, »diese kalte Küche ist vor Euch allein bestimmt, wir haben unsere Mittagsmahlzeit schon verzehrt.« Hierauf brachte der Kerl einen silbernen, in wendig verguldeten Becher, schenkte denselben voll, bat anbei ihm zuvergeben, daß er ihm solchen auf keinen Teller präsentierte, weil sie dergleichen Geschirr nicht bei sich führten. Elbenstein wußte nicht, ob man ihn schraubte oder ob es des Kerls ernstliche Höflichkeit war, jedoch er trank, und zwar allerseits Gesundheit, weswegen sie tiefe Reverenze machten. Er schenkte den Becher selbst wieder voll und präsentierte ihn dem nächsten, so bei ihm stund, allein er dankte mit einer höflichen Verbeugung und sagte, wie diese Portion Wein bloß vor ihn allein bestimmt sei. Er resolvierte sich aber in der Geschwindigkeit anders und sagte: »Jedoch, damit Ew. Herrl. nicht etwa auf arge Gedanken geraten, als ob die Speisen und der Wein vergiftet wären, so will ich aus jeder Bouteille einen Becher voll Wein trinken, auch von jeder Art Speisen eine Portion zu mir nehmen, daß Sie es sehen und desto mehr Appetit bekommen, denn wir haben noch mehr Vorrat bei uns.« Elbensteinen gefiel dieses wohl, und er aß und trank auch in Wahrheit mehr, als er anfänglich willens gewesen war, so daß er glaubte, ganzer 24 Stunden ausdauern zu können. Nachdem er also wohl gespeiset, fing er wieder an zu diskurieren und tat verschiedene Fragen an die Kerls, allein sie waren aufs neue stumm worden und antworte[te] ihm kein einziger ein Wort. Er trank derowegen beide Bouteillen Wein fast rein aus, und da der eine sagte: »Wenn Ew. Herrlichkeiten mehr Wein belieben, dürfen Sie nur kühnlich befehlen«, gab Elbenstein zur Antwort: »Nein, vor dieses Mal danke ich, denn ich habe nur der Kälte wegen vor diesmal so viel getrunken, allein auf den Abend will ich mir noch eine Bouteille ausbitten und davor erkenntlich sein.« Etwa eine gute Stunde vor Untergang der Sonnen ließ sich derjenige wieder sehen, welcher Elbensteinen den Brief gebracht und ihn bis hieher geführt hatte. »Ei, ei! mein Herr!« sagte Elbenstein zu ihm, »was hat Er mir vor einen losen Possen gespielet, da Er ohnfehlbar weiß, daß ich wichtige Verrichtungen habe.« Der verfluchte Kerl zuckte die Achseln und sagte: »Ich kann nichts darvor, mein Herr! Bediente müssen aufs klüglichste ausrichten, was ihnen von ihrer Herrschaft befohlen wird, wenn sie sich anders bei denselben in besondere Gnade setzen wollen.« »Allein!« fragte Elbenstein, »soll ich den[n] heunte nacht in dieser elenden Hütte erfrieren?« »Es soll nicht Not haben«, gab er zur Antwort und ging darmit zur Hütte hinaus.

Kaum eine Viertelstunde hernach kam einer und bat, Elbenstein möchte sich belieben lassen, aus der Hütte herauszuspazieren und sich zu Pferde zu setzen. Er folgte, bekam aber seinen Degen und Pistolen nicht wieder, und über dieses wurden ihm die Augen fest, die Hände mit zwei seidenen Schnupftüchern an die Pistolenhalftern gebunden, sein Pferd aber von einem Kerl geführt. Nunmehro wurde ihm erstlich recht bange, denn er gedachte: ›Ja, ja! es sind Räuber, nun werden sie dich in ihre Räuberhöhle führen, dein bißgen Armut zu sich nehmen, dich selbst aber schlachten und im Walde verscharren. Ach, allerliebste Masque‹ sprach er ferner bei sich selbst, ›ach mein Engel! du bist wohl unschuldig, verzeihe mir, daß ich dich in dem Verdacht gehalten, als ob du Stifterin meines jetzigen Elendes wärest. Nein! der Brief ist nicht von deiner Hand, es hat ihn ein Spitzbube geschrieben, er hat zwar einige Konnexion mit unserer Liebsbegebenheit, aber wenn ich's recht bedenke, sehr wenig oder gar nichts; denn es ist nur auf den Strauch geschlagen. Ach hätte ich mich doch nicht übereilt und die Sache erst besser untersucht und überlegt. Ach ja, mein Engel, du bist unschuldig, und ich glaube, du spendiertest etliche 1000 Dukaten daran, wenn du mein jetziges Unglück wüßtest und mich daraus erretten könntest. Ach Himmel, hilf! werden nicht die Spitzbuben und Straßenräuber ausgekundschaft haben, daß Geld und andere Kostbarkeiten auf dem Wagen befindlich?

Werden sie nicht Anschläge gemacht haben, dieses entweder durch eine stärkere Anzahl Wagehälse oder durch ein ihnen leicht ausgesonnenes Stratagema an sich zu bringen. Ach, was wird der Fürst sagen? Wird er nicht denken, ich bin zum Schelme worden? Ehre verloren, alles verloren, alles verloren! Ich werde ermordet, das ist gewiß, wer weiß, ob diese Mordtat und dieser Straßenraub jemals entdeckt wird? Ach Himmel, erbarme dich meiner und übe die Rache wegen meiner begangenen Sünden und der verübten Fleischeslust nicht auf einmal allzu strenge aus.‹

Unter dergleichen häufigen und verwirrten Jammerklagen, Seufzen und bittern Tränen ritte er alsofort bis um Mitternacht. Seine Begleiter hatten ihm zwar zu verschiedenen Malen einen Becher Wein angeboten, allein er hatte sich stets entschuldiget, daß er keinen Appetit zum Trinken empfände. Endlich vermerkte er am Rauschen des Wassers, daß sie über eine Brücke ritten, und bald hernach stund sein Pferd stille, da ihm denn die Hände losgebunden wurden, auch ihrer zwei vom Pferde halfen. Die Binde von Augen aber wurde ihm nicht abgenommen, sondern man führete ihn erstlich wohl 40 bis 50 Schritte lang auf einem Steinpflaster fort und endlich, da man ihm die Augen öffnete, befand er sich in einem hochgewölbten, jedoch sehr propren Zimmer, dessen Fenster, wodurch das Tageslicht hineinbrechen konnte, über acht Ellen von dem Boden in der Höhe waren. Er sahe keinen einzigen von seinen bisherigen Begleitern mehr um sich, sondern nur zwei grau und rot gekleidete Laquais, welche ihm erstlich ein silbern Waschbecken mit Wasser vorsetzten, hernach weiße Wäsche, einen Schlafrock, ein paar neue Pantoffeln und, kurz zu sagen, den ganzen Nachthabit, welcher sehr sauber und propre war, darlegten. Der eine Laquais bedeutete mit den Händen, ob er sich nicht wolle die Stiefeln und Sporen abziehen lassen, indem selbige sehr schmutzig waren; allein Elbenstein sagte: »Meine Freunde, es hat noch ein wenig Zeit, seid aber so gütig und meldet mir, wer hier Herr im Hause ist und unter wessen Gewalt ich mich befinde.« Hierauf tippten beide Laquais mit den Fingern auf ihre Mäuler, gaben einen wunderlichen Laut von sich und damit zu verstehen, daß sie stumm wären. Elbenstein hätte vor Verzweifelung über sein ängstliches Schicksal mögen rasend werden. Er ging in dem Zimmer auf und ab und fand hinter einer Spanischen Wand ein kostbares Bette, gegenüber auf dem Tische erblickte er allerhand Speisen, Erfrischungen wie auch etliche Bouteillen der allerdelikatesten Weine, wie die darangeklebten Zettels anzeigeten. Es brannten zwei Wachslichter auf silbernen Leuchtern dabei, mitten im Gewölbe aber hing eine silberne Leuchterkrone, worauf zwölf Wachslichter brannten.

Nachdem er noch etlichemal auf und ab spazieret, ging er nach dem Tische hin, nahm ein einziges Stückgen Konfekt und steckte es in den Mund. Alsobald kam der eine Diener, spülete im Schwenkkessel ein Glas aus und fragte durch Zeichen, aus welcher Bouteille er ihm einschenken sollte. Elbenstein nahm sich nicht die Mühe, lange zu wählen, ohngeacht er sehr durstig war, sondern sagte, daß ihm alles gleich viel wäre, weswegen der Kerl die beste Bouteille eröffnete und ihm das vollgeschenkte Glas auf einem silbernen Kredenzteller präsentierte. Er trunk zwei Glaser und fand den Wein ungemein köstlich, setzte sich hernach auf einen Sessel, ließ erstlich die Stiefeln abziehen, hernach die Kleider, legte sodann den Schlafrock und die Pantoffeln an, offerierte auch einem jeden Bedienten vor diese ihre erste Bemühung einen spec. Dukaten, allein die Kerls stelleten sich nicht anders an, als ob er ihnen mit einen glühenden Eisen unter die Nase hätte rennen wollen, und waren durchaus nicht dahin zu persuadieren, das Geschenk anzunehmen. Derowegen steckte Elbenstein seine Dukaten wieder in die Tasche und setzte sich vor das Kaminfeuer, da denn leichtlich zu erachten, daß er wunderliche Speculationes müsse gehabt haben. Endlich, da er über eine gute Stunde da gesessen, kam der eine Laquais, zeigte ihm das Bette und gab mit wunderlichen Gebärden zu vernehmen, daß, wenn er müde wäre, er sich hineinlegen könne. Wie nun Elbenstein vor ratsam hielt, seinem ermüdeten Körper einige Ruhe zu gönnen, als folgete er dem Rate und legte sich samt dem Schlafrocke nieder, ob aber sein Kopf noch so voll Grillen war, so entschloß er sich doch, dieselben beiseite zu setzen und ein andächtiges Gebet zu verrichten, in Hoffnung, daß sich der Himmel vielleicht noch einmal seiner erbarmen und aus diesem Labyrinth und von bevorstehenden Unglücksfällen erretten werde. Er betete demnach sehr andächtig und bußfertig so lange, bis ihm die Augen darüber zufielen und er in einen süßen Schlaf geriet, auch nicht ehr erwachte, bis die Sonne durch die hohen Fenster in das Gewölbe hereinleuchtete. Er verrichtete sein Morgengebet ebenso andächtig und bußfertig als das Abendgebet, stund hernach auf und fand das Waschwasser sowohl als den Tee sogleich parat. Unter währenden Teetrinken bemerkte er, daß dieses Zimmer zwei mit starken eisernen Türen verwahrte Ausgänge hatte, und als er abermals in tiefe Gedanken verfallen war, öffnete sich plötzlich die eine Tür wodurch ein etliche 60jähriger Mann, der von ziemlichen Ansehen war, jedoch etwas Barbarisches im Gesichte hatte, hereintrat und ihm mit einem höflichen Kompliment einen guten Morgen bot.

Elbenstein dankte und nötigte ihn, eine Tasse Tee mit ihm zu trinken. Dieser deprezierte solches, setzte sich aber an den Tisch Elbensteinen gegenüber und gab den beiden Stummen einen Wink, welche alsofort zur andern Tür hinausgingen. Als diese hinweg, fing der Alte also zu reden an: »Mein Herr! Sie werden sich allerdings verwundert haben, daß man Sie, sozusagen, als einen Gefangenen an diesen Ort gebracht, Sie haben sich aber alles guten Traktaments zu versichern und nicht die allergeringste Gefahr zu besorgen, sondern sollen gleich morgen früh Ihre Freiheit bekommen hinzureisen, wo Sie hin wollen, woferne Sie nur auf ein und andere Fragen, die ich Ihnen vorlesen werde, die aufrichtige Wahrheit bekennen. Ich schwere Ihnen, mein Herr! sogleich einen leiblichen Eid, daß, wo Sie dieses tun, Ihnen nicht das geringste Leid *allhier* geschehen, sondern Sie gleich morgen Ihre Freiheit wiederhaben sollen. Sind Sie aber halsstarrig und verstockt, so schreiben Sie es sich selbst zu, wenn man Sie übel traktiert. Mein wohlmeinender Rat ist also dieser: daß Sie sich gar kein Bedenken nehmen, die klare Wahrheit zu bekennen (denn man weiß die Sache ohndem so schon gewiß und will nur Ihr eigenes Geständnis haben), es wird Ihnen sodann *allhier* nicht die geringste Gefahr bringen, mir aber sollte von Herzen leid sein, wenn Sie sich verstockterweise durch Leugnen mutwillig in Unglück stürzten.« Hierauf gab Elbenstein zur Antwort: »Mein Herr! ich höre, daß Sie etwas von mir verlangen, ich weiß aber noch nicht eigentlich, was es ist, darum kurz von der Sache zu kommen, so formieren Sie nur Ihre Quaestiones, ich will mit Bestande der Wahrheit darauf antworten, denn ich bin ein Kavalier, der sich keines Verbrechens schuldig weiß.«

Demnach fing der Alte an, folgende Fragen zu tun, welche wir in ordentlicher Forme hieher setzen wollen:

Des Alten Fragen:

1. Ob er, der deutsche Kavalier, Herr von Elbenstein genannt wäre und bei dem Fürsten von N. in Diensten stünde?

Elbensteins Antwort:

1. Ja!

Des Alten Fragen:

2. Ob er zur Zeit der letztern Weinlese in Ariqua gewesen?

Elbensteins Antwort:

2. Ja!

Des Alten Fragen:

3. Wie lange er sich daselbst aufgehalten?

Elbensteins Antwort:

3. Ohngefähr fünf bis sechs Tage.

Des Alten Fragen:

4. Was er daselbst zu verrichten gehabt?

Elbensteins Antwort:

4. Er wäre in Affären seines Fürsten dahin beordert worden.

Des Alten Fragen:

5. Ob er eine Gärtnersfrau daselbst kennete, Margaretha genannt?

Elbensteins Antwort:

5. Er wäre in verschiedene Gärten gegangen, wenn ihm eben die Lust angekommen, Weinbeere oder Obst zu essen, habe sich aber nicht darum bekümmert, wie die Eigentumsherrn derselben oder deren Weiber mit Namen hießen.

Des Alten Fragen:

6. Ob er nicht in der Margarethen Behausung einige Nachtvisiten abgelegt?

Elbensteins Antwort:

6. Er wisse von keiner Margaretha, viel weniger von deren Behausung.

Des Alten Fragen:

7. Wer das Frauenzimmer, die ihn dahin berufen lassen, und wie sie gestaltet gewesen?

Elbensteins Antwort:

7. Er wisse von keiner Berufung, hätte auch mit keinem Frauenzimmer etwas zu tun gehabt, auch keins begehret, ohngeacht ihm die Zeit, solange er sich an diesen schlechten Orte aufhalten müssen, sehr lang worden.

Des Alten Fragen:

8. Wie oft er dieses Frauenzimmer ohngefähr bedienet?

Elbensteins Antwort:

8. Das wäre eine törichte Frage, da er sich in ganz Ariqua um kein Frauenzimmer bekümmert, sondern die meiste Zeit mit seinem Wirte passiert hätte.

Des Alten Fragen:

9. Ob ihm das Frauenzimmer nichts zum Andenken geschenkt?

Elbensteins Antwort:

9. Er wisse von keinen Frauenzimmer, noch weniger vom Angedenken.

Des Alten Fragen:

10. Ob ihm das Frauenzimmer nicht nach Padua bestellet, um der Liebe ferner mit ihm zu pflegen?

Elbensteins Antwort:

10. Man hörete ja wohl, daß er weder von einem Frauenzimmer noch von Pflegung der Liebe mit derselben wisse.

11. Ob er auf seiner Hinreise nach Venedig nicht durch Padua gereiset?

Elbensteins Antwort:

11. Ja.

Des Alten Fragen:

12. Ob ihm nicht daselbst ein Mann Nachricht von seiner Amour gegeben und von fernerer Zusammenkunft mit derselben gesprochen?

Elbensteins Antwort:

12. Es wäre ein Kerl in Gestalt eines Hausknechts zu ihm gekommen und hätte viel von Liebesaffären mit einer Dame gesprochen, allein er, Elbenstein, hätte denselben vor verrückt im Gehirne gehalten, oder es müsse denn sein, daß er ihn vor einen andern angesehen hätte.

Des Alten Fragen:

13. Wo er dazumal in Padua logieret?

Elbensteins Antwort:

13. In der Oreda Todesca.

Des Alten Fragen:

14. Was er in Venedig zu verrichten gehabt?

Elbensteins Antwort:

14. Einige Wechsel-Gelder vor seinen Herrn einzukassieren, welche auch gestern mit Wagens vorausgegangen, wo anders dieselben nicht von Räubern geplündert worden.

15. Warum er länger in Venedig geblieben, als er dem Hausknechte in der Oreda Todesca versprochen?

Elbensteins Antwort:

15. Er hätte den Kerl vor einen Narren angesehen, wisse auch selbst nicht einmal mehr, was er mit ihm geredet oder was er ihm versprochen hätte. Das aber müsse er gestehen, daß er viele Tage eher wieder zurückgekommen wäre, wenn ihn nicht das Malheur eines Kavaliers, der sein Landsmann, aufgehalten hätte, indem derselbe ein Bein zerbrochen und eine große Wunde in Kopf, da er von einer Galerie heruntergestürzt, bekommen hätte.

Des Alten Fragen:

16. Warum er jetzo bei seiner Retour von Venedig nicht in der Oreda Todesca, sondern im Gasthofe al Sole eingekehret?

Elbensteins Antwort:

16. Es stünde ihm frei einzukehren, wo er wolle, doch jetzo hätte er einmal aus gewissen Ursachen seinen Leuten nachgeben und zugleich selbst gute Acht und Wacht auf seines Herrn Geld und Sachen halten müssen.

Des Alten Fragen:

17. Ob er gar nicht nach dem Frauenzimmer in Padua gefragt, mit welchem er zu Ariqua in der Margaretha Hause etliche Nacht courtoisiert hätte?

Elbensteins Antwort:

17. Er wisse weder von der Margaretha Hause noch von der Courtoisie mit einem Frauenzimmer, indem er sich vor gefährlichen Liebeshändeln jederzeit sehr gehütet, auch gar nicht disponiert wäre, verbotne Liebesintriguen zu spielen, dann wenn er ja so gar verliebt wäre, könne er nur nach Hause reisen und sich eine Frau nehmen, weil er gottlob! bemittelt genug, selbe zu ernähren.

Diese letzte Antwort brachte Elbenstein mit einer heroischen Ungedult vor, der Alte sahe ihm starr in die Augen, es sei nun, daß ihn Elbensteins Eifer abschreckte oder daß er nichts weiteres als auf einmal dieses zu befragen hatte, so saß er erstlich eine gute Weile stille, endlich aber sagte er: »Mein Herr! Ihre Reden stimmen mit der Wahrheit nicht alle überein, wir wissen ein vieles schon weit besser. Bedenken Sie sich wohl, ich will Ihnen Zeit geben bis auf den Abend, reden Sie sodann die Wahrheit auf alle diese Fragen besser aus, so ist's gut vor Sie, bleiben Sie aber bei der jetzigen Aussage, so muß man es billig vor eine starke Verstockung halten, und ich werde ohnfehlbar Ordere kriegen, Sie schärfer anzugreifen.« »Was ich ausgesagt habe«, replizierte Elbenstein, »das ist die klare Wahrheit, ich werde niemals anders reden, es mag mein Leben kosten oder nicht.« »Wenn Sie die Wahrheit reden«, sagte der Alte, »könnten Sie Ihr Leben erretten und mit größter Honneur in Ihre Freiheit kommen, so aber siehet es mißlich aus. Besinnen Sie sich eines Bessern, unterdessen soll es Ihnen bis auf fernere Ordre an guter Verpflegung nicht ermangeln, befehlen Sie nur den Stummen, was sie Ihnen bringen sollen, denn es mangelt hier an nichts, und diese Kerls, ob sie gleich nicht reden können, so verstehen sie doch alles und sind sehr geschickt. Ich aber will mich Ihnen empfehlen und meinen Bericht erstatten.«

Hiermit nahm der Alte sein kleines Dintenfaß, Feder und Papier, worauf er Elbensteins Aussage geschrieben hatte, pfiff auf einen kleinen Pfeifgen, da denn beide stummen Laquais wieder ins Gewölbe traten, er, der Alte, aber marschierte nach einem nochmals gemachten Kompliment zu eben derselben Tür hinaus, wo er hereingekommen war.

Elbenstein begab sich hinter die Spanische Wand, warf sich in größter Ungedult aufs Bette, die Tränen stiegen ihm in die Augen, und er sagte heimlich zu sich selbst: ›Ach! du bist in die Hände deines Schwagers, des Mannes der masquierten Schöne gefallen! Nichts ist gewisser als dieses! Es ist Verräterei passiert, wer weiß, wie es dem allerliebsten Bilde gehet, vielleicht ist ihre Ermordung nur so lange aufgeschoben, bis ich alles haarklein auf sie bekannt habe. Aber, nein! ich will den Himmel noch fernerweit um Vergebung meiner Sünden bitten und bei meiner Aussage bleiben bis in den Tod. Denn bekenne ich die reine Wahrheit, so läßt mich der Tyranne, ob er mir gleich dem Scheine nach die Freiheit gibt, dennoch unterwegs durch bestellte Banditen ermorden, ehe ich meines Fürsten Residenz erreiche.

Bekenne ich nicht, so werde ich allhier in geheim ums Leben gebracht, damit er aller Sorgen befreit sei, wegen meiner gewaltsamen Arretierung etwa Rechenschaft und Satisfaktion zu geben.‹

Kurz zu sagen, Elbenstein hielt nichts vor ratsamer und wichtiger, als sich zu einem baldigen seligen Ende zu präparieren, und ob es gleich dem Fleische und Blute schon im voraus wehe tat, so richtete ihn doch der Geist Gottes wegen seiner ernstlichen Buße und Bekehrung immer vom neuen dergestalt auf, daß ihm immer leichter ums Herze ward, wie er denn noch vor der Mittagsmahlzeit in einen süßen Schlummer verfiel. Er sahe im Traume eine verhüllete Person, welche einen schwarzen Pergamentbogen aus dem Busen zohe, denselben aufrollete und ihm entgegen hielt, auf diesem Bogen erblickte Elbenstein den mit güldenen Buchstaben geschriebenen Spruch: ›Die Güte des Herrn ist's, daß wir nicht gar aus sind‹ etc. etc. Unterdessen ließ die Person ihre Verhüllung fallen, und Elbenstein erkannte dieselbe vor seinen Freund, den Herrn von Thalberg; indem er aber aufspringen und denselben umarmen wollte, befand er, daß es ein Traum gewesen. Jedoch als er der Sache weiter nachdachte, bemerkte er, daß dieses kein schlechter Traum, sondern ein himmlischer Trost wäre, weil Gott sowohl ihn als seinen Freund aus diesen beiderseitigen Unglücksfällen nochmals aus Gnade und Barmherzigkeit erretten wolle.

Binnen der Zeit war alles zur Mittagsmahlzeit veranstaltet worden, und da die Stummen gehöret, daß er sich gereget, kam einer von ihnen und gab mit Zeichen zu verstehen, ob ihm zu speisen beliebte. Er sagte: »Ja!«, und weil er sich im Herzen sehr beruhigt befand, setzte er sich so allein zu Tische, da denn die allerdelikatesten Speisen und Weine durch eine oben im Gewölbe gemachte Öffnung vermittelst einer Maschine heruntergelassen wurden, welche ihm die Stummen vorsetzten. Es waren in Wahrheit recht fürstliche Traktamente, und Elbenstein speisete mit so guten Appetite, als ob er in seiner völligen Freiheit gewesen wäre, probierte darbei auch die vortrefflichen Weine von allerhand Sorten. Jedennoch kam ihm hierbei immer noch die Frage in die Gedanken: ›Sollte denn dieses auch wohl etwa deine Henkermahlzeit sein?‹ Nach der Mahlzeit fragte er den einen Stummen, ob er ihm nicht zum Zeitvertreib ein Buch und dann noch Feder, Dinte und Papier verschaffen könnte. Der Kerl marschierte wie der Blitz zur Tür hinaus, selbiges zu holen, weil ihm aber die Tür aus der Hand entfiel, so, daß sie zu weit aufgesperrt ward, bemerkte Elbenstein, daß zwei Kerls mit bloßen Schwertern außerhalb der Tür die Wacht hielten. ›Du bist doch‹, gedachte er bei sich selbst, ›ein rechter vollkommener Staatsgefangener um einer F ... willen‹; ließ sich aber gar nichts merken, sondern spazierte immer in dem Gewölbe herum und verwunderte sich über nichts mehr, als daß es so warm darinnen, ohngeachtet nicht mehr als ein einziges Kaminfeuer zu sehen war. Bald hernach kam der Stumme wieder zurück und brachte nicht allein Dinte, Federn und Papier, sondern auch einen großen Folianten unter dem Arme getragen. Elbenstein war begierig, des Buchs Titul zu sehn, und fand, daß es der *Amadís* aus Frankreich etc. etc., und zwar in deutscher Sprache beschrieben war. Von diesem Buche und von den Amadís-Rittern hatte er in seinen Vaterlande viel reden hören, aber niemals so glücklich werden können, dieses Buchs habhaft zu werden. Er erfreuete sich demnach recht sehr darüber, daß er einen solchen guten Zeitvertreib bekommen, ohngeachtet er zwar wußte, daß es eine sogenannte alte Lesecke, so war ihm doch auch gesagt worden, daß viele Spiegel vor Junge von Adel darinnen anzutreffen wären. Demnach machte er sich sogleich darüber und las darinnen, bis ihm die Abendmahlzeit wieder aufgetragen wurde. Er expedierte sich bei derselben kurz und machte sich wieder an sein großes Buch, hätte vielleicht auch die ganze Nacht hindurch darinnen gelesen, wenn nicht ohngefähr um elf Uhr deutschen Zeigers der Alte nochmals gekommen und ihn verstöret hätte.

Dessen Anbringen bestund in folgenden Worten: »Mein Herr! Ich habe Ihre Aussage an gehörigen Ort schriftlich überschickt und par Stafette dieses zur Antwort zurückerhalten, welches Sie selbsten lesen können.«

Lieber Getreuer!

Euer Verhalten hat Uns wohlgefallen, allein der Herr will mit der Sprache nicht heraus, denn die Hauptpunkte hat er alle falsch und unrichtig beantwortet. Schwöret ihm einen körperlichen Eid in Unsere Seele und anstatt Unserer, denn Wir halten Euch und ihm Unser hohes Wort, daß, woferne er aufrichtig bekennet, er alle Gnade und seine vollkommene Freiheit von Uns erhalten soll. Wo nicht und er auf seiner Verstockung beharret, so werden Wir sein Beginnen aufs schärfste zu rächen wissen, ohngeachtet Wir sonsten eben zur Grausamkeit nicht geneigt sind. Beilage wird Euch zeigen, wie Ihr ihn befindenden Falls zu traktieren habt, und Wir erwarten täglichen Rapport von Euch. Hiernach habt Ihr Euch zu achten und Unserer beständigen Hulde gewärtig zu sein ...

Das übrige, sonderlich den unterschriebenen Namen, ließ der alte Erzvogel nicht sehen, sondern fragte nur, ob sich der Herr von Elbenstein resolvieren wollte, die Wahrheit besser zu beichten. Dieser sagte: »Was ich ausgeredet habe, ist die Wahrheit, ich werde auch dabei verharren, es mag mir heute oder morgen mein Leben kosten oder nicht. Werde ich gewaltsamerweise um mein Leben gebracht, so wird der Himmel mein Rächer sein, weil ich aller menschlichen Hülfe beraubt bin. Ich bitte mir von meinem hochgeehrten Herrn nichts weiter aus als eine Bibel, sie mag in lateinischer, italiänischer, französischer oder deutscher Sprache geschrieben sein. Hergegen können Sie die kostbarn Traktamenten ersparen, denn ich will gern mit Wasser, Salz und Brot bis an mein Ende vorliebnehmen, weil ich wohl merke, daß dasselbe sehr nahe ist, ohngeacht ich es nicht verschuldet, daß man also mit mir verfährt. Wer weiß, wer mich blamiert und in dieses Unglück gestürzt hat; ich wollte lieber noch diese Nacht sterben, als länger in solchen Kummer schweben. Ich bitte aber nur noch dieses einzige, meinem Fürsten nach meinem Tode per tertium einige Nachricht von meinem unglückseligen Ende zu geben, damit nur meine Ehre zusamt dem Körper nicht massakriert wird, denn da mein Fürst denken könnte, ich wäre zum Schelme geworden, wäre ich ein Schandfleck meiner Familie. Was aber wäre das nicht vor eine barbarische, ja mehr als bestialische Aktion, einen Kavalier nicht allein unschuldigerweise ums Leben, sondern sogar auch um die Ehre zu bringen?«

»Mein Herr!« sagte der Alte, »ich kann Sie wohl anhören, allein Sie verzeihen mir, daß ich nach meiner Ordre leben muß. Mit einer Bibel will ich Ihnen dienen, und weiln ich glaube, daß Ihnen mit einer deutschen am besten gedienet sein möchte, so will ich Ihnen die wittenbergische, welche Ihr Doct. Lutherus übersetzt hat, gleich morgen früh überschicken. Allein das sage ich, eine Stunde hernach komme ich selbst und erwarte auf die heutigen Fragen richtigere Antwort, wo nicht, so sehe ich mich gezwungen, meiner Ordre gemäß mit Ihnen zu verfahren, derowegen sage ich noch einmal, besinnen Sie sich eines Bessern und befürchten sich keiner Gefahr, weiln es mir selbst leid sein sollte, an einem so artigen und wohlgebildeten Kavalier Schärfe zu gebrauchen.«

»Mein Herr!« sprach Elbenstein mit funkelnden Augen, »was ich einmal ausgesagt habe, dabei bleibe ich bis an meinen Tod, und das ist der Bescheid, an dere Reden wird Er niemals von mir hören, und wenn Er mich in Öle braten ließe. Sage Er Seiner Herrschaft, ich glaube, daß sie etwas von mir torquieren wollten, wovon ich nichts wüßte, vielleicht dürstete ihnen nach deutschen Blute, das meinige ist parat, ihren Durst zu stillen, aber der Himmel wird es von ihnen wiederfordern.«

Der alte Kerl, welcher vielleicht ein schlechtes Marmorium haben mochte, schrieb fast alle Worte auf, die Elbenstein redete. Er gab sich die Mühe, ihn durch allerhand Persuasoria noch zu gewinnen; allein da Elbenstein unbeweglich und immer auf einerlei Rede blieb, nahm er endlich mit einer sehr verdrüßlichen Miene Abschied von ihm und ging seiner Wege.

Elbenstein legte sich unter allerhand bekümmerten Gedanken ins Bette, verrichtete sein Gebet und schlief endlich ein, verharrete auch in seiner unruhigen Ruhe bis zu Aufgang der Sonne, da er denn nach verrichteten Morgengebete sich wieder über sein Buch machte und etliche Tassen Tee dabei trank. Allein er hatte kaum eine Stunde gesessen, als der alte Sadrian schon wieder kam und ohne besondere Komplimenten fragte: »Nun, mein Herr! haben Sie sich diese Nacht hindurch eines andern besonnen? Soll ich Ihnen die Fragen noch einmal vorlesen, und wollen Sie nunmehro aufrichtiger bekennen?« Elbenstein antwortete: »Mein Herr gebe sich doch ferner keine Mühe, denn ich habe ja schon ein vor allemal gesagt, daß ich mit Grunde der Wahrheit nichts anders aussagen kann.« »Nun!« versetzte der Alte, »so haben Sie es sich selbsten zuzuschreiben, daß ich meiner Ordre zufolge Sie schärfer angreifen muß, der Himmel ist mein Zeuge, daß ich keinen Gefallen daran habe.« »Der Himmel«, ließ sich Elbenstein vernehmen, »hat mich in die Hände unbarmherziger und ungerechter Menschen verfallen lassen, darum muß ich mein Schicksal, es komme, wie es wolle, mit Geduld ertragen.« Anstatt weiterzureden, zohe der Alte sein elfenbeinernes Pfeifgen hervor und pfiff dreimal darauf, da denn augenblicklich die zwei Stummen mit einer abscheulich großen eisernen Kette herbeigetreten kamen, ihm dieselbe zweimal um den Hals schlungen, auch Arme und Beine kreuzweise schlossen, so daß er kaum eine Hand um die andere zum Munde bringen konnte. Er litte alles mit größter Geduld, machte auch keine scheele Miene, da man das Silbergeschirr, Betten und andere Bequemlichkeiten aus dem Zimmer schaffte, hergegen ein paar Bund Stroh in einen Winkel warf, anstatt, des vorherigen mit Sammet beschlagenen Sessels ihm einen großen Klotz hinsetzte, in Summa, alle kostbaren Meubles wegschaffte. Sein einziger Trost war nur, daß man ihm die Bibel und das Historienbuch liegenließ. Er setzte sich ganz großmütig auf den Klotz. Der Alte aber sagte: »Sehen Sie, mein Herr! bis dahin haben Sie es mit Ihrer Halsstarrigkeit mutwilligerweise gebracht, und wenn Sie sich nicht noch in Zeiten zum Ziele legen, wird alles noch 1000mal schlimmer werden.« »Es mag werden, wie es will«, sagte Elbenstein, »wenn auch meine ungerechten Feinde so gar sehr durstig sind nach meinem unschuldigen Blute, mögen sie ja immer noch heute Anstalt machen, mir solches abzuzapfen.«

Der Alte antwortete hierauf nichts, sondern ging stillschweigend wieder fort, Elbenstein aber stund mit seiner schweren Last auf und langete die Bibel. Im Aufschlagen fiel ihm zuallererst der 38. Psalm in die Augen, welchen er mit heißen Tränen und bußfertigen Herzen in größter Bedachtsamkeit las, hernach noch mehrere Bußpsalmen aufschlug und die Zeit mit Lesung im Psalter so lange zubrachte, bis ihm die Stummen einen Topf mit Wasser, ein halb verschimmeltes Brot und eine hölzerne Schale mit Salz zur Mittagsmahlzeit darbrachten. Elbenstein dankte ihnen mit einer gelassenen, mehr freundlichen als betrübten Miene vor ihre Mühe, griff hoch begieriger nach dem elenden verschimmelten Brote als gestern nach den delikaten Gerichten. Weil man ihn auch kein Messer darzu gebracht, brach er mit größter Mühe ein Stück ab und aß es dem Scheine nach mit dem stärksten Appetite, machte auch keine sauere Miene darzu, worüber der eine Stumme bitterlich zu weinen anfing, welches Elbenstein selbst jammerte, allein er ließ sich nichts merken, sondern aß über alle Macht, soviel er nur hinterbringen konnte, trunk etlichemal darzu aus dem Topfe, und endlich, da er merkte, daß er wenigstens auf 24 Stunden genug hatte, sein Leben natürlicherweise zu erhalten, machte er den Stummen zur Dankbarkeit noch ein Kompliment mit dem Kopfe und nahm das Historienbuch vor sich, denn als einem jungen Kavalier war ihm dennoch unmöglich, beständig zu beten, ob er sich gleich eher auf einen gewaltsamen Tod als auf ein längeres Leben Rechnung machen konnte.

Abends brachten ihm, da er sich noch lange nicht müde gelesen, ohngeacht das Buch nicht aus seinen Händen kommen war, die Stummen eben diejenigen Traktamenten wieder, welche er mittags gehabt hatte; er nahm etwas weniges davon, um nur zu zeigen, daß er sie nicht verschmähete, trunk auch einmal aus dem Topfe, welchen er neben sich stehenließ, und lase wieder in dem Historienbuche fort, wurde aber abends um zehn Uhr von dem Alten wieder gestöret, welcher kam und die oft getanen Fragen repetierte, ob er nehmlich noch nicht aufrichtigere und wahrhaftere Antwort geben wollte. Elbenstein sagte: »Was ich dem Herrn einmal geantwortet, dabei hat es sein Bewenden, ich werde niemals anders reden.« »Sie haben«, sagte der Alte noch, »auch diese Nacht Zeit, sich zu besinnen, sonsten wird morgen ein Mehreres und Verdrüßlicheres passieren.« Elbenstein sagte weiter nichts als: »Es komme, wie es wolle, ich bin in Eurer Gewalt.« Mit dieser Resolution marschierte der Alte abermals ab. Elbenstein las noch eine gute Stunde in der Bibel, wornach er sich auf das Stroh niederlegte und mit einer pferdehärnen Decke, die ihm der barmherzige Stumme vielleicht ohne Ordre, sondern nur aus guten Gemüte brachte, zudeckte. Frühmorgens, da er aufstund, war weder Tee, Kaffee noch Schokolade zubereitet, hergegen lag verschimmelter Zwieback auf dem Tische und stund ein Topf mit frischen Wasser darbei. Er wusch sich und tat zugleich einen guten Trunk Wasser, setzte sich wieder auf den Klotz und las in der Bibel, bis etwa zwei Stunden nach der Sonnen Aufgang der Alte kam und fragte, ob er sich besonnen. »Ich habe mich«, gab Elbenstein, »auf nichts zu besinnen, als wie ich mich als ein rechtschaffener Christe in mein Verhängnis finden könne, sonsten aber bleibt alles bei meinen vorigen Reden.«

Demnach befahl der Alte Elbensteinen, daß er mit ihm gehen, den Stummen aber, daß sie ihm folgen sollten. Einer sowohl als der andere leistete Parition, demnach führete ihn der Alte zur Tür hinaus, allwo Elbenstein bemerkte, daß eine hohe schmale Treppe zwischen den Mauren hinauf in das Obergebäude ging. Allein er wurde nicht dahinauf, sondern eine andere Treppe von 18 Stufen hinunter in ein finsteres Gewölbe geführt, allwo nur eine einzige Öllampe brannte. Es war in einem Winkel eine Bucht gemacht, worinnen etwas Stroh und eine härene Decke lag, und bei derselben lagen auf einem Brette zwei verschimmelte Brote, auch stund ein Eimer voller Wasser dabei nebst einem kleinen Töpfgen, womit man herausschöpfen konnte. Der Alte sagte weiter nichts als dieses: »Hinfüro wird dieses Euer Logis sein.« »Ich danke«, sagte Elbenstein, »der Himmel gebe, daß heute oder morgen aus diesem Lager mein Sterbebette wird und daß die Gespenster so lange in dieser Behausung herumschwärmen müssen, bis es an das Tageslicht gekommen, wie barbarisch man mit mir Unschuldigen verfahren hat.«

Der Alte gab keine Antwort hierauf, sondern ging mit den Stummen fort, schloß die mit verschiedenen Schlössern besetzte eiserne Tür hinter sich zu und überließ Elbensteinen seinem eigenen verwirrten Gedankenspiele. Was nun dieser vor Gedanken gehabt haben mag, läßt sich vorgemeldten Umständen nach leichter erraten als beschreiben. Es würde auch viel zu weitläuftig fallen, dergleichen ausführlich zu melden. Kurz, er lag fast die meiste Zeit in seiner Strohbucht, bis ihn der Hunger und Durst plagte, da er denn zuweiln aufstund, ein Stück verschimmelt Brot abbrach, ein Töpfgen voll Wasser austrunk, ein wenig auf und ab spazierte und sich endlich wieder ins Stroh einscharrete. Das einzige Vergnügen, welches er hatte, war dieses, daß er durch drei in Stein gehauene, etwa drei Querfinger breite Ritzen unterscheiden konnte, ob es Tag oder Nacht wäre. Also brachte er an diesem Orte drei Tage und drei Nächte zu, da ihm denn nichts beschwerlicher fiel als die zweimal um den Hals herumgeschlagene Kette. Vierten Tags etwa um neun Uhr vormittags kam der Alte wieder, um zu sehn, ob er noch lebte, und zu fragen, ob er nunmehro besser herausbeichten wolle. Ob nun schon Elbenstein ihm kein gut Wort gab, sondern teuer schwur, daß er niemals anders reden würde, so befahl ihm doch der Alte von selbsten, daß er aufstehen und ihm folgen solle. Er brachte ihm demnach wieder in sein altes Logis, ließ ihn erstlich Tee und Persico geben, mittags aber eine kavaliermäßige Mahlzeit auftragen, auch ein paar Bouteillen Wein, doch eben nicht von besten, bringen. Elbenstein war nur froh, daß er des Tages Licht wieder sahe, ließ sich auch Speise und Trank nicht übel schmecken; was ihn aber am meisten erfreute, war dieses, daß er die Bibel und das Historienbuch noch auf dem Tische liegend fand. Weil er nun Ursache, Gott zu danken, hatte, daß er ihn vor dieses Mal aus dem finstern Kerker erlöset, so schlug er erstlich etliche Dank- und Trost-Psalmen auf, wel che er mit großer Andacht betete, hernach aber sein Historienbuch wieder vor sich nahm und darinnen so lange las, bis ihm die Abendmahlzeit aufgetragen wurde, die sehr gut und fast noch besser als die Mittagsmahlzeit war. Sobald er dieselbe eingenommen, nahm er wieder sein Buch vor sich, befürchtete zwar immer, daß der Alte wiederkommen und ihn mit weitern Fragen quälen würde, allein es kam derselbe diesen Abend nicht, weswegen Elbenstein bis nach Mitternacht ungestört fortlesen konnte, nachhero aber seine Ruhe auf dem Stroh suchte.

Frühmorgens, sobald er aufgestanden, bereiteten ihm die Stummen den Tee, setzten ihm hernach eine kleine Bouteille mit Persico und einen Trinkglase vor. Er genoß nach Appetite von beiden, lase hernach den Vormittag in der Bibel, nach der Mahlzeit aber, die so gut als vorigen Tages war, im Historienbuche bis abends zehn Uhr, da der Alte wieder kam und ihm vermeldete, wasmaßen er neue Ordre bekommen, daferne der Herr von Elbenstein nicht in Güte die Wahrheit bekennen wollte, ihn noch schärfer als bishero anzugreifen. »Ich habe mich ja«, sagte Elbenstein, »bishero deutlich und oft genung erkläret, daß ich keine andere Wahrheit ausreden kann, als die ich ausgeredet habe, derowegen mögen die Barbarn doch nur meiner Qual ein Ende machen und mich meines Lebens berauben, damit ich nur meiner Marter loskomme. Haben sie aber ihr Vergnügen daran, mich Unschuldigen zu torquieren, vielleicht aus den Ursachen, daß ich ein Lutheraner bin? Wohlan! sie mögen es auch tun, endlich, ja endlich wird doch der Himmel ein Ende daraus machen und meine Unschuld rächen.«

»Dieses alles gehet mich nichts an«, sagte der alte verzweifelte Inquisitor, »sondern ich erkenne mich schuldig, den Befehlen meiner Herrschaft ein Genüge zu leisten und die Verantwortung derselben ihnen zu überlassen; wenn demnach mein Herr auf Ihrem Eigensinne beharren, so nehmen Sie mir nicht übel, daß ich meiner Instruktion gemäß Ihnen werde gewaltige Schmerzen an Ihren Gliedmaßen verursachen müssen.«

»Ist's denn nicht genung«, fragte Elbenstein, »daß ich mein Leben darbiete, was will man mich denn als einen unschuldigen Kavalier um einer unerwiesenen Sache auf die Tortur bringen? Jedoch es ergehe mir, wie der Himmel will, weiter und anders werde ich nimmermehr aussagen, als ich ausgesagt habe.« Hierauf langete der Alte, welcher einem Halbmeister ähnlicher sahe als einem Krammesvogel, seine Pfeife heraus, pfiff dreimal, da denn die Stummen sogleich eine Kohlpfanne mit glühenden Kohlen ins Gewölbe hereinbrachten und dieselbe auf den Tisch setzten. Der Alte zohe sechs Goldstücke, ohngefähr eines französischen halben Guldens groß, jedoch etwas dicker, aus seiner Ficke und legte dieselben auf die glühenden Kohlen, befahl dabei den Stummen, daß sie Elbensteinen die Strümpfe abziehen sollten. Dieser wollte solches durchaus nicht geschehen lassen, da aber der Alte sagte: »Mein Herr! sperret Euch nicht, denn wenn ich nur noch einmal pfeife, so kommen den Augenblick noch sechs bewehrte Männer herein, welche Euch schon zur Raison bringen sollen.« Elbenstein ließ es darauf ankommen und stieß den einen Stummen mit solcher Gewalt von sich, daß er zur Erden fiel. Im selbigen Augenblicke pfiff der Alte, da denn sogleich sechs Mann mit blanken Schwertern ins Gewölbe hereingetreten kamen, worüber Elbenstein einigermaßen erschrak und mit sich umgehen ließ, wie man wollte, weswegen denn auch der Alte den sechs Bewaffneten sogleich den Zurückmarsch anbefahl.

Demnach legte ihm der eine Stumme erstlich auf jeden Fuß ein Goldstück, welches fast glühend war. Der Schmerz war heftig, jedoch Elbenstein biß die Zähne zusammen und antwortete auf des Alten Fragen und Vermahnungen kein einziges Wort. Derowegen ließ ihm derselbe noch zwei heiße Goldstücke auf die dikken Beine über die Knie und endlich noch zwei auf das dicke Fleisch der Arme legen.

Allein je heftiger der Schmerz, je verstockter wurde Elbenstein, gab auf nichts Antwort, sondern verfluchte nur seine Tyrannen in Abgrund der Höllen.

Der Alte ging hierauf abermals stillschweigend fort, der barmherzige Stumme aber beschmierte ein Läppgen mit Salbe, schnitte Stücken daraus und legte ihm dieselben auf die Brandflecke. Die darauffolgende Nacht war wohl die schmerzhafteste und kläglichste in Elbensteins bisherigen ganzen Leben, indem fast nicht der geringste Schlaf in seine Augen kam.

Acht Tage nacheinander wurde er zwar mit guten Speisen und Wein versorget, auch von dem Stummen täglich dreimal mit der Salbe verbunden, so daß seine Brandflecke fast gänzlich geheilet waren, allein am Abend des achten Tages kam der alte Inquisitor wieder zum Vorscheine und vermeldete ihm, wie daß seine Herrschaft durch seine, Elbensteins, Verstockung und Hartnäckigkcit (da ihnen doch die ganze Sache ziemlichermaßen bekannt) dergestalt zum Zorne gereizt worden, daß sie ihm Ordre geschickt, ihn, Elbensteinen, heutige Nacht in der Mitternachtsstunde mit dem Schwerte vom Leben zum Tode bringen zu lassen, also hätte er nur noch etwa drei bis vier Stunden Zeit, sich zu seinem Ende zu bereiten, und wo er etwa einen römisch-katholischen Geistlichen verlangete, sollte derselbe alsogleich bei ihm erscheinen. Wider dieses letztere protestierte Elbenstein und versicherte, daß er sich mit göttl. Hülfe gnugsam im Stande befände, zu seinem Ende zu präparieren, und da er auf seine Religion und den Glauben, bei welchem er von Jugend an erzogen worden, zu sterben entschlossen, wäre es nicht ratsam, die übrige wenige Zeit seines Lebens mit unnötigen Disputieren zuzubringen, unterdessen bäte er weiter nichts, als daß diejenigen, welche ihm also unschuldigerweise seines Lebens berauben ließen, in Betracht, daß er ein Kavalier und bei einem vornehmen Fürsten in Diensten stünde, seinen Körper an einen ehrlichen Ort begraben, auch unter der Hand seinem Fürsten möchten wissen lassen, wie er eines unglücklichen plötzlichen Todes gestorben wäre, damit der Fürst nicht etwa glauben möchte, als ob er heimlich echappiert wäre. »Die Gnade in Gewährung dieser beiden Bitten wird Euch ohnfehlbar widerfahren«, sagte der Alte, ging hierauf fort. Elbenstein aber, der sich ganz allein im Gewölbe sahe, fiel nieder auf seine Knie und betete mit heißen Tränen zu Gott um Vergebung seiner Sünden und um ein seliges Ende. Er sehnete sich herzlich, noch einmal das heil. Abendmahl von einen evangel. lutherischen Priester zu empfangen, weil aber dieser Wunsch vergeblich, wendete er sich um soviel desto eifriger zum Gebet, bis er endlich von den beiden

Stummen darinnen gestöret wurde, als welche eine köstliche Mahlzeit vor ihn aufzutragen anfingen. Ohngeacht er ihnen nun sagte, daß sie sich seinetwegen keine Mühe machen möchten, indem er weder essen noch trinken würde, so kehreten sie sich doch daran nicht, sondern trugen alles auf und ließen es stehen. Elbenstein aber rührete weder Speisen noch Wein an, sondern verharrete im Gebet bis gegen die Mitternachtsstunde, da der Alte wiederkam, der dem einen Stummen winkte und ihm mit Zeichen etwas zu verstehen gab. Dieser ging sogleich fort, kam aber bald wieder zurück und brachte einen Hebekorb getragen, worinnen ein schwarzes Sterbekleid, ein sauberes weißes Hembde, ein paar weiße seidene Strümpfe und dergleichen Mütze mit einem schwarzen Bande lagen. Hierauf pfiff der Alte, da denn sogleich sechs Mann mit bloßen Schwertern ins Gewölbe traten. Als Elbenstein diese sahe, sprach er ganz entrüstet zu dem Alten: »Will man denn so gar grausam barbarisch mit mir verfahren und mich in Stücken zerhauen? Ist's denn nicht genug, wenn mir der Kopf mit einem Streiche abgeschlagen wird?« »Diese«, gab der Alte zur Antwort, »werden nicht an Euch kommen, woferne Ihr nicht etwa Miene macht, Euch zur Wehre zu stellen, denn Ihr werdet jetzo losgeschlossen werden, damit Ihr als ein Kavalier nicht in Ketten und Banden sterbet, auch vorhero Eure Sterbekleider anlegen könnet.« »Es ist gut«, sagte Elbenstein, »unterdessen ist es nicht nötig, daß ich andere Sterbekleider anziehe, denn diese, so ich anhabe, sind mir Sterbekleider genug.« »Es ist mir aber«, versetzte der Alte, »also befohlen, mithin werdet Ihr Euch nicht weigern zu gehorsamen.« »Diesen Gefallen«, ließ sich Elbenstein vernehmen, »kann ich ja meinen Tyrannen auch noch wohl erweisen.« Hierauf ging er hinter die Spanische Wand und zohe alles an, kam hernach hervor, setzte sich auf den Klotz und nahm die Bibel in die Hand, allein der Alte ließ ihn nicht zum Lesen kommen, sondern tat ihm die ehemaligen Propositiones nochmals, bat ihn ziemlich beweglich, daß er doch seine Halsstarrigkeit ablegen und auf die bewußten Punkte aufrichtige Antwort erteilen möchte, womit er nicht allein sein Leben retten, sondern auch sogleich nach zweien Tagen seine Freiheit nebst einem kostbarn Geschenke erhalten würde. Allein Elbenstein blieb unbeweglich als ein Fels und bat den Alten zu guter Letzt nochmals, ihn mit fernern Zureden zu verschonen, weil er wider die Wahrheit nicht reden, sondern viel lieber sterben wolle; er solle ihm demnach nur nicht lange quälen, sondern seiner Ordre gemäß verfahren, denn er wäre versichert, daß der Himmel sein Blut rächen würde.

Der Alte entschuldigte sich nochmals, daß er seiner Ordre parieren, die herrschaftlichen Befehle ausrichten und ihnen die Verantwortung überlassen müßte. Unterdessen aber pfiff er auf seiner Pfeife, wornach sogleich ein dicker starker Mann mit einem langen, sechs Finger breiten blanken Schwerte hereingetreten kam. »Dieser«, sagte der Alte, »ist der allergeschickteste Meister im ganzen Lande, Euch, mein Herr, auch im Dunkeln den Kopf auf einen Hieb herunterzuhauen, woferne Ihr nur den Hals fein in die Höhe recket; wollet Ihr aber noch Gnade haben, so folget demjenigen, was ich Euch heute abends noch zu guter Letzt proponiert habe.« »Ein Kavalier, wie ich bin«, sagte Elbenstein, »muß bei keinen Barbarn um Gnade bitten, sondern ehe sein Leben hingeben.« »Nun, so geschehe es denn«, sprach der Alte, winkte inzwischen den Stummen, welche sogleich herzukamen, ein schwarzes Tuch auf den Boden breiteten und einen Sessel ohne Lehne darauf setzten, worauf Elbenstein seinen Platz nehmen mußte.

Der Alte präsentierte ihm ein Tuch, sich die Augen darmit verbinden zu lassen, allein Elbenstein sagte: »Ein rechtschaffener unschuldiger Kavalier kann sich gewalttätigerweise seinen Kopf ohne Verbindung der Augen abschlagen lassen; aber«, sagte er weiter zum Scharfrichter, »hier habt Ihr, mein Freund, meine kleine Goldbeurse, worinnen wenigstens 200 Dukaten befindlich, nehmet Euch wohl in acht, quälet mich nicht, sondern machet nach Eurer Kunst, daß Ihr mir nur den Kopf in einem Hiebe herunter bringet. Inzwischen«, sagte Elbenstein noch weiter, »erlaubt mir nur, daß ich noch eine sehr kurze Zeit mein Gebet zu Gott verrichte, sobald ich aber zum dritten Male mit dem Fuße auf den Boden stoße, so hauet zu.«

Der Scharfrichter nahm das Geschenk an, versicherte ihn, daß er sich auf seine Kunst verlassen könne, inzwischen wolle er ihm auch seinen letzten Willen erfüllen, nur bäte er, daß er zwar den Hals, aber keine Hand in die Höhe reckte, damit sein Körper nicht etwa zerstückt werden möchte. Elbenstein versicherte ihn, dieserwegen unbesorgt zu sein, griff hierauf nach der Bibel und las den 51. Psalm bis auf den 14. Vers inklusive. Hierauf tat er den ersten Tritt mit dem Fuße. Man brachte ihm einen Pokal mit Wein, allein er nahm denselben nicht an, sondern betete in seinen Gedanken das Lied: ›Christus, der ist mein Leben, Sterben ist mein Gewinn‹ etc. etc. Er geriet darüber in tiefe Gedanken, weswegen ihn der Alte erinnerte, sich nicht länger aufzuhalten, sondern seine Resolution in der Kürze von sich zu geben, weiln er noch in dieser Stunde Gnade zu hoffen hätte. Elbenstein aber ermunterte sich sogleich, antwortete zwar dem Alten kein Wort, stieß jedoch zum zweiten Male mit dem Fuße auf den Boden, betete hernach noch etliche Sprüche und endlich: ›Herr Jesu! dir lebe ich, Herr Jesu! dir sterbe ich‹ etc. etc., unter welchen Worten er zum dritten Male auf die Erde stampfte und den letzten Streich erwartete. Es waren ihm sozusagen schon fast alle Gedanken vergangen, und der Scharfrichter war eben im Begriff, den Streich zu vollführen, als eine Stimme, jedoch nicht des Alten Stimme, rief: »Halt! er soll auf diesmal Gnade haben.«

Es wußte Elbenstein, wie gesagt, fast gar nicht, wie ihm geschahe, und die grausame Alteration brachte ihm eine heftige Ohnmacht zuwege, so daß er plötzlich vom Stuhle herunterfiel und von seinen Sinnen nicht wußte. Es währete über zwei gute Stunden, ehe er wieder zu sich selbst kam, und da befand er sich in einem andern kostbar meublierten Zimmer in einem propren Bette, und zwar im bloßen Hembde liegend. Er schmeckte noch im Munde, daß man ihm Arzenei eingegossen haben müsse, auch fühlete er, daß ihm am Arme zur Ader gelassen, ingleichen judizierte er wegen des Geruchs, daß man ihn mit starken Spiritibus müsse gewaschen haben. Demnach als er bemerkte, daß seine Lebensgeister wieder zurückgekommen, richtete er sich im Bette auf, da denn sogleich die beiden Stummen herzutraten, von welchen er ein Glas Wasser forderte, indem ihm der Mund und Hals ungemein trocken war. Der eine Stumme brachte ihm also ein Glas Limonade, welches er sehr begierig austrank und noch eins forderte. Wie nun auch dieses verschluckt war, legte er sich wieder nieder und schlief, jedoch sehr unruhig, bis die Sonne aufgegangen war, da ihm denn ein kleiner Tisch vors Bette und der Tee darauf gesetzt wurde. Der eine Stumme brachte ihm ein Glas Tropfen benebst einem Zettel, worauf geschrieben stunde, wieviel und wie oft er von dieser herzstärkenden Arzenei einnehmen sollte. Er gebrauchte die Arzenei, welche sehr stark und wohlschmeckend; endlich, nachdem er fünf bis sechs Schälichen Tee getrunken, legte er sich wieder zurück ins Bette nieder, konnte aber nicht wieder einschlafen, sondern lag mit offenen Augen und sahe seinem fernerweitigen Schicksale entgegen, betrachtete auch das bisherige mit ziemlicher Gemütsruhe. Die Speisen und Wein, so ihm mittags und abends gebracht wurden, schienen aus einer fürstlichen Küche zu sein, demohngeacht hatte er diesen und folgenden Tag wenig Appetit, am dritten Tage aber frühmorgens, nachdem er die vorige Nacht ungemein wohl geschlafen hatte, befand er sich ganz gesund, munter und frisch, welches er der köstlichen Arzenei zuschrieb, die er beide Tage nach der Vorschrift fleißig gebraucht hatte. Er fragte demnach die stummen Bedienten, ob ihm erlaubt wäre aufzustehen und seine Kleider anzuziehen. Die Stummen winkten mit dem Haupte, brachten auch gleich seine Kleider herbeigetragen, weswegen er aufstund und sich ankleidete, mittlerweile ihm die Stummen den Tee auf den Tisch setzten. Sobald er nach Belieben davon wie auch von der

Arzenei zu sich genommen, fragte er die Stummen, ob sie ihm die beiden Bücher nicht wieder verschaffen könnten, damit er einigen Zeitvertreib hätte. Augenblicklich lief einer fort und brachte ihm sowohl die Bibel als das Historienbuch, weswegen er erstlich ein paar Stunden seine Andacht in der Bibel hatte, hernach in dem Historienbuche lase, bis ihm mittags die köstlichen Traktamenten auf den Tisch gesetzt wurden. Er speisete mit guten Appetit, trunk auch etwas mehr Wein als vorige Tage und befand sich im übrigen sehr gestärkt und wohlauf. Den ganzen Nachmittag brachte er abermals mit Lesen in dem Buche zu, abends aber, nachdem er gespeiset, kam der Alte, wünschte ihm ganz freundlich einen guten Abend, gratulierte ihm zu guter Besserung und bat ihn um Vergebung, daß er seiner Ordre zufolge also mit ihm verfahren müssen. Nunmehro habe er Ordre, ihn aufs allerbeste zu traktieren, voritzo aber ersuchte er ihn, in ein ander Zimmer zu folgen. Hiermit gab er den Stummen zu vernehmen, daß sie zwei silberne Leuchter mit Wachslichtern nehmen sollten. Diese gehorsameten, Elbenstein wurde von dem Alten genötiget, hinter ihnen herzugehen, er selbst aber folgte, und also passierten sie erstlich durch einen kleinen Gang, hernach eine schmale steinerne Treppe in die Höhe, da sie denn auf einen großen Saal kamen, allwo der Alte vorausging und ein Zimmer eröffnete, welches inwendig mit den kostbarsten türkischen Tapeten ausgezieret und überhaupt dergestalt propre meubliert war, daß sich kein König schämen dürfen, darinnen zu logieren. Es stund ein mit Wein und Konfekt besetzter Tisch auf der einen Seite, welchen ihm der Alte zeigte, auch sagte: »Ew. Herrl. werden ohnfehlbar von dem lang gewachsenen Barte inkommodiert werden. Dieser eine Stumme ist sehr geschickt, den Bart abzunehmen, derowegen können Sie sich von ihm akkommodieren lassen.« Es war würklich an dem, daß Elbenstein von dem langen und starken Barte sehr vexiert wurde, indem ihm der Hals ganz wund gerieben war, derowegen nahm er das Erbieten mit Vergnügen an. Als ihm nun noch der Alte einen silbernen Ring zeigte, woran er nur ziehen dürfte, wenn er jemanden oder etwas verlangte, indem es ihm doch vielleicht ungelegen sein dürfte, wenn die Stummen beständig bei ihm im Zimmer wären, so wünschte er ihm eine geruhige Nacht und retirierte sich. Elbenstein ließ sich barbieren, sagte hernach zu den Stummen, daß sie ihm nur die beiden Bücher heraufbringen, hernach sich zur Ruhe begeben möchten, weil er sich mit allen Bedürfnissen wohl versorgt sähe. Dieses geschahe, und Elbenstein divertierte sich noch mit Lesen bis um Mitternachtszeit, trunk auch unterweilen ein Gläsgen Wein darzu. Als aber die im Zimmer hangende Uhr die Mitternachtsstunde anzeigete, zindete er das Nachtlicht an und war eben im Begriff, die beiden brennenden Wachslichter auszulöschen.

Indem eröffneten sich auf einer Seite die Tapeten, und es trat eine Person in einen langen rosenfarbenen Schlafrocke durch dieselben ins Zimmer hinein, sie hatte einen saubern Hauptschmuck auf u. ihr Gesichte war sehr wohlgebildet.

Elbenstein erschrak, daß ihm alle Glieder zitterten, und zwar noch weit ärger als in Ariqua bei der Baronne von K. Das Frauenzimmer bemerkte sein Erschrecken, machte ihm derowegen mit einer verliebten und angenehmen Miene ein höfliches Kompliment und sagte: »Erschrecken Sie nicht, mein Herr! ich bin kein Gespenst, sondern eine Person, die Fleisch und Beine hat, wie Sie sehen und fühlen können.« Indem sie dieses redete, schlug sie den Schlafrock voneinander und zeigte ihren ganzen bloßen Leib ohne Hembde, welcher sehr zart und weiß schien, auch mit ein paar wohlproportionierten harten Liebesäpfeln versehen war. Da aber Elbenstein noch immer als ein steinern Bild stund und weder redete noch sich bewegte, trat das Frauenzimmer näher, ergriff ihn bei der Hand und sagte: »Kommen Sie, mein Herr! setzen Sie sich zu mir an diesen Konfekttisch und trinken mir ein Glas Wein zu.« Elbenstein sahe sich also gezwungen niederzusitzen. Das Frauenzimmer sahe ihn beständig mit verliebten Augen und Gebärden an, entblößete auch, da er noch gar nicht reden wollte, zum öftern nicht nur die Brust, sondern auch den ganzen Leib, ja sie wollte ihn endlich gar embrassieren und küssen. Allein er hielt sie davon mit einer höflichen Manier zurück, öffnete auch endlich seinen Mund und fing dieses an zu reden. »Ich kann gar nicht begreifen, wie das Schicksal in diesem Hause oder Schlosse, was es sein mag, so wunderbar mit mir spielet. Allein, schöne Dame, ich will Ihnen im voraus sagen, daß ich zu einer unglückseligen Stunde empfangen und geboren bin, denn die Natur hat mich schon im Mutterleibe derjenigen Werkzeuge beraubt, mit welchem andere Mannespersonen dem Frauenzimmer vollkommene Satisfaktion geben können. Über dieses sollte auch wohl der allerwollüstigste Kavalier, wenn er sich in meinen jetzigen Umständen befände, hierzu incapable sein. Darum bitte ich Sie, schönste Dame, mir nicht ungütig zu nehmen, daß ich Ihren Liebesappetit nicht stillen kann.«

»Die erstere Entschuldigung«, sagte das Frauenzimmer, »kömmt mir als ein Märlein vor, weil Ihr mir jederzeit mehr als zu vigoreux vorgekommen, und die andere wird von sich selbst hinwegfallen, wenn wir erstlich im Bette beieinander warm geworden sind. Eben dieserwegen bin ich zu Euch gekommen, Euch Eures bishero ausgestandenen Mißvergnügens vergessend zu machen, denn ich glaube sicherlich, daß auch die köstlichsten Traktamenten nicht vermögend sind, einen jungen Kavalier zu vergnügen, wenn er keine Liebesarbeit darbei verrichten darf. Bin ich denn etwa gar so häßlich, daß Ihr mich nicht lieben wollet? Ich versichre Euch, daß Ihr meinetwegen keine Gefahr zu besorgen habt, denn ich bin ein lediges Frauenzimmer, die ihren Leib noch niemanden preisgegeben hat, aber in Euch, mein Herr! habe ich mich sterblich verliebt, sobald ich Euch vor wenig Monaten zum ersten Male gesehen habe. Fürchtet Ihr Euch etwa vor dem alten Herrn, der vorhin bei Euch gewesen ist? Das habt Ihr nicht Ursach, ziehet an dem Glöcklein und lasset ihn durch einen Bedienten heraufrufen. Er wird gleich da sein und uns die Erlaubnis geben, daß wir beisammen schlafen dürfen, denn er weiß, daß ich Euch inniglich liebe, und nicht allein dieserwegen, sondern auch, weil er Befehl hat, auf das ausgestandene Schrecken Euch alles nur ersinnliche Vergnügen in dieser Eurer Einsamkeit zu machen, so siehet er es von Herzen gern, wenn ich Euch des Nachts einen vergnügten Zeitvertreib mache. Lasset ihn rufen, fraget ihn selbst, damit wir uns desto freier und sicherer miteinander ergötzen können.« Unter diesen letztern Worten schenkte sie ein Glas Wein ein und trunk es auf Elbensteins Gesundheit aus, und dieser tät dergleichen. Da er ihr aber auf ihre Reden gar keine Antwort geben wollte, sagte sie: »Wie, mein Engel! habt Ihr denn ein Herz von Stein und wollet meinen Leib verschmähen? Sehet mich doch nur erstlich noch einmal recht an, befühlet mich und sagt hernach, was vor einen Tadel Ihr an mir findet.«

Es war wohl an dem, daß der alte Adam bei Elbensteinen aufwachte, jedoch er war so glücklich, denselben zu unterdrücken, entweder weil es ihm ein Ernst, die Lüste des Fleisches nicht mehr auszuüben oder weil er sich wegen der ausgestandenen Todesangst noch nicht wollüstig genug befand oder, welches fast am meisten zu glauben, weil er befürchtete, man möchte ihm eine neue Fallbrücke zubereitet haben. Derowegen gab er dem Frauenzimmer zur Antwort: »Vortreffliches Geschöpf! ich glaube schwerlich, daß ein schönerer Körper kann gefunden werden als der Ihrige, denn Sie sind ein rechtes Meisterstück der Natur, ich Elender habe aber die größte Ursache, bei solchen Umständen mich über die Grausamkeit der Natur zu beschweren, daß sie mir nicht auch dasjenige mitgeteilet, was sie doch dem allergeringsten Baurenknechte gegeben. Schönster Engel! Ich wollte ja gern, aber ich kann ja nicht! Derowegen quälen Sie mich doch nicht!« »Ei!« sagte das Frauenzimmer, nachdem sie noch ein Glas Wein ausgetrunken hatte, »es mag denn sein, wie es sei, ich liebe doch Eure Person, kommet nur mit mir ins Bette, damit ich das Vergnügen habe, Euch zu umarmen und zu küssen, wenn mir gleich der völlige Genuß Eurer Liebe versagt wird.« »Dieses wäre«, versetzte Elbenstein, »eine vollkommene Tortur vor mich, bedenken Sie es selbst, liebenswürdige Dame! Bei einem solchen schönen Bilde zu liegen und sich mit demselben nicht divertieren zu können, würde mir dieses nicht 1000 Seufzer auspressen? Was wäre Ihnen also mit meiner Qual gedienet? Derowegen sein Sie so gütig, begeben sich in Ihrem Zimmer zur Ruhe, weil ich sicher glaube, daß tausend qualifiziertere Kavaliers, als ich bin, sich mein heutiges Glück in diesem Stücke wünschen möchten, es also Ihnen, werteste Dame! am Liebesvergnügen nicht ermangeln kann, ich aber muß mein Unglück beklagen.« »Nein!« sagte sie, »ich muß bei Euch im Bette liegen, kommet nur!« Hiermit fuhr sie vom Stuhle auf, ließ ihren Schlafrock fallen, stund also nackend und bloß vor Elbensteins Augen, welcher jedoch seinen Arm auf den Tisch stützte und die Hand vor die Augen hielt. »Ach, Ihr schämet Euch zu sehr, mein Herr!« ließ sich die Verführerin vernehmen, »kommet nur ins Bette und ziehet die Gardinen zu.« Hiermit nahm sie ihren Schlafrock, legte denselben auf einen Stuhl vors Bette, sie aber stieg ganz gemächlich hinein und legte sich zurechte in Meinung, daß Elbenstein nachfolgen würde. Allein dieser, welcher den Streich als eine der stärksten Versuchungen des Satans ansahe, nahm die Bibel zur Hand und schlug darinnen etliche Psalmen auf, welche sich auf seinen Zustand wohl applizierten. Etwa eine Viertelstunde hatte das Frauenzimmer gelegen, als sie rufte: »Wollet Ihr noch nicht kommen, mein Engel! habt Ihr noch nicht ausgebetet? Ihr seid ja doch kein Geistlicher? und o wieviel 1000 geistliche Herrn sollten ihr Gebet wer weiß wie lange unterlassen, wenn sie so gute Gelegenheit zu Pflegung der Liebe hätten.«

»Lassen Sie mich nur immer beten« replizierte Elbenstein, »schlafen Sie ruhig und gönnen mir die Ehre, daß ich Sie bewache.« »O Unbarmherziger!« rief die Dame, »ist's möglich, daß Ihr so grausam sein könnet, mir nicht einmal das Vergnügen zu gönnen und in meinen Armen zu schlafen?« »Zürnen Sie nicht mit mir, Schönste«, sagte Elbenstein, »sondern mit der unbarmherzigen Natur, die mich untüchtig zum Liebeswerke gemacht hat.« Hierzu schwieg das Frauenzimmer stille und fing an zu schnüben, so daß Elbenstein nicht wußte, ob es ein würklicher oder verstellter Schlaf bei ihr war. Er aber blieb auf seinen Stuhle sitzen und lase in der Bibel, bis der Tag anbrach, da denn das Frauenzimmer abermals nackend aus dem Bette heraussprunge, etlichemal auf und ab spazierete, endlich vor ihn trat und sagte: »Wollet Ihr mich noch nicht lieben?« »Ich wollte wohl«, gab Elbenstein darauf, »wenn ich nur könnte.« Sie sprach: »So küsset mich doch wenigstens nur einmal.«

»Ich habe es«, erwiderte Elbenstein, »nicht allein verredet, zeit meines Lebens kein Frauenzimmer zu küssen, weilen es doch mir und ihr zu nichts helfen kann, sondern ich will auch in diesem Stücke meine Keuschheit bewahren.« »O du Keuschheit über alle Keuschheit!« sagte die Coquette, warf damit ihren Schlafrock über sich, machte ihm ein Kompliment und retirierte sich durch die hinter den Tapeten befindliche Tür in ein ander Zimmer.

Der sehr ermüdete Elbenstein dankte dem Himmel, daß er ihm diese sehr starke satanische Versuchung so ritterlich überwinden helfen, weiln er aber Bedenken trug, sich in das Bette einzuscharren, wo diese Geile gelegen hatte, als legte er sich nur ohnausgezogen im Schlafrocke auf die Oberdecke und schlief einige Stunden.

Kurz vor der Mittagsmahlzeit kam der Alte und fragte, wie er sich befände und ob er etwas Außerordentliches verlangte. Elbenstein gab zur Antwort: »Nichts anders möchte ich verlangen und wünschen als meine Freiheit, zu meinem Fürsten zu reisen, um demselben zu zeigen, daß ich kein ehrvergessener Deserteur sei.« »Da wird schon bald Rat darzu werden«, sagte der Alte mit sehr freundlichen Gebärden, »Sie sollen sich nur erstlich wieder ausfüttern und Ihres Kummers vergessen, damit Sie desto fröhlicher von uns Abschied nehmen können, denn alles, was geschehen, ist mir selbsten zum größten Leidwesen geschehen. Aber, a propos«, fuhr der Alte im Reden fort, »mein Herr! warum sind Sie denn so grausam ekel gewesen und haben das artige Frauenzimmer verschmähet, welches ich gestern abend zu Ihnen kommen lassen? Ich kann Ihnen bei meiner Ehre versichern, daß es keine gemeine Canaille, sondern ein Kind von vornehmen Eltern ist. Sie hat sich schon vor einiger Zeit in Sie verliebt gehabt und mir ihre heftige Liebe anvertrauet, weiln mir nun von meiner Herrschaft anbefohlen worden, Ihnen, mein Herr, alles erdenkliche Vergnügen in Ihrer Einsamkeit zu machen, so vermeinete ich, mit einem wohlgebildeten Frauenzimmer meine Sache hauptsächlich wohl gemacht zu haben, muß aber von ihr vernehmen, daß sie sehr kaltsinnig von Ihnen traktiert worden. Ei! gebrauchen Sie sich doch der Gelegenheit, solange Sie noch hier sind, sie soll alle Nacht bei Ihnen bleiben, und haben Sie sich dieserwegen nicht der geringsten Verantwortung zu besorgen, es wird sich auch niemand darüber aufhalten, denn es weiß niemand etwas davon als ich ganz allein.«

»Um Gottes willen, mein Herr!« widerredete Elbenstein, »verschonen Sie mich mit dergleichen Liebespossen, denn sie sind ganz und gar wider mein Naturell, ein gutes Buch kann mir die Zeit besser passieren als das schönste Frauenzimmer, jedoch habe ich allen geziemenden Respekt vor dieses schöne Geschlechte.« »Erlauben Sie denn, daß dieses artige Kind«, sagte der alte verzweifelte Fuchs, »diesen Mittag mit Ihnen speisen darf, damit Sie ihr wohlgebildetes Gesichte recht bei Tage sehen, vielleicht gefällt es Ihnen besser als bei Lichte.«

»Ich habe hier nichts zu befehlen oder Erlaubnis zu erteilen«, versetzte Elbenstein, »sondern habe, wie mein Herr selbsten wissen, mit mir umgehen lassen, als man nur immer gewollt.« »Ei!« sagte der alte Schalk, »die bösen Zeiten sind vorbei, nunmehro müssen Sie sich erstlich wieder etwas zugute tun, ehe Sie von uns reisen. Sorgen Sie vor nichts weiter und schlagen allen Kummer aus dem Sinne.« Hiermit wünschte ihm der Alte gesegnete Mahlzeit und ging seiner Wege. Bald hernach wurden die Speisen durch die Stummen aufgetragen, und eben da sich Elbenstein zu Tische setzen wollte, öffneten sich die Tapeten abermals, durch welche die gestrige la bella Catharina ins Zimmer getreten kam, einen Reverenz à la mode machte und ganz freimütig fragte, ob sie sich bei ihm zu Gaste bitten dürfte. Elbenstein replizierte, wie er sich eine besondere Ehre daraus machte, mit einem schönen Frauenzimmer zu speisen, präsentierte ihr derowegen einen Stuhl und setzte sich gegen sie über, legte ihr auch von allen Gerichten die niedlichsten Bissen vor. Sie charmierte entsetzlich, und Elbenstein fühlete zu verschiedenen Malen den Pfahl, welcher ihn im Fleische stak, doch nahm er sich ernstlich vor, seinen Affekten einen Zaum und Gebiß ins Maul zu legen und sich mit diesem Satansengel im geringsten nicht in Unzucht einzulassen. Unterdessen, da sie so raffiniert war, nicht das geringste von Liebessachen, viel weniger von der Passage der verwichenen Nacht zu erwähnen, sondern nur verschiedene curiöse und lustige Geschichte zu erzählen, so war es Elbensteinen so gar allzusehr nicht zuwider, daß er doch jemanden hatte, mit dem er sprechen konnte, denn mit den Stummen konnte er nichts diskurieren, und den Alten sahe er allezeit lieber gehen als kommen.

Nach der Mahlzeit holte diese Sirene eine Gitarre und spielete sehr künstlich darauf, sunge auch über zwei Stunden lang viele Arien drein, indem sie eine rühmenswürdige Stimme hatte. Hierüber empfand Elbenstein einiges Vergnügen, ja er fing fast an zu wünschen, daß er mit diesem artigen Bilde nicht in einem Käfig eingeschlossen, sondern an einem etwas freiern Orte sein möchte. Jedoch wenn er an die Ketten, Brandmale und endlich an das Henkersschwert gedachte, verging ihm aller Appetit zum Liebesspiele, weswegen er auch nach wenigen fröhlichen Blicken sogleich wieder in eine Tiefsinnigkeit verfiel.

Nachdem sich nun endlich das Frauenzimmer müde musiziert, langete sie ein Brettspiel herbei und nötigte Elbensteinen, die Dame mit ihr zu ziehen. Sie spielete dieses sinnreiche Spiel sehr wohl, und Elbenstein, der es sonsten auch gut spielete, hatte viel zu schaffen, ihr dann und wann ein Spiel abzugewinnen. Sie trunken Koffee darbei und spieleten also, bis die Abendmahlzeit aufgetragen wurde, da sie denn abermals miteinander speiseten und von lauter indifferenten Sachen diskutierten, worbei Elbenstein bemerkte, daß sie als ein Frauenzimmer einen sehr guten natürlichen Verstand hatte. Gleich nach der Mahlzeit machte sie ihm stillschweigend ein Kompliment und retirierte sich. Elbenstein war sehr froh, daß sie nur Abschied nahm und nicht wie gestern von Liebespossen zu reden anfing. Er setzte sich demnach wieder vor sein Buch und war gesonnen, nur noch etwa das Ende einer gewissen Geschicht darinnen auszulesen, hernach sich beizeiten zur Ruhe zu legen, allein kaum hatte er die Stummen fortgeschickt, da der Irrgeist im rosenfarbenen Schlafrocke wieder kam und eben eine solche Komödie spielete wie die gestrige Nacht. Sie wendete alle Bewegungsmittel an, ihn zu sich ins Bette zu kriegen, allein er behielt auch in diesem Kampfe den Sieg, und sie mußte ihm bei anbrechenden Tage die Walstatt lassen, weiln er seine Feinde, die Lüste und Begierde, glücklich aus dem Felde geschlagen.

Am dritten Tage setzte sie ihm noch schärfer zu als vorhero und sonderlich des Nachts, bald fiel sie ganz nackend vor ihm auf die Knie, bald weinete sie, und ihr einziges Bitten war dieses, daß er sich nur eine einzige Viertelstunde an ihre Seite legen und sie küssen möchte, ob er gleich sonsten nichts bewerkstelligen könnte. Dieser satanische Hauptsturm währete bis zu Anbruch des Tages, indem sie bald ins Bette hinein, bald wieder heraus sprang und Elbensteinen, der zwar die Augen immer auf sein Buch gerichtet hatte, jedoch nicht wußte, was er lase, beständig pombardierte und quälete. Allein, auch diesen Hauptsturm schlug er glücklich ab. Die Unverschämte hing demnach ihren Rock wieder über, sagte weiter nichts als: »Addio, du Barbar! nun komme ich dir nicht wieder!«, und verschwand hinter den Tapeten.

Kaum war sie hinweg, als Elbenstein seine Hände gen Himmel aufhub und Gott inbrünstig anrief, doch nicht zuzugeben, daß dieses lasterhafte Weibsbild noch einmal wieder vor seine Augen kommen möchte. Er dankte dabei dem Höchsten, daß er ihm sattsame Kraft und

Stärke verliehen, diesen so oft wiederholten satanischen Versuchungen zu widerstehen, bat um Vergebung wegen der dann und wann aufgestiegenen wolllüstigen Gedanken und bat um fernern kräftigen Schutz und Hülfe. Hierauf legte er sich mit ganz getrosten Herzen aufs Bette und schlief abermals, bis er schon die Sonne im Zimmer sahe.

Folgendes Tages wurde er weder von dem Alten noch von jemand anders inkommodieret, von den Stummen aber mit allen, was er nur verlangen mögen, vollkommen wohl bedienet, hierbei nun hatte er gute Muße zu lesen und kam in dem großen Historienbuche sehr weit. Abends aber kam der Alte etwa zwei Stunden vor Mitternacht jählings in sein Zimmer getreten und sagte: »Mein Herr! kommen Sie doch geschwind mit mir, es will Sie jemand sprechen.« Elbenstein erschrak und gedachte bei sich selbst: ›Nun, was wird dieses vor ein neuer Sturm sein?‹, stund aber auf und folgte dem Alten, welcher ihn quer über den Saal hinüber bis an die Tür eines Vorgemachs führete, selbige eröffnete und sagte: »Nun mein Herr! gehen Sie gerade fort auf die Tür zu, welche Ihnen entgegenstößet, eröffnen Sie selbige nur ohne Bedenken und treten in das Zimmer hinein.« Elbenstein ging etliche Schritte fort, blieb sodann eine lange Weile stehen und wußte selbst nicht, wie wunderlich ihm zumute war, noch was er tun sollte. Jedoch endlich besann er sich und bedachte, weil er doch einmal in frembder Leute Gewalt wäre, müsse er Gehorsam leisten, es käme nun, wie es wolle, mehr könnte es ihm doch nicht kosten als das Leben. Demnach schritt er weiter fort, eröffnete die Tür ohne Anpochen, trat hinein und zohe dieselbe hinter sich zu, welche denn von selbsten abschloß. Aber, o Himmel! wie wurde ihm zumute, als er oben am Tische ein masquiertes Frauenzimmer sitzen sahe, und zwar in eben dem Habit und von eben der Taille, als zu Ariqua in der Margarethen Hause in der zweiten Nacht erschienen war. Er war ganz außer sich selbst, stund als ein steinern Bild, vergaß dabei auch sogar, der Dame ein Kompliment zu machen, und blieb im Zweifel, ob es die würkliche damalige masquierte Dame oder das Frauenzimmer wäre, welche ihn nunmehro drei Nächte daher so gewaltig vexieret hatte. Endlich, da die Dame nur die wenigen Worte sprach: »Tretet doch näher her, mein Herr!«, bemerkte er gleich an der Sprache, daß es nicht die gestrige, sondern die ariquanische wäre. Er machte demnach, da er zugleich seine Mütze abnahm, einen tiefen Reverenz, ging näher hinzu, blieb etwa drei Schritte vor der Masque stehen, machte einen nochmaligen Reverenz und bemerkte nunmehro erst, daß die Dame einen entblößten Dolch in der Hand hatte.

›Nunmehro‹, gedachte Elbenstein, ›wird dir dein letztes Brot gebacken sein.‹ Die Masque aber fragte: »Kennet Ihr mich?« »Wie ist's möglich, daß ich eine masquierte Person kennen kann?« war Elbensteins Gegenfrage. »Habt Ihr mich«, sprach die Masque weiter, »in diesem Habit und in dieser Masque sonst nirgends als jetzo allhier gesehen?« »Meines Wissens nicht«, gab dieser zur Antwort. »Auch nicht zu Ariqua in der Margaretha Behausung?« so fragte sie weiter. Elbenstein antwortete mit »Nein!« Hierauf fing sie folgenden Sermon an: »Verwegener Verräter, es mag endlich gut genug sein, daß du etliche Tage her ohngeacht aller dir angetanen Marter allhier in diesem Hause nichts bekennen wollen, allein warum hast du diese Tugend in deiner vollen Freiheit nicht beobachtet, da dich niemand um unser Liebesgeheimnis befragt hat, du aber dennoch alles ausgeplaudert und mich dergestalt abgemalet hast, daß mich auch in der Masque jedermann erkennen können? Ist das der Dank, du Verräter! vor meine getreue Liebe, von welcher ich dir alle ersinnliche Proben gegeben und dir zugeschworen, daß ich dergleichen zärtliche Regungen noch niemals gegen eine Mannesperson empfunden als gegen dich allein. Dieser Dolch soll dir voritzo den Lohn geben vor deine Verräterei, Falschheit und Bosheit, sage nur selbst, ob du nicht einen weit schmähligern Tod verdienet hast?«

Hier hielt sie etwas inne und wollte Elbensteinen erstlich zur Antwort kommen lassen, welcher sich zu ihren Füßen warf und in größter Gelassenheit also redete:

»Wenn mich Verleumbder und falsche Zungen aus Dero Gunst und Gnade, ja aus Dero Herzen gerissen, bin ich meines Lebens ohnedem überdrüssig, der Tod kann mir auch niemals süßer und angenehmer sein, als wenn ich denselben von Dero schönen Händen empfange, welche ich seithero in Gedanken täglich 1000mal geküsset. Kann ich aber eines einzigen verräterischen Wortes überführet und überzeugt werden, daß ich meinen Schwur wegen der Verschwiegenheit nur mit einem einzigen Worte gebrochen, so schätze ich mich eines solchen süßen Todes unwürdig und spreche mir auf den Fall mein Urteil selbst, daß mir nehmlich die Zunge aus dem Halse gerissen, ein Glied nach dem andern mit glühenden Zangen abgeknippen und mein Körper geviertelt werden sollte.«

Die Masque fiel ihm ins Wort und sagte: »Habe eine kleine Gedult, ich will dir alsobald Zeugen heraufrufen, die dich überführen sollen. Vorhero aber sage mir noch, wie du so leichtsinnig und unerkenntlich sein können, mein Bitten nicht stattfinden zu lassen und mich in Padua zu besuchen, da es doch in der letzten Nacht meine letzte Bitte war und ich dir alle Gelegenheit angewiesen. Allein die venetianischen Canaillen haben dir im Kopfe gesteckt, die dir vielleicht besser gefallen als ich, und auch auf den Rückwege hast du in Padua nicht einmal nach mir gefragt, vielmehr die unbedachsamsten Reden im Gasthofe von einem masquierten Frauenzimmer, worunter du mich gemeinet, geführet. Verantworte dich, ungetreuer Verräter.«

Elbenstein gab ganz sanftmütig zur Antwort: »Auf meiner Reise nach Venedig habe ich mich an dem bestimmten Orte eingefunden, es ist auch ein gewisser Mensch zu mir gekommen, welcher mir Nachricht gegeben, daß die Dame, welche mich zu sprechen verlangte, erstlich nach zehn Tagen daselbst eintreffen würde; weiln ich nun in meines Fürsten nötigen Verrichtungen verschickt, war mir ohnmöglich, dieselben zu verabsäumen und so viele Tage in Padua stille zu liegen, vielmehr vermeinte ich binnen der Zeit wieder in Padua zurücke zu sein. Habe ich«, redete er weiter, »in Venedig ein Frauenzimmer berühret, so nehme der Himmel heute und nimmermehr meine Seele zu Gnaden an. Auf der Rückreise, da ich wieder nach Padua gekommen, bin ich die ganze Zeit in den größten Ängsten gewesen wegen der vielen Gelder meines Fürsten, die ich unter meiner Aufsicht hatte. Ihnen wird selbst bewußt sein, wie es in Padua zuzugehen pfleget. Wäre nun nur etwas oder alles weggekommen, so hätte ich ja zum Schelme werden müssen, so aber bin ich nicht vom Platze gekommen, habe auch fast die ganze Zeit über kein Auge zugetan. Ach leider! daß ich vor dieses Mal die Ehre meinem vollkommenen Vergnügen vorziehen müssen. Was das Geschwätz von der Masque anbelanget, so rief mich ein paduanischer Kavalier ans Fenster und sagte zu mir: ›Mein Herr! ich bitte Sie um aller Heiligen willen! betrachten Sie einmal das schändliche Gesichte, so daherspaziert kömmt.‹ Ich mußte über seine Reden lachen und bekannte selbst, daß ich fast in meinem ganzen Leben kein Frauenzimmer mit einem häßlichern Gesichte gesehen hätte, worbei ich aus Scherz sagte: ›Wenn dieses Frauenzimmer auf das instehende Karneval nach Venedig reisen will, darf sie nur andere Kleider, aber keine Masque mitnehmen, denn ihr Gesichte siehet ohnedem einer Masque ähnlicher als einem ordentlichen Gesichte.‹ Dieses ist es alles«, beschloß Elbenstein seine Rede, »was ich gesündiget habe.«

»Es ist noch nicht alles«, erwiderte die Dame. »Steh auf! Ungetreuer! und setze dich in jenen Stuhl.« Elbenstein sprach: »Da ich sterben soll, bitte ich mir noch die einzige Gnade aus, daß ich zu Dero Füßen sterben darf.« Sie: »Steh auf! sage ich, und setze dich in jenen Stuhl.« »Nein, ich bitte«, sagte Elbenstein, »daß mein Blut zum Angedenken meiner Treue und Liebe an Dero Kleider spritzen möge.« »Steh auf!« sagte sie zum dritten Male, »und setze dich auf jenen Stuhl, sonsten wird augenblücklich Mannschaft da sein.« Indem sie nun dieses mit einer ganz veränderten wunderlichen Stimme vorbrachte, hielt Elbenstein vors ratsamste, Gehorsam zu leisten, er stund demnach auf und setzte sich jenseit des Tisches in einen Lehnestuhl. Die Dame stund gleichfalls auf, ließ ihren goldbrokatenen Oberschlafrock fallen und stund da in einem weißen atlassenen Nachtkleide, behielt aber den Dolch beständig in der Hand, weswegen Elbenstein nicht anders vermeinete, als daß sie sich's nur deswegen kommode machte, ihm den letzten Stoß desto nachdrücklicher beizubringen. Er wandte demnach seine Augen nach dem Boden, faltete die Hände und betete einige Sterbegebete, die er noch im frischen Gedächtnis hatte. Ehe er sich's aber versahe, warf sich die Dame, welche ihre Masque abgelegt hatte und sich ihm in bloßen Angesichte zeigte, zu seinen Füßen und redete ihn also an: »O teure allergetreuste Seele, es wird zwar wohl das erstemal in deinem Leben sein, daß sich eine geborne Prinzessin zu deinen Füßen wirft, allein die Schuldigkeit befiehlt es, weil mich das Verhängnis nunmehro zu deiner Sklavin gemacht hat. Nicht du, sondern ich bin des Todes schuldig, nimm hin diesen Dolch und durchbohre meine tyrannische Brust.« Unter welchen Worten sie Elbenstein den Dolch über seine gefalteten Hände legte und ihre ganze Brust entblößete. Elbenstein aber saß als ein steinern Bild und wußte fast gar nicht, wie ihm geschahe. »Ich, ich bin die Furie gewesen, die dich teils aus Eifersucht, teils aus allzu heftigen Liebsbegierden so grausam hat martern lassen. Räche deinen Hohn an mir, denn ich habe es verdienet, und ob ich gleich seit unserer zweiten Zusammenkunft in Ariqua mich von dir schwanger befinde, so ist doch mein Leib nicht einmal würdig, diese Frucht zu tragen, weil ich mit deren Vater so grausam und unbarmherzig umgegangen bin. Einen einzigen Kuß von deinen Lippen vergönne mir noch zum Labsal mit ins Reich der Toten zu nehmen, hernach durchstich mein barbarisches Herze.«

Elbenstein hatte kaum noch soviel Vernunft, daß er den Dolch auf ein in der andern Ecke stehendes Faulbette schleuderte und die Dame, welche ihren Mund nach dem seinigen erhub, umarmete und küssete. Als ihm aber ihre Gesichtsbildung, welche ein Ausbund aller Schönheiten war, nur auf wenige Blicke in die Augen gefallen und er das in ihrer allerschönsten Brust verschlossene bange Herze auf seiner Brust klopfend fühlete, wurde er auf einmal plötzlich dergestalt weichherzig, daß er Kopf und Arme zurücke sinken ließ und in eine würkliche Ohnmacht verfiel, welche doch von keiner langen Daure war, indem ihm die Dame zum öftern ein Salvolatile vor die Nase hielt und unablässig küssete, welches letztere Cordial vor dieses Mal wohl die beste Operation tun mochte. Sie hatte ihren Arm um seinen Hals geschlagen, bald hielt sie ihm das Sal vor, bald küssete sie seinen Mund, Wangen und Augen, bis endlich Elbenstein seine Augen wieder eröffnete, da er denn mit schwacher Stimme sprach: »Nun lassen Sie mich sterben, meine Göttin! Es geschieht mit Freuden und Vergnügen, weil ich mich wieder in Dero Gnade aufgenommen sehe; wie könnte es möglich sein, daß ich jemals einen sanftern und süßern Tod zu gewarten hätte.« »Stirbst du, meine andere Seele!« sagte die Dame, »so überlebe ich dich keine Minute, sondern stoße mir doch selbst einen Dolch in die Brust.« Indem sie dieses redete, benetzte sie Elbensteins Wangen mit ihren heißen Tränen, woraus dieser endlich ihre vollkommene Liebe und die Bereuung des Vergangenen schloß, weswegen denn in seinen Herzen alle angetane Marter auf einmal vergeben und sozusagen fast ganz vergessen war. »Ich lebe«, sagte Elbenstein, indem er sie auf seinen Schoß nahm, »solange mich meine Göttin leben läßt, und sterbe ohne Murren, sobald sie es befiehlt.« »Nein, mein Kind«, versetzte sie, »laß uns alle beide leben und uns vollkommen vergnügen, wir haben gute Zeit darzu, denn mein alter Gemahl, welcher sich einbildet, daß ich von ihm schwanger sei, hat eine Tour nach Spanien getan, wird auch binnen Jahr und Tag schwerlich zurückkommen. Bei deinem Fürsten aber habe ich durch die dritte Hand wegen deiner Renommée alles wohl veranstaltet; derowegen du vor nichts besorgt sein darfst, denn alle deine Sachen hat er wohl verwahren lassen und wartet auf deine Wiederkunft, allein er kann immer noch ein wenig warten; unterdessen soll dir, mein Leben! aller Schade von mir vielfältig ersetzt werden.« »Ach!« sagte Elbenstein, »Sie sind gar zu gnädig, ich bin mit dem Vergnügen zufrieden, und wer so glücklich ist als ich, kann immerhin alles im Stich lassen und sich zum Lande hinaus betteln.« »Ach du kleiner Schmeichler!« sagte die Dame, indem sie ihm zugleich einen derben Kuß gab, »komm und folge mir in das Nebenzimmer, daß wir ein Glas Wein und einige andere Stärkungen zu uns nehmen können.« Elbenstein folgte ihr nach noch vielen gegebenen Küssen in das Nebenzimmer, das nicht halb so groß als dieses war und worinnen ein Traisoir mit Wein und Konfekt stund. Es war dasselbe mit so vielen Wachslichtern erleuchtet, daß es so helle als am Tage darinnen war, weswegen er desto füglicher die verwunderungswürdige Gesichtsbildung der Dame betrachten konnte, worbei er in seinen eigenen Herzen bekennen mußte, daß er noch niemals dergleichen Wunderbild in natura, wohl aber als Kunststücke der Maler gesehen.

Er konnte seine Augen fast nicht davon hinwegbringen, denn es wurde nichts gesprochen, weil beide die Mäuler voll hatten, endlich aber kam die Dame zu ihm, fiel ihm um den Hals und sagte: »Mein Leben! du bist in Wahrheit noch böse auf mich, weil du kein Auge von mir verwendest und doch so ernsthaft darzu aussiehest.« »Diese Ernsthaftigkeit«, gab Elbenstein zur Antwort, »welche ich etwa in tiefen Gedanken angenommen, stammet in Wahrheit von keiner Bosheit, sondern von einer besondern Verwunderung her.« »Worüber verwunderst du dich denn, mein Liebster?« sagte die Dame; worauf Elbenstein antwortete: »Über nichts mehr als über Dero unvergleichlich schöne Gesichtsbildung, dergleichen mir wahrhaftig zeit meines Lebens noch niemals vor die Augen gekommen ist.« »Sage ich's nicht«, widerredete die Dame, »daß du ein kleiner Schmeichler und Herzensdieb bist, aber mir hat doch auch zeitlebens kein Gesicht besser gefallen als das deinige.« Weil sie nun eben nach Aussprechung dieser Worte eine kleine Makrone in den Mund steckte, bat sich Elbenstein dieselbe aus ihrem Munde in seinen Mund aus, worinnen sie ihm zwar willfahrete, jedoch dieselbe augenblicklich wieder auf die Art zurückforderte, mit dem Versprechen, ihm sodann noch mehr zu geben. Es passierte also eine artige Fresserei, und mit dem Weine ging es eben nicht anders zu, indem immer eins ums andere dem andern ein Maul voll gab, bis sie sich alle beide fast begeistert hatten.

Oh! was vor ein törichtes Ding ist es doch um die Liebe!

Die Dame stund endlich auf und ging etwas spazieren im Zimmer herum, weswegen Elbenstein aus Complaisance auch aufstund und neben ihr her spazierte, allein es währete nicht lange, so wurde sie des Spazierens wieder überd[r]üssig und nötigte ihn, sich bei ihr auf ein Faulbettgen niederzulassen. Er gehorsamete, und da ging das Herzen und Küssen von frischen an, weiln auch das weiße atlassene Kleid so frevel war, sich vorne von selbsten zu eröffnen und das Brustpositiv bloß zu stellen, als konnte Elbenstein ohnmöglich unterlassen, selbiges zu bespielen und zu küssen, hernach aber eine tiefere und gründlichere Untersuchung anzustellen, weswegen die Dame zurücksank und ihm ein kleines Präludium spielen ließ, hernach aber sagte: »Mein Erzengel! ich bitte mir ein bequemeres Lager und nur ein einziges Hauptkareßgen aus, weiln wegen des bisherigen Chagrins ein mehreres unserer Gesundheit nicht zuträglich sein möchte, indem wir alle beide entkräftet sind.« Elbenstein half ihr zu einem bequemern Lager, allein es blieb bei dem einzigen Hauptkareßgen nicht, sondern es wurde mit beider Bewilligung ein zwiefaches Dakapo daraus; worauf die Dame sprach: »Mein Engel! auf dieses Mal bin ich vollkommen vergnügt, auch sehr müde, morgen mittags wirst du mit mir speisen, nachhero werden wir noch viel miteinander zu sprechen haben. Voritzo aber, weil es ohnedem bald Tag sein wird, nimm ein Licht und begib dich wieder nach deinem Zimmer.« Elbenstein war sogleich bereit zu gehorsamen, allein er mußte dennoch vorhero noch etliche 100 Küsse zollen, und endlich wurde auf beiden Seiten geruhige Nacht gewünschet. Sie blieb auf dem Ruhebette liegen, er aber begab sich des vorigen Weges zurück in sein Zimmer, ohne einigen Menschen unterwegs zu sehen. Weil er nun daselbst alles, was er brauchte, parat fand, als hielt er vor unnötig, die Klingel zu rühren, sondern zohe sich bald aus und begab sich zu Bette.

Er betete zwar sein Abendgebet, allein sehr verwirrt, denn es fielen ihm immer die Fragen ein: Hältest du noch fest an deiner Frömmigkeit? Ist das deine Buße und deine Bekehrung, oder wälzet sich die Sau nach der Schwemme wieder in den Kot, und frisset der Hund wieder, was er gespeiet hat? Rennest du nicht den geraden Weg zum Tode und zur Höllen zu? Gehet dir's anders als dem Doktor Faust, der, als er die Fesseln des Teufels schon fast gänzlich von sich geworfen, dennoch vermittelst der schönen Helena sich selbige wiederum aufs neue anlegen ließ und endlich vom Teufel geholet wurde? Geschicht's ja nicht, daß der Teufel deinen Körper holet und zerreißt, so daß die Gedärme auf den Bäumen behangen bleiben, wird's doch wohl genung sein, wenn er deine Seele bekömmt, denn der Leib wird sodann sein Logis ohnedem nirgends anders als im höllischen Schwefelpfuhle bekommen.

Diese Gedanken waren sehr gut, allein, nachdem er darüber eingeschlafen war, machte ihm der Satan ganz andere Gaukelspiele vor, die, ob sie gleich im Manuskript umständlich beschrieben sind, man doch herzusetzen Bedenken trägt. Kurz zu sagen, Elbensteins Gottesfurcht, Buße und Bekehrung wurde zum bloßen Schattenspiele, alles ausgestandene Unglück wurde nach und nach in gänzliche Vergeßlichkeit gestellet, und es prädominierte nichts bei ihm als die Wollust. Denn frühmorgens, da er aufstund, verrichtete er zwar ein leichtes Gebet in den Wind, bekümmerte sich aber bisheriger Art nach gar nicht um die Bibel, sondern setzte sich nieder und schrieb folgende Arie aufs Papier. Ob er dieselbe selbst verfertiget oder ob er sie von Olims Zeiten her in Gedanken behalten, kann man nicht so wohl sagen, als daß er sie zu seinem besondern Troste und Aufrichtung gebraucht haben mag. Weil aber diese Arie in der wenigsten Leser Händen sein möchte, findet man vor billig, dieselbe von Wort zu Wort herzusetzen:

Mein Herze hat der Freiheit Gold verloren,
Ich muß hinfort der Liebe dienstbar sein.
Kaum da mein Mund die Dienstbarkeit verschworen,
So reißt ein Blick den schwachen Vorsatz ein.
Verhängnis, Glück und Zeit, ihr Meister aller Sachen,
Sagt, was wird endlich noch der Himmel aus mir machen?

2

Ein Fisch, der sich vom Angel losgerissen,
Eilt nicht sofort dem falschen Köder nach.
Ein Schiffmann wird den Strand zu meiden wissen,
Wo ihn zuvor sein Schiff und Mast zerbrach;
Und ich, ich Törichter! bleib an Charybdis hangen,
Da schon mein Liebesschiff der Scyllen war entgangen.

3

Doch, ach! wer kann die Hand zurücke ziehen,
Wenn Venus uns beut ihren Nektar an?
Vor Menschenwitz ist dies ein schwer Bemühen,
Weil niemand hier als Engel leben kann.
Ein Mund mag noch soviel von Zucht und Keuschheit sprechen,
Es wird ein schön Gesicht ihm bald den Vorsatz brechen.

4

Ließ Davids Hand nicht Harf und Psalter liegen,
Da Bathseba sein Herze setzt in Brand?
Und Simsons Faust verlernete zu siegen,
Als Delila ihn mit der Liebe band.
Selbst Salomonis Witz und Weisheit ging verloren,
Als ihn die Weiberlieb schrieb in die Zahl der Toren.

5

Kann Venus nun so starken Nektar schenken,
Der Helden stürz[t] und Fürsten taumeln lehrt:
Was Wunder denn, wenn sie mit Zaubertränken
Mein Herze hat auf einmal so betört.
Ich wag es noch einmal, und fehl ich denn auch heute,
So ist mein Fehler doch ein Fehler großer Leute.

O schöne Gedanken! o herrlicher Einfall! Ei vortreffliche Parodie auf die bishero mit inbrünstiger Andacht gelesenen Buß-, Bet-, Dank- und Lob-Psalmen Davids. So bellete der Hund in Elbensteins Gewissen, und er war würklich im Begriff, das Blatt, worauf er diese Arie geschrieben hatte, wieder zu zerreißen, als eben jemand an die Stubentür pochte. Da er nun dieselbe eröffnete, sahe er die zwei Stummen als seine Bedienten, welche eine ziemlich große Küste hereintrugen und ihm den in einen Brief versiegelten Schlüssel darzu einlieferten. Die Stummen gingen sogleich wieder zurück, Elbenstein aber erbrach vor allererst den Brief, worinnen der Schlüssel lag, und fand denselben also gesetzt:

Du der Meinige!

Wenn Du wohl geruhet hast, gereicht es zu meinen außerordentlichen Vergnügen. Ich habe unvergleichlich wohl geruhet, weil ich Dich, meine Seele, wiederbekommen habe, da ich bishero nur ein bloßer toter Körper gewesen bin. Ich bitte sehr, säume Dich nicht, zu mir zu kommen, weil ich einen außerordentlichen Appetit empfinde, von Dir geküsset zu werden. Ja ich schmachte recht darnach. In Ermangelung Deiner Equipage schicke ich Dir inzwischen etwas in beikommenden Kästgen. Komme nur bald zu der

Deinigen.

Leichtlich ist's zu erachten, daß Elbensteins Gemütsbewegungen eine sonderbare Menuett en quatre in seinem Kopfe und Herzen mögen getanzt haben, allein er hieß die Musikanten, welche darzu aufspieleten, schweigen, eröffnete die Kiste und fand folgende Raritäten darinnen: ein rotscharlachen Kleid, stark mit Golde, ingleichen ein blaues, mit Silber bordiert, zwei Hüte, einer mit einer goldenen, der andere mit einer silbernen Espagne und kostbaren Agraffen, zwei Dutzent Handschuh, ein Dutzent seidene Strümpfe von allerhand Co[u]leuren, zwei Dutzent baumwollene Strümpfe, sonsten auch von weißer Wäsche als Ober- [und] Unterhembden und allen andern, was ein Kavalier vonnöten hat, zwei Dutzent Stück oder Paar von jeder Sorte. Über alles dieses lag noch ein Degen darbei mit einem silbernen, stark verguldeten Gefäße und ein Stock mit einem ganz goldenen Knopfe, der mit verschiedenen Edelgesteinen besetzt war.

Solchergestalt sahe sich Elbenstein mit größten Erstaunen vollkommen, und zwar aufs allerkostbarste, equipiert, weil auch die geringsten Kleinigkeiten, so man braucht, darbei befindlich waren, als nehmlich Messer, Scheren, Spiegel, Kämme und dergleichen, und zwar alles aufs sauberste und kostbarste. Elbenstein verwunderte sich über nichts mehr, als daß ihm nicht allein alle Kleidungsstücke insgesamt, sondern auch sogar die Schuh, deren ein halb Dutzent darbeilagen, so akkurat passeten, als ob er sich das Maß darzu nehmen lassen. Nichts fehlete als Peruquen, allein selbige brauchte er nicht, weiln er ein blondes eigenes Haar trug, welches sich von Natur in zierliche Locken legte.

Als er sich nun sattsam über dieses kostbare Présent verwundert hatte, fiel ihm die erhaltene Ordre ein, weswegen er sich in größter Geschwindigkeit ankleidete, und zwar das blaue Kleid anlegte, hierauf mit Hut, Degen und Stock in dasjenige Zimmer ging, wo er abends vorhero die Dame zum ersten angetroffen. Es währete kaum drei Minuten, so kam dieselbe in einem kostbaren Putz auch hineingetreten, sie trug ein hellrotes, mit Golde durchwürktes Kleid, und an dem Haupt- und Armschmucke blitzete alles dergestalt von dem Glanze der Edelgesteine, daß einem das Gesichte hätte vergehen mögen. Allein Elbenstein gab hierauf anfänglich wenig acht, sondern seine Augen hafteten nur auf ihren unvergleichlichen Angesichte, welches er vorjetzo zum ersten Male beim Tageslichte sahe und in seinem Herzen sich nunmehro völlig überzeugt befand, daß er zeitlebens kein schöneres und wohlgebildeteres gesehen. Ja Elbenstein wäre in Wahrheit abermals als ein steinern Bild stehengeblieben, wenn nicht die Dame selbsten auf ihn zugekommen wäre, ihn umarmet und geküsset hätte. Ihre ersten Reden waren diese: »Guten Morgen, mein Leben! Ach, du wirst ohnfehlbar nicht wohl geruhet haben, weil du so verdrüßlich aussiehest.« »Nein, Ihro Durchl.«, gab Elbenstein zur Antwort, »ich finde mich im geringsten nicht verdrüßlich, sondern in einer erstaunenden Verwirrung über Dero überirdische Schönheit, indem ich sicherlich glaube, daß dergleichen in der ganzen Welt nicht mehr zu finden.« »Du schmeichelst, mein Licht!« sagte sie, »ich weiß zwar wohl, daß ich eben nicht häßlich, doch aber auch nicht die Schönste bin, inzwischen, wenn ich nur das Glück habe, deinen Augen zu gefallen, bin ich vollkommen vergnügt, zumalen wenn ich merken werde, daß du mich so herzlich liebest als ich dich. Allein ich will durchaus nicht, daß du, wenn wir alleine beisammen sind, mich Ihro Durchl. titulieren sollst, sondern nenne mich: mein Schatz! mein Kind! mein Vergnügen, oder wie es dir die Liebe sonsten eingibt.«

Elbenstein küssete ihre Hand zu vielen Malen, sagte hernach: »Meine Göttin, ich bin erstaunet über das kostbare Geschenk, welches Sie mir durch die Stummen in einer Küste überschickt, womit ...«

Indem er weiterreden wollte, drückte sie ihre zarte Hand auf seinen Mund und sagte: »Hiervon rede mir gar nichts, mein Liebster! sonsten werde ich böse. Diese Kleinigkeiten haben in Padua schon lange parat gestanden und auf dich gewartet.« Hiermit gab sie ihm etliche Küsse und fragte hernach, warum er heute zum ersten Male das rote Kleid nicht angezogen hätte, zum Zeichen, daß er sie liebte und sich darüber freuete, denn die rote Farbe wäre ja ein Zeichen der Liebe und der Freude. »Sie sind meine Göttin«, sagte Elbenstein, »und mein Himmel auf Erden, darum kam mir in die Gedanken, die himmlische Co[u]leur zuerst zu erwählen.« »Ach, du bist eine allerliebste Seele«, replizierte sie, »ja, du hast englische Einfälle; aber setze dich, mein Leben! und nimm mich eine kleine Weile auf deinen Schoß.«

Elbenstein nahm diese schöne Last mit Vergnügen auf sich, und sie hielten also unter verschiedenen verliebten Gesprächen und Kurzweilen einander über eine gute Stunde in Armen, bis in dem Nebenzimmer ein angenehmes Glockenspiel das Zeichen gab, daß die Speisen aufgetragen wären. Da denn die Dame ihren Kavalier bei der Hand nahm und ihn zur Tafel führete, welche sich, kurz zu sagen, fürstlich präsentierte; es waren aber keine andern Bedienten zugegen als eine einzige alte Matrone, welche jedoch noch ganz fein aussahe und wohl gekleidet war. Diese bediente alle beide, und die Dame scheuete sich nicht, in ihrer Gegenwart Elbensteinen zu küssen, auch sonsten ihm allerhand Karessen zu machen. Solange als sie speiseten, ging das Glockenspiel und spielete dasselbe allerhand angenehme Arien, Menuetten und dergl. Wenn es auch abgelaufen, stellete es die Matrone von neuen an, dieses war nun nicht allein zur Tafelmusik bestimmt, sondern Elbenstein erfuhr, daß, solange dieses Spielwerk gehöret würde, sich keines von ihren andern Bedienten unterstehen dürfte, ohnangemeldet in dieses Zimmer zu kommen. Die Anmeldung aber geschahe mit einem Hammer, welcher auf eine über der Tür hangende silberne Schale schlug, die einen gröbern Ton von sich gab als die Glöcklein im Glockenspiele. Sooft nun diese ertönete, ging die alte Matrone hinaus und fragte, was anzubringen wäre. Hergegen waren in allen Zimmern wieder andere Ringel und Drahte, vermittelst derselben die Dame ihre Bedienten herbeirufen konnte, weil sie die auswärtigen Hämmer zogen, daß sie ebenfalls mit Glocken schlugen.

Beide saßen über zwei gute Stunden bei der Tafel, worauf ihn die Dame wieder zurück in das erstere Zimmer führete, wohin die Alte etliche Bouteillen, teils mit Wein, teils mit Wasser angefüllet, wie auch ein Brettspiel bringen mußte. Erstlich gingen beide Verliebte eine gute Weile im Zimmer herum spazieren, da sie aber nachhero ohngefähr sechs oder acht Spiele gespielet, stund die Dame auf, umarmete und küssete Elbensteinen und sagte mit einer liebreichen Miene: »Mein Engel! nehmet mir nicht ungütig: diese Kleidung ist mir jetzo etwas zu schwer und unbequem, ich werde Euch auf eine kurze Zeit verlassen und mir etwas leichtere Kleider anlegen lassen. Damit Ihr es aber auch wisset, ich habe Euer Logis verändert, Ihr habt dasselbe nunmehro auf dieser Seite gleich neben mir.« Hiermit eröffnete sie auf der andern Seite hinter den Tapeten eine Tür und führete ihn erstlich in sein Zimmer, wo er hinfüro schlafen sollte, mithin war es so beschaffen, daß ihr und sein Bette nur durch eine Wand voneinander unterschieden waren. Hernach führete sie ihn durch noch eine Türe in ein propre aufgeputztes Zimmer, worinnen er seine Bequemlichkeit bei Tage gebrauchen könnte, und gleich bei diesem war die Kammer, worinnen die Stummen als seine Aufwärter ihre Bequemlichkeit und Lager haben sollten, von welchen er kühnlich alles fordern dörfte, was er verlangte, indem wenigstens allezeit einer gegenwärtig sein müßte.

Elbenstein wußte in Wahrheit nicht, was er gedenken sollte. Die Freiheit war ihm von Jugend auf als die alleredelste Sache vorgekommen, jedoch auch in einer solchen prächtigen und wollüstigen Gefangenschaft zu leben, war seinem Temperamente nicht ganz und gar zuwider. Endlich sprach er zu sich selbst: ›Es sei, wie es sei, einmal vor allemal bist du ein Arrestante, mußt durchaus Gehorsam leisten und abwarten, was es vor ein Ende nehmen wird. Der Himmel wird sich ja deiner erbarmen, weil er siehet, daß du gezwungen wirst.‹ Unterdessen, da er befürchtete, daß die Dame sein langes Stillschweigen übel auslegen möchte, küssete er derselben die Hand und sagte: »Meine Göttin, ich erstaune je länger je mehr, denn Sie traktieren mich ja über meinen Stand, und wenn ich gleich ...« »Schweiget mir davon stille«, fiel sie ihm in die Rede, »weiln Ihr mein Allerliebster auf der Welt seid, so seid Ihr auch meines Standes. Nun aber bleibet hier, die Stummen werden sogleich bei Euch sein, ich aber will mich anders ankleiden lassen und Euch nachhero selbst wieder abrufen, wenn ich erstlich ein wenig Mittagsruhe gehalten habe.« Hierauf umarmete und küssete sie ihn noch etlichemal und ging sodann zurück in ihr Zimmer.

Elbenstein fand seine Sachen, auch sonsten alle Bedürfnisse vor sich in diesem seinen neuen Logis, auch sogar die Bibel und das Historienbuch, jedoch er hatte noch keinen Appetit zum Lesen, sondern eröffnete ein Fenster und bemerkte, daß dieses Schloß mit Wällen, doppelten Graben und Mauren umgeben war, sonsten aber konnte er weder Platz noch andere Gebäude sehen, wohl aber, daß auf dieser Seite außerhalb der Mauer ein ziemlich starker Fluß[1] vorbeilief, jenseit dessen aber konnte man nichts anders sehen als Wald und Feld. Er schöpfte solchergestalt in so vielen Tagen zum ersten Male wieder frische Luft, nach Verlauf einer guten Viertelstunde aber brachten die Stummen Koffee ne[b]st zwei Bouteillen Wein, sperreten aber die Augen gewaltig auf, als sie ihn in so propren Habite sahen, erzeigten sich derowegen weit devoter als jemals, indem sie sich vielleicht einbilden mochten, daß er ein geborner Prinz wäre. Er begegnete ihnen sehr freundlich und leutselig und bemerkte, daß sie sich über sein Wohlergehen freuten, hernach aber durch Zeichen fragten, ob er etwas Weiteres befehlen wolle. Wie er nun geantwortet hatte, daß ihm vorjetzo nichts mangelte, zeigten sie ihm den silbernen Draht, vermittelst dessen er sie rufen könnte, und begaben sich zurück. Er trank etliche Schälchen Koffee, nahm hernach das Historienbuch vor sich und mochte wohl beinahe zwei Stunden darinnen gelesen haben, als die Dame seine Tür eröffnete und zu ihm hereingetreten kam. Er stund sogleich auf, dieselbe zu empfangen, sie aber war ebenso begierig, ihn zu umarmen, sagte anbei: »Nun habe ich ausgeschlafen. Warum habt Ihr es Euch, mein Engel, nicht auch kommode gemacht und Mittagsruhe gehalten? Ich machte mir schon ein besonderes Vergnügen daraus, Euch auf dem Bette liegend anzutreffen.« »Ich kann nicht sagen«, erwiderte Elbenstein, »daß mir der geringste Appetit zum Schlafen angekommen wäre, sondern ich habe meine Zeit mit vergnügten Gedanken zugebracht über meine glückselige Gefangenschaft.« »Nein, mein Engel«, versetzte sie, »Ihr seid kein Gefangener, sondern ich bin eine Sklavin Eurer Liebe.« Indem sie nun dieses mit einer besonders zärtlichen Miene vorbrachte, konnte sich Elbenstein nicht enthalten, sie etlichemal auf den Mund zu küssen, welche Gefälligkeit sie beständig erwiderte, endlich aber bat, daß er nunmehro mit in ihr Zimmer gehen möchte. Er gehorsamte, und sie setzten sich beide in bequeme Stühle neben den Konfekttisch, da denn die Dame, nachdem sie ihn gebeten, nach Belieben Konfekt und Wein zu genießen, also zu reden anfing:

»Mein Auserwählter! Ich habe Eure Treue und Redlichkeit über die Gebühr probiert und dieselbe in größter Vollkommenheit befunden, nunmehro nehme ich mir auch kein Bedenken mehr, Euch mein ganzes

Herz zu offenbaren, meinen Stand aufrichtig zu entdecken und meine Lebensgeschicht ausführlich zu erzählen. Ich bin eine geborne Prinzessin aus dem Hause P. und die jüngste unter meinen Geschwistern. Auf künftigen Dienstag ist mein Geburtstag, da ich in mein 20stes Jahr trete. Meine Eltern haben mich zwar als ihr jüngstes Kind jederzeit am allerzärtlichsten geliebt, jedoch auch in der Erziehung ziemlich scharf gehalten und wenig müßig gehen lassen, wiewohl sie mir auch darbei alle zulässige Ergötzlichkeiten erlaubt und mich, weil ich mich in allen Stücken selbst sehr zu moderieren wußte, nicht so strenge traktiert, wie sonst unsere Landsleute ihre Weiber und Töchter zu traktieren pflegen. Ich war ohngefähr 14 Jahr alt worden, als ein kaiserlicher Graf an unsern Hof kam, welcher vielleicht mit meinem Herrn Vater einige Heimlichkeiten zu überlegen haben mochte. Dieser hatte seinen Sohn bei sich, welches in Wahrheit ein vollkommener artiger Kavalier, nicht allein von Person und Gesichte, sondern auch von Sitten war. Ich kann nicht leugnen, daß seine artige und geschickte Aufführung in meinem Herzen eine solche Regung erweckte, die ich damals noch nicht zu nennen, viel weniger deren Folgerungen zu erraten wußte; nunmehro aber weiß ich wohl, daß es das Ding ist, welches man die Liebe nennet. Kurz zu sagen, der artige junge Graf kam mir gar nicht aus den Gedanken, vielmehr präsentierte sich sein Bildnis stets vor meinen Augen. Ich merkte zwar bei allen Gelegenheiten, daß er seine Augen jederzeit mehr auf mich als auf andere Gesichter gerichtet hatte, wünschte auch, daß ich nur dann und wann einige Minuten im Vertrauen hätte mit ihm sprechen mögen; allein zu meinem Unglück hatten sich meine beiden ältern Schwestern auch alle beide in den schönen jungen Grafen von H. verliebt, welches ich sehr zeitig merkte, also mich, weil ich sozusagen noch ein Kind war, nicht bloßgab, sondern zurückhielt. Wenn ich sahe, daß sie sich zwungen und drungen, um ihn zu sein, ging ich zurücke, und wenn ich hernach hörete, daß sie sich miteinander zankten, wenn er einer (ihren Gedanken nach) mehr Höflichkeit erwiesen hatte als der andern, so hatte ich zwar darüber eine innigliche Freude, seufzete aber auch in geheim und ließ mich gegen keine etwas davon merken, daß ich ebensowohl als wie sie beide in den jungen Grafen verliebt wäre. Es kam die Zeit, daß mein Herr Vater seinen Geburtstag zelebrierte, derowegen viele hohe und vornehme Standespersonen zu Gaste lude und ein herrliches Festin gab, sonderlich aber dem alten Grafen von H. zu Gefallen. Hier fügte es sich von ohngefähr, daß der junge Graf mich, die eben die nächste bei ihm war, zum Tanze aufforderte. Ich entschuldigte mich mit lachenden Munde, jedoch auch mit einer etwas nachdenkenswürdigen Miene damit, wie es nicht Sitte in diesem Lande wäre, daß man die jüngste den ältern vorzöhe, wollte derowegen bei meinen Schwestern keine Jalousie erwecken, sondern ihn erstlich an selbige gewiesen haben, hernach bäte mir die Ehre aus, von seiner Höflichkeit zu profitieren. Er stund, als ob er durch diese meine Worte vom Donner gerührt wäre, und es war gut, daß eben ein Wachslicht von ohngefähr vom Wandleuchter herunter und einer Dame in das hinten aufgesteckte Kleid fiel, auch dasselbe sogleich anzündete, weswegen auf dem ganzen Tanzplatze ein Lärmen entstunde. Jedoch der Schrecken war bei allen größer als der Schade, mein junger Graf aber war unter der Zeit verschwunden, und da bald nach ihm gefragt wurde, hörete man, daß er sich wegen einer zugestoßenen kleinen Unpäßlichkeit hätte in sein Zimmer bringen lassen. Ich sollte es fast merken, daß dieses eine verstellte Krankheit wäre, und derowegen prognostizierte ich mir daraus etwas Guts vor meine Liebe. Jedoch weil mir auch bange wurde, daß er sich meinetwegen im Ernst möchte alteriert haben und krank worden sein, so verging mir aller Appetit zum Tanzen, ich klagte demnach meiner Mama, daß mir sehr übel wäre, weil mich das Mägdgen zu feste geschniert, ging derowegen mit ihrer Erlaubnis zu Bette, konnte aber fast die ganze Nacht nicht schlafen, weil ich immer besorgte, der artige Graf könnte doch wohl würklich krank worden sein. Demnach seufzete ich fast beständig und warf mich im Bette herum, da aber auch bei Anbruch des Tages noch kein Schlaf in meine Augen kommen wollte, sagte meine Wächterin (eben diese Frau, welche uns heute bei Tische bedienet hat und deren Brust ich gesogen, die auch seit der Zeit beständig sozusagen meine Hofmeistern geblieben ist): ›Kind! sagt mir, was fehlt Euch!‹ ›Ich weiß es selbst nicht‹, war meine Antwort. ›Eröffnet mir‹, redete sie weiter fort, ›was Euch ängstiget, vielleicht kann ich Euch Rat schaffen.‹ ›Ach!‹ sagte ich, ›krank bin ich, aber ich kenne meine Krankheit nicht.‹ Sie lachte über meine Reden und sprach: ›Den neuen Mond habt Ihr nunmehro dreimal ritterlich überwunden, und zwar erstlich noch vor wenig Tagen, allein ich sterbe darauf, *Ihr seid verliebt,* sagt mir nur, wen Ihr liebt, ich will Euch Hülfe schaffen.‹ Weil ich nun wußte, daß Olympia (so heißet diese meine Amme) mich so sehr liebte als ihre Seele, nahm ich mir kein Bedenken, ihr mein Herze zu offenbaren. ›Ist das nicht ein Wunder!‹ sagte hierauf Olympia, ›warum könnet Ihr doch nur so heimlich sein. Sorget vor nichts, denn wenn Eure beiden Schwestern alle ihre Schönheit zusammenspielen und noch zehnmal mehr darzu borgen oder kaufen, so kommen sie der Eurigen doch nicht bei. Lasset mich sorgen, ich habe längst gemerkt, daß der junge Graf Euch weit höher als sie beide schätzet, nur Euer allzu stilles Wesen hat ihn abgeschreckt, Euch eine Liebeserklärung zu tun, zumalen da er auch fast nicht die geringste Gelegenheit darzu gehabt. Schlaft nur, schlaft ein wenig und lasset mich sorgen.‹

Es waren diese Reden sehr tröstlich vor mich, weswegen ich auch würklich einschlief und etliche Stunden sehr wohl ruhete. Da ich aber gegen Mittag kaum aufgewacht war, sagte meine Amme: ›Sehet! nicht allein ich, sondern der Himmel selbst sorget vor Euer Vergnügen, denn da ich auf der Galerie herum spaziere und Grillen mache, wie ich es klug genug anfangen will, an den jungen Grafen zu kommen, welcher mir, wie ich nicht leugnen kann, bishero schon verschiedene vortreffliche Présente gemacht hat, kömmt dessen Bedienter, bringt mir einen Beutel nebst zwölf Zechinen mit inständigster Bitte, Euch, mein Kind! im Namen seines Herrn diesen Brief einzuliefern.‹«

Unter diesen Reden stund die Dame auf, langete aus ihrem Chatoull einen Brief und reichte ihn Elbensteinen, welcher denselben also gesetzt befand:

Allerschönste Prinzessin.

Ew. Durchl. gestrige Reden haben mein Gemüt auf der Stelle in eine solche schmerzensvolle Betrübnis gesetzt, daß ich eine andere Unpäßlichkeit simulieren mußte, um nur von andern vergnügten Personen hinwegzukommen. Da ich aber noch, ehe ich mich zur Ruhe gelegt hatte, erfuhr, daß Ew. Durchl. einer plötzlich zugestoßenen Maladie wegen sich in Dero Appartement begeben hätten, wußte ich mich vollends nicht zu fassen. Die ganze Nacht hindurch ist kein Schlaf in meine Augen gekommen, sondern ich habe beständig den Himmel um die Wiederherstellung Dero höchstkostbarn Gesundheit angeflehet. Ach! darf denn Dero Knecht eine untertänigste Anfrage tun, ob es heute besser mit Ihnen ist, und wollen Dieselben meiner Freimütigkeit Pardon geben, da ich mich nicht getraue zu sagen, wo selbige herrühret. Sie sind viel zu leutselig, Durchl. Prinzessin, als daß Sie mich dieser Kühnheit wegen zum Tode verurteilen sollten, ist aber seiten meiner dennoch ein Verbrechen vorgegangen, so bittet, daß er kniend Vergebung suchen darf,

Durchl. Prinzessin

Dero getreuster H.

Als Elbenstein der Dame den Brief mit einem höflichen Kompliment wieder zurückgegeben, fuhr selbige in Erzählung ihrer Geschichte also fort:

»Der Inhalt des Briefs war mir, wie ich nicht leugnen kann, sehr angenehm, allein sobald ich ihn gelesen, schrie ich: ›Olympia! Ihr wollet mich zu einer Närrin machen! Nimmermehr hat der junge Graf diesen Brief geschrieben, sondern Ihr habt denselben durch jemand anders schreiben lassen, um mir eine blaue Dunst vor die Augen und mich nur wiederge sund zu machen.‹ Da aber Olympia so gar teure Schwüre tat, dergleichen ich noch niemals von ihr gehöret, gab ich ihr endlich Glauben, überlas den Brief noch etlichemal, mußte aber denselben plötzlich unter das Bette stecken, weiln meine Frau Mutter mich zu besuchen ankam. Es geriete mir zum besondern Vergnügen, daß sie sich dieses Mal nicht gar lange bei mir aufhielt, sondern nur erinnerte, daß ich im Bette bleiben, mich fein warm halten und fleißig Arzenei gebrauchen sollte, der Olympia aber zu verstehen gab, daß sie sich auf ihre gute Vorsorge verließe. Meine Frau Mutter war kaum zur Tür hinaus, als Olympia sagte: ›Ja, mein Kind! wenn wir nur den rechten Doktor herbitten dürften, allein, wollet Ihr denn dem schönen Grafen nicht mit ein paar Zeilen antworten?‹ Ich stund lange bei mir an, ob ich es auf den ersten Brief schriftlich tun wollte oder nicht, doch endlich, weil mir Olympia gar zu beweglich zuredete, machte ich mich aus dem Bette und schrieb folgende Zeilen:«

Dieses Konzept langete sie auch aus dem Chatoull und gab es Elbensteinen zu lesen. Es lautet also:

Werter Herr Graf!

Ich bedaure sehr, daß ich eine Ursächerin Ihrer schmerzlichen Betrübnis und der daraus entstandenen Unpäßlichkeit sein oder wenigstens so heißen soll. Da ich aber viel zu gewissenhaft, jemanden unruhig zu machen, so bedaure von Herzen, daß Sie nicht ruhig schlafen können. Vielleicht sind's andere Ursachen, als die Sie angeführet haben. Inmittelst bin sehr verbunden vor Dero gütiges Mitleid, welches Sie mit meiner Schwachheit gehabt, wünsche Ihnen baldige vollkommene Besserung, mit mir ist es jetzo ziemlich leidlich. Dero Zuschrift ist mir nicht unangenehm gewesen, die letztern Zeilen darinnen aber sind so stilisiert, daß ich nicht wohl darauf zu antworten weiß. Inmittelst werde jederzeit sein,

werter Herr Graf,

Dero gute Freundin.

»Olympia las dieses Antwortschreiben durch und sagte darauf: ›Da ist wenig Zucker drinnen.‹ ›Ich bin keine Zuckerkrämerin‹, war meine Antwort, ›soll es besser sein, so schreibt es selbst, aber nicht in meinem Namen.‹ Hiermit legte ich mich wieder ins Bette und schlief, in Wahrheit, noch ganzer drei Stunden hintereinander weg. Unter der Zeit hatte Olympia dem Bedienten des jungen Grafens meinen Brief zugestellet, welchen dieser letztere mit ungemeinen Vergnügen empfangen und unzähligemal geküsset, wie er mir solches nachhero selbst erzählt hat. Er ging zwei Tage hernach schon wieder aus, ich aber befand mich im Ernste dergestalt matt, daß ich es noch nicht wagen durfte, mich aus meinem Zimmer zu begeben, brachte auch die meiste Zeit auf dem Bette zu, und was das schlimmste war, so kam des Nachts fast gar kein Schlaf in meine Augen. Da ich aber einstens um die Mitternachtszeit kaum eine Stunde etwas fest geschlafen, hatte mittlerweile Olympia den Hazard begangen und den jungen Grafen in mein Zimmer praktiziert, welcher, da ich mich ermunterte, vor meinem Bette niederkniete u. mit herzbrechenden Worten seiner Kühnheit wegen um Pardon bat, worzu ihn, wie er vorgab, nichts anders als die heftige Liebe verleitet hätte.

Ich wäre vor Schrecken des Todes gewesen, wenn nicht Olympia mir zum Füßen auf dem Bette gesessen hätte. Anfänglich wußte ich nicht, was ich antworten sollte; da aber der Graf in solcher Positur liegenblieb und mir einmal über das andere die Hand küssete, welches ich vor Verwirrung fast erstlich nicht gewahr worden, gab ich ihm eine Reprimende, welche doch weit stärker gewesen wäre, wenn ich ihn nicht so heftig geliebt hätte. Endlich bat ich ihn aufzustehen und sich auf den bei meinem Bette stehenden Sessel neben mich niederzulassen. Wir redeten erstlich von gleichgültigen Dingen, sobald aber der Graf merkte, daß Olympia, die sich nachhero in einen Schlafstuhl gesetzt, etwas eingeschlummert war, fassete er sich ein Herze, mit den schmeichelhaftesten Worten mir seine gegen mich tragende heftige Liebe zu entdecken. Anfänglich wollte ich zwar von dem Affekt der Liebe weder wissen noch hören, allein er wußte mir denselben dergestalt annehmlich einzuflößen, daß ich endlich versprach, ihn nicht allein ewig zu lieben, sondern auch, wenn es mit Bewilligung meiner Eltern geschehen könnte, mich mit ihm zu vermählen. Hierbei erlaubte ich ihm auch meinen Mund und Brust zu küssen und kann versichern, daß er, außer meinen Blutsfreunden, die erste Mannesperson gewesen, die mich geküsset hat. Wir schwuren also bei dieser ersten nächtlichen Zusammenkunft einander ewig feste Treue, beredeten uns aber auch, unser Verbündnis noch eine Zeitlang verborgen zu halten, bis wir sähen, was die künftigen Zeiten mit sich brächten. Wir haben nachhero manche schöne Nacht miteinander zugebracht und öfters die schönste Gelegenheit gehabt, uns vollkommen zu vergnügen, allein es ist bei den bloßen Küssen geblieben und weiter nichts vorgegangen, denn wir liebten einander recht von Herzen, befürchteten derowegen, wenn wir unsern Affekten den vollen Zügel schießen ließen, üble Folgerungen, wollten also lieber warten, bis wir Recht und Macht darzu hätten.

Mittlerweile, ob wir gleich täglich miteinander in Gesellschaft waren, konnte doch niemand leichtlich merken, daß wir einander so stark liebten, und obgleich der junge Graf mich so wie ich ihn mit aller ersinnlichen Höflichkeit begegnete, so gedachte doch niemand daran, daß die Liebe darunter verborgen wäre. Meine älteste Schwester hingegen konnte ihre Flammen ohnmöglich verbergen, sondern gab sich gewaltig bloß, daß der junge Graf das einzige Ziel ihrer Begierden wäre. Bald hernach besuchte der alte Graf eines Morgens seinen Sohn in dessen Zimmer und eröffnet ihm, wie er mit meinem Herrn Vater verabredet habe, zwischen ihm, dem jungen Grafen, und meiner ältesten Schwester eine Heirat zu stiften. Der junge Graf erschrickt und wird so blaß als eine Leiche, kann auch kein Wort antworten, weswegen ihm sein Herr Vater freundlich zuredet und um die Ursache seiner Verwirrung fragt. Dieser fasset sich ein Herze und bekennet freimütig, daß es die älteste Prinzessin nicht wäre, welche er vollkommen lieben könnte, mit der jüngsten aber versicherte er sich die allervergnügteste Ehe auf der Welt zu führen, glaubte auch gewiß, daß ihm dieselbe ihr Herz nicht versagen würde. Sein Herr Vater redet ihm zu und preiset die starken Vorzüge, welche die älteste in diesen und jenen Stücken vor den beiden jüngern Schwestern hätte, allein da der junge Graf auf seinem Sinne blieb und sagte, daß er die jüngste lieber mit einem schlechten Rittergute als die älteste mit einem ganzen Fürstentume haben möchte, spricht sein Herr Vater: ›Es ist gut und mir gleichviel, ich will sehen, was ich bei dem Fürsten ausrichten kann, ob er Euch die jüngste vor der ältesten geben will, glaube aber schwerlich, daß er dahin zu disponieren sein wird, unterdessen aber möchte ich wegen unsers Kaisers Interesse gar zu gern mit diesem fürstl. Hause nahe verwandt sein.‹

Hiermit gehet der alte Graf wieder fort und recta zu meinem Herrn Vater, welchem er die ganze Sache ohnfehlbar vorgetragen haben mag, was sie aber miteinander gesprochen, weiß ict nicht, sondern bemerkte nur mittags bei der Tafel, daß mein Herr Vater, Frau Mutter, meine ältesten Schwestern, der alte und junge Graf insgesamt nicht wohl aufgeräumt waren, absonderlich bekam ich von meiner ältesten

Schwester zum öftern solche Mienen, als ob sie mich zu ermorden gesonnen sei.

Meine mittelste Schwester und ich, welche von der ganzen Intrigue ganz und gar nichts wußten, führeten uns zwar eben nicht allzu stille auf, brauchten aber doch bei der Freimütigkeit einige Behutsamkeit, um unsern Eltern nicht mißfällig zu werden.

Nach der Tafel gab mir meine Frau Mutter einen Wink, ihr in ihr Zimmer zu folgen, da sie mich denn folgendermaßen anredete: ›Ihr wisset, daß Ihr mein liebstes Kind seid, sonderlich Eurer Aufrichtigkeit wegen, darum wollet Ihr in diesem Kredite bleiben, so bekennet mir jetzo die Wahrheit frei und offenherzig und sagt mir: Habt Ihr Euch mit dem jungen Grafen von H. in ein Liebesverständnis eingelassen?‹ ›Ich kann nicht leugnen‹, war meine freimütige Antwort, ›daß er mir zu verschiedenen Malen beim Spazierengehen im Garten oder auch sonsten bei Lustbarkeiten, wenn wir etwa allein an einem Fenster gestanden oder sonsten von niemanden behorcht werden können, seine Liebe angetragen, jedoch allezeit auf eine honette und redliche Art. Worauf ich ihm endlich, nachdem er viele süße Worte verschwendet, zur Antwort gegeben, daß ich an seiner Person, Stande und Wesen nichts auszusetzen hätte und wohl wünschen möchte, mit ihm vermählt zu werden, allein da ich noch unter der Gewalt meiner durchl. Eltern stünde, müßte ich alles deren Disposition anheimstellen.‹

›So liebt Ihr doch den jungen Grafen im Ernst?‹ fragte meine Mutter weiter. ›Ich kann es nicht leugnen‹, war meine Antwort, ›daß ich ihn liebe, denn er ist's wert, und wenn ich ja heiraten sollte, wollte ich mir diesen erwählen oder gar keinen.‹ ›Es ist gut‹, sagte meine Mutter, ›gehet nur in Euer Zimmer.‹ Sie sahe zwar eben nicht zornig aus, jedoch merkte ich, daß ihr der Kopf nicht recht stund, weswegen ich mich alsobald in mein Zimmer retirierte, auch abends nicht zur Tafel kam, doch hatte ich das Vergnügen, daß mir der junge Graf abermals um Mitternachtszeit von der Olympia zugeführet wurde.

Wir hielten alle drei geheimbden Rat, bis fast der Tag angebrochen, kamen aber zu keinem andern Schlusse, als erstlich mit Gelassenheit abzuwarten, was weiter passieren würde. Hierauf retirierte sich der junge Graf, ich aber legte mich zur Ruhe, hatte jedoch kaum zwei Stunden geschlafen, als meine Frau Mutter melden ließ, wie mein Herr Vater den beiden Grafen zu Gefallen eine Lustbarkeit und Fischerei auf dem einen unserer Landgüter angestellet, worbei sowohl sie als meine Schwestern und ich auch gegenwärtig sein sollten, derowegen möchte ich mich eiligst ankleiden, damit ich nebst der Olympia in ihren Wagen mitfahren könnte. Ich zauete mich, sosehr ich konnte, und traf, als ich mich zu meiner Frau Mutter in den Wagen setzen wollte, die Mannespersonen alle zu Pferde, meine beiden Schwestern aber mit ihren Kammerfräuleins bereits in einen andern Wagen sitzend an. Unser Wagen fuhr voraus, da wir aber kaum eine Stunde gekutscht hatten, stieß meiner Frau Mutter eine kleine Übligkeit zu, welches sie meinem Herrn Vater melden und darbei um Erlaubnis bitten ließ, in das etwa einen Steinwurf weit von der Straße gelegene Kloster zu fahren, um sich von der Äbtissin daselbst, welches unsere gute Freundin war, etwas Arzenei eingeben zu lassen, sie hoffte darbei die Gesellschaft noch zu rechter Zeit einzuholen.

Mein Herr Vater kam selbst an den Wagen geritten und bat, keinen Augenblick zu versäumen, um das Kloster zu erreichen, damit wir, wenn es sich gebessert, noch vor der Mittagsmahlzeit auf dem Lustschlosse eintreffen könnten. Wir fuhren also aufs allerschnelleste nach dem Kloster zu, allwo wir von der Äbtissin aufs allerfreundlichste bewillkommnet wurden, welche auch, da sie vernahmen, daß meiner Frau Mutter nicht wohl wäre, derselben sogleich Arzenei eingab und derselben riet, sich wenigstens eine halbe Stunde auf ein Faulbette niederzulegen, da denn ihre Kammerfrau und eine alte Nonne bei ihr blieben, ich aber und die Olympia wurden in ein besonderes Zimmer geführt und aufs herrlichste bewirtet. Der Zufall meiner Mutter verschlimmerte sich ihrem Vorgeben nach, und als ich nach der Mittagsmahlzeit sie besuchte, sprach dieselbe zu mir: ›Mein Kind! ich befinde mich nicht im Stande, den Lustbarkeiten mit beizuwohnen, wollet Ihr nun mit der Olympia dahin fahren oder lieber bei mir bleiben?‹ Die kindliche Liebe reizte mich also zu der Erklärung, daß ich schlechte Lust haben würde, wenn ich sie krank zurückließe, wollte derowegen alle Lust gern entbehren und bei ihr verbleiben. ›Nun‹, sagte sie, ›so macht Euch denn heute ein Vergnügen mit den schönen Nonnen in diesem vortrefflichen Kloster, es wird ja, ehe es Morgen wird, besser mit mir werden, denn ich merke, es ist einer von meinen gewöhnlichen Zufällen, welche von keiner langen Dauer sein.‹ Weiln sich nun meine Frau Mutter etwas schläfrig stellete, wollte ich ihr nicht hinderlich sein, sonder folgte vielmehr ihrem Rate und begab mich zu den Nonnen, welche mir allerhand abwechselndes Vergnügen mit Musik, allerlei Lustspielen und Spazierengehen im Garten machten, so daß mir dieser Tag ohnvermerkt unter den Händen wegging und ich abends, da ich meine Frau Mutter noch erstlich besuchen wollte, erfahren mußte, daß sie bereits eingeschlafen und hätte sich den Abend fast vollkommen frisch und gesund befunden.

Ich legte mich also auch zur Ruhe, frühmorgens aber, da ich erwachte, reichte mir Olympia ein versiegeltes Billett, welches meine Frau Mutter durch eine Nonne an mich geschickt, dessen tröstlichen Inhalt ich also gesetzt befand:

Mein liebstes Kind!

Ihr habt Euch ein wenig allzufrüh von der Liebe überwunden lassen, welches Ew. Durchl. Herrn Vater und mich selbst nicht wenig verdrüßlich gemacht. Derowegen haben wir vors ratsamste zu sein erachtet, Euch an diesen verwahrten Ort unter die Aufsicht unserer werten Freundin, der Äbtissin, zu bringen. Ihr werdet auch nicht von dannen herauskommen, bis Eure beiden ältern Schwestern verheiratet sein. Not werdet Ihr nicht leiden, sondern standesmäßig traktiert werden, auch solche angenehme Divertissements zu genießen haben, worbei Ihr die Liebes- und Heiratsgedanken vielleicht vergessen könnet. Ich bitte von nun an den Himmel, daß er Euch andere Gedanken und die Lust einflößen möge, Eure ganze Lebenszeit in diesem schönen Kloster zuzubringen, weil darinnen weit vortrefflicher Vergnügen zu finden als außerhalb desselben in der wollüstigen Welt. Dem Fleische wird es zwar anfänglich etwas sauer ankommen, nachgerade aber werdet Ihr den würklichen Vorschmack der himmlischen Ergötzlichkeiten darinnen finden. Ich bin heute früh mit anbrechenden Tage, gottlob! gesund von hier ab- und nach Hause gereiset, werde Euch aber mit nächsten wieder besuchen. In sicherer Hoffnung, daß Ihr Euch als eine gehorsame Tochter dem Willen Eurer Eltern ohne Murren unterwerfen werdet, beharre

Eure

jederzeit getreue Mutter.

Ich kann nicht leugnen, daß mich das Verfahren und der listig gespielte Streich von meiner Frau Mutter dergestalt heftig verdroß, daß ich in die Lippen biß und das Blatt in meinen Händen zu einer Kugel machte. Olympia, welche sowenig als ich an dergleichen Händel gedacht hatte, erschrak recht über mein Beginnen und sagte: ›Behüte Gott, Kind! Was heißt das?‹ ›Was heißt's?‹ gab ich zur Antwort, ›wir sind alle beide Gefangene, meine Schwestern sollen alle beide Männer haben, ich aber eine Nonne werden, da mir doch nimmermehr sonderlich durch Zwang Nonnenfleisch wachsen soll.‹ Olympia wurde ebenfalls bestürzt, zumalen da ihr das Hofleben, ohngeacht sie meine Mutter sein können, dennoch weit anständiger war als das Klosterleben. Ich gab ihr den Brief zu lesen, worauf sie zu mir sprach: ›Wenn man uns so listigerweise hintergehen will, müssen wir auf eine Gegenlist bedacht sein, lasset mich nur machen, mein Kind, was ich will, und folget in allen Stücken meinem Rate. Vor allen Dingen müsset Ihr Euch anstellen, als ob Euch nichts angenehmer auf der Welt wäre als das Klosterleben, damit wir nur desto mehr Freiheit behalten und in Zukunft erlangen. Mittlerweile will ich schon Gelegenheit finden, dem jungen Grafen Briefe zuzubringen, und wenn kein ander Mittel helfen will, so soll er uns alle beide entführen.‹ ›Was würde‹, war meine Gegenrede, ›dem jungen Grafen mit einer Prinzessin ohne das geringste Heiratsgut gedienet sein?‹ ›Vors erste‹, replizierte Olympia, ›bin ich versichert, daß der junge Graf aus allzu heftiger Liebe bloß auf Eure Person siehet, und vors andere, wenn wir erstlich in Sicherheit gebracht sind, werden sich Eure Eltern schon zum Ziele legen müssen.‹

Auf diese Reden blieb ich etwas in Gedanken vertieft, ließ mich aber ankleiden, und da solches kaum geschehen, ließ sich die Äbtissin bei mir melden. Ich ließ zurücksagen, daß mir ihre Visite sehr angenehm sein würde, nahm auch unterdessen auf Einraten der Olympia eine recht fröhliche Miene an und empfing die Äbtissin wider ihr Vermuten auf eine recht lustige Art. Sie trunk mit mir Tee und konnte nicht lange hinter dem Berge halten, sondern fragte bald, was mir meine Frau Mutter zugeschrieben. Ich gab ihr ganz freimütig zur Antwort: ›Dieses, daß sie, meine durchl. Eltern, mich zum Klosterleben bestimmt haben. Hiermit tun sie mir nicht den geringsten Tort, weil ich von Jugend auf in meinem Herzen weit stärkeren Appetit zum Klosterleben als zum Heiraten verspüret. Nur dieses ist mir einigermaßen empfindlich gewesen, daß sie mich listigerweise hereingebracht, jedoch es ist schon vergessen und vergeben, denn es sind meine Eltern. Leugnen kann ich nicht, daß der junge Graf von H. mein Herz gewaltig bestürmet, ihn zu lieben, muß auch gestehen, daß ich ihm sehr gewogen bin, jedoch weil meine durchl. Eltern eine eheliche Verbindung mit ihm nicht vor genehm halten, kann ich mir seine Person und alle Liebesgedanken ohne besondern Kummer aus dem Sinne schlagen. Ich glaube, er wird es auch mit leichter Mühe tun, weil wir sehr wenige und kurze Zeit miteinander umgegangen sind, zumalen wenn er mich nicht mehr siehet.‹ Die Äbtissin erstaunete über meine Gelassenheit, indem sie sich vorhero eingebildet, daß sie mich in größter Verwirrung antreffen würde. Derowegen lobte sie meinen Vorsatz, in Meinung, daß sie mit der Zeit eine der vollkommensten Nonnen aus mir ziehen würde. Ich wurde aufs propreste traktiert und bedient, hatte auch in Wahrheit fast vergnügtern Zeitvertreib als an unserm Hofe, bei welchem, wenn keine Frembde da waren, alles ganz stille zuginge. Unterdessen, ob ich meine Affekten gleich ungemein verbergen konnte, merkte ich dennoch bei mir selbst, daß ich den jungen Grafen, da ich das Glück nicht mehr hatte, ihn zu sehen, nunmehro erstlich recht vollkommen liebte. Olympia hatte, ehe fünf oder sechs Tage vergingen, des Klostergärtners Frau vermittelst einiger kleinen Geschenke schon vollkommen auf ihre Seite gebracht, also beredete sie mich, daß ich folgenden Brief an den jungen Grafen aufsetzte:

Mein liebster Graf!

Das Verhängnis hat nicht gewollt, daß unsere Liebe und geschworne Treue zur Vollkommenheit gedeihen sollen, derowegen hat es mich als eine Gefangene zwischen die Klostermauren geführet, ob ich nun gleich eben noch keinen besondern Appetit zu dieser Lebensart bei mir verspüre, so sehe mich doch gezwungen, dem Verhängnisse stillezuhalten. Vielleicht gibt mir der Himmel in Zukunft andere Gedanken ein, daß mir die Einsamkeit etwas süßer vorkömmt. Ihnen hergegen wünsche ich alles vollkommene Vergnügen und glaube, daß Sie selbiges bei einer von meinen Schwestern schon finden werden, weil das Glück mir abgünstig ist, Ihnen zuteil zu werden, da ich mir doch schon im Geiste vorgebildet, bei Ihnen und Ihrer Gesellschaft ein Himmelreich auf Erden zu finden. Es stehet Ihnen frei, fernerweit an mich zu gedenken oder mich gänzlich zu vergessen, ich aber werde dennoch Ihre liebste Person sehr öfters in Gedanken küssen, mein unglückliches Schicksal in der Stille beklagen und auch in der Einsamkeit verbleiben,

mein liebster Graf,

Dero

getreue Freundin.

Olympia approbierte dieses Schreiben, hatte aber wider mein Wissen noch eins von ihrer Hand beigelegt, dessen Inhalt ich nicht ausführlich weiß, es würde auch nur viel zu weitläuftig fallen, alle Umstände zu erzählen, derowegen will mich der Kürze befleißigen. Mein Herr Vater bleibt ganzer acht Tage mit seinen Gästen und meinen Schwestern auf dem Lustschlosse, allwo sie sich bald mit Jagen, bald mit Fischereien, bald auf andere Art die Zeit passieren. Meine Frau Mutter aber schickt einen Expressen dahin und lässet melden, daß zwar sie vor ihre Person von der zugestoßenen Maladie wieder genesen, hergegen hätte ich einen desto gefährlichern Zufall bekommen, so daß sie einen Medicum holen und mich unter der Aufsicht der Äbtissin im Kloster zurücklassen müssen. Sie aber hätte sich, um in der Nähe zu sein, wieder auf die gewöhnliche Residenz begeben. Der junge Graf glaubet dieses und ist meiner Maladie wegen sehr bekümmert, noch selbigen Abends aber, da er mit den Meinigen in unserem Residenzschlosse eingetroffen, werden ihm durch die listige Klostergärtnerin meine und Olympiens Briefe zupraktizieret, welcher er zu warten befehlen läßt und noch selbige Nacht folgende Antwortszeilen an mich zurücke schreibt:

Durchlauchtigste Prinzessin,

allerangenehmste Beherrscherin

meines Herzens!

Die erste Nachricht, daß Dieselben im Kloster von einer neuen Unpäßlichkeit überfallen worden, hat in meiner Brust eine solche schmerzliche Bangigkeit erweckt, daß ich fast nicht zu bleiben gewußt, mithin an den angestelleten Lustbarkeiten den allergeringsten Teil nehmen können. In was vor jämmerliche Bestürzung ich aber vollends durch Ew. Durchl. an mich abgelassenes Schreiben gesetzt worden, kann kein Mensch begreifen als ein solcher, der einsmals so heftig geliebt hat, als ich Sie, meine Göttin, liebe. Nimmermehr ist es ein himmlisches Geschicke zu nennen, daß Dero allerschönster Körper in den Klostermauren eingeschlossen sein soll, sondern das ganze Werk ist vom Neide und Mißgunst angesponnen worden. Dero Durchl. Eltern wollen mir von ihren Prinzessinnen keine andere als die älteste geben, allein ob ich gleich an derselben Schönheit nichts auszusetzen habe, so bemerke doch, daß ihre Gemütsbeschaffenheit mit der meinigen nicht übereinstimmet. Demnach wäre keine gewissere Folgerung zu hoffen als eine unvergnügte Ehe. Sind aber Ew. Durchl. annoch gesonnen, mir, Dero getreusten Knechte, das getane Versprechen zu halten, so ist zu unserer Vereinigung kein anderes Mittel mehr übrig, als daß ich Anstalten mache, Dieselben aus dem Kloster zu entführen. Es wird der Frau Olympia an guten Einschlägen nicht ermangeln, und meine Veranstaltungen sollen auch schon so eingerichtet werden, daß an einem glücklichen Ausgange der Sache nichts fehlet. Sind wir nur einmal auf kaiserlichen Grunde und Boden, so wird unsere Sache bald gut gemacht werden, weiln mein Herr Vater bei Ihro kaiserl. Maj. in besondern Gnaden stehet, mithin Dero Durchl. Eltern unsers vermeintlich begangenen Verbrechens halber gar leichtlich können ausgesöhnet werden. Ew. Durchl. bitte aus untertänigst-getreuster Liebe, sich die Sache nicht zu schwer vorzustellen, sondern, wenn Dieselben mein Ihnen einzig und allein gewidmetes Leben erhalten wollen, diesen Vorschlag einzugehen und mir je ehr je lieber Zeit, Ort und Gelegenheit zu bestimmen, da ich denn unter dem Vorwande, mit Erlaubnis meines Herrn Vaters eine Reise nach Vicenza zu tun, nachhero binnen wenig Tagen dieses Dessein mit Beihülfe des Himmels glücklich auszuführen verhoffe, Dero überirdische Person in Freiheit und Sicherheit zu bringen, denn ich sonsten ohne Dieselbe als der allerunglückseligste und allerunvergnügteste Mensch leben müßte, wenn nicht der barmherzige Himmel mich durch einen baldigen Tod von der Welt abforderte. Ich wünsche, daß die Liebe bei Ihnen einen Vorspruch meinetwegen tun möge, und beharre bis ins Grab

Ew. Durchlaucht

meiner himmlischen Prinzessin

ewig getreuer

H.

Ich war schwer an diese Sache zu bringen, jedoch weil nicht nur Olympia mir alles ganz leicht machte, sondern auch die große Liebe, die ich gegen den Grafen trug, mich anreizte, meine Person ihm in die Hände zu spielen, als ward vermittelst noch fernern Briefwechsels die Sache dergestalt eingerichtet, daß der junge Graf mit einer zugemachten Chaise und guter Begleitung in einer darzu bestimmten Nacht außerhalb der Klostermauren, die gegen Abend stoßen, ankommen und sowohl mich als die Olympia hinwegholen sollte. Der Ausgang war uns sehr leicht, denn Olympia hatte die Schlüssel zu den großen eisernen Gartentüren durch den Gärtner in Wachs abdrücken und also Nachschlüssel verfertigen lassen. Wir kamen also eine Stunde nach Mitternacht glücklich hinaus, der Gärtner schloß hinter uns wieder zu, und wir trafen den jungen Grafen mit fünf andern Personen und einem Wagen an, in welchen er mich nebst Olympien hub und schnell fortfahren ließ, er aber und seine Gefährten begleiteten den Wagen zu Pferde.«

Bis hier war die schöne Fürstin in ihrer Erzählung gekommen, als in dem Nebenzimmer das gewöhnliche Zeichen gegeben wurde, daß die Abendtafel zugerichtet wäre, weswegen sie Elbensteinen umarmete und küssete, ihn hernach bei der Hand nahm und zur Tafel führete. Die zwei Stunden über, so sie bei derselben zubrachten, wurde von lauter indifferenten Dingen diskuriert, nachhero, als die Tafel aufgehoben und sie noch etliche Gläser Wein miteinander getrunken hatten, sagte die Fürstin: »Ich befinde mich ganz schläfrig, werde mich also zur Ruhe begeben und Euch, mein Herr, dieselbe auch gönnen; Ihr werdet demnach in den angewiesenen Zimmern Eure Bequemlichkeit zu gebrauchen belieben, auch könnet Ihr Euch inwendig verriegeln, damit Ihr von niemanden gestöret werdet, morgen früh sprechen wir einander weiter, da ich Euch dann die angefangene Historie vollends auserzählen will.« Hiermit machte sie ein Kompliment und wünschte ihm eine gute Nacht. Elbenstein küssete ihr, weil Olympia darbei stund, bloß allein die Hand, wünschte gleichfalls angenehme Ruh und ging ganz bestürzt zurück, denn er wunderte sich ungemein, daß sie ihn nicht zu einem nächtlichen Zeitvertreibe eingeladen hatte, endlich aber gedachte er bei sich selbst: ›Sie ist entweder im Ernst schläfrig, oder sie will dir, weil du keine Mittagsruh gehalten, einmal eine ruhige Nacht gönnen, damit du die folgende desto besser wachen kannst, denn es ist ja unmöglich, daß sie so plötzlich kann auf dich erzürnt worden sein, da du mit keiner Miene Gelegenheit darzu gegeben. Jedoch‹, gedachte er weiter, ›vielleicht ist sie gesonnen, mir von selbst eine Nachtvisite zu geben, allein was hatten denn solchergestalt die Worte zu bedeuten: »Ihr könnet Euch inwendig verriegeln, daß Ihr von niemanden gestöret werdet.«‹

Er sonne demnach in seinem Zimmer noch eine gute Zeit hin und her, endlich aber trunk er noch einige Gläser Wein, klingelte den Stummen, daß sie ihn auskleiden hülfen, ging hernach in das Schlafzimmer und legte sich zur Ruhe. Ob er nun gleich die Tür, so in der Dame Zimmer ging, inwendig seinerseits nicht verriegelte, so hörete er doch im Niederlegen, daß dieselbe auf der andern Seite entweder von der Olympia oder von der Fürstin selbst verriegelt, er aber in der Meinung gestärkt wurde, daß diese letztere würklich Lust hätte, ruhig zu schlafen; also legte er sich auf die Seite mit dem Gesichte nach der Wand zu, hinter welcher seiner Schönen Bette stund, und fing allmählig an einzuschlummern. Allein er hatte kaum eine Viertelstunde gelegen, da es ihm vorkam, als ob hinter den Tapeten an der Wand etwas schnell hinauf in die Höhe führe, derowegen fuhr er auch im Bette auf. Indem eröffneten sich die Tapeten, und er sahe mit Verwunderung, wie die Dame aus ihrem Bette in das seinige getreten kam, sich sogleich an seine Seite legte, ihn in die Arme nahm und sagte: »Nein, mein Engel! so haben wir nicht gewettet, ich wollte dich nur probieren und einen kleinen Spaß machen, ein paar Stündgen mußt du mir noch die Zeit passieren, hernach kannst du morgen schlafen, so lange als dir beliebet. Allein ist dieses nicht eine herrliche Invention vor ein paar Verliebte, ich habe heute den Anfang gemacht, morgende Nacht aber mußt du hinüber in mein Bette kommen, und also wollen wir wechseln, so lange wir beisammen sind, damit keinen unter uns beiden zuviel geschicht.«

Elbenstein eröffnete ihr die klare Wahrheit, wie er nehmlich ganz verwirrt worden, da sie ihn so plötzlich dimittiert, und hätte er besorgt, es wäre eine Unpäßlichkeit daran schuld oder sie hätte vielleicht gar, ohngeacht er sich nicht entsinnen können, einen wichtigen Fehler begangen zu haben, eine Ungnade auf ihn geworfen, weswegen ihm recht bange gewesen, so daß er dieserwegen noch eine gute Zeit offen geblieben wäre und allerhand Grillen gemacht hätte. Die Dame lachte hierüber, bat ihn um Verzeihung und kontestierte hoch und teuer, daß ihre Intention bloß allein gewesen wäre, einen Spaß zu machen. Nachhero aber gerieten sie auf ganz andere Gespräche, und diese Konferenz, welche nur ein paar Stündgen währen sollte, daurete, bis der helle Tag anbrach, da denn dieser Nachtgeist wieder zurück in ihr Bette ging und die Falltür, welche recht künstlich in der Wand eingefasset war, wieder herunterließ; Elbenstein aber verfiel sogleich in einen süßen Schlaf und verharrete darinnen bis gegen Mittag, da er aufstund und sein rotes Kleid anlegete, sich nach getrunkener Schokolade recht wohl befand und in seinem Zimmer abwartete, bis ihn die Fürstin zur Tafel abrufen ließ. Sie sahe über sein Vermuten sehr frisch und munter aus und hatte diesen Tag ein himmelblaues Kleid an, welches nicht weniger kostbar war als das, welches sie den vorigen Tag angehabt hatte, auch bemerkte Elbenstein, daß ihr Schmuck zwar der Mode nach anders, allein dem Wert nach fast noch schätzbarer war als der gestrige.

Sie brachten dieses Mal nicht viel länger als eine Stunde Zeit bei der Tafel zu, denn weiln sowohl sie als er viel Schokolade getrunken, war der Appetit zum Essen eben nicht gar stark. Nach der Tafel ging sie ihrer Gewohnheit nach eine gute Stunde mit ihm im Zimmer spazieren, hierauf aber mußte er sich neben sie in einen Schlafstuhl, der auf zwei Personen verfertigt war, setzen, da sie denn also zu reden anfing: »Ich muß Euch doch, mein Liebster, meine Begebenheiten vollends auserzählen!

Als wir, wie gestern gemeldet, aus dem Kloster glücklich entwischt und morgens ohngefähr drei Stunden nach Aufgang der Sonnen schon eine ziemliche Anzahl italiänischer Meilen zurückgelegt hatten, jedoch immer uns von der großen Heerstraße abgeschlagen hatten, wurden meine Begleiter gewahr, daß drei Personen hinter uns hergeritten kamen, weswegen der junge Graf mit drei der Seinigen hinter dem Wagen blieb, zwei aber mußten vorausreiten, denn das Herze mochte ihm schlagen, daß uns etwa möchte nachgesetzt werden; allein die Furcht verschwand, da er bemerkte, daß dieselben taten, als ob sie gar nicht zusammengehöreten, indem sie ganz weitläuftig von einander ritten und sich endlich bei einem Scheidewege gar teilten, so daß der eine seinen Weg rechter Hand nach dem Walde zu nahm, der andere linker Hand nach dem Gebürge, der dritte aber auf unserer Straße hinter uns herritte. Wir schlugen uns bald hernach ebenfalls linker Hand nach dem Gebürge zu, allwo der Graf in einem Flecken, der diesseit eines mäßigen Flusses lag, frische Pferde bestellet hatte, die auch, sobald wir den Flecken erreichten, gleich parat stunden. Unter der Zeit, da ausgespannet wurde, reichte der Graf mir und der Olympia zwei Stück frisch gebackenen Kuchen und eine Bouteille Wein in den Wagen, ließ aber niemanden sehen, wer drinnen saß. Allein, o Himmel, da unsere ermüdeten Pferde zurückkehreten, kehreten auch die frischen zurück. Der Graf fragte, was diese Possen bedeuten sollten, allein es gab ihm niemand Antwort, hergegen kamen augenblicklich aus einem Hause ohngefähr zwölf bewehrte Mann herausgesprungen, welche nicht allein den Wagen umringelten, sondern auch von unsern zu Pferde sitzenden Begleitern verlangten, daß sie sich gefangengeben sollten. Wie nun der Graf mit den Seinigen sich hierzu nicht verstehen wollten, sondern nach den Pistolen griffen, kam es zum Feuergeben, über welche Komödie mir eine Ohnmacht zustieß. Da ich mich aber von derselben wieder rekolligiert hatte, befand ich mich in einem schlechten Zimmer auf einem gemeinen Ruhebette liegend. Meine erste Frage an die Olympia war: ›Ach, was macht mein Graf, lebt er noch oder ist er erschossen?‹ Olympia gab weinend zur Antwort: ›Er lebt zwar noch, allein er hat der Menge und der Gewalt weichen und die Flucht ergreifen müssen.‹ Ich will, Weitläuftigkeit zu vermeiden, nicht melden, wie ich mich mit der Olympia überworfen, daß sie mich zu dieser desperaten Reise beredet, zumalen da ich in verzweifelten Ängsten stund, ob der Graf lebendig oder tot wäre, jedoch kurz zu melden, wenige Zeit hernach erfuhr ich, daß er zwei von seinen Angreifern mit eigener Hand erschossen, seine Begleiter hatten auch drei zu Boden gelegt, hergegen hatten die Angreifer nur einen von seinen Leuten erschossen und drei blessiert, worunter der Graf selbsten gewesen, dem eine Kugel ein Stück Fleisch von der rechten Schulter abgerissen, worauf, da er gesehen, daß es unmöglich, sich und mich zu retten und zu helfen, er das Reißaus gegeben und, ob ihm gleich noch etliche Kugeln nachgeschickt worden, dennoch insoweit glücklich fortgekommen.

Ich habe an selbigem Orte weder Speise noch Trank zu mir genommen, auch weiter kein Wort geredet, viel weniger die darauffolgende Nacht ein Auge zugetan, stund aber sehr früh auf und ging in der Stube herum spazieren. Olympia redete mir zu, fragte bald dieses, bald jenes, allein ich antwortete kein Wort, ob man auch gleich verschiedene Delikatessen, so gut sie an diesem kleinen Orte zu bekommen waren, mir vorsetzte und Olympia mich mit Tränen bat, auch mir mehr als einen Fußfall tat, so blieb ich doch auf meinem Kopfe und tat, als ob ich nicht sähe, nicht hörete und nicht reden könnte.

Endlich, etwa eine Stunde nach Aufgang der Sonnen kam eine alte reputierliche Frau, welche sich sehr submiß gegen mich erwies und bat, ich sollte mir doch aus der ganzen Sache nur keinen Kummer machen, die durchl. Eltern wären schon über die Hälfte ausgesöhnet und würden den kleinen Liebesfehler bald vergessen, inzwischen wäre der Wagen schon angespannet, ich sollte nur befehlen, um welche Zeit ich abfahren wollte. Anstatt mit dem Munde zu antworten, nahm ich meine Masque und Kappe, lief als ein verwirrtes Mensch zur Tür hinaus und setzte mich in den Wagen, Olympia tat dergleichen, und also fuhren wir fort, aber nicht so schnell als vorhero, da der Graf kommandierte. Wir hielten unterwegen zweimal stille und bekamen frische Pferde, da mir denn Speise und Trank angeboten ward, allein ich nahm nichts, gab auch auf alle Reden nicht die geringste Antwort. Endlich gelangeten wir, da es schon dunkel worden, wieder zurück im Kloster an, allwo ich von der Äbtissin mit einer gelassenen Miene empfangen und ermahnet wurde, gutes Muts zu sein, es würde dieses Vergehen weiter keine sonderlich verdrüßlichen Folgerungen nach sich ziehen. Allein auch diese konnte kein Wort aus mir bringen, sondern ich saß in einem Schlafstuhle mit unterstützten Haupte und schloß die Augen feste zu, als ob ich schliefe, weswegen die Äbtissin, nachdem sie länger als eine halbe Stunde vergeblich auf ein Wort von mir gewartet, endlich gute Nacht nahm und sich hinweg begab. Hierauf fing ich an, mich selbsten auszukleiden, weiln ich aber nicht überall zurechtekommen konnte, so mußte dennoch geschehen lassen, daß mir Olympia zu Hülfe kam, sobald ich aber die Kleider vom Leibe hatte, legte ich mich augenblicklich zur Ruhe und bekam noch in selbiger Nacht ein würkliches hitziges Gallenfieber. Demohngeacht ließ ich mich in den ersten drei Tagen durchaus nicht bewegen, die geringste Arzenei zu gebrauchen, sondern sehnete mich im rechten Ernste nach dem Tode. Da aber meine Frau Mutter, welche mich zu besuchen angekommen war, nicht das geringste von meinem begangenen Fehler gedachte, sondern mich bald mit guten Worten, bald mit Tränen bat, nicht meine eigene Mörderin zu werden, sondern Arzenei zu gebrauchen, ließ ich mich endlich bewegen zu folgen, brachte aber über sechs Wochen zu, ehe ich wieder außerhalb des Bettes dauren konnte.

Es wunderte mich höchlich, daß weder meine Frau Mutter noch die Äbtissin auch nach meiner Wiedergenesung nicht das geringste Wort von meiner Flucht erwähneten, ehe ich es mich aber versahe, war meine Olympia fortgeschafft, an deren Statt ich ein anderes frembdes Mägdgen zur Bedienung bekam, auch erfuhr ich von einigen vertrauten Nonnen, daß der Gärtner benebst seiner Frau abgeschafft und in ein Gefängnis gebracht worden. Es ging mir dieses sehr nahe, allein ich verbiß meinen Verdruß und war über ein halbes Jahr beständig sehr traurig und mißvergnügt, ließ mich auch sehr selten bereden, nur auf kurze Zeit aus meinem Zimmer und an die freie Luft zu kommen. Meine Frau Mutter besuchte mich zuweiln alle 14 Tage oder drei Wochen, einsmals aber brachte sie ihren Bruder, den Kardinal, wie auch noch einen andern Befreundten, nehmlich meinen jetzigen Ehegemahl, mit sich.

Der Kardinal ließ sich in ein besonderes Gespräch mit mir ein und eröffnete mir endlich mit guter Manier, daß mein Liebster, der junge Graf von H., aus Desperation ein Malteserritter worden wäre, jedoch hätte er das Unglück gehabt, in dem ersten Gefechte, welches er mit einem türkischen Seeräuber gehabt, erschossen zu werden. Ich konnte mich dieserhalb der Tränen nicht enthalten, weswegen der Kardinal alle seine Beredsamkeit anwendete, mich zu trösten, endlich aber fragte, ob ich lieber wieder auf unser Schloß mit zurückkehren oder noch eine Zeitlang oder gar auf Lebenszeit in diesem Kloster verbleiben wollte. Meine Antwort war, daß ich mich eben nicht sonderlich nach den Meinigen sehnete, indem ich vorhersehen könnte, daß mir meine Schwestern viel Schmach und Verachtung antun würden. Diese meine Reden machte sich der Kardinal, welcher mich, wie ich hernach erfahren habe, aus dermaßen gern, ich weiß aber nicht aus was vor Ursachen, in ein Kloster gesteckt haben wollte, sogleich zunutze, preisete mir das Klosterleben ungemein herrlich an, und ich gab so viel zu verstehen, daß es mir bei meinen jetzigen Umständen eben so grausam schwer nicht fallen würde, diese Lebensart zu erwählen, jedoch b[ä]te nur, man möchte mich nicht übereilen, indem alles gezwungene Wesen meiner Natur höchst zuwider wäre. Er versprach mir, daß ich noch ein halbes, auch wohl ganzes Jahr zur Bedenkzeit haben könnte, und weiln ich hierauf große Kopfschmerzen vorschützete, ließ man mich alleine.

Der Kardinal eröffnet meiner Frau Mutter und der Äbtissin mit Freuden, daß er mich fast gänzlich disponiert, den Nonnenhabit anzunehmen. Diese bezeigen sich ebenfalls sehr vergnügt darüber, allein der andere Befreundte, mein jetziger Eheherr, mag mich mit andern Augen angesehen haben, bekömmt derowegen auch andere Gedanken, lässet sich aber damals gegen niemanden etwas merken, sondern reiset wieder mit zurück auf unser Schloß. Zwei Wochen hatte er sich daselbst aufgehalten, und als er von dannen wieder zurück nach seiner Residenz kehren wollte, sprach er erstlich noch einmal in unserm Kloster ein. Weil er schon ein Herr von 50 Jahren und darzu ein, wiewohl nicht allzunaher Freund von mir, war ihm ein leichtes, mit mir in geheim zu reden zu kommen. Als nun eben niemand zugegen, der unser Gespräch vernehmen konnte, redete er mich ohnverhofft also an: ›Meine schönste Muhme! Ich bedaure Euer Unglück, hättet Ihr und der junge Graf, Euer Liebster, Euch an mich adressiert, so sollet Ihr schon würkliche Eheleute sein, denn ich hätte zu Eurem Vergnügen alles anwenden und die Sache wohl ausmachen wollen. Allein was ist nun zu tun: der Graf, den Ihr geliebt habt und der wegen seiner vortrefflichen Qualitäten kein unwürdiger Gemahl vor Euch gewesen wäre, ist nunmehro würklich tot, Ihr tut wohl, daß Ihr seinen Tod beklagt, denn ich zweifele nicht, daß Ihr einander aufrichtig und getreu geliebt habt. Allein, daß Ihr dieserwegen das Klosterleben erwählen wolltet, dieses wäre eine große Torheit, denn eine solche Liebeswunde, wie sehr sie auch schmerzt, heilet in wenig Monaten oder Jahren, aber so viele Jahre bis an sein Ende als eine Nonne zu leben, möchte Euch nachhero tausendmal schmerzlicher fallen. Darum höret mich an, mein Engel, ich biete Euch mein Herze, Hand und Ehebette an, ich mag Erben mit Euch zeugen oder nicht, so sollet Ihr dennoch die Erbin aller meiner Güter und meines ganzen Vermögens sein. Eure Eltern können und werden mir Eure Person, wenn ich darauf dringe, nicht versagen, wenn sie nicht haben wollen, daß ich mein Vermögen von ihrem Geschlechte ab- und einem frembden zuwende, denn es ist bekannt, daß ich mit dem Meinigen disponieren kann, wie ich will. Daß der Kardinal Euch lieber eine Nonne als verheiratete Person sehen will, ist gewiß, ich weiß auch seine Ursachen, allein wenn Ihr mich lieben könnet und mir die eheliche Hand geben wollet, will ich Euch von dieser elenden Lebensart befreien und Euch alles ersinnliche Vergnügen zu verursachen bemühet leben.‹

Ich befand mich«, fuhr die Dame im Reden fort, »wegen innigster Betrübnis nicht imstande, auf diesen Antrag eine positive Resolution von mir zu geben, er aber, als er dieses merkte, sprach: ›Mein Kind, ich halte davor, daß es Euch allerdings schwerfällt, eine plötzliche Resolution zu ergreifen, demnach will ich Euch vier Wochen Bedenkzeit überlassen, überlegt alles wohl, denn es wird nicht leicht ein ander Mittel zu erfinden sein, Euch aus diesem Kerker zu erlösen. Nach Verlauf der bestimmten vier Wochen will ich wieder zu Euch anhero kommen und Eure Entschließung vernehmen, sodann die Sache mit Euren durchl. Eltern bald zum Stande bringen, inmittelst auch bedacht sein, daß Eure Schwestern vorher standesmäßige Heiraten treffen.‹

Hiermit überließ er mich meinem eigenen fernern Nachsinnen und reisete wieder fort. Ich muß bekennen, daß mir der Tod des jungen Grafen ungemeine Herzensschmerzen verursachte, wenn ich aber im Gegenteil auch bedachte, daß es nunmehro unmöglich, mit ihm auf dieser Welt vereinigt zu werden, über dieses wohl spürete, daß mir kein Nonnenfleisch gewachsen, auf keine andere Art aber nicht leicht aus diesem Labyrinth herauszukommen wäre, als resolvierte mich, den Vorschlägen meines Vettern, des Fürsten von C., Gehör zu geben. Dieser kam um die bestimmte Zeit wieder und brachte seine Werbung noch liebreicher als das erstemal an. Demnach gab ich endlich so viel zu verstehen, daß ich ihn liebte und mein Glück, Unglück, Vergnügen oder Mißvergnügen bloß allein in seine Hände stellete. Er war hiermit höchst vergnügt, steckte einen kostbaren Ring an meinen Finger, und ich ersetzte diesen mit einem andern, so gut ich ihn eben bei mir hatte, wir wechselten einige Verlöbnisküsse, worauf er ohngesäumt zu meinen Eltern reisete und ihnen die Sache vortrug. Diese stutzen anfänglich gewaltig darüber, da sie aber nur in einer Nacht überlegt, daß dieser reiche Vetter gar leicht auf andere Gedanken geraten und ihrem Hause auf den Sterbefall alles das Seinige entwenden könnte, schlagen sie zu und versprechen mich an ihn, zu malen da er vor meine beiden Schwestern ein paar solche Freier vorgeschlagen hatte, an denen nichts auszusetzen war. Er tat mir diese seine glückselige Verrichtung sogleich schriftlich ins Kloster zu wissen, zwei Tage aber hernach kam er mit meiner Frau Mutter selbst dahin und holete mich ab auf unser Schloß, allwo vier Wochen hernach unser drei Schwestern zugleich auf einmal Beilager hielten.

Ich muß ihm, meinem Gemahl, nachsagen, daß er mich jederzeit ungemein karessiert und mir allen Willen gelassen hat, denn er ist der Jalousie nicht so stark ergeben als wohl andere Italiäner, nur in einem gewissen Stücke, das ich voritzo nicht ausführlich erzählen will, hat er mir nachhero einen starken Ekel gegen seine Person verursacht, sonsten wäre ich ihm auch wohl nimmermehr untreu worden. Es haben sich seit meiner Vermählung unzählige hohe Personen die größte Mühe gegeben, sich in meine Gunst zu setzen und ein geheimes Liebesverständnis mit mir aufzurichten, indem sie leicht erachten konnten, daß ein so bejahrter Herr, als mein Gemahl ist, einer Dame von meinen Jahren und lebhaften Temperamente wohl nicht allerdings Satisfaktion zu geben im Stande befindlich. Allein ich habe mich jederzeit sehr eingezogen und moderat aufgeführt, wodurch ich denn bei meinem Gemahl ein vollkommenes Vertrauen gegen mich erweckt, so daß er mir jederzeit die Freiheit ge lassen hinzureisen, wohin ich gewollt habe.

Allein wenn ich die klare Wahrheit sagen soll, so haben ein und andere Begebenheiten, die mir zu Ohren gebracht worden, einen besondern Ekel in meinen Herzen gegen alle Mannspersonen meiner Nation erweckt, ohngeachtet ich wohl glaube, daß sonderlich unter den vornehmen Personen sehr viele an denjenigen Lastern unschuldig sind, welche in diesen Landen im Schwange gehen. Hergegen aber und da zumalen mein erster Liebhaber ein Deutscher gewesen, habe ich die Deutschen allen andern vorgezogen, weil sie die Reinlichkeit und Zärtlichkeit auf eine ungezwungene Art lieben und sozusagen in ihrem gesetzten Wesen und herrlichen Qualitäten alle andere Nations übertreffen. Demnach kann ich nicht leugnen, daß ich mir gewünscht, einen appetitlichen Deutschen in geheim zu meinem Amanten zu haben, zumalen da ich noch und immer mehr und mehr bemerken lernete, worinnen doch wohl eigentlich das wahrhafte und vollkommene Liebesvergnügen bestehen müßte. Olympia hatte ich nach meiner Vermählung sogleich wieder zu mir genommen, und bei derselben haben sich alsobald verschiedene Standespersonen mit großen Présenten eingefunden, um sie zu gewinnen, daß sie mich dahin bewegte, ihnen einen geheimen Zutritt bei mir zu verschaffen, allein weil ich keinen Appetit darzu bezeigte, nahm sich Olympia auch wohl in acht, ohngeachtet sie zwar alles vorbrachte, mir dennoch nicht darzu zu raten, indem sie befürchtete, aufs neue meine Gunst zu verscherzen oder sonsten Gefahr zu laufen. Kurz! Olympia war gar nicht mehr so wie ehemals, sondern ginge sehr behutsam; hergegen ließ sich die ariquische Margaretha dergleichen Sachen besser angelegen sein. Diese kam fast alle Woche drei- oder viermal zu mir, brachte bald von diesen, bald von jenen Liebhaber Komplimente, auch wohl gar Liebesbriefe, allein, ich wies sie jederzeit darmit zurücke und sagte, wenn ich mich ja zu einer Nebenliebe entschließen wollte, würde ich mir schon selbsten jemanden nach meinen Appetite auslesen. Unterdessen befahl ich ihr, daß, wenn sie etwa einmal einen rechten feinen deutschen Herrn zu sehn bekäme, mir alsobald Nachricht von ihm zu geben, da ich denn ihre Mühe mit etlichen Zechinen belohnen wollte. Nachhero hat sie mir zwar zu verschiedenen Malen Gelegenheit verschafft, einige derselben zu sehen, allein ich fand keinen darunter, der mir anständig war. Endlich fügte es das Glück, daß mein Gemahl Lust bekommen, nebst einigen guten Freunden die Weinlese bei Ariqua zu besuchen. Ich ließ mich sehr bitten, Gesellschaft zu leisten, nachhero aber hat es mich nicht gereuet, denn als wir bei Nachtszeit daselbst angekommen, sahe ich gleich morgens darauf Eure angenehme Person, mein Leben! in dem am Wirtshause gelegenen Garten ganz tiefsinnig spazierengehen. Es war mir, als ob ich sogleich vom Donner gerühret würde, denn ich vermeinete nicht anders, als daß Ihr der junge Graf von H. wäret, weil Ihr demselben so ähnlich sehet als ein Ei dem andern. Es stiegen die Gedanken bei mir auf, man hätte mir vielleicht dessen Tod fälschlich vorgebracht, derowegen ich mich von den andern ab und, forschete sogleich bei dem Wirt und der Wirtin nach Eurem Stande und Wesen. Diese konnten mir keine andere Nachricht geben, als daß Ihr ein deutscher Kavalier wäret, der nur vor wenig Wochen dieses Land betreten, auch mit der italiänischen Sprache noch nicht recht fortkommen könntet, dahero zu blöde wäret, vornehme Gesellschaft zu suchen. Also fiel nun zwar die Meinung bei mir hinweg, daß Ihr der junge Graf von H. wäret, denn dieser redete perfekt Italiänisch, unterdessen, da ich Euch noch eine Zeitlang im Garten, hernach in den Hof und Stall spazieren sahe, nahm die Liebe gegen Eure artige Person auf einmal dergestalt zu, daß ich vermeinete zu verzweifeln, wenn ich nicht das Vergnügen haben sollte, mit Euch in geheim zu sprechen. Demnach schickte ich zur Margaretha und vertrauete derselben, sobald sie zu mir kam, mein Geheimnis, wie ich nehmlich einmal eine Person selbst gefunden, die ich lieben könnte und wollte, gab ihr dabei alle Anschläge, wie sie es anfangen sollte, Euch dahin zu bringen, um mir in ihrem Hause eine Nachtvisite zu geben. Die Art und Weise wird Euch, mein Herz! wohl noch im guten Gedächtnisse sein. Ich gestehe es, daß es mich nicht wenig verdroß, als Ihr der ersten Ordre nicht pariertet, und da ich nachhero vernahm, daß Ihr meine Gewogenheit gar nicht ästimiertet und aus dem Garne zu gehen gesonnen wäret, wurde ich durch Chagrin ganz außer mir selbst gesetzt, ja der Zorn war dergestalt heftig, daß ich einen hohen Schwur tat, diese Verachtung zu bestrafen, etliche 100 Zechinen daran zu spendieren und Euch durch etliche nachzuschickende Banditen das Lebenslicht ausblasen zu lassen. Allein Margaretha, ohngeacht sie Euch nur ein einzigmal gesehen, war damals Euer Schutzengel, indem sie meine Raserei mit lauter guten Worten und süßen Vorstellungen zu besänftigen wußte, anbei nicht eher zu ruhen versprach, bis sie Euch in ihr Haus gelockt hätte. Sie hat auch ihr Wort endlich gehalten, Euch aber, mein Leben, bin ich noch jetzo unendlich verbunden vor das entzückende Vergnügen, welches Ihr mir in einigen Nächten zu Ariqua verursacht und wovon ich das Angedenken voritzo noch unter meinem Herzen trage. Mein Gemahl hatte zeit unseres Daseins nur zweimal eine schlechte Nachlese in meinem Weinberge der Liebe gehalten, war aber vor Freuden ganz außer sich selbst, als ich ihm einige Tage hernach mit schamroten Wangen offenbarete: wie ich davor hielte, daß Luft und Wasser in Ariqua weit gesünder und fruchtbarer sein müßte als an unserm Orte, indem ich eine starke Veränderung bei mir verspürete. Er befal der Olympia, ja wohl auf mich acht zu haben und eines guten Gratials gewärtig zu sein. Da nun diese noch etliche Tage hernach bekräftigte, daß ich mich ganz sicher und gewiß gesegnetes Leibes befände, schenkte er ihr im größten Vergnügen 50 Zechinen, mich aber trug er sozusagen fast auf den Händen, stellete ein Freudenfest an, ließ vor allen Dingen meine Eltern darzu einladen, welche einige Wochen bei uns geblieben sind, und eben diese waren Ursach, daß ich zur bestimmten Zeit nicht habe in Padua sein können. Endlich, da dieselben wieder nach Hause gekehret, trat ich mit Erlaubnis meines Gemahls, als welchem ich die eheliche Beiwohnung ohnedem bis nach meiner Niederkunft aufgekündiget, die Reise zu einer nahen Befreundtin nach Padua an. Weil ich leicht ermessen konnte, daß Ihr Eure Rückreise von Venedig nicht leicht anders als durch Padua nehmen können, so ließ mich unter der Hand bei dem Kommendanten darnach erkundigen und erfuhr, daß Ihr noch nicht zurückgekommen wäret. Demnach ließ ich alle Tage genauere Kundschaft darauf legen, bis ich endlich Eure Ankunft gleich in der ersten Stunde erfuhr. Ich machte mir die vergnügten Gedanken, daß Ihr Euch abends ohnfehlbar in der Oreda Todesca melden würdet, allein es geschahe nicht, derowegen ward ich aufs neue entrüstet, konnte auch in der Nacht vor Eurer Abreise kein Auge vor Eifersucht und Grimm zutun. Olympien hatte ich wegen einer ihr zugestoßenen Unpäßlichkeit zu Hause lassen müssen, derowegen keine andere vertraute Bediente bei mir als diejenige, welche Ihr zum ersten Male zu Ariqua als eine Bäurin gekleidet werdet gesehen haben. Diese hatte sich seit etlichen Tagen viele Mühe gegeben, mir einen gewissen italiänischen Prinzen zuzuführen, welcher ihr ohnfehlbar einen guten Rekompens versprochen oder vielleicht schon gegeben hatte, allein sie konnte mich mit allen ihren glatten Worten nicht dahin bereden, ihm bei Tage, noch viel weniger bei Nachte eine Visite zu verstatten.

Nunmehro merke ich erst (allein, sie soll ihren Lohn schon empfangen), daß es ihr gewaltig verdrossen haben mag, in ihrer Kupplerei unglücklich zu sein. Derowegen passete sie eben die Zeit ab, da ich am heftigsten auf Euch, mein Engel! fulminierte. ›Ach! Gnädige Frau‹, waren ihre Reden ohngefähr, ›die Deutschen sind verzweifelte Bösewichte, wenn sie etwas Delikates von Frauenzimmer in diesen Landen genossen haben, wischen sie nicht allein das Maul und gehen davon, sondern sie berühmen sich auch dessen in allen Gesellschaften, bloß allein unsern italiänischen Kavaliers zum Tort, um der Welt weiszumachen, als ob sie, die Deutschen, delikatere Personen wären als unsere Kavaliers. Hätte der Herr von Elbenstein ein gut Gewissen gehabt, so würde er in Betrachtung der besondern Gnade und Liebe, die ihm Ew. Durchl. in Ariqua bezeugt, ohnmöglich vorbeireisen können, sondern wenigstens auf eine Stunde seine Aufwartung bei Ihnen gemacht haben. Ach ich weiß noch mehr, allein ich mag nur Ew. Durchl. nicht zu mehrern Zorne reizen.‹

Überlegt selbst, mein allerliebster Elbenstein«, sagte hier die Dame, »ob ein schwaches Werkzeug der Natur, wie ich bin, durch dergleichen verdammte Ohrenbläsereien nicht zur Raserei kann verleitet werden? ›Sage mir alles, was du weißt‹, schrie ich die Bestie an, ›damit ich meine Rache darnach einrichten kann.‹ Hierauf sagte sie: ›Weil ich mich denn darzu gezwungen sehe, so muß ich Ew. Durchl. eröffnen, daß Elbenstein in Venedig in den Hurhäusern das allerliederlichste Leben geführet hat, wie mir ein redlicher Freund sicher berichtet hat, auch hat er sich in allen Gesellschaften gerühmet, was er von Ihnen in Ariqua genossen, auch wohl noch ein weit mehreres darzu gesetzt. Über dieses hat er sich nicht gescheuet, allhier im Gasthofe die leichtfertigsten Reden auszustoßen, womit er niemand anders als Ew. Durchl. hohe Person gemeinet, und wer weiß, was er nicht denen Kavaliers, so bei ihm im Gasthofe gewesen, in Vertrauen aufgebunden hat, denn der Wirt, wenn Sie ihn selbsten wollen kommen lassen, wird gestehen müssen, daß er sehr oft und lange heimlich mit ihnen geredet. Auch wird der Hausknecht in der Oreda Todesca ein mehreres aussagen können, wenn Sie sich die Gedult nehmen wollen, ihn anzuhören. Ach, ich mag nur nichts mehr sagen, Ew. Durchl. möchten sonst meinen, es geschehe aus gehässigen Affekten gegen den von

Elbenstein. Ich erkenne ihn vor einen der galantesten Kavaliere von der Welt, doch da er Ew. Durchl. Ehre und Renommée dergestalt gekränkt, wäre er in Wahrheit des Todes schuldig, allein ich bitte selbst um sein Leben, weiß auch, daß Ew. Durchl. so gnädig sein werden, ihm dasselbe zu schenken. Vielleicht kömmt er nicht so bald wieder in diese Gegend.‹

›Nein! er soll sterben‹, schrie ich, ›rufe mir geschwind den Thomas her.‹ Dieses ist einer von meinen getreusten Bedienten, demselben befahl ich, sogleich vier, fünf oder sechs Banditen zu Pferde zu bestellen, damit sie vor Anbruch des Tages parat wären, er aber sollte um selbe Zeit wieder Ordre von mir empfangen, inmittelst zahlete ich ihm 50 Zechinen, selbige den Banditen auf die Hand zu geben.

Thomas versprach alles wohl auszurichten, mittlerweile setzte ich mich hin und schrieb den Brief, welchen Euch Thomas auf der Straße nachgebracht hat, gab ihm auch alle Instruktion, wie er sich zu verhalten hätte und wie Euch die Banditen traktieren sollten; denn es stieg mir doch ein Appetit auf, Euch nur noch einmal lebendig zu sehen. Sobald ich die Nachricht bekam, daß man Euch auf diesem meinem Schlosse in sichere Verwahrung gebracht, war ich halb befriediget, wäre auch sogleich anhero aufgebrochen, allein ich mußte auf meinen Gemahl warten, welcher wegen seiner angetretenen weiten Reise erstlich in Padua von mir Abschied nehmen wollte. Er kam, hielt sich aber nicht länger als zwei Tage und Nächte daselbst auf, mittlerweile sendete ich meine vermeinte Getreue, aber, mein Engel! Eure vermaledeiete Verleumderin anhero, um mit dem alten Schloßverwalter Eure Inquisitionsarticul zu formieren. Ach, die Bestien haben mich alle beide betrogen und Euch, mein Leben! über meinen Befehl viel zuviel getan.«

Hiermit fing die Fürstin bitterlich zu weinen an, so daß Elbenstein bewogen ward, sie zu umarmen, zu küssen und zu bitten, daß sie von dieser Begebenheit nur gar nichts mehr gedenken möchte, indem ihm alle seine ausgestandene Marter mit reichlichen Vergnügen und süßer Lustbarkeit vielfältig ersetzt worden. Sie aber, nachdem sie eine gute Anzahl Tränen vergossen, welche Elbenstein mehrenteils mit seinen Lippen aufgefangen, sagte:

»Nein! ich muß diese verfluchte Begebenheit vollends auserzählen: Das verteufelte Weibsstücke drunge mit subtilen Worten und listigen Griffen stark darauf, daß ich Euch nicht mehr sehen, sondern ihr die

Ordre zustellen sollte, Euch den Kopf abschlagen zu lassen. Zu meinem Glücke kam eben die Olympia, welcher ich den ganzen Prozeß erzählte. Diese stellete sich anfänglich ganz unpassioniert darüber, endlich aber beredete sie mich, daß ich selbsten auf dieses mein Schloß fahren und Eure Exekution mit ansehen sollte. Ich folgte ihr, ließ es auch auf ihr Einreden zur Extrémité kommen. Ich und sie bewunderten Eure Standhaftigkeit, ich aber am meisten Eure Verschwiegenheit und getreue Liebe gegen mich. Wir beide guckten durch ein verborgenes Loch in das Gewölbe. Da nun der letzte Streich vollzogen werden sollte, mußte Olympia mit ihrer Stimme Halt! geb[i]eten, da ich Euch aber, mein Leben! gleich darauf in Ohnmacht dahinsinken sahe, entwichen mir alle meine Lebensgeister, und ich bin gleichfalls in eine Ohnmacht verfallen, auch darinnen, wie mir Olympia gesagt, über drei Stunden verharret, so daß sie an meinem Wiederaufleben gezweifelt hat.

Man mußte mir, sobald ich mich wieder besonnen, alle Viertelstunden Nachricht von Eurem Zustande bringen, ich konnte mich aber dennoch nicht eher zufriedengeben, bis ich vernahm, daß Ihr wiederum ganz munter wäret und eine lebhaftere Farbe bekommen hättet. Ich gab sogleich Befehl, Euch aufs allersinnlichste beste zu traktieren, um aber Euer Naturell auszuforschen, ließ ich aus Padua eine Dame de Fortun kommen, welcher ich 50 Zechinen zum voraus schickte. Dieser gab ich alle Anschläge, wie und welchergestalt sie Euch in Versuchung führen sollte. Sie spielte auch ihre Person vortrefflich, denn ich habe dem ganzen Spiele durch ein Loch, welches mit Fleiß in die Tapeten gemacht ist, jedoch von den wenigsten bemerkt wird, jederzeit vom Anfange bis zum Ende gesehen, auch außerdem alles beobachtet, was Ihr in der Einsamkeit vorgenommen.

Nimmermehr hätte ich mir eingebildet, daß Ihr diese Versuchung überstehen können, denn diese Person ist in Wahrheit eine der schönsten Kreaturen weibliches Geschlechts. Ich hatte mir auch vorgenommen, wenn Ihr dieselbe karessiert, keine andere Rache an Euch auszuüben, als daß Ihr mich nimmermehr wieder berühren sollen, sondern Ihr hättet mir gleich Tages darauf einen körperlichen Eid schwören müssen, von allen dem, was Euch begegnet, niemanden etwas zu offenbaren; hernach würde ich Euch haben bei Nachtszeit in einem verdeckten Wagen bis auf die nächste Poststation bringen lassen.

Jedoch solchergestalt erreichte meine Liebe zu Eurer Person den höchsten Grad, jedennoch reizte mich die mir und, glaube ich, dem ganzen weiblichen Geschlechte angeborne überflüssige Neugierigkeit, Euch mit meiner eigenen Person doch noch einen Streich zu spielen. Allein ich muß bekennen, daß mich Eure Standhaftigkeit in allen Stücken überwunden und mich zu Eurer Gefangenen gemacht hat. Hierbei bitte ich mir aber dieses aus, daß Ihr zu meinem Vergnügen ohne Euren Verdruß noch eine Zeitlang allhier bei mir bleibet und meine Niederkunft abwartet, denn mein Gemahl wird vor der Zeit nicht zurückkommen, sodann, wenn Ihr erstlich die Frucht unserer Liebe mit Euren Augen gesehen, will ich Euch auf dieses Mal von mir reisen lassen. Ach! wollte der Himmel, ich wäre frei und ledig, es sollte mich nichts verhindern, Euch alle ersinnlichste Divertissements zu machen, so aber, mein Leben! werdet Ihr selbst vors ratsamste erkennen, daß wir unser Liebeswerk so heimlich treiben, als nur immer möglich ist. Unterdessen, da wir uns außerhalb dieses Schlosses nicht wohl eine Veränderung machen können, will ich doch besorgt sein, Euch im Zimmer, soviel als mir möglich ist, allen angenehmen Zeitvertreib zu verscharren, auch werde ich nicht vergessen, Eurer Versäumnis und ausgestandenen Ungemachs wegen eine billige Vergeltung zu tun, Euren Verleumbdern und Peinigern aber ihren verdienten Lohn geben lassen.«

Hiermit beschloß die Dame ihre Erzählung, Elbenstein aber umfassete und küssete dieselbe, schwur erstlich hoch und teuer, daß er nicht nur allen vorhero gehabten Verdruß um des vor- und nachhero genossenen Vergnügens willen in ganz keine Betrachtung mehr zöhe, sondern auch zeitlebens keinem Menschen ein Wort darvon sagen wollte, vielmehr wünschte er, wenn es die Umstände zuließen, ihr ewiger Sklave zu sein, wenn er nur versichert wäre, daß sie ihn beständig liebte und nicht etwa durch ungleichen Verdacht von neuen auf andere vor ihn gefährliche Gedanken geriete. »Ich weiß wohl«, fiel ihm die Dame in die Rede, »wo Ihr hinzielet, mein Leben! Es ist auch mehr als zu gewiß, daß viele Damen von meiner Nation den Gebrauch haben, ihre Amanten, nachdem sie sich genung mit denselben divertiert, ins Reich der Toten zu schaffen, jedoch die meisten mögen es wohl eben nicht aus einem besondern Ekel und Überdruß, sondern vielmehr aus Vorsicht tun, damit ihnen nicht etwas Ungebührliches nachgeredet werde. Allein ich, da ich Euch bis auf den letzten Augenblick meines Lebens, auch wo es möglich ist, noch nach dem Tode lieben werde, indem mir Eure Person und Aufführung vor allen andern Menschen auf der ganzen Welt am allerbesten gefällt, ich auch Eurer Treue nunmehro vollkommen versichert bin, so schwere ich Euch bei allem dem, was heilig heißt, und daß ich auf dieser Welt nicht der geringsten Wohlfahrt, Freude, Glücks noch Vergnügens, viel weniger des allergeringsten Teils der ewigen Seligkeit gewürdiget werden, hergegen zeitlich und ewig verflucht und verdammet sein will, und zwar von Rechts wegen nach meinem eigenen Willen und Verlangen, woferne ich einigen Rat oder Befehl einwilligen, geben oder stellen will, der Eurem Glück, Vergnügen und Leben schädlich oder im allergeringsten nachteilig sein sollte oder könnte, zumalen da ich weiß, daß, ob Ihr gleich mit der Zeit mich zu lieben überdrüssig werden möchtet, Ihr dennoch mir nichts zur Schmach und Schande nachreden werdet.« Indem nun die Dame hierbei einige Tränen fallen ließ, Elbenstein aber durch diesen ihren teuren Schwur und andere zärtliche Reden sich aus allen innerlichen Kummer und Sorgen in das größte Vergnügen und Sicherheit gesetzt sahe, trocknete er erstlich ihre Augen mit seinen Lippen und blieb hernach mit seinem Munde eine gute Weile stillschweigend auf ihren Lippen liegen. Endlich aber fing er so an zu reden: »Ist's auch möglich, daß ein Mensch in der Welt glücklicher ist als ich? von so einer himmlischen Schönheit und irdischen Göttin sich so zärtlich geliebt zu sehen, die ich nicht allein von Grund des Herzens und der Seelen liebe, sondern in der größten Ehrfurcht anbete.« Hiermit ließ er sich vor ihr nieder, küssete derselben die Füße, wagte hernach ihre Knie zu entblößen und dieselben zu küssen, ja, da er wahrnahm, daß die Dame mit halb gebrochenen Augen in einer süßen Ohnmacht lag, verirrete sich sein Mund noch weiter hinauf, und in solcher Positur verharrete er, bis sich die Dame ermunterte und ihn selbsten vom Boden aufhub.

Es würde viel zu weitläuftig, auch undiensam fallen, alle fernerweitigen Karessen und verliebten Gespräche dieser beiden vergnügten Personen zu referieren, doch ist dieses noch zu bemerken, daß Elbenstein, da er aus ihren Reden vernommen, wie sie gesonnen, seine Verleumbderin und seinen Inquisitorem bestrafen zu lassen, eine Vorbitte vor diese beiden Verbrecher bei der Dame einlegte; allein diese gab darauf zur Antwort: »Alles bittet von mir, mein Leben! was Ihr wollet, alles was in meinem Vermögen ist, auch sogar das Blut aus meinen Adern soll Euch zu Diensten stehen, nur in diesem Stücke lasset mir meinen Willen und der Gerechtigkeit den Lauf.« Er fuhr im Vorbitten fort, indem er befahrete, sie möchte diese beiden bösen Personen gar ums Leben bringen lassen, allein sie gab zur Antwort: »Mein Engel, nur in diesem Stücke lasset mir meinen Willen, in allen andern aber will ich nicht nur Eure Bitten, sondern auch Eure Befehle gelten lassen, denn ich bin die Eurige.« Wie nun Elbenstein merkte, daß sie diese Rede mit einiger Heftigkeit vorbrachte, schwieg er stille, bis sie endlich sagte, es würde ihm nicht entgegen sein, daß sie heunte gewisser Ursachen wegen die Abendmahlzeit allein in ihrem und er in seinem Zimmer einnähmen, aufs längste drei Stunden hernach aber bäte sie sich von ihm eine Nachtvisite aus seinem in ihr Bette durch die Zugtüre aus.

Demnach schieden sie auf dieses Mal voneinander, sie in ihr und Elbenstein in sein angewiesenes Zimmer, allwo er sich die Kleidung abziehen ließ und seinen Schlafhabit anlegte, erstlich eine Zeitlang im Fenster guckte, bis ihm die Abendmahlzeit gebracht wurde, nach Einnehmung derselben aber sein Historienbuch vor die Hand nahm und sich die Zeit darmit passierte, bis er vermerkte, daß die Stunde gekommen, sich im Bette einzufinden. Er hatte die richtige Zeit getroffen, denn, kaum da er sich niedergelegt, wurde die köstliche Tür aufgezogen, und die Tapeten öffneten sich, da er denn die Dame im Bette sitzend erblickte, welche ihren Arm gegen ihn ausstreckte. Er trat also die kurze Reise an und kam nicht eher wieder zurück, bis der Tag angebrochen war, jedennoch war beiden die Zeit gar nicht lang worden, sondern unter den Händen verschwunden.

Elbenstein schlief fast bis gegen Mittag und wurde kaum eine Stunde hernach, als er sich angekleidet, bei die Dame zur Tafel gerufen, welche sich zwar sehr freundlich gegen ihn, jedoch darbei auch etwas tiefsinnig aufführete. Nach aufgehobener Tafel brachte sie ihm einen Becher Wein zu mit den Worten: »Auf unser beiderseits beständiges Vergnügen.« Wie nun Elbenstein Bescheid getan hatte, sagte die Dame: »Nun kommet, mein Engel! Ich will Euch etwas zeugen.« Hiermit nahm sie ihn bei der Hand und führete ihn eine verborgene Treppe hernieder in eben dasjenige Gewölbe, wo er anfänglich gefangen und geschlossen gesessen hatte. Es war niemand darinnen befindlich als die beiden Stummen, welche, als ihnen die Dame einen Wink gab, den Teppich von einem Tische abnahmen, da denn Elbenstein auf zwei Schüsseln zwei abgehauene Köpfe liegen sahe. Er erkannte beide alsogleich, wie nehmlich der eine Kopf der Person zugehöret hatte, welche er vor einiger Zeit bei der Dame in Ariqua gesehen, der andere aber dem Schloßverwalter, welcher sein Inquisitor gewesen war. Seine Bestürzung war hierbei sehr groß, und als die Dame selbige bemerkte, führete sie ihn wieder zurück die Treppe hinauf, unterweges aber sagte sie: »Sehet, mein Leben! So habe ich die an mir und Euch begangene Bosheit und Falschheit rächen und bestrafen lassen, nun ist mein Herze zufriedengestellet, zu Eurer Satisfaktion aber müßte mein eigener Kopf von Rechts wegen zwischen diesen beiden stehen.« Elbenstein fiel abermals zu ihren

Füßen und bat, ihn mit dergleichen herzkränkenden Worten nicht ferner zu quälen, kontestierte anbei hoch und teuer, wie er es sehr gern gesehen, wenn sie diese beiden Delinquenten begnadiget und ihnen das Leben geschenkt hätte. »Nein!« versetzte sie, »das konnte nicht sein, sondern ihr Verbrechen und Eure und meine Liebe erforderten ein solches Urteil absolute. Kommet aber weiter, wir wollen uns einen andern Zeitvertreib machen.« Hiermit führete sie ihn wieder in ihr gewöhnliches Zimmer, da sich denn alsobald in dem Nebenzimmer eine schöne Musik hören ließ, sie aber hielt Elbenstein, der sich neben sie in den Schlafstuhl setzen mußte, beständig in ihren Armen und machte ihm alle ersinnliche Karessen, bis sie wiederum zur Tafel und denn zu Bette gingen.

Diese Lebensart, welche man deutlicher zu beschreiben ein Bedenken trägt, währete also so lange fort, bis endlich der Dame die Geburtsschmerzen ankamen und dieselbe einen jungen wohlgestalten Sohn zur Welt brachte, über welchen sich Elbenstein selbst nicht wenig vergnügte. Sie befand sich bei dieser ihrer Niederkunft frischer und stärker, als man hätte vermeinen sollen. Weiln aber nicht allein Briefe von ihrem Gemahl eingelaufen waren, worinnen derselbe seine baldige Zurückkunft ankündigte, über dieses das fernerweitige Liebeskommerzium sehr gefährlich zu sein schien, war die Dame endlich von selbsten so généreux, Elbensteinen seine Dimission zu geben, und diese stellete sie ihm eines Abends schriftlich in folgenden Zeilen zu:

Mein Allerliebster!

Ich bitte nochmals um Verzeihung wegen aller Euch meinetwegen zugefügten Schmach und Herzeleides. Hierbei aber danke ich Euch zu tausend Malen vor das mir gemachte unschätzbare Vergnügen. Ich werde Euch lieben, so lange ein Atem in mir, und die Zeit wohl absehen, Euch, sobald es immer möglich ist, Nachricht zu erteilen, wo wir einander aufs neue vergnügt umarmen können. Den morgenden Tag verlange ich noch 1000 Küsse von Euch, die Anstalten aber sind bereits gemacht, daß Ihr, sobald es dunkel ist, in einem zugemachten Wagen von hier ab und bis nach M. gebracht werden sollet, von wannen Ihr auf der Post weiter fortkommen könnet. Einen Reisecoffre habe ich Euch selbst eingepackt, worinnen Ihr 1000 Zechinen finden werdet nebst andern Kleinigkeiten, die Ihr zum Angedenken meiner Person tragen sollet. Die übrigen Sachen, die Ihr bei Euch habt und worauf man sich noch besinnen wird, werdet Ihr bei Euch selbsten einzupacken belieben, es werden die Stummen hierzu einen andern Coffre bringen. Eurem Fürsten habe ich durch die dritte Hand Eurentwegen soviel zur Nachricht geben lassen: Ihr hättet Euch mit einem gewissen vornehmen Frauenzimmer in Liebessachen eingelassen und derselben die Ehe versprochen, weiln es aber Euch nachhero gereuet haben möchte, so wären deren Freunde, denen sie es geklagt, auf die Gedanken geraten, Euch einen Possen zu spielen und listigerweise in genaue Verwahrung bringen zu lassen, damit sie Eure Erklärung vernehmen möchten. Unterdessen sollten Sr. Durchl. so gnädig sein und Eure Sachen sowohl als Eure Ehre in Dero Schutz nehmen, weil Ihr vielleicht mit nächsten wiederum vor ihnen erscheinen würdet. Diese Szene, mein Leben! könnet Ihr fortspielen und Eurem Fürsten zu verstehen geben, daß Ihr zwar wieder ledig und frei gestellet worden, jedoch Euch mit einem körp[er]lichen Eide verpflichten müssen, von allen dem, was Euch begegnet, niemanden etwas zu melden, viel weniger auf Rache bedacht zu sein. Ich glaube, daß ich keinen unebenen Rat gegeben habe, unser Liebesgeheimnis verborgen zu halten, und weil ich mich auf Eure Treue und Redlichkeit völlig verlasse, so beharre, wenn ich zuvorn morgen noch mündlichen Abschied von Euch genommen habe

Eure ewig Getreue.

Einesteils war Elbenstein einigermaßen betrübt, daß er eine so unvergleichliche Amour verlassen sollte, andernteils aber war er auch erfreuet, sich in Freiheit und aus so gefährlichen Umständen kommen zu sehen, zumalen da er sich dergestalt bereichert sahe. Nunmehro, ach leider! dachte er erstlich wieder an das liebe Gebet und bat den Himmel, daß ihn derselbe doch noch einmal aus diesem Irrsale heraus und glücklich an Ort und Stelle führen möchte, jedoch ein Gelübde wollte er nicht tun, weiln er wohl sahe, daß sein Fleisch und Blut zu schwach war, dasselbe zu halten. Er hatte in der darauffolgenden Nacht einen wenigen Schlaf, indem er sich allerhand Gedanken machte, wie er seine Lebensart hinfüro anstellen und ob er noch eine Zeitlang in Italien verbleiben wollte oder nicht, endlich fiel der Schluß dahinaus, daß er je eher je lieber seine Dimission bei seinem Fürsten suchen und aus diesem gefährlichen Lande hinweg entweder nach Frankreich oder gar wieder in sein Vaterland reisen wollte, indem er befürchtete, daß es ihm endlich noch gar leicht einmal der verbotenen Liebeshändel wegen unglücklich ergehen könne. Des darauffolgenden Morgens stund er etwas zeitlicher auf als gewöhnlich, und weil ihm die Stummen, nachdem er sich angekleidet, einen Korb mit Wäsche brachten, die er ihnen etliche Tage vorher gegeben, um selbige waschen zu lassen, fing er allgemach an, seine Sachen einzupacken. Bald hernach brachten eben diese Stummen einen großen schweren Reisecoffre in sein Zimmer getragen und überreichten ihn den in ein Papier versiegelten Schlüssel darzu. Er war sehr begierig zu wissen, was sich darinnen befände, wollte aber doch denselben nicht ehr eröffnen, bis er erstlich mit Einpacken fertig wäre, kaum aber, da dieses geschehen, ließ ihn die Dame durch die Olympia zu sich in ihr Zimmer rufen, allwo er dieselbe auf dem Bette sitzend und weinend antraf. Er fiel auf das eine Knie vor ihr nieder und fragte nach der Ursach ihrer Betrübnis. »Ach!« sprach sie, »mein Leben! soll ich nicht weinen, da ich Euch von mir lassen muß und nicht weiß, ob ich Euch zeit meines Lebens wieder zu sehen bekommen werde; denn wie bald könnet Ihr Euch resolvieren, dieses Land zu verlassen und nach Eurem Vaterlande zu reisen.«

Es schien, als ob sie seine Gedanken erraten hätte, allein Elbenstein versicherte, wie er zwar gesonnen, den Abschied von seinem Fürsten zu fordern, um noch die vornehmsten Städte in Italien zu sehen, hernach aber wolle er sich in Padua unter dem Vorwande, daselbst noch seine Studia abzuwarten, so lange aufzuhalten, bis er von ihr Erlaubnis bekäme, einmal eine Reise zu seinen Eltern zu tun. »Wie lange vermeinet Ihr«, fragte sie, »herumzureisen, ehe Ihr nach Padua kommet?« »Ich vermeinete«, gab er zur Antwort, »etwa um die Neujahrszeit oder auch wohl etwas früher daselbst einzutreffen.« »Ach tut doch dieses«, sagte sie, »je ehr je lieber, von mir werdet Ihr alle drei Monat 100 Zechinen Zuschuß zu Eurem Studieren zu empfangen haben, um Euch vor andern in etwas hervortun zu können.«

Elbenstein küssete ihre Hände und gab zu vernehmen, wie er von ihrer Gütigkeit bereits dergestalt mit Geschenken überhäuft worden, daß er nicht genugsame Worte vorzubringen wüßte, seine Dankbarkeit an den Tag zu legen. »Ich will«, versetzte sie hierauf, »daß Ihr mir hiervon durchaus nichts gedenken sollet, sondern redet mir heut zu guter Letzte noch etwas vor, das ich lieber höre.« Diesemnach gerieten sie beide auf verliebte Gespräche, nahmen auch Abrede, wie sie ihre Korrespondenz einrichten wollten, endlich aber wurde das Zeichen gegeben, zur Tafel zu kommen, da sie denn über zwei Stunden miteinander speiseten, nachhero eine gute Zeit im Zimmer herum spazierengingen und von ihren Geheimnissen sich unterredeten; allein sie vertieften sich dergestalt, daß die Dame endlich sprach: »Mein Engel, es ist heute der 18te Tag nach meiner Niederkunft, an welchen ich dich von mir lassen muß, weil mein Gemahl, wo nicht diese, doch längstens die andere Woche zurückkömmt.

Ich befinde mich sonsten in vollkommen gesunden Stande, derowegen kann ich den Abschied nicht so trocken geschehen lassen. Meine Augen haben die vergangene Nacht und heute früh Tränen genung fließen lassen, derowegen ist es billig, daß ich noch etwas zur Gemütsberuhigung empfange.« Wie aber das übrige Bezeigen einige Schwachheit anzeigte, indem sie ganz ermüdet auf das Bette darniedersank, war Elbenstein auch so unbarmherzig nicht, dieselbe trostlos zu verlassen, sondern gab ihr von dem bei sich führenden, probat befundenen Lebensbalsame, den er nun fast drei Wochen daher präpariert und aufgesparet, noch etliche Doses ein, welche ihr dergestalt wohl bekamen, daß sie vor Freuden, jedoch mit schwacher Stimme ausrief: »Nun ist's genung! Habe Dank, mein Engel! Es hat seine Richtigkeit aufs neue, oder ich verwette mein Leben.«

Es ist nicht zu beschreiben, wie zärtlich sie ihn hierauf karessierte, und Elbenstein wurde hierdurch dergestalt eingenommen, daß er fast selbst nicht wußte, wie ihm zumute war. Endlich richtete sich die Dame wieder auf, lösete ihre mit kostbarn Juwelen versetzten Armbänder ab, entblößete Elbensteins Arme und befestigte sie darum, welcher, wo er sie nicht alterieren wollte, mit sich machen lassen mußte, was ihr beliebte, ja er durfte sich nicht einmal davor bedanken, sondern mußte nur angeloben, daß er sie beständig verdeckt an seinen Armen tragen und niemals ablegen wollte.

Unter allen diesen verliebten Unternehmungen rückte endlich der Abend herbei, weswegen die Dame der Olympia ein Zeichen gab, daß sie keine ordentliche Abendmahlzeit, sondern nur kalte Küche auf die Serviette verlangte. Wie nun dieses bereit, hielten beide Verliebte die Abschiedsmahlzeit miteinander, und zwar sehr kurze Zeit, denn Elbenstein, welcher sich ungemein wehmütig angestellet, gab zu vernehmen, wie er noch ein und anderes von Kleinigkeiten zu besorgen hätte. Die Dame fragte ihn, ob er seinen Coffre, den ihn die Stummen überbracht, eröffnet hätte. Er gab zur Antwort, wie er es willens gewesen, wäre aber durch die Olympia, welche ihn abgerufen, daran verstöret worden ... Alsobald fiel ihm die Dame ins Wort und sagte: »Mein Kind, es ist unnötig, daß Ihr denselben allhier eröffnet, jedoch weil ich mich besinne, daß Ihr Eure Barschaften neulich wohl meistens von Euch gegeben, will ich Euch solche wieder vergüten.« Hiermit ging sie über ihr Chatoull und langete einen gestickten Beutel mit 300 Zechinen heraus, welchen Elbenstein ohne einige Widerrede annehmen mußte, nach diesem erlaubte sie ihm, erstlich nach seinen Sachen zu sehen und den Stummen zu befehlen, daß sie dieselben alsofort auf den Wagen bringen sollten, damit er, wenn die Nacht eingetreten, gleich abreisen könnte; jedoch solle er sich nicht säumen, alsobald wieder bei ihr zu sein.

Der in seinem Gemüte ziemlich verwirrte Elbenstein packte demnach alles, was er etwa von Kleinigkeiten noch herumliegen hatte, vollends ein, erteilte den Stummen die Ordre und schenkte jeden 25 Zechins vor die bisherige Aufwartung, der Olympia aber, die einen neuen Reiserock und ein Flaschenfutter mit Wein herbeitragen ließ, verehrte er 50 Zechins, welche sich zwar anfänglich sehr wegerte, dieselben anzunehmen, jedoch endlich erbittlich war und ihm die Hand davor küssete.

Endlich rückte die Stunde heran, da es allmählig anfing dunkel zu werden, derowegen Elbenstein sich nicht säumete, nochmals zu seiner Gebieterin zu gehen und Abschied von ihr zu nehmen. Er traf sie abermals weinend an, und seine Tränen vereinbarten sich mit den ihrigen, jedoch er fassete ein Mannsherze, sprach ihr den kräftigsten Trost zu und malete die Hoffnung eines baldigen Wiedersehens so lebhaft ab, daß sie endlich ganz munter ward und sagte: »Nun, so reise glücklich, mein Leben! der Himmel bewahre dich vor allem Unglück. Verbleibe mir getreu, und vergiß meiner nicht leichtsinnigerweise, weil ich dich über alles in der Welt liebe. Halt dein Versprechen und komm so bald, als es möglich ist, nach Padua, so werde ich binnen 24 Stunden Nachricht von deinem Dasein haben können, wenn du dich bei demjenigen meldest, wo ich dich hingewiesen.« Elbenstein versicherte, daß er ihren Befehlen in allen Stücken aufs genauste nachleben wollte, und endlich sagte er: »Noch eine Gnade bitte mir von Ew. Durchl. aus.« »Worinnen bestehet diese, mein Herz?« fragte sie. »Dasjenige noch wenigstens ein einzigmal zu küssen, welches Sie das Pfand unserer Liebe zu nennen beliebten.« Augenblicklich ging die Schöne selbsten hin und holete den kleinen Prinzen, welchem Elbenstein mehr als 100 Küsse gab. Dieses affizierte die Dame dergestalt, daß sie der Olympia rief, das Kind wieder hinwegzutragen, zu Elbensteinen aber sagte sie: »Diese Karesse hat mein Herz am allerweichsten gemacht, nimm diesen Ring noch zu dessen Angedenken!« Unter diesen Worten zohe sie noch einen Ring, der mehr als 200 Zechinen wert war, von ihren Finger ab und steckte ihn an Elbensteins Finger. »Ach reise glücklich und komm bald zurück, vielleicht kann ich noch diejenige Person sein, die dein Glück auf dieser Welt macht.« Elbenstein konnte vor innerlichen Jammer fast kein Wort mehr hervorbringen, derowegen wurden, weil die Nacht schon eingebrochen war, nur noch etliche hundert Küsse gewechselt, worauf er sozusagen wie die Katze vom Taubenschlage stillschweigend Abschied nahm und sich (da sie ebenfalls mit zugedruckten weinenden Augen auf dem Bette als halb ohnmächtig liegenblieb), sobald nur die Olympia herzukam, von den Stummen bis an den bereits angespannten Wagen begleiten ließ und fort fuhr.

Es ist, wie die wenigsten leugnen werden, die Liebe überhaupt ein wunderlicher Affekt, insbesondere aber die heimliche und verbotene, denn diese letztere ist vermögend, dem Menschen weit mehrere Leidenschaften zu verursachen als die erlaubte. Wie es der Dame nach Elbensteins Abschiede ergangen, davon haben wir keine zuverlässige Nachricht; Elbenstein aber saß in dem Wagen als ein wachender Träumer, indem die ganze Nacht hindurch kein Schlaf in seine Augen kam, jedoch konnte er sich nicht eher besinnen, bis er des andern Tages gegen Mittag von dem obgedachten Thomas erinnert wurde, aus dem Wagen zu steigen und seiner Bequemlichkeit zu gebrauchen. Er ermunterte sich demnach aus seiner schlaflosen Träumerei, stieg aus dem Wagen und ward gewahr, daß er nicht nur den Thomas, sondern noch andere sechs Reuter zur Eskorte bei sich hatte, welches ihm einigermaßen bedenklich vorkam, jedoch er ließ sich nichts merken, sondern von dem Wirte in ein besonderes Zimmer führen, allwo er sich einen glühenden Wein bestellte und sich mittlerweile aufs Bette streckte, um womöglich ein wenig zu schlafen. Indem aber kam Thomas und überreichte ihm einen versiegelten Brief, worinnen er folgende Zeilen zu lesen bekam:

Liebstes Leben!

Ich habe meinem Thomas befohlen, Dir diesen Brief nicht eher einzuhändigen, als bis du in M. angelanget bist. Ich wünsche, daß Deine Reise bis dahin glücklich gewesen und noch fernerweit glücklich sein möge. Gefahr hat es nicht leicht haben können, weil ich Dir außer meinem Thomas zur Begleitung sechs Reuter mitgegeben habe, und auf den Posten wirst Du auch ohnfehlbar sicher sein. Thomas hat einen gesattelten Neapolitanerhengst nebst allem andern Zubehör an Dich zu übergeben anstatt Deines Pferdes, welches hier umgefallen ist und sich ohnfehlbar um seinen Herrn zu Tode gegrämet hat. Antworte mir mit wenigen Zeilen, damit ich mich nur an den leblosen Buchstaben ergötzen kann, bis ich das Vergnügen habe, Dich in eigener Person wieder zu umarmen. Ich bin und verbleibe die

Deinige.

Elbenstein ließ sich Dinte, Papier und Feder bringen und beantwortete den Brief folgendergestalt:

Meine Seele!

Ich weiß fast nicht, ob ich noch recht mehr lebe oder nicht, weil von Dir, meine Seele, ich mich getrennet sehen muß. Oh! wie unbarmherzig bist Du gewesen, mich zu einem unaussprechlichen Vergnügen, aber nur auf so kurze Zeit führen zu lassen, und oh! wie unbarmherzig bist Du nicht nachhero gewesen, mir den letzten Streich zurückhalten zu lassen. Wie längst wäre ich aller meiner Marter los, nunmehro aber empfinde ich erstlich tägliche, ja, was sage ich! beständige Todesangst, da ich nicht allein von Dir entfernt leben, sondern auch einem andern dasjenige überlassen muß, was meine Sehnsucht sich einzig und allein, aber keinem andern gönnet. Mein Dir allein ergebenes Herz fängt schon an, den Adern den Dienst zu versagen und den Umlauf des Geblüts zu verhindern, demnach dürfte mein Ende fast nahe sein, jedoch verbleibe ich nebst gehorsamster Danksagung vor alle genossene Liebe, Gnade und Wohltaten

Dein

bis in Tod Getreuer.

Kaum hatte er diesen Brief ausgeschrieben, als Thomas den glühenden Wein brachte und darbei fragte, ob Ihro Gn. nicht belieben wollten, das kostbare Pferd selbst in Augenschein zu nehmen, welches Ihro Durchl. ihm zu überreichen mitgegeben hätten. Elbenstein war oder stellete sich wenigstens ganz malade an, ging aber doch, nachdem er den glühenden Wein getrunken hatte, mit ihm herunter, ließ seine Coffres und Sachen erstlich hinauf in seine Stube schaffen und besahe hernach den neapolitanischen Hengst, welcher ihm sehr wohl anstund, auch dahin bewog, daß er dem Thomas zwölf, jeden Reuter aber drei Zechinen zur Diskretion gab, da denn diese ein paar Stunden hernach mit dem Wagen ihre Rückreise antraten.

Der Wirt mochte Elbensteinen ohnfehlbar vor einen Prinzen oder andere Standesperson ansehen, begegnete ihm demnach auf die alleruntertänigste Art, da dieser aber sich vernehmen ließ, daß er erstlich ausschlafen, nicht eher als auf den Abend speisen, den andern Tag annoch ausruhen, dritten Tages aber mit einer Extrapost weiterreisen wollte, richtete er sich darnach ein und ließ ihm einen artigen Knaben zur Bedienung, welcher, da sich Elbenstein aufs Bette legte, sogleich seine sodomitischen Dienstleistungen anbot. Wie aber Elbenstein vor dergleichen einen recht natürlichen Abscheu hatte und ihm zurückzugehen befahl, kam ein alter Hausknecht und meldete sich, daß er befehligt wäre, die Wache vor seiner Tür zu halten, und daferne Ihro Gn. etwas zu befehlen hätten, dürften sie nur Antonio rufen. Dieses ließ sich Elbenstein eher gefallen, schlief aber alsobald ein und ruhete einige Stunden.

Als er wieder aufgewacht, befahl er dem Antonio, daß er ihm die Abendmahlzeit bestellen sollte, welche bald hernach gebracht wurde. Der Wirt wartete ihm selbst auf und fing nach unterschiedlichen Gesprächen dieses zu reden an: »Ich sehe, daß Ew. Gn. keinen Bedienten bei sich haben, wenn Ihnen demnach an einem geschickten deutschen Menschen etwas gelegen wäre, wollte ich denselben heraufrufen, er ist einige Jahr allhier in Italien bei einem vornehmen deutschen Kavalier in Diensten gewesen und hat die italiänische Sprache sehr wohl gefasset.« Elbenstein gab hierauf zur Antwort, daß der Herr Wirt diesen Menschen nach der Mahlzeit herauf zu ihm senden möchte; welches denn auch geschahe, indem Elbenstein nicht lange bei Tische saß. Sobald der Deutsche ins Zimmer getreten und Elbenstein an ihm bemerkte, daß er wohlgekleidet und sehr reputierlich aussahe, fragte er denselben ganz freundlich, wer und woher er wäre. Dieser gab zur Antwort: »Ihro Gn. gebe gehorsamst zu vernehmen, daß ich von Frankfurt gebürtig bin und daselbst die Chirurgie erlernet habe. Vor sechs Jahren aber bin ich mit einem vornehmen deutschen Baron, dem Herrn von L., als Kammerdiener mit in dieses Land gereiset. Nachdem aber dieser mein Herr vor etlichen Wochen in N. meuchelmörderischerweise ums Leben gebracht worden, habe ich seithero Gelegenheit gesucht, bei einem oder andern deutschen Herrn in Diensten zu kommen, damit ich endlich einmal mein Vaterland wieder zu sehen bekommen möchte.« »Ich habe«, sagte Elbenstein, »von dem Baron von L. vielmal reden hören, was hat aber Gelegenheit zu seiner Ermordung gegeben?« »Ach leider!« gab der Kammerdiener zur Antwort, »nichts anders als die Ausschweifungen in Liebessachen; allein es möchte Ew. Gn. wohl zu langweilig fallen, wenn ich Ihnen die Streiche, so er in diesem Lande vorgenommen, ausführlich erzählen wollte.« »Mein lieber Landsmann«, versetzte Elbenstein, »Er erzeigte mir hiermit einen besondern Gefallen, denn ich habe nicht allein hier wohl ausgeschlafen, sondern pflege auch sonsten meinem Schlafe abzubrechen, wenn mir jemand Geschichte erzählet. Hier ist Wein, trinke Er nach Belieben soviel, als Er will, und setze sich dabei nieder, damit Ihm das Reden nicht zu sauer wird, ich werde Ihm, wo ich Ihn nicht in Dienste nehme, dennoch eine Diskretion geben.«

Der Mensch gehorsamete Elbensteinen und fing seine Erzählung also an: »Nachdem mein Herr, der Baron von L., die vornehmsten Städte Italiens besehen und fast allerwegen der Göttin Venus vielfältige Opfer gebracht, indem er ihre Nymphen nicht suchen durfte, sondern selbst von ihnen aufgesucht und zur Liebeslust angereizt wurde, kamen wir endlich nach N., allwo es ihm besser als an irgendeinem Orte gefiel, weil er daselbst nicht allein den vergnügtesten Umgang mit schönen Frauenzimmer, sondern auch mit verschiedenen deutschen Offiziers und Kavaliers haben konnte. Eines Tags trug sich's zu, daß er einen seiner guten Freunde besuchte, welcher Tags vorhero im Duell einen gefährlichen Stoß in die Brust bekommen hatte. Es kamen noch verschiedene andere deutsche Offiziers und Kavaliers dahin, welche dem Patienten die schmerzhafte Zeit vertreiben wollten. Auch war ein Medicus zugegen, der den Patienten innerliche Medikamenta gab. Dieser Medicus war ein ziemlich glücklicher und wohlgereiseter Arzt, indem er viele Sprachen redete, hierbei aber haselierte er gar gewaltig, so daß die Offiziers und Kavaliers gemeiniglich einen Narren aus ihm machten, denn er wollte sein Geschlecht von den alten longobardischen Königen herführen, war aber doch bloß mit dem adelichen Charakter zufrieden, wenn man ihn nehmlich nur den Herrn von Oegneck nennete. Zur Frau hatte er eine extraordinäre schöne Dame, doch weil er der Eifersucht im allerhöchsten Grad ergeben, ließ er sie fast vor keinem Menschen sehen, und wenn ihr ja einmal erlaubt war, frische Luft zu schöpfen, mußte solches dennoch durch eine Masque geschehen, um zu verhüten, daß sich niemand an ihrer Schönheit vergaffte. Über dieses war ihr ein altes vertracktes und grämliches Weib zur Hofemeisterin vorgesetzt, vor welcher dieses schöne Bild sich nicht einmal frei umsehen, geschweige denn mit jemand reden durfte, ohngeacht sie viel Feuer im Leibe hatte. Er, der Herr von Oegneck selbst, kam ihr selten von der Seite, ausgenommen wenn seine Amtsverrichtungen oder eine gute Compagnie, bei welcher er kein Geld vertun durfte, ihn von ihrer Seiten zog, denn er war ungemein gern lustig oder, auf deutsch zu sagen, er haselierte gern, hierbei aus dermaßen geizig, und dennoch spielete er gern.

Allhier nun waren verschiedene Offiziers zugegen, welche um alles sein Wesen genaue Wissenschaft hatten, derowegen kam bald ein Gespräch vom Frauenzimmer und vergnügten Heiraten aufs Tapet, und fast ein jeder brachte eine besondere Meinung hervor, von was vor Temperament und Beschaffenheit nehmlich er sich dermaleins eine

Frau wünschte. Oegneck hatte nicht gar lange zugehöret, als er mit beiden Fäusten auf den Tisch schlug und sagte: ›Um aller Heiligen willen! meine Herren, reden Sie von andern Dingen als vom Heiraten, denn wenn ich nur hieran gedenke, wird mir angst und bange.‹ ›Ei wieso, mein Herr?‹ fragte ein gewisser Capitain, der sich Reston nennete, ›wie ich vernommen, so ist ja Derselbe recht glücklich im Heiraten gewesen, indem Er eine bemittelte, verständige, tugendsame und ganz besonders schöne Frau haben soll. Ich habe dieselbe zu sehen zwar niemals die Ehre gehabt, jedoch solches von meiner eigenen Frauen und andern Dames vernommen, möchte also fast wünschen, woferne es anders ohne Dessen Incommodité geschehen könnte, die Wahrheit darvon persönlich zu erforschen.‹ Oegneck antwortete mit einigen Kopfschütteln folgendes: ›Es ist wahr, meine Herrn! ich habe eine Frau bekommen, die einen recht englischen Verstand besitzt, denn sie ist nicht allein in der Schrift, sondern auch in allen andern curieusen Wissenschaften vortrefflich wohlerfahren. Kann einen zierlichen Vers machen, nebst der Laute unterschiedene andere musikalische Instrumente recht charmant spielen, sauber schreiben, perfekt rechnen, künstlich malen und in Wachs poussieren, die schönste gestickte Arbeit und summa summarum alles, was ihre Augen sehen, können ihre Hände nachmachen.

Nackend und bloß‹, fuhr er fort, ›ist sie nicht zu mir kommen, sondern hat ein Heiratsgut von mehr als 1000 Dukaten mitgebracht, welches Kapital ich in Banco gelegt, der vortrefflichen Meublen zu geschweigen. Ihre Jungfrauschaft ist mir zu meinem allergrößten Vergnügen unversehrt zuteile worden, und habe ich die Marquen und Beweistümer hiervon bis dato noch unter meinen kostbarsten Raritäten verwahrt liegen. Es hat ihr niemals nach einer andern Mannesperson gelüstet als nach mir allein, auch führet sie beständig ein einsames, stilles und frommes Leben, woraus ihr tugendhaftes Wesen sattsam erhellet. Was die Schönheit meiner Frauen anbetrifft, so kann ich dieselbe mit allem Rechte ganz unvergleichlich nennen, denn ihre Augen sind wie ein paar blaue Crystallen und schicken mir so vieles Feuer zu, daß ich mich zuweilen mit Gewalt von ihnen entfernen muß, um durch allzu hitziges Lieben mein Leben nicht vor der Zeit abzukürzen; ihre Wangen sind wie Milch und Blut, die Haut über den ganzen Leib beschämet das allerweißeste und glattpolierteste Helfenbein; und die übrigen Leibesteile, an und in welchen die Verliebten die Quintam Essentiam der Wollust zu suchen pflegen, sind so beschaffen, daß ...‹

Hierauf brach der mit Hasenschrot geschossene Herr v. Oegneck auf einmal in seiner Rede ab, sagte aber bald hernach: ›Basta! Meine Herrn, ich muß schweigen, sonsten möchte einer oder der andere einen unordentlichen Appetit bekommen, mich zum Hahnrei zu machen. Vivat indessen‹, rief er, indem er zugleich ein Glas Wein an den Mund setzte, ›mein schönstes und liebstes Weibgen!‹ Mittlerweile hatten alle Anwesende genug zu tun, sich des lauten Lachens zu enthalten, gaben aber einander ihre Gedanken mit den Füßen unter dem Tische zu verstehen.

Mein Herr aber stund unter der Zeit, da Oegneck seiner Frauen Gesundheit trank, jählings auf, nachdem er einigen von der Compagnie einen heimlichen Wink gegeben, ging zur Tür hinaus und lachte sich satt. Oegneck, da er das große Glas ausgeleeret hatte, sagte mit einer lächelnden Miene: ›Hab ich es nicht gedacht, daß sich unter dieser Gesellschaft hitzige Venusbrüder befänden? Wenigstens dieser Kavalier, welchen ich heute zum ersten Male zu sehen die Ehre habe, gibt sattsam zu verstehen, daß unter meinen Reden Cupido einen Pfeil auf ihn abgedruckt hat.‹ Hierauf gab der Capitain Reston zur Antwort: ›Der Herr von Oegneck irret sich vor diesmal gar gewaltig, denn ich kann denselben versichern, daß dieser Kavalier ein Erzmelancholicus und Abstemius von allem Frauenzimmer, demnach chagriniert ihn nichts mehr, als wenn von Frauenzimmer, Heiraten und verliebten Händeln geredet wird, jedoch dieses wollen wir uns insgesamt nicht irren lassen, sondern ihm zum Possen dergleichen Gespräche weiter fortführen.‹ ›Ei, das ist ein anders‹, sagte Oegneck, ›allein wenn es so mit ihm beschaffen ist, möchte sich der liebe Herr doch nur zu mir in die Kur begeben, denn ich kuriere Melancholiam ex fundamento, wenn ich nur weiß, daß ich raisonabler Zahlung versichert bin.‹ ›Wo sich der Herr von Oegneck‹, replizierte der Capitain Reston, ›verobligieren kann und will, den Kavalier von diesem Malheur zu befreien, will ich sogleich mit ihm davon sprechen, auch werden mir die Herrn allhier alle bezeugen, daß er sich sonsten jederzeit sehr généreux aufgeführet.‹ ›Ach, tun Sie doch dieses, mein Herr Hauptmann‹, bat Oegneck, ›ich werde niemals ermangeln, Ihnen alle Gegen-Erkenntlichkeit zu erweisen.‹

Demnach ging der Capitain Reston hinaus und berichtete meinem Herrn, was man in seiner Abwesenheit von ihm gesprochen. Dieser, weil er ein extraordinär verliebter Mensch, darbei einen überaus lustigen, listigen und verschlagenen Kopf hatte, fragte sogleich: ›Ist's denn wahr, mein Herr Hauptmann, daß dieses Haselanten Frau etwas Schönes an sich haben soll?‹ ›Ich kann Ihnen‹, gab Reston zur Antwort,

›bei meiner Ehre versichern, daß, wie schon gesagt, nicht allein meine eigene Frau, sondern auch viele andere Offiziersfrauen, welche dieselbe bei gewissen Angelegenheiten gesehen und gesprochen, ihre ganz besondere Schönheit und Artigkeit mir nicht sattsam beschreiben können.‹ Hierbei wäre aber nichts zu beklagen, als daß sie einen solchen Hasenfuß und eifersüchtigen Grillenfänger zum Manne hätte, welcher sie weit strenger als eine Nonne hielte. Das gute Weib beweinete ihren unglückseligen Ehestand, welcher sie fast gänzlich von der Gesellschaft anderer Menschen verbannete, zwar täglich, dürfte dieses dem törichten Kerl aber im geringsten nicht merken lassen, weiln er sonsten sogleich Verdacht auf sie legte, als ob sie Lust hätte, Ausschweifungen zu begehen. Im Gegenteil müßte sie sich zwingen, ihm verliebt und freundlich zu begegnen, übrigens ihr Unglück mit Gedult ertragen.

›Ich vor meine Person‹, verfolgte Reston seine Rede, ›würde mir eine unbeschreibliche Freude daraus machen, wenn ich erführe, daß jemand so glücklich gewesen, diesem Narren einen Possen zu reißen, doch ein solches ist fast unmöglich, denn obgleich das schöne und artige Weibgen wohl leichtlich bewogen werden könnte, ihrem närrischen ... Hute Hörner aufzusetzen, so liegt doch beständig ein alter rotäugiger Drache, welcher noch ärger ist als der Teufel, neben ihr, welcher sie, der Mann sei zu Hause oder nicht, bewachen muß.‹ ›Herr Hauptmann‹, versetzte hierauf mein Herr, ›Ihre Reden und das, was ich vor einigen Tagen an einem gewissen Orte von dem närrischen Oegneck und seiner Frau vernommen, trifft überein, ich traue Ihrer Verschwiegenheit und versichere, dem Oegneck eine Ochsenkrone aufzusetzen, ob er auch gleich seine Frau beständig bei sich im Schubsacke herumtrüge; inzwischen bleiben Sie nur dabei, daß ich ein Melancholicus und Abstemius von Frauenliebe sei.‹ Reston hätte sich über meines Herrn Vorsatz und ernsthaftes Vorbringen mögen scheckig lachen, bestärkte ihn aber nicht wenig in diesem Vorsatze und versprach, nach Möglichkeit darzu behülflich zu sein, worauf einer nach dem andern wieder ins Zimmer zur Compagnie ging.

Sobald sie sich beiderseits niedergelassen und den Herrn von Oegneck in tiefen Gedanken sitzend antrafen, rief der Capitain Reston: ›Allons! Herr von Oegneck, wie so tiefsinnig? A propos! wir haben vorhin mit Verwunderung gehöret, was Derselbe vor eine ungemeine glückliche Heirat getroffen, wie aber reimet sich das mit dem, da Er anfänglich sagte, es würde Ihm angst und bange, wenn Er nur an das Heiraten gedächte, da doch, meines Erachtens, wohl kein Mensch auf der Welt mehr Ursach hat, vergnügter davon zu gedenken und zu reden als eben

Er.‹ ›Meine Herren!‹ gab Oegneck hierauf zur Antwort, ›vielleicht finden sich einige in dieser Gesellschaft, welchen die Gespräche vom Ehestande und dergleichen ekelhaft und verdrüßlich vorkommen möchten; jedoch mit Erlaubnis, ich will das Meinige kurz machen und Ihnen allerseits nur zu erwägen geben, ob diejenigen Beschwerlichkeiten, womit der Ehestand verknüpft ist, nicht vermögend sind, einem Angst und Bangigkeit zu verursachen. Ich meinesteils empfinde zwar das wenigste davon, weil ich mit meiner Frauen ein vergnügtes Leben führe, auch werde ich von dem Kindergeschrei und andern dabei vorfallenden Ungelegenheiten nicht geplagt. Warum? Ich breche meiner Wollust ab und menagiere meine Frau, um selbige desto länger schön, glatt und zart zu behalten, denn es ist nach aller vernünftiger Medicorum, Physicorum, Philosophorum, Naturaeque expiscatorum Meinung klar, richtig und wahrhaftig wahr, daß die Weiber von öftern Kinderzeugen runzlich, unscheinbar und häßlich werden. Am allererschröcklichsten aber kömmet mir die große Gesellschaft der Hahnreier vor. Par Dieu! wenn ich daran gedenke, möchte ich bersten wie eine Maikröte. Und ob zwar ich in Erwägung meiner Frauen treuer und ruhmwürdiger Conduite, vornehmlich aber meiner selbsteigener gemachten Praecaution die Tage meines Lebens über nimmermehr in diesen Orden zu kommen befürchten darf, so können mir doch die Exempel anderer unglückseliger Hörnerträger täglich dergestalt viel, teils Mitleiden, teils Grimm, verursachen, daß ich mich öfters fast nicht zu lassen weiß. Alle diese Grillen aber, welche ich aus christlicher Liebe gegen andere vereheligte Mitbrüder zu erdulten mich fast gezwungen sehe, wären wohl unterweges geblieben, wenn ich nicht selbst verehligt wäre, denn was gingen mich sonsten die Ehestandsaffären an.‹

Nunmehro war es einigen von der Gesellschaft unmöglich, das Lachen länger aufzuhalten, derowegen fingen sie mit vollem Halse an; Oegneck aber sahe so ernsthaft aus als ein anderer Cato. Jedoch, da sich das Gelächter geendigt, sprach er mit Seufzen: ›Ja, ja, Ihr lieben Herrn habt alle gut Lachen, allein fangt nur erstlich an, ein recht christliches Ehestandsleben zu führen, so werdet Ihr Kreuz, Trübsal und Bekümmernis genung, ja mancher vielleicht mehr als ich darinnen finden.‹

Hierauf sagte ein Major namens Morster: ›Der Herr von Oegneck hat recht, doch aber getraue mich, Ihn zu überzeugen, daß Er einen recht unchristlichen und Gott höchst mißfälligen Ehestand führet. Denn ist denn das wohl der rechte Zweck des Ehestandes, wenn man dasjenige Werk der Liebe, welches Gott zur Fortpflanzung des menschlichen

Geschlechts verordnet und in die Natur gelegt, nur Wollust halber treibt und den Leibesacker seiner Frauen nur deswegen nicht behörig pflüget und dünget, daß er fein derb und glatt bleiben soll? Ist's verantwortlich, daß man um eines kurzen Kindergeschreies und einiger andern Inkommoditäten wegen verhindert, daß dem Himmel viel 1000 Bet-, Lob- und Dankopfer, ja etliche Seelen mehr zugeschickt werden? Ja soll man sich selbst um das Vergnügen bringen an denjenigen Kindern, welche uns in der Jugend die Ohren vollgeschrien haben, mit der Zeit Ehre, Freude und Ruhm, ja Beistand im hohen Alter zu erleben? Ich sage nein darzu und halte es vor eine himmelschreiende Sünde. Dieses war ein Punkt, mein Herr! Bei dem andern aber fragt sich's: worinnen denn, außer seiner Frauen ehelicher Treue, die eingebildete vortreffliche Praecaution bestehe, welche Er sich gegen die Immatrikulierung des Hahnrei-Ordens gemacht? Ich merke zwar schon, was Er, ohne die Wahrheit zu beleidigen, sonderlich nach hiesiger Landesart darauf vorstellen kann; allein es fragt sich auch noch, ob es recht und billig sei, daß man, von einer törichten Jalousie angereizt, den Ehestand zu einem ängstlichen Kerker des Frauenzimmers macht und seiner Ehefrau nicht die Freiheit gönnet, welche andere Weiber an den allermeisten Orten der Welt genießen, sondern dieselbe in der Einsamkeit die Strengigkeit ihres Mannes zu beweinen, die Blüte ihrer Jugend aber zu verwelken zwinget? Heißet das geliebt, wenn man eine Person unschuldigerweise aus bloßen Mißtrauen zu ewiger Gefangenschaft verdammet? Oh! hole doch der Henker solche Liebe. Wie meint der Herr? wenn der Vice-Roi Ihn zu sich kommen ließe und spräche: Herr von Oegneck, ich habe vernommen, daß Er ein geschickter frommer Mann ist, der keinen Menschen bestohlen noch betrogen noch sich sonsten jemals unartig aufgeführt hat, damit Er nun bis an Sein Ende so fein fromm bleiben und nicht etwa durch böse Gesellschaft oder Seine eigene Lüste zu diesem oder jenem Laster verführet werden möge, will ich Ihn bis an das Ende Seines Lebens auf ein Schloß in genaue Verw[a]hrung bringen, jedoch aufs allerbeste traktieren lassen.

Was gilt's, mein Herr! die Freiheit würde Ihm angenehmer sein als die herrlichsten Traktamenten, denn es ist dem Menschen nichts Angenehmers, auch nichts Edlers auf der Welt als die Freiheit. Gott hat im Paradiese gesagt: Ich will dem Menschen eine Gehülfin (keine Sklavin) schaffen, die um ihn (nicht aber seine Gefangene) sei etc. Wie da? mein Herr! ist es also nun christlich gehandelt, wenn man so gröblich und vorsätzlicherweise wider Gottes Ordnung lebt? Man könnte Demselben noch viel scharfsinnige Fragen vorlegen, allein diese Sachen gehören mehr vor die Herrn Geistlichen als vor Soldaten.

Doch will ich Ihm noch dieses zur dienstlichen Nachricht sagen, daß Er sich vollkommen glücklich schätzen kann, wenn Ihm seine Frau vollkommen getreu und nicht selbsten zu Ausschweifungen inklinieret, widrigenfalls werden alle superkluge und vorsichtige Anstalten so vortrefflichen Stich halten wie Butter an der Sonnen.‹ Hierauf erzählte der Major einige Exempel, auf was vor listige Art Ehemänner von ihren Weibern in diesem Stück betrogen worden. Die andern Offiziers und Kavaliers erzähleten auch ein jeder etliche, da denn verzweifelte Streiche herauskamen, welche zu wiederholen viel zu weitläuftig fallen dürfte. Kurz, sie bemüheten sich, den Herrn von Oegneck damit zu überführen, daß das Weiberhüten eine ganz vergebliche und lächerliche Sache wäre und daß auch zuweiln die allerehrlichste Frau durch vermerktes Mißtrauen ihres eifersüchtigen Ehemannes und allzustrenger Hut zur Rachgier verleitet werde und dasjenige tue, was sie sonsten wohl unterlassen hätte, wenn sie nicht so scharf gehalten worden. ›Ha! meine Herrn!‹ rief Oegneck, ›alle die Exempel, so Sie erzählet haben, kommen mir lächerlich vor. Die guten Leute haben alle die Art und Weise nicht recht gewußt, sich ihrer Weiber zu versichren, derowegen sind sie nicht zu beklagen, da sie betrogen worden. Die Sache muß man bei einem ganz andern Zipfel anfangen; was wollte doch alle ihre Praecaution mit meinen Anstalten vor eine Gleichheit haben? Nichts, nichts, meine Herrn, ich habe einen zehnfach mehr verschlagenen und listigern Kopf als alle diejenigen, von welchen Sie mir jetzo erzählet haben, und derjenige, so mich betrügen sollte, müßte noch erst geboren werden, denn wo andere nur hindenken, bin ich längstens gewesen, offenbare aber nicht alle meine Geheimnisse. Nun aber, meine Herrn! mag es vor diesmal genung sein von dieser Materie, ich will kein Wort mehr davon reden, Punktum!‹

Die sämtliche Compagnie war nunmehro sattsam überzeugt, daß in seinem Kopfe vor 100 Narren nur 99 Stühle befindlich, weswegen der überleie gewaltig herumschwärmete, einen bequemen Sitz zu finden, also hätten ihrer etliche gern gesehen, daß man den Hasen noch eine Zeitlang gehetzt, doch der Capitain Reston brachte gewisser Ursachen wegen ein ernsthaftes Gespräch aufs Tapet, weswegen die lustigen Streiche vor diesmal beiseite gesetzt wurden.

Mein Herr hatte sich unter der Zeit, da alles dieses gesprochen worden, abermals vom Tische hinweg und an ein Fenster gemacht, auch getan, als ob er von allem nichts gehöret hätte, wiewohl er sich verschiedenes, das zu seinem Vorhaben dienlich, aus diesen Begebenheiten angemerkt. Er wurde zwar genötiget, wieder zur Compagnie zu kommen, allein er bat um Erlaubnis, auf die Zurückkunft eines gewissen Kavaliers noch einige Zeit warten zu dürfen. Oegneck, welcher immer ein Auge auf ihn hatte, machte sich diese Gelegenheit zunutze, stund auf und drehete sich mit Manier an seine Seite, plauderte von diesem und jenem so lange, bis er das Gespräch auf die Temperamente derer Menschen brachte und einen Herrn, der ein vollkommener Sanguineo Cholericus war, mit aller Gewalt das melancholische Temperament aufzwingen und dringen wollte. Mein Herr strebte anfänglich lange darwider, endlich da ihm Oegneck allerhand abgeschmackte medizinische Grillen vorgebracht, gab er sich überwunden und sprach: ›Mein Herr von Oegneck, ohngeacht ich bereits unter den Händen vieler Medicorum gewesen, so kann ich Ihm doch ohngeheuchelt versichern, daß mir noch kein einziger das Pflöckgen so akkurat getroffen hat als Er, und zwar in so kurzer Zeit, da Er mit mir noch so wenigen Umgang gehabt. Derowegen bin ich willens, mich Seiner Kur völlig anzuvertrauen in Hoffnung, bei Ihm die Erfüllung meines Wunsches zu finden, zumalen wenn ich Ihm noch einige geheime Umstände, so meine selbsteigene Person betreffen, werde offenbaret haben, als woran vermutlich das meiste gelegen sein wird. Er wird also so gütig sein und übermorgen früh um sechs Uhr in mein Logis kommen, um sich mit mir zu unterreden. Doch dieses will ich im voraus sagen: Ist Er glücklich in Kurierung meines Malheurs und verschwiegen bei demjenigen Geheimnisse, so ich Ihm anvertrauen werde, soll Er von mir raisonable kontentieret werden, plaudert Er aber nur das geringste davon aus, so werde ich mein Haupt nicht eher sanfte legen, bis ich meinen Hohn an Ihm gerochen habe.‹

›Ha ha!‹ replizierte Oegneck, ›Schweigen ist die beste Tugend an einem Medico, und diese klebt mir vor 1000 andern an. Mein Herr belieben sich dieserwegen nicht die geringste Sorge zu machen, denn bei mir ist Ihr Geheimnis ebenso verwahrt, als ob Sie es einer leblosen Kreatur anvertrauet hätten.‹ ›Nun wohlan‹, sprach mein Herr, indem er ihm zugleich die Hand drauf gab, ›es bleibt indessen bei der genommenen Abrede‹, worauf sie sich beiderseits wieder zum Tische setzten und von ihrem Gespräch niemand etwas merken ließen. Wenig Minuten hernach aber wurde Oegneck abgerufen, weswegen er fast wider Willen von dieser schönen Compagnie Abschied nehmen mußte.

Diese raisonierten noch eine geraume Zeit über den törichten Hasenkopf, ja kein einziger war darunter, welcher ihm nicht des Aktäons Hauptschmuck von Grund des Herzens gegönnet hätte, jedoch mein Herr sagte weiter niemanden, was er sich vor ein Projekt gemacht, ihm darzu zu verhelfen. Bald hernach ging die Compagnie auch auseinander, und ein jeder suchte sein Vergnügen da, wo er es am besten zu finden verhoffte.

Mein Herr ließ sich, sobald er in sein Zimmer gekommen, sogleich auskleiden und legte sich ins Bette, wohl nicht eben aus Müdigkeit, sondern ohnfehlbar um nachzusinnen, wie er sein vorhabendes Werk am geschicktesten anfangen möchte. Indem es nun seinem verschlagenen Kopfe niemals an allerlei geschwinden, klugen und praktikablen Einfällen zu fehlen pflegte, so wurde der erste Actus dieser Komödie oder, besser zu sagen, Tragödie gar bald und ehe er noch einschlief entworfen. Frühmorgens, sobald er erwacht, mußte ich mich neben sein Bette setzen, da er mir denn offenherzig entdeckte, wie er die Sache anfangen wollte. ›Ich habe das Vertrauen zu Eurer Geschicklichkeit‹, so beliebte ihm zu reden, ›daß Ihr mir eine besondere Façon von einer Bandage verfertigen werdet, vermittelst welcher ich ohne gar zu große Inkommodität meine Testiculos hinauf zurück in den Leib hinein binden kann, so daß das Scrotum ledig und schlaff herunterhanget, denn ich will dem Oegneck weismachen, daß ich kastriert wäre, glaube auch hierdurch meinen Zweck am allerleichtesten zu erreichen.‹

Da nun seine Gemütsart so beschaffen war, daß er sich nicht gern widersprechen ließ, auch in den allerdesperatesten Unternehmungen weder Warnung noch Abraten stattfinden ließ, als sahe mich gemüßiget, um ihn nicht verdrüßlich zu machen, seinen Willen zu erfüllen, traf auch das Ding dergestalt wohl, daß er ein besonderes Vergnügen darüber bezeigte. Des andern Morgens früh, gegen die Zeit, da Oegneck kommen sollte, mußte ich ihm diese Bandage anlegen, alle Gardinen wurden zugezogen, so daß es ziemlich dunkel im Zimmer war, mein Herr legte sich aufs Bette, Oegneck ließ sich durch den Laquaien melden, weswegen ich mich ins Cabinet verschließen mußte, um alle Reden mit anzuhören, jener aber wurde ins Zimmer gelassen und glaubte nicht anders, als ganz allein bei meinem Herrn zu sein.

Dieser, nachdem er den Herrn von Oegneck genötiget, sich bei einem Nachttischgen niederzulassen, redete denselben also an: ›Mein Herr von Oegneck, ich muß Ihm, ehe wir zum Zweck kommen, ein Stück von meiner Lebensgeschicht erzählen, doch muß Er mir erstlich eidlich angeloben, selbiges ohne meinen Willen niemanden weiter zu offenbaren.‹

Da nun Oegneck sich aufs teureste vermessen, reinen Mund zu halten, fuhr mein Herr in seiner Rede also fort: ›Ich bin ein Kavalier aus einem der vornehmsten Geschlechter in Deutschland. Das Liebeswerk habe ich mir, leider! von Jugend auf mehr angelegen sein lassen, als mir nunmehro lieb ist, da ich ein Frauenzimmer behörig zu bedienen mich ganz und gar untüchtig befinde, denn alle beide Testiculi sind verlorengegangen, fühlet her, mein Herr! ich bin, ach leider! ein beklagenswürdiger Verschnittener, weder Mann noch Weib, weder Weib noch Mann.‹ Oegneck begriff demnach auf Verlangen das Scrotum und glaubte würklich, daß dem also sei, gab auch dieserwegen sein Mitleiden mit kläglichen Gebärden und Worten zu verstehen. Der verschlagene Patient aber stellete sich dergestalt jämmerlich an, daß es auch schien, als ob ihm die Tränen in den Augen stünden; endlich redete er weiter: ›Ich muß Ihm nur, mein Herr, die Sache mit allen ihren Umständen entdecken, Er höre mir fleißig zu! Ich habe mich vor einigen Jahren mit einem armen, aber sehr schönen Fräulein fleischlich vermischt und sie geschwängert, mit dem Versprechen, sie zu heiraten, nach der Zeit aber habe ich die teuresten Schwüre, so ich diesem Fräulein geleistet, leichtsinnigerweise aus den Gedanken geschlagen, mich von einer andern Delila verführen und meine erste Liebste in den jämmerlichsten Zustande sitzenlassen. Es schrieb dieselbe zwar verschiedene höchst bewegliche Briefe an mich, konnte aber damit nichts als eine mittelmäßige Summa Geldes erlangen, wobei ich ihr rundheraus meldete, daß sie sich auf meine Person hinfüro nur nicht die geringste Rechnung oder Hoffnung machen möchte, wie ich ihr denn auch wegen des starken Hasses, den ich nachhero auf ihre Person gelegt, gänzlich untersagte, ferner an mich zu schreiben. Doris, so hieß diese meine erste Liebste, war zwar nicht reich an Mitteln, desto reicher aber an Verstande und andern besondern Eigenschaften, hiernächst hatte sie einen heroischen Geist, welcher sie dahin verleitete, daß sie, um sich zu rächen, sowohl mir als meiner neuen Liebste nach dem Leben trachtete. Demnach verkleidet sie sich in Manneshabit, kömmt heimlich an den Ort, wo ich mich damals aufhielt, passet, da ich meine Mätresse nachts aus der Opera führe, vorsichtig auf und stieß dieselbe plötzlich mit einem Stilett auf der Stelle an meiner Seite darnieder, daß sie augenblicklich den Geist aufgab. Auf meine Brust tat sie ebenfalls in der Geschwindigkeit zwei heftige Stöße mit diesem Mordgewehr, allein ihr Arm war zu schwach, oder vielmehr mein anhabendes ledernes Kollett mochte verhindern, daß sie mir gleichergestalt das Leben rauben konnte. Sie wurde zwar arretiert und von mir sogleich vor meine ehemals geliebet Doris erkannt, doch es wachte nicht die geringste Liebesregung in meiner Brust gegen sie auf, sondern ich war gesonnen, nach Urteil und Recht mit ihr verfahren zu lassen; allein Doris spielete das Praevenire und richtete sich selbst im Gefängnisse mit Opio hin, nachdem sie vorhero einen Brief an mich geschrieben, dessen Inhalt mir noch täglich in Gedanken sowohl als der Schatten ihres Körpers vor Augen schwebt. Aus wenigen Worten, mein Herr! die ich Euch aus dem Briefe hersagen will, werdet Ihr leicht erachten können, wie der ganze bogenlange Brief müsse gelautet haben: Siehe, Verteufelter, hatte sie geschrieben, durch Deine geile Bru[n]st und Hurenliebe hast Du solchergestalt zwei der schönsten Fräuleins um Ehre und Leben, ja was das erschrecklichste, um ihrer Seelen Seligkeit gebracht. Jedoch ich weiß ganz gewiß und sehe bereits in meiner bittern Todesstunde mit süßen Vergnügen vor Augen, wie Du noch auf Erden an demjenigen Gliede, womit Du gesündiget hast, aufs grausamste gepeiniget wirst. Glühende Eisen, scharfe Messer, Scheren und Zangen werden Dich in Zukunft kitzeln, doch wirst Du statt empfindender Wollust Ach! Weh! Zeter und Mordio! schreien müssen etc. etc.‹

Hier hielt mein Herr etwas mit Reden inne, legte sich mit zugemachten Augen (wie ich durch ein klein Loch aus dem Cabinet bemerken konnte) zurück aufs Bette und stieß etliche tiefgeholte Seufzer aus; mir, ohngeacht ich sogleich merkte, daß er keine wahrhafte Geschichte, sondern ein bloßes Gedichte hererzählete, stunden jedennoch fast die Haare zu Berge, und kann nicht leugnen, daß mir dergleichen Beginnen sehr frevelhaft vorkam. Bald hernach aber setzte er seine Erzählung folgendermaßen fort:

›Ach mein Herr von Oegneck! wie haben der sterbenden Doris Prophezeiungen doch so richtig bei mir eingetroffen, ob ich gleich wenige Tage nach ihrem Tode alles aus dem Sinne schlug und mich um nichts bekümmerte, als wo ich wieder eine neue wohlqualifizierte Mätresse hernehmen wollte. Unterdessen aber, weil ich nicht sogleich finden konnte, was meine sehnlichen Augen suchten, hielt ich mich zu den gemeinen barmherzigen Schwestern und führete ein dermaßen garstiges Leben mit ihnen, daß ich mich nunmehro selbst schäme, ferner daran zu gedenken. Jedoch die gerechte Strafe des Himmels rückte herbei, ehe es von mir vermutet wurde, denn als ich einsmals des Abends mit schlummerenden Augen auf meinem Bette lag und in einer wollüstigen Positur auf eine bestellte Coquette wartete, erschien mir der Geist der erblasseten Doris, welcher mit einem glühenden Eisen das Unterteil meines Gemächts berührete und mich dermaßen brennete, daß ich vor Schmerzen helle zu schreien anfing und mich solchergestalt ermunterte. Anfänglich vermeinte ich zwar, es sei ein bloßer Traum, und suchte mir dergleichen Phantasien aus dem Kopfe zu schaffen, allein es war mir unmöglich, zudem überfiel mich ein eiskalter Schauder, welcher mit der größten Hitze zum öftern abwechselte, auch fing der im Traume gebrannte Fleck an, heftig zu schmerzen, so daß ich statt der verhofften Wollust diese Nacht über die allerentsetzlichste Liebes- und Gemütsmarter empfinden mußte.

Mit anbrechenden Tage, verhoffte ich, würde zugleich mein schmerzhafter Zustand unterbrochen werden, indem sich meine Sinnen ohnmöglich einbilden konnten, daß mir dergleichen re vera begegnet sei. Aber! aber! ich verspürete bald mit ermunterten Sinnen und Augen, daß mein Zustand einer der allergefährlichsten sei, inmaßen mein Gemächte seine gewöhnliche Gestalt verlor und sich in eine unbändig große Wasserblase verwandelte. O Himmel! wie wurde mir zumute? Fast hätte ich mich, um der grausamen Schmerzen auf einmal loszukommen, resolviert, mir selbst eine Pistolenkugel durchs Herz zu jagen, jedoch mein guter Engel hielt mich davon zurück. Ich schickte nach den erfahrensten Ärzten, welche zwar bald genung ankamen und mir die allerkostbarsten innerlichen und äußerlichen Arzeneien gebrauchten, allein die grausame Höllenpein, welche ich noch immerfort erlitte, konnte kaum binnen acht Tagen ein wenig gelindert werden. Endlich, nachdem zwei Wochen verflossen waren, wurden zwar die Schmerzen etwas erträglicher, im Gegenteil schien es, als ob diese Extremität meines Leibes gänzlich abfaulen wollte. Ins Scrotum fielen etliche Löcher, beide Testiculi wurden vom kalten Brande angegriffen befunden, demnach herausgezogen und zu meinem größten Leidwesen abgeschnitten. Also half mir mein getanes Gelübde, welches darinnen bestund, daß ich nach völliger Genesung nimmermehr kein Frauenzimmer uneheligerweise wieder berühren wollte, vor dieses Mal gar nichts, sondern es wurde mir vom Schicksale auferlegt, die Fortpflanzung des menschlichen Geschlechts andern zu überlassen. Doch dieses ist höchst zu verwundern, daß, sobald ich solchergestalt kastriert war, sich sofort alle Schmerzen verloren, ja und kurz zu sagen, ich befand mich, ehe vier Wochen verflossen, vollkommen restituiert und wundere mich nunmehro selbst, daß von dem entsetzlichen Schaden so wenige Narben zu fühlen sind. Nach der Zeit habe zwar wenige oder gar keine Incommodité weiter davon empfunden, doch ein berühmter Operateur hat mir geraten, beständig eine solche Bandage, wie mein Herr um meinem Leibe herum hier siehet, zu tragen, denn seinem Sagen nach könnte ich gar leicht einmal durch eine mittelmäßige Strapaze einen doppelten Darmbruch bekommen, weiln sogar das Darmfell in meinem Leibe von dem scharfen Eiter zernagt befunden worden.‹

›Es ist dieses‹, sagte Oegneck hierauf, ›ein ganz guter Rat. Allein wie haben sich Ihro Gn. nach der Zeit sowohl in Dero Leibeskonstitution als in den Gemütsbewegungen befunden?‹ ›Ach Himmel!‹ gab mein Herr zur Antwort, ›ich bin seit der Zeit der vorige Mensch ganz und gar nicht mehr gewesen. An der Courage, einem Feinde unter Augen zu gehen und mich mit demselben auf Degen und Pistolen zu schlagen, ist mir zwar nicht das geringste entgangen; Essen und Trinken schmeckt mir auch ganz wohl, allein die Liebe zum Frauenzimmer ist mir zuwider wie der Tod, hergegen ist mir nichts angenehmer als die Einsamkeit, doch gibt mir die Vernunft zu verstehen, daß, wenn sich meine Sinne gar zu sehr darinnen vertieften, ich vielleicht wohl gar wahnsinnig, toll oder rasend werden möchte; eben diesem Unglücke aber vorzubeugen, habe ich mich auf Reisen begeben, weiß aber nicht, ob ich es lange antreiben werde, denn ich möchte wohl nicht besser verwahrt sein als bei den Meinigen zu Hause. Sonsten habe ich ein so ziemliches Vergnügen an allerhand spekulativischen Dingen als an Malerei, ingleichen an einer doucen Musique, beweglichen poetischen Sachen, aber keine verliebten Gedichte, item allerhand moralische Historien zu lesen und anzuhören, allein es vergeht mir auch hierzu der Appetit zuweilen ganz plötzlich, und verfalle ich öfters über Vermuten in eine Tiefsinnigkeit, wenn nicht ein besonders kluger und geschickter Mann bei mir ist, der mit guter Manier dergleichen Grillen aus meinem Kopfe jagen kann. Ich habe zwar schon verschiedene gescheute Leute in meinen Diensten gehabt, weil aber dennoch keiner recht nach meinem Goût eingeschlagen, so habe immer einen nach dem andern wieder fortgeschafft, auch von meinen jetzigen Bedienten werde ich keinen lange um mich leiden können.‹

›Wie ist's aber‹, fragte Oegneck, ›wenn sich Ihro Gn. genötigt sehen, mit Frauenzimmer zu konversieren?‹ ›Ei was!‹ fuhr mein Herr auf, ›Er schweige mir ja ums Himmels willen von diesem Geschlechte stille, denn ich wollte eher zwei wilde Männer als ein Frauenzimmer um mich leiden. Ihre Konversation ist mir bis in Tod zuwider, ja ich scheue dieselben als ein verzehrendes Feuer. Sobald ich eine ansehe, befürchte ich gleich, sie möchte etwa Wissenschaft um meine Beschaffenheit haben, mich derowegen in ihrem Herzen höhnisch auslachen und mit meinem Elende einen Spott treiben. Ob ich auch, wenngleich alles noch seine Richtigkeit bei mir hätte, nimmermehr wieder ein Frauenzimmer bedienen möchte (inmaßen ich es mitten in meinem Schmerzen so teuer verschworen habe), so wollte doch ehe mein Leben dransetzen, als mich mit meiner Incapacité schrauben lassen.‹ ›Wenn man aber‹, warf Oegneck ein, ›ein solches Frauenzimmer finden könnte, die dergleichen tadelhafte und andere sündliche Affekten nicht in ihrer Seele hegte, sondern eine reine, keusche und redliche Konversation mit Ihnen zu führen bereit wäre, wollten Ew. Gn. eine solche auch nicht um sich leiden?‹ ›Ach! hinweg mit dem Frauenzimmer, es mag schön oder häßlich sein‹, war meines Herrn Gegenrede, ›wo wollte doch immermehr eine solche, wie sie der Herr beschreibt, anzutreffen sein? es wäre denn ein Kind oder ein altes Weib, von welchen beiden aber eines so wenig als das andere das Geschicke haben kann, mir einen vergnügten Zeitvertreib zu verursachen, derowegen nur stille geschwiegen von diesem verhaßten Geschlechte.‹

›Nun, nun!‹ sagte endlich Oegneck, ›Ew. Gn. geben sich nur völlig zufrieden, Ihr Malheur soll aufs längste binnen zwei oder drei Monaten gehoben sein. Was verlorengegangen, kann zwar ich und kein sterblicher Mensch wieder ersetzen, allein Ihr melancholisches Humeur hoffe mit der Hülfe des Himmels völlig zu kurieren, weil mir Rat und Mittel davor überflüssig beiwohnen, ja ich versichre bei meiner Ehre, daß schon mehr als 100 dergleichen Patienten recht lustig, fröhlich und vergnügt von mir gegangen sind; doch sage ich Ew. Gn. im voraus, daß Sie sich nach derjenigen Vorschrift, welche ich Ihnen in Ihrer Diät und ganzer Lebensart machen werde, aufs allergenauste richten müssen, woferne Sie anders vollkommen glücklich kuriert sein wollen, ja solchergestalt hoffe ich, nicht einmal zwei Monat mit Ihnen zuzubringen, wenn Sie nehmlich mir billige Folge leisten werden.‹

›Ich bin ja ein Mensch‹, sagte hierauf meine Herr, ›der noch ein ziemlich Teil Verstand hat, derowegen will ich Ihm versprechen und halten, allen demjenigen fleißig nachzuleben, was mir Seine Kunsterfahrenheit zum Reglement vorschreibt, nur bitte ich, allen möglichen Fleiß zu baldiger Kur anzuwenden, seiten meiner soll es auch an richtiger Bezahlung nicht ermangeln, wie ich Ihm denn hiermit gleich zum voraus zwölf spec. Dukaten gebe.‹ Oegneck hätte vor Freuden gleich aus der Haut fahren mögen, da ihm mein Herr aus seiner Goldbeurse zwölf schöne Dukaten langete und dieselbe in seine Hand drückte. Anfänglich stellete er sich zwar, als ob er nichts voraus haben wollte, doch er ließ sich auch nicht zehnmal nötigen, sondern steckte das Gold mit Freuden in seinen Schubsack. Hierauf redete er aus einem ganz andern Tone also: ›Gnädiger Herr! vor allen Dingen wird nötig sein, daß Sie Dero Logis verändern und an einem solchen Orte wohnen, wo es etwas lebhafter und nicht so einsam als allhier ist, damit Sie öfters aus den Fenstern bald auf die volkreichen Straßen, bald in schöne Gärten sehen können und durch Betrachtung anderer

Objektorum von Ihren gewöhnlichen tiefen Gedanken abgezogen werden. Starke und allzuöftere Compagnie bei sich zu haben, will sich anfänglich nicht wohl schicken, weil solches die Kur nur verzögern möchte, doch muß man Sie auch selten alleine lassen, sondern sehen, wo man einen geschickten Mann findet, der Ihnen mit angenehmen Gesprächen und auch wohl auf andere Art die Zeit passieret, wenn ich nicht selbst zu Hause sein kann. Ich habe‹, fuhr Oegneck fort, ›ein schönes, wohl und geräumlich erbautes Haus gemietet, bewohne aber den wenigsten Teil davon, weil ich aber keine starke Familie habe, belieben Sie etwa, dasselbe in gnädigen Augenschein zu nehmen und, wo es anständig, zu beziehen, so sollte an Dero schönster Kommodität nicht der geringste Mangel erscheinen, denn ich könnte solchergestalt desto öfter bei Ihnen sein, an allem andern, worzu Sie sonsten einen zulässigen Appetit verspüren möchten, würde auch kein Mangel erfunden werden.‹

Mein Herr brachte anfänglich viele Entschuldigungen vor, warum es ihm sehr beschwerlich fiele, sein Logis zu verändern, endlich aber, nachdem er eine Zeitlang nachgesonnen, sagte derselbe: ›Mein Herr von Oegneck, ich habe einmal versprochen, Ihm in allen, was zu meiner baldigen Kur vorteilhaft erfunden wird, Gehorsam zu leisten, derowegen soll Er in diesem Stück die erste Probe von mir sehen. Es geschehe demnach, der Herr lasse mir in seinem Hause zwei oder drei bequeme Zimmer zurechtemachen, meine Leute sollen sogleich einpacken, damit ich gegen abend einziehen und morgen mit der Kur der Anfang gemacht werden kann, denn mir wird nunmehro Zeit und Weile viel zu lang.‹ Oegneck möchte sich ohnfehlbar innerlich nicht wenig freuen, einen so fetten Kostgänger und Patienten angetroffen zu haben, von welchen er keine magern Brocken zu genießen verhoffte, nahm derowegen mit meinem Herrn nur noch kurze Abrede wegen ein und anderer Kleinigkeiten, beurlaubte sich nachhero und eilete nach Hause, um alles wohl einzurichten.

Kaum mochte er aber wohl zum Hause hinaus sein, als mein Herr vom Bette aufsprunge, mich rufte, daß ich ihm die Bandage abnehmen sollte, und fragte, was meine Gedanken wären bei diesen Streichen. ›Gnädiger Herr!‹ antwortete ich, ›bald haben mir über Ihr Gespräch die Haare zu Berge gestanden, bald aber hätte vor Lachen zerbersten mögen.‹ ›Ihr müsset mich‹, versetzte er, ›voritzo einmal als einen Komödianten betrachten, der seine Komödien selbst elaboriert. Die erste Szene, welche ich in verwichener Nacht ausgesonnen, ist, wie mich dünkt, ziemlich gut abgelaufen, allein Ihr werdet ohnfehlbar noch weit mehr dabei zu lachen kriegen, denn Oegneck muß mir nolens volens ein vollkommener Arlequin und Hahnrei werden, vorjetzo aber werden wir keine Zeit zu versäumen haben, sondern unsere Sachen einpacken müssen, damit wir noch heute an Ort und Stelle kommen.‹

Demnach packten wir alles ein, und mein Herr half selbsten fleißig. Zwei Stunden nach der Mittagsmahlzeit aber kam Oegneck und meldete, daß die Zimmer zu meines Herrn Commodité bereits gereiniget und meubliert wären, weswegen sogleich der Anfang zum Aus- und Einräumen gemacht wurde, gegen abend aber begab sich mein Herr selbst mit dem Oegneck in das neue Quartier. In selbigem war zum Willkommen eine köstliche Mahlzeit zubereitet, wiewohl niemand als Oegneck mit ihm speisete, auch kamen von Domestiquen nicht mehr als ein alter ehrbarer Mann nebst zwei Knaben von zehn bis zwölf Jahren zum Vorscheine. Jedennoch hatte ich das Glück, Oegnecks Frau am ersten zu sehen, indem sie die Speisen selbst zubereitete und dieselben durch eine Schublade, die in der Küchentür war, herausgab. Ich muß gestehen, daß ihr Gesicht mehr einem Engel als Menschen ähnlich sahe, ihre Arme und Hände aber waren noch weißer als Alabaster, weswegen ich meinen Herrn nicht halb so sehr verdachte, daß er sich ihrenthalber so viele Mühe gab, ohngeacht er sie noch nicht gesehen. Es wollte sich nicht schicken, ihm meine glückliche Aventure zu melden. Er aber wußte seine Person vorgenommenermaßen dergestalt künstlich zu spielen, daß Oegneck an nichts weniger gedachte, als daß man ihn so listigerweise hinter das Licht führen wollte, hergegen brachte er allerhand feine Historien und scherzhafte Reden vor. Es schien, als ob mein Herr hierbei ziemlich vergnügt wäre, doch da die Nacht hereinzubrechen begunnte, stellete er sich dermaßen wunderlich an, daß ein jeder, dem seine Verstellung unbekannt war, hätte vermeinen sollen, er sei ein würklich delirierender Fanaticus. Ich und die beiden Laquais waren schon sattsam abgerichtet, schlichen uns deswegen ganz behutsam hinzu und brachten mit guter Manier Messer, Gabeln, Degen, Pistolen, ja alles schädliche Gewehr auf die Seite in eine Nebenkammer, derowegen wurde dem Herrn von Oegneck ziemlich bange, ja ich glaube, daß es ihm fast leid war, sich aus Übereilung eine solche Last auf den Hals gebürdet zu haben. Bei so gestalten Sachen eilete er, Arzenei herbeizuholen, auch war ihm vor diesen Patienten ein biblisches Mittel eingefallen, nehmlich die Musik, durch welche der König Saul, wenn er den Raptum bekommen, war besänftiget worden. Er kam bald wieder zurück und brachte einen Julep, welchen mein Herr auf einmal austrinken sollte; dieser aber, welcher den Kopf mit beiden Armen unterstützt hatte, niemanden ansehen, auch kein Wort antworten wollte, stieß das Glas zornig von sich, daß es auf dem Boden in Stücken brach, und blieb in voriger Positur sitzen. Über Vermuten aber ließ sich vor der Stubentür eine Laute hören, worauf erstlich ein angenehmes Präludium gespielet wurde, endlich aber fiel eine unvergleichliche Diskantstimme drein und sunge folgende

Aria:
1
Entschlage dich der bangen Grillen,
Beklemmtes Herz! Bedenke doch:
Du kannst damit den Schmerz nicht stillen,
Du schüttelst zwar dein schweres Joch,
Und kannst es doch nicht leicht von deinem Halse kriegen,
Darum besinne dich und suche dein Vergnügen.

2
Du sprichst: Wo soll ich dieses finden?
Da etwas mich zurücke hält,
Da Hülfe, Rat und Trost verschwinden,
Da Scherz und Lust in Abgrund fällt.
Ach! glaube doch, man kann sich alles leichte machen,
Ein kluges Auge muß bei größter Trübsal lachen.

3
Zuviel sich grämen ist ein Laster,
Man stört damit die Lebensruh.
Gewohnheit streicht das beste Pflaster,
Die Zeit heilt alte Schäden zu;
Drum lerne mit Gedult der Plagen zu gewohnen,
Mit Sturm und Ungedult erwirbt man selten Kronen.

4
Es kann sich endlich doch wohl schicken,
Daß dir ein frohes Stündgen lacht.
Kann dich nicht, was du wilt, erquicken:
Wer weiß, was sonst vor Lust erwacht,
Die deine matte Brust mit süßen Nektar labet
Und mit Ambrosia statt Aloe begabet.

Mein Herr sahe sich unter währenden Singen ein paarmal ganz wilde um, da aber die Musik geendiget war, stellete er sich an als einer, der aus einem tiefen Traume erwachte, rieb die Augen und hojanete etlichemal. Merken konnte er leichtlich, daß Oegnecks Frau die Sängerin gewesen, doch gab er seine Gedanken nicht von sich, sondern warf einen Dukaten auf den Tisch und sagte: ›Wo ist der Knabe, der jetzo so schön musizieret hat? Gebt ihm diesen Dukaten und lasset ihn das Stück noch einmal repetieren, saget auch, daß er öfters kommen solle.‹ Oegneck nahm den Dukaten und ging darmit zur Tür hinaus, sobald er aber zurückkam, hörete man die vorige Aria nochmals, und zwar weit manierlicher singen, auch mit unvergleichlicher Variation spielen. Sobald dieselbe unter meines Herrn großer Aufmerksamkeit geendiget war, stellete sich derselbe wiederum mit völligen Verstande her, umarmete den Herrn von Oegneck und sagte: ›Ach, mein allerliebster Freund, wie glücklich schätze ich mich, daß ich in Seine Kur geraten bin, nun merke ich erstlich, daß Seine besondere Klugheit mir mehr mit äußerlichen Vorteilen als innerlichen Medikamenten raten und helfen wird. Habe ich unter währenden Paroxismo etwa eine Faiblesse begangen, so bitte mir selbige zu vergeben, denn ich bin zur selben Zeit ein miserabler Mensch, der selbst nicht recht weiß, was er tut. Der charmant musizierende Knabe aber hat mich mit seiner angenehmen Stimme ungemein vergnügt, nicht anders, als ob ich von Toten auferweckt worden. Diese Aria werde ich mir zu meinen Leibstückgen erwählen, denn der ganze Text schickt sich so von ohngefähr vortrefflich auf meinen Zustand.‹

›Ich freue mich von Herzen‹, gab Oegneck hierauf zur Antwort, ›gleich anfänglich ein so glückliches Mittel erfunden zu haben, Ew. Gn. zu besänftigen. Der Knabe soll Ihnen in Zukunft alle Abend, sooft es gefällig, aufwarten, dieses aber muß zur Nachricht melden, daß er in Gegenwart anderer Leute nichts Gescheutes spielen oder singen kann, derowegen ist's am besten, man lässet ihn außen vor der Tür bleiben.‹ ›Ach ja‹, versetzte mein Herr, ›das muß ohnedem geschehen, denn ich möchte denselben vielleicht nicht bei mir vertragen können. Vorjetzo aber wird mir erlaubt sein, mich zur Ruhe zu legen, denn ich befinde mich ziemlich matt und schläfrig.‹ ›Sie tun sehr wohl hieran‹, sagte Oegneck und begab sich nach Anwünschung einer geruhigen Nacht von dannen.

Anstatt sich zur Ruhe zu legen, setzte sich mein Herr in sein Cabinet, rauchte noch ein paar Pfeifen Tobak, ließ die Laquais zu Bette gehen, zu mir aber sagte er mit lachenden Munde: ›Das war der andere Auftritt in dieser Komödie, es muß aber noch weit mehr tolles Zeug herauskommen.‹ Ich offenbarete ihm, wie ich das Glück gehabt, Oegnecks Frau zwar nur auf wenige Augenblicke zu sehen, müßte aber bekennen, daß sie ein recht englisches Gesichte hätte. Er erfreuete sich hierüber ungemein und wünschte sich dieses Glück nur vorerst auf eine einzige Minute. Nachdem er nun wegen der fernerweitigen Fort- und Ausführung seines Desseins noch verschiedenes mit mir überlegt, begab er sich endlich zur Ruhe.

Einige darauffolgende Tage hintereinander plagte ihn Oegneck mit Purgieren und Schwitzen dergestalt, daß er es fast überdrüssig werden wollte, jedoch auf mein Zureden, daß ihm dieses nicht undienlich, indem er in langer Zeit nicht mediziniert, mithin viele Unreinigkeiten aufgesammlet hätte, war er ziemlich gelassen darbei, befand sich auch sehr wohl darauf, weswegen ihn Oegneck einige Tage in Ruhe, darbei aber die delikatesten Speisen zubereiten ließ.

Inmittelst begunnte mein Herr ziemlich unmutig zu werden, weiln er durch alle seine gemachten Machinationes den gewünschten Zweck zu erreichen noch keine sichere Hoffnung sahe. Er stellete sich, als ob die melancholischen Paroxismi nicht des zehenden Teils mehr so stark wären als bishero, doch gab er allgemach zu verstehen, wie er sich nach einem oder dem andern Zeitvertreibe sehnete, weswegen ihm Oegneck ein ganz Paquet Gemälde von Landschaften und andern artigen Dingen brachte und selbige zur Betrachtung vorlegte. Er bewunderte dieselben und fragte, ob der Meister davon in N. wäre. Oegneck bejahete solches, doch wäre er voritzo nur auf ein paar Tage verreiset. Ferner brachte er ihm allerhand in Wachs poussierte Porträts, ingleichen viele Bogen Verse, welche meistenteils von Verachtung der Welt, von der eitlen Wollust, von den Torheiten bei der Liebe und dergleichen handelten. Mein Herr lobete alles weit mehr, als es ihm ums Herze war, zeichnete sich auch einige Arien aus und bat, daß sie dem musikalischen Knaben zugeschickt werden möchten, welches denn Oegneck auch besorgte, so daß wir des darauffolgenden Abends eine unvergleichliche Vokalmusik nebst der Laute höreten. Wie aber mein Herr fragte, wer denn der Meister von diesen Versen wäre, gab Oegneck zur Antwort: ›Die Schildereien, Wachsbilder und Verse sind eines Menschen Arbeit, doch dieses alles ist nichts gegen die andere unvergleichliche Geschicklichkeit, so dieser Mensch nebst einem besondern Verstande und artiger Conduite besitzt.‹ ›Ach Himmel!‹ versetzte mein Herr, ›das wäre ein rechter Mensch vor mich, möchte ich doch denselben zeitlebens bei mir haben können, er sollte es so gut und noch weit besser haben als ich selbst, denn ich verhoffte von seiner Konversation ganz was Besonderes zu profitieren.‹ ›Ich glaube schwerlich‹, erwiderte Oegneck, ›daß er sich resolvieren möchte, zeitlebens bei Ihnen zu bleiben, denn er hat selbsten gute Mittel, ist auch bei allen seinen Geschicklichkeiten und Tugenden dennoch ziemlich eigensinnig, indem er ein ruhig Leben führen, durch seine Künste sich immer höher schwingen, mithin auch immer mehr und mehr Reichtümer erwerben kann, doch getraue ich mich ihn dahin zu persuadieren, daß er, solange sich Ew. Gn. in meiner Wohnung aufhalten, Ihnen fast täglich einige Stunden die Zeit passieren soll.‹ Mein Herr bat inständig, ihm mit allernächsten diesen artigen Menschen zuzuführen, und Oegneck versprach sogleich nach ihm zu schicken, versicherte auch, daß, wenn er wieder zurück[ge]kommen wäre, derselbe nicht abschlagen würde, ihm eine Visite zu geben.

Hiermit ging Oegneck fort und ließ meinen Herrn vor diesmal die Mittagsmahlzeit allein verzehren, welches ihm wegen seines starken Appetits, dem er bei dessen Gegenwart öfters einigen Abbruch tun mußte, sehr gelegen fiel.

Nach der Mahlzeit ließ Oegneck melden, daß Herr Bellian, so wurde der Pansophus genennet, zurückgekommen wäre und versprochen hätte, sich nach Verlauf einer Stunde einzufinden. Mein Herr zohe hierauf eines von seinen besten Kleidern an, ja er machte sich dergestalt galant, als ob er bei dem Vice-Roi hätte Cour machen wollen.

Wie ich aber bemerke, gnädiger Herr!« sagte hier der Kammerdiener zu Elbensteinen, »so beginnet der Tag schon anzubrechen, derowegen befürchte, Dieselben um die benötigte Ruhe zu bringen, wo mir gnädigst erlaubt ist, will ich Dero Befehl erwarten, ob ich diese Geschichte Ihnen vollends bis zum Ende erzählen soll, denn wenn ich die meisten Umstände, die in Wahrheit curieus sind, nicht zurücklassen will, dürften wohl noch zwei bis drei Stunden darzu erfordert werden.« Elbensteinen war die Zeit gar nicht lang worden, und er hätte, wo er nicht wäre erinnert worden, immer noch zwei bis drei Stunden zugehöret, weilen er aber bedachte, daß ihm die Ruhe so dienlich als dem guten Menschen wäre, gab er ihm einen Dukaten, auf seine Gesundheit ein Glas Wein darvor zu trinken, und nachdem sich dieser aufs höflichste davor bedankt, bat er ihn, nach der Mittagsmahlzeit wieder zu ihm zu kommen, da er denn nicht allein den Rest der Geschichte vollends aushören, sondern auch weiter mit ihm sprechen wollte. Hiermit nahm der Kammerdiener Abschied, Elbenstein aber seinen Platz im Bette.

Weiln er sich vorigen Tages schon ziemlichermaßen von seiner Müdigkeit erholet, als schlief er nur wenige Stunden, besahe hernach sein schönes Pferd und fand dasselbe frisch und wohl besorgt, spazierte sodann in den am Hause befindlichen Garten und widmete seine Gedanken seiner geliebten Fürstin, bis er zur Mittagsmahlzeit abgerufen wurde. Nach Einnehmung derselben meldete sich alsobald der Kammerdiener wieder, welchen er, weil es ein ungemein schöner Tag war, mit in den Garten zu gehen bat und ein paar Bouteillen Wein, die im Eise stunden, dahin bringen ließ. Es setzte dieser, nachdem ihn Elbenstein zu sitzen und nach Belieben zu trinken genötiget, seine Geschichtserzählung folgendermaßen fort:

»Bald hernach, da sich mein Herr vollkommen angekleidet, kam Oegneck, holete ihn ab und führete ihn in ein anderes wohl ausgeputztes Zimmer, allwo (wie mir mein Herr nachhero alles von Wort zu Wort wieder erzählet) er den Herrn Bellian mit einem Buche in der Hand auf und ab spazierend antraf, sein Hut, Stock und Degen aber lag auf einen kleinen Nebentischgen. Sobald Herr Bellian die beiden Hineintretenden erblickte, legte er sogleich das Buch aus der Hand, machte einen zierlichen Reverenz und empfing sie mit besonderer Höflichkeit. Mein Herr tat ein gleiches und fing also an zu reden: ›Mein wertester Herr und Freund, ich gratuliere mir, in dessen galanter Person einen solchen qualifizierten Mann anzutreffen, der nach Berichten, welche mir der Herr von Oegneck von Demselben erstattet, seinesgleichen wenig in der Welt hat, weswegen ich denn eben auch nach Dessen schätzbarer Konversation ein besonderes Verlangen getragen und mir dieselbe öfters ausgebeten haben will.‹ ›Gnädiger Herr!‹ versetzte Bellian hierauf, ›ich bin kein Mensch von besonderen Komplimenten, sondern mein ganzes Wesen ist dergestalt aufrichtig beschaffen, daß ich weder simulieren noch dissimulieren kann, hergegen frei heraus rede, wie es mir ums Herze ist, derowegen bitte, mich mit großen Ruhm und Lobeserhebungen gnädig zu verschonen; ist sonsten meine schlechte Konversation jetzt und in Zukunft vermögend, Ihnen ein Plaisir zu machen, so bin, sooft es meine nötigsten Geschäfte zulassen, zu Dero Diensten.‹ ›Ach wie gern‹, erwiderte mein Herr, ›gehe ich doch mit dergleichen allerliebsten Leuten um, die ihren Gebärden, Worten und ganzer Aufführung keine falsche Schminke anstreichen. Er setze sich doch mit mir nieder, mein wertester Herr Bellian!‹ – unter welchen Worten er ihn bei der Hand fassete und dieselbe ungemein zart und weich befand, sich aber deshalb nichts merken ließ, sondern im Reden fortfuhr – ›will Derselbe wohl nicht übel deuten, wenn ich frage, von welcher Sache Er denn hauptsächlich Profession macht?‹ ›Im geringsten nicht‹, antwortete Herr Bellian, ›muß aber bekennen, daß ich mich von Jugend an auf nichts Gewisses allein, sondern auf alle diejenigen Wissenschaften gelegt habe, die mir gefallen oder, deutlicher zu sagen, worzu mich mein curieuses Naturell angetrieben hat, demnach habe ich etwas studiert von der Geographie, Historie, Poesie, Musik, Malerei, Wachspoussieren, Helfenbeindrehen und dergleichen erlernet, teils durch Anweisung anderer geschickter Leute, teils aus Büchern, teils aus eigenem Antriebe. Viele wollen aus meiner Arbeit etwas Besonderes machen, allein die Menschen pflegen heutzutage einander zum öftern sehr zu flattieren.‹ ›Ich bin ein Feind von Flattieren‹, widerredete mein Herr, ›erstaune aber fast über Dessen Geschicklichkeit, welche in Wahrheit mehr Ruhm verdienet, als man derselben beilegen kann. Da mir nun nicht unbewußt, daß sich kluge Leute nicht gern ins Angesicht loben lassen, will ich jetzo davon schweigen und mit des Herrn Bellians Erlaubnis fragen, was dieses vor ein Buch sei, worinnen Er sich vor unserer Ankunft divertiert hat.‹ ›Es hat es‹, berichtete Herr Bellian, ›ein gottseliger Pater gemacht, und schreibt derselbe sehr schön von den eingebildeten Wollüsten der weltlich gesinneten Menschen, erweiset auch sehr vernünftig, daß alles unser Vergnügen nur bloße Eitelkeit und einem leeren Traume vollkommen ähnlich sei. Ich kann Ew. Gnaden versichern, daß mir dieses Buch bereits viele Dienste getan und noch tut, denn ob ich es gleich schon wohl 50mal durchgelesen, so fange doch allezeit wieder von vorne an und bemühe mich, dasselbe auswendig zu lernen und meine Lebensart darnach einzurichten.‹ ›Mein wertester Freund‹, versetzte hierauf mein Herr, ›ich habe zwar dem Herrn Oegneck angelegen, Ihn zu bitten, daß Er mir die Fundamenta in der Zeichnungs- und Malerkunst zeigen möchte, allein nunmehro erkennet mein bishero verfinstert gewesener Verstand, daß ich von Ihm noch eine weit schönere Kunst, nehmlich die Beruhigung des Gemüts erlernen könne. Demnach ersuche ich Ihn inständig, dieses Buch mit mir durchzugehen, ich will einen fleißigen Schüler abgeben und dessen Bemühung nach äußersten Vermögen rekompensieren.‹ Herr Bellian erzeigte sich hierzu sogleich willig und bereit, machte mit Lesen und Lehren den Anfang, Oegneck aber beurlaubte sich unter dem Vorwande, einigen wichtigen Verrichtungen nachzugehen. Mein Herr machte wunderlich Zeug, denn bald stellete er sich, als ob er sehr andächtig zuhörete, bald aber verfiel er in ein so tiefes Nachsinnen, daß man meinen sollen, er schliefe mit wachenden Augen, weswegen Herr Bellian dann und wann einen lustigern Diskurs aufs Tapet bringen mußte.

Etwa drei Stunden waren sie also allein beisammen gewesen, als Oegneck wieder nach Hause kam, da sie denn noch verschiedene Gespräche führeten, endlich aber mußte Herr Bellian halb gezwungenerweise in meines Herrn Zimmer die Abendmahlzeit mit einnehmen. Unter derselben fragte mein Herr nach dem musikalischen Knaben, bekam aber von Oegneck zur Antwort, daß sich derselbe heute etwas unpaß befunden hätte, derowegen vor dieses Mal seine Aufwartung nicht machen könnte. Mein Herr war dieserwegen sehr besorgt und sagte, wie ihm der größte Teil seines Vergnügens entfallen würde, wenn dieser Knabe sterben sollte. Allein Oegneck versicherte, daß dessen Maladie nicht viel auf sich hätte, sondern er vielleicht schon morgen sich wiederum würde hören lassen.

Nach geendigter Mahlzeit wollte sich Herr Bellian nicht länger aufhalten lassen, weswegen ihn mein Herr mit einem schönen Gedenkringe beschenkte und auf diesmal von sich ließ. Oegneck gab ihm das Geleite, mein Herr aber blieb alleine in seinem Zimmer, denn ich war kurz vorhero, ehe die Tafel abgehoben wurde, auf Abenteuer ausgegangen und entdeckte mit besondern Vergnügen, was ich wünschte. Sobald ich wiederum in meines Herrn Zimmer gekommen, waren meine erste Worte: ›Wissen Ew. Gn. etwa bereits, mit wem Sie heute konversiert haben?‹ ›Ich mutmaße‹, gab mein Herr zur Antwort, ›daß Herr Bellian keine Mannesperson, sondern ein Frauenzimmer und vielleicht des Oegnecks Frau sei, wenn es wahr, so ist's mir sehr lieb, denn ihre Person ist in Wahrheit ungemein liebenswürdig.‹ Hierauf offenbarete ich ihm das ganze Geheimnis folgendergestalt: ›Ew. Gn. können sicherlich glauben, daß in Bellians Kleidern niemand anders als Oegnecks Frau steckt, ich habe an einem geheimen Orte durch einen Ritz gesehen, wie sie sich mit Hülfe ihres Mannes und eines alten Weibes die Mannskleider aus- und dargegen ihre Weibskleider wieder angezogen, auch haben meine Ohren alle Worte gehöret, die sie Ew. Gn. wegen miteinander gewechselt. Erstlich redete Oegneck also zu ihr: »Ihr werdet Euch, mein Schatz, nunmehro gefallen lassen müssen, diese Masquerade alle Tage zu spielen.« »Ich wäre«, gab sie zur Antwort, »solcher Possen von Herzen gern überhoben, indem ich ein Narre sein und andere ohnedem genug geplagte Leute auch noch zum Narren machen soll.« »Ei! was Narren?« versetzte Oegneck, »keinen Narren, sondern einen klugen Menschen sollet Ihr machen helfen, zudem so wird Euch ja Eure wenige Mühe teuer genung bezahlt, weil Ihr bereits so schöne Dukaten vor die Musik und diesen Abend wieder einen trefflichen Ring bekommen habt, bedenket doch nur auch, was wir noch vor eine schöne Zwickmühle an diesem Herrn haben können.« »Ei was!« widerredete die Frau, »der Himmel hat mir zeitliche Güter nach Notdurft genung bescheret, und bei dem Gelde, welches Ihr auf eine solche betrügliche Art schneidet, wird wohl wenig Glück und Segen sein, der Henker kann es zeitig genung holen, zumalen, wenn Ihr es Eurer Gewohnheit nach auf den Spieltisch traget. Ich beklage nur, daß es dem unglückseligen Kavalier eben also gehen wird, wie es andern melancholischen Patienten ergangen ist, die Ihr ebenfalls habt kurieren wollen, wenn nur das Können nicht ermangelt hätte. Was gilt's? wenn Ihr ihm nur den Beutel sattsam gefegt, wird er wieder so hinlaufen müssen, als er hergekommen ist, denn Ihr habt es ja mit dergleichen Leuten mehrenteils schlimmer als besser gemacht; aber ich fürchte immer, Ihr werdet einmal übel anlaufen.« Oegneck schlug hierüber ein höhnisches Gelächter auf und sagte: »Solchen Narren muß man die Kolbe lausen, ich weiß mich schon herauszuschwatzen, und wenn ich einem solchen Hasenkopfe etliche 1000 Taler abgezwackt hätte. Ich merke aber wohl, mein Schatz, wo Euch der Schuh drückt, wenn ich Euch nur nicht entdeckt, daß der schöne Kavalier seine Mannheit verloren hätte, so könntet Ihr Euch vielleicht noch Hoffnung machen, einen Amanten an ihm zu bekommen, bei so gestalten Sachen aber glaube ich, daß Euch das Herz im Leibe vor Mit leiden bluten mag. Nicht wahr, ich habe es erraten? Allein, gebt mir nur ein gut Wort, so soll er ein paarmal mit Euch zu Bette gehen.« Die Frau erwiderte mit einem bittern Lachen: »Ich mag mir nicht einmal die Mühe geben, auf Eure schändlichen Reden zu antworten, die Ihr täglich aus dem eifersüchtigen verfluchten Herzen durch den Lästerrachen auf meine Ehre speiet, glaubet aber sicherlich, daß ich mich morgen wohl hüten werde, abermals eine Komödiantin zu sein.« Hierüber entrüstete sich Oegneck ganz ungemein und sagte: »Das müßte der ... geschrieben haben, wenn Ihr mir nicht gehorsamen und noch darzu an einem so starken Profite verhinderlich sein wolltet. Saget nur noch ein einzig Wort, so will ich eine neue Marter vor Euch aussinnen.« »Ach!« replizierte die Frau, »hierinnen seid Ihr ohnedem berühmter als der beste Henker. Der Himmel weiß, daß ich, der grausamen Tortur überhoben zu sein, dergleichen Bosheit mit verüben und diesen ehrlichen Kavalier betrügen helfen muß; jedoch der Himmel wird mir's nicht zurechnen und mir aus dieser Sklaverei helfen, sodann fresset Euer mit Betrug erworbenes Brot alleine. Ach Himmel! wie hast du doch zugeben können, daß ich einen Marktschreier und Leutebetrüger zum Ehemanne bekommen müssen.«

Diese Reden reizten den Herrn von Oegneck dergestalt zum Zorne, daß er aufsprang und ihr eine sehr starke Anzahl Maulschellen und Kopfstöße versetzte, bis endlich das alte Weib darzwischenkam und Friede stiftete.‹

Mein Herr war über meine glückliche Aventure ungemein erfreuet und schenkte mir vor meine gehabte Mühe ein schönes Kleid, im übrigen aber befahl er mir, nur weiter fleißig herumzuspekulieren, indem er dem Oegneck schon andere Possen, auch vor sich selbst und dessen Frau sattsame Revanche nehmen wollte. Des andern Tages war mein Herr sehr bekümmert, indem er bei so gestalten Sachen nicht leicht glauben wollte, daß Bellian sein Wort halten und an diesem Tage wieder kommen würde, jedoch als sich die Singestimme mit der Laute frühmorgens hören ließ, bekam er einige Hoffnung und wurde vollkommen befriediget, da Oegneck bei der Mittagsmahlzeit sagte, daß Herr Bellian bereits melden lassen, diesen Mittag ohnfehlbar wieder da zu sein. Es geschahe auch, und Oegneck führete meinen Herrn selbst hinüber in das Zimmer, wo sie gestern beisammen gewesen waren, er aber retirierte sich und ließ beide alleine.

Herr Bellian führete sich dieses Mal ganz traurig auf, mein Herr aber trug anfänglich Bedenken, ihn um die Ursach seines Mißvergnügens zu befragen, sondern, weiln verschiedene Gemälde im Zimmer aufgehenkt waren, bat er sich von einem und dem andern die Erklärung aus, worinnen ihm Herr Bellian gern willfahrete. Unter andern kamen sie zu einem Gemälde, worauf die Verwüstung der Stadt Troja abgeschildert war, und Herr Bellian erzählte viel von diesem Kriege. Da ich aber mittlerweile das vorhero abgeredete Zeichen gab, daß Oegneck zum Hause hinaus und die Haustür abgeschlossen wäre, fing mein Herr zu fragen an: ›Ei hören Sie doch, mein wertester Herr Bellian, ist nicht dieser Trojanische Krieg um einer schönen Frauen halber entstanden?‹ ›Ja, recht!‹ antwortete Bellian, ›es hieß dieselbe Helena und wurde ihrem Gemahl, dem Menelao, von einem jungen Kavalier, der Paris geheißen, entführt, sonsten lieset man von ihr, daß sie die Schönste im ganzen Griechenland gewesen.‹ ›Ich glaube aber doch nicht‹, versetzte mein Herr, ›daß diese Helena so wunderschöne gewesen als die Gemahlin des Herrn von Oegneck, deren zarte Hand zu küssen ich voritzo mir die Freiheit nehme.‹ Unter diesen Worten küssete und drückte er ihre Hand zu verschiedenen Malen. Oegnecks Frau, welche ich nur fernerhin Belliana nennen will, wurde über diese unverhofften Reden und Karessen dergestalt bestürzt, daß sie als ein geschnitztes Bild ohne Regung auf dem Stuhle sitzenblieb und wegen starker Verwirrung kein Wort antworten konnte. Mein Herr nahm diese Gelegenheit in acht, küssete ihre Hände noch etlichemal, ließ sich hernach auf ein Knie vor ihr nieder und brachte mit äußerst verliebten fre[i]en Gebärden seine Liebeserklärung folgendermaßen vor: ›Allerschönste Dame, der Ruhm Ihrer unvergleichlichen Schönheit, die von unzähligen Kavaliers nur von ferne zu betrachten, so sehnlich gewünschet worden, hat mich, sobald ich Nachricht davon erhalten, angetrieben, einen selten erhörten Streich zu spielen, um nur Dero allerangenehmste Person zu sehen. Denn da ich in Erfahrung gebracht, wie Sie von Ihrem irraisonnablen Manne auf eine ganz unmenschliche Art eingekerkert und verborgen gehalten würden, so daß fast nicht die geringste Hoffnung vorhanden, mit Ihnen ins Gespräch zu kommen, als hat mir die Liebe eine List eingegeben, um Ihnen in Ihrer Sklaverei einige Revanche zu verschaffen und meine verliebte Sehnsucht zu vergnügen. Sie glauben demnach, Madame, daß die ganze Erzählung, welche ich Ihrem Manne von meiner Person und Krankheit getan, ein bloßes Gedichte und verstelltes Wesen ist, denn ich bin einer der gesundesten Menschen von der Welt und von der gütigen Natur mit allem dem, was einer vigoreusen Mannesperson zukommt, im Überfluß versorgt. Es hat mir in der Seelen wehe getan, da ich neulichst Ihren Mann in öffentlicher Compagnie so unvernünftig raisonieren hören mußte, indem er sich ein besonders Gloire daraus machte, mit seiner wunderschönen Frauen so barbarisch zu verfahren. Weilen nun aber das Glücke mein Unternehmen sekundiert hat, so verabsäumen Sie doch, Madame, keine Zeit, die Sehnsucht Ihres getreusten Verehrers, des Barons von L., zu stillen, sich mitten in Ihrer Sklaverei ein süßes Liebesvergnügen zu verschaffen und sich zugleich an Ihrem eifersüchtigen, unbesonnenen Manne zu revanchieren, indem er nicht würdig ist, dergleichen überirdische Schönheit allein zu genießen.‹

Belliana blieb noch immer unbeweglich auf dem Stuhle sitzen und sahe den vor ihr knienden höchst verliebten Kavalier mit unverwandten Augen an, endlich da ihr derselbe die Hände noch vielmal geküsset und aufs allerbeweglichste zugeredet, zog sie ihn in die Höhe und sagte: ›Ach stehet auf, schönster Kavalier, nehmet meinen geborgten Degen und stoßet denselben in meine Brust, denn ich weiß vor Scham, Angst, Furcht und verbotener Liebe nicht zu bleiben. Was wird die ganze Welt nicht vor Ursach zu lachen und höhnisch von mir zu reden haben, wenn meine jetzige Verkleidung nebst den begangenen törichten Streichen ruchtbar wird? Wie grausam wird mein tyrannischer Mann mit mir verfahren, wenn nur das Geringste von diesem Geheimnisse vor seine Ohren kömmt? Womit will ich mein Gewissen befriedigen, wenn ich einer verbotenen Liebe Gehör gebe und meine Keuschheit, die ich auch im Ehestande unbefleckt erhalten, einem lüsternen Kavalier aufopfere? Tötet mich‹, fuhr sie fort, ›oder vergönnet mir wenigstens, daß ich nimmermehr wieder vor Eure oder frembder Leute Augen komme.‹ ›Ehe eins von diesen beiden geschehen soll‹, versetzte mein Herr, ›will ich viel lieber mein Selbstmörder sein, denn ich habe mich, im Fall mir Dero Gegengunst versagt wird, der Verzweifelung gänzlich ergeben.‹

Unter diesen Worten, weil er sich als ein schalkhafter Amant auf alles gefaßt gemacht, zohe er einen Dolch aus der Tasche, setzte denselben auf die Brust und machte Miene, als ob er sich selbst erstechen wollte.

Belliana mochte sonsten zwar wohl wenig oder gar keine Ausschweifungen begangen haben, durch meines Herrn bewegliche Reden und desperates Aufführen oder vielleicht durch seine wohlgebildete Person auf leichtsinnigere Gedanken geraten sein, derowegen umarmete und küssete sie ihn selbst von freien Stücken, sagte anbei: ›Ihr stürmet, schönster Kavalier! zu hart auf mich, ich liebe Euch von Grund der Seelen und verspreche Euch zeitlebens zu lieben, allein dasjenige, was Ihr von mir verlanget, ist nicht nur zu gefährlich, sondern gewisser Ursachen wegen auch ohnmöglich Euch zu gewähren.‹ Unter diesen Reden traten ihr die hellen Tränen in die Augen, welche mein Herr mit seinen Lippen abtrocknete, durch unablässiges Liebkosen und schmeichelnde Reden aber diese Schöne endlich dergestalt treuherzig und kirre machte, daß sie ihm alle Liebesfreiheiten erlaubte, nur aber zum Hauptzwecke war nicht zu gelangen, weil Oegneck seinen Lustgarten mit dem gewöhnlichen italiänischen Schlosse dergestalt fest verwahrt hatte, daß niemand einsteigen konnte. Mein Herr fulminierte gewaltig über Oegnecks Tyrannei und Weiberschinderei, insinuierte sich auch dergestalt bei Bellianen, daß dieselbe sagte: ›Ach, mein Leben, ich weiß es am besten, was ich seit fünf Jahren her von diesem Tollkopfe vor Marter, Angst und Not ausgestanden habe, jedennoch, und ob er gleich selbsten ganz ohnmächtig zum Liebeswerke ist, bin ich doch nicht auf die Gedanken geraten, verbotene Früchte zu kosten, Ihr aber, mein Engel, habt mein ganzes Herze auf einmal umgekehret, ich bin vollkommen die Eurige, schafft Euch aber zu Eurer völligen Beruhigung nun selbsten Rat, ich vor meine Person weiß hierbei weder Rat noch Mittel zu ersinnen.‹ Mein Herr versicherte, binnen 24 Stunden schon andere Anstalten gemacht und einen akkuraten Schlüssel in seiner Gewalt zu haben, worauf sie sich noch eine gute Zeit mit verliebten, auch handgreiflichen Diskursen und andern Karessen miteinander divertierten, bis ich das Zeichen durch Rufung des Hundes gab, daß Oegneck vor der Tür anpochte. Beide Verliebte setzten sich demnach in eine andere ernsthafte Verfassung und wurden von Oegneck angetroffen, da sie über ein Gemälde diskurierten, auf welchem der nach erhaltenen Siege mit seinen Generalen schwelgende Alexander Magnus abgeschildert war. Oegneck exkusierte sein langes Wegsein mit verschiedenen Prahlereien, mein Herr aber nahm vor dieses Mal ganz unmutig Abschied und ging in sein Zimmer. Um nun von Oegneck nicht inkommodiert zu werden, gab er vor, daß er nur ein einziges Stündgen schlafen, hernach aber mit demselben in den nahe am Hause liegenden Garten in der Abendluft ein paar Stunden herumspazieren wollte.

Demnach retirierte sich Oegneck, es war aber meines Herrn wenigster Ernst zu schlafen, ob er sich gleich aufs Bette streckte, sondern er dichtete auf eine List, wie er dem Oegneck den Schlüssel zu dem verdrüßlichen Schlosse hinwegpraktizieren könnte. Sobald nun diese ausgesonnen, sprunge er vom Bette auf, schrieb ein Billett und schickte mich damit zu dem Capitain Reston. Ich traf denselben in seinem Logis an, und er gab mir, nachdem er das Billett gelesen, ein ergebenes Kompliment an meinem Herrn zurück mit der Versicherung, daß er nicht ermangeln würde, dessen Willen nach Verlauf einer Stunde zu erfüllen. Mein Herr war froh hierüber und befahl mir, ja keinem Menschen im Hause zu sagen, daß er hätte Gäste zu sich bitten lassen.

Kaum war eine Stunde vorbei, als der Capitain Reston, welcher lieber zu Gaste ging als Gäste zu sich bat, indem er sehr genau lebte, mit noch vier andern Offiziers angestochen kam. Sie stelleten sich etwas betrunken und machten unten im Hause einen ziemlichen Lärmen, so daß dem Herrn von Oegneck angst und bange wurde. Sobald er aber vernahm, daß sie nach meinem Herrn fragten und eine Reuterzehrung von ein paar Dutzent Bouteillen Wein exequieren wollten, gab er sich zufrieden in Hoffnung, daß vor seinen Schnabel auch etwas passieren würde, führete auch die Gäste selbst hinauf zu meinem Herrn, welcher dieselben dem Scheine nach ziemlich kaltsinnig empfing, nach gewechselten Komplimenten aber mir sogleich Befehl erteilete, von dem gegenüber wohnenden Weinhändeler erstlich ein paar Dutzent Bouteillen des allerbesten Weins zur Probe herüberlangen zu lassen. Der Wein wurde, sobald sie ihn gekostet, sehr köstlich befunden und von allen gelobet. Mein Herr bat den Herrn von Oegneck, die Gäste zum Trinken anzureizen und exusierte sich anbei vor seine Person, daß er als ein halber Patient nicht allezeit Bescheid tun könnte, sondern nur mäßig trinken dürfte. Im Gegenteil stümmete er heimlich wiederum den Capitain Reston, daß er und die andern Offiziers dem Oegneck brav aufs Leder saufen möchten, damit er satt bekäme. Demnach ging die Sauferei unter dem Schalle etlicher Waldhörner dergestalt an, daß nachts ohngefähr um zehn Uhr Oegneck in der Stube umsank, weswegen ihn unsere Laquaien aufheben und auf ein Bette tragen mußten, allein es war nicht zu verwundern, denn außerdem, daß er sehr viel Wein getrunken, hatte ich ihm auf Befehl meines Herrn auch einen Schlaftrunk beigebracht. Die Herrn Offiziers hatten sich auch dergestalt begeistert, daß sie nicht mehr gerade gehen konnten, sondern sich von ihren Bedienten mußten zu Hause führen lassen. Unsere Laquaien wurden befehligt, zu Bette zu gehen, mein Herr und ich aber machten uns über den unempfindlichen Oegneck, welcher entsetzlich schnarchte. Wir durchsuchten seine Schubsäcke und fanden endlich das kleine stählerne Schlüsselchen in seiner Goldbeurse unter den Dukaten liegen. Es war nicht leicht zu vermuten, daß ein Irrtum begangen werden könnte, sondern vielmehr sicher zu glauben, daß es der rechte Schlüssel sein müßte, derowegen mußte ich erstlich noch einmal die Visitier-Ronde unten im Hause halten, befand aber alles richtig, denn ich hatte nicht allein der alten Frauen, sondern auch dem alten Manne und den zwei Knaben soviel Wein zu trinken gegeben, als sie nur hinunterbringen können, über dieses auch einen jeden ein proportionierliches Schlaftrinklein beigebracht. Nachdem ich nun meinem Herrn teuer versichert, daß er morgen früh vor sechs bis sieben Uhr sich nicht zu befürchten hätte, daß jemand im Hause munter werden würde, als nahmen wir dem Herrn von Oegneck den Stuben- und Kammerschlüssel aus der Rocktasche (denn wir kannten beide Schlüssel wohl, weil der alte Mann dieselben allezeit zu bringen pflegte, wenn Oegneck abends noch spät bei meinem Herrn saß), und mein Herr, der eine Blendlaterne in der Hand hatte, ließ sich von mir bis vor Oegnecks Wohnstube führen. Er mußte herzlich lachen, da ich dem alten Weibe, welche in einem Winkel nicht weit von der Stubentür lag, etliche tüchtige Nasenstüber versetzte, sie aber sich dennoch nicht im geringsten regte, sondern immerfort schnarchte. Der alte Mann hingegen und die zwei Knaben waren doch noch so vermögend gewesen, in ihre Bucht zu kriechen und sich auf die Betten zu werfen, lagen aber ebenso unempfindlich als das alte Weib. Bei so gestalten Sachen wollte sich mein Herr nicht länger aufhalten, sondern eröffnete mit frohen Mute erstlich die Stubentür, ich aber begab mich im Dunkeln zurück die Treppe hinauf und bewachte den Herrn von Oegneck. Fünf Stunden war mein Herr außen gewesen, als er wieder auf sein Zimmer kam, denn der anbrechende Tag mochte ihm die Ordre zum Rückmarsch gegeben haben. ›Dieser Streich‹, fing er zu mir mit erfreuten Gesichte zu sprechen an, ›ist nach Wunsche gegangen; ich bin vollkommen vergnügt, ja das Angedenken des genossenen Vergnügens würde mich ohnfehlbar ganz melancholisch machen, wenn mir die Hoffnung beraubt würde, dasselbe noch öfter zu genießen.‹ Hierauf drückte er den kleinen Schlüssel in Wachs ab, steckte denselben wieder in Oegnecks Goldbeurse, mit den beiden großen Schlüsseln mußte ich es eben also machen, worauf er mir befahl, sobald die Leute in der Stadt aufgestanden, zu einem Schlösser zu gehen und Nachschlüssel machen zu lassen, weiln aber dieses mir einigermaßen bedenklich fiel, als kaufte ich mir eine Feile und andere

Schlösserinstrumenta, war auch so glücklich, einen Schlüssel von dergleichen Calibre zu ergattern, aus welchen ich einen perfekten Pas[se]partout machte, den kleinen Schlüssel aber aus einem Stück Silber zu verfertigen, war mir eine ganz leichte Kunst. Mein Herr war vor Freuden ganz außer sich selbst, da er diese meine Meisterstücke sahe, schenkte mir eines von seinen besten bordierten Kleidern nebst zwölf spec. Dukaten. Jedoch wieder auf unsere Schläfer zu kommen, so machte das Hausgesinde erstlich zwischen acht und neun Uhr einander munter. Oegneck aber besann sich erstlich gegen zwölf Uhr wieder, daß er noch in der Welt wäre, er stund auf und fand meinen Herrn noch im verstellten Schlafe liegen, hierauf fühlete er in seine Taschen, visitierte seine Goldbeurse, und da er alles richtig fand, machte er eine vergnügte Miene. Als er aber nach der Uhr sahe und bemerkte, daß es schon in der Mittagsstunde wäre, gab er seine Verwunderung durch ein kleines Gelächter und einiges Kopfschütteln zu verstehen. Ich konnte dieses alles aus der Nebenkammer, in deren Tür ich ein kleines Loch gebohret hatte, sehen, wie ich aber wahrnahm, daß er sich sachte darvonschleichen wollte, kam ich mit einem finstern Gesichte und verwirrten Haaren aus der Kammer herausgetreten, eben als ob ich den Rausch auch noch nicht ausgeschlafen hätte. Der Herr von Oegneck kam mir gleich entgegen und sagte nach Anwünschung eines guten Mittags: ›Ei ei, mein wertester Herr und Freund, das heißt der guten Sache ein wenig allzuviel getan, Sie nehmen doch nicht ungütig, daß ich Sie Ihres Bettes beraubt habe.‹ ›Es hat nichts zu sagen, mein Herr‹, gab ich zur Antwort, ›ich habe in Kleidern auf dem Feldbette hier in der Kammer sehr wohl geschlafen, denn ich hatte der Sache ebenfalls zuviel getan und mein Herr ebenfalls, denn in der letzten Stunde hat er noch so viel Wein zu sich genommen, daß wir ihn, weil er fast von seinen Sinnen nicht wußte, ins Bette haben tragen müssen. Ich glaube auch nicht, daß er sich wird umgewendet haben, denn er liegt noch so, wie wir ihn hingelegt.‹ ›Es ist ganz gut‹, sagte Oegneck, ›vielleicht kontribuiert nunmehro diese kleine Débauche etwas zu seiner Gesundheit.‹ Wir redeten noch viel miteinander, und ich machte dem Herrn von Oegneck sonderlich wegen der frembden Offiziers noch so viel Wind vor, daß sich mein Herr, wie er mir nachhero erzählet, im Bette fast mit lauten Lachen verraten hätte. ›Es muß ein ungemein starker Wein sein‹, sagte Oegneck, ›allein ich kann versichern, daß ich ihn in vielen Jahren nicht so delikat getrunken habe.‹ ›Und ich‹, war meine Gegenrede, ›habe dergleichen mein Lebetage nicht getrunken, will aber nunmehro, sooft ich mir etwas zugute tun will, darbei bleiben, nur mit Maßen.‹ ›Ich auch‹, replizierte Oegneck, ›allein ich muß nunmehro gehen und sehen, was meine Frau macht und wie es um die Küche bestellt ist.‹

Ich sagte ihm, daß mein Herr, wenn er auch gleich aufwachte, dennoch vor drei Uhren, und zwar heute nur einmal speisen würde, denn das wäre seine Art, wenn er getrunken hätte; wormit Oegneck sehr wohl zufrieden war und seiner Wege ging.

Sobald derselbe fort war, sprang mein Herr aus dem Bette, und weil er vollkommen ausgeruhet hatte, ließ er sich, weil er den Tee schon sehr früh getrunken hatte, Wein und stärkende Confituren geben, passierte hernach die Zeit mit Briefschreiben nach seiner Heimat bis drei Uhr, da er zur Mittagsmahlzeit abgerufen wurde. Hierbei ließ Oegneck fragen, ob es erlaubt wäre, den Herrn Bellian mit zur Tafel zu bringen, welches meinem Herrn eine ungemeine Freude war, doch ließ er mit einer gelassenen Miene zurückmelden, wie ihm des Herrn Bellians Gesellschaft sehr angenehm sein würde. Er, mein Herr, ließ sich in größter Geschwindigkeit aufs propreste ankleiden, ging zu Tische und fand sowohl den Herrn Bellian als den Herrn von Oegneck bei demselben. Weiln ich par curiosité meinem Herrn folgte, bemerkte ich, daß Herr Bellian bei dessen Eintritt blutrot wurde, jedoch er wußte sich unter dem Komplimentieren dergestalt geschicklich von dem Oegneck abzudrehen und ihm dem Rücken zuzukehren, daß dieser nichts merkte. Sie setzten sich demnach zu Tische, weil aber mein Herr sehr wenig Appetit bezeugte, indem er vorschützte, daß er gestern eine extraordinäre Débauche im Weintrünken gemacht und derowegen nicht allein starke Hitze im Magen, sondern auch einige Kopfschmerzen empfände, sagte Oegneck: ›Ich will schweigen und nicht melden, wie mir zumute ist, aber meine Frau hat mir das Kapitel recht gelesen, jedoch ich habe stille darzu geschwiegen, denn dieses Mal hat sie recht, weil ich nicht zu ihr ins Bette gekommen bin. Unterdessen hat sie doch alles wohl besorgt, so daß wir ziemlichermaßen mit ihr zufrieden sein können.‹

Ohngeacht nun Oegneck immer allein fortplauderte und aus seinen Reden soviel zu merken war, daß er von der Langschläferei seines Gesindes nicht die geringste Wissenschaft hätte, so tat doch mein Herr, als ob er auf dessen Reden keine Acht hätte, sondern blieb immer stille vor sich hin, bis endlich Herr Bellian einen Diskurs von dem gefährlichen Laster der Trunkenheit aufs Tapet brachte, welchen mein Herr bis zu Ende der Mahlzeit fortführen half.

Nach abgehobenen Speisen und nachdem sie alle drei eine gute Weile im Zimmer herumspaziert waren, beliebte meinem Herrn, mit dem Herrn Bellian eins im Brette zu spielen, welches Herr Oegneck sehr gern sahe, indem er einige Patienten zu besuchen hatte, sich also von ihnen beurlaubte; allein er mochte kaum zehn Schritte vom Hause hinweg sein, als diese beiden Verliebten ein ander Spiel zu spielen angefangen hatten, worbei mein Herr meinen manu propria gemachten kleinen Schlüssel probieret und denselben zu seinem größten Vergnügen akkurat befindet, nachhero aber seinen eigenen Kapital-Schlüssel gebraucht.

So ging es nun einen Tag und alle Tage zu, und der Herr von Oegneck wurde bei allen seinen so hochgerühmten Praecautionen sozusagen bei sichtlichen Augen betrogen. Ja, das Glück war meinem Herrn so günstig, daß Oegneck auf etliche 30 italiänische Meilen von Hause zu einem kranken Fürsten berufen wurde, bei welchem er drei ganzer Wochen zubrachte; binnen dieser Zeit aber machte mein Herr die herrlichsten Progressen nicht nur bei Tage mit dem Herrn Bellian, sondern auch des Nachts mit der Belliana, wenn ich vorhero die Domestiquen mit Schlaftrünken im süßen Weine eingewieget hatte.

Endlich war es dahin gekommen, daß Belliana den Ansatz zur zweiten Leber im Leibe bekommen hatte, worüber sich mein Herr sowohl als sie ungemein erfreueten. Oegneck kam wieder zu Hause, fand aber meinen Herrn, der sich sehr zu verstellen wußte, ganz malade, indem er vorgab, daß er Mangel an Arzenei gehabt, jedoch nach Verlauf einiger Tage befand sich mein Herr viel besser, ging auch dann und wann in Compagnie, jedoch er blieb niemals bei einerlei Humeur, sondern verfiel, ehe man sich's versahe, wieder in eine wiewohl verstellte Tiefsinnigkeit.

Mittlerweile entstunden in unserm Hause auf einmal große Freudenbezeugungen, denn die Frau Wirtin hatte dem Herrn Wirte offenherzig gestanden, daß er ihr aus der frembden Luft Zeug zu einem kleinen Kindergeräte mitgebracht hatte. Oegneck, sobald er dieses von ihr vernommen, lief er von Hause zu Hause und notifizierte allen Menschen, die ihm entgegen kamen, die endlich einmal glücklich erlebte Schwangerschaft seiner liebwertesten Frau Gemahlin; ja die Torheit verleitete ihn dahin, daß er eines Tages meinem Herrn bei Tische diese vergnügte Zeitung vorbrachte, und zwar mit unaussprechlicher Freude. Dieser, welcher die Sache längstens besser wußte als Oegneck selbst, spielete dennoch eine verzweifelte Masquerade, warf Teller, Löffel, Messer und Gabeln auf den Boden und sagte:

›Mein Herr! ein vor allemal ist Ihm von mir bekannt gemacht, daß mir nichts Verdrüßlichers anzuhören ist als von Liebessachen, Kinderzeugen und dergleichen; derowegen sehe gar nicht, was Er vor Ursach hat, mich mit dergleichen Gesprächen zu beunruhigen.‹ ›Ei, ei, Ihro Gnaden‹, versetzte Oegneck, ›ich bitte um Vergebung, bin aber der Meinung gewesen, des Herrn Bellians bisherige treffliche Unterweisung hätte nunmehr in Dero Herzen so viel gewürkt, daß Dieselben alles, was Ihnen vork[ä]me, ohne einzige verdrüßliche Gemütsbewegung anhören und ansehen könnten, so aber erfahre ich, leider! das Gegenteil.‹ ›Ei was‹, widerredte mein Herr, ›der Herr Bellian, mein wertester Freund, kann seine Sachen ganz anders zu Markte bringen, und ob er gleich in seinen vortrefflichen lehrreichen Erzählungen dann und wann etwas von Frauenzimmer, Liebesbegebenheiten und dergleichen einfließen lassen, so ist solches doch allezeit mit besonderer Ernsthaftigkeit und Tugend gewürzt gewesen, so daß es mir ohnmöglich Unruhe verursachen können.‹ ›Gnädiger Herr!‹ sagte Oegneck, ›es ist an dem, daß ich Ihnen ein Geheimnis offenbaren und darbei Sie überzeugen muß, daß Ihr ganzes Malheur von einem allzudicken Geblüte und dann in einer wunderlichen Einbildung bestanden hat. Das erstere ist durch meine köstliche innerliche und äußerliche Medikamenta mehrenteils, ja fast gänzlich korrigiert. Was aber die andere Ursach anbelanget, so ist's an dem, daß Sie sich bishero von ein und anderer Sache eine unrichtige wunderliche Einbildung gemacht haben. Wenn sich Dieselben nun in Zukunft bemühen werden, von solchen Dingen, welche Ihnen bishero verdrüßlich gewesen, ein richtiges Konzept zu fassen, so wird die Kur vollbracht und Ihr ganzes Malheur vollkommen gehoben sein; Ew. Gn. aber zu überführen, will ich Ihnen das bisherige Geheimnis entdecken, insoferne Sie nicht darüber erschrecken oder mißvergnüget werden wollen.‹ ›Im geringsten nicht, ich will mich, da ich vorhero daran erinnert werde, schon zu fassen wissen.‹ ›Nun dann‹, ließ sich hierauf Oegneck mit einigen Lächeln vernehmen, ›so will ich Ihnen sagen, daß Herr Bellian, dessen Person Sie vor vielen andern gern um sich leiden mögen, keine Mannesperson, sondern ein Frauenzimmer, und zwar mein eigenes Eheweib ist. Da sehen nun Ew. Gn., was es vor eine wunderliche Beschaffenheit hat mit der Einbildung.‹

Mein Herr sahe nach Anhörung dieser Worte dem Oegneck starr in die Augen und blieb mit unterstützten Haupte eine ziemliche Zeit in tiefen Gedanken sitzen. Endlich fuhr er plötzlich auf und fragte: ›So ist's denn würklich wahr, daß ich unter der Person des Herrn Bellians mit einem Frauenzimmer konversiert habe?‹ ›So wahr ich lebe‹, gab Oegneck zur Antwort, ›und daferne es Ihnen gelegen, können Sie den vermeinten

Herrn Bellian alle Stunden in der Person meiner Ehefrauen zu sehen bekommen. Ich hoffe aber, meine gebrauchte List, die ich bloß Ew. Gn. Nutzens, Vorteils und Gesundheit halber ersonnen und praktizieret, wird verhoffentlich Dieselben nicht zum Zorne reizen?‹ ›Nein, nein! mein wertester Herr von Oegneck‹, rief mein Herr aus, ›nunmehro erkennen meine bishero ganz verwirrt gewesene Sinnen vollkommen, daß ich bishero einem wahnwitzigen Menschen ähnlich gewesen, jedoch Seine ungemeine Klugheit hat mich ganz verändert und wird mir hoffentlich zu dem annoch restituierenden Teilen des Verstandes verhelfen. Gedenke ich aber an den unvergleichlichen Herrn Bellian, so muß ich über den ungemeinen Verstand, Geschicklichkeit und Tugend, so in einem einzigen, und zwar in einem Frauenzimmerkörper beisammen wohnet, recht erstaunen. Nunmehro aber, ach leider! werde ich dessen angenehme Konversation nebst den heilsamen Lehren vielleicht seltsam zu genießen haben oder wohl gar entbehren müssen!‹

›Nicht gänzlich‹, tröstete Oegneck, ›doch weil meine Liebste dennoch auch etwas eigensinnig ist und bei ihrer jetzigen Schwangerschaft keine Manneskleider mehr anlegen will, sonsten auch wegen ihrer Schamhaftigkeit und strengen Tugend ohne mein Beisein mit Ihnen zu konversieren sich durchaus nicht bequemen wird, als werden sich Ew. Gn. mit etwas sparsamern Visiten genügen zu lassen belieben; denn solange sie gewußt, daß sie von Ihnen vor eine Mannsperson gehalten worden, hat sie sich keiner unkeuschen Gedanken bei Ew. Gn. besorgt, nunmehro aber als ein Frauenzimmer dürfte sie bei Ihnen in mehrerer Furcht schweben.‹ ›Ach!‹ seufzete mein Herr und sagte: ›Mein wertester Herr von Oegneck, eröffnen Sie ihr doch lieber, daß ich ein Kastrat bin, mithin vor allen unkeuschen Gedanken, Worten und Werken den größten Abscheu trage. Ich hoffe, sie wird so tugendhaft und verschwiegen sein und dieses Geheimnis nicht weiter ausbreiten, inmittelst desto freier und treuherziger mit mir umgehen können, solchergestalt aber meine völlige Genesung befördern helfen.‹

›Wenn Ew. Gn.‹, sprach Oegneck hierauf, ›mir erlauben wollen, meiner Liebsten dieses Geheimnis zu offenbaren, so ist gar kein Zweifel, daß sie sich in Zukunft noch weit offenherziger und freier gegen Dieselben aufführen wird, als sie in der verkleideten Person des Bellians getan, ja ich gebe hiermit sowohl von meinet- als ihrentwegen Ew. Gn. völlige Erlaubnis, sooft es Ihnen beliebig, meine Liebste zu sich auf Dero Zimmer kommen zu lassen oder dieselbige in dem ihrigen zu besuchen und so lange bei ihr zu bleiben, als es Ihnen beiderseits gefällig.‹ Es ist leicht zu glauben, daß mein Herr über diese

Promessen vor innerlichen Lachen immer hätte zerbersten mögen, jedoch er umarmete den Hasenkopf und dankte vor dessen gütige Offerte, zahlete ihm auch sogleich 50 Dukaten in Abschlag vor die Kur und Kost, versprach anbei, sobald seine Wechselbriefe aus Deutschland einliefen, sich noch weit erkenntlicher zu zeigen. Vorietzo aber bat er ihn, seiner Liebste die abgeredete Sache vorzutragen, seine Person bestens zu rekommendieren, anbei ihre selbsteigene Einwilligung einzuholen. Oegneck gab dieses letztere vor etwas Leichtes aus, weil dem Vorgeben nach seine Liebste ihm in allen billigen Stücken gehorsame Folge leistete; ging aber sogleich hin und versprach in kurzen vergnügte Resolution zuruckzubringen.

Die Curiosité trieb mich in diejenige Kammer, welche akkurat über unserer Frau Hauswirtin Schlafkammer war, denn ich hatte daselbst ein kleines Loch im Winkel des Fußbodens ausgearbeitet, wodurch ich, obgleich nicht alles sehen, doch alles hören konnte, was darinnen passierte. Hier erzählete Oegneck nun seiner Frauen alles, was er mit meinem Herrn verabredet hatte, und endlich bat er sie recht beweglich, das Spiel nicht zu verderben, sondern in Erwägung des schönen Gewinstes dergleichen Beschwerlichkeiten gedultig über sich zu nehmen. Da er nun mit vielen schmeichelhaften Worten und Karessen eine Resolution von ihr verlangte, sagte sie endlich: ›Ich habe zwar immer verhofft, wenn ich nur erstlich einmal schwanger worden, Eurer unrechtmäßigen Eifersucht und anderer verdrüßlichen Traktamenten überh[o]ben zu sein, allein Ihr bürdet mir immer mehr und mehr Plagen auf den Hals. Bedenket nur selbst, bishero habe ich nicht einmal mit Frauenzimmer konversieren dürfen, und nunmehro soll ich meine Zeit mit einem Kastraten vertreiben, ja bedenket nur, was ich solchergestalt allen meinen Sinnen vor Gewalt tun muß, mich vernünftig und klug genug aufzuführen. Jedoch was muß ich arme Kreatur nicht tun, bloß mich in Eurer Gunst zu erhalten und ein Stück Geld verdienen zu helfen. So laßt ihn denn nur kommen, aber nicht eher als mittags nach drei Uhr, meinetwegen mag er bis in die Nacht da sitzen, ich will ihm, soviel mir möglich, die Zeit passieren, nur den Vormittag und die übrigen Stunden bis drei Uhr will ich zu meiner Bequemlichkeit haben; aber das sage ich voraus, sollte er sich etwa erkühnen, einen geilen Griff zu tun, so stoße ich ihm einen Dolch in die Brust.‹ ›Daran‹, versetzte Oegneck, ›ist nicht zu gedenken, mein Schatz, und hierüber habt Ihr Euch keine Sorge zu machen, fahret nur fort, beständig so mit ihm umzugehen, als wie Ihr unter der Person des Bellians getan habt.‹ Hierauf dankte er ihr mit etlichen klatschenden Küssen, und da er sich von nun an ihrer ehelichen Treue und Liebe vollkommen versichert hielt, hörete ich so viel, daß er ihr auch nunmehro das verdrüßliche

Schloß abnahm und versprach, alles bisherige Mißtrauen, Eifersucht und harte Verfahren sinken zu lassen und ihr ihre volle Freiheit zu gönnen.

Ich hätte vor heimlichen Gelächter immer platzen mögen, und es ist leicht zu gedenken, wie sich mein Herr gebärdet hat, da ich ihm alles dieses wiedererzählte. Damit ich aber mich bei dieser Geschichte nicht über die Gebühr aufhalte, so will nur noch kürzlich melden, daß unsere Frau Wirtin täglich geputzt mit zu Tische kam. Bald ließ sie mein Herr zu sich auf sein Zimmer bitten, da sie sich denn sogleich einfand, bald ließ er sich bei ihr melden und blieb gemeiniglich bis zehn Uhr des Nachts bei ihr, denn Oegneck ging fast alle Tage aus, entweder zu seinen Patienten oder in eine Spielcompagnie. Solchergestalt verging fast kein Tag, da mein Herr, wie er mir offenherzig gestund, seine Wollust mit Bellianen nicht in größter Vollkommenheit und auf allerlei Art und Weise gepfleget, denn es war diese Frau in Wahrheit ein wunderschönes Bild, weswegen mein Herr sich auch kein Geld dauren ließ und binnen neun Monaten, denn so lange sind wir in Oegnecks Hause gewesen, beinahe 1000 Reichstaler, meiner Rechnung nach, verschwendet hatte. Oegneck inzwischen war aus einem der allereifersüchtigsten Italiäner ein ganz anderer Mensch worden; über alles Vorgemeldte erlaubte er meinem Herrn von freien Stücken, daß er mit Bellianen spazierengehen und fahren durfte, wohin er wollte, ja ich glaube, er wäre nicht jaloux worden, wenn er auch gleich beide in einem Bette beisammen angetroffen hätte.

Endlich aber, da die Zeit immer näher heranrückte, daß Belliana sich nach dem Kindbette umzusehen Ursache hatte, begonnte bei meinem Herrn die Liebe gegen sie zu erkalten, zumalen da ihm eine andere Venus in die Augen gefallen war. Er gab demnach vor, daß er Briefe aus Deutschland bekommen hätte und seine Heimreise antreten wollte, nahm derowegen, nachdem er den Herrn von Oegneck und dessen Liebste wohl kontentiert, jedoch auf zweideutige Art, von beiden Abschied und reisete würklich mit Sack und Pack fort, jedoch nicht weiter [als] bis nach C.

Wollte Gott, er wäre würklich nach Hause gereiset, so lebte er vielleicht noch, so aber war dieses seine Meinung noch im geringsten nicht. In C. wollte es ihm auch nicht gefallen, derowegen blieb er nicht länger als einen Monat daselbst, sondern kehrete wieder nach N. zurück, allwo er die vorigen Compagnien wieder aufsuchte, um den Herrn von Oegneck und dessen Frau aber sich gar nichts mehr bekümmerte, an deren Statt aber eine Dame von vornehmen Stande aufs eifrigste bedienete und sich vielen Gefährlichkeiten exponierte. Allein da wir noch nicht einmal zwei volle Monate aufs neue in N. gewesen, wurde mein guter Herr eines Morgens früh auf der freien Straße mit sechs Dolchstichen ermordet und aller seiner bei sich habenden Kostbarkeiten beraubt gefunden. Ich selbsten glaubte anfänglich nicht anders, als daß ihn die Banditen dieserwegen ermordet, indem er jederzeit eine starke Goldbeurse, goldene Tabatière, goldene Uhr, kostbare Ringe und dergleichen bei sich führete; allein wenige Tage hernach erfuhr ich zu meiner allergrößten Bestürzung, daß Oegneck seine Frau und Kind mit Gifte hingerichtet, sich mit seinen besten Sachen unsichtbar gemacht und einen Brief zurückgelassen hätte, worinnen er gemeldet, daß, weil ihn mein Herr auf eine so verzweifelt listige Art hintergangen und zum Hahnrei gemacht, sich dessen noch darzu gegen verschiedene Offiziers und Kavaliers berühmt, die ganze Geschicht von Anfang bis zu Ende erzählet und also ihn, den Oegneck, zum Spott aller Leute gemacht, als habe er seine Rache dergestalt ausgeübt, daß er meinen Herrn mit Beihülfe zwei[er] Banditen nachts auf der Straße ermordet, seiner Frauen, nachdem er ihr ein starkes Gift beigebracht, eröffnet, daß er sich auf solcher Art seines Schwagers entlediget und daß sie ihn vor Verlauf einer Stunde ins Reich der Toten nachfolgen würde. Hierauf habe er auch dem Hurenkinde, wie er solches in seinem Briefe genennet, etliche Löffel voll mit starken Gifte vermischte Milch eingeflößet und sich aus dem Staube gemacht. Auf solche Art mußten diese Unglückseligen ihr Leben jämmerlich einbüßen, mein Herr aber hätte solches alles verhüten können, wenn er nur nicht die Torheit begangen hätte, sich mit dieser Geschicht breit zu machen, denn er konnte ja leicht voraussehen, daß es immer einer dem andern wiedererzählen würde, wußte auch mehr als zu wohl, was die Welschen sonderlich in diesem Punkte vor rachgierige Leute sind, oder wenigstens hätte er diese sonderbaren Streiche so lange verschweigen sollen, als er sich in N. aufzuhalten Lust gehabt.

Ich meines Orts trauete dem Landfrieden daselbst gar nicht länger, sondern sobald ein kaiserl. Minister, der sich daselbst aufhält, meines Herrn Mobilien in seine Verwahrung genommen, ich auch noch ein ziemlich Stück Geld herausbekommen, reisete ich mit der geschwindesten Post auf und darvon und bin endlich bis an diesen Ort gekommen. Ich hätte, weil ich in diesen Landen ziemlich bekannt, bei verschiedenen deutschen Herrn in Dienste gelangen können, allein ich habe einen rechten Abscheu vor diesem Lande, suche derowegen nur einen Herrn, der nach Deutschland zurückzugehen gesonnen, da ich auch wenig oder gar nichts von ihm bekommen sollte, so wäre ich dennoch zufrieden, wenn ich nur in dessen Suite mit auf den deutschen Boden kommen könnte, allwo ich schon anderweitige Dienste zu erlangen verhoffe, indem mir jetzt gedachter kaiserl. Minister ein gutes Attestat unter seiner eigenen Hand gegeben hat.«

Hiermit endigte der Kammerdiener seine Erzählung, Elbenstein aber sagte: »Mein Freund, ich bin sehr obliegiert vor seine Bemühung in Referierung dessen, was sich mit seinem ehemaligen Herrn zugetragen. Ich vor meine Person habe zwar in diesen Landen meinen Staat nicht darnach eingerichtet, einen Kammerdiener zu halten, sondern mich bishero nur mit einem Bedienten, den ich bei den Pferden brauchen kann, beholfen. Ich werde auch, sobald es nur immer möglich, dieses Land verlassen und bin willens, sobald ich den Hof erreiche, wo ich bei dem Fürsten als Kammerjunker in Diensten stehe, meine Dimission zu fordern und in mein Vaterland zurückzugehen, denn es gefällt mir selbst nicht mehr in Italien. Will Er nun solange bei mir bleiben, auf meine Sachen indessen gute Acht mit haben und hernach einen Reisegefährten abgeben, so will ich Ihm wöchentlich drei Kaisergulden und die freie Reise geben bis nach Frankfurt am Main, sodann wird Er schon bessere Dienste zu finden wissen.«

Der Kammerdiener wurde hierüber höchst erfreuet, küssete Elbenstein die Hand und versprach, solange demselben annoch in Italien zu bleiben beliebte, auch auf der Reise nach Deutschland, sich gegen einen solchen généreusen Kavalier dergestalt aufwartsam aufzuführen, als man nur von einem rechtschaffenen Kammerdiener verlangen könnte. Hierauf erteilete ihm Elbenstein den ersten Befehl, wie er nehmlich eine Extrapost auf morgen mit dem allerfrühesten bestellen möchte, worauf Elbenstein mit seinen Sachen abfahren wollte, er, der Kammerdiener aber, sollte auf Elbensteins Pferde beiher reuten.

Nach diesem, da es Abend zu werden begunnte, begab sich Elbenstein auf sein Zimmer, speisete die Abendmahlzeit, ließ sich bald hernach von dem Kammerdiener, welcher die Post wohl bestellet hatte, auskleiden und legte sich zur Ruhe, konnte aber nicht so bald einschlafen, weil ihm die von dem Kammerdiener erzählte Geschicht immer noch in den Gedanken lag. ›Dieses ist‹, sprach er zu sich selbst, ›eine neue Bußglocke vor dich! Ach Elbenstein, bekehre dich einmal im rechten Ernste, verlasse dieses Sodom so bald als möglich und fange ein anderes, gottgefälliges Leben an, sonsten wird dir's noch ebenso und vielleicht noch jämmerlicher ergehen als diesem unglückseligen Kavaliere.‹ Er fing nunmehro wiederum an, andächtig zu beten, schlief darauf etliche Stunden ganz süße, setzte hierauf seine Reise mit lauter Extraposten sehr schnell fort und gelangte endlich glücklich in der Residenzstadt seines Fürsten an.

Es war schon ziemlich spät, als er vor seinem ordentlichen Logis stillehalten ließ, jedoch wurde ihm sogleich aufgemacht, und sein Bedienter war augenblicklich zur Stelle, half die Sachen abpacken und in seine Stube tragen, meldete anbei, daß er alles, was sie vor etlichen Monaten von Venedig mitgebracht, richtig an den Fürsten überliefert, welcher eins sowohl als das andere in Verwahrung nehmen lassen, ihm, dem Diener, befohlen, daß er alle Tage bei Hofe zu Tische kommen, auch wöchentlich ein gewisses Geld zu Extraausgaben empfangen sollte, welches er denn auch jederzeit richtig erhalten, die im Quartiere zurückgelassenen Meublen aber hätte der Fürst des Wirts Besorgung anvertraut und sich darvon eine genaue Spezifikation einhändigen lassen.

Elbenstein fand in seiner Stube und Kammer noch alles so, wie er es verlassen hatte, nahm derowegen diesen Abend mit kalter Küche und einer Bouteille Wein vorlieb, legte sich hierauf alsobald zur Ruhe, stund aber morgens desto früher auf, ging zu Hofe und ließ sich, sobald der Fürst aufgestanden war, bei demselben melden.

Sr. Durchl. verwunderten sich ungemein über Elbensteins unvermutete Ankunft, ließen ihn sogleich vor sich kommen und fragten ihn, jedoch mit einer besonders gnädigen und lächlenden Miene, wo er solange gesteckt hätte. Dieser nun, weil er bei dem Fürsten ganz alleine war, erzählte demselben eine wunderseltsame Historie, so wie er von seiner geliebten Fürstin instruiert war, benebst dem, was er selbsten noch darzu erdichtet hatte. Der Fürst mußte unter Elbensteins Erzählung des Lachens wegen zum öftern seinen Bauch halten; endlich aber sagte derselbe: »Es ist nur gut, daß Er wieder hier ist, ein andermal nehme Er sich im Courtoisieren besser in acht. In Venedig hat Er meine Angelegenheiten wohl expediert, ich habe alles richtig empfangen, und das, was ihm zugehöret, ist uneröffnet geblieben, Er kann es sogleich aus dem roten Gewölbe, allwo es verwahret ist, in Sein Logis schaffen lassen. Drei Tage will ich Ihm Zeit lassen, von der Reise auszuruhen, nachhero aber werde ich Ihm etwas zu tun geben, woran mir viel gelegen ist.« Sobald sich nun der Fürst in sein Cabinet begeben, ließ Elbenstein gleich seine Sachen in Logis tragen, begab sich auch selbst dahin, und um seines Leibes recht zu pflegen, setzte er sich vor, in drei

Tagen nicht auszugehen. Mittlerweile hörete er nicht nur von seinem Diener, sondern auch von dem Wirte und der Wirtin, daß in der ganzen Stadt nicht weniger als bei Hofe über sein langes Außenbleiben verschiedentlich wäre geurteilet worden, wie man ihm denn ein und andere Specialia erzählte, allein Elbenstein lachte darüber und sagte: »Es ist mir lieb, daß sich die Leute auf Konto meines Namens etwas mit ihren Gedanken und Mäulern zu schaffen gemacht haben. Wenn derjenige zu mir käme, welcher das Rätsel am nächsten getroffen, wollte ich ihm ein Faß Wein vor seine Mühe geben.« Allein er bekam bald ein ander Gedankenspiel, denn des zweiten Abends, da es dämmerich zu werden begunnte, wurde ihm ein Brief von seiner Kloster-Amour, der Marinalba, eingehändiget, worinnen sie ihm erstlich zu seiner glücklichen Zurückkunft gratulierte, anbei aufs wehmütigste und inständigste bat, ihr nur eine einzige Visite zu geben, widrigenfalls sie aus großer Liebe zu ihm ohnfehlbar verzweifeln müßte. Elbenstein entschuldigte sich gegen die Überbringerin des Briefes, daß er nicht schriftl. antworten, auch des Frauenzimmers Befehle unmöglich nachkommen könnte, indem er Schaden an der rechten Hand genommen, auch sonsten sich dergestalt malade befände, daß ihm unmöglich wäre, aus seinem Zimmer zu gehen. Hiermit war diese abgefertiget, und Elbenstein hatte nichts weniger im willens, als noch einen Schritt nach ihr zu gehen, sondern hatte sich vielmehr vorgesetzt, wenigstens solange er in Italien lebte, keine Liebesexzesse mehr zu begehen. Kaum aber war er des andern Morgens aufgestanden, als ihm abermals durch einen unbekannten Menschen ein Brief überbracht wurde, den die Baronesse von K. stilisiert hatte. In diesem wurde ihm nun das Capitul gar gewaltig gelesen, daß er sie etliche Wochen in der Residenzstadt seines Fürsten vergeblich auf sich warten lassen, da sie doch beide die schönste Gelegenheit gehabt hätten, einander zu vergnügen. Sie warf ihm auch vor, daß er vielleicht ihrer überdrüssig worden und andere Amours werde gesucht haben, jedoch zum Schlusse des Briefes ermahnete sie ihn, daß, wenn er ein gut Gewissen hätte, sie noch liebte und sich bei ihr wegen dessen, was sie ihm schuld gegeben, sattsam zu reinigen gedächte, solle er ehester Tags Urlaub von seinem Fürsten nehmen und auf einige Tage zu ihr kommen, weil ihr Gemahl verreiset wäre und vor Verlauf des folgenden Monats schwerlich zurückkommen würde. Hierbei hatte sie ihm auch ausführlich geschrieben, bei wem er im Flecken einkehren, wie er sich verhalten sollte und auf was vor Art er bei Nachtszeit heimlich in ihr Schloß und in ihr Zimmer kommen könnte.

»Nein!« sprach Elbenstein, »dir komme ich auch nicht wieder, weg mit aller solchen gefährlichen Buhlerei.« Er fertigte demnach diesen Boten fast ebenso ab als den gestrigen, nur daß er noch darbei sagen ließ, wie er, sobald er sich im Stande befände, wieder auszugehen und seinen Fürsten zu sprechen, er Sr. Durchl. der Gn. Baronesse Interzessionsschreiben vorlesen, auch, sobald sein Arm kuriert und er wieder schreiben könnte, nicht verabsäumen würde, schriftliche Nachricht zu übersenden oder womöglich dieselbe mündlich zu überbringen.

Mit diesem Sacke voll Winde packte sich dieser andere Liebeskurier auch wieder fort; allein Elbenstein begonnten allerhand Grillen in den Kopf zu steigen, denn er gedachte: ›Merken diese Damen erstlich, daß du sie bei der Nase herumführest, so werden sie endlich eine strenge Rache gegen dich ausüben; läßt du dich aufs neue wieder ins Garn locken, so kann es dir letztlich leicht also ergehen, wie es andern deinesgleichen und sonderlich dem deutschen Kavalier ergangen ist, von welchem dir der Kammerdiener erzählet hat. Um aber diesem Unglücke vorzubauen, sonne er auf ein Mittel, sich mit guter Manier von seinem Fürsten loszuwickeln und Italien zu verlassen. Endlich fiel ihm dieses ein: Er ließ durch den aufgenommenen Kammerdiener im Namen seines Herrn Vaters einen Brief schreiben, in welchem ihm befohlen ward, dieweil seine Frau Mutter gefährlich krank darniederläge und die Medici an ihrer Genesung, an dem ihr zugestoßenen auszehrenden Fieber gänzlich desperierten, sich schleunigst auf die Rückreise nach seiner Heimat aufzumachen und sich [durch] nichts als Gottes Gewalt abhalten zu lassen, indem sie sich ungemein sehnete, ihn vor ihrem Ende nur noch einmal zu sehen. Über dieses so wäre er, der Vater, ebenfalls dermaßen hinfällig, daß er, zumalen wenn die Mutter sterben sollte, es nicht lange machen würde, demnach würde Elbenstein sowohl aus kindlicher Pflicht gegen seine Eltern als brüderlicher Liebe gegen seine unmündigen Geschwister, ingleichen seines eigenen Nutzens wegen nicht verabsäumen, aufs allereiligste nach Hause zu kommen, wie sie ihm denn zu dem Ende 200 spec. Dukaten Reisegeld par Wechsel übermacht hätten.‹

Folgendes Tages, da Elbenstein die Aufwartung wiederum aufs neue bei seinem Fürsten machte, befahl dieser sogleich, daß der Wagen vorrücken und Elbenstein sich allein zu ihm hineinsetzen sollte. Demnach fuhr der Fürst, von wenigen seiner Bedienten begleitet, mit ihm in [einen in] einer plaisanten Gegend und nur etwa eine Stunde von der Residenzstadt gelegenem Meierhof. Es war bereits bestellet, daß der Fürst allda die Mittagsmahlzeit einnehmen wollte, weil es aber, da sie ankamen, noch zu früh darzu war, so befahl er Elbensteinen spazieren mit ihm zu gehen. Sie gingen also um den ganzen Meierhof herum, und Elbenstein bewunderte dessen schöne Lage wegen der dabei befindlichen trefflichen Felder, Waldung, Quellen, Bäche und Fischhälter. »Ja, mein lieber Elbenstein«, sagte der Fürst, »es ist wahr, die Lage ist schön, und eben dieserwegen habe ich mir in meinen Kopf gesetzt, ein feines Lustschloß anhero zu bauen, um meines Namens Gedächtnis zu stiften, es soll aber nicht auf italiänische, sondern auf deutsche Art gebaut werden. Weil ich nun weiß, daß Er in der Architektur und Zeichnungskunst wohl erfahren ist, so will ich bitten, daß Er mir zwei oder drei Risse zu einem dergleichen Schlosse macht, worunter ich mir einen auslesen will. Ich bin gesonnen, das Geld daran zu wenden, welches Er mir von Venedig gebracht hat, auch wohl noch etliche 1000 Dukaten darzuzutun, denn ich möchte es doch wohl etwas propre haben, sähe auch gern, wenn Er den ganzen Bau dirigieren wollte, indem ich mein ganzes Vertrauen auf Ihn gesetzt, auch Seine Mühwaltung desfalls wohl belohnen will.«

Elbenstein stutzte gewaltig über des Fürsten Reden, so daß er die Farbe verwandelte und demselben in langer Zeit kein Wort antworten konnte, denn er sahe erstlich bei einer honorablen Station einen starken Profit vor Augen, indem er wußte, daß der Fürst ein sehr généreuser Herr wäre, zum andern hätte er sich hierdurch dergestalt insinuieren können, zeitlebens das Faktotum an seinem Hofe zu bleiben, indem er alle Umstände bereits sehr genau eingesehen, auch gleichsam durch ein Perspektiv fast alles fernerweit einsehen konnte, denn er hatte sich seiner gewöhnlichen Curiosité nach um alles bekümmert. Da ihn aber seine gefährlichen Umstände, auch alle besorgliche Verwirrungen in die Gedanken fielen, blieb er bei dem Propos, seine Dimission zu fordern. Der Fürst ward seiner Bestürzung gewahr, fragte derowegen: »Wie? mein Elbenstein, will Er mir nicht diesen Gefallen erweisen?« »Durchlauchtigster Fürst!« gab dieser zur Antwort, »ich wünsche mir, bei einem so gnädigen und liebreichen Herrn zeitlebens zu dienen, allein die Verhinderung dessen muß ich dem Schicksale zuschreiben. Ew. Durchl. geruhen gnädigst, diesen Brief zu lesen, welcher in meiner Abwesenheit angekommen und mir erst gestern zugestellet ist.« Unter diesen Worten zohe er den falschen Brief hervor und zeigte selbigen dem Fürsten. Dieser nahm und las denselben in Spazierengehen, blieb nachhero eine gute Weile in Gedanken stehen; endlich da Elbenstein, welcher mit Fleiß zurückgeblieben, etwas näher kam, sagte der Fürst: »So will Er denn schon wieder von mir wegziehen?« »Gnädigster Herr!« antwortete Elbenstein, »Ew. Durchl. betrachten selbst, ob mir meine schwachen Eltern und mein armes unmündiges Geschwister nicht zu Herzen gehen müssen. Wer weiß, ob ich dieselben noch lebendig antreffe. Die verlangten Risse will [ich] Ew. Durchl. binnen wenig Tagen verfertigen, und zwar auf drei-, viererlei Art, so gut als es mir nur immer möglich ist. Die Direktion des Baues aber kann ich ohnmöglich übernehmen, sondern will nachhero um gnädige Dimission bitten, weil ich entschlossen, so schnell als immer möglich dem väterlichen Befehle zu gehorsamen und nach Hause zu eilen.« Hierauf erkundigte sich der Fürst um seiner Eltern Umstände etwas weiter; da aber Elbenstein von ihren Rittergütern und andern Vermögen aus Not mehr prahlete, als sich's in der Wahrheit befand, sagte endlich der Fürst: »Bei so gestalten Sachen kann ich Ihn freilich wohl nicht verdenken, daß Er seine eigenen Angelegenheiten andern vorziehet, inzwischen sehe ich Ihn nicht gern von mir ziehen, indem ich mir vorgenommen, hier in Italien vor sein Glück bestmöglichst zu sorgen,weil es aber solchergestalt keine akzeptable Sache vor Ihm ist, so bitte mir nur aus, die Risse zu verfertigen, hernach will ich Ihm Seine Dimission und ein billiges Honorarium geben.«

Hierauf eröffnete der Fürst wegen Anlegung und Ausbauung des Schlosses noch in verschiedenen Stücken seine Meinung, damit Elbenstein die Risse desto besser darnach einrichten könnte, da es aber mittlerweile Zeit zur Mittagsmahlzeit wurde, begab er sich wieder zurück in den Meierhof, speisete mit Elbensteinen ganz allein, saß immer in tiefen Gedanken, fuhr auch sogleich nach der Mahlzeit wieder zurück in seine Residenz und redete unterweges sehr wenig. Als sie daselbst angelanget, bekam Elbenstein Erlaubnis, nicht ordentlicherweise, sondern nur nach Belieben nach Hofe zu kommen, damit die Risse desto besser geraten möchten, er begab sich demnach in sein Logis, befahl sowohl den Wirts- als seinen Leuten, daß sie ihn gegen diejenigen, welche nichts Besonderes bei ihm anzubringen hätten, verleugnen sollten, indem er vor den Fürsten etwas Besonderes auszuarbeiten hätte und darinnen nicht gern verstört werden möchte.

Binnen sechs Tagen hatte er vier saubere Modelle von Schlössern fertig gemacht, legte also dieselben dem Fürsten vor, welcher einen besondern Gefallen darüber bezeigte und Elbensteinen nochmals fragte, ob es denn noch sein würklicher Ernst wäre, daß er von ihm abreisen wolle. Elbenstein zuckte die Achseln und versicherte, daß ihm zeitlebens nichts kümmerlicher und schmerzhafter gefallen, als von einem solchen vortrefflichen und gnädigen Fürsten abzugehen, doch könne er auch nicht leugnen, daß bei so gestalten Sachen die Liebe zu seinen Eltern und Geschwistern absolute erforderte, seinem Verhängnisse unterwürfig zu sein. Demnach erteilte ihm der Fürst seine Dimission unter gnädigen Expressionen: wie nehmlich Sr. Durchl. ihn ungern aus Dero Diensten gelassen, sondern lieber auf

Lebenszeit darinnen behalten, woferne es Elbensteins eigene Angelegenheiten in seinem Vaterlande zugelassen hätten etc. Hiernächst empfing er über seine völlige Besoldung des Fürsten mit Edelgesteinen besetztes Bildnis und noch 100 spec. Dukaten, auch einen Paß, als ob er in fürstl. Affären nach Innspruck verschickt würde. Hierauf säumete er sich nicht lange mehr, sondern nachdem er bei allen, die ihm wohlgewollt, Abschied genommen, wendete er sich, anstatt seinen Weg durch Tyrol zu nehmen (wie er gegen jedermann vorgegeben hatte), gerade nach Mailand und dann ferner durch die Schweiz nach Straßburg. Sein Gewissen und die beständige Furcht, es würden seine Liebhaberinnen, wenn sie seine jählinge Abreise vernähmen, ihre Liebe in eine grausame Rache verwandeln und ihn, wiewohl ehemals andern widerfahren, durch nachgeschickte Banditen auf der Straße ums Leben bringen lassen, gaben ihm gleichsam Flügel, daß er den vierten Tag nach seiner Abreise schon im Mailand war, allwo er sich doch noch nicht sicher genug zu sein erachtete, weswegen er mit einer Ritorna, welche in einer Sänfte bestund, darauf ein vornehmer Prälat nach Mailand war gebracht worden, fortreisete und dem Kammerdiener mit der Bagage, auch seinen andern Bedienten mit den Pferden, gemählich nachzufolgen Befehl erteilete. Sobald er an letztgemeldten Orte glücklich angelanget, sahe er sich zwar ziemlichermaßen außer Gefahr, jedennoch war ihm das Herze der gestalt schwer, daß er die paar Tage, als er daselbst auf seine Equipage warten mußte, keine Ruhe haben konnte, sondern nicht anders, als ob er einen Mord begangen, fast nicht in der Haut zu bleiben wußte.

Endlich kam sein Bedienter mit der Bagage und den Pferden an, dessen erste Frage war, ob der Kammerdiener bereits bei Ihro Gn. angekommen wäre. Elbensteinen schoß das Blut sogleich, sagte aber: »Was sollte der Kammerdiener bei mir, ich habe ihm ja befohlen, auf dem Wagen bei der Bagage zu bleiben.« Hierauf gab der Bediente zu vernehmen, daß der Kammerdiener gleich gestern abends, nachdem sie aus Mailand gereiset und ins Quartier gekommen, die kleine Chatoulle mit auf seine Kammer genommen, unter dem Vorgeben, daß dieselbe leicht gestohlen werden könnte, ohngeacht der Wirt zu dem Wagen, welcher nicht abgepackt werden sollen, drei Mann Wache bestellet und sich teuer verschworen, daß sie sich keines Schadens oder Verlusts zu besorgen hätten. Es wäre auch in diesem Logis alles wohl und richtig zugegangen, frühmorgens wäre der Kammerdiener mit der Chatoulle sehr früh auf dem Platze gewesen, hätte sie im Wagen an den vorigen Ort und sich drauf gesetzt, wäre auch den ganzen Vormittag lustig und guter Dinge gewesen, bis gegen mittag, da er über einige Üblichkeit geklagt, jedoch vorgegeben, daß solches vom Fahren herrühren müsse, weil er lange nicht gefahren, sondern seithero immer geritten wäre. Mittags im Logis hätte er sehr wenig gegessen und geklagt, daß ihm aufs Essen nunmehro noch schlimmer wäre, derowegen hätte er, der Knecht, ihm bei der Abfahrt den neuen neapolitanischen Hengst zu reiten geben müssen, weil er vorgegeben, wie es dem Pferde ohnedem weit dienlicher sei, wenn es geritten, als wenn es an der Hand geführet würde. Zwei bis drei Stunden wäre der Kammerdiener immer auf 50 bis 100 Schritte voraus geritten, endlich aber, da sie durch einen Wald passieren müssen, habe er sich verloren und wäre seitdem nicht wieder zum Vorscheine gekommen.

Elbenstein stund anfänglich nicht anders, als ob er vom Schlage gerühret wäre, rekolligierte sich aber bald wieder und ließ vor allen Dingen die Chatoulle herbeibringen, da er denn bald die Gewißheit dessen erfuhr, was er gemutmaßet, daß nehmlich der Kammerdiener die Chatoulle beraubt und mit dem Pferde darvongeritten wäre. Es konnte Elbenstein seinen Verlust an Gelde und andern Pretiosis gar gern auf 5 bis 600 Dukaten schätzen, jedoch war er nur froh, daß er das Beste in dem einen stark verwahrten Coffre noch unversehrt antraf, auch an den Briefschaften, die in der Chatoulle gelegen, nicht das geringste vermissete, im übrigen, da er dafür hielt, daß es viel zu weitläuftig und endlich doch vergeblich sein würde, dem Schelme nachzuschicken oder ihn durch Steckbriefe zu verfolgen, so schlug er sich diesen Verlust aus dem Sinne und dachte einesteils: ›Wie gewonnen, so zerronnen!‹ Hierauf setzte er seine Reise mit größter Gelassenheit und lauter guten christlichen Gedanken mit kurzen Tagereisen weiter fort und langete, nachdem er den Montecenari wie auch den St.-Gotthards-Berg glücklich passieret, zu Basel frisch und gesund an. Daselbst verkaufte er seine Pferde und ging zu Wasser nach Breisach und Straßburg, von dannen aber über Lichtenau und Rastatt nach D., allwo er den Winter über zu bleiben, auf den Frühling aber nach St. zu gehen beschloß.

Diesemnach berichtete er seinen Eltern den Ort seines Aufenthalts und wessen er sich entschlossen. Ob er aber gleich noch Barschaft genung hatte, sich länger als ein paar Jahr damit zu behelfen, so versuchte er doch seine Eltern und bat dieselben, ihm zu seiner Subsistance 100 Taler zu übermachen. Mittlerweile erteilete er seinem italiänischen Bedienten, der sich jederzeit getreu und wohl bei ihm aufgeführet, damals aber der deutschen Luft nicht gewohnt werden konnte, auf dessen inständiges Bitten seinen Abschied, gab ihm seinen versprochenen und wohlverdienten Lohn, auch noch etliche Taler zu Zehrungskosten bis nach seiner Heimat drüber und machte demselben weis, als ob er selbsten nicht über etliche Tage noch in D. zu verbleiben gesonnen wäre; allein es war sein Ernst nicht, gegen den Winter weiter zu reisen, sondern nahm einen ehrlichen Schwaben in seine Dienste und bezog ein bequemes Logis.

Sein Herr Vater schickte ihm zwar nach Verlauf dreier Wochen die verlangten 100 Taler, gab ihm aber dabei auch schriftlich eine ziemliche Reprimende wegen seiner in Italien gepflogenen Löffelei, indem derselbe einigermaßen hinter seine Liebesaventuren gekommen war, und zwar folgendergestalt: Es hatte Elbensteins geistliche Venus, die Donna Marinalba, nicht sobald seine geschwinde Abreise vernommen, als sie durch listiges Nachforschen, wer die Kaufleute in Venedig wären, die bishero Elbensteinen seine Wechsel bezahlt hätten, endlich erfuhr, daß ein gewisser Banquier namens Giovanni Ferranzoni ihm einen Wechsel von 120 Ducati di Venetia ausgezahlt; von diesem bekam sie hernach fernere Nachricht, daß die Herrn Hopffer und Bachmeyer fernerweit jedesmal die Auszahlung der Wechsel und Spedierung der Briefe besorgt hätten. Durch dieser Herrn Adresse nun geriet folgender Brief in seines Herrn Vaters Hände:

O meine schmerzliche Regungen! die ihr den Freudenmorgen meines Herzens in eine jammervolle Trauernacht verwandelt, indem Du Fladdergeist mit Deinen bezauberenden Schmeicheleien meine Seele zu verblenden gesucht hast, damit sie nochmals Deiner Grausamkeit zu Fuße fallen müsse. Nun, nun! berühme Dich nur immerhin, daß Du über ein solches Herze triumphieret hast, welches niemals von den Pfeilen der Liebe verletzt werden können. O ihr ungetreuen Buchstaben! O treulose Zeichen einer falschen und verlogenen Hand, die ihr mir auf einem leichten Blatte anstatt einer mit Nektar angefülleten Schale einen Gifttrunk reichet, wodurch alles mein Vergnügen ertötet wird. Ach mein Elbenstein! so handelst Du so übel mit meiner aufrichtigen und ungefärbten Treue und Liebe, welche Du jederzeit rein und unbefleckt an mir erfunden hast. So verbirgest Du, gleich einer schädlichen Blume, die Natter Deiner arglistigen Aufführung, damit ich durch die Wut Deiner Falschheit möge getötet werden. Ei nun! reise nur hin, begib Dich immer hinweg, eile von mir, damit ich Dich nimmermehr wieder sehen möge, der Du in der Werkstatt Deiner Treulosigkeit das Schwert geschmiedet hast, womit mein größtes Vergnügen gefället werden muß. Sage mir doch, was Dich zu einer so schnellen Abreise bezwungen hat? Erkläre mir doch die Ursache Deiner Flucht! Hat Dich Dein Herr Vater nach Hause berufen, oder ist vielleicht das Liebesspiel mit der Baronne von K. zum Ende gekommen?

Doch dem sei, wie ihm wolle, ziehe nur hin, Du Grausamer, und bleibe, wo Du willst, ich will Dich nicht mehr lieben, und so stark ich Dich bishero geliebt, so stark werde ich mich inskünftige bemühen, Dich zu hassen.

Indem nun Elbensteins Herr Vater der italiänischen Sprache nicht kundig, jedoch viel zu neugierig war, den Inhalt dieses Briefes zu wissen, so machte er sich dieserwegen einen besondern Weg nach ***, um sich denselben bei einem Sprachmeister ins Deutsche übersetzen zu lassen, welcher sich gegen einen Rekompens nicht lange damit säumete. Da sahe nun der gute Vater, wie retirée sich der liebe Sohn in Italien gehalten und aufgeführet hatte, doch war er noch so treuherzig, daß er ihm den Brief in originali nebst der Übersetzung zum Schure mitschickte. Elbenstein schluckte die väterlichen Pillen geduldig ein, weil ein Confortans von 100 Reichstalern dabei war, konnte aber nicht begreifen, wie die Marinalba hinter das Liebesgeheimnis zwischen der Baronne von K. und ihm gekommen sein müsse. Endlich fiel aller Verdacht auf die alte Ruffiana zu Ariqua. Demnach war er herzlich froh und dankte dem Himmel, daß er noch beizeiten einer augenscheinlichen Todesgefahr entgangen, als worin er ohnfehlbar geraten sein würde, woferne er sich noch länger in Italien aufgehalten hätte.

Nachdem er sich nun in dem Antwortsschreiben an seinen Herrn Vater aufs plausibleste exkusiert, anbei gemeldet, daß er bloß, um den geilen Liebesnachstellungen und Verfolgungen des italiänischen Frauenzimmers zu entgehen, seine vortreffliche Station quittiert und sich aus diesem wollüstigen Sodom hinwegbegeben, nunmehro aber dahin trachten wollte, sich bei einem deutschen fürstlichen Hofe zu engagieren, worbei er zugleich den von dem italiänischen Fürsten erhaltenen schriftlichen Abschied und Paß mit nach Hause schickte, woraus die Eltern sich seiner Aufführung wegen eines Bessern belehren könnten; als wurden diese seine Eltern völlig zufriedengestellet und vermachten ihm von Hause aus, solange er in keiner austräglichen Bedienung stünde, alle Quartal 100 fränkische Gulden, daß er also als ein rechtschaffener Kavalier, zumal an einem solchen Orte, wo alles um einen billigen Preis zu bekommen war, recht wohl und vergnügt leben konnte.

ENDE

des Ersten Teils

Elbensteins Geschichte

Zweiter Teil

Nachdem, wie im vorigen gemeldet, Elbenstein in D. glücklich angelanget war, verdunge er sich bei einem gewissen Professore in die Kost, brachte es aber durch seine gute Aufführung in kurzer Zeit dahin, daß er bei dem Fürsten von B. die Kammerjunkersstelle erhielt, und weilen er gute Studia hatte, anbei die italiänische und französische Sprachen wohl redete und schrieb, so wurde er nicht nur in Verschickungen, sondern auch in andern geheimen Angelegenheiten sehr öfters gebraucht, indem er sich jedesmal dergestalt konduisierte, daß er des Fürsten Gunst und Gnade vollkommen erlangete. Ob nun schon sein ernstlicher Vorsatz war, sich in keine Liebeshändel mehr zu verwickeln, so blieb er doch nicht lange von denselben befreiet.

Es war der Gebrauch am D. Hofe, daß die Dames und Kavaliers bei denen vornehmsten Ministern und ihren Gemahlinnen wöchentlich ein- oder wohl mehrmal die Visiten ablegten, wodurch denn geschahe, daß, als Elbenstein in des Geheimbden Rats von M. Behausung mit einsprach, er mit einem artigen Fräulein des Geschlechts von G., welche eine nahe Anverwandtin des Geheimbden Rats war, in Bekanntschaft geriet, da denn nach einem kurzen Umgange in beider Herzen eine Liebe erwuchs. Eines Tages, da die gewöhnliche Compagnie wieder zusammengekommen war, setzten sich die meisten nieder und spieleten zum Teil à la Bassette, l'Hombre oder andere beliebige Spiele. Elbenstein aber, welcher die französischen Zeitungen in einem Fenster gefunden, deprezierte das Spielen und lase dargegen die Zeitungen. Das Fräulein von G., als sie vermerkte, daß Elbenstein heute nicht Lust zu spielen hätte, drehete sich auch mit guter Manier vom Spiele ab und knöppelte zur Lust an der Frau Geheimbden Rätin ihrem Knöppelküssen, bis sie bemerkte, daß Elbenstein mit Lesung der Zeitungen fertig wäre, da sie denn mit einer angenehmen Freimütigkeit auf ihn zu ging und den Antrag tat, daß, weil er sowenig als sie heute zum Spielen disponiert wäre, wollten sie einander die Zeit mit Gesprächen vertreiben, worauf sie ihn ersuchte, ihr etwas von Italien und von der Einwohner Naturell zu erzählen, auch weiln sie vernommen, daß dem Frauenzimmer daselbst nicht erlaubt wäre, mit Fremden zu konversieren, so wäre sie curieux zu wissen, worinnen der Herr von Elbenstein, als ein galanter Kavalier, einigen vergnügten Zeitvertreib gefunden. Dieser gab hierauf zur Antwort, wie er den Hauptzweck, warum er in fremde Lande gereiset, zu beobachten, die

Zeit also anwenden und einteilen müssen, daß er nach der ohnedem höchst gefährlichen Konversation der italiänischen Dames nicht verlangen können, mit dissoluten und liederlichen aber die Zeit zu verlieren würde weder appetitlich, ratsam noch nützlich gewesen sein, in Erwägung, daß man von dergleichen Ergötzungen nur ein nagendes Gewissen, ungesunden Leib und Verlust seines Geldes zu gewarten hätte. Die Fräulein von G. replizierte, daß sie sich würde schwerlich überreden lassen, daß der von Elbenstein von allen verliebten Aventuren sollte befreiet geblieben sein, lobete ihn anbei, daß er mit seinen Liebesergötzungen so geheim wäre, deswegen sie diejenige Dame glücklich schätzen müsse, welche von einem so diskreten und honetten Kavalier ästimiert würde. Sie vor ihre Person wollte sich höchlich gratulieren, wenn sie Elbensteinen nur zu ihren Konfidenten erkiesen dürfte.

Wie nun er, als ein Sanguineus, so den Liebesanfällen bei einem so angenehmen Gegenstande nicht lange zu widerstehen vermögend war, ergriff er das auf der Seite stehende Glas Wein und sagte: »Mein schönes Fräulein, ich halte Sie bei Ihrem Worte, und zu bezeugen, daß ich es recht aufrichtig und von Herzen meine, so erlauben Sie mir, daß ich dieses Glas Wein auf glückliche Aufrichtung einer beständigen und getreuen Konfidentschaft Ihnen zutrinken möge«, worauf er unter verliebten Mienen das Glas austrank, nachdem er es wieder eingeschenkt, den Rand desselben küssete und ihr mit einer charmanten Art überreichte, welches sie auf gleiche Art mit besonders liebreicher Stellung austrank. Hierauf fragte Elbenstein, wann er nunmehro die süße Vergnügung haben und den Effekt der gemachten Confidence genießen sollte, worauf das Fräulein von G. antwortete, daß in Gegenwart so vieler Dames und Kavaliers es sich voritzo nicht schickte, wenn er aber auf ihr Zimmer, allwo ihr Mägdgen nur allein wäre, sich bemühen wollte, so könnte seinem und ihrem Verlangen eher ein Genügen geschehen. Hierauf ergriff Elbenstein das artige Fräulein bei der Hand und sagte zu ihr etwas laut: »Gnädiges Fräulein! wo es nicht beschwerlich, so wollte ich gehorsamst bitten, mir, als einem Liebhaber der Schildereien, die in den andern Gemächern befindliche Stücke zu zeigen.« Wie sie sich nun hierzu gefällig erzeigte, führete er sie nach ihrem Zimmer, allwo sie dem Mägdgen befahl, etwas von Obste und Confituren herbeizubringen. Mittlerweile, als diese abwesend war und Elbenstein der Fräulein Porträt ansichtig ward, sagte er: »Mein schönster Engel! Ich will den Anfang machen, Ihnen etwas in geheim zu vertrauen.« Unter diesen Worten küssete er der Fräul. Porträt aufs zärtlichste. Sie, welche von dergleichen artiger Erfindung, einen Liebesantrag zu tun, nicht wenig charmiert war, sagte darauf: »Ich sehe wohl, daß Sie in Italien die Abgötterei recht gelernet haben; allein versünd[i]gen Sie sich doch nicht so sehr an leblosen Kreaturen«, womit sie ihn ganz verliebt ansahe und die Hand drückte. Elbenstein sagte hierauf: »So will ich das Original um Vergebung dieses begangenen Verbrechens bitten«, unter welchen Worten er das Fräul. zu verschiedenen Malen auf das verliebteste küssete, welches, als es zum öftern wiederholet ward, das verliebte Fräulein endlich mit gleichen vergalt. Es wollten sich zwar bei Elbensteinen noch mehrere lüsterende Kuriositäten regen, allein die Ankunft des Mägdgens setzte beide Verliebten in eine sittsamere und eingezogenere Positur.

Die Fräulein präsentierte ihrem neuen Konfidenten etwas von denen Erfrischungen, und et legte ihr gegenteils unter lauter schmeichelenden Mienen ein und anderes vor. Ehe er sich's aber versahe, fing ihm die Nase heftig zu bluten an. Demnach befahl das Fräul. ihrem Mägdgen, eine Schale mit kalten Wasser herbeizubringen und mit einem darein genetzten Tuche Elbensteins Nacken zu berühren. Dieser aber merkte gar bald, daß des artigen Mägdgens Hülfleistung aus etwas anders als aus einer bloßen Dienstfertigkeit herrührete, indem unter dieser Beschäftigung ihre Finger an Elbensteins Halse das zu verstehen gaben, was ihr Mund ihm nicht sagen durfte. Er als ein starker Practicus in der Löffelei antwortete ihr mit einem verbindlichen Blicke, wie daß er nehmlich ihre Meinung verstanden hätte, dahero er ihr seiner wandelbaren Gemütsart nach sogleich einen ziemlichen Teil von der ihrer Fräul. gewidmeten Neigung zuwendete, und indem er, ihre Mühe mit einem Gulden zu vergelten, sie bei der Hand fassete, durch eine den Verliebten bekannte und gewöhnliche Art und Weise ihr seine Gewogenheit zu verstehen gab.

Also war Fräulein und Dienerin zugleich mit ihm ins Liebesgarn geraten; weiln aber der Wohlstand erfoderte, daß die Fräulein sich eher als er sich wieder zur Gesellschaft begäbe, ging sie alleine voran und berichtete auf beschehene Nachfrage, wo er geblieben und daß ihm die Nase so stark geblutet hätte. Solchergestalt bekam Elbenstein Gelegenheit, Grisetten, so war des Kammermägdgens Name, durch etliche hitzige Küsse, welche sowohl auf den Mund als die wohlbestellte Brust fielen, ihre zu ihm tragende Liebe zu probieren, in welcher Probe denn sie durch etliche wohl angebrachte geilen Küsse, worbei die Zunge auch das ihrige beitrug, zu verstehn gab, daß, ob sie gleich kaum das 18te Jahr zurückgelegt, sie dennoch in der Kunst und Wissenschaft zu lieben kein unerfahrnes Kind wäre. Die kurze Zeit, so ihnen ohne Verdacht beieinander zu sein erlaubt war, druckte beiden eine Sehnsucht ein, genauer miteinander bekannt zu werden, welche zu stillen der folgende Tag früh um neun Uhr in seinem Logis die beste Gelegenheit an die Hand gab, dieweil es aber Zeit war, sich nach Hofe zur Abendtafel zu verfügen, auch die Aufwartung eben an Elbensteinen war, so nahm er nebst einigen Dames und Kavaliers von dem Geheimbden Rate und der übrigen Compagnie Abschied und begab sich nach Hofe, dahingegen die meisten, welche sich in ein starkes Spiel engagiert hatten, noch beisammen blieben und die zubereitete Kollation abwarteten.

Den folgenden Tag, als Elbenstein noch im Schlafrocke herumging, meldete sich das angenehme Grisettgen bei ihm an, brachte eine Schüssel mit Obst und Confituren nebst einem Morgenkompliment von ihrer gnädigen Fräulein. Elbenstein, dem die in Italien angewöhnte Liebesnäscherei von neuen ankam, auch allhier nicht solche Lebensgefährlichkeiten wie dort zu befürchten hatte, gab seinem Diener eine Pistolette mit Befehl, ihm solche zu verwechseln, aber kein anderes als lauter ganz Geld an lüneburgischen Zweidrittelstücken davor zu bringen, nennete ihm auch etliche Juden, zu welchen er gehen sollte, und wenn einer nicht wollte, würden es schon andere tun, wodurch er denn gnugsame Zeit gewann, sich mit seiner Grisette, deren Augen aus Begierde zum Liebeskampfe gleichsam brannten, nach Wunsche zu ergötzen, welches denn, da der Diener kaum den Rücken gewendet, mit beiderseits entzückender Zufriedenheit geschahe.

Zwar merkte er soviel, daß in diesem Liebesgarten bereits andere die ersten Früchte gebrochen hatten, weil er aber eben nicht so gar sehr capricieus in diesem Stücke war, ließ er es dem treuherzigen Kinde nicht entgelten, indem er noch soviel Annehmlichkeiten bei derselben fand, seinen Appetit zu stillen und zugleich sie sattsam zu vergnügen. Nach gebüßter Lust wurde die Abrede genommen, über drei Tage diese Ringekunst weiter zu versuchen und ein und andere von der Alo ... Sig ... vorgeschriebene Lectiones zu probieren, vor dieses Mal aber ließ er sie mit einem Geschenke vor erzeigte Gefälligkeit und einem ergebensten Kompliment an ihre Gn. Fräulein repassieren.

Hierauf kleidete er sich vollends an und begab sich nach Hofe, allwo die sämtliche Dames und Kavaliers in der Fürstin Vorgemach versammlet waren. Einer von den Kammerjunkern ersuchte Elbensteinen daselbst, die Gefälligkeit vor die Fräuleins und ihn zu haben und eine gewisse Arie, die er ihm in einer italiänischen Opera zeigte, ins Deutsche zu übersetzen, worzu er sich denn sogleich willig finden ließ, begab sich demnach etwas beiseite an ein Fenster und übersetzte solche in eben dem Metro und Genere, welches der italiänische Poet gebraucht hatte, folgendergestalt:

Aria

1
Von euch Sonnen kömmt mein Ächzen,
Euer Strahl hat mich fast halb entseelt,
Des Herzens Entzünden
Kann schwerlich verschwinden,
Indem es sein Lechzen
und Quälen verhehlt.

2
Schönster Mund, du bringst mir Schmerzen,
Und mein Herz vergehet fast vor Glut,
Mit Hoffen und Sehnen,
Mit Schweigen und Stöhnen
Empfind ich im Herzen
Des Cypripors Wut.

Solche Übersetzung erwarb ihm bei den sämtlichen Dames und Kavaliers nicht nur vieles Lob, sondern es verursachte auch bei den erstern gewisse Gemütsregungen, die sie aber ihrer angewohnten Eigensinnigkeit und Hoffart nach, welche nur Verehrer haben, aber denselben keine Vergeltung tun, viel weniger ihre Liebe mit Gegenliebe belohnen will, vertuscheten, indem sie sich nicht entschließen konnten, ihre Leidenschaften an den Tag zu geben. Wie aber auch die wildesten Kreaturen zahm und bändig gemacht werden können, also gewann die Liebe bei diesen Hochmütigen durch die sittsame und höfliche Aufführung des von Elbenstein, welche mit einer wohlanständigen Blödigkeit und insinuanten Schmeichelei untermengt war, endlich die Oberhand, daß, da sie zuvor gewohnt waren, diejenigen, so sie fast anbeteten, mit lauter spröden Verachtungen zu quälen, sich nunmehro bequemten, ein gelasseneres Wesen an sich zu nehmen. Aus diesem entsprunge ein Verlangen, alleine zu sein, und in solcher Einsamkeit malete ihnen der Liebesgott in Gedanken alle die trefflichen Gemüts- und Leibesgaben des von Elbenstein auf das allerangenehmste ab, worauf der Wunsch folgte, von einem solchen artigen Kavalier ästimiert zu werden, und endlich sagte ihnen ihr eigenes Herze, daß dergleichen Regungen mit keinem andern Namen als der Liebe belegt werden könnten. Unter diesen größtenteils veränderten Damen befand sich eine unverheiratete, so die Baronne von L. genennet ward, welche, je mehr sie von Elbensteins Qualitäten eingenommen war, je vergnügter sie sich hergegen schätzen konnte, indem ihre mit einer charmanten Traurigkeit verknüpften Blicke Elbensteinen dermaßen fesselten, daß, je länger er mit dieser liebenswürdigen Person umging, je heftiger er in sie verliebt ward, und so viel schöne Leibes- und Gemütseigenschaften diese Fräulein besaß, so viel Fesseln und Ketten waren auch, den fladderhaften und unbeständigen Elbenstein nunmehro feste zu binden und aus einem flüchtigen und changanten einen getreuen und beständigen Liebhaber zu machen; denn außer der angenehmen Gesichtsbildung wie auch unvergleichlich proportionierter Taille war diese Dame aus einem uralten berühmten freiherrlichen Geschlechte, aus welchem etliche zu zählen, die im Röm. Reiche unter dem Titul Kurfürstl. Gn. vor weniger Zeit waren berühmt gewesen. An Gütern und Mitteln mangelte es auch nicht, denn die halbe Herrschaft H., bei Landau gelegen, vermöge des väterlichen Testaments ihr als der einzigen Tochter anderer Ehe, nebst vielen Weinzehenten an der Mosel, eigentümlich zugehöreten, und obgleich die meisten von diesem vornehmen Geschlechte sich zur röm. katholischen Religion bekenneten, so war doch dieses Fräulein sowohl als ihre bereits verstorbenen Eltern der protestantischen oder evangelischen Religion zugetan, daß also Elbenstein auch ratione religionis nichts Bedenkliches fand.

Alles dieses, zumalen er durch dergleichen Mariage bei dem D. Hofe höher zu avancieren sich gute Rechnung machen konnte, bewogen ihm dahin, daß er alle sonst gewohnte Liebesausschweifungen gänzlich abandonnierte und sich seiner auserwählten und allerliebsten Fräulein von L. ganz und gar allein ergab. Ob sie nun gleich anfänglich seinen Verpflichtungen nicht sofort völligen Glauben beimessen wollte, so ward doch endlich ihr tugendhaftes Herze durch seine tägliche Schmeicheleien und Contestationes überwunden, indem er dieselben sowohl schriftlich als mündlich anbrachte, bis sie sich ihm endlich ganz zu eigen ergab. Es wird nicht unangenehm sein, eine von dessen poetischen Liebesdeklarationen anhero zu setzen:

Mein Schicksal hat den Schluß nun über mich gefasset,
Ich soll, mein Engel! Dir allein gewidmet sein,
Da ich doch noch nicht weiß, ob mich Dein Auge hasset
Anstatt der Gegengunst und ob Dein Herz ein Stein.
Doch will ich meine Glut Dir nochmals offenbaren,
Die durch Dein schönes Licht sich in mir angeflammt,

Mein frei Bekenntnis will nichts Widriges befahren,
Dieweil Dein Gütigsein vom frommen Himmel stammt.
Die Sanftmut, welche sich in Deinen Augen zeiget,
Weissaget mir noch nicht, daß ich zuviel getan,
Und ob Dein schöner Mund annoch ganz stille schweiget,
Zeigt doch sein Purpurrot kein Ungewitter an.
Erlaube mir demnach, Dich ewig zu verehren,
Und glaube, daß mein Herz Dir bis in Tod getreu,
Du kannst, mein Leben! ja die Treu vorher bewähren,
Laß bei der Prüfung nur vor mich die Hoffnung frei.
Wenn Dir gefallen wird, mich zornig anzublicken,
Bet ich die Strengigkeit in tiefer Ehrfurcht an.
Will mir Dein schöner Mund ein kaltes Nein zuschicken,
So glaube, daß ich auch bei Nein treu lieben kann.
Sprächst Du auch gleich zu mir: Ich soll und muß Dich
hassen,
Ja stieße mich Dein Fuß ganz spröde von sich hin,
Wollt ich doch mit Begier die schönen Hände fassen,
Zu zeigen aller Welt, wie ich beständig bin.
Auch wenn zum Überfluß, die Treue zu probieren,
Du mir verbieten willst, Dich gar nicht anzusehn,
Soll Deinen Schatten doch mein Auge nicht verlieren,
Bis Deine Güte spricht, daß Proben gnug geschehn.

Diesemnach wurde beiderseits Liebe dergestalt heftig, daß eines ohne das andere fast keine Stunde bleiben konnte. Die erste Probe seiner liebreichen Fräulein von L. geschwornen Treue legte Elbenstein damit ab, daß, als Grisette kam und ihn im Namen ihrer Fräulein nötigte, diesen Nachmittag in des Oberjägermeisters Hause, allwo Assemblée sein würde, zu erscheinen, er seinen Diener nicht wegschickte, weswegen das arme Ding ungelabt fortgehen mußte.

Weilen aber seine allerliebste Fräul. von L. par renommée nebst andern Hofdamen und Kavaliers daselbst mit zu erscheinen sich gemüßiget sahe, fand er sich auch allda ein. Die Fräul. von G. suchte zwar Gelegenheit, Elbensteinen mit guter Manier von der Compagnie abzuziehen, er tat aber, als merkte er es nicht, sondern ließ sich bald mit dieser oder jener Dame oder Kavalier ins Gespräch ein und leerete dabei mit dem alten Herrn von H., der ein besonderer Liebhaber des edlen Rebensafts war, manches Gläsgen auf Gesundheit dieses oder jenes guten Freundes aus. Da die Fräul. von G. nun sahe, daß sie solchergestalt ihren Zweck, mit ihrem Konfidenten sich in einer angenehmen Retirade zu unterhalten, nicht erreichen konnte, stellete sie es an, weil die Oberjägermeistern ihrer Frau Mutter Schwester war und der sie vertrauet hatte, daß Elbenstein mit ihr ein genauer Liebesverbündnis zu schließen schiene, daß sie die Erlaubnis erlangete, an den von Elbenstein durch des Oberjägermeisters Diener einen Brief zu überschicken, unter dem Vorwande, als ob derselbe von der Post gekommen wäre. Wie nun Elbenstein von der Compagnie hinweg und etwas beiseite ging, um den Brief desto bedachtsamer zu lesen, ersuchte ihn der Diener, daß Ihro Gn. sich nur ein wenig vor das Zimmer hinaus bemühen und das Schreiben daselbst lesen möchten, welches Elbenstein ohne weiteres Nachsinnen tat und sich hinausbegab. Der Diener, so ihm folgte, zeigte ihm sogleich das gegenüber offenstehende Zimmer, damit er nicht unter den hin und wider laufenden Aufwärtern stehen und lesen dürfte, weswegen Elbenstein ohne besonderes Bedenken dahinein trat. Kaum aber hatte er den Brief zu lesen angefangen, als die Fräul. von G. durch eine andere Tür zu ihm hineingetreten kam, welche nach gemachten Kompliment ihn sogleich in einen Erker zohe und unter häufigen Karessen ersuchte, dem sehnlichen Verlangen, so sie nach ihm als ihrem allerliebsten Konfidenten gehabt und ohne dessen angenehme Gegenwart sie gar nicht vergnügt leben könnte, es zuzuschreiben, daß sie ihn von der Gesellschaft auf eine kurze Zeit abgezogen hätte. Allein wie bestürzt wurde das gute Fräulein, da sie nichts als lauter Komplimenten statt der bei der ersten Zusammenkunft gebrauchten Liebkosungen von ihm genosse, weswegen sich diese Entrevue auf seiten der guten Fräulein mit nicht geringen Chagrin bald endigte. Sie konnte nicht begreifen, woher doch diese jählinge Gemütsveränderung bei Elbensteinen müsse entstanden sein, endlich aber fiel sie auf die rechte und wahre Ursache, wie nehmlich etwa eine andere Schönheit ihr ins Liebesgehege gegangen und ihr ein so liebreiches Wildpret bestrickt hätte.

Hierauf untersuchte sie in ihren Gedanken sowohl die sämtliche Hofdamen als auch der andern in der Stadt sich aufhaltenden Fräulein Gesichter und Mienen, konnte aber alles angewandten Fleißes ohngeachtet nichts Gewisses erfahren oder ausmachen, auch nicht mutmaßen, denn die kluge Baronne von L. hatte mit ihren Elbenstein bereits Abrede genommen, ihre Liebe noch zur Zeit geheim zu halten. Da auch die folgende Woche bei Hofe Assemblée und abends bunte Reihe war und es sich also fügte, daß Elbenstein bei der Fürstin, die

Fräulein von G. bei dem Fürsten und die Fräul. von L. bei ihrem Vetter, dem Hofrat und Kammerjunker von W., zu sitzen kam, vermochte jene abermals nicht etwas auszuforschen, worüber sie denn endlich in eine solche Rage geriet, daß, wo sich nur die geringste Gelegenheit zeigte, sie nichts eifriger tat, als von Elbensteinen übel zu reden, worzu ihr denn folgende Begebenheit sattsam Anlaß gab. Es hatte der Stadtschulze den Hofjunker von N., welcher bei ihm eingemietet hatte, nach G. auf sein daselbst habendes Vorwerk auf eine Mittagsmahlzeit invitiert, darbei gebeten, noch ein paar andere gute Freunde mitzubringen, welches der von N. sich gefallen lassen und Elbensteinen nebst dem Jagd- und Hofjunker R. ersuchte, mit hinauszureuten.

Weil denn die Fürstin selbiges Morgens auf ihr eine Stunde von D. gelegenes Lusthaus und darbei befindliche Meierei gefahren war, nebst ihrem Gemahl aber weiter niemand bei sich hatte als die Fräuleins von L. und von H., den Hofmarschall Freiherrn von L. und den Geheimbden Rat von R., den folgenden Tag aber allererst retournieren wollte, so begab sich Elbenstein benebst den zwei andern Kavaliers vormittags gegen zehn Uhr nach gedachten Vorwerke, allwo sich des Stadtschulzen zwei Töchter und des Bereuters Schwester, nebst noch eines Ratsherrns Tochter wie auch des Stadtschulzens Sohn, der vor wenig Tagen von der Universität Tübingen, allwo er nunmehro seine Studia Academica absolviert, zurückgekommen war, bereits befanden.

Die Kavaliers wurden unter Trompeten- und Paukenschall empfangen und ihnen, weil es kurz vor der Mahlzeit war, nur einige Erfrischungen vorgesetzt. Als sie etwas davon zu sich genommen, sagte der alte Stadtschulze, welches ein Mann von ganz besonders lustigen Humeur war: »Mit Dero gütigen Erlaubnis, meine Herrn! ich muß heute das Sprichwort unwahr machen: Vor Essens wird kein Tanz.« Hiermit nahm er seine alte Mutter bei der Hand und sprunge mit ihr herum als der jüngste Kerl, worauf die Kavaliers und der Studente dem Alten folgten, ein jeder ein Frauenzimmer ergriff und sich gleichfalls wacker herumtummelten. Mittlerweile war in einer gegenüber gelegenen Stube das Essen aufgesetzt worden, weswegen sie sich ingesamt dahin begaben und es ihnen unter einer angenehmen Musik wohl schmecken ließen. Jeder hatte seine Tänzerin neben sich sitzen und ginge alles in lauter Lust und Fröhlichkeit zu. Nach geendigter Mahlzeit ward zwar das Tanzen wieder angefangen, weil sich aber bald darauf der Himmel mit Wolken umzoge und mit Regen drohete, machten sich die sämtlichen Gäste zum Aufbruche fertig. Als nun die Kavaliers sich aufsetzen wollten und die guten Kinder sich gleichfalls zwar zum

Fortgehen schickten, jedoch darbei bekümmert waren, wie sie ihren Schmuck und gute Kleider, wenn sie unterwegs der Regen überfallen sollte, vor der schädlichen Nässe salvieren möchten, so tat der Jagdjunker den Vorschlag, daß sich das Frauenzimmer mit auf ihre und der Diener Pferde setzen sollte, gesetzt nun, daß es zu regnen anfinge, so wären sie ja mit Mänteln genug versehen, daß ihnen also der Regen wenig schaden würde. Dieser Vorschlag ward von allen gebilliget, und die guten Jungfern waren noch darzu ganz froh, daß sie den Rückweg so bequemlich nehmen konnten.

Wie sie demnach ihre Kavalkade mit aller Zufriedenheit antraten, befahl der Stadtschulze der ältern Tochter, sobald sie nach Hause gekommen sein würden, in des Rats Marstalle Kutsche und Pferde zu bestellen, um ihn, seine Frau und Sohn nach Hause zu führen. Hierauf ritten die Kavaliers, nachdem sie sich bei dem Herrn Wirte vor das gute Traktament und genossene Höflichkeit nochmals bedankt hatten, nach der Stadt zu, waren auch insoweit glücklich, daß es nicht eher zu regnen anfing, bis sie sich in der Vorstadt vor dem Gasthofe zur K. befanden, allwo das Frauenzimmer abstiege, weil der Wirt in ermeldten Gasthofe der einen Jungfer naher Anverwandter war. Sowohl sie als dieser ersuchten die Kavaliers, nur so lange, bis der Regen vorbei wäre, mit einzusprechen, worzu sich denn diese nicht lange nötigen, sondern die Pferde in die Ställe bringen ließen; der Wirt aber schickte sogleich einen von seinen Leuten in die Stadt, um die Kutsche zu des Stadtschulzens Abholung zu bestellen. Wenige Zeit hernach fanden sich die Musikanten, welche ihnen draußen aufgewartet hatten, gleichfalls ein. Sobald nun die Gesellschaft dieselben ersahe, mußten sie zu ihnen in die Oberstube kommen, allwo man sich denn von neuen wieder lustig machte, so lange, bis die Zeit und der Wohlstand den Aufbruch erforderte.

Elbenstein verfügte sich nach seinem Quartiere und legte sich bald zur Ruhe, um desto früher auf dem Schlosse sein zu können. Als er nun des folgenden Morgens um sieben Uhr dahin zu gehen im Begriff war, ward er von dem Geheimbden Rat von E. im Vorbeigehen auf eine Tasse Schokolade invitiert. Wie er nun diesem vornehmen Minister solches nicht wohl abschlagen konnte, als trat er hinein und wurde sehr höflich empfangen, mit dem Vermelden, daß der Herr von Elbenstein eine angenehme Compagnie von Frauenzimmer und guten Freunden antreffen würde. Dieser befand sich zwar in etwas betroffen, als er in das Zimmer hineintrat und unter andern die Fräul. von G. darinnen erblickte, doch er fassete sich alsbald wieder, und als er gegen die sämtliche Compagnie seine Komplimenten vertauscht, sagt der Herr

Geheimbde Rat, daß er längstens gewünschet, mit dem Herrn von Elbenstein genauer bekannt zu werden, denn ob er gleich bereits oftermals auf dem Schlosse zu seinem Wunsche zu gelangen Gelegenheit gesucht, so hätte er doch, weil er jedesmal an der fürstl. Tafel zu speisen, nachhero mehrenteils mit der durchl. Herrschaft l'Hombre spielen müssen, bis dato nicht zu der Ehre einer genauern Bekanntschaft gelangen können, wollte sich demnach das Glück seines öftern werten Zuspruchs inständig ausgebeten haben, insonderheit da ihm des von Elbensteins Hauswirt, der Herr Professor M., berichtet hätte, daß er im Studio nummismatico sonderlich erfahren und zu Padua des berühmten Kavaliers und Professoris Caroli Patini (welcher sonst an einem gewissen fürstl. Hofe in Schwaben, weil er aus dem dasigen Münzcabinet einen genuinen Ottonem entführt, ein schlechtes Lob erworben) Privatinformation in hoc scibili genossen, von welchen er gleichfalls ein starker Liebhaber wäre. Elbenstein gab, indem er einem tiefen Reverenz machte, zur Antwort, wie er sich höchst glücklich achten würde, bei einem so vornehmen Minister seine Aufwartung öfters zu machen und von dessen gelehrten Diskursen zu profitieren.

Da es aber nun endlich Zeit war, Abschied zu nehmen, drehete sich das Fräul. von G. so lange herum, bis sie neben Elbenstein zu stehen kam, da sie ihn denn mit einem gezwungenen höhnischen Lachen, jedoch eben nicht allzulaut fragte, ob er bei der gestrigen Konversation mit den Bürgermägdgens vielleicht mehr Vergnügen gefunden hätte als bei der hiesigen Gesellschaft, weil er so eilfertig wäre.

Elbenstein fragte sie hingegen, ob ein treuer Knecht und Konfidente dergleichen höhnische und pikante Fragen meritiert hätte. Das gute Fräulein bekannte hierauf durch eine aufsteigende Röte ihre Reue über die ausgestoßene unbedach[t]same Frage und Übereilung, sagte aber, wenn der Herr von Elbenstein in ihres Herrn Vetters, des Herrn Geheimbden Rats von M. Hause ehestens einsprechen würde, wollte sie dieserwegen weiter mit ihm zu sprechen sich die Erlaubnis ausgebeten haben, worauf aber derselbe replizierte, wenn sie von sonsten nichts anders als hiervon mit ihm zu reden gesonnen wäre, würde es sowohl zu ihrer als zu seiner Satisfaktion am dienli[ch]sten sein, so lange des Herrn Geheimbden Rats von M. Wohnung zu meiden, bis dereinst er eines angenehmern und gütigern Traktaments, auch freundlicher Unterredung würde versichert werden; setzte aber nach seiner gewöhnlichen schmeichelnden Art und einer etwas betrübt scheinenden Miene noch hinzu: »Wenn ich, mein Engelsfräulein, mich heimlich in Dero Zimmer einschleichen könnte, wie schmerzlich wollte ich dem darinnen stehenden charmanten Porträt, welches mir am allerersten etliche inbrünstige Küsse erlaubt, klagen, daß das Original, bei dem ich nichts verschuldet, so hart mit mir umgehet und verfährt.« Die Fräulein versetzte hierauf: »Das Original soll dem Herrn von Elbenstein, worinnen es ihm zuviel getan, alles herzlich abbitten.« Elbenstein aber antwortete: »Ich trage viel zu großen Respekt vor die schöne Fräul. von G., daß sie sich vor einen ihrer ergebensten Diener dergestalt erniedrigen sollten. Damit ich nun dergleichen Ihnen und mir unanständige Handelung nicht erfahren und ansehen darf, so will ich lieber Dero Privatkonversation hinfüro meiden und hiermit Adieu! pour tous jours gesagt haben.« Hiermit hatte dieser geheime Diskurs seine Endschaft erreicht, und Elbenstein beurlaubte sich sowohl bei dem Herrn Geheimbden Rat von E. als auch der ganzen Compagnie, welche gleichfalls bald hernach sämtlich Abschied nahm.

Die Fräul. von G., als sie in ihr Zimmer eingetreten, bliebe eine lange Zeit in tiefen Gedanken stehen, in welcher Positur sie der Geheimbde Rat von M., ihr Vetter, beschlich und nach der Ursache ihrer Veränderung sehr sorgsam fragte; worauf sie vorwandete, es würde nicht viel zu bedeuten haben, die bei dem Geheimbden Rat von E. getrunkene Schokolade, weil sie mit Milche gekocht gewesen, als die sie niemals wohl vertragen können, hätte ihr eine kleine Übelkeit verursacht. Indem trat die Geheimbde Rätin auch ins Zimmer, diese erzählte ihrem Gemahl als etwas Neues, daß der Herr von Elbenstein nebst den zwei Jagdjunkern sich gestern zu G. und in dem Wirtshause zu K. recht lustig gemacht, und zwar mit des Stadtschulzen und andern Bürgerstöchtern, weswegen sie nicht zweifeln wollte, daß auf diese Ergötzung in drei Vierteljahren Früchte mit Händen und Füßen zum Vorscheine kommen dürften. »Jedoch«, setzte sie hinzu, »ein andermal mögen sich Narren wieder mit Edelleuten verwirren, ich kenne die Jagdjunkers N. und R., sie sind beide keine Kostverächter, was aber Elbenstein anbetrifft, so glaube ich, daß er in Italien die Kunst zu lieben mehr und besser als etwas anders gelernet hat. Gewiß, er scheinet mir in diesem Stücke ein gefährlicher Politicus zu sein. Soviel ich aus seiner neulichen Aufführung, als er bei uns war, abmerken konnte, hatte er seine Augen, mein liebes Bäsgen, auf Sie gericht und suchte Sie aufs emsigste zu bedienen, auch immer mit Ihr zu schwatzen. Allein, hüte Sie sich ja vor ihm, es ist ein Fladdergeist und frembder Kerl, wer weiß auch einmal, ob er derjenige ist, vor den er sich ausgibt.« Durch diese Reden wurde das arme Fräulein dergestalt treuherzig gemacht, daß sie bekannte, wie sich Elbenstein bei der ersten Zusammenkunft unter vielen verbindlichen Expressionen nicht undeutlich herausgelassen, daß er sich mit ihr ehelich zu verbinden gesonnen sei, etliche Tage hernach aber wäre er ganz anders Sinnes und dergestalt kaltherzig gegen sie gewesen, als ob er sie zeitlebens nicht gesehen hätte, viel weniger mit ihr umgegangen wäre, und heute, als er auch bei dem Geheimbden Rat von E. gewesen und von ihr wegen des gestrigen Divertissiments nur ein wenig vexiert worden, hätte er ihr die empfindlichsten und pikantesten Repliken gegeben. Ja, damit wäre er noch nicht einmal zufrieden gewesen, sondern hätte ihr alle fernerweitige Konversation aufgesagt. Der Geheimbde Rat von M., welches ein hitziger, jachzorniger Mann war, ereiferte sich nicht wenig über den guten Elbenstein, denn er die Fräulein von G. als seiner Schwester Tochter so sehr als sein eigenes Kind liebte. Er brach demnach in folgende Worte aus: »Harre du Kerl! du sollst ehrlicher Leute Kinder am längsten bei der Nase herumgeführet haben.« Mit diesen Worten ging er aus der Fräul. Zimmer, setzte sich in die bereits angespannete Karosse und fuhr aufs Schloß, allwo geheimer Rat gehalten werden sollte. Elbenstein, als er zu seiner geliebten Fräul. von L. kam, machte sich auch schon auf Anhörung einer Reprimende gefaßt, allein weil diese mehr Vertrauen auf seine Treue setzte, sagte sie ihm weiter nichts, als daß die ganze Begebenheit dem Fürsten und der Fürstin bereits aufs allerodieuseste wäre vorgebracht worden, mit dem Beisatze, daß, was zu G. wegen der Eltern Gegenwart und Aufsicht nicht geschehen, im Wirtshause zu K., allwo der Wirt ein Erzkuppler wäre, desto füglicher hätte vollbracht werden können. Es wäre auch von dem Geheimen Rat M. angeraten worden, daß zu Verhütung einiges Kindermords oder Abtreibung der Frucht die Menscher durch geschworne Hebammen und verständige Medicos besichtiget würden.

Elbenstein, weil er ein gutes Gewissen hatte, erzählte ihr den ganzen Verlauf nach der reinen Wahrheit, worauf sie ihm den Einschlag gab, bei ihrem Vetter, dem Baron von W., welcher Hofrat und Kammerjunker war, zu sondieren, was er ihm bei diesen Händeln etwa raten würde.

Dieser, welchem der Fürst die lustige Geschichte mit großem Gelächter (denn er selbst gar oft auf der Parforcejagd seine Liebesflammen bei einem hübschen Bauermägdgen zu löschen pflegte) bereits erzählet hatte, kam gleich von ohngefähr ins Zimmer getreten und sagte nach gemachten kurzen Kompliment: »Meiner gnädigen Fürstin Melkerei zu K. wird, wie ich höre, bald mit drei schönen roten Kühn verstärkt werden?« (denn NB. dieses war damals die Strafe, wenn ein Kavalier wider das sechste Gebot peccierte, daß er der Fürstin eine rote Kuh zinsen mußte). Hierauf erzählete ihm Elbenstein alles haarklein, was passiert war, und bekam diesen Rat von ihm, daß er nebst den zweien andern Kavaliern sich bei dem Fürsten wegen der über sie ausgesprengten Kalumnien und Injurien beschweren und anbei untertänigst bitten sollten, ihnen des Denunzianten Namen, damit sie ihre Satisfaktion von ihm fordern könnten, gnädigst zu entdecken. Hiernächst müsse solches dem Stadtschulzen und der andern Jungfern Eltern zu wissen gemacht werden, damit sie der über ihre Kinder verhängten Prostitution vorkommen und solche legitimo modo abwenden möchten.

Hierauf ging man zur Tafel, allwo der Hausmarschall oftgedachte drei Kavaliers unter andern Gesprächen zu vexieren begonnte. Allein der Jagdjunker von R. verstunde unrecht und sagte über öffentlicher Tafel ungescheuet und laut, so daß es die mit daran sitzende Hofmeisterin und Fräuleins auch mit hören konnten, Salva venia, Huren, Canaillen und Schelmen hätten diese infamen Lügen ausgebracht, daß nehmlich sie drei mit den ehrlichen Kindern etwas Ungebührliches vorgehabt hätten, vielleicht wäre diejenige Weibsperson, so diese Schandlügen am ersten ausgesprenget, eine solche, die den Liebeshandel besser verstünde als diese ehrlichen frommen Kinder. Kurz zu melden, die Sache geriet endlich zu einer solchen Weitläuftigkeit, daß, als die drei Kavaliers und die andern Interessenten des Denunzianten Namen erfahren, sie den Geheimen Rat von M. durch Notarien und Zeugen beschicken und ihm sagen ließen, die sämtlichen Interessenten hielten ihn so lange vor einen boshaften Verleumbder und Ehrenschänder, bis er, was durch ihn von dem Frauenzimmer und ihnen bei Hofe angegeben und in der Leute Mäuler gebracht worden, verifiziert und erwiesen hätte, worbei sowohl der Stadtschulze als der andern Jungfern Eltern droheten, den Geheimbden Rat vor dem Kammergerichte zu Speyer zu verklagen, wodurch denn dieser dergestalt erschreckt wurde, daß er, in Betrachtung der ihm aus solcher Sache entstehenden Prostitution und Geldversplitterung, die besten Worte und eine hinlängliche Deklaration den Kavaliers gabe, den Eltern der Jungfern aber sagen ließ, wie er die ganze Sache ex vago rumore hätte und ihm leid, solchen ungegründeten Erzählungen Glauben beigemessen zu haben; er hielte sie samt und sonders vor ehrliche, unbescholtene Leute und Jungfrauen; und dieses mußte er schriftlich von sich ausstellen.

Allein die Verfolgungen und Verbitterungen gegen den von Elbenstein nahmen von Seiten des Geheimen Rats und dessen Familie vollends überhand, als er kurze Zeit darauf in Gegenwart der Ober-Hofmeisterin von K., des Geheimbden Rats und Oberamtmanns zu K.G. und des

Hofrats und Kammerjunkers von W. sich mit der holdseligen Fräulein von L. ordentlicherweise verlobte. Es suchte zwar das Fräul. von G. ihn auf allerhand Art und Weise zu detournieren und auf ihre Seite zu bringen, da sie aber ihren Zweck nicht erreichen konnte, legte sie sich aufs Lamentieren und beklagte sich aufs beweglichste in einem ihm zugeschickten Briefe, welchen er aber bloß mit folgenden poetischen Zeilen beantwortete:

1 Was willst Du mich doch mit Verfolgung pressen?
Was klagest Du mein Herz als untreu an?
Halt ein damit! mir solches beizumessen,
Ich hab es nicht, mein Schicksal hat's getan.
Wollt ich gleich Dein Getreuer sein,
So saget selbiges doch immer dazu: Nein!

2
Ich bin ein Schiff, das keinen Leitstern siehet,
Mich treibet nur das wankelhafte Glück,
Wohin sein Wink und Wille mich nun ziehet,
Da muß ich hin, bald vor, bald auch zurück.
Es saget mir: In Lieb und Meer
Kömmt man zum Port durch Wallen hin und her.

3
Versuch es denn, desselben Schluß zu zwingen,
Verändre Du die Maße, Zeit und Ziel,
So soll mein Herz von lauter Treue singen,
Ich tue, was Dein Wille haben will,
Der soll alsdenn sein der Magnet,
Nach welchem sich mein Liebesschiffgen dreht.

4
Laß Dir's nur nicht wie einst dem Xerxes gehen,
Der Wellen schlug zu seinem Untergang.
Das Schicksal will sich ungebunden sehen,
Kein Zwang verbannt es auf die Ruderbank.
Wer schließet es in Kett und Fesseln ein?
Der muß was mehr als nur ein Mensche sein.

Hiermit hatte die arme Fräulein ihren Bescheid, und weil sie aus allen Umständen merkte, daß es doch nur eine vergebliche, vor sie aber selbst sehr nachteilige Sache wäre, wenn sie [sich] um Elbensteins Herze noch fernerweitige Mühe gäbe, so entschluge sie sich endlich dieser Gedanken und beschloß, mit Gedult die Zeit abzuwarten, bis ihr der Himmel einen andern, beständigern Liebhaber zuführete. Elbenstein hingegen, so zärtlich und aufrichtig er bishero seine Liebste, die Fräul. von L., karessiert, auch dero reiner und vollkommener Gegenliebe versichert war, um soviel desto strafbarer war diejenige Mißhandlung, zu der er sich durch folgende Begebenheit, teils von Unkeuschheit, teils Ambition, teils Interesse angetrieben, verleiten ließ. Es kam nehmlich im folgenden Jahre zu Ende des Maimonats die verwittbete Gräfin N.N. nach D., allwo sie 14 Tage verbliebe. Elbenstein bekam die Aufwartung bei ihr. Ob sie nun gleich schon eine Dame von ohngefähr 40 Jahren war, so sahe sie sich doch noch nicht von denjenigen Regungen befreiet, so sonsten nur die jungen und blutreichen Personen anzufallen und zu bekämpfen pflegen. Dannenhero geschahe es, daß, sobald sie nur Elbensteinen anblickte, gleich den Schluß fassete, ihn vor allen andern zu Befriedigung ihrer lüsternen Begierden anzureizen.

Wie nun Elbenstein die Propreté im weißen Zeuge ungemein ästimierte und nach damaliger Mode ein Hembde, um den Halsbund und Schlitz mit den kostbarsten venetianischen Spitzen besetzt, wie auch Manschetten und Hals von eben dergleichen Sorten diesen Tag anhatte, so geschahe es, daß, da der Gräfin Fräulein und die andern Anwesenden, nachdem sie, die Gräfin, gefrühstückt, sich aus dem Zimmer begeben, sie auf Elbensteinen zuging und erstlich den Schloßgarten, den man aus ihrem Zimmer übersehen konnte, wegen seiner Schönheit lobte, nachmals auf die Frage kam, wie lange er bei diesem Hofe in Diensten stünde und was dergleichen Fragen mehr waren, die er alle in geziemender Bescheidenheit kurz beantwortete, nach welchem sie mit einer sonderbaren Freundlichkeit zu ihm im Reden fortfuhr: »Monsieur, Er erlaube mir, die artigen und saubern Spitzen, so Er trägt, etwas näher zu betrachten«, mit welchen Worten sie erstlich die Manschetten, Halstuch und endlich die an der Brust und um den Halsbund stehende Spitzen begriff, ihn ganz feurig verliebt ansahe und die Unterkehle und Wangen etlichemal ganz sanfte drückte, vor welche unverhoffte Karessen er der Gräfin Hand etlichemal aufs zärtlichste küssete. Hierauf sagte sie: »Mein Kind! Ich will hoffen, daß ich an Ihm einen diskreten und verschwiegenen Kavalier werde gefunden haben, Er wird mir demnach aufrichtig bekennen und die unverfälschte Wahrheit sagen, ob Er sich entschließen kann, meine Person zu lieben und meine zu Ihm tragende Liebe und Affektion mit gleicher Gegenliebe zu vergelten?«

Elbenstein, den wohl ehemals eine schwarzbraune Bäuerin zu charmieren fähig gewesen, bedachte sich nicht lange, ihr solches zu versprechen, denn sie, der Jahre ohngeachtet, eine solche angenehme und wohlgewachsene Person und von einem recht liebenswürdigen Gesichte war, absonderlich hatte sie ein Paar charmante muntere Augen und eine unvergleichliche Brust, so daß sie mancher Dame von 24 Jahren an reizenden und adretten Wesen den Vorzug streitig machen konnte. Seiner gewöhnlichen Kühnheit und Freimütigkeit gemäß, welche er doch jedesmal mit einer einnehmenden und liebkosenden Art zu umhüllen pflegte, umfassete er seiner neuen Göttin Schenkel und küssete solche auf eine liebreizende Art zum öftern, über welche kitzelende Liebkosungen die in der verliebten Gräfin Gesichte aufsteigende Röte sattsam und klärl. bezeugte, daß ihr Geblüte in eine starke Aufwallung müsse geraten sein, und das darauf erfolgende inbrünstige Küssen, welches Elbensteins Lippen empfanden, diente ihm zur evidenten Versicherung, daß seine freie Aufführung ihr höchst angenehm falle.

Der künftige Abend ward zu einer fernern verliebten Unterhaltung von beiden Teilen beliebet, worauf Elbenstein sich aus dem Gemach begab, und die Gräfin, nachdem sie sich vollends ankleiden lassen, ließ sich von ihm zu der Fürstin von D. führen, da denn unterwegs das verliebte Händedrücken, sehnliches Anblicken und heimliche Seufzer als der Liebe gewöhnliche und in der ganzen Welt eingeführte, auch denen barbarischen Nationen wohlbekannte Sprache nicht unterlassen, sondern damit bis an der Fürstin Vorgemach fortgefahren ward. Nach der Abendtafel, als sich jede fürstl. und hohe Standesperson in ihr Zimmer retiriert hatte, drückte ihm die Gräfin, daß es niemand gewahr ward, unter währenden Führen eine Schreibtafel in die Hand, weil sich's nicht schicken wollte, ohne ihren Leuten Verdacht zu geben, sich mit ihm in langen Diskurs einzulassen, dahero Elbenstein, sobald er sie in ihr Gemach gebracht und nachdem er mit einem tiefen Reverenz angefragt, ob Ihro Hochgräfl. Gn. noch etwas gnädig zu befehlen hätten, wünschte sie ihm eine gute Nacht, worauf er sich retirierte, an einem geheimen Orte die Schreibtafel durchsahe und folgende Worte drinnen eingezeichnet fand:

Mein Wertester, ich finde es nicht vor ratsam, diese Nacht zu unserm Vergnügen zu erwählen, sondern bis auf eine bequemere Zeit damit anzustehen, damit man sich den präjudizierlichen Urteilen curieuser und scharfsichtiger Augen nicht exponieret. Morgen früh beim Frühstück ein mehreres, Er ruhe besser als ich.

Elbenstein befand es ebenfalls gefährlich, auf dem Schlosse, welches ordinairement um zehn Uhr gesperret ward, sich finden zu lassen, derowegen ging er bald in sein Quartier und zu Bette, damit er desto früher aufstehen könnte, wie er frühmorgens halb acht Uhr schon in der Gräfin Vorgemach war und den Pagen und Laquais Befehl erteilte, das Frühstück in Zeiten zu holen. Nach Verfließung einer halben Viertelstunde kam die Gräfin aus ihrem Gemach und sagte ihm, daß, sobald er ihre Fräuleins und Kammerjungfern würde ins Vorgemach kommen sehen, er in ihr Schlafzimmer kommen sollte, zu welchem Ende sie die außen auf die Galerie gehende Tür aufgeschlossen hätte. Als nun die Fräuleins im Vorgemach erschienen, ging Elbenstein, unter dem Vorwande zu sehen, wo die Pagen und Laquais so lange blieben, heraus auf die Galerie und von dar in das bedeutete Schlafzimmer. Die Zeit war zu pretieus, sich mit bloßen Küssen zu amüsieren, daher passierte hier bald ein mehreres, und weil der verliebten Gräfin Kleidung ihn in seiner Liebes-Entreprise vielmehr bequem als verhinderlich war, so geschahe auch die Attaque auf seiten seiner mit einem solchen Vigueur und Lebhaftigkeit, daß diese verliebte Aktion sowohl auf seiten des siegenden als besiegten Teils mit vollkommener Zufriedenheit geendiget wurde. Auf solche Art löscheten sie alle Morgen ihre Liebesflammen, und je geheimer und verstohlener diese Näscherei geschahe, je süßer und anmutiger sie ihnen deuchtete.

Zwei Tage vor der Gräfin Abreise kam ihr Leibkutscher zu Elbensteinen auf dem Schlosse, als er um die gewöhnliche Zeit zur Aufwartung ging, und forschete, ob es ihm nicht gefällig wäre, nachdem er seine gnädige Gräfin zur fürstl. Herrschaft gebracht, sich in den Schloßgarten zu bemühen, indem er ilmi von Ihro Hochgräfl. Gn. etwas in geheim einzuhändigen hätte. Elbenstein versprach ihm, sich um zehn Uhr ohnfehlbar daselbst einzufinden, mit dem Beifügen, daß, weil man nicht wissen könnte, was etwa Verhinderliches darzwischenfallen könnte, einer auf den andern warten sollte. Hierauf begab er sich in der Gräfin Vorgemach, und sobald er das Frauenzimmer von derselben zurückkommen sahe, ging er auf die Galerie heraus, von da er sich gewöhnlichermaßen ins Schlafgemach verfügte und seine angenehme Gräfin auf die verliebteste Art wieder bedienete. Als er nun selbige nachhero zu der Fürstin geführet hatte, eilete er nach dem Schloßgarten, und der Gräfin Leibkutscher, welcher ihn aus der Hofstube vorbeigehen sehen, eilete ihm auf dem Fuße nach.

Sie gingen miteinander auf das so gemachte Judizierhaus, daselbst übergab er Elbensteinen ein Paquet von 50 spec. Dukaten nebst einem Briefe, worinnen sie ihm ihr Begehren eröffnete, wie er nehmlich einen flüchtigen Reitklepper kaufen und alle Abend, wann er von Hofe gekommen, sich nach ihren drei Stunden von D. gelegenen Schlosse begeben und in des Überbringers Hause absteigen sollte, von da er durch einen sichern und verborgenen Weg zu ihr gelangen würde. Als Elbenstein den Brief gelesen hatte, sagte der alte Kuppler: »Gnädiger Herr! ich weiß den ganzen Inhalt des Briefes, und weil Sie sich ohnfehlbar einen guten und schnellen Klepper anschaffen wollen, so habe ich gestern vor dem Tore in einem Gasthofe einen Rittmeister namens M. angetroffen, welcher zwei treffliche siebenbürgische Pferde verkaufen will, mit demselben könnten Sie vielleicht einen guten Handel treffen.« Elbenstein ließ sich diesen Vorschlag gefallen und ging sogleich aus dem Schloßgarten, rief seinen Diener, welcher bei den fürstl. Bedienten in der Hofstube zu speisen pflegte, zu sich, befahl ihm ein Kompliment an den Rittmeister und darbei zu vernehmen, ob er sich selbigen Mittages in seinem Quartiere wollte einheimisch finden lassen, so wollt er ihm auf eine halbe Stunde zusprechen und ihm, weil er vernommen, daß der Herr Rittmeister einige von seinen Pferden verkaufen wollte, eines gegen bare Bezahlung abhandeln. Kurz darauf ließ ihm der Rittmeister wieder wissen, daß er des Herrn von Elbenstein angenehmen Zuspruch nachmittages um drei Uhr erwarten, ihm auch die Wahl unter zwei guten und daurhaften Pferden lassen und ihm en regard seines gnädigsten Fürsten eines davon um einen raisonnablen Preis zukommen lassen wollte. Kurz zu melden, Elbenstein kaufte eines von diesen Pferden mit Sattel und Zeuge, akkordierte zugleich mit dem Wirte, den er vorhero schon gekannt, daß er das Pferd mit Futter und Wartung wohl versehen sollte, also daß er selbiges alle Abend um neun Uhr gefüttert und gesattelt finden könnte.

Demnach blieb dieses Pferd außen in der Vorstadt, in welche bis nachts zwölf Uhr man durch das Pförtgen kommen konnte. Als nun den folgenden Tag Elbenstein seine geliebte Gräfin wie bishero bedienet hatte, berichtete er ihr unter gehorsamster Dankabstattung, wie er dero Befehlen schuldigst nachgekommen, bat sich aber dabei aus, ihm gnädigst zu erlauben, daß er in den Flecken, allwo sie ihre Residenz hätte, das erste Mal bei Tage kommen dürfte, um des Orts Gelegenheit desto besser abzusehen, welches sie ihm denn auch sogleich verwilligte und mit ihm die Abrede nahm, daß er jedesmal nachts um zwölf Uhr bei ihr sein und bis früh drei Uhr sich mit ihr divertieren sollte. Elbenstein versprach unter vielen feurigen Küssen, ihren

Befehlen und Verlangen aufs allergenauste nachzuleben. Hierauf schlich er mit aller Behutsamkeit heraus auf die Galerie und von dar hinunter in die Küche, von dannen, als er veranstaltet hatte, daß das gewöhnliche Frühstück gleich nachgebracht werden möchte, er sich wieder ins Vorgemach begab und seiner angenehmen Gräfin Herauskunft erwartete, welche kurz darauf die Tür eröffnete und ihn hineinzukommen ersuchte, worauf das Essen aufgesetzt ward, und als sie etwas Weniges davon genossen, begab sie sich, wie sie täglich zeit ihres Daseins zu tun pflegte, zur andern fürstl. Herrschaft. Als nun der folgende Tag, welchen sie zur Abreise angesetzt, kaum angebrochen war, eilete Elbenstein zu seiner liebreichen Gräfin, welche, sobald sie ihn gehöret im Vorgemache herumgehen, im bloßen Schlafrocke heimlich zu ihm herauskam und ihn unter vielfältigen Küssen andeutete, daß er auf die Galerie hinausgehen und achthaben sollte, wenn die Tür vom Schlafgemach aufgehen würde, da er sich denn kühnlich hineinbegeben möchte. Dieses geschahe etliche Minuten darauf, und das verliebte Letzen wurde mit solchen Handlungen verbracht, daß es die Venus selbst nicht verliebter hätte erdenken und ausfinden können.

Er mußte ihr hierauf versprechen, noch diese kommende Nacht den Anfang seiner Liebesvisiten auf ihrem Schlosse zu machen, worzu sich eine gute Gelegenheit präsentierte. Denn weil die andere anwesende frembde fürstl. Herrschaften dem Fürsten zu D. versprechen müssen, nicht eher als nachmittags abzureisen, so mußte die Gräfin sich dieses gleichfalls gefallen lassen und ihren Abschied bis dahin aufschieben. Als aber endlich die sämtlichen Frembden solches nachmittags um zwei Uhr taten, befahl der Fürste dem von Elbenstein, die Gräfin bis auf die Grenze, welches ein Dorf, eine Meile Wegs von D. gelegen war, zu begleiten, da er denn Gelegenheit hatte, Sr. Durchl. um gnädige Permission untertänigst zu ersuchen, daß er diese Nacht außenbleiben möchte, weil er dem Herrn von S.A. als seinem guten Freunde einmal zuzusprechen schon vor etlichen Wochen zugesagt hätte. Als ihm nun solches erlaubt, befahl er seinem Knechte, daß er ein Billett zu dem Gastwirte vor dem Tore bringen, anbei mündlich sagen sollte, er möchte ihm doch den siebenbürgischen Klöpper, welchen er, der Wirt, von dem Rittmeister M. gekauft hätte, mit Sattel und Zeug zuschicken, indem er ihn nur probieren und morgen zurückschicken wollte. Der Inhalt des Briefes aber war dieser, daß der Wirt dem Knechte nicht sagen sollte, daß das Pferd Elbensteinen zu eigen gehörete, sondern vorzugeben, daß er, der Wirt, selbiges vor sich erhandelt hätte. Als nun Elbenstein dem erteilten gnädigsten Befehle zu untertänigster Folge die Gräfin bis an den bestimmten Ort begleitet hatte, beurlaubte er sich mit gebührender Reverenz von derselben, nachdem sie aber mit ihrer eigenen Suite fortgefahren, setzte er sich auf den Siebenbürger, dem Knechte aber befahl er, mit dem andern zwei Pferden wieder nach der Stadt zurückzureuten und morgen seiner Zurückkunft zu erwarten.

Er nahm seinen Weg seitwärts nach dem Holze zu, wandte sich aber, sobald ihm nur der Knecht aus dem Gesichte war, auf die nach der Gräfin Schlosse gehende Straße und folgte ihrer Kutsche immer, jedoch ganz von weiten nach, blieb auch im Holze so lange halten, bis er selbige nicht mehr sehen konnte, alsdenn ritt er Schritt vor Schritt nach dem nächsten vor dem Holze liegenden Dorfe, stieg daselbst in dem Wirtshause ab und verzohe so lange, bis die Sonne untergehen wollte, alsdenn eilete er vollends an den Ort, wo sein angenehmer Leitstern befindlich war, und gelangete in der Dämmerung in dem bei dem Schlosse liegenden Flecken an. Weil er aber nicht wußte, wo der gräfl. Leibkutscher seine Wohnung hatte, so ging er selbsten, nachdem er sein Pferd in einen Gasthof eingestallet, heraus auf die Gasse, fragte aber weder den Wirt noch dessen Leute, wo selbiger wohnete, sondern als er etliche Häuser von dem Gasthofe hinweg war, erkundigte er sich bei einer ihm begegnenden Magd und gab derselben ein Trinkgeld, daß sie ihn zurechte wiese. Es fügte sich eben, daß der Leibkutscher vom Schlosse kam, welcher ihn denn mit großen Freuden empfing und seine Frau alsobald zur Gräfin schickte, um derselben Elbensteins Ankunft melden zu lassen. Diese kam nach Verlauf einer halben Stunde zurück und brachte in einem Korbe etliche Schüsseln mit den delikatesten Essen, auch eine große Bouteille, die mit dem besten Moseler Weine angefüllet war, mit sich, berichtete anbei, daß die Gräfin des Herrn von Elbensteins Zuspruch diese Nacht um zwölf Uhr erwartete.

Weiln es nun ziemlich dunkel zu werden begonnte und der Mond nur ein wenig schien, so kehrete Elbenstein, ehe er etwas von Speisen zu sich genommen, zurück nach dem Gasthofe, bezahlete daselbst das Pferdefutter und Stallgeld, und unter dem Vorwande, daß er, weil der Mond aufginge, seine Reise weiter fortsetzen wollte, setzte er sich auf und ritte seines Weges. Der Wirt wurde über diesen kurzen Zuspruch ziemlich verdrüßlich, indem er sich schon Hoffnung gemacht, einen Taler oder wenigstens einen Gulden von diesem Passagier zu erobern, da es aber solchergestalt nur etliche Kreuzer waren, schmiß er die Tür hinter ihm mit der größten Ungestümigkeit zu. Elbenstein hingegen verfügte sich zum Leibkutscher, allwo er nebst ihm und seiner Frau, die auch nicht häßlich war, die überbrachten Speisen und den Mosler Wein auf Gesundheit der gnädigen Frau Gräfin vergnügt verzehreten und die bestimmte Zeit erwarteten.

Wie es nun endlich auf dem Schlosse dreiviertel auf zwölf geschlagen, traten beide, sowohl der Galan als der Kutscher, ihre Nachtreise an, und führete ihn dieser durch einen Zwinger, worinnen die Gräfin zu ihrer Lust Hasen und Kaninichen hatte, nach dem so genannten untern Turme, durch eine von hohen Rüstern gemachte Allee, dessen Türe er mit einem Kapital-Schlüssel in möglichster Stille aufschloß und Elbensteinen etliche Stufen hinauf in ein sauber meubliertes Zimmer brachte, welches auf zweien Seiten Türen hatte.

In diesem Zimmer stund ein schönes, auf französische Art gemachtes Bette und nicht weit davon eine kleine Ovaltafel, auf welcher etliche Schalen mit allerhand Confituren stunden. Auf einem andern Tischgen zeigten sich zwei Bouteillen, davon die eine mit Alikantenwein und die andere mit Limonade angefüllet war. Der alte Kutscher fragte, was Ihro Gnaden zu trinken beliebten, da denn Elbenstein die Limonade erwählete und etwas von gebrannten Mandeln darzu aß. Mittlerweile hatte die Glocke zwölf geschlagen, derowegen kam bald hernach die Liebesgöttin in einem grünen, mit goldenen Blumen durchwirkten Schlafhabite hineingetreten. Der weite Ausschnitt des Kleides ließ eine wohlproportionierte Brust sehen, die so weiß war als ein gefallener Schnee. Der Leibkutscher retirierte sich alsofort durch die andere Tür aus dem Zimmer, worauf denn unter diesen beiden Verliebten eine solche voluptueuse Unterhaltung passierte, daß man Bedenken trägt, selbige zu referieren, um unschuldige Seelen nicht zu ärgern.

Man meldet demnach nur mit wenigen, daß Elbenstein diese Liebesvisiten, sooft es das Wetter und seine herrschaftl. Bedienung (indem er der Reihe nach wöchentlich einen Tag und eine Nacht auf dem Schlosse bleiben mußte) verstatteten, fast täglich kontinuieret, und ob er gleich diesen Weg, welcher beinahe zwei Meilen, mehrenteils in weniger als zwei Stunden mit seinem flüchtigen Klöpper reuten konnte, zumalen, wenn er den nächsten Weg durch den Wald nahm, so erwählete er doch lieber, den Hinweg außerhalb des Holzes auf die nahe aneinander liegenden Dörfer zu reuten, als sich in der Finsternüs durch den ungeheuren Wald zu wagen und sich ein oder andern Gefährlichkeiten mutwillig zu exponieren, zumalen wenn kein Mondenschein war. Den Rückweg hingegen, weil es alsdenn gegen den Tag ging, pflegte er gemeiniglich durch den Wald zu nehmen.

Es hatte nun dieses mehr auf Elbensteins als der verliebten Gräfin Seite untugendhafte Beginnen (indem dieser die seiner getreu beständigen und ihn wie ihre eigene Seele liebenden Freiin von L. geschworne

Treue so freventlich und gewissenlose violiert und gebrochen) vom 12. Jun. bis 4. Aug. (etliche wenige Tage wegen eingefallenen Regenwetters und seiner Bedienung wegen ausgenommen) gewähret, er wurde aber in Erwägung solcher allzustarken Strapazen dergestalt merode, daß wegen seiner blassen Farbe und Magerkeit die liebe Fräulein von L. höchst bekümmert ward und zum öftern Tränen dieserwegen vergoß, indem sie sich einbildete, daß ihrem so herzlich geliebten Elbenstein eine gefährliche Krankheit anwandelte, allein er wußte sich bald mit diesem bald mit jenem gehabten Chagrin zu exkusieren und sie zu trösten, daß er vermittelst stiller Ruhe und dem Gebrauch bewährter Arzeneien bald seine vorige Farbe und Fleisch wiederbekommen wolle.

Endlich ließ ihm der über seine Ausschweifungen erzürnte Gott eines Morgens auf seiner frevelhaften und sündlichen Rückreise sehen und hören, indem ihm am bemeldten 4. Aug. ein entsetzliches Donnerwetter überfiel. Es türmete sich dieses, als er noch lange nicht die Hälfte des Waldes passiert war, unter entsetzlichen Blitzen und heftigen Donnerschlägen, auch einem grausamen Platzregen dergestalt auf, daß, ob er gleich nach aller Möglichkeit eilete, er dennoch das jenseit des Holzes gelegene Dorf nicht erlangen konnte, sondern durch und durch naß ward, hiernächst ward er in das äußerste Schrecken gesetzt, da immer ein Blitz und grausamer Donnerschlag auf den andern erfolgte, ja seine Bestürzung und Angst vermehrte sich noch weit größer, da, sooft ein Blitz geschahe, sein Pferd mit ihm niederfiel und nachmals mit entsetzlichen rasenden Kapriolen wieder aufsprunge. Hierbei ist nun leichtlich zu ermessen, in was vor einem elenden Zustande sich Elbenstein damals müsse befunden haben, indem nicht allein der Leib durch den kalten Regen und seines Pferdes Wildigkeit heftig inkommodiert war, sondern auch sein aufwachendes Gewissen und die greulichen Blitze und Donnerschläge seine Seele und Gemüte mit rechter Höllenangst bestürmeten.

Als er nun in solcher Angst und Not fast an das Ende des Waldes gelanget war, auch das nächste Dorf bereits sehen konnte, geschahe ein solcher entsetzlicher Schlag in eine etwa 50 Schritte vor ihm am Wege stehende große Eiche, daß die Splittern und Äste herumflogen und das von dem schwefeligen Dampfe und starken Donnerschlage vollends ganz unbändig gewordene Pferd fast nicht mehr zu erhalten war, sondern weil es weder Zaum noch Gebiß mehr fühlen wollte, in größter Rage mit ihm querfeldein lief. In dieser Verwirrung fiel ihm der Hut vom Kopfe, jedoch endlich gelangete er als ein halb Erstorbener in dem Dorfe an und dankte dem Himmel, daß das Pferd, als es ins Dorf kam, von seiner Wildigkeit etwas nachließ und etwas ruhiger wurde. Er stieg demnach vor dem Wirtshause ganz entkräftet ab, und weilen das Gewitter meistens vorbei war, indem sich das erschröckliche Donnern nur noch von weiten hören ließ, gab er einem Bauren ein Trinkgeld, welcher den Weg nach dem Walde zu ging und ihm nach Verlauf einer Stunde seinen Hut wieder zurückbrachte. Die gutherzigen Leute hingen seine Kleider an den Ofen, und der Priester des Orts, als ervernahm, daß Elbenstein ein Bedienter seines gnädigsten Landesherrn wäre, schickte ihm weiße Wäsche, Schlafrock und Pantoffeln. Als er sich nun in der Oberstube alleine befand, fiel er auf seine Knie und dankte Gott unter Vergießung häufiger Bußtränen, daß er ihn, wie er mit seinem bisherigen ruchlosen Leben wohl verdient hätte, nicht nach seiner Gerechtigkeit gestraft und wohl gar aus dem Lande der Lebendigen hinweggerissen. Er tat nachmals ein Gelübde, diese und dergleichen Missetaten fernerhin nicht weiter zu begehen, wie er denn auch, nachdem er nach Hause gekommen war, ein paar Tage darauf zur Beichte und heil. Abendmahle ging.

Durch diesen Zufall endigte sich auf einmal die strafbare Liebeswallfahrt, und Elbenstein wurde nicht wenig erfreuet, da ihm einige Tage hernach der Gräfin Leibkutscher als ein dieserwegen abgeschickter Expresserdie Nachricht erteilete, wie nehmlich den Tag nach seiner letztern Visite sich ein gewisser Graf bei seiner gnädigen Gräfin als ein Freier melden lassen, worauf die Ehestiftung sogleich gemacht worden und das Beilager in 14 Tagen vollzogen werden sollte. Im übrigen überbrachte dieser Liebes-Ambassadeur an Elbensteinen von der Gräfin einen gnädigen Gruß und zugleich den schriftlichen Abschied des Inhalts, daß er hinfüro seine Messures anders nehmen und sich ihrentwegen nicht ferner bemühen möchte. Er hatte zwar seine Reise- und Liebesbemühungen erstlich durch den siebenbürgischen Klepper, hernach mit einem stark bordierten Kleide, einer goldenen englischen Uhr, einem kostbaren Ringe, ihrem mit Diamanten besetzten Porträt, einem silbernen Degen, vortrefflich schöner Wäsche von holländischer Leinewand und brabandischen Spitzen, sodann auch noch mit einer Goldbeurse von 200 spec. Dukaten zieml. vergolten bekommen; doch alles dieses war kein Äquivalent gegen den Schaden, den er sich an seinem Leibe und Gewissen zugezogen hatte, indem er seine Gesundheit geschwächt und die seiner getreuen L. geschworene eheliche Treue so liederlich gebrochen hatte. Unterdessen, da sich diese Liebesintrige geendiget, machte er Psalter, und unter andern ist auch folgende Arie, welche er auf seine nächtliche Liebesvisiten und Buhlschaft eingerichtet, nicht zu vergessen.

1
Komm, stille Nacht, mit deinem holden Schatten,
Verhülle doch der Sonnen Angesicht,
Verweile nicht!
Die Sehnsucht will mein Herze ganz ermatten,
Drum tritt mit dem Flor
Nur bald hervor.

2
Du nur allein bist's, der ich's darf vertrauen,
Warum mein Herz so sehnend seufzt und ächzt,
Warum es lechzt.
Bei Tage darf ich meinen Schatz nicht schauen,
Weil die Behutsamkeit
Es hart verbeut.

3
Läßt meine Glut sich denn nicht anders stillen,
Beim Tageslicht mein englisch Tausendschön
Recht anzusehn?
So will ich mich in deinen Flor verhüllen
Und löschen unerkannt
Den Liebesbrand.

4
Vergnüge mich mit deinen braunen Schatten,
Bei dir allein vertreibt man seine Zeit
In Süßigkeit.
Der Venus Zoll ist leichter abzustatten,
Man darf bei dir nichts scheun
Noch blöde sein.

5
Bei Nachte wird das feuergleiche Funkeln
Vom edlen Stein und hellen Diamant
Weit mehr erkannt;
Es küsset sich viel zärtlicher im Dunkeln,
Die Wollust trifft das Ziel
Durch das Gefühl.

6
Ich bin vergnügt, wenn statt der schönsten Rosen
Nur stets vor mich die Nachtviole blüht,
Und bin bemüht,
Die Venus stets, auch schlafend lieb zu kosen,
So labet meine Brust
Sich stets mit Lust.

Jedoch von nun an schlug sich Elbenstein die unordentlichen Liebesgrillen aus den Gedanken und wandte nunmehro alle seine Liebe und Treue einzig und allein der tugendhaften Fräulein von L. zu, brachte auch das, was er bishero gegen sie mißgehandelt, durch unverfälschte Karessen, wenigstens seinen Gedanken nach, alles wieder ein. Unterdessen, wie sehr sie ihn auch bat, so konnte sie doch von ihm nicht die eigentliche Ursach seines Malheurs erfahren, indem er täglich blasser u. magerer wurde, sondern er gab nur dieses vor, daß die derzeitige ungemein große Hitze schuld daran wäre, indem er hierbei nicht den geringsten Appetit zum Essen empfände, auch sehr wenig schlafen könnte; er hoffe aber, sobald die große Hitze vorbei und die Nächte kühler zu werden beginneten, seine vollkommene Gesundheit wiederzuerlangen. Mittlerweile rückte der Tag Egidii herbei, welcher die sämtliche fürstliche Herrschaft veranlassete, sich nach M. zu verfügen und die Brunftzeit über sich daselbst zu divertieren. Wie nun Elbenstein nebst der meisten Hofstatt mit dahin zu gehen beordert war, so hatte er die beste Gelegenheit, mit seiner herzlich geliebten L. im vollkommensten Vergnügen zu leben, und diese brachte es bei ihrer Fürstin so weit, daß dieselbe bei ihrem Gemahle vor Elbensteinen die Oberamtmannsstelle zu BW. auswürkte. Sobald man aber wieder in der Residenz angelanget, sollte ihre Vermählung vor sich gehen, damit Elbenstein mit seiner Gemahlin das Amt an selbigen Orte beziehen könnte.

Es ist nicht zu beschreiben, wie höchst vergnügt damals dieses verliebte Paar lebte und sich täglich die angenehmsten Ideen von ihrem künftigen Ehestande und Hauswesen machte. Aber die guten Kinder mußten gar bald erfahren, daß nichts leichter verschwindet als der Menschen süße Einbildungen und vermeintliches Vergnügen, ja es traf wohl recht das italiänische Sprichwort ein: Gli diletti humani son un sogno. Die menschliche Ergötzlichkeit ist ein Traum.

Denn es kam zu Ende des Septembr. der Kammerjunker Z., welcher sich in Elsaß etliche Wochen auf seinen Gütern aufgehalten, nachts um zwölf Uhr mit einer Extrapost an und brachte die unangenehme Zeitung, daß die französische Armee in voller Bewegung wäre, um noch vor Eintritt des Winters die Festung Philippsburg zu belagern und zu erobern.

Dieses war ein harter Donnerschlag, durch welchen sowohl des Fürsten bisheriger florisanter Zustand als auch Elbensteins süße Hoffnung, am D.-Hofe sein vollkommenes Glück zu machen, auf einmal in starken

Verfall kam. Man brach, sobald der Himmel grauete, in größter Bestürzung und Konfusion von M. auf, und sobald man zu D. angelanget, wurden nebst dem Silbergeschirre alle Kostbarkeiten eingepackt und in die Schweiz nach Basel geschafft. Drei Tage hernach wurde Elbensteinen nebst verschiedenen andern Kavaliers und Bedienten der Abschied bis auf bessere Zeiten durch den Baron von C. erteilet, welches sowohl dem Fürsten als den Abgedankten beinahe Tränen auspressete. Das schmerzliche Scheiden Elbensteins von seiner herzl. geliebten Fräul. von L. war dergestalt jämmerlich, daß auch die unempfindlichsten Gemüter solches ohne Mitleiden nicht ansehen konnten. Da nun aber täglich Zeitungen einliefen, daß sich die französische Armee der importanten Festung Philippsburg immer mehr näherte, so sahe sich Elbenstein endlich genötiget, um der Gefahr und Plünderung zu entgehen, seine Retirade über den Neckar nach Schorrendorf, einer württembergischen Festung zu nehmen, weswegen er sich zu seiner Abreise schickte, zuvor aber, ehe er den Ort verließ, wo seine andere Seele zurückbliebe, händigte er derselben folgende Reimzeilen ein:

Ein kummervolles Herz, betränte Augenlider,
Ein zwar verliebt, doch auch recht höchst betrübter Sinn,
Ein Körper, der vor Schmerz und Jammer sinkt darnieder,
Fällt jetzt, mein Engelskind, zu deinen Füßen hin.
Mein Schreiben zeigt dir an: Ich soll von hinnen ziehen.
Ach hartes Donnerwort! das mir das Schicksal spricht,
Es soll dem Ansehn nach mein Glück und Wohl verblühen,
Die Hoffnungsstütze fällt. Ich leb und lebe nicht.
Mein banges Herze schwebt in großen Kummerwellen,
Es soll mein Liebesschiff durchaus zu Grunde gehn,
Das Stürmen ist zu stark; bei diesen Unglücksfällen
Kann nur allein die Treu auf festen Fuße stehn.
Mein sonst vergnügter Geist, die freudenvollen Augen
Sehn dieses sehnend an, was ich bisher geliebt,
Sie baden sich mit Schmerz in bittrer Tränen Laugen,
Kurz! Auge, Seel und Herz sind bis in Tod betrübt.
Dem blassen Munde will es nun an Worten fehlen,
Ein immerwährend Ach! vergräbt sich selbst in sich.
Mein Elend kann ich dir ausführlich nicht erzählen,
Denn alle meine Kraft, ach! die verlässet mich.
Drum schreibt die matte Hand in Ängsten diese Worte:

Zu tausendmal Adieu! mein Trost, mein ander Ich,
Bin ich dem Leibe nach gleich am entfernten Orte,
So denkt mein Herze doch beständig nur an dich.

Nachdem nun der betrübte und verliebte Elbenstein seine Reise angetreten hatte und zu Pforzheim angelanget war, wurde ihm von guten Leuten geraten, daß, wenn er folgenden Tages den Wald passieren würde, allwo sich etliche 1000 Bauren zusammen rottieret, um den daherum streifenden französischen Parteien aufzupassen, er den rechten Flügel vom Mantel zurückschlagen sollte, weil dieses das Wahrzeichen oder Losung, daß man Freund wäre. Diesem Rate folgte Elbenstein zwar, er war aber kaum dieser Gefahr entgangen, so erblickte er, als er zu Cannstatt über den Neckar zu passieren willens und kaum noch etliche 100 Schritte von der Brücke war, eine gewaltige Menge Soldaten auf derselben. Indem er sich nun nicht getrauete, weiter fort zu reuten und sich in Gefahr zu stürzen, nahm er den Weg zur rechten Hand, behielt aber den Neckar beständig im Gesichte.

Als er nun über eine gute Stunde also fortgeritten, traf er einen Bauer an, welchen er sogleich fragte, ob er ihn nicht berichten könnte, was vor Völker in Cannstatt eingerückt wären, worauf der Bauer zur Antwort gab, daß diesen Morgen um vier Uhr zwei Regimenter französischer Dragoner sich daselbst einlogiert hätten und bei den Bürgern auf Diskretion lebten. Hierauf forschete Elbenstein weiter, wo er wohl den Neckar am sichersten passieren könnte, da denn der Bauer, weil er ihn vielleicht vor einen fürstl. württembergischen Bedienten hielt, sich erbot, ihn gegen ein Trinkgeld durch den Neckar und weiter auf den nächsten Weg nach Schorrendorf zu bringen. Elbenstein gab ihm sogleich einen Gulden, und der Bauer setzte sich auf das Handpferd, welches Elbensteins Diener führete, brachte ihn nicht allein glücklich durch den Strom, sondern auch auf einen nach Schorrendorf gehenden nähern Weg, als die ordinäre Landstraße war, daß er also halb vier Uhr nachmittags in dieser Festung glücklich anlangete, von dannen brach er mit dem frühesten wieder auf, fütterte mittags in Schwäbisch-Gemünd und gelangete abends späte in Dünckelspiel an. Von dar setzte er seine Reise weiter fort auf Anspach, allwo ihm von den beiden Prinzen, denen Herren Marggrafen daselbst, als er einige von dero Prinzessin-Schwester mitgegebene Briefe überantwortete, die zwei Tage, als er daselbst verharrete, viel Gnade und Ehre erzeiget ward. Hierauf nahm er seinen Weg nach Bayreuth, woselbst er bei der Frau Marggräfin gleichfalls einige Schreiben überlieferte und auf gnädigsten Befehl des Herrn Marggrafens Hochfürstl. Durchl. etliche Tage verbliebe, endlich aber über Nürnberg nach C. und so ferner auf M. ging, allwo er gleichfalls die von seiner gnädigsten Herrschaft anvertraute Schreiben insinuierte und den andern Tag auf die in demselben enthaltene Rekommendation von der Herzogin zu ihrem Kammerjunker angenommen ward.

Je retiréer er sich nun daselbst sowohl bei Hofe als in der Stadt bei dem Frauenzimmer aufführete, indem ihm seine geliebte L. beständig im Sinne lag, je mehr fanden sich Leute, die ihn auf eine recht verschmitzte Art folgende Gedanken in den Kopf setzten: Du suchest zwar (waren seine Grillen) der Fräulein von L. getreu und beständig zu verbleiben, bist du aber von derselben auch dergleichen versichert? Deine Charge, die du voritzo bekleidest, ist nicht suffizient, eine Frau standesmäßig zu ernähren; könntest oder wolltest du ihr also wohl verargen, daß, wenn sich bei solchen hal[b]wege eine avantageuse Gelegenheit vor sie ereignen sollte, sie anderes Sinnes würde, ihre Zusage aufhübe und widerrufte? Wer weiß, ob sie noch so getreu und beständig ist, als du dir einbildest und schmeichelst? Vielleicht hat sie in dieser Minute etwa mit einem galanten Kavalier ein angenehmes Gespräche, trifft also wohl das Sprichwort bei ihr ein: Aus den Augen, aus dem Sinne. Solche und dergleichen Gedanken, welche zugleich von einer Eifersucht begleitet wurden, setzten den armen Elbenstein in solche heimliche Unruhe und Bekümmernis, daß, wo er auch nur war, er sein heimliches Anliegen nicht so wohl verbergen konnte, daß man es nicht einigermaßen an ihm hätte merken sollen, dannenhero eines Tages, als er nebst andern Kavaliers und Dames zur Baronne von D.T. auf eine Abendmahlzeit invitiert worden, die eine Kammerfräulein von R. ihn auf eine besondere anmutige Art fragte, was doch immermehr schuld daran wäre, daß er niemals recht aufgeräumt zu sein schiene, sie wünschte so glücklich zu werden, etwas zu seinem Contentement beitragen zu können. Hiernächst wollte sie ihm im Vertrauen eröffnen, wie ihre gnädigste Herzogin schon vor einigen Tagen erwähnet, wie sie an ihm ein besonderes Anliegen verspürete und darbei gesagt hätte, ihr Kammerjunker müsse entweder an dem Orte, wo er in Diensten gestanden, etwas Liebes zurückgelassen oder allhier etwas haben, so ihn charmierte, oder aber mit der Gage nicht zufrieden sein. Anbei hätten Ihro Durchl. sich noch gnädigst verlauten lassen, daß seine guten Qualitäten wohl meritierten, daß ihm in den letztern zwei Punkten geholfen würde.

Elbenstein fand sich über dieses Gespräch einigermaßen betroffen, jedoch rekolligierte er sich alsobald und gab vor, daß nicht allein sein

Temperament dergleichen douce Aufführung mit sich brächte, sondern er hätte sich auch auf der letztern beschwerlichen Reise dergestalt strapaziert, daß er sich noch bis dato nicht vollkommen rekolligieren können. Da man ihn aber in andern Verdacht ziehen wollte, so könne er das gnädige Fräulein mit gehorsamsten Respekt versichern, wie er versichert wäre, daß, wenn eines von Ihro Durchl. erwähnten Stücken an seiner Aufführung schuld sein sollte, sowohl das gnädigste Erbieten Ihro Hochfürstl. Durchl. als auch der gnädigen Fräulein gütiger Wunsch capable sein würden, ihn in vollkommene Zufriedenheit zu setzen. Weilen er aber aller dreier Stücke halber sich unschuldig befände, so wollte er sich befleißigen, durch Gebrauch dienlicher Mittel sein Temperament zu korrigieren und sich ein munterer Wesen anzugewöhnen. Mittlerweile wurden die Speisen aufgesetzt, und kam er zwischen der Baronne von D.T. und ihrer Fräulein Tochter an der Tafel zu sitzen.

Diese war eine sonderbare Liebhaberin der deutschen Poesie, ließ sich also mit Elbensteinen dieserhalb in einen Diskurs ein, und da sie bemerkte, daß er ebenfalls ein starker Liebhaber davon wäre, indem er sehr wohl davon zu raisonieren wußte, so ersuchte sie ihn, ihr etwas von seinen poetischen Sachen zu kommunizieren, auch ihr öfters die Ehre seines Zuspruchs zu gönnen. Er machte dieserwegen ein verbindliches Kompliment und gab zu vernehmen, wie er es vor eine besondere Glückseligkeit schätzen würde, dero Befehlen ein Genüge zu leisten und bei solcher kostbaren Gelegenheit von ihrer unvergleichlichen Wissenschaft in diesem Scibili zu profitieren, anbei überlieferte er ihr einige Reime, die er selbiges Tages aus dem Französischen ins Deutsche übersetzt hatte und also lauten:

1
Erdrücke mich doch nur, du graßes Ungelücke,
Erzürnter Himmel, töte mich,
Zermalme mich nur jämmerlich,
Es ist doch auf der Welt nichts mehr, das mich erquicke.
Die Menge meiner Qual und Pein
Reißt mir Vernunft und Sinnen ein,
Vor mich muß lauter Marter sein.

2
Ich weiß ja gar nichts mehr von Lachen, Lust und Freuden,
Der Gram ergötzt mich nur allein,
Der Kummer ist mein Sonnenschein,
Mein mattes Herze fühlt ein immerwährend Leiden,

Weil alles mich zu fällen tracht.
Ich sehe nichts als lauter Nacht,
Da alles wettert, blitzt und kracht.

3
Es wüten immerzu die ungestümen Wellen
Und werfen mich bald her, bald hin.
Ach Grab! nach dir verlangt mein Sinn,
Du kannst den müden Leib allein zufriedenstellen,
Wenn er in dir so sanfte ruht,
Befreit von aller Unglückswut,
Von Sturme, Wetter, Flut und Glut.

4
Gewiß, ich gleiche recht dem sonst so stillen Meere,
Das dennoch bald ein Sturm bewegt,
Bis daß es große Wellen schlägt;
Da es doch vor sich selbst wohl gerne ruhig wäre,
Allein, so wird es aufgeschwellt,
Indem die Last bald steigt, bald fällt
Und lauter Wut vor Augen stellt.

5
Ich mag, wohin ich will, mich kehren oder wenden,
So kann ich keine Rettung sehn,
Mein Schiffgen muß noch untergehn,
Indem kein Hafen da, allwo es könnte länden;
Mein Schiff, das ohne Segel schwebt,
Stets schlenkert, stauchet, zittert, bebt,
Bis es sich in die Flut vergräbt.

6
Drum fließt nur immer, fließt, ihr heißen Jammerzähren,
Ihr Augen, zollt die Tränenflut
So lange, bis mein Herz und Mut
Euch weder Saft noch Kraft noch Nahrung kann gewähren;
Das falsche Glück verfolget mich,
Die Hoffnung selbst verlieret sich,
Drum komm, o Tod! ich bitte dich.

Die Baronne, ihre Frau Mutter, welche diese Übersetzung zugleich mit durchlesen hatte, sagte lächelnd: »Ich hätte nicht gemeint, daß sich der Herr von Elbenstein die Mühe geben können, etwas so Trauriges und

Gräßliches zu übersetzen; jedoch da ihm die Version in einer so traurigen Materie dergestalt wohl geraten, wäre ich curieus, etwas Lustigers oder Verliebtes zu sehn.« Elbenstein versetzte, daß eben dieser Autor etwas, so von einer verliebten Sehnsucht handelte, geschrieben, welches er ebenfalls vertiert hätte, und wenn Ihro Gn. es gütigst erlauben wollten, sollte sein Diener sogleich solches aus seinem Logis holen. Hierum ersuchten ihn nun nicht allein die Baronne nebst ihrem Fräulein, sondern auch die ganze Compagnie, indem sie vorgaben, daß der Inhalt nicht anders als charmant sein könne. Wie nun das Blatt gebracht worden, bat die Gesellschaft den von Elbenstein, es ohnbeschwert selbsten abzulesen, der sich zwar willig darzu finden ließ, jedoch vorhero nochmals versicherte, daß er von diesem Stück nicht der Inventor wäre, sondern das Original in französischer Sprache in der Liebes- und Lebensgeschicht des spanischen Kardinals Porto-Carero gefunden, als auf welchen der Autor diese Verse verfertiget hätte. Hierauf lase er folgendes her:

1

Liebreiche Nacht! anmutge Dunkelheit,
Verzeuch doch nicht, die Schatten herzuführen.
Der Sonnen mir verhaßte Helligkeit
Laß unter deinem Flore nicht mehr spüren;
Ein Engel sucht vermittelst deiner Gunst
Die süße Frucht vor sein und meine Brunst.

2

Mein Herze brennt, wie groß ist seine Pein?
Es stirbet fast, der Angst ist nichts zu gleichen.
Soll denn davor kein Trost zu finden sein?
Ach Tageslicht! willst du nicht einmal weichen,
Ei weich doch nur! du unglückseligs Licht,
Weil mir die Nacht mehr Süßigkeit verspricht.

3

Mein Engelskind! mein holdes Tausendschön!
Was werd ich nicht vor süßen Nektar schmecken,
Wird nicht mein Herz in vollen Freuden stehn,
Wenn es dir darf sein Innerstes entdecken?
Komm, schönes Schwarz, vertreibe Tag und Licht,
Mein schönstes Licht verlier ich dennoch nicht.

Die Fräulein von R. sahe ihn hierauf mit einem so charmanten Blicke an, daß er ihre Regungen leicht erraten konnte, und die Fräulein von

D.T. ersuchte ihn mit einer angenehmen Freiheit, daß er ihr von seinen eigenen Erfindungen doch etwas möchte sehen lassen, da ihm die Übersetzung anderer so wohl geraten wären.

Elbenstein, den der delikate Wein und das artige Wesen der sämtlichen Damen freier zu reden animierete, fragte mit einer schmeichlenden Art, von was vor einer Materie solche handeln, ob sie verliebt, lustig, traurig oder moralisch sein sollte. Die Fräul. von D.T. sahe ihn mit einer solchen Miene an, daraus er als ein erfahrener Practicus in Liebeshändeln schon ermessen konnte, wie seine Verse sollten eingerichtet sein; demnach sagte er etwas heimlich zu ihr: »Mein englisches Fräulein werden mir demnach erlauben, daß, wenn ich morgen meine Dichterei vornehmen werde, an Ihre anbetenswürdige Schönheit gedenken und solche zum Sujet meiner Poesie erkiesen darf. Ich flattiere mir, daß alsdenn die Einfälle und Penséen nicht anders als tendre und sinnreich sein werden, da das wunderschöne Sujet voller Esprit und höchst liebenswürdig ist.« »Ach!« gab hierauf das Fräulein zur Antwort, »der Herr von Elbenstein wird's wohl erfahren, daß, wenn er seine Gedanken auf die Betrachtung meiner schlechten Qualitäten wenden wird, wie schlecht und gezwungen seine Verse geraten werden. Jedoch«, fuhr sie fort, indem sie ihm die Hand sanfte drückte, »will ich es gern geschehen lassen, auch mich glücklich schätzen, wenn so ein qualifizierter und galanter Kavalier sich meinetwegen bemühen will, und die dafür schuldige Reconnaissance soll auf seiten meiner genau beobachtet werden.« Da fing nun die seiner geliebten Fräulein von L. allein gewidmete Liebe und Treue allmählich an zu wanken, ja als nach aufgehobener Tafel er mit der Fräul. von D.T. alleine reden konnte, machte er ihr so viel Karessen, daß das gute Fräul. seinen verliebten Anfällen nicht lange widerstehen konnte, sondern ihm sein Bitten gewährete, welches darinnen bestund, daß sie ihm erlauben möchte, ihren schönen Mund zu küssen; dieserwegen wollte er sich hinaus auf den Saal in den Erker verfügen und ihrer gütigen Gewährung seines inbrünstigen Wunsches daselbst im Dunkeln erwarten.

Es trug sich aber zu, daß ihre Frau Mutter sie zu sich rufte und mit ihr von ein und andern, so sie veranstalten sollte, über Vermuten etwas lange redete. Mittlerweile ging die Fräul. von R., um sich etwas abzukühlen, aus dem Gemache auf den Saal und an den Erker, allwo sich Elbenstein befand. Indem er nun diese vor das Fräulein von D.T. hielt, so umarmete und küssete er sie etlichemal aufs zärtlichste, sagte hierauf: »Morgen wird mein schönster Engel erfahren, wie angenehme Penséen meine Verse in sich halten werden.« Es ward ihm aber hierauf nicht geantwortet, vielmehr begab sich die Fräulein von R. eiligst von ihm hinweg, indem sie sich leicht einbilden konnte, daß diese Karessen einer andern zugedacht wären. Sie war auch kaum wieder bei der andern Gesellschaft angelanget, als sich die Fräulein von D.T. bei ihm einstellete und Elbensteinen um Vergebung bat, daß sie ihn so lange hätte warten lassen, zur Satisfaktion aber wegen des Verzugs wollte sie ihm dasjenige erstlich selbst geben, was sie sonsten von ihm erwarten wollen. Unter diesen Worten küssete sie ihn auf eine solche liebreizende Art, daß Elbenstein dadurch in die angenehmste Entzückung geriet und nach vielen gewechselten Küssen sich noch mehrerer Freiheit gebrauchen wollte, über welche unzeitige Verwegenheit aber sich das Fräul. von D.T. dergestalt alterierte, daß sie sich augenblicklich von ihm losriß und mit geschwinden Schritten eine Treppe hinunterlief. Wiewohl nun Elbenstein, als er wieder zur Compagnie kam, auch die Fräul. von D.T. bereits bei derselben wieder antraf, alle Gelegenheit suchte, seiner erzürnten Venus den begangenen Fehler oder Frevel abzubitten, so wollte sich selbige doch nicht fügen, und die Fräul. von D.T. führete sich, solange die Compagnie noch beisammen blieb, dergestalt spröde und kaltsinnig auf, daß er auf einmal alle Hoffnung verlor, seine Löffelei fortzusetzen. Inmittelst war er desto neugieriger auszukundschaften, wer diejenige gewesen, so er zuerst vor der Fräulein von D.T. Ankunft geküsset, und seiner changanten Art nach schlug er sich die spröde und kaltsinnige Fräul. von D.T. sogleich aus dem Sinne, ergötzte sich hingegen in sei nem Herzen über den angenehmen Irrtum, der ihm begegnet war. Endlich mahnete die Uhr die sämtliche Gesellschaft an, bei der Wohltäterin unter geziemender Danksagung sich zu beurlauben, dahero die Hofdames hierinnen den Anfang machten, und Elbenstein, als er die Fräul. von R. in den Wagen hub und um Vergebung bat, woferne er sich etwas zu frei aufgeführt hätte, bekam unter einem zärtlichen Händedrücken ganz leise von derselben zur Antwort: »Ich bitte gleichzeitig um Verzeihung, daß ich mich etwas zu frei aufgeführet und einer andern vorgefischt habe, jedoch ist es mir lieb, daß ich nunmehro nur weiß, daß der Herr von Elbenstein nicht so unempfindlich gegen das Frauenzimmer ist, als er sich bishero angestellet hat.«

Er ging demnach, weil er nunmehro gewiß wußte, wer ihm den Liebespossen gespielet, mit vergnügten Gesichte zurück in der Baronne Zimmer, um gleichfalls seinen Abschiedsreverenz zu machen, sobald auch solches geschehen, begab er sich nach seinem Quartiere, allwo er sich mit vergnügten Gedanken über die den vergangenen Tag über gehabten Liebesaventuren innigst ergötzte. Den darauffolgenden Morgen bekam er von seiner Herzogin Befehl, nach der Mittagstafel nach H. zu reuten und sie bei der daselbst regierenden Herzogin anzumelden, dahero, weil er lieber bei guter Zeit als zu späte in H. sein, auch seine Pferde nicht übernehmen wollte, er in sein Logis zurück ging und seinem Diener befahl, ihm etwas von Speisen, ob es gleich auch nur kalte Küche wäre, von dem fürstl. Mundkoche zu langen.

Der Diener berichtete ihm bei seiner Zurückkunft, daß die Fräulein von D.T. im Begriff wäre, zu ihrer Frau Muhme, der Frau von B., nach Hh. zu fahren. Weil nun Elbenstein wußte, daß die Straße dahin vor seinem Quartiere vorbeiginge, als setzte er sich mit seinem Essen an das aufgemachte Fenster, da denn kurze Zeit darauf die Fräulein von D.T. gefahren kam, und als sie den von Elbenstein, welcher ihr mit verstellten traurigen Gesichte die Reverenz machte, erblickte, nahm sie das an der Brust steckende und aus weißen Lilien und Jesmin bestehende Bouquet und schickte solches durch ihren Laquais dem von Elbenstein, nebst dem Vermelden, daß weil sie gestern von ihm erfahren und gemerkt hätte, wie er ein besonderer Liebhaber der Blumen, vornehmlich aber der Lilien sei, so wollte sie ihm hiermit von dergleichen ein Présent machen, wünschte anbei so glücklich zu sein, ihn zu Hh. zu sehen und nur eine Viertelstunde mit ihm zu sprechen. Elbenstein ließ nebst Vermeldung seines gehorsamsten Respekts der Fräulein zurücksagen, wie er verhoffte, sie in einer halben Stunde einzuholen und seinen gehorsamsten Dank vor das höchst angenehme Présent persönlich abzustatten.

Unterdessen hatte er zwar keine Zeit gehabt, die versprochenen Verse zu machen, zu allem Glück aber fielen ihm etliche bei, die er schon vor einiger Zeit verfertiget, so aber niemand sonst bekannt waren. Er hielt davor, daß sie sich bei der jetzigen Aventure ebenfalls wohl anbringen ließen, schrieb sie derowegen neu ab, und lauteten dieselben also:

1
Ach, warum ändert doch der Himmel meiner Liebe
Nun auf einmal den heitern Freudenschein?
Ach! welche Wolke macht ihn jetzt so plötzlich trübe?
Was muß doch wohl hieran die Ursach sein?
Ich bin mir nichts Verdammliches bewußt,
Kein Falschheitsgift beflecket meine Brust.

2

Mein Schiffgen ladet ja sonst keine andern Waren,
Als die mir selbst die Liebe hat erlaubt.
Von mir soll nimmermehr ein Sterblicher erfahren,
Daß Geilheits Mumien ich je geraubt;
Gleichwohl straft mich die Liebe solchen gleich,
Die ihren Fuß gesetzt ins Lasterreich.

3

So mußt du denn nunmehr, mein armes Herze, stranden
Auf Klippen, die ein kalter Sinn gemacht.
Kein Hoffnungsanker ist vor dieses Mal vorhanden,
Ein Liebessturm hat dich in Not gebracht,
Ist's nicht zu scharf? der Venus strenge Wut
Benimmt mir jetzt Trost, Freude, Lust und Mut.

4

Nun denn mein Geist! bleib nur auf deinen Trauerklippen,
Da deine Lust im wilden Meere schwimmt,
Bis deine Göttin dich mit tröstungsvollen Lippen
Besänftigt und in ihren Schoß aufnimmt,
Denn klage ihr bei wiederholtem Kuß,
Wie Redlichkeit unschuldig leiden muß.

Inzwischen nun, da die Pferde fertig gemacht wurden, kleidete er sich propre an, sobald er aber vor die Stadt kam und der Fräulein Wagen annoch erblickte, folgte er demselben in vollen Galopp, welchen er endlich nach Verlauf einer halben Stunde einholete, weil die Fräulein dem Kutscher unter dem Vorwande, daß sie ein wenig schlafen wollte, langsam zu fahren befohlen hatte. Der Laquais, welcher Elbensteinen gleich er kannte, meldete solches der Fräulein alsobald an, worüber sie in ihrem Herzen eine ungemeine Freude empfand. Als nun Elbenstein nach abgelegten Kompliment derselben die Verse zum Wagen hineingereicht und sie solche gelesen hatte, ersuchte sie ihn, daß er belieben möchte, ihr bis nach Hh. das Geleite zu geben, auch, um die Zeit mit angenehmen Gesprächen zu vertreiben, sich zu ihr in den Wagen zu setzen. Dieser ließ sich nicht zweimal nötigen, sondern stieg vom Pferde ab, gab solches seinem Diener an die Hand und setzte sich zur Fräulein in den Wagen, deren erste Worte waren: »Ihre Verse, mein wertester Herr von Elbenstein, haben völlige Approbation bei mir gefunden; davor sollen Sie auch die Erlaubnis haben, auf die in Ihrer Ode beschriebene Art mir Ihre Not zu klagen«, mit welchen Worten sie ihren Arm ganz entzückt um ihn herum schlug und ihren Kopf an seine Brust legte.

Die darauf erfolgte verliebte Tändeleien, so sie miteinander vornahmen, sind unnötig zu beschreiben, sondern man will nur melden, daß Elbenstein der Fräulein versprechen müssen, diesen Abend noch von H. zurückzukehren und die Nacht über bei ihrer Frau Muhme und Herrn Vetter zu verbleiben, welches er ihr unter vielen Tenderküssen versprach, auch um desto eher wieder aufbrechen zu können, vor Hh. sich wieder zu Pferde setzte und den nächsten Weg nach H. nahm, allwo die dasige Herzogin an seine Prinzipalin wieder zurückschrieb und selbige ersuchte, ihr ohnmaßgeblich übermorgen auf dem halben Wege zu T. die Ehre ihres höchst angenehmen Zuspruchs zu gönnen und ihre Reise also zu veranstalten, daß sie im Mittage daselbst eintreffen könnte. Ebendieses sagte sie Elbensteinen auch, mahnete ihn zugleich an, daß er den Aufbruch von M. also ordinieren möchte, damit sie mittags in gemeldten Orte sein könnten, welches denn leichtlich möglich zu machen, indem beide Örter nur drei Stunden voneinander lagen. Indem nun Elbenstein solchergestalt seine Abfertigung erhalten, auch seine Pferde unter der Zeit wohl gefüttert waren, und ihm von den Herren Kavalieren etliche Gläser Wein waren zugetrunken worden, weiln er allen andern Traktamenten depreziert hatte, nahm er seine Rückreise wieder nach Hh., schickte aber aus einem eine Stunde von Hh. gelegenen Dorfe einen sichern Expressen mit der Herzogin von H. Schreiben an seine Prinzipalin nach M. und berichtete anbei, daß ihm eine plötzliche Unpäßlichkeit unterweges zugestoßen, welches Ursach wäre, daß er das von der Herzogin zu H. Hochfürstl. Durchl. ihm anvertraute Schreiben nicht selbst gehorsamst überreichen können, sondern unterwegs bleiben müssen; jedoch weil es nur ein Anstoß von der Colica, hoffe er morgen mittags in M. zu sein und seine untertänigste Relation mündlich abzustatten. Hiermit befahl er dem Boten, soviel als möglich zu eilen, damit die Herzogin die Briefe noch zu lesen bekäme, ehe sie zur Ruhe ginge, er aber eilete, sobald der Bote fort war, ebenfalls so schnell als möglich nach Hh. zu, allwo er mit Untergang der Sonnen anlangete und sowohl von dem Herrn B. als dessen Gemahlin sehr höflich empfangen ward.

Weiln nun der Obristlieutnant von R. und seine Gemahlin, ingleichen zwei Fräul. von R. und zwei junge Kavaliers des Geschlechts von K. bereits daselbst eingesprochen, so hatte Elbenstein mittlerweile, da diese Gäste in dem daranliegenden Garten die Abendmahlzeit bei der angenehmen Abendluft in einer wohlangelegten Grotte einnehmen wollten, Gelegenheit, die schöne Fräul. von D.T., wiewohl auf eine sehr kurze Zeit, in ihrem Gemache zu sprechen, da sie denn viele Küsse wechselten, worbei das Fräulein immer die zwei letztern Zeilen aus seiner von ihm empfangenen Ode wiederholete: Da klage ihr bei wiederholten Kuß, wie Redlichkeit unschuldig leiden muß. Da aber der Wohlstand erforderte, sich zur Gesellschaft zu begeben, nahmen sie ihren Weg durch eine Scheune, aus welcher man sogleich in den Garten kommen konnte, und verfügten sich in eine Mooshütte, welche der Grotte, worinnen gespeiset werden sollte, gerade gegenüber lag, fingen hieselbst ihre Löffelei von neuen wieder an, dabei sogar auch die Hände nicht müßig waren, ja die Vertraulichkeit wurde endlich so groß, daß, ob es gleich die Tugend und Ehrbarkeit verbote, die von des veränderlichen Elbensteins Schmeicheleien und Karessen gleichsam bezauberte Fräulein ihm dennoch eine nächtliche Visite in ihrem Zimmer zu verstatten, mithin die Türe nicht zuzuschließen, sondern nur anzulehnen versprach. Wie er nun als ein fürstl. Bedienter ein propres Zimmer, welches sehr nahe an der Fräul. von D.T. ihrem angelegen, einbekommen hatte, so machten sie sich die süße Hoffnung, daß die nächtliche Zusammenkunft ganz fein angehen könnte und würde.

Nachdem dieses alles verabredet, gingen sie zur andern Compagnie und setzten sich bald hernach unter selbiger zur Tafel, sobald selbige abgehoben, wendete Elbenstein wegen getaner Reise große Müdigkeit vor, nahm derowegen von der Compagnie unter dem Vorwande, daß er morgen mit dem allerfrühesten aufbrechen müßte, sogleich Abschied und begab sich in das ihm angewiesene Zimmer. Die andern Gäste blieben noch bis Mitternacht in der Grotte, spieleten und trunken von dem delikaten Weine, welchen der Herr von B. selbsten im Überflusse im Keller hatte; die Fräul. von D.T. aber machte sich unter dem Vorwande, daß ihr die heutige Sonnenhitze starke Kopfschmerzen zugezogen, auch bald aus dem Staube. Sobald nun Elbenstein merkte, daß im ganzen Hause alles ruhig und stille war, schlich er sich ganz leise in der Fräulein Zimmer, was sie aber daselbst miteinander ferner verabredet, ist nicht eigentlich zu melden, man hat auch nicht gehöret, daß sich auf seiten der Fräul. etwas geäußert, so einen unglückseligen Verräter dieser nächtlichen Visite abgegeben hätte oder ihr sonsten einigen Verdruß zuziehen mögen, außer diesen, daß die Elbensteinen verstattete Freiheit ihm nachmals einen solchen Ekel vor dieses sonst recht liebenswürdigen Fräuleins Person verursachte, daß er nach der Zeit auf alle nur ersinnliche Art und Weise jederzeit die Gelegenheit vermiedene, mit ihr zu konversieren, worüber das gute Kind unter ernstlicher und unaufhörlicher Bereuung ihrer Leichtsinnigkeit unzähliche Tränen vergossen, welches er aber, als ein rechter

Wetterhahn im Lieben, sich wenig oder gar nicht zu Herzen gehen ließe, hergegen leichtsinniger- und irraisonnablerweise sich über ihre Einfalt mokierte, nunmehro aber neugierig war, sein Liebsglück und Verhängnis bei der Fräul. von R. zu erfahren. Dannenhero er, als er in Hh. ziemlich früh von dem Herrn von B., weil die andern alle noch schliefen, ordentlichen Abschied genommen und sich vor alle erwiesene Höflichkeit und Güte hofmäßig bedankt, sich zu Pferde setzte und zu rechter Zeit in M. anlangete.

Er stattete noch vor der Tafel seinen mündlichen untertänigsten Bericht bei seiner Herzogin ab, und dieselbe gab in besonders gnädigen Terminis zu vernehmen, wie sie in allen Stücken mit seiner Aufführung sehr wohl zufrieden wäre. Allein Elbenstein war ein Schalk, denn da er heraus ins Vorgemach kam und wohl wußte, daß die beiden Kammerfräuleins von K. und Z. bald durchpassieren müßten, setzte er sich auf einen am Fenster stehenden Lehnestuhl, legte den Kopf rückwärts und stellete sich, als ob ihm eine Ohnmacht oder Steckfluß befiele, spielete auch diesen Streich dergestalt witzig, daß es der allerklügste Medicus hätte glauben müssen. Die beiden Fräuleins trafen ihn also in diesem Zustande an, fragten, was ihm fehlete, da er aber die Augen im Kopfe verdrehete und ein Zeichen gab, daß er nicht antworten könnte, lief die Fräul. von Z. sogleich zur Herzogin ins Zimmer, um aus dero Apothekgen, welches jederzeit in Bereitschaft stunde, einen herzstärkenden Spiritum zu langen; da ihm inzwischen die Fräulein von R. ein mit Schlagbalsam angefülltes Büchselein vor die Nase hielt, seine Schläfe und Pulse an den Armen mit diesem Balsam salbete und ihm zu allem Überfluß drei derbe Küsse auf den Mund versetzte. Diese letztere kräftige Medizin würkte so viel, daß der chicanierende Elbenstein plötzlich die Augen aufschlug, der Fräul. von R. sanfte die Hand druckte und mit schwacher Stimme sagte: »Ach mein Engel!« Ihre gleich falls ganz leise Antwort war: »Ach mein wertester Elbenstein!«

Indem brachte die Fräul. von Z. den Spiritum, von welchen die Fräulein von R. etwas auf ein in ihr Schnupftuch gemachtes Knötgen goß, auch seine Stirne, Schläfe und Hände damit bestrich, jedoch es schien dennoch, als ob die Lebensgeister nicht so bald zurückkehren wollten; demnach bezeugte die durchl. Herzogin in eigener hoher Person das gnädige Mitleiden gegen ihm, daß sie selbst aus ihrem Gemach heraustrat und ihm eine Schale voll Arzenei brachte, welche er austrinken mußte. Er fand sich oder stellete sich vielmehr hierdurch auf einmal erquickt, dankte in schuldigster Devotion vor die gnädigste Vorsorge, welche Ihro Durchl. vor dero untertänigsten Knecht gehabt;

worauf die Herzogin befahl, daß er in ein bequemes Zimmer gebracht und aufs beste verpflegt werden sollte, trug auch den beiden Fräuleins auf, fleißige Nachfrage nach ihm tun zu lassen. Der verstellte Patient ließ sich des andern Morgens vernehmen, wie er sich völlig restituiert befände, allein die Herzogin ließ ihm sagen, wo er vermerkte, daß sein Malheur noch nicht völlig vorbei, könne er immer zu Hause bleiben und seine völlige Gesundheit abwarten; daferne er aber ja im Stande, in ihrer Suite mit nach H. zu gehen, solle er bis vor die Stadt mit in der Fräulein Kutsche fahren, um seine Gesundheit desto besser zu menagieren. Elbenstein ließ sich nochmals untertänigst, und zwar durch das Fräul. von R., vor die ihm erzeigte besondere Gnade bedanken und um Erlaubnis bitten, daß er sich in sein Logis begeben dürfte, um sich reisefertig zu machen, weil er sicherlich glaubte, daß sich sein ganzes Malheur durch die empfangenen köstlichen Medicamenta gänzlich verloren hätte.

Da aber sein Bedienter und der Fräulein Aufwärterin sich aus dem Zimmer begeben hatten, stattete er der schönen Fräul. von R. die verbindlichste Danksagung vor ihre gehabte Mühe und Vorsorge ab und beteurete dabei, daß eines solchen englischen Fräuleins gütiges Mitleiden und persönl. geleistete Hülfe ihn am meisten gestärkt und das Leben erhalten hätte. »Ach! mein wertester Elbenstein«, antwortete das Fräulein, »könnten Sie nur in mein Herze sehen, so würden Sie von meiner gegen Sie hegenden aufrichtigen und unverfälschten Neigung die vollkommenste Versicherung finden.« Nach diesen Worten nahete er sich ihr in einer Ecke des Erkers, und als er sie auf die verliebteste Art etlichemal geküsset, welches die Fräulein aus gütiger Erkenntlichkeit auf gleiche Art wieder vergalt; ja sie ließen ihren Affekten nach in etwas weiter den Zügel schießen, bis sie endlich von den ankommenden Bedienten in der Hauptsache gestöret wurden, worbei keine Partei sagen konnte, daß sie etwas gewonnen oder verloren hätte.

Etwa eine Stunde hernach, als das Fräulein von ihm Abschied genommen hatte, kam ein herzogl. Kutscher und meldete, wie der Wagen bereits angespannet wäre, um den Herrn von Elbenstein in sein Logis zu führen. Er hielt sich demnach nicht lange mehr auf, sondern fuhr fort. Sobald er aber in seinem Logis angelanget war und seine Wirtin die ihm auf dem Schlosse zugestoßene Unpäßlichkeit erfuhr, schickte sie ihre älteste Tochter hinauf zu ihm in sein Zimmer, allwo ihm dieselbe im Schlafrocke auf dem Bette liegend antraf. Sie bezeugte sowohl im Namen ihrer Mutter als vor sich selbst ein herzliches Mitleiden wegen des ihm zugestoßenen Unfalls, und zwar auf eine so bewegliche Art und in obliganten Terminis, daß Elbenstein gleich urteilen konnte, wie von seiten der Mutter eine mitleidige Vorsorge, von seiten der Tochter aber die Liebe an dieser Besuchung teilhabe. Weil nun Elbenstein vorwitzig war und probieren wollte, wie weit er es bei diesem wohlgewachsenen, mit ein paar schönen schwarzen Augen, küssenswerten Lippen und rot mit weiß vermischten angenehmen Antlitze von der gütigen Natur begabten Frauenzimmer bringen könne, so ersuchte er sie, nach vorher abgestatteter Danksagung vor die gütige Vorsorge, sich bei seinem Bette ein wenig niederzulassen, bis sein Diener das Essen vom Schlosse gebracht hätte. Sie gehorsamete ganz willig und bat, nur zu befehlen, worinnen sie ihm dienen könne. Elbenstein druckte ihr die Hand und sagte zugleich, daß ein solches charmantes Frauenzimmer, wie sie wäre, das meiste zu seiner Genesung kontribuieren könne, dahero er jetzo erfahren wollte, ob sie gütig oder hart mit ihm zu verfahren gewillet sei, unter welchen Worten er sie zärtlich umarmete und auf den weichen Rosen ihrer Lippen etliche Küsse anbrachte. Sie sahe ihn mit gleichsam schmachtenden Blicken an, und unter einem oft wiederholten Ach! vergönnete sie ihm nicht allein viele Liebesfreiheiten, sondern forderte ihn endlich durch etliche hitzige Küsse, so ihre zarten Lippen mit der schönsten und einer recht bezaubernden Geschicklichkeit anzubringen wußten, zu noch etwas Ernsthafftern heraus, und Elbenstein, welcher nicht gewohnt war, zu dergleichen verliebten Bravaden lange stille zu sitzen, machte sich schon fertig, als die zur Treppe herauf kommende Mutter, welcher ein schwindsüchtiger Husten anstatt des Furiers vorlief, alles verstörete und dieses vorseiende Duell unterbrach, man konnte aber aus denen erröteten Wangen, funkelnden Augen und in Unordnung gebrachten Haaren sattsam urteilen, daß die Keuschheit bei beiden in größter Gefahr gewesen wäre. Weil aber die gute Mutter erstlich haußen vor der Stube auf dem Saale etwas verschnauben und recht aushusten wollte, gewann sowohl die schöne Gratiana als auch Elbenstein Zeit und Raum, sich zu rekolligieren und alles wieder in ziemliche Ordnung zu bringen.

Gratiana nahm ein leeres Glas in die Hand, ging heraus auf den Saal, eilete aber nach der etwas dunkeln Treppe zu und fragte die mit dem trockenen Husten sich noch katzbalgende Mutter, wo der Kellerschlüssel wäre, indem der gnädige Herr einen Trunk von ihrem Hausbiere verlangete, und da sie solches erfahren, eilete sie vollends die Treppe hinunter in den kühlen Keller, allwo sie die verdächtige übrige Röte vollends verlor. Elbenstein war über diese mit der artigen Gratiana so geschwind gemachte Liebeskundschaft dergestalt vergnügt, daß er die folgende Arie verfertigte:

1

Unvergleichlich schönes Wunder!
Harter Herzen Liebeszunder!
Deiner Anmut Glanz und Schein
Macht die Liebe selbst verliebet;
Der ist härter als ein Stein,
Der sich dir nicht ganz ergibet.

2

Meine Freiheit ging verloren
In dem Kampf mit zweien Mohren.
Seh ich deine Augen an,
So hab ich schon die gefunden,
Die mir Fesseln angetan
Und mich völlig überwunden.

3

Doch ich will gefangen leben
Und der Freiheit mich begeben;
Meine Ketten sind so schön,
Daß sie allen Freiheitsschätzen
Nicht nur an der Seite stehn,
Sondern mich weit mehr ergötzen.

Als nun endlich aber Gratiana mit dem Biere heraufkam und ihr langes Außenbleiben damit entschuldigte, daß sie erstlich nicht sogleich den Kellerschlüssel finden und vors andere auch kein Licht bekommen können, indem die Magd die Küche zugeschlossen und den Schlüssel zu sich gesteckt hätte, als sie von der andern Schwester verschickt worden, ging die alte Mutter zugleich mit in die Stube, und weil der Diener zu gleicher Zeit das Essen vom Schlosse brachte, nahm sich Gratiana die Mühe selbst, solches zu wärmen und aufzutragen. Elbenstein ersuchte Mutter und Tochter mit zu speisen, welches sie endlich nach einigen Weigern eingingen, unterdessen ließ er bei dem Italiäner etliche Bouteillen Frontignac langen, welcher bei seinen Gästen den gewünschten Effekt tat, denn die Mutter, welche nur ein einziges Gläsgen zuviel getrunken hatte, hielt vors ratsamste, sich in die Unterstube zu begeben, um ein wenig zu ruhen. Gratiana hingegen, weil sie vollends vom Weine erhitzt war, erlaubte Elbensteinen alle Freiheiten, deren er sich bei ihr gebrauchte; jedoch dieser ging sehr behutsam, und zwar aus Furcht, damit er nicht etwa von einem kleinen Zeugen ihrer Liebespossen dereinsten überführt werden möchte.

Tages darauf reisete die Herzogin nach T., da unterwegs Elbenstein, weil die Fräulein von Z. sich zur Herzogin in die Kutsche setzen müssen, mit der angenehmen Fräulein von R. vertraulich zu sprechen und sich in Küssen zu ergötzen die schönste Gelegenheit hatte. Mit solchen Beschäftigungen ward die Zeit auf beiden Seiten höchst vergnügt zugebracht, welches Vergnügen bei Erblickung der Stadt T. zwar auf kurze Zeit unterbrochen wurde; doch hatten sie den Trost und Hoffnung, bald wiederum Gelegenheit zu finden, ihr Liebesspiel ungehindert fortzusetzen, weswegen sie beiderseits ein munteres und lustiges Wesen an sich nahmen, mithin außer dem Verdachte blieben, daß sie genauer miteinander bekannt wären.

Bei solchen wollüstigen Ausschweifungen gedachte Elbenstein wenig oder gar nicht an seine getreue und von der Sehnsucht gequälte Fräul. von L., traf also das Sprichwort: Aus den Augen, aus dem Sinne, bei ihm am ersten und besten ein.

Allein nunmehro konnte die Gerechtigkeit des Himmels dieses unbeständigen Wetterhahns strafbare Untreue und Unbeständigkeit nicht länger ungestraft lassen, dahero schickte sie ihm ein und andere Unglücksfälle zu, worunter auch dieser mit begriffen war: daß ihm sein bestes Pferd, so 150 Reichstaler gekostet, jählings umfiel. Dieser und andere dergleichen Unglücksfälle waren sozusagen nur die Vorläufer weit größerer und härterer Züchtigungen, die ihm sein Gewissen als wohlverdiente Strafen nunmehro zu erkennen gab. Die tägliche Konversation aber mit der charmanten Gratiana und die tendren Karessen, so er täglich von der liebenswürdigen Fräulein von R. genoß, benebelten gleichsam seinen Verstand und gesunde Vernunft, so daß er seine Buhlschaftssünden und Verbrechen nicht eher bereuete und erkannte, bis die Unglückswetter ihn sozusagen auf allen Seiten bestürmeten. Denn als die Fräulein von R. sich endlich überzeugt sahe, daß ihre auf eine ehrliche Verbindung abzielende Liebe und Treue bloß mit einer schnöden Löffelei belohnet werden sollte und sie nur immer von einer Zeit zur andern bei der Nase herumgeführet wurde, auch Wind bekam, daß Elbenstein mit Gratianen, als seiner Wirtin Tochter, ebenso vertraut, ja wohl noch vertrauter und verliebter als mit ihr umginge, ließ sie sich das darüber empfundene Betrübnis und Kummer dergestalt einnehmen, daß jedermann und sonderlich die Herzogin ihre Gemütskrankheit gar leicht wahrnehmen und erkennen konnte. Weiln nun die Herzogin dieses artige Fräulein wegen ihrer besondern Qualitäten und trefflichen Verstandes sonderlich werthielt, als melierte sie sich, nachdem sie das zwischen der Fräul. von R. und Elbensteinen angesponnene Liebeskommerzium in Erfahrung gebracht, selbsten in diese Affäre und bemühete sich, diese beiden Personen durch das Band der Ehe zu vereinigen, dahero sie eines Tages, als sie sich auf ihrem Leibgedinge zu W. im Garten divertierte, Elbensteinen in besonders gnädigen Terminis zu verstehen gab, wie es ihr nicht mißfällig sein würde, wenn er sich mit ihrer Kammerfräul. der von R. in ein ehrliches Verbindnis einließe, indem sie angemerkt, daß beide einander wohl leiden möchten; worbei sich die durchl. Herzogin ferner erkläre, alles, was zu beiderseits Vergnügen und Wohlsein gereichen könnte, gnädig beizutragen, und wollte sie ihm hiermit nebst der Amtshauptmannsstelle zu S. auch die Oberhofmeister-Charge versprochen haben, weil ihr bisheriger Oberhofmeister bei ihrem Herrn Vater Kammerpräsident werden sollte. Sie, die noch jetzige Fräul. von R., sollte bei ihren Prinzessinnen Hofmeisterin sein und beiderseits ihre Wohnung auf dem Schlosse haben.

Elbenstein wurde nicht wenig über den freien An-und Vortrag der Fürstin bestürzt, und weil die seiner getreuen L. geschworne Treue, welche bishero eine Zeitlang durch eine tadelhafte und strafwürdige Liebe ins Exilium vertrieben gewesen, bei dieser Begebenheit plötzlich zurückkam, so konnte er seiner (ausgenommen in Liebeshändeln) beiwohnenden Redlich-und Aufrichtigkeit nach nicht anders, als der Herzogin offenherzig und aufrichtig bekennen, wie daß er schon seit zweien Jahren her sein Herz und Treue der Baronne von L. verpflichtet hätte, dannenhero er herzlich bedaurte, daß er dieses sonderbaren Glücks und hoher Gnade nicht fähig sein könnte. Hierbei dankte er Ihro Hochfürstl. Durchl. vor die gnädige Vorsorge ganz untertänigst, bat anbei, dieses sein freies Bekenntnis nicht in Ungnaden zu vermerken, sondern fernerweit seine gnädige Herzogin zu verbleiben.

Die Herzogin wurde durch Elbensteins Antwort, welche ihr so unvermutet kam, ungemein verbittert, sie sahe ihn mit einem ernsthaften Blicke an und sagte: »So sollte man auch ehrlicher Leute Kinder nicht so leichtfertigerweise mit allerhand Schmeicheleien bei der Nase herumführen und ihnen vergebliche Hoffnung machen.« Hiermit wendete sich die Herzogin von ihm hinweg, ging in ein Gartenhaus, worinnen sich die Fräul. von R. befand, und schloß die Tür hinter sich zu. Bei so gestalten Sachen merkte Elbenstein gar leicht, daß sich sein Glücksrad bald verdrehen und sein Wohlstand sich zu Grunde neigen würde. Da es nun heißet: *Nulla calamitas sola,*

Kein Unglück kömmt allein,
Es will begleitet sein,

also erfolgte den andern Tag darauf eine neue Widerwärtigkeit. Es hatte nehmlich der Fräul. von R. älteste Schwester sich mit dem Forstmeister B. ehrlich versprochen. Dieser nahm teil an der Beschimpfung, so Elbenstein der Schwester seiner Liebsten erwiesen, suchte derowegen auf alle Art und Weise Gelegenheit, sich an ihm zu reiben. Er fand dieselbe endlich und schalt Elbensteinen in Gegenwart des Erbprinzens und der andern Kavaliers vor einen nichtswürdigen Kerl, welcher Affront Elbensteinen dermaßen aus aller Contenance brachte, daß er des Respekts gegen Ihro Durchl. vergaß und in dero Zimmer dem von B. eine solche derbe Maulschelle gab, daß er sich um und um drehete. Da nun solchergestalt alle beide sich gewaltig vergangen und zugleich den Burgfrieden violiert hatten, so wurde einem jeden in seinem Quartiere eine Soldatenwacht gesetzt.

Elbenstein vertrieb seine Zeit mit Büchern und der Poesie, unter andern machte er damals folgende

Aria:

1

Ach schmerzliches Lieben und flüchtiges Glücke!
Ihr seid es, die mich jetzt so kirre gemacht.
Im Anfang gabt ihr mir sehr liebliche Blicke,
Nun werd ich von beiden so schnöde veracht.
Ach! Liebe und Glücke, wie steckt ihr voll Tücke?
Ihr habt mich, ach leider! zu Falle gebracht.

2

Ach Stunden! wo seid ihr? ja leider! verschwunden,
Allwo ich in einem recht englischen Schoß
Sehr öfters so süßes Entzücken gefunden,
Indem mich der Himmel der Wollust umschloß,
Da mich der Cupido so lange gebunden,
Bis daß mir vor Anmut die Seele entfloß.

3

Was ganz vor unmöglich sonst wurde betrachtet,
Das ward mir durch Hülfe der Liebe ganz leicht,
Worüber ein Herkules wäre verschmachtet,
Das hab ich durch Hülfe des Glückes erreicht.
Ach! aber nun werd ich von beiden verachtet;
Drum schaut doch! wie Liebe und Glücke betreugt.

Mittlerweile wurden sowohl Elbenstein als B. jeder von seiner Charge auf sechs Wochen suspendiert. Weil aber B. gleich acht Tage darauf wieder nach Hofe kommen und seine Funktion verrichten durfte, Elbensteinen hingegen dergleichen nicht widerfuhr, so entschloß er sich, nachdem er erstlich mit dem von B. als seinem Kontrapart seine Sache durch ein ordentliches Duell auf der W.-Grenze ausgemacht, seine Dimission an selbigem Hofe zu fordern, indem er deutlich spüren konnte, daß sich die durchl. Herzogin ganz kaltsinnig und ernsthaft, kurz zu sagen, ungnädig gegen ihn erzeigte. Es kam ihn bei so gestalten Sachen die Lust an, mit obgedachten durchl. Erbprinzen, bei welchem er wegen des vor seine hohe Person nicht beobachteten Respekts untertänigst depreziert und Pardon erhalten hatte, mit in die Kampagne nach Brabant zu gehen.

Die ohne einzige Diffikultät darzu erhaltene Einwilligung gab ihm sattsam zu verstehen, daß man ihn gerne los sein wollte, worüber er sich aber als ein Fladdergeist wenigen Kummer machte, indem er einen wohlgespickten Beutel und standesmäßige Equipage hatte, über dieses wußte, daß er sich von dem variablen Gemüte dieser Fürstin niemals weder beständige Gnade noch Dienste versprechen könnte, da dieselbe mit ihren Bedienten gar zu öfters zu changieren gewohnt war und diejenigen, denen sie wenig Stunden vorher alle Gnadenzeichen erkennen lassen, wegen Klatscherei einer geringen Waschmagd oder einer verlogenen Kammerfrau und anderer dergleichen Postenträger und Beiläufer sogleich auf den Platz mit dem Abschiede zu regalieren pflegte.

Ein französischer Refugié, welcher an diesem Hofe in Diensten stund, schrieb dieses Sentiment an einen seiner guten Freunde in französischer Sprache, welches man aber nur ins Deutsche vertiert anhero setzen will:

›Übrigens lebt man allhier in kontinuierlicher Unruhe, und wie die Sonne selbsten ihre Gebrechen und Flecken hat, also mögen hohe Personen eben nicht gerühmet werden, als wenn sie eine unvergleichliche Vollkommenheit besäßen. Man gibt der Canaille gar zuviel Gehör und glaubt einer klatschhaften Kammerfrau oder andern lüderlichen Dirne alles, was sie sagen, welche doch nicht wert sind, von so hohen Standespersonen angesehen zu werden. Bisweilen ist man gar zu leichtgläubig und bisweilen gar zu argwöhnisch. Man liebt die Neuerung und vergisset leichtlich der guten und getreuen Dienste. Der Geistlichkeit läßt man, ich weiß nicht aus was vor Ursachen, gar zu sehr den Zügel schießen, welches ein erschreckliches Unheil verursachet. Schlüßlich will man vor sehr gerecht gehalten und ästimiert sein, ohne denen, die es bedürfen, Recht widerfahren zu lassen‹ etc.

Demnach reisete Elbenstein ganz getrost und vergnügt von diesem Hofe ab, indem er ein solches Humeur hatte, das sich bald fassen konnte, er ließ sich auch der Fräul. von R. Tränen und kläglich Tun um soviel weniger zu Herzen gehen, je mehr sie an der von der Herzogin auf ihn geworfenen Ungnade teilhatte, und zwar durch ihre unbedachtsame Offenherzigkeit und unzeitiges Verlangen, Elbensteinen in das Garn des Ehestandes zu ziehen. Die angenehme Gratiana aber verließ er nicht ohne Wehmut und schrieb derselben zu guter Letzt unter tausend Küssen in ihr Liederbuch folgende *Aria:*

1

Vergiß mein nicht! mein holdes Tausendschön,
Dies will ich dir zum Angedenken schenken.
Mein Schicksal heißt mich ferne von dir gehn,
Es ist umsonst, den strengen Schluß zu lenken,
Es muß so sein, drum bitt ich dich, mein Licht,
Vergiß mein nicht.

2

Vergiß mein nicht! mein Tausendschön, mein Licht!
Vergiß mein nicht! Magneten ziehn das Eisen.
Vergiß mein nicht! Ach ja! Vergiß mein nicht,
Vergiß mein nicht! muß ich gleich von dir reisen;
Vergiß mein nicht, mein Tausendschön, mein Licht!
Vergiß mein nicht.

Die artige Gratiana war in ihrer Liebe so bescheiden, klug und heimlich gewesen und hatte diejenigen freien Handlungen, so zwischen ihr und Elbenstein bei Nachte vorgegangen, dergestalt geschicklich verborgen, daß zwar jedermann ihrer Schönheit wegen glauben konnte, daß dieser Kavalier ein Auge auf sie hätte, durch ihre Modestie aber von allen wollüstigen Ansinnen zurückgehalten wurde, derowegen bliebe sie bei den allermeisten Leuten in besondern Kredite, als ob sie zwar höflich und freundlich mit Mannespersonen umgehen könnte, darbei aber ihre

Ehre zu konservieren wüßte. Allein, wie der äußerliche Schein gemeiniglich zu betrügen pflegt, so war es auch hier mit der Gratiana beschaffen. Unterdessen setzte ihr Elbenstein noch folgende Reimzeilen zum Angedenken auf:

1

Mein Schicksal, dem ich nicht kann widerstreben,
Heißt mich im Lieben heimlich sein,
Drum geb ich mich geduldig drein,
Gewohnheit lehrt auch Sklaven ruhig leben.
Mein Engel weiß, ob gleich der Mund nicht ächzet,
Daß bloß nach ihm mein brennend Herze lechzet.

2

Verhöhl' ich gleich die rosensüße Lüste,
Die deine Anmut auf mich streut,
Mit strenger Eingezogenheit,
Und tu ich, als ob ich von dir nichts wüßte,
So muß mein Mund jedoch ganz heimlich sagen:
Wer also liebt, ist würklich zu beklagen.

Der durchl. Prinz nebst dero bei sich habenden Suite, nachdem sie ihren Weg über Rotenburg an der Fulda, Hilgershausen, Gutensberg, Fritzlar, Wildungen, Frankenberg, Hatzfeld, Badenbruck, Hilgebach, Ehrensdorf, Römershagen, Ruhmburg, Cranecht, Köln, Bergen, Jülich, Ma[a]strich[t] und Löwen genommen, gelangete den 10. Jul. gesund und glücklich in Brüssel an und begaben sich, nachdem sie vier Tage daselbst ausgeruht, in das nicht weit davon befindliche Campement der holländischen und anderer Auxiliairtruppen.

Eines Tages, als Elbenstein alleine in seinem Zelte war und über seine seithero gehabten wunderlichen Zufälle und Fatalitäten allerhand Grillen gemacht hatte, zeichnete er endlich diese Verse in seine Schreibtafel:

1

Wenn langt einmal aus denen Unglückswellen
Mein Herz am Port der Freuden an?
Wenn kommt es denn nach vielen Trauerfällen

Ganz sorgenfrei auf die Vergnügungsbahn?
Das Glücke hat mit mir den Ball gespielet,
So daß mein Herz noch dessen Schläge fühlet.

2

Ich walle rum in der verhaßten Ferne,
Unglück hat mich zum Pilgerim gemacht.
Ich sehe nicht die Sonne, Mond und Sterne,
Drum seufzt mein Mund, der sonsten nur gelacht.
Mein Zeitvertreib ist bloß ein stilles Klagen,
Mein Körper ist ein Träger aller Plagen.

3

Ich schreibe zwar auf meinen magern Wangen
Mit Tränenflut mein Leiden täglich auf;
Und ist schon oft ein schöner Tag vergangen,
So endet sich doch nicht mein Unglückslauf.
Tag, Zeit und Jahr muß zwar sein Ende finden,
Mein Trauren will jedennoch nicht verschwinden.

4

Jedoch ich will nichts mehr von Trauren sagen,
Mein Wort erstirbt. Ach stürb ich selber mit!
So dürft ich hier nicht ferner ängstlich klagen,
Ich täte gern ins Grab den letzten Schritt,
So stillte sich mein jammervolles Girren,
Ich dürfte nicht in finstern Wäldern irren.

Es ist wahr, Elbenstein befand sich um selbige Zeit sehr
niedergeschlagen und mißvergnügt, indem sein Naturell nicht
sonderlich zum Soldatenleben inklinierte, allein er wurde bald anderes
und lustigern Sinnes, denn eines Tages, da ein gewisser Obrister
namens S. in seinem Zelte etliche Staats- und Oberoffiziers traktierte,
Elbenstein aber eben von ferne vorbeiging, kam der Obriste S. selbst
aus seinem Zelte heraus auf ihn zugegangen und sagte: »Monsieur! ich
habe mir alleweile sagen lassen, daß ich in Ihrer Person den Herrn von
Elbenstein sähe, welcher sich eine gute Zeit in Italien und andern
fürstlichen Höfen aufgehalten. Wollen Sie mir derowegen die

Gefälligkeit erweisen und um fernerer Bekanntschaft willen meine Compagnie, so ich bei mir habe, verstärken, so wird es mir zum besondern Plaisir gereichen.« Elbenstein, welchen diesen Obristen schon kennenlernen, jedoch noch niemals mit ihm gesprochen hatte, machte anfänglich verschiedene Exquisen, wessentwegen er sich nicht im Stande befände, vor dieses Mal bei einer solchen vornehmen Compagnie zu erscheinen, allein der Obriste S., welches ein redlicher Deutscher war, ließ mit Nötigen nicht nach, nahm ihn auch selbst bei der Hand und führete ihn in sein Zelt. Es befanden sich noch zwei Obristen, ein Obristlieutnant, zwei Majors drei Capitains und noch andere Offiziers darinnen, von welchen allen, sowohl hohen als geringern, er aufs allerhöflichste bewillkommet wurde. Die Weingläser gingen stark herum, und hierbei war sonsten nichts aufgesetzt als eine Schale voll Biskuit. Elbenstein zeigte sich dergestalt, daß ein jeder darvor halten konnte, wie er als ein Kavalier zu leben wüßte, weswegen alle Anwesende einen besondern Estim vor ihn darlegten. Nach verschiedenen Gesprächen sagte endlich der Obriste S.: »Monsieur, unser Zeitvertreib bei müßigen Stunden allhier ist dieser, daß, wenn wir beisammen sind, einander curieuse Geschichte erzählen. Wie ich nun nicht zweifele, Sie werden in Italien viele dergleichen aufgemerkt haben, als will ich nicht allein vor mich, sondern im Namen der sämtlichen Compagnie freundlich gebeten haben, uns mit ein oder anderer Historie zu divertieren, sonderlich von dem verliebten Frauenzimmer und von der unbändigen Jalousie der Männer, sonderlich was sich zu Ihrer Zeit in diesen Stücken zugetragen.«

Elbenstein, der sich auf einmal ganz aufgeweckt befand, tat gar nicht blöde, sondern versprach, dem Herrn Obristen Gehorsam zu leisten, fing demnach an, nicht allein seine eigene Begebenheiten (wiewohl unter verdeckten Namen), sondern auch andere Geschichte, die zu seiner Zeit in Italien passieret waren, zu erzählen, welche die sämtliche Compagnie mit besondern Vergnügen bis nach Mitternacht anhörete, ja sie wären ohnfehlbar vor Tages nicht auseinander gegangen, wenn nicht die meisten mit früher Tageszeit hätten auf dem Platze sein müssen.

Mittlerweile hatte sich Elbenstein hierdurch bei allen insgesamt ungemein rekommendiert. Der Obriste K., welches ein ungemein artiger Mann war, nahm ihn bei der Hand und sagte: »Mein Herr von Elbenstein, Sie haben mir durch Ihre Erzählung heute viel Vergnügen verursacht, auf morgen nachmittags ohngefähr drei Uhr will ich Sie benebst dieser ganzen löbl. Compagnie in mein Zelt auf ein Glas Wein gebeten haben, da will ich Ihnen gewiß auch eine artige Geschicht erzählen, die mir in neulichen Zeiten nicht beigefallen ist.« Wie nun die andern sich um bestimmte Zeit einzustellen versprochen hatten, so versprach auch Elbenstein dem Herrn Obristen seinen gehorsamen Reverenz zu machen; mithin nahmen alle voneinander Abschied. Elbenstein begab sich nach seinem Zelte und schlief um ein gut Teil ruhiger als bishero. Des andern Tages, und zwar nachmittags um drei Uhr, kleidete er sich propper an als gestrigen und spazierte gegen vier Uhr auf des Obristen von K. Zelt zu. Dieser kam ihm sogleich mit der größten Complaisance entgegen, führete ihn hinein, da denn, obgleich nicht alle Personen, so gestern zugegen gewesen, doch fast alle Stühle um die Tafel herum besetzt waren.

Nachdem die Gesundheiten herum getrunken, wurde der Obriste K. erinnert, sein gestriges Versprechen zu halten und die artige Geschicht zu erzählen. Er war sogleich bereit darzu und fing also an:

»Vor wenig Jahren hatte ich einen gemeinen Reuter unter meinem Regimente, dessen Frau sehr wohlgebildet war, so, daß sie meritiert hätte, einen Mann von höhern Stande zu haben, denn nicht allein ihre Schönheit, sondern auch ihr Verstand und Geschicklichkeit distinguierten sie vor allen andern, und wenn es wahr ist, daß sie ihrem Manne allein Farbe gehalten, wie ihr denn jedermann Zeugnis gab, so ist es gewiß von einer Soldatenfrau etwas Rares. In diese verliebte ein gewisser Edelmann dasiges Orts namens W., welcher jedoch schon Frau und Kinder hatte; und unter dem Vorwande, daß er ihr eine scharlachene Chabraque zu stücken geben wollte, lockte er sie einsmals, da seine Frau abwesend war, in sein Haus, allwo er mit Darlegung einiger Stück Dukaten sie zu seinen Willen zu bereden sucht. Da aber weder mit guten Worten noch mit Geschenken etwas von ihr zu erhalten, will er Gewalt brauchen. Die Frau aber ist resolut, lauft an ein Fenster des Zimmers, welches auf die Gasse hinaus gehet, drohet um Hülfe zu schreien, ergreift auch ein Messer, ihre Ehre damit zu defendieren. Derowegen wird der wollüstige Buhler verzagt, spricht sie zu Frieden, reicht ihr sechs Stück Dukaten und bittet um aller Heiligen willen, daß sie nur niemanden etwas von dieser Rencontre sagen sollte. Madine, so will ich die Frau nennen, verspricht zwar dieses Mal zu schweigen, verlangt aber weder das Gold noch die Chabraque, so er ihr zu stücken mitgeben will, anzunehmen, sondern gehet in größter Rage von ihm.

Sobald sie nach Hause kömmt, erzählet sie ihrem Manne den ganzen Handel, der zwar ihre Treue lobet, ihre Einfalt aber wegen Verschmähung der Dukaten und des guten Stücks Arbeit sonderlich tadelt. Madine lag mit ihrem Manne in der Vorstadt, und zwar in einem Weinhause im Quartiere, derowegen kömmt der Herr von W. wenige Tage darauf hinein und lasset sich eine Kanne Wein geben. Weiln auch Madinens Mann eben nicht zu Hause ist, nimmt er Gelegenheit, mit ihr zu sprechen, und bittet inständig, ihm doch die Gefälligkeit zu erweisen und die Chabraque zu verfertigen, weil er wüßte, daß niemand die Arbeit besser machen könnte als sie, erbietet sich auch, darvor zu bezahlen, was sie nur verlangen wollte. Madine erlaubt ihm endlich, ihr die Chabraque durch seinen Diener zuzuschicken, worauf er ihr sechs Dukaten zu Gold- und Silberfaden gibt und darbei verspricht, ihre Arbeit à parte zu bezahlen; ferner bittet er sich aus, daß er öfters zu ihr kommen und ihrer schönen Arbeit zusehen dürfte. Da ihm nun Madine dieses mit verstellten liebreichen Gebärden erlaubt, wird er etwas dreuster und fängt an, ihr seine heftige Liebesleidenschaft aufs neue zu offenbaren. Da sie nun auch dieses ganz gelassen anhöret und sich ein wenig freundlicher gegen ihn anstellet, fragt er, warum sie denn neulichst so eigensinnig gegen ihn gewesen und sich seiner sogar mit dem Messer erwehren wollen. Hierauf gibt sie zur Antwort, sie würde sich ja nimmermehr so dreuste machen und in einem frembden Hause dergleichen Dinge vornehmen, da so leicht seine Frau als jemand anders darzukommen können. Allein er versichert, daß sie sich dieserwegen nichts zu befürchten habe, und bittet um eine nochmalige Visite, weil aber Madine sich hierzu nicht verstehen will, bittet er, sie möchte doch selbst einen Ort vorschlagen, der sich zu einem verliebten Rendezvous schickte. Madine aber bleibt bei der Antwort, es wäre besser, man ließe solche gefährliche Händel gar unterwegens. Mit solchem Bescheide muß er vor dasmal zufrieden sein, jedoch weil ihre verstellten verliebten Gebärden und Karessen ihn betrügen, gehet er das erstemal mit der größten Hoffnung, sie durch gute Worte und Geschenke mit der Zeit noch zu gewinnen, ganz vergnügt von ihr.

Folgende Tage, da sie die Chabraque in der Arbeit hat, ist er fast täglich auf etliche Stunden bei ihr eingesprochen, und weiln ihr Mann dann und wann zu Hause gewesen, macht er vermittelst einiger Kannen Wein und anderer Delikatessen mit demselben die vertrauteste Freundschaft. Dieser Reuter, welcher ein durchtriebener Vogel war, lasset sich dieserwegen die vorgesetzte Rache wegen des versuchten Hörner-Aufsetzens gar nicht vergehen, wird hergegen desto erbitterter gegen seinen Herrn Schwager Ungewiß, zumalen da ihm seine Frau des von W. verliebte Gespräche täglich wiedererzählt und die kostbarn Geschenke zeiget, welche sie gemeiniglich recht mit Zwange angenommen oder sich zum wenigsten so zu stellen gewußt.

Solchergestalt wird der von W. von einem Tage zum andern von ihr bei der Nase herumgeführet, einmal macht sie ihm verblümterweise Hoffnung zu der verlangten letzten Gunst, ein andermal aber stellet sie sich wieder gewissenhaft und rappelköpfisch, daß der von W. teils vor Liebe, teils vor Verdruß hätte bersten mögen. Die rote Chabraque wird fertig, worauf er ihr nebst raisonnabler Bezahlung noch verschiedene andere Sachen zu stücken gibt, jedennoch will sich das eigensinnige Weib noch nicht nach seinem Willen bequemen. Derowegen, als er bedenkt, daß diese Sirene bereits über 100 spec. Dukaten von ihm gezogen und vielleicht nur aus bloßer Blödigkeit und Scham sich seinem Begehren widersetze, greift er das Werk anders an, gibt Madinen ihrer Wirtin ein Stück Geld, womit er sie zur Verschwiegenheit bringet und von ihr verlanget, daß, da sie im Kuppeln sehr berühmt, ihn bei nächtlicher Weile in Madinens Kammer zu verhelfen, sobald ihr Mann nebst seinem Kameraden, dem andern Reuter, auf die Wacht oder sonst auskommandiert wäre. Madine behorcht beide, läßt sich aber gegen ihre Wirtin ganz im geringsten nichts merken, vertrauet es hergegen ihrem Manne, welcher ihr befiehlt, dem von W. nur aufs allerfreundlichste zu begegnen, damit er den Possen nicht merke, inzwischen wollte er schon einen Streich ersinnen, wie er diesen Vogel ganzbeinigt fangen könne.

Indem es nun diesem Schalke an lustigen Einfällen nicht ermangelte, als erfindet und bewerkstelligt er folgenden Fang: Die Kammer, worinnen er und seine Frau liegen, ist gerade über einer andern großen Kammer, welche über vier Ellen hoch mit Häckerling an gefüllet ist; aus seiner Kammer aber gehet eine Falltüre herunter in die unterste Kammer, von welcher der lose Vogel die Türbänder abreißet und die Türe also befestiget, daß sie beim Aufmachen in die unterste Kammer zurück fällt, jedoch an der Decke behangen bleibt; über diese Türe setzt er sein Bette ohne Boden, säget auch dessen Füße ab, daß es fein niedrig stehet, und füllet es wohl mit kleingehackten Heu aus, hinter dem Bette macht er noch eine Bucht, worinnen eine Person sehr genau liegen kann, daß es also scheinet, als ob es ein einziges breites Bette wäre. Hierauf unterrichtete er seine Frau, wie sie sich in allen Stücken zu verhalten habe, bestellet einen seiner Kameraden, welcher ihn anstatt des Korporals pro forma, und zwar in Gegenwart der Wirtin, auf ein drei Meilen von der Stadt gelegenes Dorf kommandieren muß, um daselbst etliche Tage als Salva guarde stehen zu bleiben.

Beide im Quartier liegende lose Vögel donnern, blitzen und hageln, daß sie niemals rechte Ruh haben könnten, setzen sich aber zu Pferde und reiten fort, jedoch nicht weiter bis in eine andere Vorstadt, da sie ihre Pferde bei guten Kameraden einstellen, sich mit ihnen lustig machen und mit Verlangen auf die hereinbrechende Nacht warten.

Mittlerweile, da beide Reuter kaum vom Hause hinweg sind, läuft die alte Kupplerin augenblicklich fort, dem Herrn von W. eine fröhliche Zeitung zu bringen und sich ein gut Trinkgeld zu verdienen. Dieser kömmt selbigen Nachmittag nicht zu Madinen, da es aber Abend worden, stellet er sich ein und verlangt, folgende Nacht ihr Beischläfer zu sein. Diese will sich anfänglich hierzu nicht verstehen, doch da der von W. sagt: ›Wie aber, wenn ich Sie, mein schönes Weibgen, einmal heimlich beschleichen könnte?‹, gibt sie ihm nebst einer verliebten Miene einen sanften Backenstreich und bittet, er möchte sie doch verschonen, indem ihr Mann gar zu schlimm wäre, und wenn er das Geringste hiervon erführe, würde er sie und ihn ohnfehlbar erschießen. Hierauf gehet sie von ihm zur Tür hinaus, um zu sehen, ob sich ihr Mann abgeredetermaßen schon heimlich hereingeschlichen hätte. Wie nun dieser nebst dreien seiner Kameraden sich schon an denjenigen Ort versteckt hatte, wo er auf gegebenes Zeichen von seiner Frauen den Riegel an der Falltüre aufziehen konnte, so begab sich Madine, als sie dessen vergewissert war, wieder hinein in die Stube, begegnete dem von W. sehr freundlich, weiln aber sonsten noch verschiedene Weingäste anwesend, gab sie vor, daß sie unter diesem Schwarme nicht bleiben könne, sondern sich zu Bette verfügen wolle, nahm derowegen sowohl bei dem von W. als bei der Wirtin gute Nacht und legte sich, jedoch in Kleidern, ordentlich zu Bette, und zwar in die vorbesagte, hinter dem Bette gemachte Bucht. Etwa zwei Stunden hernach, da alle andern Gäste hinweggegangen und der von W. vermeinet, Madine solle nunmehro wohl im besten Schlafe sein, lässet er sich von der Wirtin hinaufleuchten, öffnet die Tür mit einem Nachschlüssel, den ihm die Wirtin prokurieret hatte, kleidet sich aus bis aufs Hembde und legt sich mit zitternder Freude zu Madinen ins Bette. Diese stellete sich, als ob sie jählings erwachte, schrie also: ›Holla! Wer ist da?‹ ›Stille, mein Engel‹, gab der von W. sachte zur Antwort, ›ich gebe Euch vor diese erste Visite zehn Dukaten.‹ Indem er sich ihr nun nähern wollte, stieß sie mit dem Fuße eine zurechtgelegte etliche Pfund schwere eiserne Kugel auf den Boden herunter, welche mit ihrem Gepoltere die Losung gab. Im selbigen Augenblicke wurde der Riegel an der Falltüre aufgezogen, da denn der Herr von W. in den Häckerling herunterstürzte und bis an die Schultern darinnen versank. Madine stellete sich erschrocken, rief ihm zu, er solle nur die Arme in die Höhe recken, sie wolle ihm ein Seil hinunterlassen und alle Kräfte dran strecken, ihn heraufzuziehen, damit er nicht etwa erstickte, denn er selbst habe es versehen und den Riegel aufgestoßen. Unter der Zeit aber kam ihr Mann mit seinen Kameraden zur Kammer hineingeschlichen, warf dem guten Hrn. Schwager ein Seil hinunter, sobald aber die losen Vögel des armen Sünders Hände im Hinaufziehen erreichen können, schlingen sie einen Strick darum, machen denselben oben feste und lassen den unglückseligen Venusritter so lange in der Luft schweben, bis der helle Tag anbricht; doch dieses war noch nicht genung, sondern diese vier Saufbrüder zechten die ganze Nacht hindurch und ließ immer einer nach dem andern sein Wasser auf des Hrn. von W. Kopf laufen. Dieser bat um aller heil. Märterer willen, man möchte ihn los und in der Stille nach Hause gehen lassen, so wolle er 200 sp. Dukaten zahlen. Die Frau und die andern Reuter baten selbst vor ihn, allein der erzürnte Ehemann ließ sich durchaus nicht erbitten, sondern sobald es helle geworden, ging er hinunter in die Häckerlingskammer, legte ein Brett über eine Leiter, risse dem in der Luft verarrestierten Herrn von W. das Hembde vom Leibe und peitschete mehr als 50 Spitzruten an ihm entzwei. Da nun über des von W. Zetergeschrei viele Leute vor das annoch verschlossene Haus gelaufen kommen, höret er endlich auf, den armen Herrn Schwager zu peinigen, stößet ihn nackend und bloß zum Hause hinaus und ruft hinterdrein: ›Lauft zu, ihr Leute! so muß man die Edelleute striegeln, die eine ehrliche Frau zur Hure und einen tapfern Reuter zum Hahnrei machen wollen.‹

So wurde mir«, sagte hier der Obriste von K., »die ganze Species facti von dem Reuter und seiner Frau erzählt, worbei sie bekannten, daß sie 50 Stück spec. Dukaten, etliche Taler Silbergeld, eine englische goldene Uhr, eine silberne Tabatière, einen goldenen, mit Diamanten besetzten Petschaftring und andere Kleinigkeiten mehr bei ihm und in seinen Kleidern gefunden. Ich ließ auf Befehl des Herrn Gen. Lieutn. von N. diesen Reuter nebst seiner Frau und den darbeigewesenen Kameraden alsofort arretieren und die erbeuteten Sachen in mein Quartier bringen. Es entstunde hierüber ein starker Streit, denn der Generalauditeur wollte behaupten, man könnte den ohnedem genungsam kastigierten und prostituierten Venusritter nicht mit gedoppelten Ruten peitschen, unterstunde sich auch, aus den Rechten darzutun, daß, weiln der Reuter die Selbstrache ausgeübt, er die eroberten Sachen wieder herausgeben und selbige dem Eigener zustellen müsse, wann er aber die Selbstrache unterlassen und den Edelmann ohne Kastigation und Prostitution fortgeschickt, hätte er unter der Hand alle diese Sachen wohl behalten können.

Allein ich nahm mich meines Reuters an und schützte vor, es wäre keine geringe Verwegenheit, einen rechtschaffenen Soldaten suchen zum Hahnrei zu machen, es könne auch dergleichen Frevel nicht gnugsam bestraft werden. Wenn mir dergleichen Streich passierte, würde ich mich schwerlich enthalten können, einem solchen ungebetenen Gaste eine Kugel oder den Degen durch den Leib zu jagen. Was nun Ehestandsaffären anbeträfe, darinnen hätte ein gemeiner Reuter soviel Recht als ein Ober- oder Stabsoffizier etc., derowegen wollte ich meinen Reuter bei seiner gemachten Beute so lange schützen, bis sein Kontrapart die Sache höheres Orts suchte und ausmachte. Allein dieser machte sich bald hernach unsichtbar, mein Reuter aber wurde wenig Tage darauf seines Arrests entlassen und behielt, was er hatte.«

»Meines Erachtens«, sagte hierauf ein gewisser Major, »wäre es unbillig gewesen, wenn man des Reuters Verfahren nicht in allen Stücken approbiert und ihm die erbeuteten Sachen nicht vor seinen gehabten Chagrin zur Rekreation überlassen hätte, in Betrachtung, daß selbige Nation, wo dieser mir schon bekannte Streich passiert ist, mit unsern Landsleuten weit barbarischer umzugehen pflegt. Wie ich denn ein gräßliches Exempel weiß, das eben im selbigen Jahre sich zugetragen.«

Die ganze Compagnie bat den Herrn Major, selbiges zu erzählen, und selbiger erzeigte sich seiner complaisanten Art nach hierzu gefällig, fing derowegen also zu reden an: »In N. befand sich eine gewisse vornehme Dame, welche man dem Liebesappetite nach mit Recht unter die unersättlichen rechnen konnte. Diese warf ihre Augen auf einen Fähndrich von meiner Compagnie, den ich nur mit dem Buchstaben F. bezeichnen oder benennen will. Er sahe nicht häßlich von Gesichte und hatte eine vortreffliche große und lange Nase, woraus sie als eine wollüstige Dame vielleicht sonst einen guten Schluß gemacht. Vor seine Person war dieser F. sonsten ein sehr stiller, mehr melancholischer als lustiger Mensch, verrichtete seine Dienste akkurat, liebte weder Spiel noch Trunk und dem Ansehen nach das Frauenzimmer am allerwenigsten.

Corvenia, so will ich die Dame nennen, hatte diesen Fähndrich kaum in die Augen gefasset, als sie ihn durch ein altes Weib und eigenhändige vertrauliche Briefe die auf ihn geworfene Liebe anzeigt und inständig bittet, sich mit ihr in nähere Vertraulichkeit einzulassen; allein dieser Eigensinnige trägt Bedenken, sich in einen solchen gefährlichen Handel einzulassen, gibt sich derowegen nicht einmal die Mühe, diese Dame kennenzulernen, viel weniger, auf ihre Schreiben zu antworten, ohngeacht sie ihm eine namhafte Geldsumma versprochen, wann er ihr zu demjenigen verhelfen könnte, worzu ihr Mann sich seit länger als acht Jahren her incapable befunden hatte.

Hierauf begab sich's, daß, da er bloß mit seinem Knechte ein kleines Haus bewohnete, ihm in einer Nacht fast alles, sein Geld, Kleider und die meisten Meubles gestohlen wurden, so daß er so lange im Bette bleiben muß, bis ihm andere Offiziers notdürftige Kleidung nebst etwas Gelde vorschießen; über alles dieses aber haben die schelmischen Diebe seine im Stalle stehende drei Reitpferde mit Dolchen erstochen. Demnach sahe sich F. in einem sehr miserablen und bedürftigen Zustande, jedoch, da gleich des andern Tages Corvenia, deren Haus von hinten zu an das seinige stieß, ihm wegen seines Verlusts ein Kondolenzschreiben zuschickte, anbei ersuchte, ihr nur eine einzige Visite zu geben, wofür sie ihm seinen erlittenen Schaden gedoppelt ersetzen wollte, konnte dieser eigensinnige Kopf dennoch nicht resolvieren, dergleichen Vokation Gehorsam zu leisten, sondern gab dem abgeschickten Weibe zu Antwort: ›Ei was!‹ Er als ein Kavalier könnte doch wohl in kurzen wieder zu Equipage und Gelde kommen und hätte eben nicht nötig, solches mit verbotener Courtoisie zu erwerben. Allein was geschicht? Etwa fünf oder sechs Tage hernach wird mein guter Fähndrich des Nachts, als er im besten Schlafe liegt, von sechs baumstarken Kerls gebunden und im bloßen Hembde mit verbundenen Augen und verstopften Munde in einen finstern Keller getragen, auf eine Schötte Stroh gelegt, und nachdem sie ihm die Augen aufgebunden, lassen sie ihn in dem finstern Keller verschlossen alleine liegen.

Anfänglich weiß er nicht, ob dieses alles ein Traum ist oder ob es ihm in der Tat und Wahrheit also widerfähret, doch als ihm wegen des festen Bindens Arme und Beine geschwollen und er kaum durch die Nase ein wenig Luft holen kann, auch in dem kalten Keller den grausamsten Frost empfindet, vermerkt er mehr als zu wohl, daß es kein bloßer Traum sei. Nachdem er nun über zwei Stunden lang in solchen schmerzhaften Zustande da gelegen, erblickt er eine Person in einem langen Nachtkleide, die durch eine kleine Treppe zu ihm von oben herunterkommt. Es hat dieselbe einen silbernen Leuchter mit darauf brennenden Wachslichte in der Hand, tritt gerade gegen ihn über und hält ohngefähr folgenden Sermon: ›Verdammter Hund! Welcher Wolf hat dich erzeuget, oder welcher Bärin Brüste hast du gesogen, daß du so unempfindlich gegen meine heftige Liebe gewesen bist?

Doch nein! du mußt nicht einmal von wilden Tieren herstammen, dann diese lassen sich öfters noch leichter bewegen, die Menschen zu lieben, sondern die höllischen Furien, als Feinde des menschlichen Geschlechts, müssen dich geboren, erzogen und in die Welt geschickt haben. Elender Sklav! du hast meine Gewogenheit und übermäßige Liebe verschmähet, deren du nimmermehr würdig bist, ja du hast eine Dame verächtlich traktieret, vor welcher noch fast täglich einer, der zehenmal besser ist als du, sich zur Erden wirft und nur um einen günstigen Blick bittet. Vermaledeieter Molch! vergiftender Basiliske, du hast mich niemals sehen und dennoch töten wollen, voritzo tue deine schändlichen Augen auf und betrachte mein Gesichte, ob, ohngeacht ich jetzt voller Zorn und Grimm bin, ein einziger Zug darinnen zu finden, der wider das Muster der Schönheit ist. Beschaue, du Nichtswürdiger! meinen ganzen Leib und erwäge, ob es der Natur wohl möglich sei, ein zärtlicher und zierlicher Frauenzimmer zu bilden?‹ Unter diesen Worten hatte sie das Licht vor sich niedergesetzt, den Schlafrock aufgeschlagen und ihren bloßen Leib, der auch nicht einmal von einem Hembde bedeckt gewesen, hergewiesen. ›Sage an!‹ redet sie ferner, ›wo siehest du einen Flecken, der dir einen Ekel erwecken, im Gegenteil nicht das allerunempfindlichste Herz zur Gegenliebe reizen könnte? Siehst du allhier nicht den kurzen Begriff aller Annehmlichkeiten? Urteile demnach, ob sich derjenige nicht glücklich zu schätzen hat, dem ich dieses alles aus Liebe freiwillig in die Arme liefern wollte. Dir war es bestimmt, du schändliches Krokodil! nunmehro aber hast du anstatt des Genusses aller dieser Delikatessen und meiner brünstigen Liebe, nebst reichlicher Belohnung, nichts anders als die grausamste Marter und den allerschmählichsten Tod zu hoffen. Du hast mich entblößet gesehen, aber zu deinem Verderben, und sterben mußt du nunmehro gewiß, damit niemand auf der Welt leben möge, der sich rühmen könne, er habe die von C. nackend gesehen. Ich habe mir vorgenommen, dich in diesem Gewölb verhungern und erfrieren zu lassen, jedoch wenn du mir die Wahrheit bekennest, warum du einen solchen besondern Ekel gegen meine Person bezeiget, kannst du vielleicht noch mit einer etwas gelindern Todesstrafe begnadiget werden.‹

Der armselige Fähndrich hätte hierauf antworten sollen, es war ihm aber unmöglich gewesen zu reden, weilen seine Diebe ihm ein solches Instrument in den Mund gesteckt, welches ihm den Gebrauch der Zunge und Lippen verhindert. Die erzürnte Dame vermeinet, er wolle ihr aus Trotz nicht antworten, tritt ihn deswegen mit dem Fuße in die Seite, knirschet mit den Zähnen und sagt: ›Höllischer Drache! Bist du noch so verstockt und willst mir nicht einmal antworten? Warte! ich will dir noch in dieser Nacht mehrere Würkungen meines Zorns empfinden lassen.‹ Hierauf gibt er mit Brummen und Brausen zu verstehen, daß ihm etwas im Munde stecke. Demnach nimmt ihm die Frau von C. selbiges heraus, da ihm denn die Angst ohngefähr folgende Worte in den Mund gibt: ›Schönste Göttin! ich gestehe es, ich habe den Tod verdienet, indem ich zwar nicht aus Ekel und Verachtung, sondern aus bloßer Einfalt und knechtischer furchtsamer Einbildung Dero englische Schönheit anzubeten verabsäumet. Ich schwere, daß ich Dero unvergleichlich wohlgebildetes Angesicht zu sehen niemals das Glück gehabt, und wäre es auch geschehen, so würde ich doch, als ein von Natur sehr blöder Mensch, in meiner Einbildung noch vielmehr gestärkt worden sein, daß man mit mir als einer schlechten Person ein bloß Possenspiel zum Zeitvertreibe vornehmen wolle. Erbarmen Sie sich derowegen meiner und lassen mich auf eine gelinde Art vom Leben zum Tode bringen, denn mein Leben würde mir ohnedem zur Last gereichen, da ich ein solches Engelsbild gesehen und mich des würklichen Liebesgenusses bei demselben unachtsamerweise selbst verlustig gemacht habe.‹

Solche und dergleichen herzbrechende Reden bewegen endlich die erzürnte Dame zum Mitleiden, so daß sie fragt: ›Liebt Ihr mich denn nunmehro?‹ Der arme Gefangene kontestiert aus Angst mit noch tausenderlei schmeichelhaften Worten, daß er nunmehro in diesen wenigen Minuten zum allerersten Male den heftigsten Liebesaffekt bei sich, und zwar gegen ihre Person empfunden (ohngeacht ihm die Bande an Händen und Füßen ziemliche Schmerzen verursachten), da er doch sonsten von Jugend auf ein Abstemius von Frauenzimmer gewesen und von den Leidenschaften der Liebe befreiet geblieben. ›Einfältiger!‹ sagte die Dame hierauf, ›damit Ihr sehet, wie ich, jedoch wider meine gewöhnliche Art, voritzo mit Euch leichter zu versöhnen als fernerweit zum Zorne zu reizen bin, so soll Euch vor diesmal nebst Eurem Leben meine Liebe und Gnade geschenkt sein, jedoch mit dem Bedinge, daß Ihr Euch verpflichtet, sooft ich Euch rufen lasse und Ihr keine erweisliche höchst wichtige Verhinderungen habt, Eure Visiten bei mir abzulegen‹

Der angstvolle Fähndrich F. williget alles ein, was sie ihm vorschreibt, erkläret sich auch sogar, woferne sie es verlangte, seiner Charge zu resignieren, damit er an seinen ihr allein gewidmeten Diensten nicht verhindert werde. Allein sie erlaubt ihm bis auf fernere Verabredung, nur noch eine Zeitlang seine Charge zu behalten, sich aber nur sonsten ihrem Willen und Verlangen gemäß zu bezeigen. Hierauf langet sie ein Messer, schneidet ihm die Stricke an Händen und Füßen entzwei, umarmet und küsset ihn aufs zärtlichste, führet hernach den halberstarreten Gefangenen in ein propre meubliertes und warmgemachtes Zimmer, erquicket denselben mit vortrefflichen Herzstärkungen, bestreicht und bereibt seine geschwollenen Arme und Schenkel mit den kostbarsten Balsamen und Spiritibus, legt ihn saubere Nachtkleider an und zeiget ihn hernach ein großes sauberes Bette, wohinein er sich legen muß.

Seine nunmehrige Aufführung und verliebtes Bezeigen hatte die Dame dergestalt kontentiert, daß sie ihn persuadiert, fünf Tage und ebensoviel Nächte in geheim bei ihr zu bleiben. Weiln er nun aufs propreste von ihr traktiert und aufs zärtlichste karessiert wird, kömmt ihm diese Lebensart je länger je angenehmer vor; die Madame von C. aber ist nicht weniger vergnügt, weiln sie sich in ihren Gedanken nicht geirret, sondern in reicher Masse bei ihm gefunden, was sie gesucht.

Inmittelst, weiln des Fähndrichs F. Diener nicht zu sagen wußte, wie es mit seinem Herrn zuginge und wo derselbe hingekommen wäre, so wußte man beim Regimente nicht, was man von ihm denken sollte. Viele gerieten, in Betrachtung, daß er jederzeit sehr zur Melancholie inklinieret habe, auf die Gedanken, ob er sich wegen Beraubung seines Geldes, Verlust der Pferde und anderer Equipage nicht etwa aus Desperation ersäuft oder sonsten auf eine andere Art ums Leben gebracht habe. Man forschete derowegen fleißig nach seiner Person, um dieselbe entweder lebendig oder tot ausfündig zu machen. Allein es war alle Mühe vergebens. Endlich am sechsten Tage kam er wieder zum Vorscheine und meldete sich am allerersten bei mir, weil er wohl wußte, daß ich ihm wohl geneigt war. Er entschuldigte seine fünftägige Abwesenheit mit einem besondern Zufalle, der ihm wider seinen Willen begegnet wäre, auf so lange Zeit ein Arrestante zu sein. Da nun ich dieserhalb einen ausführlichern Bericht von ihm verlangte, bat er inständig, ihn damit zu verschonen, weiln er, um sein Leben zu retten, einen schweren Eid ablegen müssen, diese Begebenheit noch zur Zeit niemanden zu erzählen und noch viel weniger vor sich selbst Rache auszuüben. Ich ließ ihn als einen bekannten Grillenfänger passieren und deprimierte alles, obgleich verschiedene wunderliche Gespräche über sein Außenbleiben geführt wurden. Jedoch er gab durch seine nachherige Aufführung denen, die ihn vorher gekannt hatten, Materie zu weitern Nachsinnen. Denn von nun an merkte ein jeder gar leicht, daß das melancholische Wesen den Fähndrich F. ganz und gar verlassen hatte, gegenteils war aus ihm ein vollkommener Sanguineus worden. Er besuchte wider seine Gewohnheit die stärksten Compagnien, traktierte zum öftern, tanzte, spielete, schaffte sich die propresten Kleider, vier der schönsten Pferde, hielt zwei Kerl, in summa, er tat es allen Subalternen fast zuvor. Dieses alles aber kam aus der Frauen von C. Beutel hergeflossen, denn da sie ihn das erste Mal von sich gelassen, hatte sie ihm ein Päckl., worinnen 500 Dukaten, mit auf den Weg gegeben, anbei versprochen, daß, wo er sich ferner wohl halten und seinem Versprechen nachkommen würde, dieses nur ein kleiner Anfang ihrer Erkenntlichkeit sein solle, denn es war ihr nur allzuviel an einem jungen Sohne gelegen, damit, wenn ihr gebrechlicher Gemahl aus dieser Welt spazierte, sie alles sein Vermögen fein beisammen behielte.

Dieser ihr Mann brachte seine meiste Zeit bei den Gesundbrunnens, warmen Bädern und Doctoribus zu; außerdem aber, wenn er sich etwas bei Kräften befand, mehrenteils auf seinen Rittergütern, deren er neun erb- und eigentümlich besaß. Sie, die Gemahlin, hingegen, unter dem Vorwande, daß sie außer ihrem Palais in der Stadt keine Nacht recht ruhig schlafen könne, vertreibet mittlerweile die Zeit mit ihren Galans, worunter, wie schon gemeldet, das Glück oder Unglück auch unsern Fähndrich F. führet, und weil es zutrifft, daß sie dreiviertel Jahre nach der mit ihm aufgerichteten nahen Bekanntschaft mit einem jungen Sohne niederkömmt, hat er, seinem eigenen Geständnisse nach, binnen Jahresfrist über 2000 Reichstaler Wert von ihr geschenkt bekommen.

Allein man pflegt im gemeinen Sprichworte zu sagen: Der Krug gehet so lange zu Wasser, bis ihm der Henkel abbricht; und dieses war bei beiden Verliebten auch richtig eingetroffen, denn weil ihr Liebesverständnis so vielen Domestiquen bekannt wird, die Frau von C. aber zuweilen sehr barbarisch mit ihren Leuten umzugehen gewohnt ist, als mag eins von denselben endlich auf Revanche bedacht sein und dem Hausherrn aufrichtig entdecken, was seine Gemahlin vor eine Lebensart führet.

Der alte Herr wird ziemlichermaßen in Harnisch gejagt, begreift sich aber in der Bosheit und studiert auf Mittel und Wege, wie er seine Frau nebst ihrem Galane plötzlich überfallen möchte. Er erreicht endlich seinen gewünschten Zweck und betrappt beide in aller Stille, da sie, von allzuheftiger Liebesarbeit ermüdet, im süßesten Schlafe liegen. Wie er nun vorhero schon alle Anstalten darzu gemacht, als werden beide an Armen und Beinen gebunden und aus dem Bette auf den Boden geworfen, so daß sie sich kaum ermuntern und begreifen können, wie ihnen geschicht. Sechs Kerls stehen mit entblößten Schwertern und aufgespannten Pistolen um sie herum, der erzürnte

Corniger wendet sich mit einem entblößeten Dolche zu dem Fähndrich F. und spricht: ›Bekenne, du Massette! wie lange du mit dieser vermaledeieten Canaille dieses Spiel getrieben hast, und leugne mir nicht, sonsten will ich deinen schändlichen Körper, ehe ich ihn des Lebens beraube, auf eine solche grausame Art zermartern lassen, dergleichen noch von keinem Barbar erfunden worden.‹ Unter diesen Worten stach er ihm mit dem Dolche in jedes dicke Bein ein Loch.

Der Fähndrich F., welcher nichts Gewissers als den allerschmerzhaftesten Tod sich in seinen Gedanken vorstellen konnte, merkte nunmehro wohl, daß weder Schmeicheln, Leugnen, Verstellen, Bitten noch Flehen mehr helfen würde, ergriff die Resolution, die klare Wahrheit zu bekennen, fing derowegen also zu reden an: ›Mein Herr! wenn ich aus eigenen Mutwillen oder unzüchtigen Liebesbegierden mich unterstanden hätte, Eurer Gemahlin genaue Umarmung zu suchen und Euer Ehebette zu beflecken, so würde mir doch von der ganzen Christenheit keine andere Marter als der Tod durch das Schwert zuerkannt werden; da ich aber bei Nachtszeit von sechs bewehrten Leuten mit Gewalt aus meinem Bette, worinnen ich im besten Schlafe lag, geholet, entsetzlich gemartert und gepeiniget, auch mit der grausamsten Todesart bedrohet worden, sohabe mich, um mein Leben zu fristen, verleiten lassen, Eurer Gemahlin ihren Willen, sooft sie es verlangen und mir nur immer möglich sein würde, zu erfüllen. Demnach bedenket selbst, mein Herr, wie Ihr Euch bei dergleichen Umständen, wenn Ihr an meiner Stelle gewesen wäret, hättet aufführen wollen. Nunmehro wird es‹, so fähret der arme F. auf ferneres Befragen mit seiner Antwort fort, ›wenig Wochen über ein Jahr sein, daß man mir also mitgespielet hat, und seit der Zeit habe ich zu verschiedenen Malen, wenn Ihr nicht einheimisch gewesen, Eure Stelle vertreten müssen, aus Furcht, nicht etwa wegen Brechung meines Eides heimlicher- und meuchelmördischerweise um mein Leben gebracht zu werden. Erwäget demnach, daß man mich auf eine grausame Art gezwungen, dergleichen Torheit zu begehen, und verschonet meiner mit der gedroheten Marter. Kann aber mein Verbrechen bei Euch durch nichts anders als durch meinen Tod ausgesöhnet werden, nun! so lasset mich nur eine einzige Stunde beten, hernach schicket meine Seele in die andere Welt, jedoch nicht auf eine barbarische Art, denn ob Ihr gleich von mir empfindlich beleidigt worden, so bedenkt doch, daß Ihr kein Barbar, sondern ein getaufter Christe seid.‹

Der ergrimmte Ehemann hatte sich unter Anhörung dieser Relation entsetzlich ungebärdig gestellet, mit den Füßen auf die Erde gestampft, mit den Zähnen geknirschet und die Augen grimmigerweise im Kopfe verdrehet, nachhero aber gefragt, ob er, F., Vater zu dem Kinde sei, welches die von C. letzthin geboren hätte, worauf dieser geantwortet, das könne er nicht sagen, sondern die Dame müsse es am besten wissen. Demnach wird die Dame von ihrem furieusen Manne dieserwegen befragt, welche sich ganz rasend anstellet und ihm zur Antwort gibt: ›Nein! nicht dieser mein Liebster, sondern du alter verfluchter Drache bist selbst Vater zu diesem häßlichen Balge, welches nebst der mir verhaßten Gestalt schon alle deine ekelhaften Mienen und Gebärden an sich hat. Rechne die Zeit nach von deiner Wiederkunft aus dem N. Bade, ob es nicht eintrifft. Inmittelst bedaure ich nichts mehr, als daß ich diesen schändlichen Wurm nicht im ersten Bade ersäuft habe; bringe ihn her, ich will ihn sogleich vor deinen Augen erwürgen, damit du nur kein Andenken von mir haben mögest. Töte mich immerhin, du verfluchter Tyranne, denn ich verlange ohnedem nicht mehr deine Gemahlin zu heißen, laß nur den unschuldigen F. leben, denn es ist wahr, und ich bekenne es selbst, daß ich ihn aus allzu heftiger Liebe zu meinem Willen gezwungen habe.‹ ›Halt! du ungetreue Bestia!‹ spricht der erzürnete Mann, ›ich will dich und deinen Galan schon zu belohnen wissen.‹ Hiermit gibt er seinen Gewaffneten ein Zeichen, daß sie den ohnedem schon gebundenen F. festhalten müssen, einer von seinen Bedienten aber, der vielleicht ein Wundarzt gewesen, schneidet demselben in größter Geschwindigkeit die Zeugen seiner Mannheit heraus und überliefert dieselben seinem Herrn. Dieser präsentiert solche seiner Gemahlin auf einem silbernen Teller mit einem zornigen Lächeln und spricht: ›Hier Madame! labet Euch nunmehro recht wohl mit den delikatesten Stücken Eures Amanten.‹ Die Dame gerät hierüber fast in eine vollkommene Raserei, reißet das Band, womit ihr die Hände gebunden sind, entzwei, ergreift den Teller und nimmt beide Stücke zu sich, den blutigen Teller aber wirft sie ihrem Gemahl an den Kopf mit diesen Worten: ›Siehe da, du tyrannischer Mordhund! das mußt du vor meinem Ende doch noch leiden‹ etc.

Es ist leicht zu erachten, daß der ohnehin ergrimmte Mann hierdurch vollends in eine rasende Wut versetzt worden, er tritt sie demnach mit dem Fuße dergestalt auf den Leib, daß sie in eine starke Ohnmacht verfällt, ja er würde sie ohnfehlbar mit dem Dolche durchbohret und ermordet haben, wenn nicht einer von seinen Bedienten, auf den er sehr viel gehalten, ihm in die Arme gefallen und den Stoß aufgehalten hätte. Hierauf begreift er sich in etwas, gehet in ein anderes Zimmer und befiehlt, den Fähndrich F. bis auf seine fernere Verordnung in ein wohlverwahrtes Gefängnis zu legen.

Dessen Wunden sind von einem unbekannten Menschen behörig verbunden und er binnen 18 Tagen fast völlig kuriert worden, auch hat man ihm mittlerweile ganz wohl zugerichtete gesunde Speisen und Getränke gereicht, den 19ten Tag aber hat man ihm bloß Wasser und Brot gebracht, mit der Ankündigung, daß er sich nur immer zu seinem Ende gefaßt machen könne, weil er täglich 50 Hiebe mit einer mit Draht durchflochtenen Geißel, woran viele Häkgen und kleine Sporn befestiget, bekommen sollte, bis er krepierte. Derjenige, so ihm dieses sein Urteil angekündiget, wartet auf keine Antwort, sondern macht sich eilig wieder zurück; allein etwa eine Stunde hernach kommen zwei starke Kerls, welche seinen Oberleib entblößen, ihm die Hände zusammenbinden und also mit den Händen an einen Haken hängen, der oben mitten im Gewölbe eingemauert ist, so, daß der arme F. in der Luft schwebt. Hierauf gibt ihm ein jeglicher von den zweien Canaillen 25 Hiebe mit der schon erwähnten Geißel, da denn sein Oberleib dergestalt zugerichtet wird, daß ganze Stückgen Haut und Fleisch herausgerissen worden; hernachmals waschen sie ihn mit Essig und Branntewein, binden ihn wieder los und legen ihn auf sein Lager.

Wie dem guten F. müsse zumute gewesen sein, ist wohl ganz leicht zu erachten, ja ich glaube, der Allerherzhafteste sollte wohl bei dergleichen Todesart erzittern und auf die Gedanken geraten, sich sein Lebensziel selbst abzukürzen. Allein der Fähndrich F. resolviert sich, mit möglichster Standfestigkeit die zeitlichen Strafen zu ertragen, welche der Himmel über ihn verhängt hat. Demnach fügt es der Himmel auch, daß dennoch sein Leben erhalten wird. Denn gleich darauffolgende Nacht kömmt der Kerkermeister mit einem Lichte zu ihm hinein und bringet ihm nebst verschiedenen Kleidungsstücken einen Mantel, erinnert ihn, daß er ohne Zeitverlust dieses alles anlegen und sich mit Hülfe der Nacht in Sicherheit bringen solle, weilen er sonsten in wenig Tagen des Todes sein müsse. Sobald er sich nun völlig angekleidet und den Mantel um sich geschlagen, gibt ihm der Kerkermeister einen versiegelten Brief in die Hände mit dem Vermelden, daß er denselben wohl verwahren möchte, weil er ihm in seinem jetzigen elenden Zustande wohl zustatten kommen würde. Dieser hält sich also nicht lange an diesem unglückseligen Orte auf, sondern eilet so geschwinde, als es seine Schwachheit zulassen will, nach seinem Quartiere, welches aber verschlossen und von keinem Menschen bewohnet war.

Demnach nimmt er in diesen seinen Ängsten seine Zuflucht zu mir, zumalen da er in meinen Fenstern noch Licht erblickt und von der Schildwache vernimmt, daß niemand Fremdes bei mir sei. Ich erschrak, den ganz vor verloren geschätzten Fähndrich F., und zwar in so jämmerlicher Gestalt, vor mir zu sehen, und hörete nur erstlich die Hauptstücke seiner Aventure, die er mir unter Vergießung häufiger Tränen erzählte, mit Erstaunen an. Es erweckte aber sein elender Zustand bei mir ein ganz besonderes Mitleiden, derowegen sprach ihm soviel als möglich Trost zu, hielt ihn ganz heimlich in meinem Quartiere auf und ließ ihn aufs beste verpflegen. Ein Feldscher, auf dessen Treue und Verschwiegenheit ich mich verlassen konnte, mußte den elenden Menschen vollends kurieren, sodann verschaffte ich ihm sein im Quartiere zurückgelassenes Geld und Equipage nebst einem ehrlichen Abschiede vom Regimente. Damit ich aber auch nicht vergesse, was das Papier zu bedeuten gehabt, welches ihm der Kerkermeister bei seiner Loslassung so sehr rekommendiert hatte; so war dieses ein Kondolenzschreiben von der Mad. C., in welchem sie recht herzbrechende Worte gebrauchte und versprach, seinen und ihren ausgestandenen Schmerz, Verlust, Spott und Hohn mit dem Blute und Tode ihrer Feinde zu rächen, inmittelst könne er vor beigelegten Wechselbrief bei dem Kaufmanne N.N. 1000 spec. Taler heben und sich in möglichster Stille nach R. begeben, allwo sie ihn ehe Jahr und Tag verginge, anzutreffen verhoffete, da sie denn ihre Treue und Erkenntlichkeit in Erwägung seines ihrenthalber erlittenen schmerzlichen Verlusts ihm reichlicher zeigen wolle. Ich verschaffte also dem armen Fähndrich F. auch diese 1000 spec. Taler, worvon er mir eine ansehnliche Verehrung offerierte, allein ich nahm nichts an, sondern erwiese ihm vielmehr noch die Gefälligkeit und ließ ihn in einem verdeckten Wagen unter hinlänglicher Eskorte über die Grenze dieses ihm unglückseligen Landes bringen.

Etliche Wochen hernach empfing ich Briefe von ihm, worinnen er aber, wie er schrieb, mit allem Fleiß den Ort seines Aufenthalts nicht melden wollte, indem dieses sein einziger Wunsch wäre, daß er von allen Menschen, die ihn vorhero gesehen oder die er gekennet, nicht möchte erkannt oder gesehen werden. Anbei schickte er mir dennoch zur Erkenntlichkeit 200 spec. Dukaten, welche ich, weil ich nicht wußte, wohin ich sie respedieren sollte, wider meinen Willen behalten mußte.«

Die ganze Compagnie bezeigte nach geendigter Erzählung ein wundervolles Erstaunen und bekräftigte, daß dieser barbarische Hahnrei eine Rache nach italiänischer Art ausgeübt, ohngeacht er kein Italiäner gewesen, beklagten anbei den redlichen Fähndrich F., daß er sich nicht besser prospiziert und endlich wegen allzugroßer Sicherheit dergestalt unglücklich worden.

»Es fällt mir«, sagte ein gewisser Capitain, der mit in Compagnie saß, »bei abermaliger Erwähnung der Italiäner eine zum Teil etwas lächerliche Historie ein, die dem von B., welchen viele von uns kennen werden, vor ohngefähr anderthalb Jahren in Italien passieret ist. Dieser lässet sich durch die charmanten Blicke, Präsente und Liebesbriefe einer ungemeinen schönen Kaufmannsfrau anlocken, ihr dann und wann, sooft ihr höchst eifersichtiger Mann nicht zu Hause ist, eine Visite zu geben und ihr einen beliebigen Zeitvertreib zu machen. Hiervon aber mag der Mann Wind bekommen, ziehet derowegen einige von seinem Gesinde mit Geschenken an sich, macht auch sonsten alle behörige Anstalten, seine Frau mit dem von B. zu belauschen und zu sehen, wie sie miteinander umgehen. Einsmals gibt er vor, daß er mit der um Mitternacht abgehenden Post fort müsse, allein der Vogel schleicht sich wieder in sein Haus zurück und logiert sich neben seiner Frauen Zimmer, allwo er durch ein gemachtes Loch, so er verdecken kann, alle Actiones seiner Frauen zu betrachten vermögend ist. Diese läßt den von B. mittags zu sich zu Gaste laden und traktiert ihn aufs propreste, da denn der delikateste Wein und die trefflichsten Confituren beide um soviel desto mehr instigieren, einander die zärtlichsten Karessen zu machen, bis endlich nach aufgehobener Tafel die Hauptursache ihrer Zusammenkunft vorgenommen werden soll. Beide machen es sich mit Ablegung der Oberkleider und sonsten recht kommode, indem sie aber im Begriffe sind, den Liebesstreit anzufangen, eröffnet der abgünstige Mann die Tür, postiert sechs oder acht Banditen davor, welche ihre entblößten Degen und Mordmesser in Händen halten, tritt hierauf hinein ins Zimmer und spricht zu dem von B.: ›Mein werter Herr! es stehet in meinem Hause alles zu Euren Diensten, ausgenommen meine Frau, die ich, wenn es möglich wäre, gern vor mich allein behalten wollte; unterdessen, weil ich vernommen habe, daß Ihr einesteils unschuldig seid, indem sie Euch selbsten hat rufen lassen, so will ich mein Hausrecht vor dieses Mal an die Seite setzen und keine Hand an Euch legen, sondern Euch die Freiheit lassen, ob Ihr Euch durch diese bewaffnete Kerls zur Tür hinaus schlagen oder zu diesem großen Fenster, welches ich hiermit eröffne, hinunter auf die Straße springen wollet?‹ Dem von B. mögen allerdings wohl die Haare zu Berge stehen, denn sich durch so viel desperate, doppelt bewaffnete Banditen durchzuschlagen und lebendig davonzukommen, scheinet eine ohnmögliche Sache zu sein, und einen solchen Sprung aus dem zweiten, sehr hohen Stockwerke zu wagen, ohne den Hals auf dem Steinpflaster zu stürzen, will ihm auch nicht in den Kopf, jedoch da der vertrackte Kaufmann kurze Resolution fordert, erwählet er das letztere, zumalen da er etwas im Voltigieren getan, springt herunter auf das

Steinpflaster, und zwar dergestalt glücklich, daß er keinen weitern Schaden nimmt, als das Gelenke des rechten Fußes ein wenig verdrehet; hierauf eilet er, soviel als möglich sein will, davon in eine Kirche, mischt sich unter das Volk, trifft einige von seinen guten Freunden und Landsleuten an, welche ihn an einen sichern Ort bringen. Allda läßt er sich verbinden, befiehlt seinen Leuten, in größter Geschwindigkeit alle seine Sachen einzupacken und eine Extrapost zu bestellen, mit welcher er noch selbigen Abend in Begleitung einiger guten Freunde zu Pferde auf und darvon reiset, indem er befürchtet hat, der Kaufmann möchte etwa auf andere Gedanken geraten und ihm durch bestellte Banditen einmal plötzlich das Lebenslicht ausblasen lassen. Wie aber der Kaufmann mit seiner wollüstigen Frau umgegangen, solches hat er niemals in Erfahrung bringen können.«

Es entstunde unter der ganzen Compagnie über diese wunderliche Begebenheit ein nicht geringes Gelächter und wurden verschiedene Urteile darüber gefället. Unter andern mancherlei Gesprächen kam auch aufs Tapet, daß sich durch verbotenes Courtoisieren sowohl im Militär- als Zivilstande viele geschickte Mannespersonen glücklich gemacht, auch zu großen Mitteln und hohen Ehrenstellen geholfen hätten. Bei dieser Gelegenheit bat ein gewisser Lieutenant, welcher in eines andern großen Potentaten Diensten stunde und nur gute Freunde zu besuchen bei diesem Regimente auf der Vorbeireise eingesprochen war, um Erlaubnis, eine curieuse und wahrhafte Geschicht zu erzählen. Als er nun von der sämtlichen Compagnie ersucht wurde, ihnen diese Gefälligkeit zu erweisen, finge er also zu reden an:

»Als ich vor acht Jahren als Fähndrich in Z. auf Werbung stund, um sonderlich vor meines Capitains Compagnie etwa zehn bis zwölf Rekruten anzuwerben, bekam ich auf listige Art einen schönen und wohlgewachsenen Menschen von ohngefähr 20 Jahren, welcher seine Studia auf der Schule daselbst absolvieret hatte und bei seinen Eltern nur auf etliche Taler Geld laurete, um damit auf Universitäten zu gehen, womit ihm aber dieselben, weil sie wenig im Vermögen hatten, nicht alsobald helfen konnten. Eben dieses war wohl die meiste Ursache, daß er zwei Dukaten Handgeld und das Versprechen von mir annahm, daß er den ersten Furiersplatz, so unter dem Regimente aufginge, haben sollte. Allein, wie es gemeiniglich zu gehen pflegt, daß dergleichen Versprechen nicht gar zu genau gehalten werden, so traf es auch bei dem ehrlichen Merillo zu, denn er mußte über Jahr und Tag die Flinte tragen, führete sich aber dabei sehr wohl und gelassen auf, hielt sich in der Montur allezeit reinlich und überhaupt alle seine Sachen sehr ordentlich, frequentierte keine lüderlichen Compagnien, sondern blieb lieber zu Hause, lase in den Büchern, so er geborgt kriegen konnte, bemühete sich anbei sonderlich, die französische Sprache fertig reden und schreiben zu lernen, wie er denn auch dieselbe binnen kurzer Zeit fast vollkommen innen hatte. Nach der Zeit, da er sich durch sein Schreiben einige Taler Geld erworben, mag ihm auch wohl auch ein Lüstgen ankommen, in Compagnie zu gehen, derowegen attachiert er sich stets an die Unteroffiziers und andere reputierliche Leute, welche ihn wegen seiner guten Aufführung und klugen Diskurse lieben und ehren. Nur ist das schlimmste, daß das Geld nicht immer zureichen will, denn die Löhnung langete nicht allzuweit, und nach einiger anderer Soldaten Art, auf Merode oder, besser zu sagen, stehlen zu gehen, war seiner noblen Ambition zuwider, derowegen mußte er sich nolens volens nach der Decke strecken und manche lustige Compagnie meiden. Bei seiner Wirtin, die eine stürmische, geizige Wittbe und bereits etliche 40 Jahr alt war, hatte er sich seit etlichen Wochen vor empfangene Viktualien in ein paar Taler Schulden gesetzt, durfte sich also, wenn er nicht gemahnet sein wollte, nicht allzuwohl vor ihr sehen lassen, sondern kroch manchen Nachmittag auf den Heuboden, nahm ein Buch mit dahin und las so lange darinnen, bis ihn der Mittagsschlaf überfiel.

Ich habe vergessen zu melden, daß wir damals schon nach einem zurückgelegten Marsche von etliche 40 Meilen bei unserm Regiment angekommen waren. Jedoch die Geschicht fortzusetzen, wie mir dieselbe von dem Merillo umständlich erzählet worden: so schlummert er eines Tages auf gedachten Heuboden abermals ganz süße; seine Frau Wirtin, die etwa ihr Heu besichtigen will, trifft ihn, und zwar in einer solchen Positur liegend an, die zwar ein junges Mägdgen, keinesweges aber eine Frau von solchen Jahren zur Liebe reizen sollen. Merillo ermuntert sich zwar und merkt, daß sie vor ihm stehet und ihn beschauet, jedoch aus Furcht, von ihr gemahnet und gescholten zu werden, bleibt er ganz stille liegen und fängt an zu schnarchen als ein Ratz. Die verliebte Alte bleibt eine gute Zeit ganz entzückt zu seinen Füßen stehen, endlich, da sie vermeinet, daß er in dem allerfestesten Schlafe läge, setzt sie sich ganz sanfte an seine Seite, suchet dasjenige, was ihr Herze begehrt. Weil aber Merillo sich hierdurch nicht ermuntern läßt und ihr die Zeit zu lang werden will, legt sich das verliebte alte Rabenfell auf ihn, liebkoset und bittet ihn so lange, bis er ihr denjenigen Dienst leistet, den er, wenn er nur einige Taler im Vermögen gehabt, ihr vielleicht versagt hätte. Sie hat sich hierauf ungemein vergnügt und gütig gegen ihn erzeigt, ihm die Schuld erlassen und noch darzu etliche harte Taler in seine Tasche gesteckt, anbei versprochen, ihn täglich aufs beste zu traktieren und jederzeit mit benötigten Gelde zu versorgen, daferne er sie in Zukunft ferner vergnügen wolle. Merillo entschließet sich demnach, in einen sauern Apfel zu beißen, um delikate Bißgen zu haben und ein gutes Leben zu führen. Er führete sich weit sauberer in Kleidung und Wäsche auf als sonsten, ging öfters in Compagnie, spielete auch dann und wann ein Spiel mit, welches vorhero sein Werk nicht gewesen war, doch bei allem dem war er sehr akkurat in Versehung seiner Dienste und suchte sich beständig in der Gunst der Höhern zu erhalten, welches ihm denn erstlich die Korporals- und wenig Monate hernach die Furiersstelle zuwege brachte. Damals gab er denen andern Unteroffiziers einen vortrefflichen Schmaus, der ihm mehr als 30 Taler kostete, hatte es auch eben nicht weit von sich geworfen, als ihm einige railliert, wie nehmlich er gewiß Frauenzimmer-Stipendia genösse. Niemand aber hätte auf seine unscheinbare Wirtin gedacht und geglaubt, daß bei derselben die Liebe den Geiz überwunden hätte. Allein die Alte gab alles her, was er von ihr verlangte, beide aber trieben ihr geheimes Liebesspiel so lange, bis sie einsmals von der Tochter beschlichen und in voller Arbeit angetroffen worden. Da sich nun die Tochter unterstehet, der Mutter wegen ihres unzüchtigen Lebens einen Verweis zu geben, wird das gute ehrliche Mägdgen von der erzürnten Mutter dergestalt mit Schlägen traktiert, daß sie in etlichen Tagen nicht aus dem Bette kommen, mithin, ihrer Bedrohung nach, dem Beichtvater nicht anzeigen kann, was sie mit ihren Augen gesehen. Mutter und Tochter versöhnen sich zwar wieder, allein in wenig Tagen gehet der Streit und das Drohen der Tochter von neuen an, bald hernach aber wird das Mägdgen frühmorgens in ihrem Bette tot gefunden und unter dem Vorwande, daß sie an einem Schlagflusse gestorben, in aller Stille begraben.

Merillo schöpft hierüber arge Gedanken und mutmaßet aus verschiedenen Umständen, daß die Mutter ihre Tochter vielleicht durch Gift von der Welt gebracht, um das Liebesspiel desto sicherer zu treiben. Demnach bekömmt er einen heftigen Ekel und Abscheu vor diesem alten Felle und sinnet auf Gelegenheit, sich mit guter Manier aus den Fesseln derselben zu reißen. Hierzu ereignete sich nun dieses angenehme Mittel: Das alte Weib hatte von ihrem zusammengescharreten Gelde 1200 Stück alte Kremnitzer Dukaten in ihrem Speisegewölbe in die Erde gesetzt. Merillo kömmt ihr von ohngefähr hinter die Schliche und merkt das Fleckgen; einige Tage hernach aber nimmt er diesen Schatz heraus und vergräbt denselben an einen andern, ihm gelegenern und sichern Ort, lässet sich aber nichts merken, sondern stellet sich, als ob er immer ärmer und Geld bedürftiger würde, ja er macht sich gar unpäßlich, um der Aufwartung bei seiner alten Sara überhoben zu sein. Diese wartet und pflegt ihn aufs beste, um seine Kräfte wiederherzustellen, eines Tages aber kömmt sie ohnversehens als eine höllische Furie mit zerrauften Haaren und gräßlichen Zetergeschrei in seine Stube gelaufen und stellet sich nicht anders an als ein Mensch, das ganz von Sinnen kommen will. Merillo stellet sich ungemein erschrocken an und fragt, was ihr denn Leides widerfahren sei, worauf sie ihm mit allen Umständen klaget, daß ihr ihr größtes Kapital, an 1200 Stück Dukaten, weggenommen worden, auch hinzufügt, er und kein anderer müsse es entführet haben, derowegen möchte er es nur bekennen, weil sie ohnedem gesonnen gewesen, dieses Geld mit ihm zu verzehren. Merillo versucht anfänglich, ihr diesen Wahn in Güte zu benehmen, ermahnet sie auch, vorhero recht zu suchen, weil sich das vergrabene Geld oftermalen zu verrücken pflegte. Da sie aber nicht nachlässet, ihm diesen Raub auf den Kopf schuld zu geben, fähret er plötzlich mit andern Worten heraus und spricht: ›Du alte Bestia! kannst du mir so wohl erweisen, daß ich dich bestohlen habe, als ich dir dartun will, daß du, um deine Geilheit desto sicherer auszuüben (worzu du mich sozusagen bei den Haaren gezogen hast), eine Mörderin an deiner einzigen Tochter worden bist? Warte, warte!‹ spricht er ferner, ›ich will dich altes Luder bald in Schindershänden sehen, weil du mich als einen ehrlichen Unteroffizier zum Diebe machen willst.‹ Hiermit springt er auf, ziehet seine Kleider an und will zum Hause hinausgehen, allein die Alte, welcher das Gewissen schlägt, fällt zu seinen Füßen und bittet mit Tränen, ihr kein Unglück über den Hals zu ziehen, sie wolle gern alles vergessen und, ob sie gleich an dem plötzlichen Tode ihrer Tochter unschuldig, ihm doch noch 100 spec. Taler schenken, nur daß sie durch ihn nicht in bösen Verdacht und Nachrede gesetzt würde. Merillo läßt sich nach langen Weigern endlich besänftigen, nimmt die 100 Taler noch mit und verspricht, ihr weder Guts noch Böses nachzureden, gehet zum Hause hinaus, lässet seine Sachen durch ein paar Musketiers nachholen und kömmt nachhero nicht wieder zu ihr, erfähret aber wenig Wochen hernach, daß sie in einem hitzigen Fieber in größter Raserei dahingestorben sei.

Solchergestalt konnte er sich nun seines erworbenen Geldes etwas freier bedienen, doch fing er seine Sachen recht klug an, indem er vorgab, es wäre in seiner Heimat ein naher Anverwandter von ihm gestorben, welcher ihm zu seinem Avancement unter der Miliz ein ziemliches Kapital vermacht hätte. Nebst seiner guter Aufführung machten die geheimen Spendagen, daß er bald hernach Feldwebel wurde, da er sich denn so galant als der beste Oberoffizier aufführete. Er besuchte den Fecht- und Tanzboden fleißig, zeigte viel Courage;

seiner guten Conduite wegen waren ihm aber auch diejenigen gewogen, welche einesteils Ursach gehabt hätten, ihn zu beneiden und sich feindselig gegen ihn zu erzeigen.

Wegen seiner propren Aufführung und wohlgebildeten Person nun verliebte sich ein Kammerfräulein einer gewissen vornehmen Dame, die als Wittbe in der Stadt lebte, wo wir in Garnison lagen, in unsern Merillo. Ich will die Dame bloß Livicarda und das Kammerfräulein Rosinde nennen. Diese Rosinde kann nicht ruhen, bis sie mit Merillo zu sprechen kömmt. Es geschicht endlich dieses durch Vermittelung einer alten Frau zum ersten Male, als von ohngefähr, in einem Garten. Beide Personen gefallen einander, werden derowegen ihres verliebten Krams bald einig, worauf denn Merillo von seiner Geliebten einsmals um Mitternachtszeit in ihrer Gebieterin, der Livicarden Palast, ja sogar in ihre Schlafkammer geführet wird, allwo sie im größten Vergnügen eine Bouteille Wein und allerlei Sorten von Konfekt miteinander verzehren. Indem sie sich aber anschicken, die allersüßeste Kost der Liebe zu genießen, öffnet sich ganz plötzlich die Tür, welche Rosinde zuzuschließen vergessen. Livicarda kömmt selbsten hineingetreten und spricht: ›Siehe da! ihr artigen Herzgen, trifft man euch also hier beisammen an. Beschimpft ihr solchergestalt meinen Palast? Rosinde! wollet Ihr schon Euren Jungferkranz durch einen Soldaten zerreißen lassen? Und Ihr!‹ so redet sie den Merillo an, ›wer seid denn Ihr? Ich bitte um Vergebung nur derentwegen, daß ich Euch ein standesmäßiges Bad kann zubereiten lassen. Traget Ihr nicht mehr Respekt vor eine solche Dame, wie ich bin, als daß Ihr Euch unterstehet, eine von ihren Fräuleins zu schänden?‹

Merillo will zwar seine Verantwortung und untertänigste Bitte um Gnade vor Livicarden kniend verrichten, doch dieselbe höret ihn nicht, sondern ergreift Rosinden beim Arme und schleppt sie fort aus der Stube, verriegelt dieselbe und spricht, er solle nur Geduld haben, sie wolle ihm etwas anders weisen. Daß dem guten Merillo nicht allzuwohl bei der Sache gewesen sein müsse, ist leicht zu glauben; er hatte die Fenster betrachtet, um herunterzuspringen, allein sie sind zu hoch und darzu mit eisernen Stäben verwahrt, auch ist die Tür dergestalt befestiget, daß er sie nicht aufbrechen kann. Ob nun zwar sein Verbrechen keine Todsünde war, so wollte ihm doch schon im voraus von einer scharfen Züchtigung und starken Prostitution träumen, derowegen blieb er über eine Stunde lang in den allerängstlichsten Sorgen und Bekümmernissen sitzen; nach Verlauf derselben aber stellet sich die zwar sehr schön, doch darbei sehr zornig aussehende Livicarda wieder ein und redet ihn mit folgenden Worten an: ›Wohlan! freveler Soldat! hieraußen vor meiner Tür stehen vier bewehrte Knechte, getrauet Ihr Euch mit Euren Degen durchzuschlagen, so waget Euch hinaus, die Türen meines Palasts sind geöffnet, daß Ihr weiterkommen könnet.‹ Merillo fällt abermals zu ihren Füßen, bittet um Gnade, stellet vor, es würde ja einer solchen irdischen Göttin, welcher lauter Güte und Barmherzigkeit nebst andern unaussprechlichen Annehmlichkeiten aus den Augen leuchteten, eben nicht mit einer Handvoll seines Bluts gedienet sein, zudem so wäre ja das Verbrechen, worzu ihn die hitzige Jugend verleiten wollen, noch nicht vollführet worden etc. etc., worauf Livicarda mit einer etwas gnädigern Miene spricht: ›Rosinde hat mir bereits gestanden, wievielmal ihr Unzucht miteinander getrieben habt; werdet Ihr nun auch in diesem Stücke die reine Wahrheit bekennen, damit ich höre, ob Eure Reden übereintreffen, so soll Euch dennoch ein Teil meiner Gnade angedeihen.‹

Merillo bekräftiget demnach mit teuren Schwüren, daß dieses ihre erste geheime Zusammenkunft wäre, und setzet noch hinzu, daß er sich zeitlebens noch mit keinem Frauenzimmer fleischlich vermischt habe. Hierauf erkundigt sie sich wegen seiner Charge, Herkommens und anderer seine Person betreffenden Umstände, und da er sie dessen allen mit wohlgesetzten Worten und manierlichen Gebärden berichtet hat, sagt sie endlich mit lachenden Munde: ›Ich glaube Euch alles wohl, nur daran zweifele ich, daß Ihr noch ein reiner Junggeselle seid.‹

Dieses nun versichert Merillo nochmals mit den kräftigsten Worten, worauf Livicarda mit einer verliebten Miene spricht, dergleichen Wildpret wäre etwas Rares und viel zu delikat vor ein armes Fräulein. ›Wo mich mein Spiegel nicht betrügt oder ich mir nicht selbst schmeichele, so hielte ich mich fast um ein gut Teil wohlgebildeter als meine Rosinde. Wie gefiele Euch demnach der Tausch, Merillo, wenn Ihr anstatt Rosinden mich karessieren dürfet?‹ ›Madame!‹ antwortete Merillo, ›Sie suchen vielleicht ein Wort von mir herauszulocken, welches mir das Leben kosten soll; doch muß ich bekennen, daß mir dergleichen übermenschliche Schönheit, wie die Ihrige ist, zeit meines Lebens noch nicht vor Augen gekommen, ich aber bin ein Wurm gegen Dero unvergleichliche Person und genieße mehr als zu vieles Glück, wenn ich nur den Staub zu Dero Füßen küssen darf.‹ ›Eurer Gestalt und Geschicklichkeit nach‹, versetzte Livicarde, ›wäret Ihr würdig, ein geborner Prinz zu sein, demohngeacht aber, wo Ihr vernünftig lieben und schweigen könnet, so stehet Euch bei mir dasjenige Vergnügen offen, welches Ihr diese Nacht bei Rosinden zu finden verhofft habt, saget demnach kürzlich Eure Meinung und was Ihr Euch selbsten zutrauet.‹

Bei so gestalten Sachen hielt Merillo mit der Resolution nicht lange zurücke, sondern gab die Livicarden wohlgefällige Erklärung mit zitternder Freude von sich, worauf sie selbst ihm den ersten Kuß gab, ihn nach einigen verliebten Tändeleien bei der Hand nahm und eine Treppe hinunter in ihr Schlafzimmer führete, allwo er auf den gehabten Schrecken erstlich einen guten Trunk von einer köstlichen Herzstärkung tun, hernach sich kommode machen und bei Livicarden, ihrer Meinung nach, die ersten Proben seiner Tapferkeit im Venuskriege ablegen mußte.

Er hat mir«, sagte hier der Lieutenant, »teuer zugeschworen, daß ihm damals 1000mal besser um die Leber gewesen als bei seiner alten Wirtin auf dem Heuboden; allein er hätte solches eben nicht nötig gehabt, denn ich konnte es ohnedem wohl glauben sowohl als dieses, daß beide keinen Schlaf in ihre Augen kommen lassen, bis endlich der anbrechende Tag erinnert, daß es Zeit sei, voneinander zu scheiden, da ihm denn Livicarda die Verschwiegenheit nochmals bei Verlust seines Lebens eingebunden, diese erste Visite mit einer guten Handvoll Dukaten, die sie ihm in den Hut gelegt, belohnet, auf folgende Nacht seine Wiederkunft durch eine kleine Gartentür, die sie ihm bezeichnet, verlanget und also diesen wohlbestellt befundenen Venusritter fortwandern läßt.

Solchergestalt hatte sich nun Merillo das gestörte Liebesvergnügen bei Rosinden gar nicht gereuen lassen, dieses arme Mägdgen aber hat selbige Nacht ihre heiße Liebesglut in einem kalten Gewölbe abkühlen müssen, folgenden Morgens aber ist sie in einen zugemachten Wagen gesetzt und 16 Meilen von dannen zu den Ihrigen geführt worden, weswegen denn Merillo dieselbe nach der Zeit nicht wieder zu sehen bekommen.

Livicarda lebte, wie ich bereits gemeldet, als eine Wittbe, indem ihr Gemahl, mit dem sie kaum zwei Jahr in einer sehr vergnügten Ehe gelebt, an einer Blutstürzung nur etwa vor einem halben Jahre plötzlich gestorben war. Sie war sehr schön, ihres Alters ohngefähr 21 bis 22 Jahr, darbei stark bemittelt. Es hatten sich zwar schon verschiedene Freier bei ihr antragen lassen, allein sie mochte bei jedweden etwas auszusetzen haben, indem sie sehr eigensinnig war, jedoch weil sie sehr propre und delikat lebte, konnten die wollüstigen Liebestriebe wohl ohnmöglich außen bleiben, derowegen suchte sie sich in geheim zu vergnügen, vor den Leuten aber wußte sie sich dergestalt zu verstellen, daß man hätte glauben sollen, es wäre ihr an nichts weniger als an dem Venusspiele gelegen, wie sie denn auch noch niemals gesegnetes Leibes gewesen war, allein die öftern Umarmungen des muntern Merillo verursachten, daß sie binnen wenig Wochen bei sich verspürete, wie sie zwei Lebern im Leibe hätte. Es stiegen ihr dieserwegen verschiedene Grillen in den Kopf, doch alles dieses gibt der Liebe zu dem Merillo nicht den geringsten Stoß, welches er daraus abmerken konnte, da sie ihm immer eine starke Geldsumme über die andere in die Taschen steckte, welches er denn nicht übel anlegte, sondern vermittelst desselben erstlich die Fähndrichs- und etwa drei oder vier Monat hernach die Lieutenantsstelle erhielt, auch einen kavaliermäßigen Staat führete.

Mittlerweile wird ihrer beider Liebe und die nächtlichen Zusammenkünfte dergestalt geheim praktiziert, daß kein Mensch das geringste davon erfähret, da aber die Zeit ihrer Niederkunft immer näher herbeikömmt, tritt sie eine Reise in ein anderes Königreich an. Merillo erlangt zu gleicher Zeit Urlaub, auf etliche Monate in seine Heimat zu reisen, also kommen sie beide an einem bestimmten Orte zusammen, allwo Livicarda ihre Bagage und übrigen Bedienten zurücklässet, weiter aber niemand mit sich nimmt als eine einzige vertraute Frau und ein getreues Mägdgen, die von Jugend auf bei ihr erzogen worden. Merillo, der sich Wagen und Pferde, ingleichen zwei fremde Bedienten angeschafft, führet sie also etliche 50 Meilen weit in das fremde Land hinein, so lange bis der junge Merillo sich zu stark reget und das fernere Reisen verhindert. Indem sich nun beide Verliebte vor ein Paar Eheleute ausgeben, wird das Kind, nachdem es frisch und gesund zur Welt gekommen, in einem Dorfe getauft. Livicarda pflegt daselbst drei bis vier Wochen ihrer Gesundheit, nach diesen lassen sie die alte Frau mit dem Kinde in besagten Dorfe und begeben sich wieder auf die Rückreise. Merillo begleitet sie bis nahe an den Ort, wo sie ihre Suite zurückgelassen, sodann gehet er genommener Abrede nach abermals zurück und nimmt das Kind nebst der alten Frauen und einer tüchtigen Amme mit sich nach Deutschland, bringet es bei gute Leute zur Auferziehung, mit dem Begehren, daß es als ein adeliches Kind traktiert und besorgt werden solle; hierzu deponiert er vorerst 500 spec. Taler, indem er von Livicarden noch einmal soviel empfangen hatte, und verlanget, daß man ihm wenigstens alle Monat einmal von des Kindes Zustande Rapport abstatten solle.

Seinen Eltern gibt er bei dieser Gelegenheit auch eine Visite, sagt ihnen aber von der Vermehrung ihres Geschlechts nicht das geringste. Da aber dieselben sich über sein jähliges Avancement zum höchsten verwundern, gibt er bei ihnen vor, er sei einsmals des Nachts von einem Gespenste aufgeweckt worden, welches ihm anbefohlen, gleich aufzustehen und mitzugehen, weil er in dieser Nacht denjenigen Schatz heben könne, welcher ihm bescheret sei, widrigenfalls würde dieser Schatz nach sieben Jahren einem andern zuteil werden. Er als ein Soldat habe demnach das Herze gefasset und wäre dem Gespenste gefolget, welches ihm den Schatz frei und sicher heben und hinwegtragen lassen, auch weiter nichts von ihm verlangt, als daß er jährlich auf diesen Tag zum Gedächtnisse des gehobenen Schatzes sein Hemde ausziehen und dasselbe einem armen Menschen geben solle.

Ich weiß nicht mehr zu sagen«, sprach hier der Lieutenant, »was er seinen Eltern und Befreundten noch mehr vor Wind vorgemacht, denn es fehlete ihm niemals an geschickten Einfällen. Er lässet aber ein gut Stück Geld zu Hause, worgegen ihm liegende Güter verschrieben werden, den usum fructum aber schenkt er seinen Eltern, bis er nach gebüßeter Soldatenlust wieder nach Hause käme. Nachdem er nun die Sachen in seiner Heimat behörig eingerichtet, verkaufte er die Kutsche und die Pferde, bis auf drei tüchtige Reitklöpper, gab den ausländischen Bedienten eine raisonable Belohnung, schenkte ihnen die Liberei, die sie nur wenig Wochen getragen, mit auf den Weg, nahm sich einen Reitknecht aus seiner Vaterstadt an, der ihn zugleich als Laquais bedienen konnte, und reisete, nachdem seine Urlaubszeit beinahe verflossen, wieder zum Regimente.

Das Liebesspiel mit Livicarden fing er also aufs neue an, jedoch muß er auf ihr banges Zureden mehr Behutsamkeit als anfänglich gebrauchen, weilen ihr ohngelegen, dergleichen Fatiguen so bald wieder auszustehen und einen solchen Hazard zu wagen, der vielleicht nicht so glücklich ausschlagen dürfte als der erste. Solchergestalt war nun Livicardens Trauerzeit, und zwar noch ein großer Teil drüber, auf eine ganz plaisante Art verbracht. Es melden sich zwar, wie schon gedacht, verschiedene standesmäßige Freier, muß aber einer nach dem andern mit einem Korbe abziehen, weil sie vielleicht von keinem unter allen vermuten können, daß er so geschickt sei, sie zu vergnügen, als Merillo. Endlich kömmt ein junger feiner Herr namens Ch. mit seiner Werbung bei Livicarden angestochen, zu diesem bekömmt dieselbe Appetit, weiln er dem Merillo an Jahren, Gestalt und galanten Wesen ziemlich zu gleichen geschienen, an Reichtum aber übertraf er fast die

Livicarda selbst; allein sie will dennoch nicht eher zuschlagen, bis sie vorhero ihrem Trampelgalan mit guter Manier abgeschaffet hat.

Merillo, welcher zwar vor wie nach seine Aufwartung noch bei Livicarden machen muß, merket jedoch gar bald, daß er, nur um ihre Brunst zu löschen, Notknecht sein müsse, indem er nicht des zehenden Teils mehr so zärtlich traktiert und karessiert wird als vorhero. Derowegen fängt er an, sich einigermaßen über ihre Kaltsinnigkeit zu beklagen und ihr vorzurücken, daß sie vielleicht seiner überdrüssig sein müsse, indem sie gemeiniglich nach vollbrachten Liebesspiele einen besondern Ekel gegen seine Person spüren ließe, worauf Livicarda freimütig bekennet, daß sowohl das Staats- als ihr eigenes Interesse erforderte, die Anwerbung des Herrn G. von Ch. nicht auszuschlagen, sondern ihm die ehelige Hand zu geben; derowegen würde er, Merillo, sie nicht verdenken, wenn sie sich gewöhnen müßte, sich seiner nach und nach zu enthalten, inzwischen würde sie das mit ihm genossene Liebesvergnügen beständig in geneigten Andenken behalten und allezeit eine gute Freundin von ihm verbleiben.

›Wohl gut, Madame!‹ sagt Merillo mit einer etwas ernsthaften Stimme und Miene, ›ich muß mir gefallen lassen, meine Glückseligkeit und Vergnügen, zu welchem ich plötzlich und unverhofft gelanget, auch plötzlich und unverhofft wiederum zu quittieren, schätze mich auch verbunden, vor Dero Interesse mehr als mein Vergnügen aufzuopfern, und bin bereit, das letzte Adieu von Ihnen zu nehmen, doch bitte nur vorhero von Ihnen Ordre aus, ob die Frucht Ihres Leibes zum bürgerlichen oder adelichen Stande erzogen werden soll.‹ Sie lässet durch Gebärden nicht undeutlich spüren, daß sie sich über diese Reden alteriert, gehet aber, nachdem sie ihn noch ein wenig warten heißen, in ein Nebenzimmer und kömmt erstlich nach Verlauf einer halben Stunde wieder zurück, da sie denn mit einer negligenten Miene zu ihm spricht: ›Ich bin voritzo nicht imstande, Euch zu kontentieren. Gehet dieses Mal hin, ich will Euch bei nächster Zusammenkunft in allen Satisfaktion geben.‹ Er macht sein Kompliment und gehet ziemlich trotzig seiner Wege, ist aber kaum drei oder vier Schritt von der Gartentür hinweg, als er in der dicken Finsternis, und zwar in einem Tempo, zwei Stiche, einen von vorne in die rechte Schulter und den andern durch die linke Weiche, bekömmt. Er tut einen Sprung auf die Seite, ziehet seinen Degen, um bei weiterer Attaque einen seiner Feinde mit in den Tod zu nehmen, da er aber vermerkt, daß dieselben davonlaufen, hält er nicht vor ratsam, größern Lärm zu machen, sondern schleicht in aller Stille nach seinem Quartiere, läßt einen Feldscher kommen und sich verbinden. Etliche Tage sahe es sehr schlimm mit ihm aus; jedoch weil keine Hauptteile im Unterleibe verletzt waren, wurde er in wenig Wochen vollkommen restituiert.

Inmittelst erfuhr er, daß Livicarda ehester Tages mit dem G. von Ch. Beilager halten würde, derowegen trieb ihn der heftige Chagrin an, folgende Zeilen an Livicarden zu schreiben:

Gehet dieses Mal hin, ich will Euch bei nächster

Zusammenkunft in allen Satisfaktion geben.

Madame!

Dieses waren die letzten Worte, so ich neulich von einer vornehmen Dame hören mußte, die mich ehedem sehr öfters kommen, aber niemals weggehen heißen. Doch Glücke, Glas und die Liebe eines vornehmen Frauenzimmers gegen eine Mannsperson geringeres Standes zerbricht gar leichtlich, und also bewundere ich nichts, als daß Dero heftige Brunst von so langer Dauer sein und durch mein unermüdetes Bemühen nicht eher als itzo gelöschet worden. Jedoch was will ich von löschen sagen, da vielleicht die Glut dermalen durch den Anblick eines vierschrötigen Landsmannes noch heftiger angeblasen worden, von welchen etwa präsumiert wird, daß er seine Rebus besser machen werde als ein politer Deutscher. Demnach verwundere ich mich auch nicht, daß ich meinen Abschied von Ihnen bekommen, nur wundert mich, daß, da beschlossen gewesen, mir das Lebenslicht ausblasen zu lassen, Sie keine geschicktern Meuchelmörder, sondern solche feige Canaillen choisiert haben, welche die rechten Fleckgen nicht zu treffen gewußt, sondern, nachdem sie ihre Stöße mit selbsteigener Angst und Zittern angebracht, sich, sobald sie nur meinen Degen aus der Scheide fahren höreten, auf die Flucht begaben. War denn etwa dieses, Madame! die versprochene Satisfaktion? Sollte dieses der Rekompens vor meine oft über die Gebühr angespannete Kräfte sein? Sollte solchergestalt das kostbare Geheimnis erstickt und keinen Menschen kundgemacht werden, ob der arme kleine Livicardomarillus vom Himmel gefallen oder hinter dem Zaune gefunden sei, mithin dieses unschuldige Kind zu einer vater- und mutterlosen Waisen gemacht werden? Ja, ja! ich besinne mich, die Staatsraison hat solches absolutement erfordert. Doch nein, Madame! das Militärleben ist vermögend, einem bürgerlichen Körper ein adeliches Herze einzupfropfen. Ob es aber zwar gleich keine Heldentat ist, dergleichen Cameralia, als wir eine Zeit dahero miteinander traktieret, auszuplaudern, so wird doch hoffentlich die galante Welt, in Betrachtung meiner ausgestandenen Fatiguen, mich nicht verdenken, wenn ich auf Mittel sinne, meinen Hohn zu rächen, welches ich wohl unterlassen, wenn man nicht versucht hätte, mich auf eine so liederliche Art ums Leben zu bringen. Demnach kündige ich Ihnen, Madame! meine vorgesetzte Rache an, worbei ich meinen Körper tausend Gefährlichkeiten exponiere, jedoch garantiere, daß, ob auch mein Körper in tausend Stücke zerteilet würde, dennoch keine menschliche Gewalt vermögend sein soll, die Publikation des Geheimnisses zu verhindern, welches zur Zeit noch meines Wissens niemanden als uns beiden bekannt ist; denn es liegt bereits mit allen akkuraten Umständen der ganzen Welt zur Nachricht aufgeschrieben an einem sichern Orte, welches ich darum getan habe, weil ich nicht weiß, ob ich vor meinem Ende noch imstande sein möchte, solches mündlich publik zu machen. Zwar glaube ich nicht, daß mein vertrauter Umgang mit Ihnen Dero hohen Stande eben so gar sehr despektierlich sein kann, weil ein braver Soldat ebensowohl von Adam und Even herstammet als eine Staatsdame hiesiges Landes. Vielleicht ist auch der Herr G. von Ch. eben so ekel nicht, daß er nach Vernehmung dieser Liebesbegebenheit Dieselben nicht ebenso feurig, als Sie sich ohnfehlbar schon im Geiste vorstellen, embrassieren sollte, wo er ja die Probe nicht bereits abgelegt. Dem sei aber, wie ihm sei, so will doch ich erstlich eine mit Pulver, Blei und Blut geschriebene Protestation wider das fernere Verfahren einlegen, um wegen meines, mir meuchelmörderischerweise abgezapften unschuldigen Bluts Revanche zu nehmen. Solches meldet Ihnen zur dienstlichen Nachricht

der beherzte

Merillo.«

»Man muß bekennen«, sagte ein darbeisitzender Offizier, »daß dergleichen Schreiben vermögend ist, entweder ein Frauenzimmer in bange Furcht oder wohl gar in die ärgste Desperation zu setzen.« »Bei Livicarden«, versetzte der erzählende Lieutenant, »mag sich ohnfehlbar beides ereignen, jedoch sie bedienet sich der Verstellung, denn da Merillo eines Tages auf dem großen Platze vor ihrem Palais herumspazieret und wegen seiner in Gurt gesteckten Pistolen mutmaßen lässet, als ob er auf dem G. von Ch., der eben damals von Livicarden traktiert wurde, laurete, schickt sie eine ihrer Getreuen an ihn ab, lässet ihm eine ziemliche Summa Geldes bieten, wenn er sie ferner ungekränkt lassen und sich gar von dannen hinweg in andere

Dienste begeben wolle; anbei läßt sie versprechen, sich noch selbigen Abends in einem Schreiben wegen des auf sie gelegten Verdachts, den Meuchelmord betreffend, zu entschuldigen und ihm bessere als vermeinte Satisfaktion zu geben. Dieser stellet sich anfänglich ziemlich spröde, weiln aber dennoch seine Absichten bloß allein auf das Geld gerichtet sind, verspricht er endlich, die Satisfaktionspunkte in seinem Quartiere zu erwarten, begibt sich also, nachdem er vor Livicardens Palais ein Pistol in die Luft geschossen, in sein Quartier.

Von ohngefähr fügte sich's, daß ich nebst noch einem Offizier durch solche Straße passierte, weiln wir nun den Merillo im Fenster gucken sahen und wußten, daß er öfters lieber ein paar gute Freunde auf der Stube hatte als in starke Compagnien ging, trafen ihn aber sehr konsterniert und kaltsinnig an. Doch weiln sich bekannte Offiziers untereinander nicht viel hieran zu kehren pflegen, so machten wir beide auch diesmal uns keine Sorge daraus, setzten uns nieder, spieleten ein l'Hombre und rauchten eine Pfeife Tobak darbei. Merillo stellete sich, da es Abend zu werden begunnte, etwas unpäßlich und schläfrig an, allein mein Kamerad, der etwas lustiges Geistes war, sagte: ›Herr Bruder! du magst im Ernste krank oder schläfrig sein, so gehe ich doch vor Mitternachts nicht vom Flecke.‹ Wie er demnach sahe, daß es nicht anders war, stellete er sich etwas aufgeräumter. Ohngefähr um zehn Uhr des Nachts aber kam sein Bedienter und meldete, daß zwei Personen da wären, welche etwas an ihn zu überbringen hätten. Derowegen sprach Merillo zu mir und dem andern Offizier: ›Messieurs, seid von der Güte, nehmet ein Licht und gehet nur auf einige Minuten in dieses Nebenzimmer, weil ich nur noch etwas zu negotieren habe, worvon ich euch nachhero Part geben will.‹ Wir weigerten uns nicht, dieses zu tun, weil ich aber curieux war zu sehen, was passierete, guckte ich durch das Schlüsselloch und wurde gewahr, daß sein Diener zwei Weibspersonen hineinbrachte, von welchen die eine einen schwer angefülleten Korb truge und von einer sogenannten wohlbewußten Person einen Gruß wie auch ein Schreiben brachte, anbei den Merillo bat, er möchte von der Güte sein und seinen Diener bis an die Ecke der Straße gegen den Markt zu schicken, weiln zwei Weiber unterwegs wären, die das Beste trügen, sich aber vielleicht verirren könnten. Dieser schickte also seinen Diener mit der Laterne fort, trat zum Lichte und erbrach den empfangenen Brief, immittelst half eine der andern den Korb auf die Erde setzen, welcher, wie wir hernach befanden, mit etlichen wohlversiegelten Kästlein, worinnen lauter Sand befindlich, unten aber mit Steinen beschwert war. Da dieses geschehen, zohen sie eine seidene starke Schlinge hervor, warfen dieselbe dem Merillo mit größter Geschwindigkeit über den

Kopf um den Hals, rissen ihn zu Boden, so daß er sich kaum regen, viel weniger um Hülfe rufen konnte.

Es ist leicht zu erachten, daß mein Kamerad und ich nicht lange werden gezaudert haben, dem ehrlichen Merillo in seinen Todesnöten beizuspringen. Ich kam eben noch zu rechter Zeit, demjenigen Stoße Einhalt zu tun, welchen die eine Verteufelte mit einem Dolche in seine Brust tun wollte. Indem ich nun bemühet war, dieselbe zu entwaffnen, wollte mein Kamerad dem gurgelenden Merillo die Schlinge vom Halse machen, bekam aber darüber von der andern Bestia einen Dolchstich ins Gesäße und hatte also Ursach, dem Himmel zu danken, daß sie seines hohlen Leibes verfehlet. Ich wurde es sobald als er selbst gewahr, zohe derowegen alsofort meinen Degen und hieb ihr die Hand, worinnen sie den Dolch führete, vom Leibe, so daß beides zu ihren Füßen fiel. Die andere fetzte ich gleichfalls etlichemal über den Kopf ins Gesicht und über die Hände. Da nun mittlerweile mein Kamerad dem ehrlichen Merillo die Schlinge abgemacht und es dahin gebracht, daß er wieder Luft schöpfen und die Augen eröffnen konnte, stießen wir beide Canaillen zu Boden, bunden ihnen selbst Hände und Füße so fest als möglich zusammen, befanden aber, daß das eine zwar eine Weibs-, das andere aber eine Mannsperson war. Wir ließen die beiden Mordbestien liegen und strampeln, den ohnmächtigen Merillo aber trugen wir auf sein Feldbette, da ihn denn mein Kamerad den Hals und das Gesichte mit Franzbrannteweine riebe, dessen er kaum eine halbe Stunde vorhero eine ganze Bouteille voll holen lassen, ich aber trat an ein Fenster und rufte dessen ausgeschickten Diener mit lauter Stimme, allein ich hätte lange rufen mögen, denn derselbe war ebenfalls von etlichen Straßenräubern überfallen, zu allem Glücke aber von der darzu kommenden Patrouille noch errettet und in die Corps de Garde gebracht worden. Solches erfuhren wir von einem die Wacht habenden Soldaten, welchem ich befahl, daß er augenblicklich einen von sei nen Kameraden, den nächsten den liebsten aufsuchen und ihn sogleich zu uns schicken sollte. Es währete keine drei Minuten, so stellete sich einer ein, dem wir ein Paar geladene Pistolen gaben, um, daferne er etwa auf der Straße von Mördern angegriffen würde, sich damit zu wehren, nur aber ohne Zeitverlust einen Feldscher herzubringen. Er kam nebst dem Feldscher eiligst wieder, demnach wurde dem ehrlichen Merillo vor allen andern Dingen eine Ader geschlagen und etwas Arzenei eingeflößet, worauf er sich wieder besinnen, auch einige Worte sprechen konnte. Mein Kamerad ließ sich auch nach seiner Wunde sehen, es wurde aber dieselbe, wiewohl etwas tief, aber doch nicht gefährlich befunden. Die beiden Meuchelmörder wurden gleichfalls verbunden, und unser Soldat mußte sie bewachen, der

Feldscher aber und ich bewachten unsere beiden Patienten, welche wir in das Nebenzimmer zur Ruhe gebracht hatten.

Frühmorgens befande sich unser Merillo ziemlich besser, da aber der Feldscher weggegangen war, um einige Medicamenta zu holen, dankte er uns aufs verbindlichste vor die Rettung seines Lebens, sagte anbei, wir als seine Schutzengel müßten gewiß durch eine besonders gnädige Fügung des Himmels ihm zugeschickt worden sein, da er doch nicht leugnen könnte, daß er gestrigen Abend wegen ein und anderer Grillen lieber allein zu sein gewünscht, wo er aber alleine gewesen, würde er sich nunmehro ohnfehlbar schon im Reiche der Toten befinden. Nach diesen, weiln er merkte, daß aus dem gefundenen und mit Livicardens Namen unterschriebenen Briefe uns ein und anderes von seinen Liebeshändeln müsse bekannt worden sein (denn ohngeacht dieser Brief, unter dessen Durchlesung ihm die Kähle bald wäre zugeschnüret worden, war, ohngeacht er ziemlich mit Blut besudelt, doch noch ziemlich leserlich), so erzählete er uns Verschiedenes von seinen Aventuren, bat sich aber hierbei noch zur Zeit unserer Verschwiegenheit aus und versprach dargegen vor redlich geleistete Hülfe und Lebensrettung, uns eine ansehnliche Diskretion zu verschaffen.«

»Ei, Herr Lieutenant!« fragte der Obriste Sw., »wie lautet denn der an Merillo von Livicarden geschriebene Brief ohngefähr?« »Ich habe denselben«, versetzte der Lieutenant, »gleich in der ersten Nacht abgeschrieben, sowohl als die andern, welche mir Merillo kommuniziert und darbei erlaubt hat, seine Aventuren, die er mir nachhero weit umständlicher erzählet, in behöriger Form zu Papiere zu bringen. Livicardens Brief aber, den ich noch jetzo in meiner Brieftasche bei mir führe, klinget also:

Mein Merillo!

Ihr glaubt, daß ich Euch geliebt habe, daß ich Euch aber noch liebe, wollet Ihr nicht glauben; allein ich versichere Euch dessen vollkommen, ja ich rufe den Himmel zum Zeugen an, daß ich alle Staatsmaximen verdammen und niemand auf der Welt lieber als Euch zum Ehegemahl haben wollte. Doch wo Ihr vernünftig seid, so erwäget selbst, daß die rasende Wut meiner Landsleute uns alle beide nicht einen Monat lang würde leben lassen. Wie könnet Ihr nun verlangen, daß ich meine zeitliche Glückseligkeit, ja sogar mein Leben in die Schanze schlagen und an Euren und meinem Tode Ursächerin sein sollte? Zwar wie ich aus Eurem Schreiben ersehe, so stehet Ihr bereits in den Gedanken, als ob ich die Bosheit begangen und einen meuchelmörderischen Anschlag auf Euer Leben gemacht; allein mein Gewissen ist von dieser Sünde frei. Ich glaube wohl, daß Euch jemand bei meinem Garten mag aufgepasset haben, denn die Bangigkeit meines Herzens und das auf derselben Stelle gefundene frische Blut, sodann die Nachricht, daß Ihr Euch unpaß befändet, überzeugten mich, daß Euch ein Unglück widerfahren sein müsse. Ich konnte aber keine genauere Nachricht davon einziehen, weil man mir [443] sagte, daß Ihr Tag und Nacht gute Freunde um Euch hättet; unterdessen, weil ich an Eurem Unglück unschuldig, so hat Euer auf mich gelegter Verdacht mir wohl mehr Tränen als Euch der Mörderstahl Blutstropfen ausgepresset. Hierbei bin ich auf die Gedanken geraten, ob etwa einer von meinen Freiern eins von meinen Bedienten mit Gelde bestochen und zur Untreue bewogen, mithin einige Nachricht von unsern geheimen Zusammenkünften erfahren und Euch also auf den Dienst gelauret. Ihr sehet also, daß die Gefahr vor uns beiderseits sehr groß ist, derowegen handelt klug, nehmt von mir 6000 Taler bar Geld, verlasset diesen fatalen Ort, gehet auf eine Zeit in andere Dienste und machet damit vor dieses Mal mich ruhig, Euch aber glücklich und vergnügt. Ja! mein Merillo, folget mir und entfernet Euch auf diesmal, was Euch hinfüro mangeln möchte, sollet Ihr jederzeit par Wechsel von mir zu gewarten haben, denn Livicarda wird Euch nebst ihrem eigenen Fleische und Blute nimmermehr Not leiden lassen. Nach einigen Jahren ist Euch die Zurückkunft unverwehrt, ja Ihr könnet sodann Euer Vergnügen vielleicht in reicherer Maße wieder finden als jetzo, da Ihr es vor verloren schätzet. Folget mir anjetzo, mein Merillo, denn Euer und mein Glück beruhet darauf, bleibt auch versichert, daß ohngeachtet ihrer Vermählung mit einem andern Euch dennoch bis in den Tod beständig lieben wird.

L.v.c.A.

Es ist erstaunlich, wenn man das verzweifelte Gemüte einer solchen falschen Sirene betrachtet, welche zwar Honig im Munde, Strick und Dolch aber in Händen führet. Wenn ich an des Merillo Stelle gewesen wäre, so hätte mich der Jachzorn ohn allen Zweifel dahin verleitet, Livicarden auf ihren Zimmer zu erschießen oder sie aufs wenigste vor aller Welt zu prostituieren. Doch dieser hatte sich von der gesunden Vernunft und seinem eigenen Interesse regieren lassen, setzte demnach folgendes Schreiben an sie auf:

Tyrannische Dame!

Gestrenge Gebieterin der Henker

und Meuchelmörder!

Wisset, daß Euer verteufelter Anschlag, mich von zweien verkleideten Furien (wovon Ihr ohnfehlbar die dritte seid) mit Strick u. Dolch ums Leben bringen zu lassen, durch Schickung des Himmels abermals rückgängig worden und nicht nach Eurem Wunsche abgelaufen ist; denn Merillo lebet noch, ohngeachtet ihm der Hals bereits zugeschnüret und alle Gedanken vergangen waren. Ja, er lebt noch und vielleicht zu Eurem Unglück, wenigstens Spotte, Hohne und Verachtung bei der honetten Welt. Wisset ferner, daß, wo Ihr mir nicht heutiges Tages vor Untergang der Sonnen 6000 spec. Taler zu meiner Rekreation und zur Auferziehung Eures zur Welt gebrachten unehelgen Kindes, nächst diesen 1000 spec. Taler vor vier Personen, welche mir mein Leben errettet und um diese Begebenheit Wissenschaft haben, in mein Quartier anhero sendet, so will ich die in meiner Gewalt habenden Meuchelmörder morgen mit dem allerfrühesten in die Hände der Justiz liefern und nebst Eingebung einer ordentlichen Specie facti der curieusen Welt solche Geheimnisse vor Augen legen, die sich der tausende Mensch von einer solchen Person, wie Ihr angesehen sein wollet, wohl schwerlich hätte träumen lassen. Bekomme ich aber das Verlangte ungesäumt, so soll nicht allein alles, was geschehen, unterdrückt und verschwiegen bleiben, sondern es sollen auch die zwei gefangenen Mörder an Euch ausgeliefert werden. Nehmet es als eine besondere Marque meiner ehemaligen Liebe und noch jetzigen Höflichkeit und Gelassenheit an, daß ich mich den Jachzorn nicht verleiten lasse, anders zu verfahren. Überleget Eure Affären aufs beste, inzwischen wird seine Avantage auch zu überlegen bemühet sein

Merillo.

Diese Zeilen lieferte ich auf des Merillo Bitten Livicarden in ihre eigenen Hände, sie erbrach dieselben und wendete sich damit an ein Fenster. Ohngeacht ich ihr nun nicht ins Gesichte sehen konnte, so bemerkte ich doch, daß sie unter dem Lesen recht erzitterte und eine gute Weile als eine Statue auf einer Stelle stehenblieb, endlich besonne sie sich wieder, wendete sich herum, sahe so blaß aus als eine Leiche und sagte zu mir: ›Monsieur! weil ich nicht zweifele, daß Sie ein vertrauter Freund von dem Herrn Lieutenant Merillo sind, so bitte ihm von meinetwegen zu melden, daß es zwar einen starken Schein habe, als ob ich an dem ihm begegneten Zufalle schuld habe, allein es ist nicht an dem, sondern ich bin unschuldig und will mich schriftlich deutlicher gegen ihn erklären, auch heute abend, sobald es dämmrig wird, dasjenige übersenden, was er verlanget hat, worgegen ich verhoffe, daß er als ein redlicher Offizier seine Parole halten werde.‹ Wie sie nun Miene machte, sich in ihr Cabinet zu begeben, versprach ich, dero Befehle wohl auszurichten, machte meinen très humble und brachte dem Merillo die fröhliche Post zurücke.

Livicarda hielt ihr Wort redlich, denn sobald es abends dämmerig zu werden begonnte, meldeten sich zwei Personen, die eine Sänfte mit sich gebracht hatten, lieferten in sieben Säcken 7000 spec. Taler an Merillo, welcher die Säcke sogleich aufschnitt, um zu sehen, ob nicht abermals ein Betrug darunter vorginge, mittlerweile stunden unser vier Personen bei einem Tische, worauf sechs Paar geladene Pistolen und vier Pallasche lagen. Da aber Merillo merkte, daß alles richtig sein und die Summa wohl zutreffen würde, ließ er die zwei blessierten Arrestanten verabfolgen, welche in die Sänfte gelegt und fortgetragen wurden, ohne daß weiter jemand etwas von der Hauptsache gemerkt hätte, denn Merillo bewohnete sein Quartier ganz alleine mit seinem Bedienten. Den Brief, welchen er nebst der Geldsumme von Livicarden empfangen, hat er mir nicht gezeigt, doch merkte ich, daß sich sein Zorn gegen dieselbe ziemlich gelegt hatte, denn er ließ sich verlauten, wie er sich nicht genung verwundern könne, daß Livicarda ein so großes Vertrauen auf seine Parole gelegt, und er schlösse fast aus gewissen Umständen, daß sie an der Meuchelmörderei keinen Teil habe; derowegen bat er mich und meinen Kameraden höchlich, alles das, was er uns von seinen Liebesaventuren erzählet, sowohl als alles dasjenige, was in vergangener Nacht und heute passiert, verschwiegen zu halten, damit weder er noch Livicarda prostituiert und auf der Leute Zungen herumtanzen müßten. Wir gelobten ihm demnach nicht nur auf Offiziersparole das Stillschweigen an, sondern verschwuren uns auch teuer, weder zu seinem noch Livicardens Verdruß etwas auszuplaudern, und obgleich ich anitzo diese Geschicht erzählet habe, so wird doch von Ihnen, Messieurs! wohl keiner erraten, was eigentlich vor Personen unter den fingierten Namen gemeinet sein.

Jedoch zum Schlusse meiner Erzählung zu kommen, so muß ich bekennen, daß Merillo so liberal war und uns beiden Offiziers jeden 500 spec. Taler vor unsere gehabte Bemühung aufzwange.

Dem Feldscher gab er 200, dem Musketier aber wie auch seinem eigenen Bedienten jeden 100 Taler, welche drei letztern in unsern Beisein einen ordentlichen Eid schwören mußten, von dieser Begebenheit und alledem, was sie gesehen und gehöret, nichts auszuplaudern. Mein Kamerad und ich blieben noch einige Tage bei ihm, ausgenommen, wenn mich die Wache traf, brachten auch auf des Merillo Verlangen verschiedene andere Offiziers mit, die ihm, weil er würklich vom Schrecken noch etwas unpaß war, die Zeit passieren mußten. Ferner hielt er alle Nacht vier bis sechs Musketiers von der Compagnie, bei welcher sein Hauptmann damals nicht gegenwärtig war, in der untern Stube seines Quartiers mit Essen und Trinken frei, welche die Nachtwache mit ihrem Gewehr bei ihm halten mußten, indem er sich immer noch eines meuchelmörderischen Überfalls befürchten mochte. Sobald aber sein Capitain wieder zur Compagnie kam, nahm Merillo abermals Urlaub zu verreisen, ließ seine beschwerliche Bagage in meiner Verwahrung und machte sich mit einer Extrapost aufs eiligste fort. Wenig Wochen hernach kamen Briefe von ihm, worinnen er bei dem Chef um seinen Abschied anhielt, welchen er auch bald hernach nebst seinen zurückgelassenen Sachen bekam. Nach diesen habe ich zwar den ehrlichen Merillo nicht wieder gesprochen noch gesehen, jedoch vernommen, daß, nachdem er bei einer nordischen Puissance Dienste genommen und sich in ein paar Kampagnen wohl gehalten, er nunmehro den Obristlieutenants-Posten erstiegen. Ich aber bin immer noch Lieutenant«, meldete hier der Historicus mit Lächeln, »das macht, weiln ich kein Geld, mithin nur einen Sack voll Hoffnung habe, mit der Zeit, wenn es einmal buntüber gehet, höher zu steigen. Unterdessen siehet man doch, wie das Glücke mit dem Menschen zu spielen pfleget, denn hätte Merillo bei dem Frauenzimmer keine Goldgruben gefunden, was gilt's? er sollte mir wohl noch bis auf diese Stunde Korporal, wenn es viel wäre, Furier oder höchstens Sergeant sein.«

Wie nun der Lieutenant hiermit seine Erzählung beschlossen hatte, sagte ein gewisser, zwar noch junger, jedoch sehr artiger und geschickter Capitain: »Ich gebe dem Herrn Lieutenant in seiner letztern Meinung gar gerne Beifall; vor mein Particulier aber danke ich vor dergleichen Behelfsmittel und wollte lieber zeitlebens Musketier sein als solchergestalt avancieren. Es ist doch kein Segen und Gewissensruhe darbei. Wie kann ein Offizier, der sein Herz mehr der Veneri als dem Marti gewidmet, seine Dienste mit Plaisir verrichten? Wie kann er mit freien und sichern Herzen in eine Bataille oder Sturm gehen? Gewißlich ein Soldat, der sein Herz erstlich an das Frauenzimmer henkt, wird feige gemacht, und wenn er gleich noch soviel Guts an sich hat. Man sage mir, ob dergleichen Courtoisie reputierlich, im Gegenteil aber nicht vielmehr höchst schädlich und sündlich sei. Über dieses siehet man sich darbei sehr öfter solchen Gefährlichkeiten exponiert, die vermögend sind, auch den wackersten Soldaten um Ehre und Leben, ja was das vornehmste ist, gar um seiner Seelen Seligkeit zu bringen. Wo wäre Merillo wohl hingefallen, wenn die beiden Meuchelmörder nicht von dem Herrn Lieutenant und dessen Compagnon wären verhindert worden, ihn mit der Schlinge und dem Dolche ums Leben zu bringen?«

»Wenn man dieses bedenkt«, versetzte der Lieutenant, »so sollte einem freilich wohl der Appetit vergehen, dergleichen gefährliche Glückswege zu wandeln, die ohnedem einem Menschen nicht zur wahren Glückseligkeit, sondern in den Irrgarten aller Laster führen und worauf die Strafe, wo nicht in dieser, doch in jener Welt erfolget. Allein, es ist leider! zu beklagen, daß das Courtoisieren bei den Soldaten grand mode worden, auch ganz und gar vor keine Sünde mehr gehalten wird, es sei auch mit ledigen oder vereheligten Frauenzimmer, denn ein junger Mensch, der gerne gut leben will, mit seiner Gage nicht auskommen kann und dennoch auch nach höhern Chargen strebt, lässet sich niemals eine Sünde leichter als diese gelüsten, weil sie mit so vielen wollüstigen Vergnügen verknüpft ist. Ja, wenn alle hohe und geringere Martis-Söhne, welche das sechste Gebot übertreten haben, vom Himmel darmit gestraft werden sollten, daß sie keine Pistole oder Flinte losbrennen könnten, so würde man gewißlich dann und wann in manchem Treffen sehr miserable Salven hören.«

Über diese letztere Expression entstunde bei der ganzen Compagnie ein starkes Gelächter und wurde über dieses Thema noch eine Zeitlang pro & contra disputiert, bis endlich die Reveille geschlagen wurde, da sich denn ein jeder über die Flüchtigkeit der Zeit verwunderte und nach schuldigster Danksagung vor genossene Gültigkeit an seinen gehörigen Ort eilete.

Elbensteinen begunnte von nun an das Soldatenleben immer besser und besser zu gefallen. Es ging aber in diesem Jahre außer der blutigen Bataille bei F. nichts Remarquables vor, weswegen hochgemeldter Prinz im Weinmonat aus dem letztern Campement bei St. Q.L. sich wieder nach N. begaben. Elbenstein aber, der sich leicht die Rechnung machen konnte, daß er zu N. sein Glück schwerlich finden würde, blieb bei der Armee und hielt sich die übrige Zeit der Kampagne wie auch den Winter über als Volontär bei dem Dragoner-Regiment von Bh. auf.

Er spürete klärlich, daß, da er ein Gelübde getan, nun und nimmermehr seiner geliebten L. wiederum treulos zu werden, der erzürnte Himmel seine gerechte Strafe und Rache gegen ihm aufgehoben und in lauter Erbarmung und Gütigkeit verwandelt hatte, auch seine Vorsorge ihm reichlich blicken ließ, indem er bei Eröffnung der folgenden Kampagne eine Lieutenantsstelle unter dem N. Regiment zu Pferde erhielt, welches auf englischen Fuß stunde. Er hatte solchergestalt monatlich 70 Taler Einkommens, derowegen fassete er den Schluß, um seine Gelübde desto besser halten zu können, sich mit seiner verlobten Braut zu vereheligen. Solches geschahe auch nach geendigter Kampagne, und zwar zu U. in Gegenwart vieler darzu erbetener vornehmer Personen sowohl männals weibliches Geschlechts.

Vorhero aber, ehe sich die Kampagne noch geendigt hatte, mußte Elbenstein noch zwei starke Anfechtungen von dem Feinde des menschlichen Geschlechts und des heil. Ehestandes ausstehen. Die erste bestunde darinnen: Als er eines Abends bei einem Marketender, der zugleich Wachtmeister unter dem Regiment war, gespeiset und eine Bouteille Wein getrunken hatte, gab er der Frauen einen Louisdor mit der Bitte, ihm einzelne Münze darvor zu geben und das Verzehrte zu dekortieren. Sie bat ihn, ohnbeschwert mit ihr in ihr Nebengezelt zu gehen, woselbst sie ihm einzelne Münze aufzählen wollte. Da sich nun Elbenstein nichts Übeles besorgte, folgte er ihr auf dem Fuße nach, sobald er aber in das Zelt trat, umarmete sie ihn und gab ihm einen derben Kuß auf seinen Mund, sagte hierauf: »Liebster Herr Lieutenant! nun habe ich mich vor die schlechte Abendmahlzeit, die Sie bei mir genossen haben, schon bezahlt gemacht; hier haben Sie Ihre Pistolette zurück, erweisen Sie mir nur die Gefälligkeit und bedienen Sie sich meines Tisches alle Tage, ich will Sie nach meinem äußersten Vermögen aufs allerbeste bedingen und sonst nichts darvor verlangen als Dero Gewogenheit nebst der Erlaubnis, daß ich heunte Nacht auf ein Stündgen in Ihr Zelt kommen und Sie um eine Gefälligkeit ansprechen darf.«

Elbenstein übereilete sich aus angeborner Complaisance gegen das weibliche Geschlecht nicht wenig mit seiner Antwort, indem er sie versicherte, daß ihm ihre Visiten jederzeit sehr angenehm sein sollten, worauf er sich nach seinem Zelte begab und bei einer Pfeife Tobak einen französischen Autorem las, den ihm ein guter Freund kommuniziert hatte; immittelst begunnte es ihm zu gereuen, daß er der Wachtmeisterin, ohngeachtet sie eine sehr wohlgebildete Frau war, Erlaubnis erteilet hatte, ihm eine Nachtvisite zu geben, denn er besanne sich nunmehro erstlich, daß der Satan mit im Spiele sei und ohnfehlbar dahin trachten würde, ihn zu Brechung seines Gelübdes zu bewegen. Zu allem Glück kam der Quartiermeister von seiner Compagnie, welcher noch etwas zu rapportieren hatte, diesen, weil er ein artiger Mensch, über dieses auch von vornehmen Eltern war, bat Elbenstein, daß er ihm die Gefälligkeit erweisen und noch ein paar Pfeifen Tobak mit ihm rauchen möchte, offenbarte auch demselben, daß sich ein gewisses Frauenzimmer bei ihm melden lassen, um etwas Geheimes mit ihm zu sprechen, weilen ihm aber die Sache, zumalen bei nächtlicher Zeit, verdächtig vorkäme, indem er kein Liebhaber des Frauenzimmers sei, so möchte er, der Quartiermeister, sobald das Frauenzimmer angestochen käme, zwar zum Zelte hinausgehen, als ob er bei der Compagnie etwas zu besorgen hätte, jedoch nur bei dem Zelte stehenbleiben und, wenn er, Elbenstein, hustete, sogleich wieder hineinkommen und rapportieren, was ihm eben in die Gedanken käme; denn er wisse selbst nicht, was das Frauenzimmer von ihm haben wolle. Ohngefähr um elf Uhr erschien also die Frau Wachtmeisterin mit einem Mantel bedeckt. Der Quartiermeister retirierte sich alsofort, weswegen sie den Mantel abwarf, Elbensteinen umarmete und küssete, hernachmals als eine geborne Wallonin in französischer Sprache sagte: »Mein Herr Lieutenant, ich bemerke, daß es Ihnen an kleinen Gelde fehlet, hier bringe ich Ihnen zehn Taler Kleingeld in einem Beutel, freie Zehrung an Speisen und Wein sollen Sie außerdem alle Tage bei mir haben, hiervor bitte mir aber nur Dero genauste Freundschaft und Liebe aus, denn ich kann nicht leugnen, daß mich auf der Welt nach nichts mehr als nach einem jungen Erben verlanget, welchen ich wegen der heftigen Liebe, so ich auf Sie geworfen, von niemand eher als von Ihnen zu erhalten verhoffe.«

Elbenstein war froh, daß er dem Quartiermeister vor seinem Zelte zu warten befohlen, denn durch dieser wohlgebildeten Frauen spirituellen Liebsantrag und herzhaften Expressiones, als auch durch die negligente, zur Liebe reizende Tracht, in welcher sie vor ihm erschien, wurde er dergestalt konserniert, daß es, wenn er nicht an die Verabredung mit dem Quartiermeister gedacht, gefährlich um die Haltung seines Gelübdes gehalten haben würde. Solchergestalt aber sagte er zu ihr: »Madame! Ich bin niemals gewohnt gewesen, unerkenntlich gegen diejenigen zu sein, so Freundschaft vor mich hegen, geschweige denn gegen so ein charmantes Frauenzimmer, als Sie sind. Allein ich bedaure, daß ich mich nicht im Stande befinde, Ihrem Verlangen ein Genügen zu leisten, denn da ich mich vor zwei Jahren mit einer gewissen Baronesse verlobt, habe ich ihr, bevor ich in Kampagne ging, vermittelst der allerteuresten Eidschwüre die Versicherung geben müssen, in meiner Treue und Liebe nicht wandelbar zu sein. Derowegen müßte ich die allerschweresten Strafen des Himmels befürchten, wenn ich solche teuren Schwüre leichtsinnigerweise bräche.«

Die Frau Wachtmeisterin wollte zwar hierwider verschiedene Exceptiones machen, da sich aber Elbenstein stellete, als ob ihm unter währenden Trinken etliche Tropfen in die unrechte Kehle gekommen wären und er dieselben wieder aushusten müßte, kam bald hernach der Quartiermeister, pochte vor dem Zelte, und da ihn Elbenstein hereintreten hieß, rapportierte [er] folgendes: »Mein Herr Lieutenant, diesen Augenblick läßt der Korporal von N. Compagnie zur Nachricht melden, daß zwei von unsern Leuten, welche vergangene Nacht mit auf Partie gegangen, zurückgeblieben; er wisse aber nicht, ob sie desertiert oder gefangen wären.« Elbenstein ließ den Quartiermeister ins Zelt kommen und hieß ihn warten, weil er diesfalls noch weiter mit ihm zu sprechen hätte. Die Frau Wachtmeisterin vermeinte zwar, es würde dieser bald wieder fortgeschickt werden, da es aber nicht geschahe, wurde sie endlich verdrüßlich und sagte: »Nun, mein Herr Lieutenant, Sie werden, weil Sie heunte mehr zu tun haben, das Geld wohl morgen früh nachzählen, meines Wissens ist es richtig.«

»Nein! Madame!« versetzte Elbenstein, »erweisen Sie mir die Gefälligkeit und nehmen dieses Geld wieder zurücke bis morgen nach der Mittagsmahlzeit, die ich bei Ihnen einnehmen werde, sodann wird es sich besser als bei Lichte zählen lassen.« Mit diesem Bescheide mußte sich die lüsterne Frau Wachtmeisterin abfertigen lassen und mit größten Mißvergnügen nach ihrem Marketenderzelte zurücke kehren in Hoffnung, ihm mit der Zeit den Rummel dennoch zu benehmen und ihr verliebtes Dessein auszuführen.

Hingegen dankte Elbenstein, als er sich vollends recht besonne, daß er dieser Versuchung so glücklich entgangen war. Der Quartiermeister erzählte hierauf, daß diese Frau, welche ihren Mann, den Wachtmeister, nunmehro erstlich vier Jahr hätte, sich in den ersten zwei bis drei Jahren sehr retirée gehalten, so daß man an ihr nicht die geringste Ausschweifungen verspüret, nachdem ihr aber die Grillen in den Kopf gekommen sein möchten, wie sie einen Mann habe, der ihr nicht einmal ein Kleines fabrizieren könne, wäre sie auf die Gedanken geraten, sich nicht allein an ein und andern wohlaussehenden Offizier, sondern auch sogar an verschiedene gemeine Reuter, und zwar bald an diesen, bald an jenen zu attachieren, wie man aber sähe, wollte dennoch nichts fruchten. Da nun Elbenstein und der Quartiermeister noch verschiedenes von dieser Begebenheit gesprochen hatten, stellete sich endlich der erste schläfrig an, der andere nahm gute Nacht und begab sich nach seinem Gezelte.

Ob sich nun Elbenstein auch sogleich zu Bette legte, so wollte doch kein Schlaf in seine Augen kommen, derowegen verdroß ihm, sich vergeblicherweise im Bette herumzuwälzen, stund also auf, nahm sein Schreibezeug und brachte folgende Arie zu Papiere:

1
Auf, mein Geist, sei wohlgemut,
Wenn Begierden stürmen,
Laß nicht ab, dein Fleisch und Blut
Tapfer zu beschirmen.
Halte dich
Ritterlich,
Laß nicht ab zu kämpfen,
Du wirst sie noch dämpfen.

2
Laß die Sinnen leblos sein,
Fühle ohne Fühlen,
Schließ die geilen Lippen ein
Vor der Küsse Spielen.
Das Gesicht
Sehe nicht,
Wenn ein schnödes Blicken
Unschuld will bestricken.

3
Laß die Ohren abgekehrt
Vom Sirenensingen,
Weil, sobald man sie gehört,
Sie uns bald verschlingen.
Ihr Getön
Klinget schön,
Doch in einer Stunde
Geht man gleich zu Grunde.

4
Ach! ihr Sinnen, regt euch nicht,
Sonst müßt ich verlieren!
Der Begierden Irrwisch-Licht

Pflegt nur zu verführen,
Und ihr Glanz
Kann mich ganz
Als ein Blitz verblenden
Und in Abgrund senden.

5
Frisch, mein Geist! dein tapfrer Mut
Hat nun doch gesieget,
Schau! wie Lasterlüste Wut
Ganz darniederlieget.
Du hast dich
Ritterlich
Gegen sie verhalten,
Wollust muß erkalten.

Der zweiten Falle, so ihm der Asmodäus oder der Geist der Unzucht und Hurenteufel gestellet, entging er durch Gottes Gnade folgendermaßen: Er hatte etliche Tage nach der Aventure mit der Marketenderin den Feldprediger auf sein Ansuchen wegen gewisser Umstände zu seinem Zeltkameraden angenommen und dessen Feldbette neben das seinige schlagen lassen. Nun trug es sich zu, daß besagter Feldprediger zu einem andern Regiment, um einen Delinquenten zu einem christlichen und seligen Ende zu präparieren, voziert wurde, weil der Feldprediger des andern Regiments krank darniederlag, welches dieser auch gern und willig über sich nahm und fortginge. Es mochte aber frühmorgens etwa um vier Uhr sein, als ein sehr artig angekleidetes Weibsbild zu Elbensteinen in das Zelt trat und bat, ihr etwas von ihren guten und delikaten Liqueurs und Confituren abzukaufen. Sie erwartete keine Antwort, sondern setzte sich recht frech und ungescheut zu ihm aufs Bette, präsentierte ihm ein Gläsgen Persico nebst einem Schälchen voll Konfekt. Elbenstein, um nicht vor einen Schrupper oder kargen Filz angesehen zu werden, akzeptierte solches und trunk es aus. Mittlerweile setzte sich das Frauenzimmer zu ihm aufs Bette, reichte ihm noch zwei Gläser und unterstund sich nachhero, ihm an demjenigen Orte den Puls zu begreifen, wo derselbe bei Sanguineis am stärksten zu schlagen pflegt, anderer Karessen durch Küsse und dergl. zu geschweigen. Indem nun dieses eine Person, die nicht schöner hätte gemalt werden können, weil sie von der Natur nicht nur wohl, sondern noch mehr als wohl gebildet worden, so wachten bei Elbensteinen, sonderlich wegen des eingeschluckten Persico, die Lebensgeister oder, besser zu sagen, die Hurengedanken auf einmal wieder auf, und es war an dem, daß der arme Elbenstein in die vom

Asmodäo neu gelegte Schlinge verfallen sollte, denn diese Lais oder Sklavin der Unzucht hatte bereits das Körbgen, worinnen sie ihre Waren hatte, beiseite gesetzt und war eben im Begriff, sich mit entblößeten Unterleibe zu Elbensteinen ins Bette zu legen, als sich von ferne des zurückkommenden Feldpredigers Stimme hören ließ, welcher aus dem bekannten Liede: Wer weiß, wie nahe mir mein Ende etc. eben den Vers anstimmete: Herr! lehr mich stets mein End bedenken etc.

Hierdurch wurde die unzüchtige und verdammliche Vollziehung des schändlichen Desseins, worzu schon beider Wille geneigt und bereit war, auf einmal plötzlich unterbrochen; dahero die geile Canaille ihre Waren eiligst auffassete, jedoch nicht so hurtig fortwischen konnte, daß sie der Feldprediger nicht hätte aus des Lieutenants Zelte kommen sehen. Es bot derselbe zwar Elbensteinen einen guten Morgen, fragte aber auch zugleich mit einem sehr ernsthaften Gesichte, was denn die Erzhure, die Regimentshenkerin, bei ihm im Gezelte gemacht hätte. Elbenstein erschrak ungemein, als er den Charakter dieser Schönen erfuhr, war aber so aufrichtig und bekannte dem Feldprediger alles haarklein, worauf der Feldprediger sagte: »Gott Lob und Dank, daß ich noch zu rechter Zeit die würkliche Vollbringung solcher Schandtat verhindert habe, allein, dem allen ohngeacht, mein werter Herr Lieutenant, hat Er doch den langmütigen Gott mit Seinem unzüchtigen Willen und Begierden vorsätzlicherweise beleidiget und sich wider seine Gebote schwerlich versündiget. Ach! Er bereue demnach Seine Sünden herzlich und schmerzlich und danke darnebst der unermeßlichen göttlichen Barmherzigkeit vor die unverdiente Gnade, die Ihm vor dem würklichen Falle so treulich behütet hat, wofür ich selbsten dem allmächtigen Gotte, der den Tod des Sünders nicht begehret, inbrünstigen und demütigsten Dank abstatte, daß er mich, seinen armen und geringsten Diener, gewürdiget hat, ein Instrument zu sein, welches diese Schandtat verhindert hat.« Elbensteinen gingen solchergestalt die Augen über, der Feldprediger aber, nachdem er seine Reue als das erste Stück der Buße bemerkt, tröstete und stärkte ihn ferner zur ernstlichen Buße und Bekehrung, prägte ihm den wahren Glauben ein, wodurch er allein die Vergebung seiner groben Sünden erlangen könnte, hierauf betete er vor ihm ein kräftiges Gebet aus dem Herzen und legte sich hernach, weil er die ganze Nacht gewacht, zur Ruhe, indem die Exekution allererst auf den folgenden Tag angesetzt war. Elbenstein aber stund, sobald sich die Sonne blicken ließ, auf und spazierte in eine hinter dem Lager befindliche dünne, jedoch sehr angenehme Bosquade, allwo er die bei sich habende Bibel aufschlug und sogleich die Flucht Lots aus Sodom in die Augen bekam.

Diese Geschichte und was ihm vor wenig Stunden passiert war, vereinigte er miteinander und hatte seine Speculationes und Meditationes darüber, endlich schrieb er folgende Strophen in seine Schreibtafel, welche eine Arie oder Ode bedeuten sollen. Man hat selbigen bona fide bloß wegen einiger guten Penséen die Stelle an diesem gehörigen Orte eben nicht streitig machen wollen, ohngeachtet gar sehr wider die reine Poesie darinnen gestrauchelt ist. Sie lauten aber also:

Eile, meine Seele, eil!
Aus dem Sodom schnöder Lüste,
Sonsten findest du kein Heil
Oder Mittel, das dich friste
Vor dem ewig herben Tod,
Den dir Gottes Zorn androht.

2
In Buß, Reu und Glauben lauf!
Schau, was vor ein schröcklichs Wetter
Über dich sich türmet auf;
Eile, hier ist kein Erretter,
Dein Verweiln und Stillestehn
Macht dich sonst zu Grunde gehn.

3
Aber sieh! daß deine Flucht
Sichrer mög als Lots geschehen:
Wer auf Erden Rettung sucht,
Kann dem Falle nicht entgehen,
Und ein geiler Stärkungstrank
Macht die Seele sterbekrank.

4
Ich weiß beßre Sicherheit
Vor dich, o! du arme Seele!
Christus hält vor dich bereit
Seiner heilgen Wunden Höhle.
Da wird dir sein Blut ein Wein,
Der dich ewig stärket fein.

5

Lauf hin mit getrosten Mut,
Meid ein sündliches Umsehen;
Dieser Erden Pracht und Gut
Muß in Dampf und Glut aufgehen:
Wer zu Christi Schutz sich hält
Acht't kein Zoar dieser Welt.

Es ist ohnstreitig, daß die Poesie nicht viel tauget, unterdessen aber sind doch die Gedanken gut gewesen. Er ging auch in seiner Andacht weiter und genoß des andern Tages darauf, nach herzlicher und bußfertiger Bereuung seiner vielen und schweren Sünden, das heil. Abendmahl. Sobald aber die Armee in die Winterquartiere einrückte, reisete er heraus nach U., ließe sich daselbst, wie schon gedacht, mit seiner liebsten Baronne von L. ordentlich kopulieren, von dar führete er sie nach Hause zu seinen Eltern, woselbst er bis Fastnachten mit ihr verbliebe. Als aber die Zeit zum Marsche herbeikam, nahm er von seiner liebsten, nunmehro schwangern Gemahlin Abschied, sowohl auch von seinen betagten Eltern, welcher denn auf allen Seiten traurig und betrübt genung war, jedoch die Renommée instigierte ihn, sich nicht länger aufzuhalten, zumalen da ihm sein Obristlieutenant, dessen Compagnie er kommandierte, durch einen Expressen Ordre zusendete, daß er nicht säumen sollte, sich auf seinem Platze zu finden, weilen allem Vermuten nach, wie es denn auch geschahe, die Kampagne frühzeitiger als sonsten würde eröffnet werden, zumalen da Se. Majestät von Großbritannien derselben dieses Jahr in eigener hoher Person beiwohnen würden.

Demnach erfolgte sein Aufbruch unter vielen Tränen, er aber mußte Tag und Nacht par Posto, zuweilen fahrend, zuweilen auch reutend gehen, bis er das bereits abmarschierte Regiment, worzu er gehörete, endlich einholte und bei Löwen antraf.

In dieser Kampagne bekam der Marquis de Cronvall wegen vorgehabten Meuchelmordes an höchstgedachten Könige von Engelland seinen verdienten Lohn, indem derselbige nicht weit von Notre Dame de Lambeck bei der spanischen Artillerie gevierteilt wurde. Nach diesem folgte den 3. Aug. selbiges Jahres das hitzige Treffen bei Steenkirchen zwischen dem König Wilhelm und dem französischen Marschall von Luxemburg (den, woran man doch aus christlicher Liebe zweifelt, der Teufel geholt haben soll). Sichere

Nachrichten meldeten damals, daß auf beiden Seiten 22000 Mann geblieben, der Spion aber, welcher das Dessein der Alliierten, nehmlich das französische Lager zu attaquieren, dem General Duc de Luxembourg verraten, ward gleich den Tag nach dieser unglücklichen Aktion ohne viele Weitläuftigkeiten frühe um fünf Uhr an einen Baum geknüpft.

Nach diesen ging die holländische Armee in Flandern, allwo sie so lange stehenblieb, bis man die Winterquartiere reguliert hatte. Weiln nun das Regiment, bei welchem Elbenstein Lieutenant war, wiederum an den Rheinstrom marschieren sollte, auch die Armee bereits zu kantonieren begunnte, so bekam er Urlaub, voraus und sodann nach seiner Heimat zu reisen, allwo er zu Ende des Octobris anlangte. Anstatt aber seine herzallerliebste Gemahlin gesund und vergnügt zu embrassieren, mußte er bei seiner Anheimkunft die betrübte und höchst schmerzliche Nachricht hören, daß schon im verwichenen Augustmonat Mutter und Kind das Zeitliche mit dem Ewigen verwechselt hätten, und zwar das Kind 14 Tage eher als die Mutter.

Nunmehro kam Elbensteinen erstlich in den Kopf, daß es seiner Sünden Schuld wäre, einen so kostbaren Schatz eingebüßet zu haben, derowegen sank er, noch ehe er seines Herrn Vaters Haus erreichen konnte, in eine Ohnmacht, mußte also hineingetragen werden. Er blieb über zwei Stunden in solchem gefährlichen Zustande, sobald er sich aber wieder besonne, beklagte er mit bittern Tränen und ängstlichen Händeringen seinen jämmerlichen und schmerzlichen Verlust, ließ sich auch nachhero den Gram, Kummer und Traurigkeit dergestalt einnehmen, daß an seiner Wiederaufkunft billig zu zweifeln war.

Demnach sahen sich seine Eltern gemüßiget, etliche wohlgeübte und exemplarische Geistliche herbeizurufen, welche dem trostlosen Elbenstein aus Gottes Wort zusprachen und zugleich vorstellten, daß durch eine solche heidnische Traurigkeit der Allmächtige zum höchsten beleidiget würde. Alldieweiln er nun ein Mensch war, der sowohl in geistlichen als politischen Schriften wohl erfahren, so geschahe es, daß, da er *Wudrians* ›Kreuzschule‹ zu lesen bekam, er sich allmählich in Gottes unerforschlichen Willen zu schicken und sich demselben in rechtschaffener Christen geziemender Gedult gänzlich zu ergeben lernete.

Er wollte zwar wieder zum Regimente und dem Kriege weiter nachfolgen, allein seine Eltern und sonderlich der Vater lag ihm sehr an und stellete vor, wie er diese Krankheit als einen Morbum Chronicum, der Medicorum Urteile nach, nicht würde überstehen und der Gebrauch aller Medikamenten bloß eine Cura palliativa wäre; er als der Älteste müßte nach seinem tödlichen Hintritte sich nicht allein der hinterlassenen Güter, sondern auch der alten schwachen Mutter und des jüngern Bruders annehmen, und weiln er den mittelsten Sohn als Capitain in Ungarn eingebüßet, so würde er wenig Segen haben, wenn er wider der Eltern Willen die Kriegsdiense kontinuieren wollte, und was dergleichen mehr war. Wie nun einer seiner Vettern, der Obristlieutenant war, mit einstimmete, mußte endlich der unglückliche Elbenstein versprechen, die Kriegsdienste zu quittieren, doch ward ihm frei gelassen, sich in der Nähe an einem fürstl. Hofe zu engagieren, da es sich denn einige Wochen hernach fügte, daß ihm sein Vetter, der Baron von W., schriebe, wasmaßen er einige Zeit daher bei der Herzogin von N.N. als Kammerjunker in Diensten gestanden, nunmehro aber in anderweite Bestallung als Hofmeister bei dem Herzog zu N. gelangen würde. Weiln er nun seiner gnädigsten Herzogin versprochen, einen andern Kavalier an seine Stelle zu schaffen, welchen sie sowohl in Verschickungen als in ihren andern Angelegenheiten wohl gebrauchen könnte, so hätte er den von Elbenstein vorgeschlagen, welchen Vorschlag sich auch Ihro Durchl. gnädigst gefallen lassen und ihm Befehl erteilet hätte, an ihn zu schreiben, daß er sich ehestens zu P. einfinden und seine Station antreten sollte. In Erwägung nun, daß er nicht so gar weit von seinen Eltern käme und alle Woche von ihrem Zustande Nachricht erhalten könnte, akzeptierte er mit deroselben Bewilligung diese Funktion, schrieb auch sogleich an den Baron von W. wieder zurück, daß er erstlich bei der ihm anvertrauten Stabscompagnie abdanken, nachhero aber aufs längste in 14 Tagen oder drei Wochen sich bei Ihro Hochfürstl. Durchl. untertänigst einfinden wollte. Es trachteten zwar seine andern Freunde, zweifelsohne auf Veranlassung seiner Eltern, ihn zu einer anderweitigen Heirat zu persuadieren, allein die Wunde wegen des Verlusts seiner so lieb gewesenen Gemahlin war noch zu frisch, weswegen sie, da sie sahen, daß sie ihn mit dergleichen Vorträgen nur chagrinierten, endlich davon stille schwiegen.

Nachdem er nun seinen Abschied vom Regimente, und zwar zum großen Verdruß seines Obristlieutenants, als welcher ihn ungerne verlor, bekommen hatte, versäumete er keine Zeit, sondern ging par Posto nach P. Er langete daselbst glücklich an und ward sowohl von der durchl. Herzogin als dero Frau Mutter wegen seiner ihnen anständigen Gestalt und Conduite sehr gnädig empfangen, zumalen sie ihm nicht allein ihre Hofhaltung, sondern auch die Korrespondenz mit etlichen großen Ministris am kaiserl. Hofe anvertrauen konnte. In währender Zeit, da die Herzogin fast wöchentlich, ja täglich Visiten von hohen Standespersonen bekam, konnte es ohnmöglich sein, als daß sich unter so vielen schönen Gesichtern doch wenigstens eins, wo nicht mehr, befand, welches capable war, Elbensteinen zu charmieren und seine verliebten Blicke zu rekompensieren. Die erste Intrigue sponne sich also an: Es wurde die durchl. Herzogin eines Tages von dem OBG. traktieret, an der Tafel kam Elbenstein neben der Gräfin von W. zu sitzen, bei welcher er sich durch allerhand insinuante Diskurse dergestalt einzuschmeicheln wußte, daß, um dieses Mal allen Verdacht zu vermeiden, sie ihn auf den folgenden Tag in die Karmeliterkirche auf der K.S. beschiede, daselbst nahmen sie die Abrede, den morgenden Tag in ihrer Fr. Muhmen, der Gräfin von S., Palais, weil selbige eben in das warme Bad gereiset, zusammenzukommen. Elbenstein war so unachtsam nicht, daß er die abgeredte Stunde sollte vergessen haben, sondern er wartete mit größter Attention darauf, wurde auch von der schönen Gräfin mit einer anmutigen und liebreizenden Miene empfangen. Sie spielete, als er kam, eben auf der Laute und hatte ein kleines Arienbuch bei sich liegen, weswegen Elbensteinen die Curiosité antrieb, selbiges zu perlustrieren. Indem er nun akkurat 59 Arien, Oden und dergleichen darinnen fand, bat er sich die Erlaubnis aus, das Schock voll zu machen und eine Arie nach einer bekannten Melodei hineinzuschreiben. Da nun die Gräfin versicherte, daß ihr dieses zum besondern Plaisir gereichen würde, zeichnete er folgende Verse ex tempore hinein:

1
Ein hartes Verhängnis hat mich jetzt betroffen,
Es heißet mich lieben und dennoch nicht hoffen;
Unendliches Quälen bleibt, glaub ich, der Lohn,
Den ich vor mein Lieben einst trage darvon.

2
Doch ob auch mein Lieben ganz abgeschmackt scheinet,
So bin ich's zu lassen doch gar nicht gemeinet;
Dieweil mir der Himmel noch diesen Trost gibt:
Sei stille im Lieben, bleib immer betrübt.

3
Mein brennendes Herze, das eilet zum Grabe,
Dieweil ich die Hoffnung zum Troste nicht habe.
Wer kann mir das nachtun, der schreibe sich ein:
Ohn Hoffnung im Lieben beständig zu sein.

Ob nun schon mancher Poete diese daktylischen Reime durchzuhecheln Ursache gehabt hätte, so war dennoch die Gräfin vollkommen wohl damit zufrieden. Sie sahe ihn, nachdem sie selbige durchlesen, recht liebreizend an, drückte ihm die Hand und sagte: »Ein solcher Amant, der ohne Hoffnung beständig sein kann, muß nicht ohne Hoffnung gelassen werden. Sein Sie nur beständig, mein werter Elbenstein, und hoffen zugleich, so werden Sie nicht fehlen.« Er ergriff der Gräfin schöne Hand und küssete dieselbe, sprach darbei: »Hierdurch will ich versuchen, wieviel ich hoffen darf.« Die Gräfin antwortete: »Wer mein Herz zu eigen hat, kann alles hoffen.« Unter diesen Worten legte sie ihren Kopf ganz, als ganz unachtsam, an Elbensteins Brust. Dieser küssete erstlich ihre charmanten blauen Augen und sagte darbei: »Ihr allerschönsten Augen! euch beschwere ich, mich nicht zu verraten wegen dessen, was ihr sehen werdet.« Hierauf machte er sich an die korallenroten Lippen und küssete dieselben mehr als hundertmal. Theresia, so war der verliebten Gräfin Taufname, ließ solches unter einer verstellten Unempfindlichkeit geschehen, endlich aber nahm die Liebe und Erkenntlichkeit dergestalt überhand, daß sie das Empfangene mehr als gedoppelt restituierte, weswegen Elbenstein, wegen wichtiger Verrichtungen, höchst vergnügt von ihr schiede, nachdem sie die Abrede miteinander genommen, daß, sooft sie miteinander in Compagnie kämen, sich durch ein unvermerktes Zeichen ihre beständige Liebe zu erkennen geben wollten.

Dieses Zeichen bestunde darinne, daß Theresia ein Bouquet Blumen an ihrer Brust, Elbenstein aber nach damaliger Bändermode in seinen Ärmeln oder Manschetten rosenfarbene Bänder tragen wollten. Theresia pflegte demnach oftermals den Blumenstrauß, als ob sie daran riechen wollte, an den Mund zu drücken, und Elbenstein im Gegenteil stellete sich zum öftern, als ob ihm die Manschettenbänder zu lose worden wären, befestigte sie derowegen mit Hülfe des Mundes und küssete zugleich das Band, welches der Theresia Leibfarbe war. Solchergestalt führeten beide ihr geheimes Liebesverständnis miteinander fort. Allein dieses Geheimnis wurde bald entdeckt: denn als sie einsmals in dreien Tagen miteinander zusammenzukommen keine Gelegenheit finden können, gab die Gräfin, welche der Herzogin Palais gegenüber wohnete, Elbensteinen ein Zeichen, zur Vesperzeit in obgedachtes Karmeliterkloster zu kommen. Der Herzogin Fräulein aber, eine geborne von C., die ebenfalls ein Auge auf Elbensteinen haben mochte, wurde solches gewahr, wollte demnach gerne wissen, was solches bedeutete und wem das Winken gegolten; demnach stellet sie sich in der kleinen Prinzessin Zimmer an ein Fenster, aus welchem sie alle in selbige Kirche gehende Leute observieren konnte.

Solchergestalt, da Elbenstein als ein Protestante so gar allzusehr nach der Karmeliterkirche zu eilete, sie das ganze Geheimnis erriet, indem sie urteilen konnte, daß keine besondere Andacht, sondern vielmehr der reizende Gehorsam der vorausgegangenen Gräfin ihn dahin gezogen.

Es fehlete bei der Abendtafel keineswegs an allerhand Stichelreden, welche sich aber Elbenstein gar nicht zuzog. Jedoch da die Fräulein von C. ihm einen Becher Wein auf Gesundheit der Gräfin Theresia zutrank, wurde er im Gesichte blutrot, und ohngeacht er seine Liebe zu derselben zu verbergen suchte, wurde nachhero doch alles völlig verraten.

Demnach mußten sich beide Verliebten etwas genauer in acht nehmen, und weil sie nicht persönlich zusammenkommen konnten, so wurde ihr Liebeswerk durch Briefe traktiert. Diese trug hin und her des Generals und Kommendanten zu P., Grafens von T. Zuckerbäckerin, womit denn beiderseits einiges Labsal geschafft wurde. Ob sie aber nicht zuweilen einander dennoch in geheim gesprochen, solches kann man nicht vor gewiß sagen. Inzwischen daurete dieses Vergnügen nicht länger als ein Vierteljahr, denn Elbenstein bekam Briefe, aufs schleunigste zu seinem Herrn Vater zu kommen, derowegen bat er bei der Herzogin auf vier Wochen Urlaub, welchen er auch erhielte. Da aber mittlerweile hochgedachte, seine durchl. Herzogin, sich mit dem Fürsten von N. in eine Eheverlöbnis eingelassen und das Beilager mit nächsten geschehen sollte, hergegen Elbensteins Eltern ihm nicht gestatten wollten, ferner bei Hofe zu bleiben, aus Beisorge, daß er etwa wegen der Religion Anstoß haben möchte, so resolvierte er sich, seine Dimission schriftlich zu suchen, erhielt auch dieselbe nebst seiner rückständigen Besoldung und einem besondern Gnadengeschenke.

Die holdselige Gräfin Theresia wechselte zwar noch über ein halbes Jahr Briefe mit ihm par Adresse des Traiteurs S. zu D., als sie aber sich nicht entschließen wollte, ihre Gelder nach N. zu verwenden, im Gegenteil prätendierte, sein väterlich Gut zu verkaufen und das dafür bekommene Kaufgeld entweder in B. oder C. wieder anzuwenden, verloschen diese Liebesflammen beiden auf einmal.

Nachhero fügte sich's, daß Elbensteins Herr Vater im Herbste des 1693sten Jahres das Zeitliche mit dem Ewigen verwechselte, weswegen er sich genötiget sahe, in seinem Vaterlande zu heiraten. Es wurden ihm demnach von seinen Freunden allerhand Partien vorgeschlagen, unter welchen eine mit besonderer Schönheit und Klugheit begabte Fräulein des Geschlechts von M. war; allein es zwangen ihn triftige Raisons, sich bei derselben nicht zu engagieren. Er vereheligte sich demnach Anno 1694 mit einer Fräulein von D., welche aber nach elf Monaten im Kindbette starb, und das Kind, welches ihm nachhero, da es erwachsen war, viel Bekümmernis und Herzeleid verursachte, am Leben bliebe.

Der arme Elbenstein sahe sich nunmehro zum andern Male in dem betrübten Witberstande, hatte die ganze Last der schweren Haushaltung allein auf dem Halse, weswegen er sich denn zum dritten Male vermählte, und zwar mit einer Fräulein des Geschlechts von NB., mit welcher er verschiedene und meistenteils ganz wohlgeratene Kinder erzeugte. Als er nun in die zehn Jahre auf seinen Gütern im Privatstande und ohne Herrndienste gelebt, bekam er von einem gewissen Reichsfürsten Vokation, bei welchem er etliche Jahre in ansehnlichen Hofdiensten verharrete.

Wie aber die Sünden der Jugend von dem gerechten Gott nicht ungestraft bleiben, also mußte Elbenstein nunmehro an sich auch erfahren, daß nichts Gutes unvergolten und nichts Böses ohngestraft bliebe, indem er allmählig durch viele schwere kostbare Prozesse, Kriegstroublen, sonderlich die schwedische Invasion, ferner durch etliche Jahr nacheinander fortdaurenden Mißwachs, Falliment seiner Debitoren und dergleichen mehr in große Schulden und Abfall seines Vermögens geriet. Der Gram und Kummer, welchen er dieserwegen einnahm, brachte ihn dergestalt von Kräften, daß er schwachheitshalber seine Funktion nicht mehr verrichten konnte, sondern sich genötiget sahe, seine Charge zu resignieren und sich auf sein Gut zu begeben in Hoffnung, durch gute Menage sich wiederum empor und aus den Schulden zu bringen. Allein es war vor ihn weder Glück noch Stern, sondern alle seine Projekte, sie mochten noch so vernünftig und klug ausgesonnen sein, gingen den Krebsgang, so daß er fast seinen gänzlichen Ruin vor Augen sahe. Dergleichen Unglücksfälle entkräfteten ihn nun binnen zwölf Jahren dermaßen, daß er sozusagen alt und grau vor der Zeit wurde, indem er öfters mit einem schlechten Gerichte Kohl oder andern Zugemüse nebst einem leichten Trunk Kovent vorliebnehmen mußte, wenn er sich nur noch einigermaßen seinem gehabten Charakter gemäß aufführen wollte. In solchen trübseligen Zeiten und kümmerlichen Zustande ließ sich eines Abends, da es entsetzlich stark regnete, ein Kavalier bei ihm melden und ihn wegen der besondern Freundschaft, so sie in der Jugend miteinander gepflogen, bloß allein um ein Nachtquartier ansprechen, indem er in dem kleinen Schenkhause, welches bereits mit Fuhr- und andern Leuten angefüllet wäre, nicht wohl unterkommen könnte, sonsten aber wolle er dem Herrn von Elbenstein keine Ungelegenheit verursachen. Elbenstein erfreute sich demnach recht herzlich, einen alten Bekannten anzutreffen, und zwar um soviel desto mehr, weil ihm seine Zinsleute vor ein paar Tagen etliche Scheffel Hafer und anderes Getreide eingebracht, auch waren ihm von einem benachbarten Edelmanne, der seine Klöpperjagd gehalten, drei Hasen und etliche schöne Stück Flügelwerk zum Geschenke geschickt worden, also kam ihm dieser gute Freund recht à propos, dieses mit zu genießen. Demnach fragte er den Bedienten nach seines Herrn Geschlechtsnamen, allein der Bediente sagte: »Ihro Gnaden werden mir nicht ungnädig nehmen, wenn ich hierinnen nicht gehorsamen kann, weil mir solches von meinem Herrn expresse verboten worden, indem er die Lust gern haben will zu erfahren, ob er von Ihro Gn. wird erkannt werden, da Sie einander in so vielen Jahren nicht gesehen haben.« Solchergestalt wurde nun Elbenstein noch zehnmal curieuser zu wissen, wer sein Gast sein würde, als vorhero, fertigte aber den Bedienten sogleich ab und ließ zurücksagen, weil ihm der Zuspruch honetter Kavaliere jederzeit sehr angenehm, so müsse ihm die gütige Visite eines alten Freundes um soviel mehr vergnügend sein. Er bäte demnach, sich in dem schlimmen Wetter nicht länger zu verweilen, sondern nur mit seinen Leuten und Pferden frei einzusprechen und mit bei jetzigen Umständen möglichsten Accommodement gütigst vorliebzunehmen.

Es währete demnach nur noch eine kurze Zeit, da sich der Gast einstellete. Elbenstein ging demselben bis vor seine Hoftür entgegen, kaum aber war dieser vom Pferde gestiegen und hatte sein Gesicht blicken lassen, als ihn Elbenstein im Moment vor den Herrn von A. erkannte. Dieser Herr von A., welcher nur ohngefähr ein Jahr jünger als Elbenstein, war von der zartesten Kindheit an mit Elbensteinen zugleich aufgezogen worden, indem des Herrn von A. Herr Vater sehr frühzeitig gestorben war, der alte Herr von Elbenstein aber als Vormund diesen jungen Hrn. von A. zu sich genommen hatte und, als ob es sein eigenes Kind wäre, mit unter den seinigen erziehen ließ. Dieser nun und unser Elbenstein hatten sich wegen Gleichheit der Jahre und des Temperaments jederzeit vor allen andern am besten miteinander vertragen können und sich fast niemals veruneiniget, auch immer vor einen Mann gestanden, wenn sie von den andern attaquieret worden. Demnach war die Freude vorjetzo bei Elbensteinen ungemein groß, da sie in ihrem 15ten oder 16ten Jahre voneinander gekommen und seit der Zeit sich nicht wieder gesehen, auch wenig Nachricht voneinander erhalten. Beide Herrn umarmeten und küsseten sich recht brüderlich, worauf der Herr von A. von Elbenstein in sein bestes Zimmer geführet und hernach etwas allein gelassen wurde, um seiner Bequemlichkeit zu gebrauchen. Nachhero wurde die Abendmahlzeit aufgetragen, und ob selbige gleich eben nicht kostbar war, sondern nur aus einer guten Eiersuppe, ein paar gekochten Hühnern und aus einem rohen Schinken bestund, so erzeigte sich doch der Gast sehr vergnügt darbei und bat Elbensteinen, der sich wegen schlechter Bewirtung zum öftern entschuldigen wollte, inständig, hiervon nichts zu gedenken, indem er bei dem Plaisir, ihn zu sehen und mit ihm zu sprechen, gar gern mit einem bloßen Butterbrot, einem Trunk Bier und Pfeife Tobak vorliebnehmen wollte. Mit Weine war Elbenstein nicht versehen, doch konnte er einen herrlichen Trunk Bier in seinem Dorfe haben. Sobald sie demnach die Abendmahlzeit mit gutem Appetite eingenommen, blieben sie beide ganz alleine beisammen, da denn Elbenstein dem Herrn von A. die Hauptstücke seines Lebenslaufs nebst seinen bis hieher gehabten Fatalitäten ziemlich ausführlich erzählte. Wie aber unter solchem Gespräch die Mitternachtsstunde bereits verstrichen, wollte Elbenstein seinen Gast nicht länger von der Ruhe abhalten, nahm derowegen, nachdem derselbe auf inständiges Bitten endlich versprochen, morgenden Tag noch bei ihm zu bleiben, auf dieses Mal gute Nacht und begab sich gleichfalls zur Ruhe.

Folgenden Morgen beim Tee erzählte Elbenstein vollends den Rest seiner Begebenheiten und machte den Schluß damit, wie er wohl erkennete und sich in seinem Gewissen überzeugt befände, daß alle seine gehabten Unglücksfälle gerechte Strafen des Himmels wären, die er mit seiner zuweilen recht unbändigen Lebensart wohl, ja noch weit mehr verdienet, weswegen er sich auch von Tage zu Tage besser in seinen jetzigen pauvren Zustand schicken lernete, anbei den Himmel inbrünstig anflehete, daß er nach den zeitlichen Strafen seiner nur dorten in der Ewigkeit schonen möchte.

Nachdem nun der Herr von A. sein herzliches Mitleiden gegen Elbensteinen bezeuget und gewünscht, daß, da dem Himmel es eine sehr schlechte Sache wäre, den Reichen arm und den Armen reich zu machen, er auchElbensteins Zustand bald in einen vergnügtern und fröhlichern verwandeln möchte. »Allein, mein wertester Herr Bruder«, fuhr der Herr von A. gegen Elbensteinen fort, »sonsten pflegt man zu sagen: Solamen miseris socios habuisse malorum. Ich kann Euch versichern, daß unser beiderseitiger Zustand sehr wenig voneinander unterschieden ist. Mein einziges Glück ist's, daß ich mit meiner Gemahlin keine Kinder habe, sonsten würde ich noch weit miserabler leben müssen. Ich habe aber nur vor weniger Zeit erstlich auch angefangen, Betrachtungen anzustellen, daß dergleichen Kalamitäten, welche mir seit wenigen Jahren her begegnet, gerechte Züchtigungen und Strafen des Himmels sein müssen.«

Elbenstein erseufzete hierüber sehr tief. Weiln sie eben zur Mittagsmahlzeit abgerufen wurden, versprach der Herr von A., nachhero, weil sie wegen des starken Regens doch nicht aus dem Zimmer kommen und ein wenig spazierengehen könnten, Elbensteinen zur Revanche auch die Hauptstücke von seinen Begebenheiten zu erzählen.

Solches geschahe nun, denn da sie sich beide allein in das Zimmer begeben, wohin Elbenstein Bier, Tobak und Licht bringen lassen, fing der Herr von A. also zu reden an:

»Sobald Ihr, mein wertester Herr Bruder, nach J. auf die Universität gebracht, ich aber wegen einer damaligen schweren Krankheit, die beinahe ein halb Jahr anhielt, in Eures Vaters als meines Vormunde Hofe zurückbleiben mußte, wurde mir Zeit und Weile entsetzlich lang, und weil [ich] aus Ungedult kein Buch vor den Augen leiden konnte, so geschahe es, daß ich viel von demjenigen, was ich schon gelernet hatte, verschwitzte, wie es sich aber in etwas mit mir gebessert, brachte mich Euer Herr Vater nach M. zu demjenigen Medico ins Haus, welcher mich bishero in der Kur gehabt hatte und meine Gesundheit ferneweit besorgen sollte. Hierbei mußte ich nun fleißig in die Schule gehen, und der Medicus hatte ein sehr scharfes wachsames Auge auf mich, nahm mich nicht allein, wenn er Zeit hatte, sonderlich des Abends, selbst privatissime vor und repetierte die Lectiones mit mir, sondern er gab auch sehr genau acht auf meine Diät und übrige Lebensart, woher denn kam, daß ich nach ein paar Jahren Verlauf gesund, frisch und sattsam tüchtig erfunden wurde, auf die Universität L. zu gehen. Ich hielt mich etwas über drei Jahre daselbst auf, brachte meine Zeit nicht eben allzu übel zu, sondern besuchte die Collegia fleißig und profitierte doch so viel, daß man schon mit mir zufrieden sein konnte, außerdem aber auch eben kein Melancholicus, sondern machte mich mit andern Kavaliers und andern braven Purschen zum öftern lustig, ließ mich auch bald mit diesem, bald mit jenem

Frauenzimmer in eine verliebte Vertraulichkeit ein, welches aber niemals lange Bestand hatte, indem [ich] im öftern Wechseln mein größtes Vergnügen suchte, auch nicht selten fand.

Da ich aber nach der Zeit, und zwar nur wenige Tage vorhero, als ich meinen Valetschmaus geben und von der Universität nach Hause gehen wollte, einen unglücklichen Sturz mit dem Pferde getan, dabei den linken Arm sehr stark angeschellert hatte, weswegen mir derselbe nach etlichen Wochen zu schwinden anfing und keine gebrauchten Arzeneien anschlagen wollten, riet mir mein ehemaliger Medicus, mit einem meiner Befreundten in ein warmes Bad zu gehen, als welcher ebenfalls ein gewisses Malheur an sich hatte. Wir traten demnach die Reise par Posto an und erreichten in wenig Tagen eines der berühmtesten warmen Bäder, mieteten uns Logis, und zwar jeder das seine besonders. Anfänglich lebte ich sehr douce und hielt mich außer der Zeit, die zur Motion bestimmt war, fast beständig inne, nachdem ich aber merkte, daß die Kur wohl ausschlüge, und mich der Medicus versicherte, daß ich vor Monatsverlauf vollkommen kuriert sein, hernach abreisen könnte, wenn ich wollte, ward ich herzlich froh und begab mich in ein und andere Gesellschaften; unter andern traf ich eines Tages ein ungemein schönes Frauenzimmer darunter an, welche das Fräulein L. von P. genennet wurde. Ich konnte mich nicht erinnern, zeit meines Lebens jemals gegen ein Frauenzimmer dergleichen heftig verliebte Regungen bei mir empfunden zu haben als jetzo gegen dieses Fräulein, und zwar gleich bei der ersten Zusammenkunft, ich konnte auch folgends weder Tag noch Nacht rechte Ruhe haben, wenn ich nicht das Glück hatte, mit dieser Schönen in Compagnie zu sein. Sie stellete sich jederzeit sehr freundlich und complaisant gegen mich, und da sie eines Tages einige Kavaliers und Dames traktierte, ließ sie mich in specie mit darzu bitten. Indem sie nun gewahr ward, daß ich das Schachspiel, welches sie ungemein wohl spielte, auch in etwas gut spielen konnte, bat sie mich, ihr die Gefälligkeit zu erweisen und öfter bei ihr einzusprechen, weil sie dieses Spiels nicht leicht überdrüssig würde, außer diesem auch, da mein stilles Humeur mit dem ihrigen sehr wohl übereinstimmete, möchte sie mich vor allen andern gern um sich leiden. Ich versprach ihr, woferne ich mich ihrer gnädigen Erlaubnis im Ernst versichert halten könnte, meine Aufwartung, sooft es deroselben gefällig, zu machen. Es geschahe auch, so daß wir zum öftern vom Mittage an bis zur späten Abendzeit beisammen saßen und uns mit dem Schachspiele divertierten, wiewohlen, wenn ich ihre bewundernswürdigen Artigkeiten betrachtete, zum öftern bald dieses, bald jenes im Spiele versahe.

Mein heimliches Liebesfeuer wurde solchergestalt immer heftiger angeblasen, so daß ich es fast nicht mehr verbergen konnte, weiln aber Zunge und Mund allzu blöde waren, solches zu eröffnen, mußten meine Augen nur das ihrige verrichten. Die v. P. merkte bald, daß mir eine kleine Melancholie am recht bedachtsamen Spielen hinderlich wäre, derowegen, da ich einsmals in Gedanken etwas tief seufzete, fragte sie mit einer mitleidigen Stellung: ›Was liegt Ihnen doch immermehr auf dem Herzen, Mons. de A., daß Sie von Tage zu Tage tiefsinniger werden? Ich bitte mich zu Ihrer Vertrauten zu machen, das Geheimnis sei so groß, als es immer will, durch mich soll nichts verraten werden, vielleicht aber kann ich etwa mit einem guten Rate dienen, obgleich die Hülfe in meinem Vermögen nicht stehen möchte.‹ Mir stieg unter diesen ihren Reden die völlige Glut aus dem Herzen ins Gesichte, ich bliebe auch eine gute Zeitlang ganz bestürzt sitzen und wußte nicht, was ich antworten sollte, endlich, da mir, ich weiß nicht was vor ein Geist meine scheltenswürdige Zaghaftigkeit, zumalen bei einem ledigen Frauenzimmer, welches mir sozusagen die Liebesdeklaration selbst abnötigte, vorwerfen wollte, fassete ich plötzlich einen Mut, brachte den ganzen verliebten Plunder auf einmal zu Markte und schloß mit diesen Worten: ›Ist also, allerschönstes Fräulein von P., noch kein anderer Kavalier in Dero Herz eingeschlossen, so bitte fußfälligst, mir, Dero gehorsamsten und getreu verliebten Knechte dieses himmlische Quartier zu gönnen, widrigenfalls wird mein äußerst gequältes Herz von den Flammen der Liebe vollends in Asche verwandelt werden.‹

Die von P. hörete meine Reden mit niedergeschlagenen Augen in größter Gelassenheit an, da ich aber innehielt, sagte sie mit einem tiefgeholten Seufzer: ›Ach, mein werter d'A., mein Herz ist mehr als zu ledig und hat zeit seines Lebens noch keine verliebten Triebe empfunden, ausgenommen diejenigen Zärtlichkeiten, welche Ihre Person und sonderbare Aufführung erweckt hat, allein mein unglückseliges Verhängnis und mein Gewissen lassen es nicht zu, Ihre Sehnsucht zu vergnügen, wie gern ich es auch wünschen wollte. Ich glaube es, daß Sie mich als ein honetter Kavalier aufrichtig und getreu lieben würden, und versichere, daß ich Ihrer Person nicht weniger gewogen bin. Aber wie gesagt, mein Schicksal gestattet nicht, Sie nach Wunsche zu vergnügen, sondern ich bin darzu prädestiniert und kondemniert, daß ich vielleicht meine ganze Lebenszeit ohne Liebe, gegenteils aber im größten Mißvergnügen zubringen soll.‹

Was diese«, redete der Herr von A. weiter zu Elbensteinen, »mit einer besondern kläglichen Art vorgebrachte Antwort in meinem Gemüte vor eine Zerrüttung anrichtete, ist nicht auszusprechen. Der Fräulein von P. stiegen vor Jammer die Tränen in die Augen, und bei mir fehlete wenig, daß die einer Mannsperson übel anständigen Zeugnisse der Kleinmütigkeit nicht über die Backen heruntergerollet wären. Wir sahen einander mit ängstlichen Blicken an, und es war nicht anders, als ob ein Schlagfluß die Nerven meiner Zunge gerühret hätte. Nachdem aber die von P. ihre und meine Augen abgetrocknet, zugleich meine Wangen mit ihren zarten Händen sehr liebreich gedrückt, erholte [ich] mich in etwas und sprach: ›Eröffnen Sie mir doch nur wenigstens, mein allerschönstes Fräulein, die Ursache, so meinem Glücke und Vergnügen im Wege stehet. Sollen Dero überirdischen Annehmlichkeiten samt dem allerschönsten Körper etwa in ein fürchterliches Klostergebäude verbannet werden? Diesem Unglücke wäre ja noch vorzukommen, mein Vaterland ist die allersicherste Freistatt vor dieselbe. Über dieses verlange ich außer Dero allerschönsten Person, wie Sie allhier gehen und stehen, weder Geld, Güter noch andere Kostbarkeiten, indem ich gesonnen bin, bloß nach meinem Vergnügen zu heiraten, weiln mir meine frühzeitig verstorbene Eltern als ihrem einzigen hinterlassenen Sohn zugleich auch drei einträgliche Rittergüter nebst einem guten Vorrate von Barschaft und Meubles hinterlassen.‹ ›Ach, mein Herzensfreund‹, versetzte hierauf die von P., ›Geld und Gut habe ich zur Gnüge und wollte mir nur vor dasjenige, was in dieser kleinen Chatoulle verwahrt liegt, in Eurem Vaterlande vortreffliche Land- und Rittergüter ankaufen; allein was hilft es mich, meiner Seelen ekelt vor dergleichen Bagatellen und sehnet sich vielmehr nach solchen Schätzen, die in einem tugendhaften Behältnisse verwahrt liegen. Aber! ich bin bereits in ein solches Kloster verbannet, aus welchem mich niemand als der Tod reißen kann.‹

Indem sie dieses redete, eröffneten ihre zarten Hände zugleich ein mittelmäßiges Chatoull, in welchem alle Fächer und Schubladen mit lauter Goldstücken und den allerkostbarsten Juwelen angefüllet waren. Meine Augen wurden demnach ganz verblendet, die Vernunft aber überredete mich, die von P. vor eine höhere Standesperson zu halten, als sie sich ausgab. Derowegen gab ich ihr meine Gedanken ziemlich deutlich zu verstehen und bat mit zitterenden Lippen, da meine Wenigkeit sich allzuhoch verstiegen hätte, um gnädige Vergebung meines begangenen Fehlers und Irrtums. Es versicherte mich aber dieselbe, abermals mit einem tiefgeholten Seufzer, daß sie von Geburt nicht höher als eine von Adel, doch hätte sie der Himmel mit einem großen Vermögen, im Gegenteil aber auch mit desto mehr Kreuz und Elend überschüttet.

Indem ich nun vermittelst heftiger Klagen eine noch deutlichere Explikation von ihr herauszulocken vermeinete, ließen sich ein paar Dames bei ihr melden, weswegen ich mich vor diesmal genötiget sahe, zurückzuhalten und meine Retirade durch ein ander Zimmer und durch das Hintergebäude des Hauses zu nehmen. Daß ich aber den übrigen Teil des Tages benebst der darauf folgenden Nacht hindurch von der unbändigen Liebe die grausamsten Folterungen erlitten, kann niemand leichter glauben, als wer ehemals auch heftig verliebt gewesen. Ohnmöglich können sich Ödipus und seine Mitgesellen den Kopf über Sphyngis Rätsel so grausam zerbrochen haben, als ich den meinen zerbrach über die dunklen Sprüche der Fräulein von P. Bald schmeichelte mir wegen ihrer freundlichen und verliebten Aufführung die Hoffnung, sie noch mit der Zeit zu gewinnen, bald lachte Fortuna mit einem höhnischen Gesichte mich mit allen meinen gemachten Anschlägen und Ideen recht häßlich aus. Morpheus versagte mir seinen Dienst gänzlich, weswegen ich in dieser einzigen Nacht ganz blaß, hager und merode wurde. Der anbrechende Tag wollte mir zwar einigen Trost versprechen, indem ich mir sicherlich einbildete, die von P. würde mich beizeiten wieder zu sich rufen lassen. Nachdem ich aber, bis es dunkele Nacht worden, vergeblich darauf gehoffet hatte, mußte sich mein gequältes Herze mit Geduld darein ergeben, noch eine Nacht wie die vorhergehende zuzubringen, da denn meine Liebespein mehr vermehrt als vermindert wurde.

Folgenden Morgens stund ich mit dem allerfrühesten auf und memorierte die in vergangener Nacht konzipierte Oration, welche in diesen Nachmittag bei der von P. zu halten mir vorgenommen hatte. Der Vormittag, welcher mir damals länger als ein Monat sonsten zu währen begonnte, verstrich endlich, da aber eine Stunde nach der Mahlzeit der von P. ihr Bote sich noch nicht einstellete, nahm ich mir die Kühnheit, mich in ihrem Logis selbst anmelden zu lassen. Allein, o Himmel! wie erstaunete ich, da ich vernahm, daß die von P. bereits gestern noch vor anbrechenden Tage samt allen ihren Sachen aufgebrochen und mit einer Extrapost fortgereiset wäre. Meine fünf Sinnen spieleten das Versteckspiel im ganzen Körper herum, keiner aber wollte sich finden lassen, bis endlich der Wirt des Hauses, nachdem er mich, der ich in der Tür stund und das Gesicht auf die Straße heraus gedrehet hatte, lange und oft bei dem Ärmel gezupft hatte, mich wieder zu mir selbst brachte und sagte: ›Monsieur! die fortgereisete Dame hat eine versiegelte Schachtel an Denselben zurückgelassen, hier ist sie.‹ Ich nahm selbige Schachtel begierig an, eilete damit nach Hause und fand nach Eröffnung derselben obenauf einen Brief, dessen Inhalt, weil ich ihn wohl mehr als 1000mal durchlesen, ganz von Wort zu Wort auswendig gelernet habe, also denselben aus dem Kopfe hersagen kann. Er lautet aber also:

Liebster S. d'A.

Der Himmel ist mein Zeuge, daß ich Sie nicht allein wegen Ihrer galanten Person, sondern der angemerkten Tugend halber mehr liebe und ästimiere als sonsten eine einzige Mannsperson in der ganzen Welt. Tue ich Sünde hieran, so bitte ich den Himmel mit Tränen um Vergebung; jedoch da meine Liebe auf keinem lasterhaften Grunde ruhet, so hoffe, das heiligste Wesen, so über uns wohnet, werde ein Mitleiden mit meiner Schwachheit haben. Daß ich aber mich Ihren aufrichtig verliebten Augen ohne vorher genommenen mündlichen Abschied entzogen, und zwar so plötzlich, solches ist aus keiner andern Ursach geschehen, als weil ich mich vor mir selber fürchte und besorgt habe, die Schiffe unserer Tugend möchten etwa auf dem gefährlichen Liebesmeere an eine verborgene Klippe geraten und unvermutet stranden. Dieses zu verhüten, habe [ich] die Trennung vor das allersicherste Mittel erfunden. Wüßten Sie meinen völligen Zustand, so wollte mich persuadiert halten, Ihr tugendhaftes Herze würde mir in allen Beifall geben. Indessen entschlagen Sie sich der übermäßigen Liebe und verwandelen dieselbe in eine aufrichtige Freundschaft gegen meine Person, weilen unser beider Sehnsucht zu vergnügen die pur lautere Ohnmöglichkeit im Wege stehet. Ihre angenehme Person täglich sehen zu können, wäre zwar mein größtes Vergnügen, allein weiln es uns beiden nur zur Qual gereichen würde, wünsche ich, daß Sie mich niemals mögen finden, es sei denn, daß der Himmel selbst eine Änderung träfe. Wollten aber Mons. d'A. mir eine einzige Gefälligkeit noch erweisen, so lassen Sie Ihr Porträt bei demjenigen zurück, der Ihnen diese Schachtel einhändiget, bemühen Sie sich aber nicht, auf den Abforderer zu warten, denn ich selbst nicht weiß, ob ich es über lang oder kurz kann abholen lassen. Mein Porträt habe nicht zu Erhaltung seiner Liebe, sondern nur zum geneigten Andenken beilegen wollen. Mein letzter Wunsch ist dieser, daß der Himmel Ihnen mit der Zeit bei einer andern anmutigen Liebste so vieles Vergnügen gönnen wolle, als in ihren jetzigen Stande Unvergnügen genießet

die unglückselige

L. de P.

Wie mir nach Verlesung dieser Zeilen zumute gewesen, bin selbst nicht vermögend, von mir zu sagen, so viel weiß ich mich zu entsinnen, daß ich fast über zwei Stunden lang als ein steinern Bild auf meinem Stuhle gesessen, den Brief aber beständig in den Händen gehalten habe. Nach diesen, da ich als aus einem Schlafe erwacht, durchstrich ich alle Gassen, um zu erkundigen, ob niemand wisse, wo die von P. hingefahren und wo ihre Heimat sei. Allein niemand konnte mich dessen berichten, keiner wollte ihr Geschlechte kennen, sondern viele glaubten, es wäre nur ein erdichteter Name, den sie sich beigelegt, unter ihrer Person aber eine weit höhere Standesperson versteckt gewesen, damit sie keinen so großen Staat führen dürfen. Ich wußte, wie gesagt, nicht, was ich denken sollte, bald glaubte ich solches auch, ohngeacht sie mich selbst versichert, daß sie bloß von Adel, bald hielt ich sie vor einen jungen großen Herrn, der sich zur Lust in ein Frauenzimmer verkleidet, bald vor eine bereits verheiratete Dame, ja es fielen mir wohl noch törichtere Gedanken ein, die ich nicht einmal melden will. Unterdessen, weil Cupido mich als seinen verliebten Hasen recht scharf aufs rechte Fleckgen getroffen hatte, konnte ich keine Ruhe haben, sondern mein Reitknecht mußte die Pferde satteln, da ich denn zehn bis zwölf Tage mit ihm herum göckerte, um der von P. Reisekurs oder wohl gar den Ort ihres Aufenthalts zu erfahren, allein die Mühe war vergebens; demnach reisete ich unverrichteter Sache wieder zurück ins warme Bad, ließ mein Porträt verfertigen, legte dasselbe nebst einem kostbaren Ringe (denn sie hatte mir auch einen Diamantring von großen Werte beigelegt) in eine Schachtel, vergaß auch nicht, einen lamentablen Brief darbei zu schreiben, und gab alles dieses wohlversiegelt in des Wirts Verwahrung, mit dem Bedeuten, alles dieses so lange aufzuheben, bis es die Dame abfordern ließe, hiernächst versprach ich dem Wirte 50 Taler bar Geld zu zahlen, wenn er ausforschen und mir Bericht erstatten könnte, wo sich diese Dame eigentlich aufhielte, wie ich denn dieserhalb nach Verlauf einiger Wochen wiederum bei ihm wollte Anfrage tun lassen.

Der Wirt vermaß sich hoch und teuer, mir zu Gefallen allen möglichsten Fleiß anzuwenden, ich aber reisete fort, durchstrich alle umliegenden Provinzen und erkundigte mich nach dem Geschlechte von P., erfuhr aber an einem Orte sowenig als am andern. Endlich kam ich von ohngefähr zu einem Vornehmen von Adel, welcher wegen seiner Gelehrsamkeit in der Politik, Historie, Genealogie, Heraldik etc. weit und breit berühmt war. Dieser versicherte mich, wie er alle, auch die neueren adelichen Geschlechter des ganzen Deutschlandes und was darzu gehörig in etlichen Folianten aufzuweisen hätte, indem er sich dieserwegen viel Mühe durch Korrespondenzen gegeben, auch sehr viele Kosten daran gewendet, allein ohngeacht wir alle Folianten mit ihren Registern durchblätterten, so fand sich zwar endlich ein Geschlecht dieses Namens, welches aber schon vor länger als 200 Jahren gänzlich und glatt ausgestorben war, welches denn die darbei angeführten Umstände vollkommen glaubhaft machten. Wäre ich klug gewesen, so hätte ich mir diese Dame bald aus dem Sinne geschlagen, da es aber hieß: Amare & sapere vix Diis conceditur, so war ich halb rasend zu nennen, beging auch solche törichte Streiche, dergleichen man sich nimmermehr von mir einbilden sollen und worüber ich, nachdem ich wieder zu Verstande kommen bin, mich selbst verwundern müssen.

Ich bin zwar mit denenjenigen eben nicht eines Glaubens, welche ein inevitabile fatun, praedestinationem, absolutum decretum und dergleichen statuieren, jedennoch weiß ich doch auch nicht, wie es damals mit mir zuging, denn ob ich gleich mich bereden ließ, in der Suite zweier junger Grafen Frankreich, Engelland, Holland, sodann die nordischen Königreiche mit zu durchreisen, so konnte ich mich doch binnen dieser Zeit von beinahe von vier Jahren dennoch nicht überwinden, die von P. aus den Gedanken zu schlagen, sondern mußte ihr [Bild] fast täglich mit größter Devotion betrachten, hatte ich auch dann und wann mir gelüsten lassen, eine würkliche Sünde wider das sechste Gebot zu begehen, so war mir in Wahrheit weit bänger darum, daß ich die von P. benebst ihrem Porträt, als daß ich meinen Gott dadurch beleidiget hätte, ja ich war weit hurtiger, vor dem Porträt niederzuknien und dergl. Sünden dem Originale abzubitten, als ein solches vor meinem allmächtigen Schöpfer zu tun, da doch weder Original noch Porträt von nichts wußten, Gott aber alles siehet.

Erwäget meine Torheiten, liebster Bruder!« sagte hier der Herr von A. besonders zu Elbensteinen. »Nachhero bin ich 1000mal auf die Gedanken geraten, ich müsse bezaubert und die von P. zur Hauptperson prädestiniert gewesen sein, mir in dieser Welt Fatalitäten, ja was sage ich, das größte Unglück zu stiften, woferne es nicht die göttliche Barmherzigkeit noch etlichermaßen remediert hätte. Ihr werdet erstaunen, mein Bruder! über den Verfolg meiner Geschichte, vorhero aber muß ich Euch erzählen, auf was vor Art ich nach so langer Zeit die von P., und zwar von ohngefähr, wieder zu sehen bekommen habe.

Die Grafen, in deren Suite ich noch immer mitreisete, von ihnen, weil sie mich gerne um sich leiden mochten, viel Gnade genoß, auch vor andern ziemlichermaßen distinguieret wurde, erfuhren, daß in einem gewissen Reiche eine starke Veränderung vorgegangen wäre, dermalen aber in der Hauptstadt N. ein großer Pracht und Herrlichkeit zu sehen sein würde. Indem sie sich nun resolvierten, zur See dahin zu reisen, ließ ich mich persuadieren, diese Tour auch noch mit zu tun. Wir kamen eben zu rechter Zeit, da alles in prächtigster Gala war und niemanden gereuen dürfte, sich dieser Seltenheiten wegen auf die Reise begeben zu haben und etwas darauf gehen zu lassen. Eines Abends wurde eine vortreffliche italiänische Opera gespielet, welcher ich mit besondern Vergnügen zusahe, indem eine Passage darinnen vorkam, die eine ziemliche Gleichheit mit meiner Liebesaventure hatte.

Aber! o Himmel! in was vor eine Erstaunung geriet ich nicht, da ich unter dem vornehmsten Frauenzimmer [m]eine andere Seele, nehmlich die schöne von P. erblickte. Anfänglich wußte ich zwar nicht, ob ich meinen Augen trauen dürfte oder nicht, nachdem aber dieselben eine gute Zeitlang auf ihren englischen Angesichte kleben geblieben waren und alle Mienen und Gebärden wohl observiert hatten, befand ich mich der Wahrheit vollkommen überzeugt, zumalen da ich von ihr (die mich, wie ich hernach von ihr selbst erfahren habe, eher als ich sie erblickt) angesehen wurde, zugleich auch durch Neigung des Haupts das Zeichen eines Grußes von ihr empfing.

Demnach wußte ich mich vor Freuden und Vergnügen fast nicht zu lassen. Die von P. mochte meine Gemütsbewegungen merken, gab mir derowegen mit einer andern besondern Miene zu verstehen, ich sollte mich der Verstellung bedienen und tun, als ob ich sie nicht kennete. Ich folgte hierinnen, weilen mir aber die Zeit verzweifelt lang wurde, um zu erfahren, was ich gern wissen wollte, veränderte ich meine Stelle, begab mich zu einem deutschen Kavalier, mit welchem ich vor etlichen Tagen bekannt worden war und welcher sich schon eine Zeitlang in diesem Reiche aufgehalten hatte, ließ mich mit ihm in einen besondern Diskurs ein und fragte nach den Namen der meisten gegenwärtigen Standespersonen, sonderlich aber des Frauenzimmers. Der Kavalier gab mir mit besonderer Höflichkeit in allen, soviel er wußte, Bescheid. Endlich kam die Reihe auch an die von P., von welcher er mir meldete, daß es die Gemahlin eines Staatsministers namens K. wäre. Ich verbarg mein dieserhalb entstehendes Schrecken und sagte: ›Man sollte diese Dame, welche noch sehr jung und schön aussiehet, eher vor ein lediges Fräul. als vor eine Vereheligte ansehen.‹ ›Viele glauben auch‹, versetzte der Kavalier, ›daß sie zwar eine Frau dem Namen nach, in der Wahrheit aber noch ihre Jungfrauschaft habe, indem sie von ihrem Gemahl noch niemals soll sein berühret worden. Sie ist‹, fuhr der Kavalier fort, ›eine geborne Deutsche und durch ein besonderes Schicksal an diesen Herrn vermählt worden. Ich glaube aber, sie wendeten auf beiden Seiten ein gut Stück Geld daran, wenn sie so leichte wieder voneinanderkommen könnten, als sie zusammengekommen sind.‹ ›Ei!‹ fragte ich, ›was hat denn das vor Ursachen?‹ ›Es wird nicht allein in dieser Stadt‹, antwortete der Kavalier, ›sondern auch weit und breit herumgesprochen, daß ihnen gleich an ihrem ersten Hochzeittage ein schändlicher Possen gespielet worden, denn wenn er sie nur an der Hand oder an Backen oder sie ihn berühret, bricht ihm gleich der Angstschweiß aus und stößet ihm eine Ohnmacht zu.‹ ›Das wäre ja‹, replizierte ich, ›ein unerhörter und verteufelter Streich.‹ ›Mein werter Herr Landsmann‹, gab der Kavalier hierauf, ›man hat mir gesagt, daß solches hierzulande ganz und gar nichts Seltsames sei, sondern man habe sowohl hier in dieser Stadt als in der Nähe herum, sowohl unter hohen als geringen Eheleuten erstaunlich viele Exempel, daß selbige teils auf ein oder etliche Jahr, teils auf ihre ganze Lebenszeit solchergestalt fasziniert oder, auf deutsch, behext gewesen und noch sind.‹ ›Es ist erstaunlich‹, war meine fernere Rede, ›allein was mögen sie solchergestalt wohl vor eine Ehe miteinander führen?‹ ›Diese Ehe‹, replizierte der Kavalier, ›kann wohl schwerlich die beste sein, jedoch man höret doch, daß die fromme, tugendhafte und kluge Dame sich sonderlich in ihre Fatalitäten zu schicken und dem stürmischen Manne mit Geduld und Gelassenheit nachzugeben weiß. Es hat mir jemand gesagt, daß ihr eine hohe Person in geheim antragen lassen, ihre Ehescheidung zu befördern, allein sie soll großmütig zur Antwort gegeben haben, sie verlasse sich bloß allein auf die Fügung des Himmels und verlange niemals auf andere Art als durch einen natürlichen Tod von ihrem Gemahl getrennet zu werden.‹

Wir hätten vermutlich unser Gespräch noch weiter fortgeführet, weiln aber die Opera eben zum Ende ging, beurlaubte ich mich von diesem Kavalier und ersuchte ihn, mir ehester Tages die Ehre seines Zuspruchs in meinem Logis zu geben. Mittlerweile kam mir die von P., welche ich von nun an Mad. K. nennen will, aus den Augen, derowegen begab ich mich nach meinem Logis, allwo ich die darauf folgende Nacht mit tausenderlei verdrüßlichen Grillen hinbrachte, da ich aber endlich nach langen Herumwerfen meiner Vernunft Gehör gab, riet mir dieselbe, sowohl meiner unglückseligen Liebe als der Stadt N. adieu zu sagen und weder die Mad. K. selbst noch ihr Porträt wieder anzusehen, hergegen mich auf meine Güter zu begeben und eine ordentliche Ökonomie anzurichten. Ach aber, diese Resolution, ohngeachtet sie diese Nacht auf einen Stahl- und Eisengrund gebauet zu sein schien, wurde durch ein kleines Blättgen Papier über einen Haufen geworfen, denn sobald ich frühmorgens das Bette verlassen, lieferte mir einer von der Mad. K. Bedienten ein Billett folgenden Inhalts in meine Hände:

Monsieur!

An Ihrer Person vermerke, daß einem Verliebten alles auszuforschen möglich sei, und glaube zwar, daß eine übermäßige Zärtlichkeit, mich wiederzusehen, Sie angereizt hat, mir nachzufolgen, gestehe anbei, daß es mir zugleich lieb und leid ist, daß Sie mich gefunden. Lieb darum, weil ich das Vergnügen habe, Ihre artige Person gesund zu erblicken, leid aber, weil Ihre Anwesenheit mir höchst gefährlich werden kann. Unterdessen wo Sie einige Consideration vor meine Person und mein Bitten haben, so bleiben Sie so lange in Ihrem Logis verborgen, bis ich Ihnen Nachricht gebe, an welchem Orte Sie mich ohne Gefahr sehen und sprechen können. Denn ich befürchte, es möchten sonsten untugendhafte Gemüter einen bösen Verdacht auf unsern zwar verliebten, doch tugendhaften Umgang werfen und meiner Ehre einen unauslöschlichen Schandfleck anhängen, zumalen da es eine sehr schwere Sache ist, die verliebten Affekten beständig im Zaume zu halten. Sie belieben demnach meinem Rate zu folgen und versichert zu leben, daß Ihnen mit einer beständigen, jedoch Ehre und Tugend unschädlichen getreuen Liebe ergeben verbleibt

L. de P.

Bei so gestalten Sachen änderte sich meine Resolution alsofort und beschloß, solange in N. zu verbleiben, als es der Mad. K. gefiele, damit ich aber ihrem Befehle gemäß desto verborgener in meinem Logis sein und mich bei meinen Reisegefährten nicht etwa in Verdacht setzen möchte, stellete ich mich krank, kam nicht aus meinem Zimmer, vertrieb indessen meine Zeit mit der Poesie und andern verliebten Grillenfängereien. Zwei Wochen vergingen, es meldete sich aber noch keiner von der Mad. K. Bedienten, inzwischen, weiln die Lustbarkeiten zum Ende und die Vornehmsten schon wieder abgereiset waren, brachen auch meine jungen Grafen auf und versprachen mir, ganzer vier Wochen in B. auf mich zu warten, damit ich, wenn ich binnen der Zeit wieder gesund würde, sie daselbst antreffen und vollends mit ihnen nach Hause reisen könnte. Ich wünschte ihnen aus guten Herzen viel Glück auf die Reise und war froh, daß ich vor diesmal ihrer loswurde, mithin mein fernerweitiges Schicksal vor mich allein in der

Stille abwarten könnte. Gleich des darauffolgenden Tages bekam ich den zweiten Brief von der Mad. K., worinnen sie sich bedankte, daß ich ihrem Begehren Folge geleistet hätte, anbei ein herzliches Verlangen bezeugte, mit mir zu sprechen, weiln aber allhier in der Hauptstadt so viele Aufseher wären, hielte sie vors ratsamste, daß ich ihr auf ein zwei Meilen von der Stadt gelegenes Landgut folgte, und zwar in Weibskleidern. Hierzu wollte sie mir in folgender Nacht durch eine getreue Frau und einen Bedienten alles Nötige übersenden, jedoch sollte ich ihr vorhero berichten, ob mir dergleichen Masquerade nicht etwa zuwider wäre.

Nun kann ich zwar nicht leugnen, daß mir dieser Streich anfänglich sehr unanständig schien, denn es fiel mir dabei diese Frage ein: Werden nicht die, so es einmal erfahren, sagen: Hercules servivit. Jedoch ich tröstete mich in diesem Stück folgendergestalt: Hat sich gleich Herkules durch die Liebe verleiten lassen, seiner geliebten Omphale zu Gefallen Weibskleider anzuziehen und in der Spinnstube mit dem Rocken unter ihren Mägden zu sitzen, so ist er doch der starke Herkules geblieben und nach seinem Tode vergöttert worden. Ferner wollte mir auch diese Masquerade verdächtig und gefährlich vorkommen, allein die Liebe überwältigte bei mir die gesunde Vernunft sowohl als den Wohlstand, derowegen versäumete keine Zeit, der Mad. K. zu versichern, wie mein Wille in allen Stücken ihren Befehlen unterworfen sei. Also stellete sich in darauffolgender Nacht eine mit zwei Pferden bespannete Karosse ein, worinnen nebst einer etwas betagten deutschen Frau auch ein einziger deutscher Laquais saß, welcher aber keine Liberei hatte. Die Frau allein kam in mein Zimmer und bat, ich sollte durch meinen Diener einen Coffre von dem Wagen nehmen und herauftragen lassen. Dieses geschahe, nachhero wurden aus dem Coffre vortreffliche Frauenzimmer-Kleider ausgepackt, ich als ein Frauenzimmer angekleidet und also reiseten wir, noch ehe der Tag anbrach, fort, nachdem ich meinen getreuen Diener, welcher in Wahrheit das Leben vor mich gelassen hätte, Instruktion gegeben, wie er sich zeit meiner Abwesenheit verhalten und wie er mit den Geldern, so ich ihm zurückließ, disponieren solle.

In drei Stunden langeten wir ganz gemächlich auf dem Landgute an, ich wurde von der Mad. K., die schon vorausgereiset war, in einem schön meublierten Zimmer sehr freundlich empfangen. Die verliebten Komplimenten, so zwischen uns gewechselt wurden, will [ich] sowenig berühren als den täglich vergnügenden Zeitvertreib, den wir uns machten, sondern nur so viel sagen, daß ich mich dieses erste Mal ganzer vier Wochen bei ihr aufhalten mußte, im Liebeswerke aber konnte [ich] bei ihr nicht weiter avancieren, als daß sie mich dann und wann, jedoch in Wahrheit sehr selten, einen Kuß von ihrem schönen Munde und Händen rauben ließ, weiter konnte ich von ihrer strengen Tugend nichts erlangen, ja diese kleine erlaubte Freiheit wollte ihr schon mehr als zu lasterhaft vorkommen, jedoch auf meine unablässige verliebten Vorstellungen gab sie sich endlich zufrieden. Da aber hierdurch mein Liebesappetit nach den delikatesten, jedoch verbotenen Früchten immer stärker werden wollte, lockte sie mir einmals mit artiger Manier einen Schwur aus dem Munde und vinkulierte mich damit so weit, daß ich versprechen, angeloben und schwören mußte, ihr, solange ihr Gemahl am Leben, niemals etwas zuzumuten, was wider die Hauptregeln der Keuschheit liefe. Demzufolge habe auch nach der Zeit nicht einmal an etwas Unkeusches gedenken, geschweige denn davon reden wollen. Außer diesem aber lebten wir sehr vertraut miteinander und vertrieben unsere meiste Zeit mit dem Schachspiele oder verliebten Gesprächen, und zwar in französischer Sprache, damit die alte deutsche Frau, welche der Mad. K. nicht von der Seite kommen durfte, nicht eben alles verstehen könne. Binnen dieser Zeit erzählete mir die Mad. K. auch ihre ganze Lebensgeschicht, die mit demjenigen ziemlich übereinstimmte, was mir der deutsche Kavalier in der Opera gesagt. Sie ist gewiß sehr merkwürdig, aber auch sehr weitläuftig, derowegen halte es nicht vor ratsam, mein wertester Elbenstein, dieselbe voritzo anzufangen, sondern ich will dieselbe bis auf eine anderweite Zusammenkunft versparen, jedoch in meiner eigenen Geschichte fortfahren.

Nachdem vier Wochen verflossen, ließ mich die Mad. K. wieder nach der Hauptstadt in mein Logis bringen, sie folgte ebenfalls dahin, jedoch ich mußte daselbst ihr Palais gänzlich vermeiden und mich anstellen, als ob ich sie gar nicht kennete. Indessen, weil ich von ihrer Freigebigkeit mit einer starken Summe Geldes, außer etlichen Kleinodien von großen Wert, war beschenkt worden, so konnte ich in dieser Stadt, wo ohnedem sehr teuer zehren war, dennoch starke Figur machen und die vornehmsten Compagnien frequentieren; als ich aber nach Verlauf eines Monats die andere Ordre bekam, folgte ich der Mad. K. abermals höchst vergnügt auf ihr Landgut und bliebe fast sechs Wochen daselbst in ihrer Gesellschaft. Wir vertrieben einander die Zeit ebenso wie das vorige Mal, und, kurz zu sagen, wir wechselten solchergestalt Ort und Zeit unseres Aufenthalts über ein ganzes Jahr hindurch, denn ihr Gemahl, welcher in Affären des Staats verschickt war, schrieb zwar zum öftern, verschob aber seine Wiederkunft von einer Zeit zur andern. Mir geschahe hierdurch kein Possen, ohngeachtet ich manche Nacht sozusagen auf einem glühenden Roste lag und braten mußte, dieweiln ich die Quintessenz der Liebe nicht zur Arzenei erlangen konnte. Jedoch ich hielt der Mad. K. meinen Schwur, und diese ließ sich sehr öfters bewegen, etliche Wochen länger auf den Gütern die Zeit hinzubringen, als sie sich anfänglich vorgesetzt gehabt. Wie ich es demnach überrechnete, so haben wir im ganzen Jahre kaum zwölf Wochen separiert und in der Stadt gelebt.

Eines Abends, da es bereits dämmerig zu werden begunnte, stunden wir alle beide an einem eröffneten Fenster und diskurierten miteinander. Indem fing Mad. K. ohnverhofft zu sagen an: ›Mein Herz wird mir grausam schwer, mein wertester d'A. Ich wollte wünschen, daß wir beide in der Stadt, und zwar ein jedes in seinem Logis befindlich wären.‹ ›Was schwer, was schwer, mein Engel?‹ versetzte ich, ›Euer Gemahl, vor dem wir uns allein zu fürchten haben, kömmt seinen letztern Briefen gemäß ja wenigstens in sechs Wochen noch nicht.‹

Kaum hatte ich diese Worte ausgeredet, da der deutsche Laquais gelaufen kam und berichtete, wie der Herr von K. mit etlichen andern Vornehmen von Adel auf den Hof zugeritten käme. Daß Mad. K. und ich nicht weniger bestürzt hierüber wurden, ist leicht zu erachten, jedoch wir hatten doch noch etwas Zeit, uns zu rekolligieren, fasseten deswegen die kurze Resolution, uns der Verstellung zu bedienen und den Ankommenden dreuste unter Augen zu gehen. Hierauf kam der Herr von K. mit allen seinen Gästen plötzlich ins Zimmer getreten und wurde sowohl von seiner Gemahlin als mir ganz freimütig und höflich bewillkommet. Der Herr von K. sahe mir starr, jedoch mit einer sehr freundlichen Miene in die Augen, sobald er aber von seiner Gemahlin vernommen, daß ich eine von ihren Befreundtinnen aus Deutschland sei, bewillkommete er mich aufs höflichste mit einem Handkusse. Mein Angesicht und der Bart konnten mich so leicht nicht verraten, denn ich habe mich bis dato eben noch nicht allzusehr über einen scharfen Bart zu beschweren, über dieses so kratzte ich damals selbst mit einem Schermesser alle Morgen die herausdringenden Stoppeln ab, so daß man an mir gar keinen Bart verspürete.

Die Angekommenen inkommodierten uns nicht lange, begehrten auch keine Abendmahlzeit einzunehmen, indem sie vorgaben, daß sie dieselbe kaum vor einer Stunde bei einem benachbarten Edelmanne eingenommen hätten, hergegen führete sie der Herr von K. in ein ander Zimmer, allwo sie sich mit Wein, Bier und Tobakrauchen divertierten. Mittlerweile ließ der Herr von K. seiner Gemahlin sagen, wie er jetzo eben im Begriff wäre, einen Expressen nach der Stadt zu schicken, um allen Zubehör zu einem herrlichen Schmause vor 16 bis 20 Personen heraus zu schaffen, woferne sie nun eins oder das andere darbei zu erinnern hätte, möchte sie es bald tun, damit der Expresse nicht aufgehalten würde, sondern morgen bei guter Zeit mit allen Requisitis zur Stelle sein könne. Er, der Herr von K., würde mit seiner Gesellschaft zwar morgen mit dem allerfrühesten erstlich zu dem Hrn. von W. reiten, jedoch gegen abend um fünf oder sechs Uhr wieder zugegen sein, derowegen möchte Mad. K. alles so einrichten, daß sie bald nach ihrer Ankunft speisen könnten.

Mad. K. ließ ihn bitten, weiter vor nichts Sorge zu tragen, indem sie schon alles bestmöglichst besorgen wollte. Inzwischen war sie meinetwegen in großen Ängsten, geriet auch auf die Gedanken, mich noch in dieser Nacht heimlich nach der Stadt bringen zu lassen, allein sie resolvierte sich bald anders, indem sie glaubte, hierdurch den Verdacht noch größer zu machen, demnach bat sie mich, nur morgen bei Tage wenig zum Vorscheine zu kommen, wenn aber ihr Herr, nachdem ich mich wegen einer kleinen Unpäßlichkeit exkusieren lassen, ja darauf bestünde, daß ich mit bei der Tafel erscheinen sollte, möchte ich nur Folge leisten und meine Szene aufs beste spielen. Hierauf begab ich mich von ihr in mein ordentliches Zimmer, kam auch den andern Tag gar nicht zum Vorscheine, bis Mad. K. die alte Frau schickte und mir sagen ließ, es könnte nicht anders sein, ich müßte zur Tafel kommen, es wollte keine Entschuldigung helfen, derowegen sollte ich mich nur ankleiden. Da solches geschehen und ich bei der Compagnie, worunter sich vier Frauenzimmer außer der Mad. K. befanden, wurde ich von allen insgesamt aufs complaisanteste bewillkommet und mußte mich an des Herrn von K. Seite setzen. Es wurde propre traktiert und Tafelmusik darbei gemacht, nach aufgehobener Tafel aber forderte mich der Herr von K. am allerersten zum Tanze auf, worüber die Mad. K. sowohl als ich, ohngeacht uns allen beiden nicht allzuwohl um die Leber war, von Herzen lachen mußten. Ohngeacht ich mich aber zeitlebens wenig in Frauenzimmerhabit und -art zu tanzen geübt hatte, so konnte doch meine Dinge noch so ziemlich machen, so daß nicht allein der von K., sondern auch seine Gäste meine Geschicklichkeit ungemein rühmeten. Kurz zu sagen, der Herr von K. verliebte sich in mich und trug mir seine inbrünstige Liebe gleich diesen ersten Abend an einem bequemen Orte in französischer Sprache an. Dieses war mir ein gefundenes Fressen, zwar wegerte ich mich anfänglich, ihm zu antworten, endlich aber, da er fortfuhr, von nichts anders als von verliebten Zeuge zu schwatzen, sagte ich: ›Stille, stille, mein Herr! Ich wollte nicht tausend

Dukaten drum nehmen, daß Eure Gemahlin unsern Diskurs erführe.‹ ›Ha!‹ erwiderte der Herr von K., ›meine Gemahlin muß zufrieden sein, wenn ich mich morgendes Tages von ihr scheiden lasse. Saget nur ein Wort, meine Schöne, ob Ihr mich vergnügen wollet, so sollet Ihr nicht allein morgendes Tages 1000 Dukaten zum voraus von mir haben, sondern binnen wenig Wochen meine eheliche Gemahlin sein.‹ ›Mein Herr!‹ versetzte ich, ›nehmet nicht ungnädig, wenn ich glaube, daß vielleicht mehr der Wein als meine wenige Schönheit Euch diesen Abend in mich verliebt macht, leugnen kann ich zwar nicht, daß mich Eure galante Person ungemein charmiert, wünschte auch imstande zu sein, Euch zu vergnügen, allein Eure Gemahlin ist meine weitläuftige Befreundtin, und diese aus ihrem Ehebette zu vertreiben wäre nicht redlich gehandelt, eine Nebenbuhlerin aber zu leiden, würde ihr sowenig gelegen sein als mir, dergleichen Kondition anzunehmen.‹ ›Mein Engelskind!‹ sagte hierauf der Herr von K. zu mir, ›berichtet mich nur kürzlich, ob Ihr mich lieben könnet oder nicht, denn wenn ich nur dessen versichert bin, daß Ihr mich liebet, so soll sich in der Kürze schon alles geben.‹ Ich stellete mich an, als ob ich vor Schamhaftigkeit und Furcht nicht antworten könnte, führete aber in aller Stille seine Hand zu meinem Munde, küssete und drückte dieselbe. Er nahm diese Karesse vor ein würkliches Jawort an und passete das Tempo ab, da seine Gemahlin hinausgegangen war, mich hinter eine Gardine zu führen und mir etliche derbe Küsse auf den Mund zu versetzen. ›Wohlan!‹ sprach er hierauf, ›lasset meiner Gemahlin nichts merken, morgen sollet Ihr mit derselben nach der Stadt in unser Palais fahren und von mir 1000 Dukaten zu Eurer Bedürfnis empfangen, ich muß zwar noch eine Reise tun, komme aber aufs längste in drei Wochen wieder zurücke, sodann soll zu unser beiderseits Vergnügen völlige Anstalt gemacht werden.‹ Hierauf verließ er mich und redete diesen Abend fernerhin sehr wenige Worte mit mir, hergegen machte er sich mit seinen Gästen bei den Weinbouteillen noch etliche Stunden lustig, folgenden Morgens aber brachen wir in aller Stille nach der Stadt auf. Mad. K. und ich saßen in einem Wagen beisammen, da ich denn derselben unterwegs erzählte, was mir gestern abend passiert war. Sie lächelte zwar darüber, allein das vor mich gewünschte Vergnügen wollte sich gar nicht zeigen, doch sagte sie: ›Weiln mein Gemahl heute wieder fortreisen will, wollen wir doch den Possen vollends fortspielen und abwarten, was daraus werden wird.‹

Nachdem wir im Palais angelanget, begab er sich in sein Appartement, mir aber ließ er durch seinen Kammerdiener in geheim sagen, daß ich mich mittags um drei Uhr in mein Zimmer begeben sollte, unter dem Vorwande, Mittagsruhe daselbst zu halten, weil er mir durch ihn, den

Kammerdiener, dem gestrigen Versprechen gemäß etwas zuschicken, sich sodann gleich zu Pferde setzen und fortreisen wollte. Wie ich nun versprechen lassen, mich darnach zu achten, begab ich mich sogleich zu der Mad. K., der ich den Antrag erzählte. Sie sagte hierauf, ich sollte mein Versprechen nur halten. Weiln aber der Herr von K. unter dem Vorwande, daß er vor seiner Abreise noch notwendige Briefe zu schreiben hätte, in seinem Appartement allein auf der Serviette zu speisen verlangete, als speisete ich mit der Mad. K. ganz allein und begab mich hernach in mein Zimmer. Um die bestimmte Zeit kam der Kammerdiener, brachte mir nebst einem freundlichen Abschiedskomplimente einen Brief nebst einem Beutel, worinnen 1000 Dukaten versiegelt, von seinem Herrn und begab sich eiligst wieder zurück. Ich erbrach den Brief und fand die herrlichsten Liebesverpflichtungen nebst folgender nachdenklichen Expression darinnen: Bleibet mir nur getreu und sorget vor nichts, die Ehescheidung zwischen mir und meiner Gemahlin und die Vermählung mit Euch und mir wird leichter geschehen, als sich vorjetzo jemand einbilden kann. Nachdem ich der Mad. K. diesen Brief zu lesen gegeben, sagte sie: ›Mein werter d'A., nunmehro ist dieses mein bester Rat, nehmet die 1000 Dukaten und retiriert Euch damit, wohin Ihr wollet, oder getrauet Ihr Euch, in Eurem Kavalierskleidern noch etliche Wochen hierzubleiben, so stehet es Euch frei. Ich finde vor nötig, mich auf eine Zeitlang zu verbergen, weilen, wie ich merke, mein Leben in Gefahr stehet, denn der verfluchte Kammerdiener wird ganz gewiß Ordre haben, mich mit Gifte hinzurichten.‹

Ich erstaunete gewaltig über diese ihre Reden, da sie sich aber sehr ängstlich gebärdete, mußte ich ihren Mutmaßungen desto mehr Glauben beimessen, versprach demnach, ihr zu gehorsamen und mich mit einbrechender Nacht in mein Logis zu begeben, jedoch noch eine kurze Zeit in dieser Stadt zu bleiben, um unter der Hand auszuforschen, was nach ihrer heimlichen Abreise weiter passieren würde. Inmittelst ersonne sie einen artigen Streich, sich des Kammerdieners zu versichern, führete auch denselben glücklich aus, und zwar folgendergestalt: Sie ließ von ihren getreuen Bedienten sechs handfeste Kerls in ihr Zimmer kommen, welchen sie vorschwatzete, wasmaßen sie ein besonderes Geheimnis entdeckt, daß nehmlich der Kammerdiener ein Großes verbrochen, welches in einer Verräterei und Betrug gegen ihren Gemahl und auch sie bestünde; derowegen sollten sie den Kammerdiener alsofort gefangennehmen, binden und in einem finstern und tiefen Gewölbe so lange bewahren, bis ihr Gemahl wieder zurückkäme, dem sie alsofort einen Expressen nachschicken, auch ihm selbst entgegenreisen wollte. Dieses wurde nun alsofort bewerkstelliget, und zwar ohne einzigen Rumor, weil dem Kammerdiener keiner von allen andern Domestiquen gewogen war. Hierauf packte die Mad. K. alle ihre Kostbarkeiten in etliche Coffres ein und wartete mit Verlangen auf den hereinbrechenden Abend. Sobald derselbe eingebrochen, nahm sie von mir beweglichen Abschied und versprach, daß ich im warmen Bade bei ihrem Wirte nach wenig Wochen Briefe von ihr finden sollte. Hierauf ließ sie mich in mein Logis bringen, sie aber ist ohngefähr eine Stunde hernach abgereiset.

Ich hielt mich etliche Tage ganz stille in meinem Logis auf und ließ durch meinen Diener aussprengen, als wenn ich nach G. verreiset gewesen wäre, daselbst aber einige Zeit krank darniedergelegen hätte. Nachhero besuchte ich wieder diejenigen Örter, wo die vornehmsten Kavaliers anzutreffen waren und wo man alle neuen Mären, so in und außerhalb der Stadt passiereten, am allerersten erfahren konnte, es erwähnete aber kein Mensch etwas von denjenigen Affären, welche ich gern, ohne meine Person darein meliert zu wissen, anhören mögen. Etwa drei Wochen hernach, da ich nebst zwei Kavaliers aus der Stadt und drei Deutschen spazieren geritten war, stiegen wir bei einem Wirtshause ab, das im freien Felde lag. Kaum hatten wir ein paar Gläser Bier ausgeleeret, da der Herr von K. nebst drei seiner bei sich habenden Leute von der S. Straße daher gejagt kam und allen Ansehen nach auf die Stadt zu eilete, da er aber uns zu sehen bekam, wendete er ein und stieg ebenfalls bei dem Wirtshause ab.

Der eine von den Stadtkavaliers, so in meiner Gesellschaft waren, mochte mit dem von K. bekannt sein, fragte derowegen sogleich, wo er so eiligst herkäme. Der von K. aber, sobald er mich in die Augen bekam, blieb ganz unbeweglich stehen und konnte diesem Kavalier, seinem Landsmanne, vor Bestürzung kein Wort antworten. Es wurde ihm ein Glas Bier zugetrunken, allein er entschuldigte sich und forderte Branntewein, leerete auch in der Geschwindigkeit fünf bis sechs ziemliche Gläser aus. Nach diesen rufte er seinen Kammerdiener auf die Seite, redete eine Weile heimlich mit demselben, worauf er wieder zurückkam und sich bei uns niedersetzte. Indem nun der Kammerdiener sich stellete, als ob er hinter das Schenkhaus gehen wollte, rief ihm sein Herr zu, er sollte Schnupftobak hergeben. Dieser brachte eine frisch gefüllte Dose und sahe mir ebenfalls starr ins Gesichte. Mittlerweile nun der von K. Schnupftobak nahm, fragte er den Kammerdiener: ›Ist's der rechte?‹ ›Ja, gnädiger Herr!‹ antwortete dieser, ›es ist der rechte.‹ Hierauf sagte der von K. nochmals: ›Wenn es nur wahr, daß es der rechte ist.‹

Da denn der Kammerdiener mit einem Fuße auf die Erde stampfte und mit ernsthafter Stimme sprach: ›Hol mich 1000 ..., es ist der rechte.‹ Hierauf präsentierte der von K. einem jeden die Dose, wie er aber an mich kam und ich eben zugreifen wollte, ließ er dieselbe aus der Hand auf die Erde fallen, ich nahm geschwind ein wenig Schnupftobak von dem Haufen, der auf den steinernen Tritt gefallen war, hub auch die Dose auf und präsentierte ihm dieselbe als einem Unbekannten mit einem höflichen Komplimente, sagte anbei, wie es schade wäre, daß ein so delikater Tobak hätte sollen verschüttet werden. Der von K. antwortete nichts, nahm aber die Dose und warf dieselbe, ohngeacht es ein kostbares Stück war, augenblicklich in einen sehr nahe an dem Wirtshause gelegenen Teich. Alle sahen einander an und wußten nicht, was sie aus diesen närrischen Beginnen schließen sollten, ich aber fing nunmehro an zu merken, was diese Aufführung zu bedeuten hätte, setzte mich derowegen in Positur, rief meinem Diener und befahl ihm in geheim, frisch Pulver auf die Pfannen unserer Pistolen zu schütten und die Pferde an den Arm zu nehmen.

Hierauf redete der von K. seine beiden Landsleute, die mit mir dahin geritten waren, also an: ›Meine Herren! Wisset Ihr etwas Neues? Meine bisher gewesene Frau, die Canaille, ist mir seit kurzen mit einer starken Summa Geldes und vielen kostbaren Kleinodien echappiert.‹ Einer von diesen beiden antwortete, wie er zwar in der Stadt an einigen Orten etwas davon murmeln gehöret, wollte aber nicht hoffen, daß dem in der Tat also sei. ›Es ist mehr als zu wahr‹, versetzte der von K., ›ich habe es leider mit meinem Schaden erfahren, doch wollte ich gern noch einmal soviel verlieren, wenn ich nur das Vergnügen haben könnte, mich an ihrer Person dergestalt zu rächen, wie ich mich an demjenigen Kujon rächen will, der sie verführet hat.‹ Hierauf stieß er die allergrausamsten Flüche und Scheltworte auf die deutsche Nation aus, beides männlichen als weiblichen Geschlechts, sagte auch ausdrücklich, alle Deutschen wären wert, daß man sie in diesem Lande totschlüge wie die Hunde. Meine drei Landsleute machten große Augen, mir aber überlief die Galle dergestalt, daß ich aufsprunge und unter den Worten: ›So raisonieren Massetten‹ meinen Degen zog und dem von K. ferner zurufte: ›Ziehe vom Leder, Canaille! und defendiere deine aus einem mit Branntweine eingebeizten Rachen ausgestoßene schändliche Redensarten.‹ Darnach zog der von K. auch seinen Sarraß, beiderseits Diener liefen herzu und wollten auch mit schlachten helfen, allein die beiden Nationalisten stelleten sich darzwischen und wollten dergleichen irreguläre Rencontre durchaus nicht statuieren, widrigenfalls die Partie der Deutschen nehmen. Dergleichen Raisonabilité hatte ich und meine Landsleute mir von ihnen nicht eingebildet. Unterdessen aber, da mich der von K. aufs schärfste injurierte, einen Weiberverführer, Hurenschelm und dergleichen schalt, anbei mich zu einem Duell auf Leib und Leben provozierte, stellete ich mich zwar gegen die andern, als ob ich gar nicht wüßte, was der rasende Kerl bei mir als einem rechtschaffenen Kavalier suchen wollte, jedoch weil er mit aller Gewalt Händel an mir suchte, wollte ich ihm, um der deutschen Ehre zu maintenieren, auf ein paar Pistolen stehen, indem wir ungleich Seitengewehr hätten. Die Gesellschaft konnte hierwider fast nichts einwenden, sondern war geneigt, uns beide Mann vor Mann zu lassen, allein der von K. wollte von keinen Pistolen, sondern nur von einem Zweikampf mit dem Seitengewehr hören. Dieses war mir um soviel desto lieber, zumalen da er auch keine Sekundanten leiden wollte. Als wir demnach zusammen gelassen wurden, erklärete sich mein Gegner, daß absolut einer von uns beiden auf dem Platze bleiben müßte, er ging auch auf mich los als eine Furie, allein er kam blind und erhielt von mir kurz nacheinander zwei gefährliche Wunden, und zwar eine oben in den Arm und die andere in die Brust, weswegen er matt wurde, seinen Sarraß sinken ließ und endlich zu Boden fiel. Ich stellete mich, als ob ich ihm mit einem Stoße noch die letzte Ölung geben wollte; derowegen, als er den Tod vor Augen sahe, mich recht kläglich um sein Leben bat. Die übrigen von der Compagnie naheten sich herzu, um mich von diesen barbarischen Verfahren abzuhalten, ich aber gab ihnen einen Wink und sagte zu meinem Feinde: ›Siehe, Canaille! ohngeachtet nicht allein ich, sondern die ganze deutsche Nation von dir aufs allerschändlichste touchiert worden, so will ich doch an dir etwas tun, welches du an mir nicht leicht würdest verübt haben, wenn du mich so wohl überwunden hättest als ich dich. Ich schenke dir demnach dein Leben, jedoch mit der Kondition, daß du alle ausgestoßene Injurien auf deine eigene Person zurücknehmest, dich selbst als einen boshaften Lügner aufs Maul schlägest und mir wegen der aufgebürdeten Laster eine Ehrenerklärung tuest. Geschicht dieses nicht, so stoße ich dir augenblicklich den Degen durch die Brust.‹

Die übermäßige Furcht vor dem Tode trieb den angstvollen von K. an, mein Begehren gleich auf der Stelle zu erfüllen, worüber seine Bedienten sowohl als die Leute die Augen nicht wenig in den Köpfen herum dreheten, allein es movierte sich niemand, weswegen ich mich mit meinen drei Landsleuten zu Pferde setzte und zurück nach der Stadt ritte. Tages darauf war diese Begebenheit bereits stadtkündig, wurde aber von einem auf diese und von dem andern auf jene Art erzählet, von den meisten aber wurde meine Aufführung gerühmet und ich vor einen resoluten Kavalier gehalten. Ohngeacht ich nun bei vielen in den heimlichen Verdacht geriet, als ob ich mit des von K. Gemahlin in heimlicher Vertraulichkeit gelebt hätte, so wurde doch wenig daraus gemacht, im Gegenteil wünschete sich mancher, wie ehemals Neptunus getan, bei dieser Venus so glücklich als Mars bei jener gewesen zu sein und einem mürrischen Vulkano Hörner aufzusetzen.

Nach der Zeit wurde mir von verschiedenen guten Freunden angeraten, diese Stadt zu verlassen, denn des von K. rachgieriges Gemüte wäre jedermann bekannt, und obgleich ich in der Hauptsache unschuldig, so würde er doch nicht unterlassen, bloß wegen des vor ihn unglücklich ausgefallenen Duelles an mir, wo nicht öffentliche, doch heimliche Rache zu suchen. Allein, ich kehrete mich an nichts, glaube auch, ich hätte dieses Land eher quittiert, wenn ich solches nicht erfahren hätte. So aber, um nicht vor einen feigen Kerl angesehen zu werden und die Mad. von K. mit mir zugleich um soviel mehr aus allem Verdachte zu setzen, beschloß ich, das halbe Jahr vollends auszuwarten, sodann ins warme Bad zu reisen, um zu sehen, ob die von K. ihr Wort gehalten und Briefe an mich dahin gesendet hätte.

Durch diesen Eigensinn aber stürzte ich mich, wiewohl unschuldigerweise, in das größte Unglücke, und zwar folgendermaßen: Ich besuchte fast täglich die besten Compagnien, sonderlich wo stark gespielet wurde, indem mir das Glück im Spielen sonderlich favorisierte, derowegen spazierete zum öftern ganz allein, und zwar sehr spät in mein Logis, weil ich meinen getreuen Bedienten lieber zur Sicherheit meiner Habseligkeiten zu Hause ließ. Eines Abends aber spielete ich einmal ganz extraordinär unglücklich, so daß alles bei mir habende Geld fortging, derowegen, weil es bereits spät war, nahm ich vor dieses Mal von der Compagnie Abschied, und zwar akkurat, da die Glocke eins schlug. Es hörten alle die Glocke schlagen und verwunderten sich einigermaßen, daß die Zeit so geschwinde verflossen wäre, demohngeachtet machten die andern noch keinen Aufbruch, sondern ich alleine ging mit meiner kleinen Taschenlaterne den nächsten Weg nach meinem Quartiere zu. Als ich nun in die einsame Gegend eines Klosters kam, hörete ich etliche Personen hinter mir her getreten kommen, wandte mich derowegen mit der Leuchte um, zu sehen, wer dieselben wären, in selbigem Augenblick aber bekam ich einen Hieb über diese meine linke Hand, weswegen ich die Laterne mußte zur Erden fallen lassen. Eine Stoßklinge ging mir fast zu gleicher Zeit durch den Rock und Kamisol an der Brust hinweg, schürfte aber nur die Haut, derowegen tat ich einen Sprung auf die Seite, zohe meinen Degen und stieß auf den los, der mir am nächsten war, traf ihn auch dergestalt glücklich, daß er augenblicklich zu Boden fiel und in seiner Sprache das Miserere mei! ausrief. Demohngeachtet setzten mir die zwei übrigen Mörder, deren Bewegung mich das wenige Sternenlicht einigermaßen observieren ließ, desto heftiger zu, da aber der eine, wie ich merken konnte, drei oder vier empfindliche Stiche von mir bekommen hatte, verging ihm die Lust, mich ferner zu attaquieren, der dritte Filou aber wollte gar nicht weiter anbeißen, sprang also zurück, nahm die Flucht, gab aber ein Zeichen mit einer hellen Pfeife von sich.

Nun konnte ich mir leicht einbilden, daß er hierdurch noch mehrere seiner schelmischen Kameraden herbeirufte, derowegen hielt ich nicht vor ratsam, mich länger auf diesem Platze aufzuhalten, begab mich also mit fliegenden Schritten nach meinem Logis und kam eben in demselben an, da es ein Viertel auf zwei Uhr schlug, welches mir der Wirt nebst demjenigen Feldscher, der mich verbunden, und vielen andern ehrlichen Leuten, die damals noch bei meinem Hauswirte gesessen haben, bezeugen konnten; denn unter währenden Verbinden, als ich den Feldscher fragte, ob ich eine lahme Hand bekommen würde, und mir derselbe zur Antwort gab, er könne vor die Restitution der Gelenke nicht Bürge sein, sagte ich ganz betrübt: ›Hilf Gott! kann man nicht so unverhofft in Unglück geraten. Jetzt hat es nur ein Viertel auf zwei Uhr geschlagen, und da die Glocke eins schlug, wußte ich hiervon noch nichts.‹

Man fragte mich hierauf, mit wem ich Händel gehabt, allein ich fand nicht ratsam, sogleich die Wahrheit zu sagen, sondern gab vor, es wäre in einer Rencontre geschehen, meinen Diener aber schickte ich gleich mit anbrechenden Tage auf den fatalen Kampfplatz, allein er hatte nichts daselbst angetroffen als meine in Kot getretene Laterne, welche er zum Wahrzeichen mitbrachte, und etliche Flecken Blut, woraus ich schloß, die Straßenräuber müßten ohnfehlbar ihren tödlich blessierten Kameraden selbst mit fortgeschleppt haben. Derowegen machte ich mir gar keine sorgsamen Gedanken, verbot aber meinem Diener, gegen jemanden etwas von dieser Affäre zu gedenken, wie ich denn auch bei mir beschloß, kein Wesens davon zu machen.

Allein, ehe die Mittagsstunde herannahete, wurde ich von der Senatswache in meinem Logis arretiert und in ein Gefängnis geführt, wo sonsten die allergrößten Missetäter verwahret wurden. Der Himmel weiß am besten, wie schändlich und wider alles Recht mit mir prozediert worden, denn es war bekannt, ich aber erfuhr es nur von ohngefähr, daß der von K. ohnweit von seinem Palaste, und zwar in eben derselbigen Nacht, war ermordet worden. Dieser Palast aber liegt in der V. Vorstadt und eine gute halbe Stunde von demjenigen Hause, wo ich selbigen Abend in Compagnie gewesen bin. Nun bedenke ein jeder vernünftiger Mensch, ob es wohl möglich sei, in einer Viertelstunde dahin zu laufen, den Mord zu begehen und auch wieder in meinem Logis zu sein, welches noch weiter abgelegen war. Aber alles dieses und noch viel anderes mehr, was zu meiner Entschuldigung und Entdeckung meiner Unschuld dienen können, ist boshafterweise unterdrückt, hergegen vier falsche Zeugen über mich abgehöret worden, deren lügenhafte Aussage ich zwar klar und deutlich widerlegte, meine Inquisitores aber gaben sich nicht einmal die Mühe, dasjenige, was ich zu meiner Defension vorbrachte, anzuhören, noch viel weniger aber registrieren zu lassen, suchten hergegen mich durch die Tortur zur Bekenntnis zu bringen.

Wie ich mich nun von aller Welt verlassen sahe, indem man einem jeden, er mochte auch sein, wer er wollte, den Zutritt bei mir verwehrete, auch mir weder Feder noch Dinte zuließ, verging mir alle Hoffnung, errettet zu werden, indem die Gerechtigkeit dasiges Orts kein Quartier hatte. Alle meine Courage verließ mich, sobald ich den erschröcklichen Torturapparatum ansichtig wurde, derowegen schien mir der Tod weit erleidlicher zu sein, als mich so schändlich und jämmerlich martern zu lassen. Um nun meinen Tod zu beschleunigen, indem ich deutlich spüren konnte, daß kein ander Mittel vorhanden wäre, mich der Ketten und Bande nebst einer jämmerlichen Marter zu entreißen, bekannte ich, eine Mordtat verübt zu haben, die mir zeitlebens nicht in den Sinn gekommen war, bat also um nichts mehr, als mir die Gnade zu erteilen und mich mit dem Schwerte hinrichten zu lassen. Dieses wurde mir nach etlichen Tagen verwilliget und zugleich ein paar Geistliche zu mir ins Gefängnis geschickt, welche sich viele Mühe gaben, mich zu bereden, meine Religion zu changieren und die ihrige anzunehmen. Allein ihre Mühe war vergebens, indem ich ihnen ein vor allemal sagte: ›Ich weiche nicht von meinem Glauben, sondern wollte viel lieber unschuldigerweise sterben, als mein Leben durch Veränderung meiner Religion oder Ausstehung der Tortur zu retten suchen, weiln ich mit dem erstern meiner Seele, mit dem andern aber meinem Leibe einen unauslöschlichen Schandfleck anhinge.‹ Also blieben diese geistlichen Herren etliche Tage von mir, bis sie endlich mit demjenigen wieder angestochen kamen, der mir ankündigte, daß ich mich zu meinem Ende bereiten möchte, weiln mir über den dritten Tag früh um neun Uhr der Kopf vor die Füße gelegt werden sollte. Das Urteil wäre zwar anfänglich so gesprochen worden, mich lebendig zu rädern, jedoch en regard dessen, daß ich von adelichen Geblüte herstammete, wäre es noch gemildert worden. Ich höret alles mit größter Gelassenheit an, wendete nichts weiters dargegen ein als dieses: ›Ich danke Ihnen, mein Herr! vor Ihre Bemühung, mir mein Todesurteil anzukündigen. Vor Gottes Gerichte am Jüngsten Tage werde ich bessere Justiz antreffen als bei meinen hiesigen Richtern, derowegen will ich sie dahin zitieren und hier auf Erden mit mir umgehen lassen, wie sie belieben.‹

Der Mann, ich weiß nicht, wer er war, wendete sich ohne fernere Antwort von mir, hergegen kamen die Herren Geistlichen und bombardierten mich mit ihren Vermahnungen, allein ich erklärete mich gegen sie rotunde, daß alle ihre Mühwaltung vergebens wäre, wollten sie aber ein Werk der christlichen Liebe an mir ausüben, so möchten sie meine ungerechten Richter dahin persuadieren, daß sie einen Geistlichen von meiner Religion zu mir kommen ließen. Hiermit aber hatte ich die Hölle vollends angezündet, sie übergaben mich dem Teufel und gingen in größter Rage von mir hinweg. Ich dargegen machte mich mit christlicher Gelassenheit zu meinem Tode gefaßt, indem ich an keine Erlösung zu gedenken hatte. In der Nacht aber vor dem angestelleten Exekutionstage bekam ich einen starken Anstoß von der Colica, so daß ich mich genötiget fand, meine Wächter zu bitten, mit mir hinauszugehen. Viere derselben schliefen, die zwei wachenden aber gingen mit mir heraus, da denn der eine eine Laterne vortrug, der andere aber mit entblößeten Seitengewehr hinter mir herging. Nachdem ich das Opus naturae verrichtet, lösete mich der eine Wächter ab, der andere aber blieb bei mir auf dem Boden an einem großen Fensterloche stehen, allwo ich frische Luft schöpfete.

Er sahe sowohl als ich hinunter in einen Hof, allwo, wie ich schon vor etlichen Tagen angemerkt, sehr viel Mist lag. Indem redete mich der Wächter also an: ›Wolltet Ihr wohl wagen, einen Sprung dahinunter zu tun, um den Händen des Scharfrichters zu entgehen?‹ ›Nein‹, gab ich zur Antwort, indem ich mich zugleich von dem Loche hinweg wendete und nach meinem Gefängnisse zuging, ›ein solcher Tod möchte ungleich schmerzhafter sein.‹ Unter diesen Reden aber kamen mir ganz plötzlich andere Gedanken in den Kopf, derowegen, als wir ganz nahe bei einer steil herabgehenden Treppe vorbeigingen, gab ich dem Wächter einen solchen gewaltigen Stoß, daß er mitsamt seiner Laterne die Treppe hinunterstürzte, ehe aber der andere aus dem heimlichen Gemache herauskam, war ich schon wieder bei dem Loche, fassete meinen Schlafrock zusammen, befahl mich dem Allmächtigen und wagte den Sprung von der Höhe herab, fiel auch so glücklich und ziemlich sanft auf einen lockern Misthaufen, daß ich weiter keinen

Schaden nahm, als nur den linken Arm ein wenig anschellerte, weil ich mit demselben auf eine daliegende Mistgabel gefallen war. Der Hof war schlecht verwahrt, derowegen fassete ich die anhabenden Ketten zusammen, daß sie kein Gerassele machten, nahm die Mistgabel mit, schlich in der dicken Finsternis und im starken Regen hurtig fort und verkroch mich in ein altes zerfallenes Gebäude, allwo ich mit Hülfe der Mistgabel mich der Ketten, so an einem Arme und an einem Fuße befestiget waren, entledigte und dieselben ganz leise in einen Winkel legte. Mein Vorsatz war zwar, in dem Hause eines gewissen Abgesandten Schutz zu suchen, unterdessen aber hörete ich, daß auf der Straße einiger Lärm entstund, weswegen ich mich in einen Winkel verkroch, kann aber nicht leugnen, daß mir das Herze im Leibe gewaltig pochte. Es wurde endlich stille auf der Straße, doch sahe ich den Schein einiger Fackel herzukommen, weswegen mir noch tausendmal ängster wurde, allein meine Furcht verschwand einigermaßen, als ich zwei Laquais mit Fackeln vorausgehen und zwei Personen mit Regenröcken kommen sahe, auch vernahm, daß diese beiden letztern deutsch, und zwar recht laut, miteinander redeten. Als sie etwas näher kamen, verstunde ich ganz deutlich, daß der eine sagte: ›Es sei aber, wie es wolle, Herr Bruder! so muß doch eine solche ... Wache den Respekt gegen Offiziers von unserer Nation aufs genauste observieren.‹ ›Bei dergleichen Umständen, Herr Bruder!‹ versetzte der andere Offizier hierauf, ›sind sie in Wahrheit ebensosehr nicht zu verdenken, Gott gebe nur, daß sich der arme Teufel d'A. in Sicherheit gebracht hat.‹

Diese letztern Worte waren eine vortreffliche Herzstärkung vor mich, derowegen fassete ich einen Mut, spazierte aus dem alten verfallenen Gebäude heraus und immer hinter den Offiziers her, bis sie auf einen mir gefällig scheinenden Platz kamen, da ich denn meine Schritte verdoppelte, den einen beim Ärmel zupfte und sagte: ›Messieurs! ich bitte Sie um Gottes und Ihrer eigenen Ehre willen, nehmen Sie sich eines unschuldigen Delinquenten und unglückseligen Kavaliers an, denn sonsten muß ich nach wenig Stunden Verlauf meinen Kopf wider alles Recht und Billigkeit hergeben.‹ ›Hui! Mons. d'A.‹, sagte dieser ›Ach frei lich‹, war meine Antwort, ›bin ich der unglückselige d'A.‹ Hierauf sagten beide: ›Stille, stille, kein Wort mehr gesprochen!‹ Unterdessen aber tat der eine seinen Regenrock ab und warf ihn über mich, der andere aber setzte mir seine Peruque und Hut auf, nahm inzwischen dem Diener den Hut und setzte ihn auf seinen eigenen Kopf, mich aber nahmen beide in die Mitte und führeten mich wohl noch über 300 Schritte bis in des einen Quartier. Wie ich diese beiden Herren recht beim Lichte besahe, waren es die Capitains B. und C., welche ich ehedem auf der Universität L. gekannt hatte, jedoch nur kurze Zeit mit ihnen umgegangen war, indem sie wenig Wochen nach meiner Dahinkunft ihren Valetschmaus gaben.

Um aber meine Erzählung nicht allzu weitläuftig zu machen, so will ich nur so viel sagen, daß diese beiden redlichen Kavaliers, welche nunmehro weit höhere Chargen erlangt haben, alles an mir getan, was nur leibliche Brüder aneinander tun können. Nachdem ich nun ihnen die ganze Speciem facti und alle Prozeduren erzählet, brachten sie es dahin, daß ich in höhern Schutz genommen wurde, auch zu Rettung meiner Ehre meine Defension ordentlicher führen konnte. Kaum aber war dieserwegen der Anfang gemacht, als meine Unschuld von selbsten wunderbarer- und unverhofterweise zutage kam. Es wurde nehmlich mittlerweile ein berüchtigter Straßenräuber exekutiert und hatte bereits zwei Stöße mit dem Rade bekommen, als dieser ruchlose Mensch, der sich vorhero weder bekehren noch von Himmel und Hölle hören wollen, dem Scharfrichter plötzlich zurufte: ›Halt inne, ich habe noch ein Geheimnis auf den Herzen, woran sehr viel gelegen ist, ich will beichten und das heilige Sakrament empfangen, vielleicht kann ich noch selig werden.‹

Dieserhalb machte der Scharfrichter mit seiner gräßlichen Arbeit einen Stillstand, rief die Richter und Geistlichen, welche, von einer großen Menge Volks begleitet, hinzutraten. Auf kurzes Befragen, was nehmlich er, der arme Sünder, noch auf seinen Herzen hätte, sprach er mit vernehmlicher Stimme: ›Gott hat mir mein Herze gerühret, derowegen bekenne ich, daß ich über alle Mordtaten, so ich bereits gestanden, noch etliche 30 verübt habe. Unter dieser Zahl ist auch der Herr von K., denn er hatte mich vor 100 Dukaten gedungen, den deutschen Kavalier d'A. bei Nachtszeit auf der Straße zu ermorden. Des Herrn von K. Kammerdiener hatte eines Abends ausgespüret, wo sich der Kavalier in Compagnie aufhielt, weilen aber sowohl der Herr als der Bediente wußten, daß der Kavalier ein resoluter Mensch und guter Fechter wäre, getraueten sie sich alle beide allein nicht an denselben heran, sondern der Kammerdiener kam zu mir und holete mich ab. Wir laureten also alle drei dem deutschen Kavalier bei dem ... Kloster auf, weil wir wußten, daß er den Weg nach seinem Logis allda vorbei nehmen mußte. Ich hatte einen Stoßdegen, der Herr von K. und sein Kammerdiener aber Pallasche, wir sahen ihn ankommen und attaquierten ihn, allein der Kavalier wehrete sich dergestalt desperat, daß der Kammerdiener durch einen tödlichen Stich sogleich zu Boden gelegt wurde. Dem Herrn von K. wurde durch einen gewaltigen Stich der rechte Arm gelähmet, weswegen er zu fernerer

Attaque untüchtig war, mithin zurücke ging. Ich aber, weil ich merkte, daß der Deutsche als ein Löwe fochte und ihm nirgends beizukommen war, sprung endlich auch auf die Seite und vermeinete, mit meiner Pfeife etliche von meinen Kameraden, die sich vielleicht um selbige Gegend aufhalten möchten, herbeizulocken. Allein der Deutsche begab sich aufs Laufen, und der Herr von K. befahl mir, ihn erstlich nach seinem Palais zu führen, hernach den Körper des entleibten Kammerdieners auch nachzubringen. Ich gehorsamte, griff ihm unter den Arm und führete ihn ganz sachte fort. Unterwegs fragte ich, ob Ihro Gn. etwa gefährliche Blessuren an sich spüreten, worauf er mir antwortete, daß er bloß an einem Stiche, den er in die Brust bekommen, einige Schmerzen fühlete, die übrigen Wunden aber würden nicht viel zu bedeuten haben. Inmittelst beklagte er den plötzlichen Tod seines erblasseten Kammerdieners fast mit Tränen, mir aber warf er mit den allerempfindlichsten Worten vor, daß ich vor 100 Dukaten meine Courage nicht besser gezeigt hätte, er selbst wäre tödlich blessiert, der Kammerdiener erstochen, ich aber hätte nicht einmal einen Blutstropfen dabei vergossen. Solche und dergleichen empfindliche Redensarten erbitterten mich aufs heftigste. Weilen mir nun vorhero ein kostbarer Diamantring, den er an seiner linken Hand trug, in die Augen gefallen war und ich darbei hoffen konnte, eine fette Goldbeurse und andere Kostbarkeiten bei ihm zu finden, als ergriff die Resolution und gab ihm, mich seiner pikanten Worte wegen zu revanchieren, mit einem Dolche in der Geschwindigkeit drei oder vier Stiche in den Rücken zwischen die Schulterblätter, weswegen er, da er sich ohnedem schon ziemlich verblutet hatte, ohne einzigen Laut von sich zu geben, zu Boden sank, durch drei Stiche aber, die ich ihm in die Brust gab, löschete ich ihm das Lebenslicht vollends aus. Hierauf nahm ich nicht allein den Ring von seinem Finger, sondern leerete ihm auch alle Schubsäcke aus, lief aber, weil ich hernach Leute kommen hörete, auf und darvon, und zwar wieder auf den Platz, wo der erstochene Kammerdiener lag. Diesen scheelete ich ebenfalls aus, fand ein herrliche Beute bei ihm und warf seinen Körper in den Brunnen bei dem ... Kloster, worinnen derselbe ohnfehlbar noch zu finden sein wird. Außer diesem‹, verfolgte dieser Straßenräuber seine Rede, ›kann ich noch versichern, daß der Herr von K. zweien von meinen Kameraden, welche Franzosen von Geburt sind, einem jeden 100 Duk. in Abschlag und noch dreimal soviel zu geben versprochen hat, woferne sie seine Gemahlin antreffen und ums Leben bringen könnten, wenn sie aber ihm dieselbe lebendig in die Hände zu liefern capable wären, sollten sie gedoppelten Lohn empfangen. Weiter‹, sagte er zu den Geistlichen, ›fället mir voritzo nichts mehr ein, derowegen sagt mir, ob ich noch die Seligkeit erlangen kann.‹ Die Herren Geistlichen wollten also sich in ein christliches Gespräch mit ihm einlassen, mußten aber auf Befehl der Gerichtspersonen zurücktreten, welche diesen armen Sünder, der bereits dergestalt zugerichtet war, daß ihm die Splitter der Arm-und Beinknochen aus dem Fleische hervorrageten, auf eine Schleife legen und wieder zurück ins Gefängnis schleppen ließen, in welchem er, dem Vorgeben nach, weiter examiniert werden sollte, allein er ist in der darauffolgenden Nacht krepiert.

Hieran lag mir nun nichts, sondern dessen Aussage vor so vielen umstehenden Personen liberierte mich von allen meinen aufgebürdeten Verbrechen, weswegen mir auch auf höhern Befehl meine ungerechten Richter eine hinlängliche Satisfaktion prästieren mußten, zumalen, da alles wohl zutraf, auch der Körper des entleibten Kammerdieners im Brunnen gefunden wurde. Ich bekam hierauf eine Lieutenantsstelle unter einem Regimente Infanterie, reisete zwar erstlich ins warme Bad, fand auch daselbst ausführliche Nachricht von der Mad. von K. Aufenthalt, versäumete derowegen keine Stunde, sie zu sehen und zu sprechen, als ich aber dahin kam, mußte ich zu meinem allergrößten Schmerzen und Betrübnis vernehmen, daß dieselbe drei Wochen vorhero plötzlich dieses Zeitliche gesegnet hätte und standesgemäß wäre begraben worden.

Man kann leicht erachten, wie mir müsse zumute gewesen sein, zumalen da alles ihr Vermögen in die Hände ihrer Befreundten gefallen war und ich nicht an einen Groschen Anspruch machen konnte, sondern abziehen mußte wie die Katze vom Taubenschlage. Ich wurde in Wahrheit recht melancholisch, bekam über dieses ein hitziges Fieber und mußte in B. beinahe ein Vierteljahr stille liegen, bis ich wieder restituiert war. Nachhero, weil die Kampagne eröffnet werden und ich mich wieder auf meinem Posten stellen sollte, hatte ich nicht einmal Zeit, nach Hause zu reisen und mich um meine Güter zu bekümmern, sondern ich mußte fort und mit zu Felde gehen. Ich hielt mich, ohne Ruhm zu melden, jedoch sozusagen fast aus Desperation, sehr tapfer, bekam als Capitain eine eigene Compagnie, wurde darauf Major und endlich Obristlieutenant. Als Major habe ich geheiratet, jedoch einen unglückseligen Ehestand geführet, von welchem ich voritzo nichts erwähnen will, jedoch betrachte denselben als eine Strafe des Himmels wegen der begangenen Sünden meiner Jugend.

Was mich aber am allermeisten geschmerzt und gekränkt hat, war dieses, daß mir meine Feinde, deren ich gewisser Ursachen wegen sehr viel hatte, aufbürden wollten, als hätte ich bei einer gewissen Attaque mein Devoir nicht behörig observiert. Ich kam dieserwegen in Arrest, führete aber meine Sache dergestalt aus, daß ich von dem höchsten Befehlshaber freigesprochen und in meiner Charge bestätiget, auch vertröstet wurde, das erste vakant werdende Regiment als Obrister zu bekommen. Allein es verging mir auf einmal die Lust, ferner in Kriegsdiensten zu verbleiben, derowegen suchte und erhielt [ich] meine Dimission, wendete mich auf meine Güter, fand aber dieselben in dem allermiserabelsten Zustande, denn durch Betrug der Pachter, Brand, Dieberei, Wetterschaden und andere Unglücksfälle, ohne die Capitalia, so ich vorhero zu Bestreitung meiner wollüstigen Reisen aufgenommen, ist es dahin gekommen, daß ich von meinen Rittergütern das elendeste behalten habe, auf welches ich doch auch noch verschiedene Posten zu bezahlen schuldig bin. Demnach habe ich nicht mehr als aus der Hand ins Maul, danke aber, wie zuvor gemeldet, dem Himmel nur davor, daß er mich in meinem unglückseligen Ehestande mit Kindern verschonet hat. Wenn ich also sterbe, mag erben, wer da will.«

Hiermit endigte der Herr von A. seine Erzählung, und weil es bereits spät war, gönnete ihm Elbenstein die Ruhe; nach eingenommenen Frühstück aber schieden beide guten Freunde folgenden Morgens voneinander, worbei Elbenstein versprach, den Herrn von A. mit nächsten auf seinem Gute zu besuchen.

Er, Elbenstein, hatte zwar seines Freundes Fatalitäten sehr aufmerksam angehöret, allein er wußte sich daraus wenigen Trost vor seinen eigenen schlechten Zustand zu schöpfen, hergegen zohe er sich diesen immer mehr und mehr zu Gemüte, wurde auch ganz tiefsinnig darüber. Als er aber dieses an sich merkte, fing er desto fleißiger an zu beten, im übrigen hielt er vors ratsamste, sich dann und wann eine Motion zu machen. Demnach reisete er einsmals nach T., woselbst ihm in Gasthofe viel von einem nur eine kleine Stunde davon gelegenen wüsten Schlosse, auf welchem in vorigen Saeculis unterschiedliche deutsche Kaiser ihr Hoflager gehabt, erzählet wurde.

Dieweiln er nun ein besonderer Liebhaber des Studii antiquitatis und der Historiae medii aevi war, so resolvierte er sich, indem noch die besten Tage zu Anfange des Augustmonats vorhanden, das alte Schloß in Augenschein zu nehmen. Also befal er seinem bei sich habenden Sohne, einem Knaben von zwölf Jahren, eine Bouteille Bier aufzupacken, und trat mit demselben die Reise an. Sie gelangeten nach

Verlauf einer guten Stunde, wiewohl wegen der großen Hitze ziemlich ermüdet, auf dem Gipfel des Berges an, allwo Elbenstein das ganze Revier observierte, sich aber endlich in ein altes verfallenes Gewölbe des uralten Schlosses setzte, eine Pfeife Tobak ansteckte, da immittelst sein Sohn sich die Erlaubnis ausbat, die Haselstauden durchzustreifen und seine Taschen mit Haselnüssen anzufüllen. Elbenstein fand verschiedene Merkwürdigkeiten, die er in seine Schreibetafel einzeichnete und darüber in ferneres Nachsinnen geriet, das gute Kind aber wurde in seiner Lust gestöret, denn es türmete sich ein entsetzliches Donnerwetter auf, und der zugleich mit einfallende heftige Platzregen jagte es zu dem Papa ins Gewölbe.

Beide laureten daselbst auf bessere Witterung, allein es erfolgete immer Blitz auf Blitz und Schlag auf Schlag, auch fing es immer heftiger an zu regnen, bis endlich die Nacht hereinbrach, da sich denn das Gewitter zwar verzog, der Regen aber nicht nachlassen wollte. Demnach mußten sie sich nolentes volentes resolvieren, in dem düstern Gewölbe zu pernoktieren. Der ermüdete Knabe schlief bald ein, Elbenstein aber hörete noch die Glocke elf Uhr schlagen, ehe er mit einem sanften Schlafe überfallen wurde. Er mochte aber kaum recht eingeschlummert sein, als ihm im Traume (wo es anders ein bloßer Traum gewesen) ein erschröckliches und merkwürdiges Gesichte vorkam. Er sahe nehmlich einen ganz schwarzen, mit sechs Pferden solcher Farbe bespanneten Wagen den Berg heraufgefahren kommen, aus welchem unterschiedliche Frauenzimmer herausgestiegen kamen und sich nach und nach vor ihm im Gewölbe präsentierten. Er erschrak ganz ungemein, als er inneward, daß diese Personen seinen vor vielen Jahren gehabten Amouren und Mätressen gleichten. Sie gingen in ihren Kleidungen, wie er sie in Italien und an andern Orten gesehen hatte, vor ihm vorbei und stelleten sich ihm gegenüber in eine Reihe. Das ganze Gewölbe wurde so helle, als ob lauter Lichter darinnen angezündet wären. Als er nun dieselben etwas genauer betrachtete, ward er gewahr, daß aus dieser sonst schönen und angenehmen Personen Augen, Munde, Nasen und Ohren lauter feurige Schlangen herausgekrochen kamen. Als ihm nun dieselben eine lange Weile in solcher Stellung erschröckliche Blicke gegeben, huben sie zugleich ihre Unterkleider auf und zeigten ihm einen solchen Anblick, daß auch der Beherzteste darüber in Ohnmacht sinken mögen. Lauter Schlangen, Eidechsen, Kröten und dergleichen giftiges Gewürm bedeckten ihre Beine und diejenigen Teile des Leibes, mit welchen vor diesen am meisten und schändlichsten war gesündiget worden, in welcher Positur sie insgesamt mit gräßlicher Stimme »Weh! Weh! Wehe! Zeter und Mordio!« ausriefen und endlich ein abscheuliches Geheul anstimmeten.

In solchen Ängsten fiel Elbensteinen das Bußlied ein: Wo soll ich fliehen hin etc., und als er an den Vers kam: Du bist der, der mich tröst etc., verschwand dieses erschröckliche Gesichte, es wurde so finster als vorhero im Gewölbe, Elbenstein besann und ermunterte sich, zitterte aber wie ein Espenlaub mit allen Gliedern. Er rief seinem Sohne etlichemal, allein der Knabe gab mit seinem Schnarchen zu verstehen, daß er im allerfestesten Schlafe läge, derowegen kroch Elbenstein vor bis an die Tür des Gewölbes, blieb auf den Knien sitzen, sahe gen Himmel und verharrete im andächtigen Gebet, bis der Tag anzubrechen begonnte. Die trüben Wolken hatten sich zerteilet, und die Morgenröte verkündigte einen heitern Tag; als er demnach noch einige Morgen- und Bußlieder gesungen, weckte er seinen Sohn mit vieler Mühe auf und verließ diesen gräßlichen und fürchterlichen Ort. Der gehabte Schrecken war ihm dergestalt in die Glieder, sonderlich aber in die Beine geschlagen, daß er den Rückweg mit sehr langsamen Schritten nehmen mußte, endlich aber langete er sehr matt und kraftlos wieder zu T. im Gasthofe an, nahm vor die gehabte große Alteration, weil in der Geschwindigkeit sonsten keine andere Arzenei zu haben war, eine starke Dosin Hirschhorn und Krebsaugen mit Holundersaft ein und schwitzte darauf, der Effekt war nach Wunsche, indem er sich folgendes Tagesnebst seinem Sohne wiederum auf den Weg nach Hause machen konnte.

Nach der Zeit ist Elbensteinen dieses gräßliche Gesichte oder Traum, wie es zu nennen sein mag, nie aus den Gedanken gekommen, er tat dieserwegen unter herzlicher Bereuung der Sünden seiner Jugend Gott, dem barmherzigen Vater, ein Gelübde, solange er noch lebte, alle Jahr diesen Tag mit Fasten und Beten zuzubringen, mit dem ernstlichen Vorsatze, sich nicht nur vor dergleichen, sondern soviel als mensch- und möglich vor allen andern Sünden zu hüten. Hierbei dankte er Gott vor die bishero zugeschickten väterlichen Züchtigungen und Strafen, betete auch täglich sehr öfters ganz getrost die Worte: So fahr hie fort und schone dort und laß mich hier wohl büßen, unterwarf sich mithin in christlicher Geduld und Gelassenheit gänzlich der göttlichen Direktion, welche ihn denn zwar sinken, aber doch nicht gar ertrinken ließ.

Soviel ist in den schriftlichen Memoirs von des Herrn von Elbensteins Lebens- und Liebesgeschicht gefunden worden. Derowegen hat man, weil der Historicus allhier den Schluß gemacht, Bedenken getragen, ein mehreres hinzufügen, ohngeacht nachhero viele fernerweitige mündliche und schriftliche Nachrichten eingezogen worden; sonderlich wäre eine vor weniger Zeit unter des Herrn von Elbensteins nachgelassenen Erben passierte jämmerliche Mordgeschicht wert gewesen, ausführlich beigebracht zu werden, allein man hat seine besondern Ursachen gehabt, solches nicht zu tun, sondern es darbei bewenden lassen, daß alles vorhero Beschriebene unter der Decke fingierter Namen bleiben solle und möge. Doch wird zum Beschlusse noch die von dem ehrlichen Herrn von Elbenstein auf die Gedult selbst verfertigte Arie beigefügt.

Ich lasse mir den Trost mitnichten rauben,
Den der Gedult der Himmel zugesagt.
Die Bosheit mag auch noch so grimmig schnauben,
So bleibt Gedult jedennoch unverzagt.
Der Zeiten Wechsel läßt sich sehn in allen Dingen,
Er kann nach trüber Nacht mir heitre Tage bringen.
2
Muß gleich mein Herz in bangen Kummer schweben,
Doch wird mein Schiff nicht gleich zu Grunde gehn.
Gedult kann nur das Unglück überleben,
Gedult kann nur in Glut und Wellen stehn.
Nur mit Gedult läßt sich ein steiler Fels ersteigen,
Hergegen Ungedult pflegt uns den Fall zu zeigen.
3
Des Gärtners Fleiß wird durch Gedult bewähret,
Die Aloe kömmt durch Gedult zum Blühn,
Gedult ist's nur, die matte Pflanzen nähret,
Doch Ungedult kann Saft und Kraft entziehn.
Daß Israel solang muß in der Wüsten wallen,
War einzig schuld, dieweil ihm die Gedult entfallen.
4
Des Lästrers Maul zwingt die Gedult zum Schweigen,
Ihr sanfte Tun stümpft den Verleumdungspfeil,
Gedult allein kann solche Mittel zeigen,
Die in der Not uns bringen Trost und Heil.
Wer bei entstandnen Sturm geduldig sich verborgen,
Erblickt nach schwarzer Nacht den angenehmsten Morgen.
5
Den Untergang hilft die Gedult vermeiden,
Wenn man sich nur in Fels und Klüfte schmiegt.
Wer widerstrebt, muß doppelt Schmerzen leiden,
Denn Ungedult macht alles unvergnügt.
Wer nun Verlangen trägt, zur Ehrenburg zu reisen,
Den kann nur die Gedult den sichern Fußpfad weisen.

ENDE

Titelliste Taschenbuch-Literatur-Klassiker

Bd. 1 *Abenteuer und Fahrten des Huckleberry Finn*, Mark Twain, Bd. 2 *Andersens Märchen*, Hans Christian Andersen, Bd. 3 *Anton Reiser*, Karl Philipp Moritz, Bd. 4 *Aus dem Leben eines Taugenichts*, Joseph Freiherr v. Eichendorff, Bd. 5 *Bahnwärter Thiel*, Gerhard Hauptmann, Bd. 6 *Bambi Eine Lebensgeschichte aus dem Walde*, Felix Salten, Bd. 7 *Bauern, Bonzen und Bomben*, Hans Fallada, Bd. 8 *Bel Ami*, Guy de Maupassant, Bd. 9 *Bergkristall*, Adalbert Stifter, Bd. 10 *Candide oder der Optimismus*, Voltaire, Bd. 11 *Caspar Hauser oder Die Trägheit des Herzens*, Jakob Wassermann, Bd. 12 *Dantons Tod*, Georg Büchner, Bd. 13 *Das Bildnis des Dorian Grey*, Oscar Wilde, Bd. 14 *Das Dschungelbuch*, Rudyard Kipling, Bd. 15 *Das Fräulein von Scuderi*, ETA Hoffmann, Bd. 16 *Das Gemeindekind*, Marie v. Ebner-Eschenbach, Bd. 17 *Das Heptameron*, Margarete v. Navarra, Bd. 18 *Märchenbriefbuch der heiligen Nächte*, Max Dauphtendey, Bd. 19 *Das Marmorbild*, Joseph v. Eichendorff, Bd. 20 *Das Schloss*, Franz Kafka, Bd. 21 *Das Urteil*, Franz Kafka, Bd. 22 *David Copperfield*, Charles Dickens, Bd. 23 *Der abenteuerliche Simplizissimus*, Grimmelshausen, Bd. 24 *Der arme Spielmann*, Franz Grillparzer, Bd. 25 *Der eingebildete Kranke*, Moliere, Bd. 26 *Der ewige Spießer*, Ödön v. Horváth, Bd. 27 *Der Fürst*, Nocolò Machiavelli, Bd. 28 *Der Glöckner von Notre Dame*, Victor Hugo, Bd. 29 *Der goldene Esel*, Apuleius, Bd. 30 *Der goldene Topf*, ETA Hoffmann, Bd. 31 *Der Graf von Monte Christo*, Alexandre Dumas, Bd. 32 *Der grüne Heinrich*, Gottfried Keller, Bd. 33 *Der kleine Häwelmann und andere Märchen*, Theodor Storm, Bd. 34 *Der kleine Lord*, Frances Hodgson Burnett, Bd. 35 *Der letzte Mohikaner*, James Fenimore Cooper, Bd. 36 *Der Prozess*, Franz Kafka, Bd. 37 *Der Sandmann*, ETA Hoffmann, Bd. 38 *Der Schimmelreiter*, Theodor Storm, Bd. 39 *Der Schuss von der Kanzel*, Conrad Ferdinand Meyer, Bd. 40 *Der Seewolf*, Jack London, Bd. 41 *Der seltsame Fall des Dr. Jekyll und Mr. Hyde*, Robert Louis Stevenson, Bd. 42 *Der Stechlin*, Theodor Fontane, Bd. 43 *Der Sturmheidhof (Sturmhöhe)*, Emily Brontë, Bd. 44 *Der Tor und der Tod*, Hugo v. Hofmannsthal, Bd. 45 *Der Weg ins Freie*, Arthur Schnitzler, Bd. 46 *Der zerbrochene Krug*, Heinrich v. Kleist, Bd. 47 *Deutsches Märchenbuch*, Ludwig Bechstein, Bd. 48 *Deutschland. Ein Wintermärchen*, Heinrich Heine, Bd. 49 *Die Abenteuer der sieben Schwaben*, Ludwig Aurbacher, Bd. 50 *Die Burg von Otranto*, Horace Walpole, Bd. 51 *Die drei Musketiere*, Alexandre Dumas, Bd. 52 *Die Elixiere des Teufels*, ETA Hoffmann, Bd. 53 *Die Geschichte meines Lebens*, Georg Ebers, Bd. 54 *Die Insel Felsenburg*, Johann Gottfried Schnabel, Bd. 55 *Die Judenbuche*, Annette v. Droste-Hülshoff, Bd 56. *Die Kameliendame*, Alexandre Dumas, Bd. 57 *Die Kartause von Parma*, Stendhal, Bd. 58 *Die Kreutzersonate*, Lew Tolstoi, Bd. 59 *Die Leiden des jungen Werther*, Johann Wolfgang v. Goethe, Bd. 60 *Die Leute von Seldvyla I*, Gottfried Keller, Bd. 61 *Die Leute von Seldvyla II*, Gottfried Keller, Bd. 62 *Die Marquise*, George Sand, Bd. 63 *Die Marquise von O.*, Heinrich v. Kleist, Bd. 64 *Die Memoiren der Fanny Hill*, John Cleland, Bd. 65 *Die Ratten*, Gerhard Hauptmann, Bd. 66 *Die Räuber*, Friedrich v. Schiller, Bd. 67 *Die Regentrude*, Theodor Storm, Bd. 68 *Die Reisen des Baron zu Münchhausen*, Bd. 69 *Die Schatzinsel*, Robert Louis Stevenson, Bd. 70 *Die Verlobten*, Allessandro Manzoni, Bd. 71 *Die Verwandlung*, Franz Kafka, Bd. 72 *Die Verwirrungen des Zöglings Törleß*, Robert Musil, Bd. 73 *Die Waffen nieder*, Berta von Suttner, Bd. 74 *Die Wahlverwandtschaften*, Johann Wolfgang v. Goethe, Bd. 75 *Don Carlos*, Friedrich v. Schiller, Bd. 76 *Eduards Traum*, Wilhelm Busch, Bd. 77 *Effi Briest*, Theodor Fontane, Bd. 78 *Egmont*, Johann Wolfgang v. Goethe, Bd. 79 *Ein Held unserer Zeit*, Michail Lermontoff, Bd. 80 *Einsichten und Ausblicke*, Gerhard Hauptmann, Bd. 81 *Emilia Galotti*, Gottold Ephraim Lessing, Bd. 82 *Erinnerungen aus galanter Zeit*, Giacomo Casanova, Bd. 83 *Erzählungen*, Wilhelm Busch, Bd. 84 *Es waren zwei Königskinder*, Theodor Storm, Bd. 85 *Essays*, Michel de Montaigne, Bd. 86 *Franz Sternbalds Wanderungen*, Ludwig Tieck, Bd. 87 *Fräulein Else*, Arthur Schnitzler, Bd. 88 *Frühlings Erwachen*, Frank Wedekind, Bd. 89 Gedanken, Blaise Pascal,

Bd. 90 *Gefährliche Liebschaften*, Pierre-Ambroise-François Choderlos de Laclos, Bd. 91 *Gegen den Strich*, Joris-Karl Huysmany, Bd. 92 *Geschichte des Fräuleins von Sternheim*, Sophie v. La Roche, Bd. 93 *Geschichte vom braven Kasperl und dem Annerl*, Clemens Brentano, Bd. 94 *Geschichten aus dem Wienerwald*, Ödön v. Horváth, Bd. 95 *Glanz und Elend der Kurtisanen*, Honore de Balzac, Bd. 96 *Glück und Unglück der berühmten Moll Flanders*, Daniel Defoe, Bd. 97 *Götz von Berlichingen*, Johann Wolfgang v. Goethe, Bd. 98 *Gullivers Reisen*, Jonathan Swift, Bd. 99 *Heidis Lehr und Wanderjahre*, Johann Spyri, Bd. 100 *Heinrich von Ofterdingen*, Novalis, Bd. 101 *Hiob Roman eines einfachen Mannes*, Joseph Roth, Bd. *102 Immensee*, Theodor Storm, Bd. 103 *Iphigenie auf Tauris*, Johann Wolfgang v. Goethe, Bd. 104 *Italienische Märchen*, Clemens Brentano, Bd. 105 *Ivannhoe*, Walter Scott, Bd. 106 Jahrmarkt der Eitelkeiten, William Makepaece Thackeray, Bd. 107 *Jane Eyre*, Charlotte Brontë, Bd. 108 *Jugend ohne Gott*, Ödön v. Horvath, Bd. 109 *Jürg Jenatsch*, Conrad Ferdinand Meyer, Bd. 110 *Kabale und Liebe*, Friedrich v. Schiller, Bd. 111 *Kasimir und Karoline*, Ödön v. Horvath, Bd. 112 *Kinder- und Hausmärchen*, Gebrüder Grimm, Bd. 113 *Kleiner Mann, was nun*, Hans Fallada, Bd. 114 *König Alkohol*, Jack London, Bd. 115 *Krambambuli*, Marie Ebner-Eschenbach, Bd. 116 *Lausbubengeschichten*, Ludwig Thoma, Bd. 117 *Lavinia - Pauline - Kora*, George Sand, Bd. 118 *Leben und Lüge*, Detlev von Liliencron, Bd. 119 *Lebensansichten des Katers Murr*, ETA Hoffmann, Bd. 120 *Lenz. Der hessische Landbote*, Georg Büchner, Bd. 121 *Lieutenant Gustl*, Arthur Schnitzler, Bd. 122 *Lord Jim*, Joseph Conrad, Bd. 123 *Luise*, Johann Heinrich Voß, Bd. 124 *Madame Bovary*, Gustave Flaubert, Bd. 125 *Märchen*, Wilhelm Hauff, Bd. 126 *Maria Stuart*, Friedrich v. Schiller, Bd. 127 *Max Havelaar*, Multatuli, Bd. 128 *Meister Floh*, ETA Hoffmann, Bd. 129 *Michael Kohlhaas*, Heinrich v. Kleist, Bd. 130 *Minna von Barnhelm*, Gotthold Ephraim Lessing, Bd. 131 *Moby Dick*, Hermann Melville, Bd. 132 *Nathan, der Weise*, Gotthold Ephraim Lessing, Bd. 133-1 und 133-2 *Nils Holgersson wunderbare Reise*, Selma Lagerlöf, Bd. 134 *Niels Lyne*, Jens Peter Jacobsen, Bd. 135 *Nußknacker und Mausekönig*, ETA Hoffmann, Bd. 136 *Oliver Twist*, Charles Dickens, Bd. 137 *Onkel Toms Hütte*, Herriett Beecher Stowe, Bd. 138 *Peter Schlemihls wundersame Geschichte*, Adalbert v. Chamisso, Bd. 139 *Peterchens Mondfahrt*, Gerdt v. Bassewitz, Bd. 140 *Pinocchio*, Carlo Collodi, Bd. 141 *Reinecke Fuchs*, Johann Wolfgang v. Goethe, Bd. 142 *Rheinmärchen*, Clemens Brentano, Bd. 143 *Rinaldo Rinaldini*, Christian August Vulpius, Bd. 144 *Robinson Crusoe*; Daniel Defoe, Bd. 145 *Romeo und Julia*, William Shakespeare Bd. 146 *Schach von Wuthenow*, Theodor Fontane, Bd. 147 *Schachnovelle*, Stefan Zweig, Bd. 148 *Schatzkästlein des rheinischen Hausfreundes*, Johann Peter Hebel, Bd. 149 *Schelmuffskys Reisebeschreibung*, Christian Reuter, Bd. 150 *Schloss Gripsholm*, Kurt Tucholsky, Bd. 151 *Siebenkäs*, Jean Paul, Bd. 152 *Sternstunden der Menschheit*, Stefan Zweig, Bd. 153 Tao te king, Laotse, Bd. 154 *Till Eulenspiegel*, Hermann Bote, Bd. 155 *Tolldreiste Geschichten*, Honorè de Balzac, Bd. 156 *Tom Jones, Geschichte eines Findelkindes*, Henry Fielding, Bd. 157 *Tom Sawyers Abenteuer und Streiche*, Mark Twain, Bd. 158 *Troquato Tasso*, Johann Wolfgang v. Goethe, Bd. 159 *Traumnovelle*, Arthur Schnitzler, Bd. 160 *Trost der Philosophie*, Boethius, Bd. 161 *Über den Umgang mit Menschen*, Adolph Freiherr v. Knigge, Bd. 162 *Uli der Knecht*, Jeremias Gotthelf, Bd. 163 *Uli der Pächter*, Jeremias Gotthelf, Bd. 164 *Ungeduld des Herzens*, Stefan Zweig, Bd. 165 *Ut oler Welt*, Wilhelm Busch, Bd. 166 *Vater Goriot*, Honorè de Balzac, Bd. *167 Väter und Söhne*, Ivan Sergejeviç Turgenev, Bd. 168 *Verlorene Illusionen*, Honorè de Balzac, Bd. 169 *Von der Freiheit eines Christenmenschen*, Martin Luther – Bd. 170 *Von der Ursache, dem Prinzip und dem Einen*, Bruno Giordano, Bd. 171 *Vor Sonnenuntergang*, Gerhard Hauptmann, Bd. 172 *Walden oder Leben in den Wäldern*, Henry D. Thoreau, Bd. 173 *Wilhelm Meisters Lehrjahre*, Johann Wolfgang v. Goethe, Bd. 174 *Wilhelm Meisters Wanderjahre*, Johann Wolfgang v. Goethe, Bd. 175 *Wilhelm Tell*, Friedrich v. Schiller

Von demselben Autor/Herausgeber sind bei BOD bereits erschienen:

Alle Tage Feiertage
ISBN 978-3-7386-0409-2, 280 S.
Allerlei Anlässe zum Aktionieren, Feiern und Gedenken

100 Kinderlieder
ISBN 978-3-7322-3024-2, 112 S.
100 Kinderlieder, altbekannt und immer wieder gern gesungen

Liederbuch (Deutsche Volkslieder)
ISBN 978-3-8423-6702-9, 312 S.
300 Volkslieder aus 8 Jahrhunderten und aller Herren Länder

Sagen und Erzählungen aus Marburg und Oberhessen
ISBN 978-3-7347-8909-0 , 164 S.
Allerlei Schwänke und Geschichten aus dem Marburger Land

Tausenderlei über die Freiheit
ISBN 978-3-7322-9721-4, 140 S.
Mehr als 1000 Zitate, Bonmots und Aphorismen über die Freiheit

Tausenderlei über das Glück
ISBN 978-3-7322-5525-2, 160 S.
Mehr als 1000 Zitate, Bonmots und Aphorismen über das Glück

Tausenderlei über die Liebe
ISBN 978-3-8423-7474-4, 140 S.
Mehr als 1000 Zitate, Bonmots und Aphorismen zum Thema Nr. Eins

Weihnachtsgedichte– Verse, Reime und Gedichte zum Fest
ISBN 978-3-7347-6393-9, 352 S.
290 Werke bekannter und unbekannter Dichter zum Weihnachtsfest

Weihnachtsgeschichten - Erzählungen und Märchen
ISBN 978-3-7347-6404-2, 392 S.
85 kurze und lange Texte zur Weihnachtszeit

Weihnachtsgeschichten 2
ISBN 978-3-7481-7533-9, 360 S.
35 kürzere und längere Geschichten zur Weihnacht

100 Weihnachtslieder
ISBN 978-3-7322-3375-5, 112 S.
100 Weihnachtslieder aus der Heimat und der ganzen Welt

Lob und Tadel an tessitore@web.de